BESTSELLER

Biblioteca

GLENN COOPER

La cura

Traducción de
Gabriel Dols Gallardo y **José Serra Marín**

DEBOLS!LLO

Papel certificado por el Forest Stewardship Council®

Título original: *The Cure*

Primera edición en Debolsillo: febrero de 2023
Primera reimpresión: octubre de 2023

© 2021, Glenn Cooper
Publicado por primera vez por Head of Zeus
Derechos de traducción de Sandra Dijkstra Literary Agency
y Sandra Bruna Agencia Literaria, S. L.
© 2021, 2023, Penguin Random House Grupo Editorial, S. A. U.
Travessera de Gràcia, 47-49. 08021 Barcelona
© 2021, Gabriel Dols Gallardo y José Serra Marín, por la traducción
Diseño de la cubierta: Penguin Random House Grupo Editorial / Laura Jubert
Imagen de la cubierta: © Christophe Dessaigne / Trevillion Images

Printed in Spain – Impreso en España

ISBN: 978-84-663-6824-7
Depósito legal: B-21.558-2022

Compuesto en La Nueva Edimac, S. L.
Impreso en QP Print

P 368247

1

Sonaba como si algo sacudiera los barrotes de una jaula. Las frágiles manos de venas azuladas de la anciana se aferraban a las barras de la barandilla de protección y las zarandeaban con toda la fuerza de su demacrado cuerpo. El estruendo recorrió el pasillo hasta llegar al puesto de enfermería.

—Ya está otra vez —dijo la joven enfermera.

La supervisora no levantó la vista de su papeleo.

—¿Estás segura de que no se nos permite atarla? —preguntó la joven.

—Es la única paciente de esta ala. ¿A quién va a molestar?

—¿A mí?

La supervisora le dijo que, si tanto la molestaba, llamara al doctor Steadman y le pidiera una orden para inmovilizarla.

—No voy a llamarle para eso —repuso la joven enfermera, horrorizada—. ¿Puedo enviarle un mensaje al médico de guardia?

—Steadman se encarga personalmente de todas las instrucciones relacionadas con la paciente.

—Pues no pienso llamarle.

—Estupendo.

Entonces empezaron los gritos estridentes.

Chillidos. Sacudidas. Chillidos. Sacudidas.

La enfermera se llevó las manos a la cara.

—Dios, y ahora encima esto. ¿Qué está diciendo?

—Es japonés. ¿Acaso tengo pinta de hablar japonés?

—¿No sabe hablar inglés?

—Sí, pero solo recuerda el japonés.

Una enfermera un poco mayor salió de la sala de medicación.

—Seguro que tiene hambre y quiere arroz —dijo.

—¿Cómo lo sabes? —preguntó la enfermera joven.

—Me lo comentó su nuera. O eso, o es que se lo ha vuelto a hacer encima.

—¿Y no te acuerdas de si es una cosa o la otra? —preguntó la supervisora.

La enfermera mayor se encogió de hombros.

—Va alternando entre ambas frases.

—¿Quieres ir a comprobarlo? —La supervisora se dirigió a la enfermera joven.

Ella se quejó porque tenía que ponerse de nuevo el traje de protección. Cuando regresó al cabo de unos minutos, dijo:

—Creo que tiene hambre.

—¿No está mojada? —preguntó la supervisora.

—Completamente seca. Acabo de malgastar veinte dólares en equipo de aislamiento solo para comprobar que quiere arroz cuando apenas hace media hora que ha desayunado.

—Se olvida de que ha comido —añadió la enfermera mayor—. A mi padre le pasaba lo mismo.

—¿A qué hora está previsto que Steadman haga su gran hazaña? —preguntó la joven.

—A lo largo de esta mañana —contestó la supervisora.

—Puede que, cuando yo venga mañana para hacer mi turno, la mujer ya esté usando el botón para llamarnos y viendo culebrones.

—Tú sigue soñando.

Roger Steadman llegó a media mañana, custodiado por su séquito. Surcó el pasillo del hospital con su larga bata blanca desabotonada ondeando tras él, como el espináker del hermoso Beneteau que tenía amarrado en el puerto náutico de Baltimore. Su intenso bronceado y la fluidez de sus movimientos hacían que pareciera joven, aunque no lo era. Era uno de los veteranos del Baltimore Medical Center, una figura legendaria de la neurociencia estadounidense, con un currículum tan grueso como el listín telefónico de una pequeña población.

—¿Ruth? —llamó a la supervisora de enfermería—. ¿Está lista mi paciente?

Las tres enfermeras se pusieron en pie. Steadman era de la vieja escuela. Le gustaba que se cuadraran ante él.

—Lo está, doctor Steadman.

—Muy bien. Coja la jeringuilla y ayúdeme a ponerme el equipo.

—¿Va a administrarle usted mismo la dosis?

—Por supuesto. Hoy vamos a hacer historia. Marcadlo en vuestros calendarios, chicos y chicas —dijo dirigiéndose a sus estudiantes—. Durante muchos años, este día se recordará como el día en que se empezó a aplicar un tratamiento efectivo, quizá incluso una cura, para el alzhéimer. Y no podía dejar pasar la oportunidad de ser yo mismo quien administrara la primera dosis al paciente cero. Aparte de mí, el único médico de mi equipo que ha pasado las pruebas de detección vírica es el doctor Pettigrew. Le necesito para tomar las fotos. Colin, dime que has traído la cámara.

Colin Pettigrew, su colega de investigación, levantó la Nikon.

—Aquí la tengo —contestó con un afectado acento británico.

—Acuérdate de que mi lado bueno es el izquierdo. Aunque el derecho también está muy bien. —Ante el incómodo silencio que siguió, Steadman añadió—: Chicos, no estaría de más que os rierais de vez en cuando. No hay que tomarse la vida tan en serio.

Estudiantes y residentes se congregaron en el pasillo delante de la antesala del vestuario mientras la supervisora y los dos doctores se ponían los trajes, las mascarillas, los cubrezapatos y los guantes. A través del intercomunicador, Steadman hizo su numerito, apenas disimulado como una sesión de preguntas y respuestas.

—La señora Noguchi es la primera paciente de la fase uno del ensayo clínico basado en una novedosa terapia génica contra el alzhéimer —anunció—. Esta pregunta es para los estudiantes, no para los residentes: ¿cuál es el objetivo de la fase uno de un estudio clínico? Cualquiera de vosotros. Adelante.

Una estudiante alzó la mano con gesto ansioso.

—La seguridad.

—Correcto. La seguridad. Tratamos a un reducido número de pacientes secuencialmente, en este caso hasta diez pacientes aquejados de una enfermedad severa, y en el proceso vamos realizando exhaustivos perfiles de seguridad. Si todo va bien, y estoy bastante seguro de que irá bien, llevaremos a cabo un ensayo más extenso de fase dos, cuyo objetivo será determinar la eficacia. Por supuesto, durante la fase uno, a lo mejor recibimos un regalo de Navidad o de Janucá por adelantado, si obtenemos alguna señal de eficacia. Y lo sabremos porque haremos pruebas diarias de memoria y estado mental. Muy bien, como acabo de decir, este es un ensayo de terapia génica. ¿Cuáles son los componentes esenciales de una terapia génica?

Otro estudiante se apresuró a contestar:

—Una terapia dirigida y un virus para poder aplicarla.

Steadman dejó que la enfermera le anudara la bata a la espalda.

—Correcto. Un virus y una carga genética. En este caso, la carga es un factor de transcripción nuevo, el NSF-4, el recientemente descubierto factor de estimulación de la neprilisina, que ejerce un gran efecto en la producción natural de esta misma. ¿Alguien sabe lo que es la neprilisina?

Un estudiante con barba respondió con voz clara:

—Una proteasa que acelera la degradación de los beta-amiloides.

—Y díganos, por favor, ¿qué es un beta-amiloide? —preguntó Steadman.

Varios estudiantes trataron de responder, pero el de la barba se les adelantó.

—Es la sustancia tóxica que se acumula en el cerebro de los pacientes de alzhéimer. Las placas de proteínas que forman son las que provocan la demencia.

—Correcto —dijo Steadman—. Y le felicito por saber lo de la neprilisina. Es el primer estudiante que ha sido capaz de responder a eso.

—Según tengo entendido —prosiguió el aludido—, el NSF-4 fue descubierto por Jamie Abbott en Harvard.

Steadman disimuló su irritación tras la mascarilla quirúrgica.

—¿Cómo diablos sabe eso?

—Hice un doctorado en neurociencia antes de entrar en la facultad de medicina.

—¿Dónde?

—En Harvard.

—Bueno, eso explica que conozca al doctor Abbott. Jamie es un colega mío júnior. De todos es sabida mi contribución al descubrimiento y desarrollo del NSF-4, y la fabricación de ese producto de terapia génica es exclusivamente obra mía.

Steadman metió sus gruesos dedos en los guantes esterilizados.

—Muy bien, ya casi estamos —dijo—. La idea es introducir altas concentraciones de NSF-4 en el cerebro para eliminar las placas de beta-amiloides y revertir la demencia provocada por el alzhéimer. Antes de proceder, ¿quién de vosotros, aparte de nuestro amigo doctorado, sabe por qué en vez de administrar directamente la neprilisina o el NSF-4 optamos por recurrir a un proceso tan complejo como el de la terapia génica?

—¿Porque no atravesaría la barrera hematoencefálica? —respondió otro estudiante, un tanto inseguro.

—Correcto. Hay péptidos grandes que si se administran

por vía oral no son absorbidos por el torrente sanguíneo y si se administran por vía intravenosa no llegan al cerebro. Así que vamos a introducir nuestra carga con un adenovirus nuevo desarrollado en Indianápolis que no solo es totalmente inocuo, sino que además penetra en el sistema nervioso central como un cuchillo caliente al cortar mantequilla. Una vez dentro, el virus introduce su carga genética en las neuronas diana. Nuestro virus no tiene capacidad para alterar o integrarse con los genes huéspedes. Tras hacer su trabajo, simplemente se degrada. Por esta razón, tendremos que administrar la dosis a nuestros pacientes una vez al mes.

El estudiante de la barba volvió a intervenir.

—No recuerdo ningún ensayo de terapia génica que requiera aislamiento. ¿Por qué este sí?

—En mi opinión es una medida excesiva —respondió Steadman en un tono malhumorado—, pero nuestro extremadamente prudente comité de seguridad nos obliga a hacerlo. —Su voz dio paso al sarcasmo—. En su infinita sabiduría, ya que este adenovirus nunca se ha utilizado con anterioridad, quieren eliminar la altamente remota posibilidad de que alguna visita introduzca un segundo virus. Hipotéticamente, e insisto, hipotéticamente, ese virus podría combinarse con nuestro vector, creando un híbrido que podría integrarse en el genoma del paciente o ser capaz de replicarse. Se nos ha exigido que realicemos una prueba previa al paciente, a todos sus familiares inmediatos y a todo el equipo médico, a fin de detectar posibles infecciones víricas. En ocasiones, la investigación puede llegar a ser un grano en el culo. Y ahora, chicos y chicas, empieza el espectáculo.

Steadman, Pettigrew y la enfermera entraron en la habitación de la paciente. La señora Noguchi los miró con recelo, se refugió en el extremo más alejado de la cama y empezó a farfullar en japonés.

—*Konnichiwa*, señora Noguchi —saludó Steadman acercándose a la cama. A continuación comenzó a actuar ante su público, que escuchaba a través del intercomunicador y observaba la escena tras un par de ventanales de aislamiento—. Esta mujer ha perdido la capacidad de hablar o entender el inglés, y su mente ha retrocedido hasta utilizar solo su lengua materna. Esto ha supuesto un contratiempo para poder evaluar su estado mental, pero lo hemos solventado recurriendo a una enfermera del equipo de investigación que habla japonés. La señora Noguchi tiene setenta y ocho años y su enfermedad se ha desarrollado con extrema rapidez. Ha recibido los medicamentos estándares contra el alzhéimer, sin apenas resultados. Si no aplicamos una terapia experimental, se espera que en cuestión de seis meses se encuentre en estado vegetativo y que muera al cabo de un año. Enfermera, por favor, la jeringuilla.

La mujer le pasó la jeringuilla, ya cargada, conectada a un fino catéter.

—Sujétele la cabeza —ordenó Steadman—. No quiero ni pensar en todo el papeleo que habría que rellenar si la dosis acabara inyectada en la mejilla de la paciente.

Una vez bien sujeta la cabeza, y mientras Pettigrew pulsaba sin parar el botón de su cámara, Steadman insertó el catéter por una de las fosas nasales y presionó el émbolo.

—Ya está —anunció Steadman con un tono triunfal—. La paciente cero ha recibido su dosis. ¿Has tomado todas las fotos que quería, Colin?

El joven japonés se acercó al puesto de enfermería. Eran casi las nueve. La enfermera del turno de noche, con una única paciente a su cargo en el ala de investigación, estaba absorta en la lectura de su libro.

—Perdone —dijo el joven.

La enfermera dio un respingo.

—¿En qué puedo ayudarle?

—Sé que ya pasa de la hora de visita, pero esperaba poder ver a mi abuela.

—¿La señora Noguchi?

—Sí. ¿Sería posible?

—La hora de visita acaba a las ocho.

—Lo sé, y lo siento, pero es que acabo de llegar de viaje. Tengo entendido que hoy ha recibido tratamiento y me gustaría verla.

La enfermera soltó un suspiro.

—¿Está usted en la lista? Si no lo está, no puedo dejarle verla.

—Soy su nieto.

—¿Cómo se llama?

—Ken Noguchi.

La enfermera echó una ojeada a la tarjeta pegada a su escritorio.

—Aquí tengo a un tal Kenji Noguchi.

El joven sonrió. Kenji era su padre.

—Soy yo.

—¿La ha visitado antes?

—No.

La enfermera volvió a suspirar.

—Muy bien. Déjeme enseñarle cómo ponerse el equipo de aislamiento. Son muy estrictos con eso. Luego le dejaré diez minutos con ella. ¿Habla usted japonés?

El joven sonrió de nuevo.

—Eso creo.

—Bien, porque yo no puedo comunicarme con ella. Por favor, sea bueno y averigüe si quiere su pudin.

La enfermera le hizo pasar a la antesala. A través del intercomunicador, le dio instrucciones para ponerse el equipo. Mientras lo hacía, el joven tosió y se secó unas gotas de sudor de la frente.

—No estará enfermo, ¿no? —le preguntó ella—. Si lo está, no puede entrar.

—No estoy enfermo. Es solo alergia.

Empezó a quitarse los zapatos.

—No hace falta que se los quite. Póngase los patucos por encima.

—Quitarse los zapatos es una señal de respeto —repuso, y acabó de ponerse el cubrezapatos y los guantes.

—Muy bien, ya puede entrar. Volveré enseguida.

Deslizándose por el suelo con sus patucos, el joven se acercó a la cama y esperó a que su abuela abriera los ojos. Se habría quedado allí los diez minutos sin molestarla, pero empezó a toser en su mascarilla.

La señora Noguchi abrió los ojos con expresión aterrada.

—Abuela, soy yo —le dijo él en japonés.

Ella se agarró a la barandilla de protección y empezó a sacudirla.

—No te asustes, soy tu nieto.

La anciana trataba de apartarse de él. El joven miró por encima del hombro para comprobar si la enfermera estaba vigilando, y entonces se bajó la mascarilla.

—Mira, soy yo.

Ella dejó de zarandear la barandilla e intentó enfocar la mirada a través de sus ojos acuosos.

—¿Kenji, mi hijo?

—No, abuela. Soy Kenneth, tu nieto.

La anciana le dirigió una sonrisa inexpresiva.

—Estaba trabajando en Japón, abuela. Acabo de regresar. Vengo directo del aeropuerto.

—¿Tú sabes por qué estoy aquí? —preguntó ella observando la habitación—. ¿Quién es toda esa gente? ¿Por qué se esconden detrás de las mascarillas?

—Estás aquí para recibir un medicamento nuevo. Están tratando de ayudarte.

—¿Tú sabes por qué estoy aquí? —volvió a preguntar la anciana.

—Para recibir un medicamento —repitió él.

—¿Dices que eres mi nieto? Dame un beso.

Ken se inclinó para besarla en la frente y volvió a toser.

—Perdona —dijo retrocediendo un poco y subiéndose la mascarilla.

Los aerosoles se dispersaron de su boca a una velocidad de quince metros por segundo, rociando los ojos parpadeantes de la anciana con una película apenas perceptible. Las partículas víricas que el joven traía de Japón se posaron en la membrana conjuntiva, rosácea y reluciente de su abuela. Antes incluso de que él saliera de la habitación, ya habían empezado a entrar en el torrente sanguíneo.

Por la mañana, el virus de su nieto había traspasado las defensas inmunológicas de la anciana y había atravesado la barrera hematoencefálica. En el interior del cerebro, millones de partículas víricas infectaron millones de neuronas, y algunas de ellas entraron en contacto con el virus ya aposentado que había sido introducido mediante la terapia génica. Cuando se encontraron, los dos virus se unieron y fundieron sus membranas. Al instante, su material genético empezó a combinarse.

El nuevo virus que formaron no tenía nombre.

El doctor Steadman avanzaba a toda prisa por el pasillo, seguido de cerca por el doctor Pettigrew. La supervisora de enfermería se unió a ellos.

—¿Cuánto tiempo lleva así? —preguntó Steadman.

—Una media hora. Le llamé en cuanto observé los cambios.

En el chequeo de constantes vitales de primera hora, la paciente había registrado una leve febrícula. A media mañana, la fiebre había subido y la anciana había empezado a toser. En cuanto fue informado, Steadman ordenó un examen de enfermedades infecciosas.

—El técnico de esa especialidad no está en la lista —le había dicho la enfermera.

—No me importa —había respondido Steadman—. Esto es una emergencia.

Una técnica de radiología llamada González había recibido un permiso especial de Steadman para entrar en la habitación. Mientras colocaba el detector de imágenes por debajo de la espalda de la señora Noguchi, esta tosió y le roció la frente y la mascarilla.

—Por favor, no vuelva a hacerlo —la regañó González—. Solo me faltaría pillar ahora un resfriado. Me voy de vacaciones.

Los dos doctores y la enfermera se apresuraron a ponerse el equipo y, una vez dentro de la habitación, Steadman evaluó la situación. La señora Noguchi estaba tumbada boca arriba, inmóvil, con los ojos cerrados. Steadman preguntó qué habían dicho los de enfermedades infecciosas.

—Aún no saben nada —contestó la enfermera—. Le están haciendo cultivos. También trajeron un equipo de rayos X portátil. El resultado ha sido negativo.

—¿Le han hecho una punción lumbar?

—Han dicho que deberían hacerla los de neurología.

—*Konnichiwa!* —soltó Steadman alzando la voz.

Al no obtener respuesta, se inclinó sobre la paciente y gritó más fuerte.

—No responde —dijo la enfermera.

—Eso ya lo veo —murmuró Steadman.

Procedió a hacerle un rápido examen neurológico y declaró que sus vías sensoriales y motrices estaban intactas.

—No hay nada focalizado, ninguna señal de apoplejía o derrame. Parece ser un proceso difuso. Llame de nuevo a los de enfermedades infecciosas. Quiero hablar con ellos personalmente. Con la fiebre y el coma, tenemos que descartar cualquier tipo de encefalitis.

—¿Puede haberlo causado la terapia génica? —preguntó la enfermera.

—Por supuesto que no —espetó Steadman rabioso—. No sea estúpida. El vector es totalmente benigno.

La enfermera abrió los ojos como platos por encima de la mascarilla y, dolida por el insulto, retrocedió un paso.

Steadman ni lo advirtió.

—Colin, quiero que le hagas una punción lumbar. Ruth, vaya a prepararlo todo para hacerle una resonancia. Dígales que la quiero con la máxima urgencia posible. Tenemos que llevarla abajo con una mascarilla.

La enfermera salió a toda prisa de la habitación, dejando solos a los doctores.

—Voy a por un equipo para la punción lumbar —dijo Pettigrew.

—Envía el líquido cefalorraquídeo para un examen serológico completo.

—Por supuesto —contestó Pettigrew—. Por cierto —añadió señalando la cámara que llevaba bajo la bata—, ¿quieres que tome algunas fotos?

—No, Colin —masculló Steadman furioso—, no quiero que tomes ni una foto.

2

Jamie Abbott sudaba y el corazón le latía a mil por hora.

—Hola, ¿eres Derek? —jadeó por el auricular.

—Sí, ¿quién eres?

—Soy Jamie Abbott. ¿Qué tal? Quería hablar con Mandy. Espero que no sea demasiado tarde para llamar.

—No, ahora se pone. Voy a buscarla. —La respuesta no sonó muy amistosa.

Jamie siguió pedaleando y esperó. Al inclinarse sobre el manillar, el sudor de su frente goteó sobre la bicicleta. Mechones rizados de cabello oscuro le caían sobre los ojos y no paraba de echárselos hacia atrás. De niño, su madre solía decirle que tenía pelo de caniche, y suponía que aún era así. No había manera de domarlo y siempre parecía un tanto desgreñado. A eso había que añadirle una barba tupida. Aunque se la afeitara, al mediodía lucía siempre una sombra oscura.

Amanda Alexander se puso al teléfono.

—Derek dice que suenas como si te faltara el aliento.

—Estoy en la bicicleta.

—Son las diez de la noche en Boston. Estás en Boston, ¿verdad?

—Sí. Es una bicicleta estática. Estoy haciendo un esprint de cincuenta kilómetros.

—¿Por qué?

—Ya he cumplido los cuarenta —respondió sin dejar de

pedalear—. La edad en que los hombres empiezan a engordar.

—No creo que eso vaya a pasarte a ti. ¿Qué ocurre?

—Te he llamado al móvil.

—Lo apago por las noches. A diferencia de ti, yo no tengo que atender a pacientes, ¿recuerdas? ¿Qué es tan urgente?

—¿No has visto el correo que acaba de enviar Steadman?

—Ya te lo he dicho, me desconecto. ¿Lees el correo en la bicicleta?

—¿Y por qué no?

—Ah, no sé —repuso ella en tono irónico—. ¿Qué dice el mensaje?

—Creo que deberías leerlo. Esperaré.

Jamie pedaleó casi un kilómetro hasta que ella volvió a ponerse.

—¡Santo Dios, Jamie! —exclamó Mandy.

El asunto del correo era: «Actualización urgente sobre el estudio BMCH-44701, fase 1 del ensayo de un nuevo agente de terapia génica contra el alzhéimer». Lo remitía Steadman e iba dirigido a Jamie, Mandy y otros integrantes del comité de seguridad del estudio, con copia a varios miembros del personal de la FDA, del NIH —los Institutos Nacionales de la Salud— y del Baltimore Medical Center. El mensaje empezaba así: «Paciente 0 de 78 años, mujer, sometida al ensayo desde hace 3 días, ha experimentado un grave e inesperado episodio adverso». A continuación describía su estado clínico y los resultados de diversas pruebas.

—¿Qué opinas? —preguntó Jamie—. ¿Hay alguna posibilidad de que se deba al vector?

—Hice especial hincapié en probarlo con todos los modelos imaginables. Es cien por cien no patógeno y no inmunogénico. —Sonaba dolida. Era de su criatura de la que estaban hablando—. Lo introduje en decenas de ratones severamente inmunodeprimidos. Y no se les movió ni un pelo.

—Muy graciosa —replicó Jamie; los ratones inmunodeprimidos no tenían pelo.

—Es imposible que haya provocado una encefalitis.

—No estoy dudando de ti, pero está claro que la paciente sufre una encefalitis de algún tipo. No tardaremos en saberlo si aparece algo en su serología.

—Steadman dice que la resonancia no muestra ningún cambio significativo —observó Mandy—. ¿Hay escáneres portátiles?

—Bravo, tú también te has dado cuenta. No hay escáneres portátiles. Eso significa que han roto el protocolo de aislamiento y la han llevado a otra sala para hacerle la resonancia. No es muy inteligente por su parte.

—Steadman quiere que nos reunamos en persona el viernes. ¿Podrás asistir? —preguntó ella.

La bicicleta de Jamie emitió un pitido al llegar a los cincuenta kilómetros.

—¿Podremos hablar?

—Estamos hablando.

—Ya sabes a lo que me refiero.

—Sí, podremos hablar —respondió Mandy en un tono vacilante y receloso.

Jamie paró de pedalear.

—No puedo creer que vaya a volver a verte tan pronto.

3

Theresa González, la técnica de radiología del Baltimore Medical Center, ocupaba un asiento central del avión e iba maldiciendo para sus adentros. Se había levantado muy temprano para tomar el primer vuelo que salía del aeropuerto internacional de Baltimore-Washington con rumbo a Miami. Y conforme avanzaba la mañana, empezó a sentir la garganta rasposa y el pecho cargado.

Sin darse cuenta, se le escapó entre dientes otro «¡Maldita sea!», y el anciano sentado junto a la ventanilla le preguntó:

—Perdone, ¿ha dicho algo?

—Lo siento —respondió Theresa, tosiendo en un pañuelo de papel—. Me voy de vacaciones y creo que he pillado un resfriado.

El hombre era muy agradable.

—¿A que da mucha rabia cuando pasa eso?

—Creo que sé quién me tosió encima.

—Pues espero que no haga usted lo mismo —bromeó él.

—Tendré cuidado.

—¿Va a quedarse en Miami? —le preguntó él.

—Voy a embarcarme en un crucero.

—Qué bien. ¿Y adónde va?

—A las Bahamas, a las Islas Vírgenes Británicas y a Saint Thomas. Lo estoy deseando.

Theresa volvió a toser, pero esta vez no le dio tiempo a taparse la boca con el pañuelo. El anciano debió de notar algunas gotas en su antebrazo, ya que se lo secó con una servilleta.

—Lo siento —repitió ella.

La sonrisa desapareció del rostro de su compañero de asiento, que bajó el reposabrazos y se apoyó en la ventanilla.

La azafata que le sirvió a González una lata de refresco y una bolsa de patatas volaría ese mismo día a Dallas con el fin de asistir a un seminario de formación para auxiliares de vuelo de unos veinte estados.

El anciano del asiento de la ventanilla cenaría esa noche en Coral Gables con sus tres nietos pequeños, su hija —una representante farmacéutica con una apretada agenda para el día siguiente— y su yerno, un contable que por la mañana iría a jugar al golf con tres amigos, entre ellos un piloto de Delta que volaría esa noche hacia el aeropuerto londinense de Gatwick.

A pesar de tener un poco de fiebre, Terry González tomó su primera cena a bordo del crucero sentada a la mesa con otros once pasajeros desconocidos procedentes de cinco estados. Por la mañana se sentía tan mal que no pudo salir de su camarote, pero el resto de sus compañeros de cena desembarcaron en Nassau, su primera escala, y algunos de ellos almorzaron en una terraza junto a una mesa de turistas japoneses que pasaban allí su penúltimo día de vacaciones. Una pareja paró por la calle a un hombre de negocios sueco, que regresaba a su país al día siguiente, para preguntarle si podía indicarles cómo llegar al Museo de los Piratas. Otra pareja le pidió a un profesor italiano si no le importaría hacerles una foto.

Y así fue como empezó todo.

4

Mandy echó un vistazo por la mirilla y luego abrió la puerta, meneando la cabeza con gesto reprobador.

—¿Cómo has averiguado el número de mi habitación?

—Preguntando —contestó Jamie—. Suelen decirme que mi cara inspira confianza. ¿Puedo pasar?

—No creo que sea buena idea. Bajaré enseguida al bar del vestíbulo.

—Dame solo un minuto, ¿de acuerdo?

A ella no pareció hacerle mucha gracia.

—No te quedes en el pasillo. En este hotel nos conocen como unas veinte personas.

Mandy se sentó en la cama, cruzó las piernas y le señaló una silla. Él quería sentarse junto a ella y tumbarla de espaldas sobre el colchón, pero logró contenerse.

Catorce años sin el menor contacto, y ahora eso. Había pasado un año desde que volvieron a encontrarse en Bethesda, donde formaron parte del mismo comité de seguridad. Reencontrarse después de tanto tiempo era una de esas casualidades que suelen ocurrir en el mundo de la ciencia: aunque no esperaban que sucediera, tampoco les pilló totalmente por sorpresa. Jamie sabía que Steadman había escogido el virus que Mandy había creado, y Mandy sabía que Jamie había sido el encargado de desarrollar la carga NSF-4. Aun así, hasta entonces, sus órbitas de investigación habían estado separadas.

Se acordó del día en que la vio en el bufet del desayuno, antes de la primera sesión general. En su recuerdo, la Mandy de hacía catorce años tenía una melena larga y ondulada, y en el laboratorio siempre llevaba el mismo par de Levi's desteñidos de cintura baja. La Mandy de ahora lucía un corte de pelo más práctico, más corto, y un vestido elegante, pero no había cambiado tanto. Su delicado rostro era frágil como la porcelana y su cuerpo seguía siendo esbelto, el resultado de una buena genética y no del ejercicio, como insistía ella. También olía igual, como si acabara de revolcarse por un prado de flores silvestres. Jamie nunca había olvidado ese olor. No era una fragancia de frasco, sino que emanaba de ella; era uno de esos recuerdos sensoriales que, hasta la fecha, todavía despertaban su añoranza. Jamie no sabía muy bien qué esperar de su reencuentro. Mandy no era de esas personas que exponían su vida en las redes sociales; la había buscado en internet, pero su presencia allí era escasa. Lo único que podía hacer era recordarla como cuando los dos eran unos jovencitos.

Sentado ahora frente a Mandy, pensó que aquella podría ser la misma habitación en la que ella se había alojado durante aquel primer encuentro del comité de seguridad. Recordaba perfectamente el aspecto que tenía por la mañana después de pasar la noche juntos. Su comportamiento había oscilado entre una felicidad atolondrada y una actitud arrepentida. Y siempre se comportaba del mismo modo, cada vez que se veían en aquellas reuniones trimestrales en Bethesda, unas reuniones que Jamie marcaba siempre con un círculo rojo en su calendario.

—¿Qué tal el vuelo? —le preguntó él.

—Sin contratiempos. ¿Y el tuyo?

—He tardado más en llegar al Logan conduciendo que al Reagan National volando.

—¿De verdad estamos hablando de cómo nos ha ido el viaje?

Jamie se echó a reír y se apartó un rizo de los ojos.

—Estoy preparándote con un poco de charla intrascendente.

—¿Preparándome para qué?

Él sabía que ella conocía la respuesta.

—Derek no pareció muy contento de oírme.

—¿Ah, no?

—¿No te dijo nada?

Mandy negó con la cabeza, reticente y visiblemente incómoda.

—No sabe nada, ¿no? —peguntó él.

—¡Pues claro que no! ¡Y nunca lo sabrá!

—Mira, por si te lo estás preguntando, yo también me siento culpable. No le conozco, pero estoy seguro de que está enamorado de ti.

Sus palabras sonaron sinceras porque era sincero.

A Mandy le tembló el labio inferior.

Los ojos azules de Jamie buscaron su mirada y, antes de que ella pudiera decir nada, lo soltó:

—Quiero estar contigo, Mandy. Y si escuchas a tu corazón, tú también dirás lo mismo.

Ella se puso en pie.

—Te dije la última vez que no podía seguir con esto. Por eso quería hablar contigo en el vestíbulo.

—Venga, quédate. Me portaré como un perfecto caballero.

Mandy volvió a sentarse, moviendo nerviosamente la mandíbula y haciendo que se le marcaran unos hoyuelos en las mejillas.

—No ha cambiado nada. No quiero hacerle daño a Derek. Le respeto demasiado.

—Respeto... —dijo Jamie con un exceso de sarcasmo del que se arrepintió al momento.

—Sí, respeto. Lo que pasó entre nosotros... fue un error. No permitiré que vuelva a ocurrir. Y por cierto, tú tampoco habrías dejado a Carolyn.

Jamie miró por la ventana hacia el aparcamiento del hotel.

—No quiero hablar de ella.

Mandy se había enterado de la muerte de Carolyn años después de que falleciera. Las dos mujeres no habían llegado a conocerse, aunque Mandy sabía que Jamie estaba casado cuando iniciaron su relación. Él se encontraba en Harvard con una beca de investigación, estudiando los factores de transcripción en el cerebro. Ella ocupaba el laboratorio situado al otro lado del pasillo y se dedicaba a desarrollar vectores virales para terapia génica. Ambos trabajaban hasta tarde. Y esas cosas suelen pasar... Un día a él se le escapó que tenía una hija. Mandy estalló y aquello fue el principio del fin. Al cabo de un año se trasladó a Indianápolis para aceptar un puesto de profesora adjunta en la facultad de medicina. Allí conoció a Derek, un biofísico. Las vidas de Mandy y Jamie se separaron de un modo al parecer definitivo.

—Tienes razón —convino ella—. Carolyn ya no puede decir nada, pero Derek sí. Lo único que estoy diciendo es que en aquel entonces tomamos la decisión correcta.

—Yo habría dejado a Carolyn si no hubiera sido por Emma.

—¿Cómo está?

—Más difícil que nunca. Derek y tú habéis hecho bien en no complicaros la vida.

Mandy no le confesó que llevaban años intentando tener un hijo.

—Tal vez sí, tal vez no. ¿Tienes suficiente ayuda?

—No siempre. Por ejemplo, hoy. Como nos avisaron con tan poco tiempo, he conseguido que se quede a pasar la noche en casa de una amiga, Kyra. No es santo de mi devoción, pero es mejor así que dejar que se quede sola en casa. Bueno, lo que se dice sola no habría estado, no sé si me entiendes...

—Pobrecillo... —le salió del alma a Mandy —. Déjame invitarte a una copa en el bar. A los dos nos irá bien un poco de etanol antes de que empiece la reunión. Va a ser de las más difíciles.

Los miembros del comité de seguridad charlaban entre ellos en torno a una mesa en forma de herradura, en una de las salas de conferencias del hotel. Pasaban veinte minutos de la hora programada y Roger Steadman aún no había hecho acto de presencia. Jamie captó la mirada de Mandy y se señaló el reloj poniendo los ojos en blanco. Ella le devolvió una mirada cómplice. A ninguno de los dos le caía muy bien el gran doctor.

Cuando Steadman llegó al fin, acompañado de Colin Pettigrew, tomó asiento a la cabecera de la mesa.

—Nos ha sido imposible llegar antes —se disculpó—. Ciertos acontecimientos nos han retenido en Baltimore. Nuestra paciente ha muerto esta tarde.

La sala se quedó en silencio y Steadman procedió a presentar el informe. La señora Noguchi no había recuperado la conciencia en ningún momento. Su familia había insistido en que no se le aplicaran medidas extremas para mantenerla con vida y había muerto esa tarde por una parada cardiorrespiratoria.

—Ha mencionado que su síndrome clínico era compatible con una encefalitis. ¿Ha podido confirmarse? —preguntó un funcionario de la FDA.

Fue Pettigrew quien respondió.

—Hemos realizado un estudio serológico exhaustivo de muestras de sangre, orina y líquido cefalorraquídeo de la paciente. La causa de la muerte ha sido la encefalitis japonesa.

—¿Puede repetir eso? —exclamó Mandy, chasqueando los dedos para atraer su atención.

—Encefalitis japonesa. Sí, es algo sorprendente —añadió Pettigrew—, o al menos lo era.

—¿Qué quiere decir con «lo era»? —preguntó Mandy.

Steadman tomó la palabra.

—La paciente cero nació en Japón, pero no ha estado allí desde hace décadas, ni tampoco en ningún lugar donde el virus sea endémico. Poco después de recibir los resultados serológicos, un hombre de veintinueve años fue ingresado de emergencia en el Baltimore Medical Center aquejado de fiebres, vómitos y alteración de la conciencia. Ese hombre es el nieto de la paciente cero. Ahora se encuentra aislado en una UCI de neurología en estado crítico. Su familia nos ha informado de que hace dos días regresó a Baltimore procedente de Japón. Al parecer se trata de un ornitólogo que ha estado estudiando las poblaciones de aves silvestres en una remota región de la isla de Honshu. Allí el virus de la encefalitis japonesa es endémico, y no está claro si nuestro hombre estaba inmunizado.

—Doctor Steadman —le interrumpió Jamie—, no entiendo qué relación tiene todo esto con nuestra paciente. Es evidente que ese joven no ha podido entrar en contacto con ella. Si la memoria no me falla, su nieto no estaba en la lista cribada de visitas permitidas que usted mismo autorizó junto con el comité.

Steadman sabía sin duda que ese momento tenía que llegar, pero aun así se sintió como si hubiera tomado un trago de algo extremadamente amargo.

—No estaba en la lista. Por lo visto, hubo un fallo en el control de enfermería. El joven se presentó para ver a su abuela y su nombre es muy parecido al de su padre, que sí figuraba en la lista.

Jamie fulminó a Steadman con la mirada.

—Este es precisamente el tipo de violación del protocolo del que algunos miembros de este comité hemos estado advirtiendo en cada una de estas reuniones. ¡También en la última, hace solo un mes! —se quejó con rabia.

—Bueno —repuso Steadman mirando sus papeles—, reforzaremos este aspecto de la seguridad del protocolo para próximos pacientes.

Jamie estaba furioso y no lo ocultaba.

—Creo que no debería reclutarse a nuevos pacientes, no hasta que podamos realizar una investigación exhaustiva de este incidente.

El director de la Oficina de Terapias celulares, de tejidos y genéticas, la división de la FDA responsable del ensayo, intervino:

—Doctor Abbott, díganos qué investigaciones quiere que se lleven a cabo.

—Lo primero y más importante, necesitamos hacer pruebas moleculares de las muestras del cerebro de la paciente. Se está practicando la autopsia, ¿no?

Pettigrew señaló que estaban en ello.

—¿Los patólogos siguen un protocolo completo de riesgo biológico? —preguntó Jamie.

—Así se les ha indicado —respondió Pettigrew.

Jamie se dirigió a Mandy:

—Doctora Alexander, ¿puede analizar ese tipo de material en Indianápolis?

—Por supuesto, disponemos de una instalación P4.

—Entonces creo que la doctora Alexander debería realizar las pruebas para detectar la presencia de su adenovirus en el tejido de la paciente y comprobar si se ha visto alterado de algún modo.

Steadman estaba visiblemente harto de ser el chivo expiatorio, sobre todo en manos de un investigador inferior en el escalafón jerárquico.

—¿Adónde pretende llegar con todo esto, Jamie? La mujer ha muerto de encefalitis japonesa. Sé que ha estado dando la tabarra sin parar con el tema de la recombinación vírica, pero este no es el momento.

—Tiene razón —admitió Jamie—, y espero con todas mis fuerzas que de verdad no sea el momento. No necesitamos tener que lidiar con un virus nuevo, ¿no cree? Mandy… Quiero decir, doctora Alexander, ¿ha realizado pruebas sobre una posible recombinación de su virus con el de la encefalitis japonesa?

—¿Con ese virus en concreto? No. No podemos someter a prueba todos los virus conocidos hasta la fecha. Tenemos que priorizar. El virus de la encefalitis japonesa es un miembro de la familia *Flaviviridae*, que incluye también el virus del Nilo Occidental y el de la encefalitis de Saint Louis. He hecho pruebas con estos dos últimos, pero el de la encefalitis japonesa es distinto. Por descontado, ahora lo someteré a todas las pruebas pertinentes.

Steadman no estaba dispuesto a consentir que lo ningunearan de esa manera.

—Mientras ustedes se empecinan en cuestiones hipotéticas extremadamente remotas, yo me dedicaré a localizar al siguiente paciente para poder avanzar con esta investigación de crucial importancia. Millones de pacientes de alzhéimer y sus familias esperan una solución cuanto antes.

Jamie asintió secamente.

—Todos los que estamos en esta mesa estamos tan comprometidos como usted con la investigación contra el alzhéimer, pero al menos me alivia saber que este comité le exigió que introdujera un gen suicida en el vector. En el peor de los casos, y admito que se trata de una posibilidad remota, seremos capaces de destruir cualquier posible recombinación vírica.

Jamie se recostó en su asiento y esperó una respuesta. Sin embargo, Steadman permaneció muy callado y hosco durante el resto de la reunión.

5

Emma se parecía cada vez más a su madre, y a Jamie le preocupaba que eso afectara a cómo él reaccionaba ante ella. Su larga melena pelirroja caía formando una cascada de gruesos bucles, como la de Carolyn; su boca insinuaba casi siempre ese mohín tan característico de su madre, y a medida que entraba en la adolescencia, su figura recordaba cada vez más a la de Carolyn. A veces, sobre todo cuando estaba muy cansado, Jamie tenía que morderse la lengua para no equivocarse de nombre. Carolyn había sido toda una maestra en sacarle de quicio, y Emma iba camino de ser una experta. No parecía que fuera algo inculcado, sino más bien hereditario, porque la pequeña solo tenía dos años cuando murió su madre.

Esa noche Emma llegó a casa dos horas más tarde de lo acordado, apestando a tabaco, demasiado maquillada para el gusto de su padre y con una falda ridículamente corta. Aspectos positivos: estaba seguro de que no iba colocada y el aliento no le olía a alcohol.

—¿Dónde has estado?

—En el centro comercial.

Emma se detuvo un momento para acariciarle la barriga a Romulus, el perro de la familia, antes de dirigirse hacia las escaleras.

—No me comentaste que pensabas ir al centro comercial.

—No me lo preguntaste.

—¿Es que tengo que preguntártelo todo? —saltó él alzando la voz—. Dijiste que vendrías directamente a casa.

—Oh, por favor...

—¿Al menos has cenado?

—¿Qué es lo que se hace en un centro comercial? Esa me la sabía... Ah, sí, comer.

—¿Quieres dejarte de tonterías, Emma? He tenido un día horrible.

—Oh, pobrecito... ¡Pues bienvenido al club!

Y acto seguido desapareció escaleras arriba. Fuertes pisotones y, segundos después, un portazo.

Jamie se quitó los zapatos con los pies y buscó el mando a distancia. Romulus, un perro mestizo de pelaje negro y duro que acababa de cumplir once años, se subió al sofá y apoyó la cabeza en el regazo de su amo.

La reunión de Bethesda había durado más de lo previsto y, después de la cena, varios científicos se quedaron hablando en corrillos en el bar del hotel hasta tarde. Steadman se había marchado antes. Se excusó diciendo que quería volver a Baltimore para comprobar los resultados de la autopsia. Jamie observó cómo Mandy se apartaba del grupo y se encaminaba hacia los ascensores. No intentó detenerla.

Por la mañana no volvió a verla. Jamie tomó el primer vuelo a Boston y, tras aterrizar, fue directamente al Hospital General de Massachusetts para hacer las rondas con sus colegas de neurología. Después se pasó toda la tarde en su clínica privada. Ahora lo único que quería hacer era desconectar durante una hora mirando cualquier tontería en la tele antes de acostarse, pero el sonido del móvil dio al traste con sus expectativas. Gruñó entre dientes al ver el número. Era del hospital.

—Siento molestarte, Jamie, pero tengo un caso en urgencias que me tiene totalmente desconcertada.

Carrie Bowman era su colega principal en el área de neurología. No solía bloquearse ante las dificultades y rara vez llamaba para pedir ayuda.

Jamie quitó el volumen del televisor.

—Muy bien, dispara.

Carrie le resumió el caso.

—Se trata de un hombre blanco de veintiséis años, entrenador personal, que llegó hace unas horas con un cuadro de amnesia global después de un día aquejado de fiebre no muy alta y tos. No tiene antecedentes de cefaleas ni conmoción cerebral. Presenta un tipo de amnesia que no he visto nunca. Se encuentra del todo consciente y alerta, pero, por lo visto, en cuestión de horas ha perdido progresivamente la memoria, todo esto según su hermano, que es quien lo trajo. Apenas habla, pero reacciona con sobresaltos ante estímulos auditivos. Tampoco es capaz de escribir ni de señalar letras. Además, presenta una tos seca e intermitente.

Jamie apagó el televisor. Estaba claro que tendría que ir al hospital.

—¿Cuál es su estado emocional?

—Parece un animal asustado. Básicamente emite sonidos guturales y gemidos, salpicados de algunas palabras sencillas: una especie de galimatías.

—Has dicho que tenía fiebre.

—Hace un momento 38,1.

—¿Placa pulmonar? ¿Escáner? ¿Punción lumbar?

—No tan deprisa. Déjame explicarte.

—Perdona.

—Aparte del estado mental alterado y la fiebre, los exámenes físicos y neurológicos han salido normales. En la placa se observa una infiltración difusa con patrón de vidrio esmerilado que el radiólogo afirma que es compatible con una neumonía vírica. El escáner cerebral no muestra nada destacable. Según el laboratorio, su recuento leucocitario estaba un tanto alto, con una linfocitosis moderada. El líquido cefalorraquídeo presenta una presión normal, con niveles de proteínas y gammaglobulina ligeramente elevados, glucosa normal y ocho células mononucleares.

—Todo compatible con un síndrome vírico. ¿Algún viaje a un país exótico?

—No. El personal ha enviado ya las muestras de cultivos y serología.

—Bien —dijo Jamie levantándose—. Voy para allá.

Cogió su chaqueta y las llaves del coche y subió a toda prisa las escaleras. Tuvo que aporrear la puerta para hacerse oír por encima de la música.

—¡Emma, tengo que ir a urgencias! ¿Emma?

—¡Tú a tu rollo! —oyó a través de la puerta.

—¡Los deberes y a la cama! ¡Y saca a Rommy! ¡Te llamaré!

El paciente se llamaba Andy Soulandros. Jamie echó un vistazo a la tablilla con el historial y apartó la cortina que rodeaba su cama. Era un tipo alto y musculado que, en cuanto vio y oyó moverse la cortina, se puso en estado de alerta de inmediato. La analogía de Carrie con un animal asustado era acertada: parecía un conejo sorprendido en la oscuridad, deslumbrado por la luz de una linterna. Sus ojos seguían fijamente cada uno de los movimientos de Jamie y todo su cuerpo temblaba.

—Hola, Andy. Soy el doctor Abbott. ¿Te acuerdas de la doctora Bowman? Ella te examinó antes. Si te acuerdas de ella, asiente con la cabeza.

Soulandros no dio señales de comprender.

Jamie se acercó a la cama.

—Yo, yo, yo, yo... —balbuceó el joven, y luego soltó una especie de gemido estridente y tiró de las ataduras que le sujetaban las muñecas y los tobillos.

—Hemos tenido que atarlo para evitar que se escapara —explicó Carrie.

—Mira los pelos de sus antebrazos —señaló Jamie. Los tenía erizados—. Presenta un fuerte reflejo de piloerección, una reacción primitiva al miedo o al frío. Y aquí dentro no hace frío.

—No había reparado en eso —dijo Carrie.

—Está bien, Andy —prosiguió Jamie—. Sé que estás asustado. Vamos a intentar ayudarte. ¿Te duele algo?

El joven volvió a tirar de sus ataduras.

—¿Sabes quién eres? ¿Sabes cómo te llamas? —Al ver que no respondía, Jamie añadió—: Si te parece bien, voy a examinarte.

Cogió una linterna de bolsillo y le enfocó los ojos.

—¡Ah, ah, ah, ah!

—¿Te hace daño la luz?

—Yo, yo, yo, yo...

Mientras lo examinaba, el paciente permaneció muy rígido, gruñendo y farfullando algunos monosílabos sin sentido y palabras inconexas. Cuando Jamie acabó, él y Carrie volvieron al puesto de enfermería para hablar.

—Coincido con tu examen preliminar, Carrie. No hay nada remarcable en su estado, nada que nos pueda dar ningún indicio salvo los síntomas pulmonares. Me pregunto si habrá tomado alucinógenos.

—El médico residente ha enviado muestras para hacerle pruebas de tóxicos. Le pregunté a su hermano si era posible que hubiera consumido alguna droga y me dijo que Andy es un obseso de la salud, que nada de drogas ni medicamentos. Ni siquiera una aspirina.

—¿Su hermano sigue aquí?

—Está en la sala de espera.

Dave Soulandros se puso en pie al oír su nombre y Jamie lo condujo a un consultorio para interrogarle.

—¿Qué le pasa a mi hermano, doctor? —preguntó desesperado.

—Aún no lo sabemos —contestó Jamie con mucho tacto—. Todavía estamos haciéndole pruebas. Sé que ya ha hablado con varios doctores esta noche, pero me gustaría que volviera a explicarme todo lo ocurrido hasta llegar a esta situación.

—Habíamos quedado para cenar esta noche, pero Andy no

se presentó. Cuando le llamaba, saltaba el buzón de voz, así que fui a su casa, en Charlestown. Al ver que no contestaba al timbre, utilicé la llave que me había dado. Lo encontré tumbado en el suelo de su habitación. Le pregunté qué le pasaba y me dijo que no se acordaba. Estaba muy confuso.

—Pero sabía quién era usted.

—Al principio sí. Pero al cabo de, no sé, unos diez minutos, me preguntó quién era yo. Fue entonces cuando llamé a una ambulancia. Para cuando llegaron, Andy ya apenas podía hablar. Y se le veía muerto de miedo.

—Antes de que le ocurriera esto, ¿su hermano gozaba de buena salud? ¿Le había pasado algo remotamente parecido?

—Tenía una salud de hierro. Y no, nunca le había pasado algo así.

—Tengo entendido que no toma drogas.

—Andy es uno de esos de «Mi cuerpo es mi templo». Nada de drogas.

—Presenta síntomas de neumonía. ¿Se ha quejado últimamente de que tenía fiebre?

—Llevaba una semana sin verle. Ha estado fuera. Ayer me envió un mensaje para decirme que deberíamos quedar cuando estuviera de vuelta en Boston porque tenía noticias.

—¿Estaba fuera de la ciudad?

—Sí, se fue a pasar un par de días con su novia. Tengo la impresión de que me iba a contar que se habían prometido.

—¿Y dónde ha estado?

—Ella vive en Baltimore.

Jamie parpadeó.

—Baltimore…

—Sí.

—¿A qué se dedica su novia?

—Es una… ¿Cómo se llama ese escáner de la cabeza?

—¿Tomografía? ¿Electroencefalograma? ¿Resonancia magnética?

—Eso, ella hace resonancias.

Jamie sintió que se le erizaba el vello del antebrazo y que se le secaba la boca.

—¿Dónde trabaja?

—En un hospital de allí... Dígame nombres.

—¿El Baltimore Medical?

—Sí, en ese.

—¡Quédese aquí! ¡No se mueva de esta sala! —ordenó Jamie, saliendo a toda prisa del cubículo.

Carrie estaba hablando con la jefa de residentes junto a la máquina de café.

—Carrie, Stephanie, venid conmigo —dijo Jamie, llevándolas a una sala de trauma vacía.

—¿Qué pasa? —preguntó Carrie.

—No tengo tiempo para explicaciones, pero es preciso que tomemos una serie de medidas urgentes sin provocar el pánico.

Las dos doctoras se pusieron muy serias y empezaron a tomar notas a toda velocidad.

—Quiero que se declare una emergencia de biocontención de nivel 1. Hay que confinar la unidad de urgencias y todo el hospital. Nadie puede entrar ni salir. Hay que administrar urgentemente doscientos miligramos de doxiciclina a Andy Soulandros. Carrie, encárgate personalmente.

—¿Vamos a suministrarle un antibiótico para una infección vírica? —lo interrumpió ella.

—No hay tiempo para discutirlo ahora, pero no es para tratar una infección. Es para activar el gen suicida sensible a la doxiciclina, un mecanismo de seguridad incorporado en la terapia génica que probablemente sea la causa de este episodio.

—Entiendo —dijo Carrie, aunque por la expresión descompuesta de su cara era evidente que tenía muchas preguntas que hacer.

—Luego quiero que unas enfermeras equipadas con EPI le pongan un traje antiébola y lo trasladen a la unidad de biocontención —prosiguió Jamie—. Hay que hablar con el doctor Collins para decirle que he dado la orden de cerrar este hospital. Todas las ambulancias deben ser derivadas a otros centros hospitalarios. También es preciso llamar a las autoridades sanitarias de la ciudad y del estado. Ellos sabrán con quiénes hay que contactar en el CDC. Y cuando hayáis acabado con todo esto, quiero los nombres de todas las personas que hayan tenido cualquier tipo de contacto con Andy Soulandros y con sus fluidos corporales en el hospital. Todos ellos y nosotros tres vamos a ponernos en cuarentena.

La jefa de residentes dejó de escribir de golpe.

—¿Qué diablos está pasando, Jamie? Te comportas como si ese hombre tuviera el ébola. Y no lo tiene.

—Dios quiera que me equivoque —dijo Jamie—, pero esto puede ser mucho peor que el ébola.

6

Eran las cuatro de la madrugada y Jamie seguía funcionando a base de adrenalina y del horrible café de hospital. Habían puesto en cuarentena a más de treinta personas, principalmente personal médico, aunque también algunos pacientes y visitas. Andy Soulandros estaba en la planta de arriba, en la unidad de biocontención. Todas las entradas y salidas de urgencias se habían sellado con láminas de plástico y cinta aislante. Cientos de vehículos policiales y de servicios de emergencia, así como numerosos equipos de los medios de comunicación, abarrotaban los accesos al hospital hasta Cambridge Street.

Jamie estaba en el ojo del huracán. Ni un solo médico, político o funcionario de sanidad pública estaba de acuerdo con su decisión de declarar una emergencia de nivel 1, aunque ninguno tenía agallas para contravenir su orden. Un equipo de fuerzas especiales del CDC, el Centro para el Control y la Prevención de Enfermedades, iba de camino desde Atlanta en un jet gubernamental. Todos confiaban en que pondrían orden en aquella locura.

Jamie había intentado hablar con Roger Steadman, pero en todos sus números de contacto saltaba el buzón de voz. La operadora del Baltimore Medical Center le aseguró que había tratado de contactar con los doctores Steadman y Pettigrew varias veces, hasta el momento sin éxito. Jamie estaba hablando por una línea fija con el jefe de Enfermedades Infecciosas del Hospital General de Massachusetts cuando vio aparecer en la pantalla de su móvil el código de área de Baltimore.

—¡Roger, por fin!

—No —respondió una sonora voz británica—, lo siento, soy Colin Pettigrew.

—¡Llevo toda la noche intentando contactar con Steadman y contigo! —gritó Jamie.

—Yo también he intentado contactar con Roger. Perdona si no te he llamado antes, pero me temo que yo también estoy metido hasta el cuello en algo muy serio.

—¿Qué ha pasado?

—Un caso bastante extraño, la verdad.

—No irás a decirme que tienes a alguien con fiebre, tos y amnesia global...

Hubo un silencio al otro lado de la línea.

—¿Cómo lo sabes?

Jamie notó que su mano libre empezaba a temblar.

—¿Tu paciente se llama Amelia Gennaro y trabaja como técnica de resonancias magnéticas en el Baltimore Medical Center?

—No lo entiendo. ¿Te ha llamado alguien de nuestro equipo para contártelo?

—Escucha, Colin. Tengo a su novio aquí en el hospital. Esta semana ha estado con ella en Baltimore y presenta el mismo síndrome. Comprueba tus registros. Estoy cien por cien seguro de que esa técnica de IRM va a convertirse en tu paciente cero.

—Sí, puedo confirmar que se trata de ella. Al principio pensamos que podía sufrir encefalitis japonesa, pero su sintomatología es totalmente distinta.

—El síndrome de mi paciente también lo es. La señora Noguchi probablemente fue el caso índice, pero creo que lo que le transmitió a tu técnica no es encefalitis japonesa. Sospecho que tenemos entre manos un virus nuevo. Ahora mismo soy la persona más impopular de Boston, pero aquí he declarado una emergencia de biocontención. Tú deberías hacer lo mismo y poner en cuarentena a cualquiera que haya estado en contacto con Gennaro. Los del CDC vienen de camino a Boston. Les informaré de tu caso y les daré tu nombre como contacto principal en Baltimore. Le he administrado doxiciclina a mi paciente para activar el gen suicida del vector, pero hasta el momento no hemos visto ningún efecto. He intentado contactar con Roger para confirmar los niveles de sensibilidad del gen y le he dejado mensajes muy detallados acerca de la situación.

—Yo también le he dejado información detallada sobre el caso de la señorita Gennaro, aunque debo reconocer que no he llegado tan lejos como tú en las conclusiones. Déjame que active aquí el plan de emergencia y mandaré a alguien a casa de Steadman para que aporree literalmente su puerta. También contactaré con el técnico jefe del laboratorio para averiguar los detalles sobre el gen suicida. Te llamaré en cuanto sepa algo.

Jamie colgó y trató de aclarar sus ideas. Cayó en la cuenta de que, en el fragor de la batalla, se había olvidado de llamar a Emma. Seguramente a ella no le había preocupado lo más mínimo, pero aun así él se reprochó su olvido; no recordaba una sola noche fuera de casa en la que no la hubiera llamado o le hubiera enviado un mensaje. Dentro de tres horas Emma tenía que coger el autobús escolar. La llamaría entonces.

En ese momento le invadió el pánico: estaba en cuarentena.

¿Cuándo podría volver a verla? De todas las angustias monoparentales que le habían asaltado a lo largo de los años, aquella se llevaba la palma.

Volvió a sonarle el móvil, esta vez era un número de Atlanta. Era uno de los funcionarios de la división de patógenos virales especiales con el que había hablado antes. En respuesta a una petición urgente por e-mail, los CDC empezaban a recibir información preliminar sobre casos esporádicos de un síndrome de amnesia febril en Texas, Virginia y Florida.

Cuando colgó, Jamie sintió un abrumador deseo de hablar con Mandy. No le importaba que fuera tan tarde. Ella tenía que saber lo que estaba pasando y él necesitaba oír su voz. Solo esperaba que Derek no cogiera el teléfono. Sin embargo, le respondió una somnolienta voz de hombre.

—¿Derek? Siento llamar tan tarde. Soy Jamie Abbott.

—¿A las cuatro de la madrugada?

—Es una emergencia. Tengo que hablar con Mandy.

—No está aquí. ¿Has probado a llamarla al móvil?

—¿Dónde está?

—En el laboratorio. ¿Qué tipo de emergencia?

—Ella te lo explicará, Derek. Ahora tengo que dejarte.

Cuando Mandy respondió al móvil, Jamie experimentó el primer momento de calma en muchas horas.

—¿Todavía despierto?

—Tú también.

—Estoy en el laboratorio.

—Lo sé.

—Mierda. Has hablado con Derek.

—Dijiste que desconectabas por la noche, ¿recuerdas?

—Esta noche es una excepción.

Jamie habló primero. Ella no dijo nada mientras le contaba todo lo ocurrido, pero él sabía que seguía ahí. Podía oírla respirar.

Cuando acabó, fue el turno de Mandy.

—Será mejor que te explique lo que he estado haciendo. Esta mañana recibí por correo las muestras del tejido cerebral de la señora Noguchi y las he estado analizando desde entonces. Por desgracia, todo encaja con lo que estás observando sobre el terreno. Hace un rato leí los resultados de las inmunotransferencias y he obtenido algunas secuencias.

Jamie no daba crédito al volumen de información que había generado en un solo día, y cuando al final ella dijo: «Tal como te temías, se trata de un virus nuevo», apoyó la espalda contra la pared más cercana y dejó que su cuerpo se deslizara hasta el suelo.

El virus encontrado en el tejido cerebral de la señora Noguchi contenía elementos del adenovirus original de Mandy y del virus de la encefalitis japonesa.

—Se propagará por vía respiratoria como los adenovirus —prosiguió Mandy—, e infectará el cerebro como la encefalitis japonesa. Puede ser altamente contagioso.

—El adenovirus es un virus de ADN. El de la encefalitis japonesa es de ARN. ¿Cómo diablos han podido hibridarse?

—Se han reportado casos sobre virus híbridos de ADN y ARN. Es muy raro, pero ocurre. Lo que más asusta de todo esto es que, al parecer, el nuevo virus es capaz de hacer todo aquello que programamos para que el virus original no hiciera. Se replica a sí mismo y por lo visto puede insertar material genético en las células nerviosas.

Jamie dio su opinión científica:

—¡Mierda!

Mandy le explicó que los centros de memoria del cerebro de la señora Noguchi, sobre todo los lóbulos temporales mediales, se habían iluminado como árboles de Navidad con las sondas moleculares. La presencia del nuevo virus y de la carga NSF-4 de Jamie era abundante, o al menos una versión del NSF-4 que, aunque similar, era diferente.

—Tu NSF-4 también parece haber mutado.

—Mutado... ¿cómo?

—No es mi especialidad, así que cotejé las secuencias genéticas con las del GenBank de los Institutos Nacionales de Salud. La secuencia generada parece ser nueva, pero es muy similar a la de una proteína conocida de la que nunca había oído hablar, llamada CREB-1.

Jamie sintió náuseas.

—Oh, Dios...

Su reacción fue contagiosa.

—¿Qué es la CREB-1? —preguntó Mandy asustada.

—Son las siglas en inglés para la proteína de unión al elemento de respuesta de AmpC 1. Es un factor de transcripción responsable del almacenamiento de la memoria en el cerebro.

Los circuitos bioquímicos para depositar los recuerdos a largo plazo están bastante bien estudiados, pero los caminos para recuperarlos no tanto. Algunos investigadores, entre ellos yo, hemos estado buscando nuevas CREB responsables de la recuperación de los recuerdos dentro de una familia de factores relacionados con el NSF-4. La hipótesis es que esos factores de transcripción activadores abren y cierran los circuitos de recuperación de los recuerdos. Mi paciente de Boston y el de Baltimore se comportan como si ese factor de tipo CREB se hubiera aposentado en sus circuitos de recuperación y bloqueara los recuerdos. Es como si todos sus recuerdos hubieran sido borrados.

—¿El proceso es reversible?

—Si se activa el gen suicida, creo que sí. Al menos, eso espero. No hay razón para pensar que el virus no responda al gen suicida y se autodestruya, ¿no?

—Debería. Fue diseñado para reaccionar ante cualquier virus conocido, híbridos incluidos.

—Podemos felicitarnos por haber obligado a Steadman a incorporar un gen suicida.

—Quien se lo exigió fuiste tú.

Jamie no estaba buscando que le reconocieran sus méritos.

—Afortunadamente, podemos eliminar el bloqueo activando el gen con doxiciclina. Si destruimos el virus, dejarán de producirse los nuevos factores tipo CREB, y los que ahora bloquean los circuitos deberían degradarse de forma natural y permitir la recuperación de los recuerdos. Ya he administrado doxiciclina a mi paciente y le he pedido a Colin que haga lo mismo con el suyo.

—¿Y...?

—Estamos esperando resultados.

—Dime que llevabas mascarilla cuando lo examinaste.

—Me temo que no.

—Por Dios, Jamie. Deberías tomarte la doxiciclina por si acaso. Estoy muy preocupada por ti.

—Ya me la he tomado. La he ido repartiendo como golosinas entre todos los que estamos en cuarentena.

—Menos mal.

—Es la primera buena noticia de la noche.

—¿Qué noticia?

—Que estás preocupada por mí.

7

Jamie llevaba durmiendo una media hora en una de las salas de descanso del personal cuando un mensaje le avisó de que el equipo del CDC había llegado del aeropuerto en una estruendosa caravana de luces azules y sirenas ululantes.

A través de la ventana, vio que los primeros fulgores del amanecer teñían el cielo de Beacon Hill de un resplandor rosáceo. Estaban a finales de septiembre, uno de sus meses favoritos, cuando los días aún eran lo bastante cálidos para llevar manga corta, pero las noches eran frescas y vigorizantes. Cuando Emma era más pequeña, septiembre era también su mes favorito. Era la época en que recogían manzanas en el campo y rastrillaban las hojas caídas, que luego apilaban en grandes montones en el patio trasero. A Emma incluso le gustaba volver a la escuela y escribir su redacción sobre lo que había hecho durante el verano.

¿Qué había sido de aquella niñita dulce? Sus amigos psicólogos describían su comportamiento como de oposición desafiante. Él lo llamaba ser una borde.

Tenía que hablar con ella antes de que tomara el autobús escolar. La llamó dos veces al fijo y otras dos al móvil antes de que por fin respondiera.

—¿Qué? —espetó Emma con brusquedad.

—Llevo un rato llamando.

—Ya me he dado cuenta.

—Esta noche no he ido a casa.

—Ya eres adulto. Yo no juzgo a los demás como otros que yo me sé.

—Muy graciosa.

La muchacha estaba de un humor de perros, como era habitual.

—Oye, tengo mucha prisa. ¿Qué quieres?

—Quiero que hoy no vayas al instituto.

Jamie se imaginaba a su hija con una teatral cara de sorpresa.

—¿Cómo has dicho?

—Ya me has oído. Tenemos una emergencia.

—¿Qué clase de emergencia?

—Parece que estamos a las puertas de una epidemia vírica.

—Oh, qué horror —replicó ella en tono melodramático—. ¡La gripe aviar llega a Boston! ¡Estamos perdidos!

—Esto puede ser mucho peor que la gripe aviar, cariño.

—Lo que tú digas. No tienes que convencerme. Ya me he quitado los zapatos. ¿Quién va a escribirme la nota?

—Yo lo haré.

—¿Y todo el mundo va a saltarse las clases?

—No creo, pero mañana a lo mejor todo cambia. La noticia aún no se ha hecho pública.

—¡Uau, guay! ¿Y serán muchos días? ¿Una semana?

—Es pronto para saberlo.

Jamie no habría sabido decir si el bostezo de su hija era real o fingido.

—Bueno, me vuelvo a la cama. ¿Hoy viene Maria?

Maria era la asistenta y la encargada de sacar a pasear al perro.

—Ah, me había olvidado de ella. La llamaré para decirle que hoy no venga a casa. No quiero que tengas contacto con ella ni con nadie más.

—Ya la llamo yo —dijo Emma.

—Vale. Gracias.

—Chao.

—Espera un momento. No quiero que salgas de casa. Y tampoco que te visiten tus amigas. ¿De acuerdo?

—Lo que tú digas.

En cuanto colgó, Emma llamó a su mejor amiga, Kyra.

—¿Sabes qué? Hoy no voy a clase.

Kyra le preguntó por qué.

—Mi padre me obliga. Por lo visto hay una epidemia o alguna chorrada de esas.

—No he oído nada.

—Aún no se ha hecho público. Vente para acá y salgamos a dar una vuelta.

—No quiero que me caiga una expulsión.

—No te caerá. Mi padre nos escribirá una nota.

—¿En serio?

—Pues sí. ¿Dónde está tu madre?

—Ha trabajado toda la noche. Aún no ha llegado.

Emma solo tenía una palabra para su amiga:

—Perfecto.

Jamie hizo lo que pudo para adecentarse un poco antes de dirigirse a toda prisa a la pequeña sala de reuniones de la unidad de biocontención. Esta contaba con seis habitaciones de máximo aislamiento. Se había utilizado por última vez el año anterior, ante la sospecha de un caso de fiebre de Lassa. Ahora, la planta se había convertido en un improvisado refugio para poner en cuarentena al personal médico y a los pacientes que habían tenido la desgracia de encontrarse en urgencias cuando llegó Andy Soulandros. Como medidas de precaución, se habían instalado alarmas en las salidas y se habían programado los ascensores para que no se detuvieran en la planta. También se habían dispuesto camillas en los pasillos, y Jamie caminó entre ellas sin hacer ruido para no despertar a la gente.

La sala de reuniones estaba conectada a través de un circuito de vídeo con el auditorio O'Keefe, donde cada semana se celebraban las asambleas médicas. Al observar la imagen en el monitor, a Jamie le sorprendió ver la gran cantidad de gente que se había congregado a una hora tan temprana. Reconoció a todos los miembros del equipo ejecutivo del hospital, el director y los administradores principales, así como a los jefes de los departamentos de Medicina general, enfermedades infecciosas, Enfermería y el de la Unidad de control de infecciones.

Creighton Collins, el director del hospital, estaba de pie, inclinado sobre un hombre mucho más bajo, hablando. Al ver a Jamie en la gran pantalla del auditorio, transfirió su imagen a un portátil que estaba sobre el estrado.

—Le presento al doctor Abbott —dijo, dirigiéndose al hombre bajito—. Jamie, este es el doctor Hansen, del Centro para el Control de Enfermedades.

Hansen estaba bastante calvo y era un poco rechoncho. Cuando frunció el ceño, los pliegues de carne se le extendieron hasta el cuero cabelludo.

—Mark Hansen —se presentó el hombre—. Soy el director del equipo de respuesta rápida global. He venido con un equipo de expertos en patógenos virales especiales, epidemiología y operativos de emergencia. Estoy seguro de que pronto los conocerá a todos. Parece que tenemos aquí a todos los responsables sanitarios y de emergencias de la ciudad y del estado. Ha hecho un buen trabajo movilizando los recursos con tanta rapidez.

—Llamamos a todo el mundo que se nos ocurrió —dijo Jamie.

—¿Se encuentra bien? —preguntó Hansen, ya en calidad de doctor.

—Estoy bien. No tengo síntomas. Y por lo que he podido ver esta mañana, todos los confinados se encuentran bien.

Cerca había un tipo corpulento de traje oscuro que hablaba con el comisario general de la policía de Boston. Se acercó al grupo y al momento su beligerante rostro llenó la pantalla de Jamie.

—Así que tú eres el capullo que me ha sacado de la cama a las tres de la mañana... Soy Dmitri Kovachek, el jefe de Gabinete del alcalde. Más te vale no ser el típico niño que grita «¡Que viene el lobo!».

Jamie no estaba seguro de si estaba bromeando, pero creía que no.

—¿Preferiría que la crisis fuera real?

—¿Preferirlo a qué, a una situación que podría convertirse en una pesadilla para las relaciones públicas del gabinete municipal? La verdad, tal como me siento ahora, no lo tengo tan claro.

Hansen se inclinó hacia el micrófono del portátil y bajó la voz.

—Me temo que nos enfrentamos a algo muy real. Hace seis horas pusimos una alerta en nuestra red describiendo lo que sabemos sobre el caso índice del doctor Abbott y el caso relacionado de Baltimore. Durante toda la noche hemos estado recibiendo informes sobre posibles casos procedentes de varios estados, del Distrito de Columbia y de Puerto Rico. Y, por lo que sabemos, no está usted solo en Massachusetts, doctor Abbott. Los últimos datos que he recibido en el avión hablaban de cuatro posibles casos en Boston, uno en Fall River y otro en Worcester. Esa mujer que está ahí con su tableta, la doctora LaMotta, directora de la división de patógenos virales especiales, está recopilando los datos en tiempo real. Ella nos mantendrá al corriente.

—¡Santo Dios! —exclamó Kovachek—. ¿Tengo que ponerme mascarilla?

Collins le dijo a Jamie que, tras los preliminares de rigor, el CDC quería que expusiera lo que sabía sobre el ensayo de terapia génica y sobre el estado clínico de su paciente cero. Luego el director del hospital se dirigió al frente del estrado, pidió silencio a los congregados y pulsó una tecla del portátil para transferir la imagen de Jamie a la pantalla grande. Acto seguido, a fin de poner a todo el mundo en situación, solicitó a los allí reunidos que se levantaran de uno en uno para presentarse. La ronda de presentaciones duró varios minutos, ya que, aparte del personal del hospital, había representantes de los departamentos de Salud de Massachusetts y Boston, de los servicios locales y estatales de prevención y emergencias, altos mandos de las fuerzas del orden y un nutrido contingente del CDC.

Después de las presentaciones, Collins tomó la palabra.

—Muy bien. No ocurre todos los días que un neurólogo decida cerrar el mayor hospital de Boston. No obstante, el doctor Abbott ha hecho saltar todas las alarmas a raíz de un preocupante caso que ha activado todos los protocolos de emergencia. Él mismo nos hablará desde nuestra unidad de biocontención, donde él y otros miembros del personal que se encontraban en urgencias cuando llegó el paciente están ahora confinados. Doctor Abbott, tiene usted la palabra. Y como esta conexión es por circuito de vídeo, pido a los presentes que no hagan preguntas hasta que haya finalizado su exposición.

Jamie empezó con un resumen del ensayo clínico de Baltimore y de los acontecimientos que habían conducido a la muerte de la señora Noguchi. A continuación comentó el ingreso de Andy Soulandros en urgencias la noche anterior y prosiguió con una explicación de los análisis preliminares de Mandy acerca del virus híbrido y de la carga alterada de NSF-4.

A pesar de la petición del director del hospital, Jamie vio una mano alzarse entre la audiencia. Se trataba del jefe de Gabinete del alcalde.

—A ver —dijo Kovachek—, yo no soy un doctor brillante como muchas de las damas y caballeros que están aquí reunidos, pero ¿cómo diablos se les ocurre soltar un virus peligroso para que se expanda por ahí sin control?

Jamie escogió sus palabras cuidadosamente.

—En los últimos veinte años se han aprobado y desarrollado miles de ensayos clínicos de terapia génica en todo el mundo. En la gran mayoría se han utilizado adenovirus vectores como el que ha diseñado la doctora Alexander en Indiana. Todos los pasos del ensayo clínico de Baltimore se han realizado bajo los auspicios de un comité de seguridad regulado por la FDA. Y el protocolo incorpora múltiples niveles de control y mecanismos de seguridad.

—Y aun así, ahora nos encontramos con este bonito panorama —espetó Kovachek.

—Es innegable que en Baltimore se produjeron algunas infracciones del protocolo. No deberían haber ocurrido, pero ocurrieron.

Jamie vio alzarse otra mano.

—No recuerdo ahora quién es esa señora de azul, pero adelante con su pregunta.

—Hola, soy Heidi Moscowitz, miembro del servicio de información epidémica del CDC. ¿Cuándo tendremos más datos sobre los niveles de sensibilidad del gen suicida?

—Espero que pronto —respondió Jamie—. Llevo toda la noche intentando contactar con el investigador principal del ensayo, el doctor Steadman. La unión de la carga viral y del gen suicida de seguridad se llevó a cabo en su laboratorio. Confío en que a lo largo de esta mañana tengamos más información.

El comisionado del Departamento de Salud Pública de Massachusetts quiso saber quién había recibido la doxiciclina.

—Unas treinta personas, la mayoría personal médico. Todos los que estaban en urgencias cuando ingresó el paciente.

—¿Y el paciente ha respondido a la doxiciclina? —preguntó la doctora LaMotta.

—Hace una hora todavía no, pero he pensado que estaría bien que lo examinara delante de ustedes. Creo que deberían ver a qué nos estamos enfrentando.

Dicho esto, Jamie se excusó y fue a ponerse el traje de aislamiento.

La doctora LaMotta se plantó delante del auditorio, dejó su tableta sobre la mesa y la conectó al portátil.

—Buenos días. Soy Cynthia LaMotta, directora de patógenos virales especiales del CDC. Contactamos con el doctor Abbott en cuanto la ciudad de Boston nos notificó el caso índice del señor Soulandros, ingresado anoche en este hospital. Poco después nos pusimos en contacto con el doctor Colin Pettigrew, del Baltimore Medical Center, que nos informó acerca de una paciente ingresada en urgencias, la señorita Gennaro, que mantiene una relación con Soulandros. Por el momento, nos estamos refiriendo al nuevo agente como VAF, virus de amnesia febril, y a la nueva enfermedad como SAF, síndrome de amnesia febril, por usar un nombre descriptivo. Anoche activamos un sistema de alerta de SAF para todos los departamentos de Urgencias de Estados Unidos y sus territorios, y así es como estaba la situación hace solo diez minutos.

Transfirió una diapositiva de su tableta a la pantalla de proyección. Hubo una exclamación colectiva.

En el mapa, los estados que habían reportado casos aparecían en rojo. Los que no, en azul.

El mapa era un mar teñido de rojo.

8

La doctora LaMotta esperó a que la audiencia volviera a guardar silencio y prosiguió.

—Hasta el momento se ha informado de doscientos cuarenta y siete casos de SAF en treinta y ocho estados, Puerto Rico, las Islas Vírgenes estadounidenses y Guam. Aquí en Massachusetts hay actualmente nueve casos activos, cinco de ellos en la ciudad de Boston. Tengan en cuenta que todavía no hemos contactado con la comunidad internacional, así que no sabemos si el estallido epidémico se limita tan solo a Estados Unidos y sus territorios.

Alguien la interrumpió para preguntar si algo de todo aquello se había hecho público.

—Todavía no —respondió LaMotta—, pero es muy probable que el CDC y el Departamento de Seguridad Nacional, junto con la Casa Blanca, redacten un comunicado de prensa y lo den a conocer a lo largo del día. El director del CDC, el doctor Fogarty, está esperando las conclusiones de esta reunión antes de proceder. La comunidad médica y la opinión pública clamarán por obtener el máximo de información posible y recibir directrices de actuación, aunque mucho me temo que, al principio, no tendremos todas las respuestas.

Kovachek señaló las puertas del hospital con la cabeza y exclamó:

—¿Sabéis la cantidad de reporteros que hay acampados ahí fuera? Esto va a correr como la pólvora.

El director de la Comisión de Sanidad Pública de Boston preguntó acerca del período de incubación.

LaMotta contestó que solo podía hacer una estimación basada en los casos de Soulandros y Gennaro.

—La hipótesis más razonable es que Gennaro, la técnica de resonancia magnética, fue infectada por la paciente de la terapia génica, la señora Noguchi, en el momento de hacerle el escáner cerebral. Al día siguiente Soulandros viajó a Baltimore y se alojó en el apartamento de Gennaro. Pasaron un día y medio juntos y luego, o sea anteayer, Soulandros regresó a Boston. Si nos basamos en estos datos, el período mínimo de incubación diría que es de uno a tres días.

—¿Y cuál es el modo de transmisión? —quiso saber alguien.

LaMotta preguntó si disponían de la placa pulmonar de Soulandros.

El jefe de Enfermedades infecciosas del hospital proyectó la radiografía en la pantalla.

—Probablemente por vía respiratoria, según demuestra la presencia de una neumonitis bilateral difusa —explicó—. He hablado con los técnicos clínicos de Baltimore y me han dicho que su paciente presenta una infiltración pulmonar similar y un cuadro de fiebre y tos que progresa hacia un problema del sistema nervioso central. Estamos esperando resultados de los cultivos de esputos, sangre, orina y líquido cefalorraquídeo, así como un análisis exhaustivo de serologías. Por supuesto, compartiremos todas nuestras muestras con el CDC.

Tras darle las gracias, LaMotta prosiguió.

—Como ya saben, el modo de transmisión de la infección por adenovirus es a través de las gotículas expulsadas por las vías respiratorias. El virus de la encefalitis japonesa se transmite por vía sanguínea a través de la picadura de mosquitos. El VAF podría mostrar elementos de ambos o no, pero sin duda parece tener un componente respiratorio.

Collins anunció que el doctor Abbott ya estaba listo y conectó la señal de vídeo con la sala número uno de aislamiento, donde Jamie apareció en pantalla equipado con un EPI completo con casco incluido y provisto de suministro autónomo de oxígeno. El casco llevaba incorporado un micrófono, conectado a un altavoz por Bluetooth para que se le pudiera oír. Jamie presentó a su colega de neurología, la doctora Bowman, que estaba a su lado también con un equipo de aislamiento.

Al fondo se veía a Andy Soulandros, atado a la cama hospitalaria por cuatro puntos de sujeción.

Jamie se acercó a la cama.

—Soy el doctor Abbott. ¿Cómo te sientes esta mañana?

Soulandros miró a Jamie con los ojos muy abiertos y empezó a tirar de las ataduras de sus muñecas.

—Yo, yo, na, na, na...

—La doctora Bowman ha estado junto a él toda la noche y es quien mejor puede informarnos sobre su situación clínica. Adelante, Carrie.

—He estado con el paciente en todo momento desde que llegó anoche a urgencias —señaló. Su voz amplificada reverberaba suavemente—. Como ya les ha explicado el doctor Abbott, la mayoría de las funciones neurológicas permanecen intactas. Presenta control voluntario e involuntario de los músculos, incluyendo el movimiento intestinal y el control de la vejiga. Camina con normalidad y su equilibrio también es estable, responde a estímulos de dolor, calor y frío, y sus sentidos de la visión y el oído son a grandes rasgos normales. El examen neurológico y el escáner cerebral no revelan indicios de trauma, derrame o hemorragia. Sus deficiencias clínicas consisten básicamente en problemas de memoria y de lenguaje.

»Creo que el doctor Abbott ya les ha contado que, en el cerebro de la paciente de terapia génica de Baltimore, las sondas moleculares incidían principalmente en los lóbulos temporales mediales y poco o nada en el resto de las zonas cerebrales. Los síntomas clínicos de nuestro paciente son totalmente compatibles con una afectación de dichos lóbulos. Por lo general, estas áreas son las primeras que resultan dañadas debido a la enfermedad de Alzheimer. Los lóbulos temporales mediales son los responsables de los aspectos fundamentales del almacenamiento y la recuperación de la memoria a largo plazo. El doctor Abbott lo explicará con más detalle, y luego les haré una demostración de lo que nuestro paciente puede o no puede hacer.

La cabeza de Jamie asintió en el interior de su voluminoso casco.

—Todos contamos con una memoria a largo plazo y otra a corto plazo. Esta última es la capacidad de recordar una cantidad pequeña de información durante un corto espacio de tiempo: por ejemplo, recordamos un número de teléfono en el momento en que lo estamos marcando. El córtex prefrontal ubicado en los lóbulos frontales es el responsable de la memoria a corto plazo. El estado de este tipo de memoria se suele comprobar haciendo que el sujeto recuerde un dígito o un objeto. Sin embargo, dadas las dificultades de lenguaje que presenta el paciente, lo mejor que podemos hacer es comprobarlo con este sencillo experimento. ¿Carrie?

—Nos ha llevado bastante tiempo enseñarle a hacer lo que queríamos, pero ahora puede hacerlo.

Acto seguido, buscó con sus gruesos guantes las ataduras para liberar las muñecas de Soulandros. Este levantó los brazos para mirarse las manos, pero por lo demás permaneció quieto en la cama. Sobre la mesilla había un bol con uvas. La doctora cogió una y se la mostró. El hombre la siguió fijamente con la mirada.

—Y ahora —dijo Carrie—, ¿dónde está la uva?

Se llevó el fruto de la mano derecha a la izquierda y cerró los puños. Esperó varios segundos antes de tenderlos hacia él.

Soulandros señaló inmediatamente la mano izquierda y cogió la uva cuando ella extendió la palma.

—Muy bien —le felicitó Carrie mientras el paciente masticaba—. Vamos a repetirlo.

Después de tres pruebas satisfactorias, Jamie prosiguió.

—Así pues, parece que la memoria a corto plazo, y por tanto las funciones que dependen de los córtex prefrontales, están intactas. Ahora procederemos a examinar su memoria a largo plazo. A grandes rasgos, existen dos categorías de este tipo de memoria: la explícita o declarativa, y la procedimental. Nuestros recuerdos explícitos son las cosas que sabemos o conocemos: hechos, sucesos, personas, lugares, objetos..., esa clase de datos. Hay dos tipos de recuerdos explícitos. Los recuerdos semánticos son las cosas que aprendemos y que no están relacionadas con la experiencia personal, como, por ejemplo, lo que aprendemos de los libros. Y luego están los recuerdos episódicos, que están relacionados con cosas que hemos experimentado personalmente: asistir a una boda, ver un desfile..., cosas así.

»Los recuerdos procedimentales son muy distintos. Se almacenan en diferentes partes del cerebro, sobre todo el cerebelo, los lóbulos frontales y los ganglios basales, y nos permiten hacer las tareas que ya hemos aprendido. Podemos realizarlas en cualquier momento, de manera automática, sin pensar en ellas de forma consciente: son cosas como conducir, tocar el piano o bailar. Ahora procederemos a examinar las capacidades y las deficiencias explícitas y procedimentales del paciente, pero antes déjenme hablarles un poco del lenguaje. La memoria y el lenguaje están interrelacionados. Uno de los componentes de nuestra memoria explícita corresponde al almacenamiento del significado de las palabras y sus asociaciones: nuestro léxico. Al igual que otros recuerdos explícitos, estos recuerdos basados en el lenguaje se almacenan en los lóbulos temporales. El otro componente del lenguaje es nuestra gramática mental, las reglas aprendidas que nos permiten juntar las palabras para formar oraciones. Estos recuerdos gramaticales se almacenan en los lóbulos frontales, y tengo la impresión de que también se han visto afectados en nuestro paciente. Muy bien, se acabó la lección. ¿Carrie?

Soulandros había estado observando fijamente el rostro de

Carrie a través del visor acrílico. Cada vez que él se alteraba, ella le sonreía y el hombre parecía calmarse.

La doctora hizo un gesto con el brazo abarcando la habitación.

—¿Dónde estás?

Él siguió el movimiento de su brazo y respondió:

—Mi, mi, mi, mi...

—Vale. ¿Quién soy?

—No, no, no...

Carrie había dispuesto algunos objetos sobre una mesa. Cogió una cuchara y preguntó:

—¿Qué es esto?

Soulandros la cogió con la mano derecha, la olió y dijo:

—Yo, yo, yo...

—¿Qué es esto? —repitió Carrie.

No hubo respuesta.

Carrie le quitó la cuchara y le entregó un pequeño frasco sellado con trocitos de melocotón en almíbar.

—¿Qué es esto?

Él cogió el frasco y lo olió.

—Na, na, na...

—¿Es comida?

Él la miró inexpresivo.

La doctora le quitó el frasco de las manos. No fue tarea fácil retirar el sello de plástico con los guantes, pero al final lo logró. Entonces le tendió a Soulandros el frasco abierto y la cuchara al mismo tiempo, y él cogió cada cosa con una mano. Tras oler la fruta, usó la cuchara para llevarse los trocitos de melocotón a la boca hasta que no quedó ninguno, y luego se bebió hasta la última gota de jugo.

—El paciente no sabía o no era capaz de poner nombre a la cuchara, un problema de memoria explícita —explicó Jamie—, pero sabía por instinto para qué servía y cómo utilizarla, una habilidad de memoria procedimental.

Carrie cogió un bolígrafo.

—Hace dos horas el paciente no sabía nombrar este objeto —dijo sosteniéndolo ante la cámara—. Pero hemos estado trabajando en ello. —Se volvió hacia la cama—. ¿Qué es esto?

Soulandros tensó los labios. Ella repitió la pregunta.

—Bo... boli —balbuceó él al fin.

—¡Muy bien! —exclamó Carrie—. Boli. Hace un rato tampoco sabía cuál era su propio nombre, y también lo hemos trabajado. ¿Cómo te llamas?

Soulandros movió la boca, pero no salió nada.

—¿Cómo te llamas?

Nada.

Entonces la doctora le ayudó un poco:

—An...

—An... dy.

—¡Muy bien! ¡Andy! Ahora vamos a comprobar si sabe lo que tiene que hacer con el bolígrafo. Aún no lo hemos probado.

Carrie le entregó el bolígrafo y puso ante él una bandeja con una hoja de papel. Soulandros lo asió en su puño, pero no hizo nada. La doctora se inclinó sobre él, le quitó el bolígrafo y empezó a hacer garabatos en la hoja. Luego volvió a dárselo. En esta ocasión él la imitó, agarrándolo con tres dedos y trazando una simple línea en la página. Entonces parpadeó varias veces y empezó a mover la mano rápidamente.

—¡Muy bien, Andy! —le felicitó la doctora.

Luego Soulandros cogió la hoja y la sostuvo en alto: en ella aparecía garabateada una firma rudimentaria.

—Esto no resulta sorprendente —intervino Jamie—. Trazar una firma es un acto automático que no requiere de la recuperación consciente de la memoria almacenada.

Entonces Soulandros empezó a apretar las piernas, haciendo muecas y tocándose la entrepierna por encima de la bata de hospital.

—¿Quieres hacer pipí? —le preguntó Carrie—. Ya ha mostrado antes este comportamiento.

El hombre emitió un gruñido, y cuando ella le soltó las ataduras de los tobillos, saltó de la cama y se dirigió al lavabo. Desapareció de la pantalla y poco después oyeron que orinaba y que la cisterna se vaciaba. Carrie entró en el cuarto de baño y, al salir, puso una mano en el hombro del paciente y, guiándolo con delicadeza, lo llevó de vuelta a la cama.

—Ir al lavabo es otra función automática —explicó Jamie—, y el hecho de que permanezca intacta es otra señal de que sus problemas radican tan solo en su memoria explícita. Muy bien, antes de quitarme el traje, voy a resumir lo que tenemos. Esta evaluación es preliminar y se basa en un único paciente, pero creo que podemos establecer algunas generalizaciones. Su síndrome presenta similitudes, si bien también diferencias significativas, con dos procesos comparables: la enfermedad de Alzheimer y la amnesia retrógrada. Como muchos pacientes con un alzhéimer severo, parece haber perdido una parte sustancial de la capacidad de recuperación de la memoria explícita, así como la mayoría de sus aptitudes lingüísticas. Sin embargo, a diferencia de quienes padecen alzhéimer severo, la enfermedad ha aparecido de forma repentina, el paciente no está postrado en cama ni muestra incontinencia, y además está completamente alerta. Asimismo, a diferencia de aquellos en los que la posibilidad de un nuevo aprendizaje es prácticamente inexistente, nuestro paciente, al parecer, tiene la capacidad de, como mínimo, recuperar ciertos conocimientos como su propio nombre o la palabra para designar un bolígrafo.

»Los pacientes con amnesia retrógrada desarrollan su enfermedad de forma repentina, como resultado de un trauma, una hemorragia cerebral o una situación de estrés psicológico severo. Pueden no recordar su identidad o cómo han llegado a un determinado lugar, pero por lo general su lenguaje es fluido y su memoria semántica permanece intacta. Lo que pierden es la memoria episódica, los recuerdos relacionados con su experiencia personal. Creo que nuestro paciente sufre un síndrome totalmente distinto que no ha sido descrito con anterioridad. Un síndrome compatible con los factores tipo CREB alterados que les he descrito antes y que bloquean, a nivel molecular, los circuitos de recuperación de la memoria.

»En estos momentos, resulta imposible saber si otros pacientes con el mismo síndrome se verán afectados en un mayor o menor grado. También resulta imposible saber cuánto podría durar el síndrome sin la aplicación de algún tipo de terapia. El nuevo virus parece ser que se replica, lo que significa que seguirá produciendo factores CREB alterados y, por tanto, continuará bloqueando la recuperación de la memoria. Y eso no es bueno. No obstante, la capacidad de reaprendizaje indica que algunas regiones de los lóbulos temporales son capaces de almacenar y recuperar nuevos recuerdos a pesar de esos factores alterados. Y eso sí es bueno.

Cuando Jamie regresó a la pequeña sala de reuniones y se reincorporó a la asamblea, en el auditorio se había desatado una acalorada discusión acerca de las medidas que habría que adoptar en cuanto a salud pública. El director del equipo de respuesta rápida global del CDC, el doctor Hansen, se encargaba de moderar el debate desde el estrado. Jamie escuchó mientras se lanzaban opiniones sobre si los hospitales deberían mantenerse abiertos o cerrados, si habría que aconsejar a la gente que se recluyera en sus casas, si deberían cerrarse las escuelas y las guarderías o si habría que distribuir mascarillas quirúrgicas entre la ciudadanía. Una de las pocas medidas en las que hubo unanimidad fue la de que había que administrar doxiciclina de forma masiva, tal vez a toda la población estadounidense. Se envió a alguien del CDC a realizar las llamadas pertinentes para enterarse del nivel de las reservas nacionales del antibiótico.

Hansen explicó a los reunidos que una de las máximas prioridades del CDC era averiguar el riesgo de contagio del SAF tras haber estado en contacto con una persona infectada, y también obtener datos concluyentes sobre el período máximo de incubación tras la exposición. Eso permitiría tomar decisiones sobre la duración de la cuarentena.

—Tras haber estado en contacto —prosiguió Hansen—, ¿cuánto tiempo ha de pasar para estar seguros de que no ha habido contagio? ¿Cuatro, cinco, seis días? ¿Durante cuánto tiempo es contagioso un enfermo de SAF? ¿Solo mientras sigue tosiendo? ¿Más tiempo? Necesitamos saber mucho más sobre la enfermedad antes de dar respuestas a la ciudadanía. De todos modos, aunque disponemos de datos insuficientes, está claro que la Casa Blanca querrá que emitamos una declaración institucional, probablemente a lo largo de esta misma mañana.

El miembro del CDC que había ido a comprobar el nivel de las reservas nacionales de doxiciclina regresó y procedió a explicar lo que había averiguado. Justo en ese momento, el móvil de Jamie empezó a vibrar. Cuando vio que se trataba de Colin Pettigrew, silenció su micrófono y dio la espalda a la cámara.

—Colin, ¿has logrado contactar con Steadman?

Mientras Pettigrew hablaba, Jamie perdió la noción del tiempo. Cuando colgó y echó un vistazo a la pantalla del móvil, le sorprendió descubrir que la llamada solo había durado dos minutos.

Volvió a conectar el micrófono y se volvió hacia la cámara.

—Siento interrumpir —dijo alzando la voz, y provocando que Hansen mirara por encima del hombro hacia la gran pantalla—. Acabo de recibir una llamada de Baltimore. Han encontrado al doctor Steadman esta mañana. Muerto. Se ha suicidado. También me han informado de que han localizado al jefe de laboratorio de Steadman en Montana, donde se encontraba de vacaciones. Este ha explicado que, sin que sus colaboradores ni el comité de seguridad tuvieran conocimiento de ello, la estabilidad del virus de la terapia génica se había visto seriamente comprometida al incorporar el gen suicida. Y hace unos seis meses, con el fin de acabar el ensayo en el plazo previsto, Steadman le ordenó que suprimiera el gen suicida y que guardara el secreto.

—¿¡Cómo!? —oyó gritar a Hansen.

Jamie tragó saliva.

—Me temo que no disponemos de mecanismo de seguridad —repuso—. No contamos con ninguna arma conocida para enfrentarnos a esto.

9

En el ambiente flotaba un olor a antisépticos y pesimismo. Nadie había votado a Jamie para convertirlo en su líder, pero todos los que estaban en cuarentena acudían a él en busca de respuestas. Y él tenía muy pocas que ofrecer.

No ocultó lo poco que sabía. A lo largo de la noche, cada vez que él o Carrie Bowman salían de la sala de aislamiento en la que se encontraba Andy Soulandros, todos le preguntaban si la terapia había surtido algún efecto. Su hermano Dave estaba especialmente nervioso y se dedicaba a hacer sudokus en el móvil de forma compulsiva para comprobar su propio estado mental. Cuando Jamie salió de la asamblea con el CDC, reunió al personal médico y sanitario y les explicó en un tono sombrío que el tratamiento con doxiciclina no servía para nada. Luego repitió el mensaje a todos los pacientes y familiares que se habían visto abocados a aquella trágica situación la noche anterior.

—¿Cuánto tiempo tiene que pasar hasta que sepamos si estamos a salvo? —preguntó una mujer que había acudido para recibir una inyección para sus migrañas y que había estado sentada en la sala de espera junto a Andy Soulandros.

—Es difícil de precisar —respondió Jamie—. Un par de días, tal vez. Pero en estos momentos es solo una hipótesis.

—Mi marido y mis hijos están fuera.

—Pero no querrá infectarlos, ¿no?

—Puedo ponerme guantes y mascarilla. No pueden retenernos aquí, ¿verdad?

Según las autoridades sanitarias, sí que podían. A media mañana se había impuesto una orden de cuarentena en el Hospital General y en otros centros hospitalarios de Massachusetts donde se habían detectado casos sospechosos de SAF. Y no era el único estado afectado. Según el incesante aluvión de informaciones que publicaban los medios, numerosos departamentos sanitarios, tanto locales como estatales, estaban adoptando medidas similares por todo el país.

Al mediodía el CDC emitió un comunicado de prensa en el que describía el nuevo síndrome y recomendaba a la población que permaneciera en sus casas hasta que dispusieran de más datos sobre los contagios. Se urgió a las guarderías, escuelas y universidades a cerrar temporalmente. Los hospitales tenían potestad para rechazar a los pacientes que no requirieran una atención médica urgente. Se aconsejaba a los ciudadanos que llevaran mascarillas si tenían que salir para comprar provisiones o medicamentos de emergencia.

De forma casi inmediata se produjo una estampida humana en dirección a cajeros, supermercados y farmacias. Las estanterías se vaciaron. Las aceras se llenaron de emprendedores avispados que vendían mascarillas por cinco dólares y frascos de gel hidroalcohólico por veinte.

La Casa Blanca pidió calma e hizo comparecer al secretario de Seguridad Nacional en la sala de prensa. No tenía mucho más que añadir al comunicado emitido y fracasó a la hora de intentar transmitir confianza. El director general de Salud Pública también se plantó ante las cámaras, aunque su intervención no fue mucho más convincente.

En el puesto de enfermería de la unidad de biocontención había un televisor, y algunos de los confinados se agolparon a su alrededor para ver cómo los reporteros provistos de mascarillas que aparecían en la pantalla señalaban hacia sus ventanas. Otros pasaban el tiempo tumbados en las camillas, mirando sus móviles, hablando con familiares y amigos o siguiendo el desarrollo de los acontecimientos en las redes sociales.

Desde la cafetería del hospital les traían bandejas de comida que dejaban delante de una de las salidas de emergencia. Una planta más abajo, un vigilante de seguridad con mascarilla controlaba que nadie saliera huyendo por las escaleras cuando se desactivaba la alarma para que pudieran recoger la comida.

Al caer la noche, Jamie leyó los documentos con las directrices del CDC y vio las noticias en la televisión con una creciente sensación de temor. Seguro que habría muchos más casos. La cuestión era cuántos. A las cuatro de la tarde había sido invitado a formar parte de un grupo de trabajo del CDC que le había puesto al corriente de los últimos datos. Las lagunas en las directrices de Salud Pública no hacían más que avivar la preocupación, que rozaba el pánico. ¿Qué debía hacer la gente si uno de sus seres queridos contraía el SAF? ¿Cuidarlo? ¿Abandonarlo? ¿Y qué ocurriría si la enfermedad afectaba a alguien que vivía solo? Jamie no alcanzaba ni a imaginar el abrumador terror existencial que una amnesia completa y repentina podía provocar. ¿Serían capaces esas pobres criaturas de encontrar comida y agua en su propia casa?

Se dirigió a la sala de guardia y trató de contactar de nuevo con Emma. Había hablado con ella por última vez a media mañana. La muchacha había respondido con aire aburrido y despreocupado, y se excusó diciendo que iba a prepararse un café. Jamie creyó oír que había alguien más en la cocina, pero ella le juró que estaba sola. Desde entonces la había llamado cada hora, pero Emma no había contestado ni al móvil ni al fijo. Desde que su hija había entrado en la fase rebelde, Jamie se había pasado horas y horas bullendo por dentro entre la ira y la aprensión, pero aquello ya pasaba de la raya.

—Coge el maldito teléfono —masculló.

Las chicas cogieron la línea verde hasta Prudential Center y cuando llegaron, a las once y media, el centro comercial estaba muy concurrido. Emma no llevaba mucho dinero y solo se compró algo de maquillaje. Kyra quería un top, así que fueron de tienda en tienda hasta que encontró una camisola que le gustaba en Ralph Lauren.

—¡Cuesta noventa y cinco dólares! —exclamó Emma.

—¿Te parece muy cara?

—Tú sabrás, es tu dinero.

—Igual paso.

Kyra se compró un pañuelo que salía bien de precio y luego fueron a almorzar al Cheesecake Factory. Uno de los camareros cambió la mesa con su compañera para poder servir a aquellas dos chicas tan guapas. A ellas les gustó el joven, con su pelo rebelde y sus brazos tatuados, y dejaron escapar algunas risitas tontas mientras pedían.

—¿A qué hora tienes que volver? —le preguntó Kyra a su amiga.

—No sé. ¿Por qué?

—¿Y tu perro retrasado qué? ¿Te has olvidado de él?

Emma no había avisado a Maria para que no fuera a su casa.

—Lo sacará la asistenta. Y Rommy no es retrasado.

—¿Quieres ver mi pañuelo?

—Ya lo he visto.

Kyra empujó la bolsa hacia Emma con un pie.

—Tú mira bien.

Emma echó un vistazo y soltó un grito ahogado. Bajo el pañuelo estaba la carísima camisola de seda.

—¡Joder, tía! Dime que no lo has hecho.

—Lo he hecho.

—Si te pillan, tu madre te crucificará.

—Pero no me han pillado, ¿no?

Al principio no se dieron cuenta de que los clientes que tenían alrededor miraban nerviosos sus móviles, pagaban la cuenta a toda prisa y se marchaban. Cuando el restaurante estaba ya casi vacío, Kyra se preguntó qué estaría pasando.

El camarero se acercó y les dijo si querían otro refresco.

—Eh, ¿os habéis enterado?

—¿De qué? —preguntó Emma.

—Se ve que hay una epidemia o algo así. Me lo ha dicho el encargado. Por eso se está largando la gente.

—Cuéntanos algo que no sepamos —soltó Emma.

—¿Ah, sí? ¿Ya lo sabéis?

—Mi padre es médico. Fue el primero en enterarse.

—Genial. Os traeré vuestras Coca-Cola Light.

El chico volvió con los refrescos y se puso a charlar con ellas. A su alrededor solo quedaban unas pocas mesas ocupadas.

—¿Qué hacéis esta tarde, chicas? —les preguntó—. Vamos a cerrar. El encargado dice que no vale la pena que tengamos abierto.

—Donde caben dos, caben tres —contestó Kyra con otra risita tonta.

El joven tosió un par de veces y Emma le pasó su servilleta.

—¿Has oído hablar de los gérmenes?

—Mi hermana mayor solía insultarme llamándome así.

—Quiero ir al paseo marítimo —propuso Kyra.

—Estupendo —dijo el chico—. Mi madre y mi tía acaban de volver de un crucero por el Caribe. El puerto es lo más cerca que estaré nunca de viajar en crucero.

—No tenemos que pagar la cuenta, ¿no? —preguntó Kyra, batiendo las pestañas coquetamente.

El camarero echó un vistazo al salón casi vacío.

—Ni en broma. Larguémonos de aquí.

10

Eran las seis de la tarde cuando Emma respondió por fin a una llamada de su padre. Como de costumbre, no se disculpó por no haber contestado antes. Sin parar de decir que no era para tanto y alegando que tenía el móvil cargándose en otra habitación, se mantuvo en sus trece y aseguró que había estado en casa todo el día. Después de pasar una tarde de lo más despreocupada con Kyra y su nuevo amigo en un Boston tan extrañamente vacío que parecía ser su patio de juegos particular, Emma había vuelto sola a casa, y mientras hablaba con su padre estaba metiendo en el horno unas porciones de pizza congelada.

—No puedo ir a casa esta noche —dijo Jamie.

—¿Por qué no?

Él le contó la verdad.

—¿Y cuánto tiempo vas a quedarte ahí?

—El CDC y el Departamento de Salud Pública tienen que decidir cuánto durarán las cuarentenas. Ojalá pudiera darte una respuesta, pero así está la cosa. Tienes que quedarte en casa. Sin excepciones.

—¿Y qué pasa con las clases de mañana?

—¿Es que no te has enterado?

—¿De qué?

—Las escuelas de Boston, Brookline y de todo el estado estarán cerradas el resto de la semana. El domingo decidirán si el cierre se prolonga otra semana más.

—Un sueño hecho realidad —dijo Emma con sarcasmo.

—Esto no es ninguna broma, jovencita. Las últimas cifras del CDC indican que hay unos tres mil casos en Estados Unidos y un número aún desconocido en otros países. Creo que esta epidemia no ha hecho más que empezar.

—¿Es la gripe aviar, como pronosticó la doctora Emma?

—No, doctora, es algo nuevo.

—Ah, ya. ¿Y qué es lo que te hace?

—Te afecta a la memoria.

—Espero que mi profe de mates se infecte, así no se acordará de mi último examen.

—¿Tan mal te fue?

—¿Cuál es tu definición de «mal»?

—Suficiente o menos.

—Pues entonces me fue muy mal. La pizza está lista. Ya nos veremos cuando sea.

—No…

No le dio tiempo a decir «salgas de casa» antes de que Emma colgara.

Carrie Bowman estaba en la puerta esperando a que acabara la llamada. Quería saber si iba a acompañarla para ver cómo evolucionaba Andy Soulandros. Se había pasado la mayor parte del día con el enfermo.

—¿Alguna novedad? —preguntó Jamie.

—Ahora lo verás. Pero antes dame quince minutos.

Jamie decidió hacer su ronda. No la habitual ronda de pacientes, ya que Soulandros era el único, sino la de sus compañeros de la Avenida Q, el nombre que les había puesto una de las enfermeras jugando con la palabra «cuarentena» y con el título de un famoso musical con marionetas. Se acercó a una anciana afroamericana llamada Margaret, que estaba sentada sola, mirando el móvil muy concentrada. Era diabética y la noche anterior había estado en la sala de espera. Había ido al hospital por una úlcera en el pie infectada.

—¿Cómo va la cosa?

—Creo que el pie está mejorando.

Él no se refería a eso, pero se alegraba de que los antibióticos funcionaran.

—Me alegro. ¿Está leyendo o está mirando algo?

Ella le enseñó la pantalla y Jamie vio que estaba consultando una especie de aplicación sobre la Biblia.

—¿Cuándo nos dejarán salir, doctor Abbott?

—Ojalá lo supiera. La única noticia buena es que todos los confinados estamos bien.

—Dios quiera que siga así.

De camino a la sala de aislamiento, se detuvo para charlar con más gente, todos con las mismas preguntas, para las que no tenía respuesta. Se habían pasado el día pegados a las noticias de la televisión y el pesimismo colectivo no cesaba de aumentar cada vez que una estadística aparecía en pantalla. No podía reprochárselo, pero en secreto deseaba que la señal se interrumpiera. Solo era su primer día de cuarentena. ¿Cómo estarían los ánimos en la Avenida Q dentro de tres o cuatro días?

Cuando llegó a la sala de vestuario, Carrie ya estaba allí.

—¿Has conseguido hablar con tu hija?

—Sí, pero cuando le he dicho lo preocupado que estaba por ella ha sido como si oyera llover. No sabes cómo me enfurece eso.

—De adolescente yo también era una auténtica pesadilla. Tengo miedo de lo que el karma me deparará si algún día tengo hijos.

—¿En serio? ¿Tú? ¿Una pesadilla?

—En serio. La próxima vez que mi madre venga a la ciudad le diré que te lo cuente.

Acabaron de ponerse el equipamiento y entraron en la habitación de Soulandros. Se había calmado bastante y habían decidido quitarle las sujeciones, aunque el cuarto permanecía cerrado herméticamente y una enfermera lo controlaba en todo momento a través de las cámaras de videovigilancia.

Soulandros centró su atención en Carrie, le sonrió y frunció el ceño con gesto pensativo.

—Ca... rrie —dijo al fin.

—No me esperaba este avance —comentó Jamie por el micrófono de su casco.

—Lo hemos estado trabajando todo el día —explicó ella—. Y aún hay más.

Jamie vio que su colega se tambaleaba un poco.

—¿Te encuentras bien?

—Solo un poco mareada. Hace mucho calor con esto puesto.

Jamie echó un vistazo a la parte posterior de su traje y vio que la válvula de suministro de oxígeno no estaba conectada. Le dio al interruptor.

—No habías conectado la válvula del aire.

—Oh, Dios, ¿de verdad?

—¿Mejor ahora?

—Mucho mejor, gracias.

Cuando recuperó la estabilidad, se acercó a la barandilla de seguridad de la cama.

—¡Muy bien! Me llamo Carrie. ¿Y tú cómo te llamas?

—Andy —respondió el paciente, con más fluidez que antes.

—Bien. ¿Dónde estás?

Andy resopló mientras pensaba.

—En hos... pi... tal.

—¿Has oído eso? —exclamó Carrie—. Ha aprendido la palabra «hospital» y, de forma espontánea, ha utilizado la preposición. No he intentado inculcarle nada de eso.

—Memoria procedimental —concluyó Jamie—. La arquitectura gramatical es accesible una vez que vuelves a aprender las palabras.

—Muy bien. Y ahora, la prueba de fuego. —Carrie sonrió a Andy y este le devolvió una sonrisa un tanto bobalicona. Luego ella se dio unas palmaditas en el traje por encima del estómago—. Dime, Andy, ¿qué quieres?

El hombre miró alrededor y sus ojos se posaron en un carrito que había junto a la pared.

—Yo... Yo quiero... Yo quiero comida.

—¿Y por qué quieres comida?

Soulandros cerró los ojos con fuerza y emitió un par de gruñidos.

—Ham... bre.

—¡Muy bien, Andy! Voy a darte algo de comida.

Poco después, Jamie y Carrie estaban sentados en unos taburetes metálicos en la tranquila sala de medicación situada detrás del puesto de enfermería. Él le decía que tomara notas detalladas acerca del proceso de reaprendizaje.

—Esto se convertirá en un artículo formidable —comentó Jamie—. Tendrá una repercusión que ni te imaginas.

—¿Crees que saldrá en el *New England Journal*?

—Se volverán locos con esto. Y puede marcar toda tu carrera: la doctora que enseñó a hablar de nuevo al primer paciente con síndrome de amnesia febril. Lo acompañas con los datos de biología molecular y algunas tomografías, eso si averiguamos cómo llevar al paciente con seguridad a la división de medicina nuclear, y será el estudio seminal de la enfermedad.

—Tú serás el autor principal, ¿no?

—¿Yo? No lo creo. Yo ya he caído en desgracia. Todos los que hemos participado en el ensayo contra el alzhéimer nos convertiremos en parias.

—Pero el villano de la historia es Steadman, no tú.

—Soy culpable por colaborar. Es lo que hay. Así que agacharé la cabeza y me dedicaré a tratar de contener la epidemia.

—¿Cuál es el plan?

—En cuanto salga de la cuarentena, me pondré a trabajar con la doctora que diseñó el vector adenovirus para intentar averiguar cómo devolver el genio a su botella.

Carrie puso cara de asco al tomar el primer sorbo de café.

—¿Crees que podrían traernos algo del Starbucks?

—Veré qué puedo hacer.

El teléfono de Carrie emitió la señal de que le había llegado un mensaje. La doctora miró la pantalla y sacudió ligeramente la cabeza.

—Contesta si tienes que hacerlo.

Ella le explicó que se trataba de su novio, que trabajaba como asociado en un bufete legal de Boston. Al principio se había mostrado muy comprensivo con su situación, pero a lo largo del día, conforme aumentaba el número de casos, sus mensajes se habían vuelto cada vez más hostiles.

—Creo que está asustado. Es un poco hipocondríaco, así que estará de los nervios. Lleva todo el día metido en casa. No se atreve a ir al despacho y me envía mensajes cada cinco minutos. Está cabreado porque no estoy allí con él, como si tuviera que abandonar el hospital en medio de una epidemia para ir a tranquilizarle frotándole la espalda o algo así.

Jamie sonrió.

—El cromosoma Y no siempre ha sabido cubrirse de gloria.

A las diez Jamie hizo la última ronda de la noche. Los residentes de la Avenida Q parecían encontrarse en buen estado, al menos físicamente. Eso le animó e hizo todo lo posible por transmitir su optimismo a los confinados.

En cuanto llegó a la sala de descanso, telefoneó a Emma y se preparó para enfrentarse de nuevo a una interminable serie de llamadas sin respuesta y al buzón de voz. Pero esta vez hubo suerte. Su hija contestó enseguida y no se mostró nada irascible con él. Jamie oyó de fondo la televisión del salón.

—¿Viendo las noticias? —le preguntó.

—Netflix. Una vieja serie llamada *Ley y orden*. ¿Has oído hablar de ella?

—La verdad es que sí. Si te gusta, hay como un millón de episodios, más o menos.

—Nos estamos quedando sin leche.

—No quiero que salgas de casa.

—Kyra quiere que hagamos una fiesta de pijamas. Su madre no volverá a casa esta noche porque está muy liada con el trabajo.

Jamie había coincidido con la madre de Kyra en unas cuantas ocasiones y habían intercambiado cuatro palabras en la puerta de sus respectivas casas o a través de la ventanilla de sus coches. Eran prácticamente unos desconocidos, pero existía un vínculo tácito entre ellos: ambos criaban solos a sus hijas y ambos tenían unos horarios impredecibles. Ella trabajaba como inspectora en el Departamento de Policía de Brookline.

—No me extraña que la policía esté hasta arriba de trabajo. De todos modos, lo más seguro es que las dos os quedéis en casa.

—¿Y qué pasa con la leche? ¿Quieres que me coma los cereales a palo seco?

—Son tiempos duros, cariño. Te llamaré por la mañana. Cierra con llave y pon la alarma.

Mandy le había dicho antes que intentaría llamarle después de las diez. Pasadas las once, el CDC envió un correo con los datos sobre la evolución de la enfermedad actualizados al grupo de trabajo del SAF. Jamie lo leyó y se deprimió, así que decidió no esperar más y llamó a Mandy. La doctora se encontraba en el laboratorio y sonaba exhausta.

—¿Estás sola?

—Sí. Envié a los técnicos a casa hace unas horas.

—¿En qué estás trabajando?

—Por el momento he pospuesto la investigación para tratar de esclarecer qué es lo que activa el nuevo virus. Lo primero es lo primero: debemos saber si se puede eliminar con antivirales convencionales. He realizado varios ensayos de letalidad, pero no obtendremos resultados significativos hasta al menos dentro de tres días. Bueno, ¿cómo están las cosas por la Avenida Q?

Jamie se echó a reír. Aquel nombre seguía haciéndole gracia. No había visto el musical de Broadway, pero tenía entendido que en él salían personas y marionetas. Y en esos momentos, él pertenecía al segundo grupo, porque tenía la cabeza como de trapo.

—Aunque no te lo creas, bastante bien. Nadie tiene síntomas y nuestro paciente demuestra capacidad para aprender cosas nuevas.

—¿Aprender o recordar?

—Buena pregunta. Creo que aprender.

—¿Y por qué las CREB alteradas no bloquean también los circuitos de memoria nuevos?

—No puedo responder a eso. Tal vez haya alguna diferencia estructural entre los circuitos ya establecidos y los nuevos. Tendremos que hacer infinidad de pruebas de biología molecular para averiguarlo. Si nos queda tiempo...

—Eso ha sonado bastante agorero. ¿Qué se esconde detrás de tan alegre afirmación?

—Acabo de recibir las últimas cifras del CDC. Son mucho peores que las que emiten los medios.

—¿Cómo de peores?

—A nivel nacional se han reportado más de diez mil casos. Solo se salvan cuatro estados. Y esa es solo la gente que ha acudido a clínicas y hospitales, así que las cifras reales deben de ser mucho más elevadas. Se trata de una enfermedad altamente contagiosa. Afirman que es demasiado pronto para establecer un modelo epidemiológico válido, pero su infectividad recuerda mucho a la de la gripe aviar. También se han recibido datos de Alemania, Reino Unido y los Países Bajos, y son muy similares a los de aquí.

—En mi hospital han ingresado varios casos antes de que cerrara urgencias. Tengo muestras de cuatro pacientes en el refrigerador.

—Ten mucho cuidado con el virus, ¿de acuerdo?

—De acuerdo. Lo tendré.

—¿Y cómo está Derek?

—Ha estado en casa todo el día. —Mandy sonaba sinceramente agradecida por su interés en preguntarlo—. Su jefe de división cerró el laboratorio y les dijo a todos que se fueran. No para de enviarme mensajes pidiéndome que vuelva a casa.

—Deberías hacerlo, al menos por esta noche. No creo que te queden ya muchas fuerzas.

—Uno de los técnicos vive por aquí cerca y me ha traído una manta y una almohada para el sofá de mi despacho. Quiero ponerme de nuevo a primera hora. Derek estará bien.

Jamie vaciló, pero quería dejarlo claro.

—Mandy, yo...

—Por favor, Jamie. No digas nada.

No debía de estar soñando, porque al despertar lo único que ocupaba su mente eran los insistentes golpes en su puerta.

—¿Sí, qué pasa? —preguntó apartando la manta y poniéndose en pie.

Martha Harrison, la veterana enfermera de la sección de aislamiento, asomó la cabeza.

—Doctor Abbott, ¿puede venir conmigo?

Jamie tocó la pantalla de su móvil, que estaba cargándose. Eran las dos y media de la madrugada.

Se había acostado vestido y solo tuvo que ponerse los zapatos. Siguió a la enfermera sin preguntarle nada. Presentía que se trataba de algo terrible, y egoístamente quería disfrutar de un respiro, aunque fueran unos segundos, antes de toparse con una nueva versión de la realidad.

La mujer le condujo a la sala de medicación situada detrás del puesto de enfermería.

La vio sentada en el suelo con el pelo hecho una maraña, como si se lo hubiera estado manoseando.

—Ey, Carrie —dijo arrodillándose junto a ella—. ¿Qué pasa?

—No sé qué es lo que pasa —respondió ella con los ojos enrojecidos por el llanto.

—Muy bien, ¿qué notas?

—¿Qué es este sitio?

A él también le entraron ganas de llorar.

—Esto es el hospital, Carrie. Es el Hospital General.

—Vale, vale. ¿Por qué estoy aquí?

—Estamos todos en cuarentena por el virus. ¿Te acuerdas del virus?

Un tímido «No» salió de su boca.

—¿Sabes quién soy?

Ella asintió.

—¿Cómo me llamo?

—Lo siento, no me acuerdo —respondió entre sollozos—. ¿Qué me está pasando?

—¿Cómo te llamas?

—Carrie Bowman.

—Bien. ¿Qué día es hoy?

—¿Tendría que saberlo?

Jamie se incorporó y la ayudó a ponerse en pie.

—Está bien. No tienes por qué saberlo. —Abrió un cajón y sacó una mascarilla quirúrgica—. ¿Te importaría ponerte esto?

—Vale.

Jamie le habló con calma a la enfermera, que parecía casi tan asustada como Carrie.

—Martha, ¿puedes preparar la sala dos de aislamiento? La doctora Bowman pasará allí la noche.

11

En la frontera entre la vigilia y el sueño hay un momento en que resulta imposible separar los sueños de la realidad, y en el instante de despertar, Jamie escogió creer que todo iba bien, que a Carrie no le pasaba nada. Pero en cuanto sus pies tocaron el suelo, ese momento pasó. Se aseó un poco, se metió el móvil en el bolsillo de la bata y se colgó el estetoscopio alrededor del cuello.

No estaba preparado para lo que vio en el pasillo.

Una de las enfermeras yacía en el suelo, acurrucada en posición fetal. Una joven flebotomista, que se había visto atrapada en la cuarentena mientras le extraía sangre a un paciente en urgencias, estaba de cara a la pared, desnuda de cintura para abajo, con la ropa arrebujada en torno a los tobillos. Tenía una tos seca muy fea. Cuando Jamie se dirigía hacia ella, vio aparecer por la esquina del pasillo a Dave Soulandros, con el pene erecto asomando por la bragueta abierta. Agarró a la flebotomista y empezó a embestirla por detrás.

—¡Eh! ¿Qué estás haciendo? —le gritó Jamie.

Se abalanzó sobre él y lo apartó de la joven, pero Dave empezó a gruñir y a lanzarle puñetazos.

—¡Para! —le ordenó—. ¡Basta ya!

Uno de los golpes impactó con fuerza en su hombro y Jamie reaccionó con un violento empujón a dos manos que envió a Dave contra la pared. Soulandros perdió el equilibrio y cayó de culo en el suelo, donde de repente pareció mostrar un súbito interés por su pene y comenzó a masturbarse.

Jamie le dio la espalda, le subió las bragas y los pantalones a la flebotomista e hizo que se diera la vuelta. Parecía asustada y perdida. Su nombre estaba en la placa identificativa del hospital. La joven volvió a toser y Jamie notó cómo le rociaba la cara.

—Angie, soy el doctor Abbott. ¿Cómo te encuentras?

—Na, na, na...

—¿No te acuerdas?

—Yo, yo, yo...

—No pasa nada. Todo saldrá bien. Ven conmigo.

La condujo por el pasillo hasta el puesto de enfermería. Una docena de pacientes deambulaban por allí como desconcertados, algunos callados, otros farfullando sílabas, la mayoría tosiendo.

—¡Dios! —masculló Jamie.

Dejó a la flebotomista con el grupo y salió corriendo hacia las salas de aislamiento. Al llegar, miró a través del doble ventanal. La cama de Carrie estaba vacía, pero había alguien tirado boca abajo en el suelo, vestido con un equipo de protección, totalmente inmóvil.

Empezó a ponerse uno de los trajes en el vestuario, pero entonces se detuvo. ¿Qué sentido tenía? Había estado expuesto al virus el primer día y había vuelto a estarlo hacía un instante. El rostro de Emma apareció flotando ante sus ojos. Si él se infectaba, ella se quedaría sola. La mera idea le resultaba insoportable, pero en esos momentos no podía hacer otra cosa. Mientras estuviera en su sano juicio, él era médico y debía hacer su trabajo.

Abrió la puerta de la sala de aislamiento, se acercó al cuerpo tendido en el suelo y le dio la vuelta. A través del visor de protección, vio que se trataba de la enfermera, Martha Harrison. No reaccionó al zarandearla y tampoco parecía respirar. Rápidamente le desabrochó el traje y le quitó el casco. Su piel era de un tono azulado oscuro, no tenía pulso y sus pupilas estaban dilatadas. Cuando le estiró el cuello para comprobar las vías respiratorias, notó cierta rigidez. Sospechaba que ya se había iniciado el rígor mortis, pero aun así procedió a practicarle la reanimación. Cada vez que sus labios se posaban sobre los de la mujer y le insuflaba aire en la boca, pasaba por su mente la expresión «el beso de la muerte». Continuó con las compresiones torácicas durante un buen rato, en vano, hasta que se dio por vencido y aceptó el destino de la mujer.

Solo entonces comprobó el indicador del tanque de oxígeno. Estaba vacío. Jamie supuso que, después de ponerse el traje, la enfermera se habría empezado a sentir muy confusa, no habría sabido cómo quitarse el casco y se habría asfixiado cuando se acabó el oxígeno.

En ese instante se acordó de Carrie. Vio que la puerta del lavabo estaba cerrada. La doctora se encontraba allí dentro, sentada en el suelo junto al inodoro, mirándolo como una criatura salvaje que se hubiera quedado atrapada en el interior de una casa.

—Carrie, soy Jamie.

La mujer abrió la boca y profirió un chillido agudo y estremecedor.

—Vamos, deja que te ayude a levantarte. No voy a hacerte daño.

Se acercó a ella muy despacio, pero Carrie empezó a lanzar puñetazos al aire con intención de apartarlo. Jamie consiguió agarrarla por un brazo y, cuando trataba de ponerla en pie, ella le clavó los dientes en la mano.

Jamie se soltó y retrocedió hasta salir del lavabo.

Sobre la mesilla, junto a la cama, había una bandeja con comida. La cogió y la deslizó por el suelo hacia Carrie.

—¿Tienes hambre?

Ella miró la comida, la olisqueó y se abalanzó sobre la bandeja como un perro hambriento.

Jamie abandonó la zona de aislamiento, dejando la puerta

abierta para que Carrie pudiera salir, y fue a buscar vendas y Betadine para curarse la mano.

En cuanto llegó al pasillo, empezó a sonar una alarma estridente. Alguien había abierto una de las salidas de emergencia que daban a las escaleras. Jamie echó a correr hacia la que tenía más cerca. Al fondo del corredor vio a un grupo de confinados que avanzaba en dirección al sonido ululante. Sus rostros reflejaban un terror ausente. Entonces divisó a Margaret, la anciana diabética. Caminaba renqueante hacia él, pero se la veía distinta al resto. También estaba asustada, pero en su expresión había matices.

—Doctor Abbott, me alegro de verle. Parece que vayamos de cabeza al infierno.

—¿Se encuentra bien?

—Yo sí, pero ellos no. Mírelos. Son como una manada de animales.

—Están enfermos. Se han infectado.

—¿Y por qué nosotros estamos bien?

—La verdad, no lo sé. ¿Ha podido ver si alguno de ellos ha escapado por las escaleras?

La anciana negó despacio con la cabeza.

—Oh, no, no se ha escapado ninguno. Han sido cuatro de los normales, como nosotros. Bill era uno de ellos. Él también se encontraba en la sala de espera conmigo la noche en cuestión. Después estaba Alice, esa enfermera tan joven y guapa con la que le vi hablando ayer. Y luego un señor mayor del que no he llegado a saber el nombre, y el tipo ese llamado Tim, que era siempre tan reservado. Toda esta gente les daba miedo y querían largarse de aquí a toda prisa. Me pidieron que me fuera con ellos, pero les dije que me resultaría imposible bajar las escaleras con el pie herido y demás. Doctor Abbott, toda esta pobre gente… ¿Son peligrosos?

Jamie notaba un dolor palpitante en la mano y tenía el hombro magullado tras su encontronazo con Dave Soulandros.

—No lo sé, Margaret. No son ellos mismos. Es difícil saber

cómo reaccionarán cuando estén muy asustados o hambrientos. Y ahora ¿por qué no vamos a buscarle una silla de ruedas?

La puerta que daba a la escalera continuaba entreabierta. Jamie la cerró y la alarma cesó. Ahora los únicos ruidos que se oían en la Avenida Q eran gruñidos y exclamaciones bruscas, inconexas.

El trayecto desde el centro hospitalario hasta su casa en el barrio de Broad Ripple, en Indianápolis, fue surrealista. Era media mañana, pero las calles estaban desiertas. Mandy había acabado por ceder a las súplicas de su marido para que volviera a casa, pero se sentía demasiado cansada y tenía miedo de quedarse dormida al volante. La emisora de radio no paraba de emitir avisos gubernamentales en los que se urgía a la población a confinarse y a no salir de casa a menos que se tratara de una emergencia, y añadían que, en tal caso, llevaran siempre puesta una mascarilla. Un corresponsal informaba desde Washington de rumores sin confirmar sobre una situación convulsa en el interior de la Casa Blanca, si bien no ofrecía más detalles. A Mandy se le cerraron los ojos durante un segundo. Los abrió, sobresaltada, y se subió la mascarilla N95 que llevaba colgada al cuello. Bajó las ventanillas para que el aire la despejara y entonces olió el humo, aunque no veía de dónde procedía.

El incendio era en dirección norte. Al girar hacia North Illinois Street, Mandy vio el humo elevándose por encima de los árboles. A una manzana del Museo de los Niños, había una casita que el fuego estaba devorando. Plantado en el césped de delante, un hombre rociaba inútilmente las llamas con una manguera de jardín.

—¿Ha llamado a los bomberos? —le preguntó la doctora a voces.

El hombre se dio la vuelta y Mandy vio su cara de desesperación.

—No van a venir. Mi mujer está dentro y no quiere salir. Se comporta de un modo muy extraño.

—¡Dios! —masculló Mandy, que paró el coche junto a la acera y marcó el número de Emergencias.

Tardaron una eternidad en contestarle.

—Emergencias. ¿De qué se trata?

Ella dio la dirección del lugar del incendio.

—El Departamento de Bomberos está fuera de servicio esta mañana, señora. Por la epidemia y todo eso.

—Entonces ¿van a dejar que la casa arda hasta los cimientos? Hay una mujer dentro.

—No podemos hacer nada. Lo siento de veras.

La línea se cortó.

—¡Lo he intentado! —le gritó Mandy al hombre de la manguera, que se volvió hacia las llamas con lágrimas en los ojos.

La doctora reanudó la marcha, también llorando. Al doblar la esquina de su calle, tuvo que frenar cuando aún faltaban unas cuantas casas para llegar a la suya. Dos de sus vecinos, a los que reconoció porque cada dos por tres salían a pasear a su perrita, deambulaban sin rumbo por el jardín delantero de su casa, cuya puerta estaba abierta de par en par. No sabía sus nombres, solo el de su terrier: Shandy.

—¿Se encuentran bien? —les preguntó.

La pareja de mediana edad retrocedió al oír su voz y se dirigió a toda prisa hacia la entrada. Shandy apareció corriendo desde la parte de atrás. Al principio ladraba, pero luego se acercó al coche meneando la cola.

Mandy se bajó y acarició al animal.

—Ey, soy vuestra vecina, Mandy Alexander. ¿Va todo bien?

La pareja se dio la vuelta. El hombre, que seguía reculando hacia la casa, trastabilló, pero enseguida recuperó el equilibrio. La mujer miró a Mandy con los ojos como platos.

—Esto…

—¿Esto qué?

86

—Esto...

Mandy se apretó la mascarilla sobre el puente de la nariz y se acercó a la pareja. Lo vio con claridad: estaban infectados. Partes del virus que ella había creado habían llegado a sus cerebros. La enormidad de la revelación la impactó con toda su fuerza.

—Dejen que les ayude a entrar, ¿de acuerdo? —dijo con apenas un hilo de voz—. Tienen que estar dentro de casa.

El hombre se apresuró a entrar por la puerta y la perrita le siguió correteando alegremente. La mujer se quedó en el sitio, balbuceando su única palabra una y otra vez, hasta que Mandy la cogió por una manga y la condujo al interior.

El hombre estaba en la cocina, plantado en silencio delante del fregadero, mientras Shandy daba vueltas frenéticamente alrededor de sus cuencos de agua y comida vacíos. Olía a café requemado. Mandy desenchufó la cafetera.

—Ya sé que tienes hambre, Shandy, pero ¿y ustedes? ¿Tienen hambre?

Abrió la nevera y sacó medio pollo asado que quedaba. En cuanto lo puso en la mesa, el hombre se abalanzó sobre él, lo agarró con ambas manos y se lo llevó a la boca.

Mandy dejó la nevera abierta, encajó una silla contra la puerta para que no se cerrara y sacó los cajones de la fruta, la verdura y la carne. Luego rebuscó en los armarios hasta encontrar la comida de Shandy, esparció el contenido de una enorme bolsa de pienso en el suelo y llenó varios cuencos con agua. La perrita parecía encantada.

—Ahora tengo que marcharme —dijo la doctora. Su voz se quebró al pronunciar las siguientes palabras—: Lo siento, no puedo hacer nada más.

Jamie notó que el móvil estaba húmedo en su mano. El buzón de voz de Emma había saltado unas diez veces, de modo que se metió el aparato en el bolsillo y vio que tenía surcos rojos en la palma de agarrarlo tan fuerte. Cuando a los pocos segundos sonó, murmuró: «Gracias a Dios, Emma», y volvió a sacarlo. Pero no era su hija. En la pantalla apareció un prefijo de Atlanta.

Quien llamaba era una integrante del equipo de respuesta rápida global del CDC, a la que habían encargado que intentara contactar con los participantes que no se habían conectado a la videoconferencia programada para esa hora.

—Estamos tratando de averiguar cómo se encuentran —dijo.

—¿Cuántos se han conectado?

—Solo la mitad. El doctor Hansen estaba muy preocupado por usted.

—Por favor, dígale que me encuentro bien, pero que la mayoría de los confinados aquí han desarrollado el SAF. Ahora mismo debo apagar un montón de fuegos y no creo que pueda participar en la videoconferencia.

—Entiendo. Se lo transmitiré.

—¿Cómo está la situación general?

—Solo soy una administrativa, doctor Abbott, pero el doctor Hansen estará disponible si quiere llamarlo un poco más tarde.

—Lo intentaré en cuanto pueda.

Se produjo un silencio al otro lado de la línea.

—De hecho, por lo que he oído, está bastante mal —dijo entonces la mujer—. Me refiero a la situación general.

Jamie trató de llamar a Emma una vez más, y luego decidió darse una vuelta por la Avenida Q para evaluar la situación. Mientras recorría los pasillos hacía recuento. No era necesario un examen neurológico para determinar si alguien estaba infectado o no. Lo sabía al momento por su rostro inexpresivo o atemorizado, o porque salía huyendo al oír sus pasos. Las mejillas encendidas y la tos eran la prueba definitiva. Jamie registraba el cómputo de infectados en una tarjeta: una rayita vertical por cada enfermo y, a la quinta alma perdida, una diagonal cruzando las cuatro anteriores. Dave Soulandros se había quedado dormido en el suelo con los genitales al aire colgando, flácidos. Jamie se los metió con delicadeza en los pantalones y le subió la bragueta. Su hermano Andy continuaba en la sala de aislamiento, dando vueltas sin parar en un pequeño círculo. Jamie encajó unas sillas para mantener las puertas abiertas, a fin de que pudiera salir cuando quisiera. Incluyendo a la pobre Martha, la enfermera muerta por asfixia, contó a veintiséis enfermos de SAF. Luego estaban Margaret y él, que de momento se encontraban bien, más las cuatro personas que la anciana había visto huir por las escaleras. De los treinta y dos confinados, solo seis no se habían infectado, aproximadamente un veinte por ciento: una ratio penosa.

Fue a buscar a Margaret y se sentó con ella. Estaba en el puesto de enfermería, leyendo la Biblia en la pantalla de su móvil mientras se cargaba el aparato. Hasta el momento, los infectados apenas la habían molestado.

—¿Qué vamos a hacer, doctor Abbott?

—No lo sé. De veras que no. ¿Quiere que le traiga algo de comer?

—Estoy bien. ¿Por qué nosotros no lo hemos cogido?

—Tampoco lo sé. Ojalá pudiera decirle por qué no nos hemos infectado.

—Es la voluntad de Dios. ¿Qué dicen en la tele?

Jamie giró el aparato hacia ellos y subió el volumen. En la pantalla aparecía la imagen fija de una mesa de informativos vacía y, justo cuando se disponía a cambiar de canal, una presentadora entró en plano y tomó asiento.

«Disculpen la interrupción —dijo la mujer—. Ahora mismo andamos escasos de personal, muy escasos. Como comprenderán, la gran mayoría de nuestros compañeros se han quedado en casa. Aun así, algunos valientes empleados del Canal Diez han permanecido en sus puestos tras las cámaras y en la cabina de control, y todavía tenemos desplegados un par de equipos móviles. Conectamos en este momento con Charlie Springer, que se encuentra en la Agencia de Control de Emergencias de Massachusetts, en Framingham. Adelante, Charlie.»

El reportero estaba en el aparcamiento medio vacío delante del edificio gubernamental.

«Gracias, Pam. Las autoridades estatales aquí en la ACEM están desbordadas. La situación puede resumirse del siguiente modo: por un lado, los agentes municipales se han visto superados por el enorme volumen de llamadas a Emergencias para informar de urgencias médicas y de todo tipo; por otro, una gran parte del personal de emergencias o bien ha sucumbido a la enfermedad, o bien ha elegido quedarse en casa para proteger a su familia. Se trata de un dilema que...»

La presentadora lo interrumpió para dar paso a otra conexión con información de última hora.

En pantalla apareció un reportero apostado en el jardín de la Casa Blanca.

«NBC News acaba de saber que al presidente Ebert y al vicepresidente Carew se les ha diagnosticado SAF. En caso de incapacidad del presidente, para activar la Vigesimoquinta Enmienda de la Constitución se precisa una declaración firmada por el vicepresidente constatando que el presidente no está en condiciones de cumplir con las obligaciones de su cargo. No obstante, dado que el vicepresidente también está incapacitado, las riendas del poder se transferirán al siguiente en la línea de sucesión presidencial, Oliver Perkins, presidente de la Cámara de Representantes. Se espera que llegue a la Casa Blanca dentro de una hora para dirigirse a la nación.»

—Que Dios nos asista —dijo Margaret.

En ese momento sonó el móvil de Jamie, pero no reconoció el número. El volumen de la televisión estaba muy alto para que la anciana pudiera oírla, así que se apartó un poco para contestar la llamada.

—¿Doctor Abbott? —preguntó apremiante una voz de mujer.

—Sí. ¿Quién es?

—Soy Linda Milbane, la madre de Kyra. Kyra no me cogía el teléfono, así que me he pasado por su casa.

—¿Kyra está con Emma? Le dije que nada de compañías.

—Yo estuve trabajando anoche y por lo visto Kyra fue a su casa. Ha pasado algo muy malo, doctor Abbott. Algo terrible.

12

Jamie sabía que, mientras tuviera memoria, ese momento se le quedaría grabado para siempre: la sensación de tener la boca llena de arena, la piel mordisqueada por un millón de hormigas rojas, el pecho oprimido por un peso de acero.

Margaret advirtió su expresión de dolor.

—¿Qué ocurre, doctor Abbott?

—Es mi hija.

—Oh, Dios. ¿Era su esposa quien lo ha llamado?

Él negó con la cabeza.

—Creo que… No, sé que tengo que irme. ¿Dónde vive usted? La llevaré a su casa.

—¿Y qué hay de toda esta gente? No podemos dejarlos así.

—No sé qué decir. Solo sé que debo ir con mi hija. Le conseguiré unos cuantos frascos de antibióticos para su pie. Llevaremos también a la doctora Bowman a su casa. Por favor, tenemos que irnos.

Los ojos de Margaret brillaron llenos de tristeza.

—No tengo a nadie esperándome en casa. Será mejor que me quede aquí e intente ayudar a esta pobre gente.

—No puedo asegurarle cuándo vendrán los equipos de ayuda a buscarla.

Ella contestó que lo entendía.

—Tan solo dígales que envíen toda la comida que puedan, y yo haré cuanto esté en mi mano para mantenerlos a salvo.

Doctor Abbott, ¿será capaz de conseguir una cura para esto?

—Lo intentaré.

—Muy bien. Le estaré esperando. Pero si no me acuerdo de usted cuando vuelva, será una auténtica lástima, porque es usted un buen hombre.

Jamie se quedó un tanto sorprendido cuando alguien le contestó desde la cocina del hospital. Una mujer agobiada que se identificó como directora adjunta del servicio le dijo que apenas tenían personal para alimentar tanto a los pacientes que estaban demasiado mal para ser dados de alta como a los pocos cuidadores que permanecían valientemente en sus puestos. Tampoco sabía durante cuánto tiempo podrían mantener el servicio.

—Tengo a veinticinco personas infectadas aquí arriba en la unidad de biocontención. ¿Podría enviar toda la comida que pueda por la escalera de emergencia?

La mujer aceptó en tono cansino y eso fue todo.

Jamie encontró a Carrie vagando por el pasillo. Pasó junto a ella muy despacio para no asustarla y fue a la sala de aislamiento para coger su bolso. Buscó el permiso de conducir. En él aparecía su dirección en el South End. Jamie sabía que su marido se llamaba Rob; le había conocido en una fiesta del departamento. El móvil estaba bloqueado, de modo que lo sostuvo delante de la cara recelosa de Carrie para desbloquearlo.

—Ga… —balbuceó ella.

Había como unas veinte llamadas perdidas de Rob. Pulsó sobre una de ellas.

—¡Carrie! ¿Dónde diablos te has metido?

Jamie le explicó la situación con la mayor delicadeza posible y le dijo que podía llevar a su mujer a casa si él quería.

—Depende de ti, Rob. Le pondré una mascarilla, pero que sepas que estarás en situación de riesgo.

—Pero tú no te has infectado, ¿no?

—Todavía no.

—¿Sabrá quién soy?

—No estoy seguro.

—No me importa. Quiero que vuelva a casa.

La mayoría de las casas de la calle de Mandy eran de una planta. La suya también lo había sido antes de que Derek encargara un proyecto de remodelación para añadir un segundo piso. Cuando empezaron las obras de ampliación estaban planeando tener hijos muy pronto, y aunque ambos eran científicos sumamente racionales, les preocupaba que aquello pudiera gafar sus expectativas. Al final no fue eso, sino el bajo recuento de esperma de Derek, lo que acabó con sus esperanzas de concebir un hijo, aunque se consolaron pensando en el espacio extra del que disponían mientras iniciaban el lento camino hacia la adopción.

Al entrar, Mandy se quitó la mascarilla.

—¿Derek?

Lo encontró sentado en el salón, algo bastante inusual. Rara vez lo utilizaban, salvo cuando recibían a gente.

—Acabo de ver un incendio en una casa y los bomberos ni siquiera van a acudir. ¿Derek?

Él estaba de espaldas. Mandy se acercó y vio que estaba llorando.

—¿Qué te ocurre?

—No... no me encuentro bien. ¿Vivimos aquí?

Los ojos y las mejillas de Derek estaban teñidos de un intenso tono rosáceo. Durante unos segundos Mandy pensó en la mascarilla que acababa de dejar junto a la entrada. No, decidió. Si tenía que pasar, que pasara ahora, en su casa. Le tocó la frente: estaba caliente.

—Por Dios, Derek. ¿Has tenido tos?

—No lo sé. Puede. Iba a llamarte, pero no he sabido hacer funcionar el... ¿Cómo se llama?

Su móvil estaba sobre la mesita de centro.

—¿Se ha puesto enfermo alguien de tu laboratorio?

—No me acuerdo. No lo sé. ¿Trabajo en un laboratorio? No me acuerdo de dónde trabajo.

Mandy se sentó en el sofá frente a él y dejó caer las manos en el regazo.

—Tranquilo. Todo irá bien.

El coche de Jamie estaba en uno de los aparcamientos de varias plantas del hospital. Con palabras tranquilizadoras logró ponerle la mascarilla a Carrie, aunque conseguir que no se la quitara iba a resultar más difícil. La doctora se asustó al llegar al amplio espacio del vestíbulo desierto, soltó un gruñido brusco y seco y se la arrancó. Dos vigilantes de seguridad provistos de mascarillas retrocedieron y le gritaron que volviera a ponérsela.

Jamie se la volvió a colocar y, a través de su propia mascarilla, dijo:

—Lo siento. Nos portaremos bien.

Todavía llevaba puesta la bata blanca.

—¿Está bien esa mujer, doctor? —preguntó uno de los vigilantes.

—Sí, está bien.

Apenas había coches en Storrow Drive, y Jamie recorrió la avenida al doble de la velocidad habitual. Llevado por la costumbre, se detuvo en un semáforo en rojo en el cruce desierto con la avenida Massachusetts. Un hombre con la boca tapada por un pañuelo intentaba forzar la puerta de un pequeño supermercado. Al ver que no lo conseguía, rompió el cristal con un martillo. Cuando saltó la alarma, giró la cabeza por encima del hombro y miró hacia la ventanilla de Jamie.

—¿Qué coño estás mirando, tío? —le gritó—. Necesito leche para mi hijo.

Jamie reanudó la marcha.

Dejó a Carrie dentro del coche mientras llamaba al timbre de su casa. Rob abrió la puerta. Se le veía muy nervioso y consternado.

—¿Dónde está?

—Ahora te la traigo.

—¿Debería ponerme mascarilla?

—Tengo unas cuantas en el coche. Sí, deberías.

—¿Y qué puedo hacer por ella?

—Tratar de mantenerla a salvo.

—¿Acabará pronto todo esto?

—No lo sabemos. Lo siento, llevo prisa.

No tenía sentido despedirse de Carrie. Jamie arrancó a toda velocidad y decidió atajar por la ruta 9. Cuando se encontró a solas, pensó en lo que acababa de hacer y se sintió culpable: había abandonado a sus pacientes de la Avenida Q. Era justo lo contrario a lo que había hecho siempre como médico. Pero claro... Se trataba de Emma.

En ese momento sonó el teléfono y respondió con el manos libres.

—¿Doctor Abbott? Soy el doctor Hansen, del CDC. ¿Le pillo en mal momento?

Lo absurdo de la pregunta casi le hizo reír.

—No podría ser peor, la verdad.

—¿Quiere que le llame más tarde?

—No, hablemos ahora.

—Me gustaría cotejar algunos datos. Contamos con estimaciones aproximadas de las tasas de infectividad, pero usted dispone del mejor modelo natural para establecerlas, dado que se encuentra en cuarentena. Según mis notas, tiene a treinta y dos personas en observación.

—Veintiséis —dijo Jamie.

—Perdone, ¿veintiséis qué?

—Veintiséis han desarrollado el SAF después de treinta y seis horas en cuarentena.

—¡Pero esa tasa de infectividad es superior al ochenta por ciento!

—Y aún podría ser más elevada. Dentro de un día los seis negativos podrían convertirse en positivos.

—O quizá algún tipo de inmunidad natural protege a ese veinte por ciento.

—Es posible —repuso Jamie—. No es mi campo de estudio.

—Una tasa del ochenta por ciento es el peor escenario que hemos previsto según los modelos realizados con las cifras de casos reportados. Hemos hecho estimaciones duplicando períodos de tiempo de unos dos días, lo cual resulta bastante inaudito en cuestiones epidemiológicas, pero si la tasa de infectividad es la que usted sostiene, entonces nuestros datos cobran sentido. Usted es quien más sabe acerca del SAF. ¿Cuál es su estimación del índice de mortalidad?

Un coche pasó a toda velocidad casi cortándole el paso y Jamie hizo sonar el claxon.

—¿Está conduciendo? —le preguntó Hansen en tono incrédulo.

—He tenido que marcharme del hospital. Se trata de mi hija.

—Vaya, lo siento. Pero ¿usted se encuentra bien?

—Soy uno de los seis negativos, como es obvio. Verá, no hay nada intrínsecamente letal en este síndrome.

—Está la neumonía —señaló Hansen.

—Parece ser leve, al menos en los casos que he visto. Si la gente muere de SAF, será porque no consiguen alimentarse o hidratarse por sí mismos, o por accidentes de cualquier tipo.

—Me temo que, desde el punto de vista epidemiológico, esa es una noticia terrible. En ausencia de una vacuna, el índice de mortalidad es el que ayuda a reducir la expansión de la epidemia. Cuando alguien muere, no puede contagiar la enfermedad a otros. De modo que una tasa de infectividad del ochenta por ciento y una baja mortalidad apuntan a unas cifras terroríficas.

—¿Cómo de terroríficas?

—A escala global, en cuestión de treinta días podríamos estar hablando de mil millones de infectados. Por supuesto, asumiendo que la población seguirá interactuando. Está claro que muchos se refugiarán en sus casas para evitar la epidemia, pero al final no les quedará más remedio que salir.

Los datos eran abrumadores.

—Estoy llegando a casa. Voy a tener que colgar —fue lo único que pudo decir Jamie.

—Muy bien. Mire, no sé cuándo podremos volver a hablar. El personal de mi equipo está cayendo enfermo o prefiere quedarse en casa con su familia. La recopilación de datos sobre el terreno llega cada vez más con cuentagotas. Sé que nuestra gente de virología trabaja sin cesar en sus laboratorios haciendo cultivos del virus con la doctora Alexander, pero, por lo que me han dicho, esta mañana la doctora no contesta a las llamadas. ¿Sabe si se encuentra bien?

Otro puñetazo en el estómago.

—Hoy no he hablado con ella.

—Bueno, parece que esto se está yendo al garete.

—¿Es el término científico?

—Ahora sí. Buena suerte, doctor Abbott. Buena suerte para todos.

Trece años atrás, Jamie había recorrido el mismo trecho, breve y aterrador, desde el camino de entrada hasta la puerta principal. Trece años atrás, se había visto obligado a buscar las palabras para contarle a su hijita de dos años lo ocurrido. No iba a decirle que su mamá estaba en el cielo ni que ahora se convertiría en su ángel de la guarda, porque ni Carolyn ni él eran religiosos. Simplemente le dijo que su mamá no regresaría del hospital. Mientras la *au pair* sollozaba, Emma levantó la vista de su cuaderno de colorear y le preguntó si había muerto. Cuando Jamie respondió que sí y se echó a llorar, la niña le dijo que no estuviera triste. «Todo irá bien, papá», añadió con dulzura. ¿Cuántas veces se había preguntado Jamie qué había sido de aquella niñita adorable? Ahora daría su brazo derecho por encontrar al otro lado de la puerta a una adolescente insolente y sarcástica.

Se quitó la bata de doctor, la dejó caer al suelo y anunció su llegada con un tentativo «Hola».

Linda Milbane bajó las escaleras. No llevaba mascarilla.

—Las tengo arriba —dijo a modo de saludo.

Linda era mayor que él, de unos cincuenta años, y su aspecto era un tanto descuidado, con el pelo corto y sin apenas maquillaje. Siempre la había visto con el tipo de ropa práctica —pantalones, polo y americana— que imaginaba que llevaban los inspectores de policía. Era probable que hubiera sido bastante atractiva antes de que la dureza de la vida le arrebatara lo mejor de sí misma, aunque, en ese momento, él apenas reparó en ella.

Subió la escalera a toda prisa y pasó junto al perro, que no paraba de ladrar. Linda lo siguió.

—Las había puesto en habitaciones separadas, pero juntas están más calmadas. Están en el cuarto de Emma.

—¿Por qué no llevas mascarilla? —le preguntó Jamie al llegar al rellano.

—He estado entrando y saliendo de las casas de la gente desde que todo esto empezó. He estado más que expuesta. ¿Y tú?

—Lo mismo.

Había dos chicas en la habitación, pero Emma captó toda su atención. No parecía la misma persona que había visto por última vez hacía dos días. Habían desaparecido de su rostro la rigidez malhumorada de la mandíbula, la mirada enfurruñada y la ridícula confianza de la quinceañera convencida de tener razón en todo. La nueva Emma estaba sentada en la cama con las piernas recogidas con fuerza contra el pecho, mirándolo sin dar la menor muestra de reconocerlo. A Jamie le vino a la cabeza la palabra «desconectada». Sí, tenía pinta de desconectada, de ida. Tenía las mejillas encendidas y una tos seca y persistente.

Jamie se acercó muy despacio.

—Soy papá, cariño.

Un chillido, un espantoso chillido, perforó sus oídos. Retrocedió un paso. Kyra, que estaba medio escondida bajo el escritorio de Emma, también gritó. Jamie la conocía bien. Las dos chicas habían sido amigas desde la secundaria. Él pensaba que estaban cortadas por el mismo patrón, aunque físicamente no podían ser más distintas. Emma era rubia, grácil y esbelta. Kyra era morena, más alta y corpulenta, jugaba al tenis y era buena deportista.

—Ya, nena, no pasa nada —le dijo Linda a su hija—. Cálmate. —Después de que las dos se tranquilizaran, le comentó a Jamie—: Cuando una se altera, la otra también.

—¿Dónde estaban cuando llegaste?

—En el salón. Las vi a través de la ventana, pero no me abrieron. Tuve que forzar una ventana. —Sus ojos se llenaron de lágrimas—. Parecían tan perdidas y asustadas…

Jamie trató de acercarse a Emma otra vez para poder tocarla, pero ella empezó a chillar de nuevo. Desolado, se dejó caer sobre un silloncito amarillo que había junto a la ventana.

—¿Saben quiénes somos? —preguntó Linda—. ¿Saben quiénes son ellas?

—Creo que no. El virus les ha borrado la memoria.

—¿Hay tratamiento? —exigió saber en un tono casi agresivo.

—Todavía no.

—Bueno, ¿y cuánto les durará? ¿Se les pasará y ya está?

—En este momento no hay modo de saberlo.

—Pues no es que seas de mucha ayuda —le espetó ella.

Las lágrimas bañaban la cara de Jamie y caían en el cuello de su camisa.

—¿Y qué diablos se supone que tenemos que hacer? —preguntó Linda.

—Tenemos que protegerlas de sí mismas. Y de los demás.

Se turnaron para vigilar a las chicas en el cuarto de Emma. Cuando Jamie preparaba café en la cocina, le llamó Mandy.

—Perdona —se disculpó él antes de que ella dijera nada—.

Iba a llamarte ahora. Los del CDC me han dicho que no había manera de contactar contigo en el laboratorio.

—Me fui a casa a descansar. Derek se ha infectado.

Jamie cerró los ojos con fuerza.

—Mierda. Lo siento mucho.

—Me ha reconocido, pero ha ido perdiendo la memoria muy rápido ante mis ojos.

—¿Llevas protección? Quiero decir, mascarilla.

—No.

—¿Por qué no?

—Están empezando a ocurrir cosas horribles en todas partes. —Mandy sonaba como si apenas le quedaran fuerzas—. No estoy segura de querer saber lo que se avecina.

—¿Qué piensas hacer?

—Quedarme con él, supongo. ¿Qué otra cosa puedo hacer?

—Trabajar para encontrar la cura, eso es lo que puedes hacer. Y ponerte una maldita mascarilla. Ninguno de tus técnicos ha enfermado, ¿verdad? Puede que Derek sea tu primer contacto.

Con apenas un hilo de voz, ella respondió que lo haría.

—Descansa un poco, haz cuanto puedas para que Derek esté seguro y vuelve al laboratorio. Te lo pido por favor. Mientras estés en posesión de tus facultades, eres la persona más capacitada del mundo para intentar arreglar esto.

—Tú tampoco estás muy bien, diría.

Jamie no soportaba la idea de hablar de Emma, aún no.

—Estoy cansado, eso es todo.

—¿Sigues en cuarentena?

—Sí —mintió.

—¿Y...?

Jamie cambió de tema.

—¿Alguno de los antivirales ha mostrado actividad?

—Todavía no. Podemos intentar desarrollar una vacuna.

—Puede que exista una especie de inmunidad natural. Al menos un veinte por ciento aproximado de la población podría ser inmune.

—¿Cómo lo sabes?

No quería agobiarla aún más explicándole su situación. Mandy estaba sola y asustada.

—Te lo contaré más tarde.

La doctora no lo presionó.

—Si lo que dices es cierto —comentó ella—, es posible que algunas personas tengan anticuerpos neutralizantes desarrollados a partir de infecciones respiratorias previas por adenovirus. Las infecciones adenovirales están muy extendidas. Algunos subtipos virales específicos podrían ser responsables de la inmunidad al SAF, de modo que una vacuna sería factible. Sin lugar a duda.

—He hablado con Hansen, del CDC. La pandemia se está propagando a un ritmo vertiginoso. Para cuando hayamos encontrado una vacuna que funcione y podamos administrarla a escala masiva, tal vez ya no quede gente que vacunar. Anoche estuve despierto hasta muy tarde pensando. Hay que intentar revertir esto a nivel molecular. Quizá encontrar una molécula que desplace los factores CREB alterados que obstruyen los circuitos de memoria y mantenerlos abiertos para que funcionen con normalidad.

—¿Qué clase de molécula?

—Tengo algunas ideas.

Jamie oyó un estruendo al otro lado de la línea y un ruido como de madera astillándose.

—¡Mandy! ¿Qué está pasando?

La oyó gritar el nombre de Derek.

La oyó gritarle que parara.

Oyó a Derek gritar: «¿Quién coño eres?».

Oyó a Mandy suplicar: «Por favor, no».

Luego la línea se cortó.

13

Dillingham, Pennsylvania.

Fundada en 1805 por Thomas Dillingham, un antiguo soldado del Ejército Continental de George Washington que se trasladó con su joven familia desde el confortable hogar donde vivían en Pittsburgh hasta la salvaje y boscosa campiña del oeste de Pennsylvania para construir un aserradero y labrarse una fortuna. Veinte años más tarde, sufrió un accidente y se cortó la mano izquierda con una sierra circular. Murió de hemorragia y septicemia.

Población según el último censo: 729
Perfil racial: 97 % blancos
Afiliaciones religiosas: 81 % cristiana, 19 % ninguna
Ingreso medio por hogar: 31.000 dólares
Industrias principales: agricultura, comercio minorista, pequeñas fábricas

Blair Edison, su esposa y sus cinco hijos constituían un uno por ciento de la población de Dillingham. Vivían a varios kilómetros del centro del pueblo, en la explotación ganadera Edison, unas trece hectáreas de tierras de pastos exhaustos, cobertizos y una desvencijada granja construida por su abuelo, ampliada por su padre y mantenida con más pena que gloria por él, Blair Edison.

Cuando llegaron las primeras noticias de la epidemia, Edison se burló con desdén de lo que decían en la televisión.

—¿Se creen que somos tan estúpidos como para creernos esas chorradas? —le comentó a su esposa—. Así es como tratan de controlarnos, ¿sabes? Intentan distraernos de los problemas reales que tenemos en este país. Ya sabes cómo es esa gente.

Delia Edison no mostró el menor interés en la perorata de su marido. Se limitó a soltar un simple «Ajá» y le dijo que iba a acostarse.

Un suceso ocurrido dos días atrás había pasado inadvertido, ya que a simple vista había sido algo inocuo y trivial. Craig Mellon, uno de los hijos del alcalde, había acudido a la granja para llevarse tres paquetes de unos veinte kilos de carne de vacuno Angus. A raíz del incidente ocurrido la primavera anterior, el alcalde y muchos otros habitantes del pueblo habían jurado no volver a comprarle nunca más a Edison, pero la esposa de Craig pensaba que este tenía la mejor carne de la raza Angus y obligó a su marido a ir a la granja. «No se lo digas a tu padre y ya está», le había dicho ella. Antes de lo sucedido en primavera, la mayoría de los lugareños le compraban a él. Todos coincidían en que su carne era la mejor de la zona. Su ganado se alimentaba a base de grano, no usaba hormonas ni antibióticos —o al menos eso decía— y aseguraba que su carne se maduraba en seco durante veintiún días (aunque lo cierto es que el proceso duraba como mucho catorce). Pese a todo esto, a raíz del infausto incidente, el negocio de Edison había caído en picado.

Craig Mellon, que trabajaba en el banco de su padre como gerente adjunto, acababa de regresar de un seminario financiero en Pittsburgh y notaba que estaba incubando algo. Mientras cargaba la carne en la camioneta, tosió varias veces en la cara de Joe y Brian Edison, los dos hijos mayores de Blair, de veinte y veinticuatro años. Blair Edison le vio hacerlo, pero como la transacción ya estaba hecha y no quería seguir viéndole la cara de prepotente a Craig, se alejó sacudiendo la cabeza ante aquella exhibición de malos modales.

Brian Edison había ido al instituto con Craig, y desde entonces no podían ni verse. En aquella época, Craig había sido el quarterback del equipo y Brian el suplente; Craig conducía un flamante Camaro rojo y Brian una camioneta herrumbrosa; la casa de Craig tenía piscina y la de Brian un estanque fangoso que compartía con el ganado. Craig había ido a la universidad y Brian se había quedado en la granja.

—¡Por Dios, Craig, ten más cuidado! —gritó Brian secándose la cara con un pañuelo mugriento.

—Perdona, tío. He estado de juerga estos últimos días. Debo de haber pillado algo.

Joe Edison era más joven que Brian pero más agresivo, y siempre salía en defensa de su hermano mayor.

—Seguramente la gonorrea.

—Eso es algo de lo que tú nunca tendrás que preocuparte —replicó Craig.

—Ya, claro, ¿y eso por qué?

—Porque un tío virgen no suele pillar la gonorrea.

No hacía falta mucho para provocar a Joe.

—¡Baja de la camioneta y dímelo a la cara!

—Tranquilo —le dijo Brian a su hermano—. ¿En cheque o en efectivo, Craig?

Ahora Edison maldecía por los descosidos lo que decían en televisión.

—¿Qué coño pasa? —respondió a gritos cuando oyó que su esposa lo llamaba.

—¡Sube! Es Seth.

Seth era su hijo de catorce años, que compartía habitación con su hermano de doce, Benjamin. Cuando Edison subió, la familia al completo estaba dentro del cuarto, incluidos sus dos hijos mayores, que aún vivían en la casa, y su hija pequeña de ocho años, Brittany.

—¿Qué pasa aquí? —preguntó Edison.

—Se le ha ido la olla —contestó Benjamin.

Seth estaba sentado en la cama, agarrándose mechones de pelo rubio.

—¿Qué te ocurre, chaval?

—No tengo bien la cabeza.

—¿Qué quieres decir?

—No sé dónde estoy.

—Estás en tu puñetero cuarto, ahí es donde estás.

—Creo que tiene fiebre —dijo la madre—. ¿Podría ser lo que dicen en las noticias?

—¿Qué dicen en las noticias? —preguntó Benjamin.

—Nada más que estupideces —replicó Edison.

—Es una enfermedad que te borra la memoria —repuso la madre.

Joe se inclinó sobre la cama de su hermano.

—¿Cómo se llama tu profesor de tutoría?

Seth alzó la vista y dijo que no lo sabía.

—¿Cuál es la marca de mi camioneta? —le preguntó Brian.

—No lo sé —respondió Seth, compungido.

Tratando de ayudar, la pequeña Brittany se apresuró a intervenir:

—¿Cuál es mi color favorito?

—¿El rojo?

—¡Sí! —exclamó la niña—. ¿Lo veis? ¡Está bien!

—¿Cómo se llama tu novia? —la interrumpió Joe.

—No me acuerdo —volvió a responder, quejumbroso.

—Pues mejor que te olvides de ella —repuso Benjamin—. Es una petarda.

Delia ya había tenido suficiente.

—Ya está bien, Blair. Me lo llevo a urgencias.

—¿Y eso cuánto nos va a costar? —preguntó Edison.

—Yo fui para que me pusieran cuatro puntos —comentó Brian—, y me cobraron doscientos cincuenta pavos.

—¡No nos lo podemos permitir! —gritó el padre—. ¿Por qué no lo llevas a urgencias en Clarkson?

—Ya sabes quién es el propietario de ese consultorio, ¿no? —repuso Brian.

—¡Mierda! —maldijo Edison—. Ed Villa no me sacará ni un centavo. Llévalo al puñetero hospital.

Brian se ofreció a llevar a Seth a urgencias, pero más tarde Delia se arrepintió de no haberlos acompañado. Permaneció despierta en la cama durante horas oyendo los ronquidos de su marido y esperando angustiada a que regresaran. A las tres de la madrugada, despertó a Edison y le dijo que estaba muy preocupada.

—¿Y qué quieres que haga yo? —respondió él de mala leche—. Llama a Brian al móvil. Y no vuelvas a despertarme. Mañana tengo que matar dos vacas.

Delia se levantó y llamó a su hijo desde el teléfono de la cocina, pero el buzón de voz saltó al instante. Se quedó otra media hora junto a la ventana, esperando ver acercarse los faros de la camioneta, y luego subió al cuarto de Joe. Su hijo se despertó al oír el crujido de la puerta.

—Aún no han vuelto y Brian no me coge el teléfono. Estoy muy preocupada.

Joe se incorporó en la cama.

—Me acercaré al hospital.

—Eres un buen chico.

Había unos veinte minutos de trayecto hasta Clarkson, la sede del condado. Joe dejó la camioneta en el aparcamiento situado delante de urgencias e intentó entrar, pero las puertas automáticas no se abrieron. Empezó a aporrearlas con la palma de la mano hasta que se presentó un vigilante de seguridad con mascarilla y le dijo a través del cristal que la unidad de urgencias estaba cerrada.

—¿Cómo que «cerrada»?

—Es por el virus. Órdenes del Departamento de Salud Pública.

—Mi hermano ha venido aquí esta noche.

—Esta noche no creo.

—Claro que ha venido.

—Pues mi compañero le habrá dicho que se vaya.

Joe llamó de nuevo al móvil de Brian, se montó en la camioneta y serpenteó entre las calles oscuras y desiertas de Clarkson para dirigirse hacia el sur y tomar la carretera estatal de vuelta. Condujo con las luces largas puestas y los ojos muy abiertos, hasta que a medio camino de Dillingham divisó una señal de animales sueltos retorcida, formando un ángulo extraño. Paró en el arcén y, usando la linterna de su móvil, exploró la oscuridad. El aire debería haber olido a campo, pero no era así. ¿Ese olor que le llegaba era de gases del tubo de escape?

Entonces vislumbró algo, soltó una maldición y echó a correr.

La Ranger de Brian se había salido de la carretera y había acabado estampada contra la maleza boscosa. El motor todavía estaba en marcha y, de no ser porque un árbol de buen tamaño se había interpuesto, la camioneta habría seguido su camino.

Brian llevaba el cinturón puesto. La puerta del pasajero estaba abierta y Seth había desaparecido. Joe abrió la puerta del conductor y se inclinó por encima de su hermano, aún conmocionado, para poner el vehículo en punto muerto y apagar el motor.

—¿Brian? ¿Qué ha pasado?

—Yo... Yo no...

—¿No qué, tío?

—Esto no...

—¿Dónde está Seth? ¿Qué cojones le ha pasado a Seth?

Brian abrió la guantera que tenía al lado y rebuscó dentro.

—¿Qué estás haciendo, tío? —gritó Joe.

Brian alzó la vista y tosió.

—Tengo hambre.

—¡Joder, por lo que más quieras, quédate aquí! Tengo que encontrar a Seth.

Joe cogió una linterna de la caja de herramientas. Había llovido bastante hacía poco y no resultaba difícil seguir el rastro de las pisadas en el suelo mojado.

—¡Seth! ¡Seth! ¡Soy Joe! ¿Dónde estás?

Un búho ululó a lo lejos. El aire era húmedo y pesado. Hacía calor para la época del año que era y Joe sudaba bajo su maltrecha cazadora de cuero. De pronto oyó un chasquido. Apuntó con la linterna.

—¿Seth?

El chico estaba junto a un olmo enorme, paralizado por el haz luminoso.

—Seth, soy Joe. No tengas miedo. ¿Estás herido?

Seth echó a correr. Joe sabía que era muy rápido y que le costaría atraparlo, pero su hermano tropezó con una raíz y cayó de bruces. Cuando Seth llegó junto a él, se arrodilló y le puso una mano en el hombro. Al notarla, Seth soltó un chillido espeluznante, se revolvió e intentó morderle.

—¡Maldita sea! ¿Qué haces? Estoy intentando ayudarte.

Seth hizo ademán de levantarse, pero Joe se lo impidió extendiendo un brazo. El chico trató de zafarse lanzando furiosos manotazos.

—¡Vamos, Seth! Tenemos que volver con Brian.

Hubo un violento forcejeo. Joe trataba de reducir a su hermano a la vez que evitaba que le golpeara en la cara o que le mordiera. Al final logró agarrarlo por los hombros, fuera del alcance de sus mordiscos, y lo condujo de vuelta a la camioneta. Una vez allí, lo tumbó en la parte trasera y lo sujetó con bridas para impedir que saltara o se cayera. Luego aparcó su coche para que no se viera desde la carretera, trasladó a Brian al asiento del copiloto, arrancó y regresaron a casa a toda velocidad en la camioneta de su hermano.

La granja de los Edison estaba al final de un largo camino de tierra lleno de baches. Joe avanzó con cuidado para que Seth no se zarandeara demasiado en la parte trasera de la camioneta. La casa debería estar a oscuras a esas horas, pero había luz en casi todas las ventanas. Cuando los faros iluminaron el porche delantero, vio a su padre sentado en las escaleras con la pequeña Brittany. Joe paró y se bajó, y estaba a punto de explicarles por qué Seth iba atado en la parte de atrás de la camioneta cuando de pronto se detuvo. Su padre parecía angustiado y su hermanita no paraba de llorar.

—¿Qué ocurre? —preguntó.

Edison alzó la vista y le miró.

—Ahí dentro se ha desatado el infierno.

14

Cada vez que saltaba el buzón de voz de Mandy, Jamie se ponía más nervioso. Su hija había caído enferma, Mandy se encontraba en peligro y él no podía hacer nada por ninguna de las dos.

Cuando Linda bajó las escaleras, Jamie le preguntó si las chicas estaban bien.

—Están tranquilas, pero muy asustadas.

Le temblaban las comisuras de los labios. Ella también estaba asustada.

—¿Crees que debo subir? —preguntó él.

—Estarán bien durante un rato. ¿Puedo preparar más café?

Jamie le enseñó dónde lo guardaba.

—¿Ha pasado algo más? —le preguntó Linda—. Se te ve muy alterado.

—Es por una amiga mía. Su marido se ha infectado. Y cuando estaba hablando con ella, él la ha atacado.

—Dios… Si tienes que ir a ayudarla, yo cuidaré de las chicas.

—Está en Indianápolis.

—Ah.

Se quedaron mirando cómo goteaba el café a través del filtro. Jamie volvió a llamar a Mandy, pero colgó antes de que saltara el buzón.

—Esto es una pesadilla.

—¿Es una buena amiga?

—Sí.

—Espero que no le haya pasado nada.

Jamie subió al cuarto de Emma. Poco después se le unió Linda. Traía dos tazas de café y una bolsa de galletas con pepitas de chocolate que había encontrado abierta en la encimera.

—Es café solo. No sé cómo lo tomas.

—Así está bien.

Las chicas estaban sentadas en el suelo hombro con hombro. Tres pares de ojos, incluidos los del perro, siguieron fijamente el movimiento de las galletas.

—He oído a través de la puerta que les estabas hablando. ¿Qué les decías?

—Le intentaba enseñar a Emma su nombre.

Kyra se puso en pie de un salto y le arrebató la bolsa de galletas a su madre. Empezó a engullirlas, metiéndoselas en la boca de tres en tres, y cuando se le cayó una al suelo, Emma se abalanzó sobre ella, adelantándose a Romulus por un pelo.

Linda se sentó en la cama y se las quedó mirando.

—Están muertas de hambre. Les prepararé unos sándwiches. ¿Puedo usar la cocina?

—No tienes ni que preguntar.

—Gracias. ¿Lo ha hecho?

—¿Ha hecho qué?

—Aprender su nombre.

—Acabábamos de empezar. Ya continuaré.

—¿Y podrá aprenderlo?

—Creo que sí.

Ya en la puerta, Linda le preguntó si podía intentar enseñarle su nombre también a Kyra.

Cuando volvió con una bandeja de sándwiches, Emma y Kyra se le echaron encima.

—¡No! —gritó Jamie, extendiendo una mano con la palma abierta.

Sobresaltadas, las chicas se pararon en seco.

Jamie cogió un sándwich y se lo dio a Kyra, que empezó a

devorarlo. Emma se puso nerviosa y se abalanzó sobre la bandeja.

—¡No! —insistió él, impidiéndole el paso con un brazo—. ¡Espera!

Emma empujó con fuerza e intentó morderle, pero él la agarró por los hombros y la llevó de vuelta a la cama.

—¡Emma, siéntate! ¡Espera!

La chica lo miró con una mezcla de furia y desconcierto. Cuando consiguió permanecer quieta unos segundos, él la recompensó con un sándwich, que ella engulló con avidez.

—Buena chica.

Jamie se dio cuenta de que le estaba hablando como a Romulus, y sintió que lo inundaba una nueva oleada de dolor.

Luego Linda les entregó los otros dos sándwiches.

—¿Y qué va a ser de ellas si nosotros caemos enfermos?

Jamie respondió que no quería ni pensarlo.

—Si tú te infectas —insistió Linda—, yo cuidaré de Emma. ¿Harás tú lo mismo por mí?

—Sí.

En ese momento sonó el fijo en el cuarto de Emma. Jamie corrió a descolgar.

—Jamie, soy yo.

Él respiró aliviado.

—Mandy... Espera un momento.

Dejó el teléfono en la mesilla y le susurró a Linda que colgara cuando él cogiera el supletorio. Luego salió del cuarto y fue a su habitación.

—Me tenías muy preocupado —le dijo a Mandy.

—Ha sido horrible. Era Derek, pero no era él... Ha intentado violarme. Mi propio marido ha intentado violarme.

—Oh, Dios... —fue todo cuanto pudo decir.

Dejó que Mandy llorara para desahogarse.

—Oh, Jamie... —dijo ella cuando fue capaz de hablar.

—¿Estás a salvo ahora?

—He tenido que golpearle. He tenido que golpearle muy

fuerte. Ni siquiera sé con qué lo he hecho, pero está sangrando. Lo he llevado a rastras hasta el cuarto de invitados y he cerrado la puerta. Solo tiene que girar el pomo para abrir y salir, aunque no creo que se acuerde de cómo hacerlo. Y ahora no sé qué hacer.

—Sal de la casa. Llama a un amigo que aún esté bien y pídele que vaya a cuidarlo.

—No puedo abandonarlo. Se morirá de hambre.

—Déjale comida y la puerta un poco entreabierta.

—¿Y qué pasará cuando se quede sin comida?

—No lo sé, Mandy. Solo sé que ahí no estás segura.

—No volverá a pillarme desprevenida. Ahora sé cómo puede reaccionar.

—Ojalá pudiera ayudarte.

—Cuando se quede dormido, le vendaré la cabeza. Le sale mucha sangre de detrás de la oreja.

Jamie le dijo que el cuero cabelludo solía sangrar mucho, pero que probablemente la herida se coagularía sola. En ese momento, Linda lo llamó a través de la puerta. Jamie pidió a Mandy que no colgara y dejó el teléfono encima de la cama.

—Emma está intentando ir al lavabo. ¿Qué hago?

—Déjala que vaya —contestó desde el umbral—. Creo que será capaz de ir sola.

—¿Cómo?

—Es un acto automático. Depende de la memoria almacenada en una parte del cerebro que no está afectada por el virus.

Luego volvió a ponerse al teléfono.

—He oído a una mujer que nombraba a Emma —dijo Mandy—. ¿Es tu Emma?

No tenía ningún sentido continuar mintiendo. Jamie se lo contó todo. Cuando acabó de hablar, el silencio al otro lado de la línea se prolongó unos segundos eternos.

—¿Sigues ahí? —le preguntó él.

—La verdad, no estoy muy segura —murmuró ella—. No sé qué decir.

—No tienes que decir nada.

En el cuarto de Emma, Linda descolgó el teléfono con mucho cuidado y tapó el auricular con una mano. Ninguno de los interlocutores pareció darse cuenta.

Jamie percibió la respiración agitada de Mandy y pensó que igual estaba sufriendo un ataque de pánico.

—Es un castigo —dijo ella—. Un castigo por lo que hicimos. Es culpa nuestra, Jamie.

—Si es culpa de alguien, es de Steadman. ¿Qué hicimos de malo nosotros?

—Tal vez creíamos que no estábamos haciendo nada malo, pero no puedes negarlo. Es mi virus y es tu carga. Sin nosotros, Derek, Emma y todos los demás ahora estarían bien. —Se le quebró la voz. Sonaba muy lejana—. Tengo que dejarte. Te llamaré más tarde. Ah, Derek me rompió el móvil. Este es su número. Supongo que seguiré usando el suyo.

Linda colgó después de que Jamie lo hiciera.

Esa noche, cuando Linda bajó al salón, Jamie estaba sentado frente al televisor. Silenció el volumen. ¿Cuántas veces podías escuchar las mismas estadísticas nefastas que unos locutores agobiados y exhaustos recitaban sin parar?

—Están dormidas —dijo Linda—. El perro se ha acostado entre las dos.

Habían llevado una cama pequeña del cuarto de invitados para que las dos amigas pudieran estar juntas en la habitación de Emma, porque, cada vez que se separaban, aunque fuera por poco tiempo, se alteraban mucho. Jamie no creía que conservaran ningún recuerdo de su amistad, pero era indudable que existía algún tipo de conexión entre ambas.

—Habrás dejado la puerta abierta para que podamos oírlas, ¿verdad?

—Claro —respondió Linda, distante y fría—. ¿Tienes cerveza?

—Hay un pack de doce en la nevera. Sírvete tú misma.

Volvió con dos latas y se sentó en el sofá junto a Jamie.

—No, gracias —dijo él.

—Las dos son para mí. Así me ahorro un viaje. ¿Te parece bien?

—Sin problema.

—¿Alguna novedad en la tele?

—Un incremento brutal de casos. Caos político en Washington. Saqueos. Colas en las gasolineras. Retrasos en los servicios de emergencias. ¿Quieres más?

Linda contestó con un resoplido; era suficiente.

—Supongo que yo soy parte del problema —añadió.

—¿Qué quieres decir? —repuso Jamie.

—Mi jefe me ha estado enviando mensajes todo el día para que me reincorpore al servicio si estoy en condiciones. Pero de momento lo veo muy crudo.

—También se necesitan médicos. Ahora hay que tomar decisiones, debes elegir, establecer prioridades.

—La familia es lo primero. Es lo que toca cuando tienes hijos, ¿no? ¿Cuánto tiempo llevas solo?

—Mi mujer murió hace trece años.

—Ojalá mi marido hubiera muerto. Nos las hizo pasar canutas con el divorcio y la pensión alimenticia. El muy cabrón se desentendió por completo. Lo último que supe de él es que andaba por Maine. No se ha puesto en contacto conmigo desde que empezó todo esto. O bien le importa un carajo, o es que lo ha pillado.

Linda se acabó la cerveza de un par de tragos y estrujó la lata. Jamie no había visto a nadie beber tan deprisa desde la época de la universidad.

—¿Sabes qué es lo más curioso? —prosiguió la policía—. Que si se le borrara la memoria, sería mejor persona. Hasta soportaría estar con él en la misma habitación. En fin... ¿Cómo lo hacemos para dormir?

—Acuéstate en mi habitación. Yo dormiré aquí en el sofá.

Linda abrió la otra lata.

—No, de verdad que no. El sofá ya me está bien. ¿Tienes el sueño pesado o ligero?

—Ligero —fue su respuesta.

—Entonces será mejor que te quedes al otro lado del pasillo por si se despiertan y empiezan a deambular por ahí. Para despertarme a mí hace falta un gong chino. Por cierto, tienes una casa muy bonita. Kyra ya me lo había dicho.

Él le agradeció el cumplido.

—Yo vivo de alquiler en la peor zona de Brookline. Cuando estaba casada teníamos una casa que estaba bien... No tanto como esta, pero estaba bien. Al final la perdimos.

—¿Qué pasó?

—Que confié en mi marido, eso pasó. Al principio era agente de seguros, pero luego se hizo corredor de bolsa en no sé qué compañía de mierda... No me enteré de cómo de mierda era hasta mucho después. Lo único que yo sabía del dinero era que las deudas son malas y que los ahorros son buenos, así que dejé que él se encargara de nuestras finanzas. Entonces se le metió en la cabeza que no sé qué absurdas acciones iban a subir como la espuma e invirtió casi todos nuestros ahorros. Y las acciones cayeron en picado. Nos arruinamos. Y nunca me recuperé.

Fue como un truco de magia: estrujó la segunda lata de cerveza sin que Jamie ni siquiera se hubiera dado cuenta de que se la bebía. Le dijo que esperara un momento y volvió de la cocina con otra lata.

—Desde entonces he ido trampeando como he podido —prosiguió, dejándose caer de nuevo en el sofá—. Los inspectores de policía de Brookline no nos ganamos mal la vida, pero he tenido que criar sola a Kyra y ella tiene amigas como tu Emma que llevan siempre cosas muy bonitas y muy caras. Y ella también las quiere. No puedo dárselo todo, pero hago lo que puedo. Después de pagar los impuestos y los gastos de la casa, no queda mucho a final de mes. Y encima me lo restriegan por la cara a cada momento.

—¿Qué quieres decir?

—Sabes muy bien que esta es una ciudad de ricos. Recibo llamadas de casos de robo o violencia doméstica, y yo entro en esas mansiones para ayudar a la gente, y va y ellos me tratan como si fuera una de sus putas sirvientas. Me entran ganas de... Mierda, lo siento. No creo que tengas muchas ganas de oírme despotricar y quejarme.

—Ya es muy tarde —dijo Jamie—. Te traeré unas sábanas, toallas, cepillo, pasta de dientes y todo eso.

—Gracias. Espero acordarme por la mañana de lo amable que has sido con Kyra y conmigo.

Jamie no estaba seguro de si le preocupaba no acordarse por culpa de la bebida o por culpa del virus.

Mandy estaba refugiada en su habitación, incapaz de dormir. Hacía varias horas que no se oían ruidos en el cuarto de Derek y ya era cerca de medianoche. Jamie le había enviado un mensaje antes de acostarse y ella le había contestado que se encontraba bien, pero que no le apetecía hablar. Ahora sí tenía ganas de charla, pero no quería despertarlo.

Le resultaba inconcebible que tuviera que armarse para protegerse de su marido, pero lo hizo por si acaso se despertaba. Se había equipado con tres líneas de defensa. La primera y más benigna era una escoba larga para impedir su avance si se acercaba con aire agresivo. Si eso fallaba, tenía un pico pequeño que había cogido del garaje. El último recurso era un cuchillo grande de cocina. Había dispuesto el armamento sobre la cama, a su alrededor, y mientras permanecía tumbada escuchaba los ruidos nocturnos que llegaban a través de las ventanas con las cortinas echadas. Hacía un rato se habían oído algunas sirenas, pero ahora reinaba un silencio sepulcral; ni siquiera se oía el habitual zumbido de coches pasando por Westfield Boulevard.

Pensó en Derek y en cómo su aventura con Jamie había resquebrajado su matrimonio. Pensó en cómo sería contraer aquella enfermedad y sentir cómo los últimos granos caían por el reloj de arena de la memoria. ¿Le quedaría algún indicio de quién era ella, de quién había sido? Pensó en Jamie y en la agradable sensación de estar arropada entre sus brazos, y poco a poco se quedó dormida.

El ruido la confundió.

Sonó como si llegara del interior de su cabeza, porque había estado soñando que se encontraba en una librería de estantes delirantemente altos y, al intentar coger de puntillas uno de los libros, la estantería se había desplomado y la había aplastado.

Cuando del sobresalto se incorporó en la cama, no le quedó tan claro que el ruido estuviera dentro de su cabeza. En su sueño no había cristales, pero el estrépito que había oído era de cristales haciéndose añicos y un golpe sordo a continuación. Su dormitorio tenía ventanas que daban delante y atrás. Se levantó y se asomó a las ventanas del jardín delantero, parcialmente iluminado por una farola. No vio nada y se acercó a la parte de atrás. Allí no había luz, y la luna en cuarto creciente no era de mucha ayuda. Notó movimiento en el patio de la barbacoa. Cogió el móvil de Derek, activó la linterna y, al enfocarla hacia abajo, soltó un grito espantoso.

Corrió escaleras abajo, encendió las luces del patio y abrió las puertas correderas. Vio la herida abierta, el hueso del cráneo y, por debajo, la masa reluciente de cerebro. Los gritos de impotencia de Mandy resonaron en la noche. La mano derecha de Derek se abría y cerraba débilmente. Su pecho subía y bajaba como un fuelle exhausto.

—No sé qué hacer —le dijo ella—. ¿Qué hago?

Llamó a Emergencias con el móvil de Derek y le salió una grabación: debido a la inusual actividad registrada en el condado de Marion, había que dejar un mensaje y un operador intentaría contactar con ese número. Mandy dejó un mensaje desesperado, aunque sabía que no serviría de nada. Lo único que podía hacer era quedarse junto a él, hablarle, cogerle de la mano. El charco de sangre se fue extendiendo hasta alcanzar el dobladillo de su camisón.

—Oh, Dios santo...

La voz la sobresaltó. Cuando se dio la vuelta, vio que pertenecía a uno de sus vecinos, un hombre con el que ella y Derek solían intercambiar comentarios amables. Sin embargo, él y su mujer se mostraban siempre reservados, manteniendo las distancias, aunque del modo más agradable posible.

—He oído la caída —dijo—. ¿Está...?

—Está vivo.

—¿Qué ha pasado?

—Lo encerré. Y debió de asustarse.

—¿Ha llamado a Emergencias?

—He dejado un mensaje, pero no creo que venga nadie.

—En televisión han dicho que Emergencias está paralizada. ¿Puedo hacer algo?

—¿Me ayuda a llevarlo dentro?

Rosenberg no era un hombre robusto ni tampoco joven, pues tendría unos ochenta años. Debía de pesar algo más de sesenta kilos, pero era sorprendentemente fuerte para su tamaño y cargó con casi todo el peso de Derek, levantándolo por las axilas. Lo tumbaron en el sofá y, sin decir nada, Rosenberg fue a buscar una toalla para ponerla debajo de la cabeza sangrante, como si hubiera que proteger la tapicería.

Mandy, sentada en el suelo y agarrando la mano de Derek, musitó un «Gracias». Rosenberg le preguntó si quería que se quedara, pero, antes de que ella pudiera responder, decidió que no iba a irse.

—No debe estar sola ahora —dijo, y a Mandy le saltaron las lágrimas.

Había unas cuantas botellas de licor en un carrito de bebidas. El anciano preguntó si podía tomarse un whisky y ella contestó que por supuesto.

—¿Estaba..., ya sabe, enfermo?

Mandy asintió.

—No lleva mascarilla —observó él.

—Usted tampoco.

—Mi mujer también lleva enferma dos días. No sé por qué yo no lo he pillado. Tal vez acabe contagiándome. Pero usted es joven. Debería llevar mascarilla.

—Quiero infectarme.

—¿Por qué dice una cosa así?

Rosenberg estaba de pie junto a ella, con un vaso de whisky en la mano. Tenía una mancha roja en la barba blanca de haber cargado con Derek.

—Tiene sangre en la barbilla.

—Oh.

Se levantó el polo desde la cintura y lo usó para limpiarse. Tenía la barriga prieta y musculosa, y el pecho cubierto por una mata de pelo gris.

—¿No tiene que ir con su esposa?

—Ya estaba muy mal antes de contagiarse. Sufrió un derrame el año pasado.

Mandy no apartó los ojos de Derek, que respiraba de forma entrecortada.

—Lo siento. No lo sabía.

—No lo conté a los cuatro vientos. Y apenas nos conocíamos. Ella no quería vivir tal como estaba. Me pidió que la ayudara a acabar con su vida, pero yo no pensaba hacer algo así. Creo que le pegó el bicho una de las cuidadoras. Si quieres saber lo que pienso, ahora está mucho mejor, sin acordarse de nada.

Mandy abrió la palma y la mano de Derek resbaló. Su pecho había dejado de moverse.

—Lo siento mucho —dijo Rosenberg—. ¿Suele rezar?

—No.

—Normalmente, yo tampoco.

15

Al día siguiente, Jamie la llamó una y otra vez al fijo de su casa y al móvil de Derek. No hubo respuesta.

Justo cuando empezaba a temer que tal vez no volviera a oír nunca más su voz, ella le llamó.

Mandy sabía que Jamie estaría muy preocupado, pero no se había sentido con fuerzas para hablar con él hasta bien entrado el día. Notaba que no le saldrían las palabras. Los dedos huesudos de la culpabilidad le atenazaban la garganta. Culpable por el virus. Culpable por estar sana mientras que Derek había enfermado. Culpable por haberlo encerrado en una habitación sin vigilarlo. Culpable por haber deseado en secreto estar con Jamie en vez de con él.

—Se ha ido —dijo al fin.

—¿Cómo que se ha ido?

—Ha muerto.

—Oh, Dios, lo siento mucho.

—No, no lo sientes.

Jamie sí lo lamentaba. Por ella; Derek no significaba nada para él. Pero dejó que Mandy desahogara su ira.

—¿Qué ha ocurrido? —le preguntó.

Ella se lo contó todo. La caída. Rosenberg. La surrealista propuesta de este... No, más bien su insistencia en que le permitiera cavar una tumba en el patio de atrás. No se presentaría nadie a recoger el cuerpo, le había dicho. Mandy escogió un lugar a la sombra de un manzano. El anciano trabajó durante horas, forcejeando con la maraña de raíces sin quejarse ni una sola vez y sin insinuar en ningún momento que buscaran un terreno más fácil. «Es más o menos media tumba», dijo Rosenberg al acabar. «Derek no estará a dos metros bajo tierra, tal vez a uno», comentó, sin intención de ser gracioso.

Jamie le preguntó qué iba a hacer ahora. ¿Que qué iba a hacer? Pues volver al trabajo, suponía. Mientras estuviera sana, seguiría trabajando. Ella le hizo la misma pregunta, pero él no estaba tan seguro. No soportaba la idea de dejar a Emma con esa mujer, Linda Milbane. Había en ella muchas cosas que no le cuadraban.

El día después de la muerte de Derek, Jamie participó en una videoconferencia del CDC. En ese momento nadie sabía que sería la última. No la dirigió el doctor Hansen; estaba desaparecido. Se encargó de hacerlo un joven epidemiólogo, que transmitió su informe con voz temblorosa. Explicó que la recopilación de datos por parte de los comités nacionales e internacionales empezaba a llegar con cuentagotas. También tuvo que admitir ante los escasos participantes de la videoconferencia que, en esos momentos, las mejores fuentes de información sobre la evolución de la epidemia se basaban en datos sin contrastar procedentes de las agencias de noticias por cable y de las redes sociales.

Un hombre que se identificó como director del Departamento de Salud Pública del estado de Oregón preguntó sobre el número de casos según los últimos datos actualizados.

—A estas alturas, no me atrevería a dar cifras. Los recuentos cada vez son menos fiables. Incluso antes de que los sistemas de transmisión comenzaran a fallar, las cifras eran sospechosamente... bajas. No obstante, sí me atrevería a afirmar que el número de casos es elevadísimo en prácticamente todos los estados. Y a nivel internacional, los datos son muy similares. El doctor Abbott, desde Boston, fue el primero en darnos una idea aproximada sobre la tasa de infectividad en personas expuestas al virus en situación de cuarentena. Doctor Abbott, ¿la incidencia se mantiene en el ochenta por ciento?

Jamie activó el audio de su móvil.

—Ya no estoy en cuarentena, por lo que no dispongo de otros datos. Sin embargo, yo estoy bien, así que al menos la incidencia no es del cien por cien.

El epidemiólogo añadió que, en otros dos lugares que estaban en cuarentena, se había registrado una tasa de infectividad de entre un setenta y un ochenta por ciento tras varios días de exposición.

—Esto es cuanto sabemos por el momento. Por favor, vuelvan a contactar con este número dentro de dos días a la misma hora. Si queda alguien aquí en el centro, responderemos. Si no..., en fin...

Jamie y Linda empezaron a colaborar con espíritu solidario. Sin embargo, los problemas no tardaron en surgir. Él no tenía nada en contra de tomarse unas cervezas, pero por la mañana, después de la primera noche de Linda en su casa, encontró seis latas vacías en el cubo de la basura. Jamie había supuesto que ella querría permanecer alerta por si se producía alguna situación de emergencia, pero había supuesto mal. No obstante, decidió dejarlo pasar de momento.

A la mañana siguiente, Linda se levantó antes que él. Ya había puesto la cafetera.

—Siguen dormidas —dijo Jamie.

—Necesitamos un plan —fue la respuesta de ella.

Él asintió y puso en la tele un canal local. En la pantalla aparecía una imagen fija.

—Esto no pinta bien —murmuró.

Cambió a una cadena por cable, la estuvo viendo un rato y luego pasó a otra. Al cabo de unos minutos quitó el volumen. La tónica general era que no había novedades. Ya no había reporteros destacados sobre el terreno, y los presentadores y el personal técnico de los informativos eran cada vez más escasos. En vez de noticias de última hora, se repetían una y otra vez reportajes de uno o dos días atrás sobre un gobierno sin timón y sobre las movilizaciones de un ejército y una Guardia Nacional cuyas filas estaban cada vez más diezmadas por las deserciones.

—No sé si estamos abandonados a nuestra suerte —dijo Linda—, pero tenemos que actuar como si lo estuviéramos.

Jamie no estaba seguro de qué pensar acerca de ese uso del plural. Tal vez no fuera mala idea formar equipo, pero en ningún momento habían hablado explícitamente del tema.

—¿En qué estás pensando? —le preguntó él.

—Necesitamos comida, mucha comida, sobre todo alimentos no perecederos. También agua embotellada, por si las autoridades municipales cortan el suministro. Tenemos que conseguir pilas y velas, por si nos quedamos sin electricidad. Y necesitamos también papel higiénico y cerveza. Espero que no te moleste, pero he echado un vistazo a los armarios y a la despensa, y andas muy corto de provisiones.

—Ya, bueno, siempre he sido un comprador pésimo. Por lo general solo compro para la semana.

—Si te encargas de las chicas, yo iré a buscar provisiones.

—¿Tienes muchas cosas almacenadas en casa?

—Empezaré por ahí, luego ya veré por dónde seguir.

Así fue como pasaron a convertirse en equipo, aunque Jamie no sabía muy bien cómo sentirse al respecto. Siempre había sido muy reservado y le gustaba su soledad. Pero estaba claro que Linda era una persona eminentemente pragmática y, ante la perspectiva de un futuro tan incierto, no estaba dispuesto a prescindir de ella. Además, Kyra parecía ejercer un efecto tranquilizador en Emma.

Después de que Linda se fuera, Jamie puso en una bandeja dos tazones con cereales de avena y rodajas de plátano, y subió al cuarto de las chicas. Estaban dormidas, acurrucadas muy juntas en la cama de Emma. Se sentó y se quedó observándolas hasta que Emma olisqueó la comida y abrió lentamente los ojos. Su mirada iba de Jamie a la bandeja. El día anterior lo había mirado con un miedo abyecto. Hoy, al menos, su expresión era neutra.

—Hola, Emma —dijo en un tono suave y pausado. Se señaló el pecho—. Soy tu papá. Papá. Te acuerdas de mí, ¿verdad?

Estaba casi seguro de que sí, esa era la esperanza a la que se aferraba. Carrie Bowman había demostrado que su paciente, Andy Soulandros, había vuelto a aprender algunas cosas sencillas que había olvidado.

—¿Tienes hambre? —le preguntó, dándose palmaditas en el estómago y simulando llevarse cucharadas a la boca—. ¿Hambre?

Sostuvo en alto uno de los tazones y Emma se deslizó fuera de la cama. Al hacerlo, Kyra se despertó y miró el tazón de cereales.

—Buenos días, Kyra. Soy Jamie, el papá de Emma. ¿Te acuerdas de mí? ¿Tú también tienes hambre?

Emma le arrebató el tazón de las manos y hundió la cara en él para intentar llegar a la comida, pero el bol era demasiado hondo. Jamie le entregó una cuchara. Ella la agarró de forma instintiva y empezó a comer a cucharadas. Kyra saltó de la cama, cogió el otro tazón y luego la cuchara que le tendió Jamie, tal como había hecho su amiga.

—Teníais hambre, ¿eh, chicas? —dijo Jamie cuando acabaron de comerse los cereales—. Ahora iréis al lavabo y luego os daré algunas clases. ¿Vale?

La incomprensión que reflejaban sus rostros no lo deprimió tanto como el día anterior. Ya se había resignado: sería un proceso muy largo. Emma estaba viva y físicamente fuerte. La tos había remitido y Jamie creía que ya no tenía fiebre. Le enseñaría todo lo que había olvidado. Recuperaría a su hija... de una forma u otra.

Jamie abrió la puerta del cuarto de baño y tiró de la cadena del inodoro para atraerla. Emma asomó la cabeza con gesto receloso.

—¿Quieres hacer pipí? —le preguntó.

La chica tenía la vejiga llena después de una larga noche de sueño y, ya fuera por instinto o porque recordaba la lección del día anterior, reaccionó como cabía esperar. Sin el menor atisbo de vergüenza, se bajó las bragas y se sentó en la taza, y cuando acabó tiró de la cadena.

—¡Buena chica! ¡Así se hace! Ahora te enseñaré a cepillarte los dientes.

Linda vivía a unos pocos kilómetros de allí, en una parte menos acomodada de Brookline, cerca del límite municipal de Brighton. El Departamento de Policía exigía que sus agentes residieran en la ciudad, pero una madre sola con un sueldo de inspectora no podía permitirse vivir en la zona más adinerada. Había tenido que conformarse con un apartamento de alquiler en el último piso de un bloque de tres plantas, situado en una calle ajetreada y ruidosa. En contrapartida, Linda se consolaba con la idea de que Kyra podía beneficiarse de uno de los mejores sistemas de enseñanza pública de toda la Commonwealth estadounidense.

Su calle estaba espectralmente vacía de vehículos y de gente. Cuando aparcó en la entrada del bloque de viviendas, antes siquiera de que se bajara del coche, su casero salió por la puerta principal y se le acercó. En el mejor de los casos, detestaba la mera visión de aquel tipo, y estaba claro que aquel no era el mejor. El casero era un hombre mayor de modales bruscos, que siempre se estaba quejando del volumen de la música de Kyra, de dónde colocaba Linda los cubos de la basura o de algún otro asunto de similar gravedad.

—¿Dónde cojones se mete la policía cuando se la necesita?

—¿Qué ocurre, Dick?

—¿Que qué ocurre? ¿Estás de coña? A mi mujer se le ha ido la olla y mi nieta también está enferma. Su madre no vino anoche del trabajo y no consigo localizarla.

—¿Y eso es asunto de la policía?

—Trabaja en el Colony Nursing Home de Brookline. Quiero que un agente vaya allí para ver qué le ha pasado.

—Ahora mismo están un poco ocupados.

—¡Yo pago mis putos impuestos como todo el mundo!

—Perdona. Yo también estoy muy ocupada.

—Necesito leche. —Al ver que Linda se alejaba, insistió—: He dicho que necesito leche. Para la niña.

—Yo también necesito muchas cosas. Ve a comprar a la tienda.

Dick fue tras ella.

—Está cerrada. Todas están cerradas. ¿Tienes algo de leche?

—Aunque la tuviera, no te la daría.

—Entonces te echaré —masculló el hombre—. Me quedaré con el piso.

Linda se abrió un poco la americana y le enseñó la pistola.

—Tú intenta entrar en mi casa y te meto un disparo, Dick. Que te quede muy claro.

El apartamento estaba hecho un desastre, pero eso no tenía nada que ver con la actual situación de crisis. Su hija lo dejaba todo por en medio y ella no era precisamente un ama de casa modélica. La mayoría de sus turnos solían acabar siempre con un par de horas extra y, cuando llegaba hecha polvo al apartamento, solo le quedaban fuerzas para calentarse algo en el microondas y abrirse una cerveza. Kyra no hacía nada y ella no podía permitirse una asistenta, así que vivían en un caos de desorden, platos sin fregar, polvo y suciedad. Linda cogió un paquete de bolsas grandes de basura que había debajo del fregadero y empezó a llenarlas con la comida que guardaba en los armarios. Luego vació también la nevera, incluyendo la leche que no pensaba darle al casero ni por encima de su cadáver. El resultado fueron dos decepcionantes bolsas de provisiones, que llevó hasta el coche. El casero estaba plantado en la entrada, controlándola.

—¿Adónde vas? —le preguntó.

—No es asunto tuyo.

Cargó las bolsas en el maletero y se dirigió al supermercado más cercano, aunque intuía que sería una pérdida de tiempo. En efecto. Antes de doblar la esquina ya oyó el estridente sonido de la alarma. El cristal de los escaparates estaba hecho añicos. Se coló a través del marco, procurando evitar los bordes afilados. En el interior, los estantes estaban vacíos. Para cerciorarse, se acercó a la parte trasera de la sección de carnicería, pero las cámaras frigoríficas también habían sido completamente saqueadas. De vuelta en la acera, entornó los ojos mirando al cielo. En el corto tiempo que había estado dentro, el viento había empujado las nubes hacia el este y ahora el sol de mediodía inundaba la manzana. Había dos hombres echando un vistazo al interior de su coche. Sus sombras apenas se proyectaban en la calzada. Llevaban pañuelos que les cubrían la cara como si fueran forajidos de un viejo wéstern. Linda se dirigió hacia ellos y uno de los hombres le gritó que no se acercara más.

—¿Estás enferma? —soltó el otro.

—No.

—Entonces ¿por qué no llevas mascarilla?

—Apartaos de mi coche —les advirtió.

—¿Tienes algo de comer ahí dentro? —preguntó el primero.

Linda vio que de su cinturón asomaba un martillo de carpintero.

—¡Policía de Brookline! —dijo secamente, sacando la pistola—. ¿Por qué no os largáis cagando leches antes de que me cabree de verdad?

Y los dos tipos echaron a correr sin decir palabra. Linda aguardó un momento para sopesar su próximo movimiento. Se montó en el coche y empezó a dar vueltas por el barrio estudiando las casas.

«Casas pequeñas, despensas pequeñas —pensó—. Casas grandes, despensas grandes.»

Con esa idea en mente, puso rumbo al sur. Normalmente había que esperar un buen rato en el semáforo de Boylston

Street, pero ese día apenas había coches. Se saltó la luz roja en el cruce con Chestnut Hill Avenue y enfiló hacia el Country Club, el legendario club de golf con la suficiente solera como para permitirse un nombre tan simple. A su alrededor se alzaban las mansiones de las vetustas fortunas de Boston y las moradas de los nuevos ricos más poderosos e influyentes. Linda circulaba muy despacio a lo largo de una amplia calle flanqueada por árboles frondosos, atisbando entre los huecos de los grandes setos, hasta que de repente decidió adentrarse por el amplio y desierto camino de entrada de una suntuosa mansión. Bajó del coche y echó un vistazo alrededor. El sol aún pegaba fuerte y resultaba difícil distinguir si había luces en el interior.

Llamó al timbre y esperó. Volvió a llamar.

El edificio había sido reformado y contaba con tecnología domótica. Junto al timbre había una cámara y un interfono. Por fin, respondió una temerosa voz femenina:

—¿Quién es?

—Policía de Brookline.

—No hemos llamado a la policía.

—Se trata de un control rutinario para comprobar que todo está bien.

—¿Y cómo sabemos que es de la policía?

Linda mostró su placa ante la cámara.

—Aquí estamos todos bien, agente. No hay nadie enfermo.

—Tengo que comprobarlo. Abran la puerta.

—No lleva mascarilla. Se supone que debería llevarla.

—Ya he estado expuesta, señora, y no me he infectado. No tengo que llevarla.

—No queremos correr el riesgo. Por favor, váyase.

—¿Tienen suficiente comida ahí dentro?

—Tenemos para unas pocas semanas, gracias.

Linda trató de abrir la puerta, pero estaba cerrada con llave. Un certero disparo de su Glock bastó para descerrajarla.

El vestíbulo estaba recubierto de mármol veteado en blanco

y negro. Una majestuosa escalera conducía a la primera planta. Linda nunca se acostumbraría al contraste entre su estilo de vida y el de gente como esa. Tanto espacio para tan pocos. Tantas cosas bonitas. Oyó gritos de una mujer y de una niña. Se dirigió hacia la blanca y reluciente cocina.

Le sorprendió descubrir lo joven que era la señora de la casa: unos treinta años, tal vez menos. ¿Cómo podía llegar a ser tan rico alguien tan joven?

—¿Qué es lo que quiere? —preguntó la mujer.

Llevaba unos tejanos ceñidos. La niña pequeña se escondía detrás de sus largas piernas.

—Quiero comida. Luego me marcharé.

De repente, sintió como si le estallara el cerebro. Durante unos segundos no existió nada más que el intenso dolor en su muslo derecho.

Se dio media vuelta. El hombre llevaba un suéter pijo y sostenía en alto un palo de golf, preparado para golpear de nuevo. Pero eso no iba a suceder. La bala le alcanzó en el hombro y, a juzgar por sus estremecedores alaridos, debía de haberle destrozado el hueso.

—¡¡Por qué me has pegado!? —le gritó Linda.

El hombre se fue deslizando hasta desplomarse en el suelo de madera, dejando un reguero de sangre en uno de los armarios blancos.

La joven esposa corrió hacia su marido, puso un paño de cocina sobre la mancha roja del suéter gris y presionó.

—¡Papi! —chilló la niña.

—¡Por favor! ¡Llame a Emergencias! —le suplicó la mujer.

Linda torció el gesto.

—No vendrán. Ahora estáis solos.

—¿Y qué debo hacer?

—Lo que estás haciendo. Presionar fuerte y esperar que todo vaya bien.

—Pero necesito que me ayude. Usted le ha disparado. Tiene que ayudarle. Y ha dicho que era policía.

—Ha sido en defensa propia —replicó Linda. El dolor de la pierna volvió a recordarle lo sucedido, y señaló con furia al hombre que gemía en el suelo—. ¡No deberías haberme pegado!

—¡Pero está sangrando mucho!

—No es mi problema. Y ahora, ¿dónde está la puta despensa?

16

Jamie se quedó muy impresionado al ver el botín que había conseguido Linda. Tuvieron que hacer varios viajes desde su coche, cargados con voluminosas bolsas de basura y bolsas de tela de supermercado.

—Sí que estabas bien aprovisionada —le dijo.

—Me gusta estar preparada para cualquier imprevisto.

—Pues no creo que haya mayor imprevisto que este.

Jamie se dio cuenta de que cojeaba un poco y le preguntó qué le había pasado. Ella respondió que se había tropezado en los escalones de su casa y declinó su ofrecimiento de echarle un vistazo.

Mientras Linda preparaba café, Jamie guardó las provisiones en los armarios. Una de las bolsas de tela estaba llena de botellas de licores caros, y en otra solo había botellines de Heineken. Linda preguntó cómo estaban las chicas.

—Ven. Te lo enseñaré.

Las dos muchachas estaban en su cuarto, sentadas tranquilamente en la cama, sin hacer nada. A Jamie le resultaba desconcertante ver a dos adolescentes de quince años, y más a aquellas dos, sin la cara pegada al móvil y sin cuchichear entre ellas para tramar algo.

Al verlos entrar, no hicieron amago de retroceder. De hecho, Kyra sonrió un poco.

—Cariño, ¿te acuerdas de mí? —le preguntó Linda, acercándose con paso renqueante.

La maniobra de aproximación no le hizo mucha gracia a su hija, que gritó «¡Ahhh!» y se arrimó a la pared.

Linda parecía desmoralizada.

—La sonrisa debía de ser para ti.

Jamie trató de animarla.

—Me he pasado toda la mañana con ellas y se están acostumbrando a mí. Ahora mira esto. —Le explicó que se mostraban menos intimidadas cuando no estaba de pie ante ellas, de modo que se puso en cuclillas. Señaló a Kyra y le preguntó—: ¿Cómo te llamas?

La chica cerró los ojos con fuerza, muy concentrada, y cuando volvió a abrirlos dijo:

—Ky... ra.

—¡Oh, Dios mío! —exclamó Linda—. ¡Cariño!

—Muy bien, Kyra —dijo Jamie, y luego señaló a Emma—. ¿Cómo se llama ella?

Kyra pronunció el nombre de su amiga con mayor fluidez.

Jamie repitió el ejercicio con Emma, que lo hizo igual de bien.

—Estábamos practicando una nueva lección antes de que tú llegaras. No sé si se les habrá quedado, pero déjame intentarlo.

Se señaló a sí mismo y le preguntó a Emma cómo se llamaba él.

—Pa... pi.

Podría haberle enseñado a decir «papá» o «padre», pero algo en la recuperada inocencia de su hija hizo que quisiera que le llamara «papi».

—Muy bien. Y ahora tú, Kyra. ¿Cómo me llamo?

Cuando ella respondió también «papi», él negó con la cabeza. La chica imitó el gesto de negación y volvió a intentarlo:

—Ja... mie.

—¡Muy bien, Kyra! ¡Muy bien!

Los ojos de Linda se llenaron de lágrimas y le preguntó a Jamie si podría enseñarle a llamarla «mami».

—Ahora tengo que hacer una llamada. ¿Por qué no lo intentas tú?

—No sé cómo hacerlo.

—Solo sé tú misma y sonríe mucho.

Jamie tenía el número de Derek en marcación rápida. Mandy respondió tan deprisa que supuso que tendría el móvil en la mano, esperando a que sonara. Jamie poseía una notable capacidad para hablar con tacto y delicadeza en situaciones complicadas, producto de las incontables ocasiones en que había tenido que tratar con los pacientes y sus familias en momentos difíciles, pero aquella conversación fue realmente dura. Mandy rezumaba culpabilidad al igual que un árbol herido rezuma savia, y él la percibía. Ella se lamentaba una y otra vez por haber dejado a Derek solo en la habitación. Le dijo que la aventura que habían mantenido había sido una terrible equivocación, como si la confluencia de su descuido y su infidelidad tuviera alguna relación o sentido. Su rabia y su dolor eran descarnados, y los intentos por tranquilizarla con palabras manidas no sirvieron de nada. Así que al final Jamie optó por guardar silencio y limitarse a escuchar.

—Lo único que quiero ahora es volver al trabajo. No soporto estar en casa. Cuando miro por la ventana de mi habitación, ¿sabes lo que veo? La tierra fresca y removida. Está enterrado en el patio de atrás, a unos cinco metros de la puñetera barbacoa. Me voy al laboratorio y dormiré allí.

Al final, él la interrumpió:

—¿Es seguro que estés allí?

—¿Es seguro en alguna parte?

Jamie contestó débilmente que no lo sabía, y su tono abatido debió de recordarle a Mandy la terrible situación por la que también pasaba él.

—¿Cómo está Emma?

Jamie le habló del proceso de aprendizaje, de su amiga Kyra

y de la madre de esta. Derivar la conversación hacia otras personas tuvo por lo visto un efecto terapéutico, porque Mandy se animó un poco.

—No debe de ser fácil tener a gente desconocida en tu casa.

—La presencia de Kyra tranquiliza a Emma, y viceversa. En ese sentido merece la pena. Pero su madre no acaba de encajarme. Es una mujer bastante brusca, y además bebe mucho, algo que, dadas las circunstancias, no me hace ninguna gracia.

—Pero no está enferma, ¿no?

—No. Debió de exponerse al virus el mismo día que yo. Estaba de servicio e interrogó a un tipo muy aturdido y confuso que, por lo que me contó, debió de ser uno de los primeros infectados. Tú, yo, ella… Es una cuestión de suerte, supongo. Y confío en que a estas alturas ya no lo pillaré.

—Creo que estamos a salvo —repuso ella—. Como ya comentamos antes, es probable que en algún momento del pasado nos infectáramos con algún tipo específico de adenovirus que activó una respuesta inmune a la cepa actual.

—Y también es probable que en aquel momento nos quejáramos y despotricáramos por una molesta irritación de garganta y unos ataques de tos que apenas duraron un día.

Fue muy agradable oír la risa tintineante de Mandy al otro lado de la línea.

—¿Y tú qué vas a hacer ahora? — preguntó ella.

—También estoy pensando en ir a mi laboratorio. Tenemos que investigar las opciones de tratamiento. Linda es policía, joder. Debería ser capaz de vigilar a las chicas. Si es que…

—¿Si es que qué?

—Si es que consigue mantenerse alejada de la cantidad de bebida que ha traído hoy.

—Ah.

—Sí… Ah.

Tuvo que pasar otro día para que Jamie empezara a sentirse cómodo dejando a Emma al cuidado de Linda. Durante ese tiempo, ambos adoptaron una extraña rutina: se repartían las tareas domésticas como si fueran una pareja al cuidado de un par de crías pequeñas. Se turnaban para preparar la comida y atender las necesidades de las chicas. Él era de lejos el más limpio y ordenado de los dos, y se encargaba de arreglar un poco la casa. También era un profesor más paciente y efectivo. Para Jamie, la máxima prioridad era la reeducación de Emma y Kyra, así que se pasaba la mayor parte del tiempo con ellas.

En su opinión, lo que necesitaban era un léxico de base, la piedra angular sobre la que fundamentar su futuro aprendizaje. Estaba convencido de que, como las funciones del lóbulo frontal estaban intactas, la lógica gramatical de la memoria procedimental se activaría y les permitiría organizar las palabras reaprendidas para formar frases con cierta coherencia y sentido. Esa tarde realizó grandes progresos con Emma.

—Yo comida —dijo la muchacha, mirando el tazón lleno de trozos de fruta que él había traído de la cocina.

—Bien. Inténtalo otra vez.

Emma adoptó una expresión seria e introspectiva, como si rebuscara en su interior.

—Yo quiero comida —dijo al fin.

Jamie sonrió entusiasmado y su hija dejó que le diera un beso en la frente, seguido de una rodaja de manzana Fuji.

Kyra estaba sentada en la cama, observando muy atenta su interacción.

—Yo quiero comida —soltó en un tono de súplica.

Y recibió también su beso y su trocito de manzana.

—Voy a enseñarle a tu mamá lo que has aprendido —dijo Jamie—. Se pondrá muy contenta.

Cuando llegó el momento de la siguiente reunión con el CDC, Jamie marcó el número y un sistema automatizado le informó de que la llamada comenzaría cuando el organizador de la conferencia se conectara. La música de espera era un tanto irritante; al cabo de veinte minutos, resultaba desquiciante.

«Ya está —pensó al colgar—. El CDC está fuera de juego. Estamos solos.»

Las noticias de la televisión, si es que se las podía llamar así, daban la misma impresión de desamparo. La única cadena por cable que emitía ininterrumpidamente era la CNN, pero ya no contaba con reporteros ni corresponsales sobre el terreno. Los presentadores que quedaban recurrían a fragmentos de informaciones extraídas de Twitter o Facebook, de muy escasa fiabilidad. Solían introducir las noticias con un «No podemos confirmar la veracidad de...» o un «Por favor, tómense esto con la máxima reserva», antes de dar paso a desagradables imágenes de saqueos y violencia, escasez de provisiones o grupos de gente deambulado sin rumbo por las calles de tal o cual ciudad.

La única cobertura con tintes de realidad era la que realizaban los propios empleados de la CNN cuando informaban sobre su situación personal, girando las cámaras hacia sí mismos en su autoimpuesta cuarentena en la sede central de Atlanta, y hablando de sus angustias y miedos por lo que les estaría ocurriendo a sus familias y amigos allá fuera.

A última hora de la tarde, Jamie estaba cocinando algo de pasta cuando llamaron al timbre. Llegó al recibidor al mismo tiempo que Linda. La inspectora dejó su lata de cerveza en una mesita auxiliar y sacó la pistola.

—Por Dios, Linda, no creo que eso sea necesario.

—No contestes —ordenó cuando volvió a sonar el timbre.

Romulus no paraba de ladrar como un poseso y Jamie trató de acallarlo.

—Mi casa, mis reglas —dijo él al fin—. ¿Quién es? —gritó a través de la puerta.

La respuesta sonó amortiguada:

—Soy Jeff, tu vecino, Jeff Murphy. He visto que había luz.

Unos años atrás, los Murphy habían invitado a cenar a Jamie a su casa, pero pronto quedó claro que no tenían mucho en común y ahí acabó su intento de socialización. Jeff y su esposa se dedicaban a una rama de servicios financieros que Jamie apenas alcanzaba a entender, y la puntilla llegó cuando el matrimonio intuyó que las ideas políticas del doctor tendían hacia la izquierda.

Jamie abrió la puerta lo suficiente para ver que una máscara antipolvo de pintor cubría prácticamente toda la cara de su vecino, que retrocedió al verle.

—No llevas mascarilla.

—Ya he estado muy expuesto, Jeff. A estas alturas estoy bastante seguro de que soy inmune.

—Tú eres el médico, pero, si no te importa, seguiré con la mía puesta. ¿Tu hija está bien?

—No. Está arriba con una amiga, que también se ha infectado. La madre de la chica está conmigo.

—Lamento mucho oír eso.

—¿Y cómo estáis vosotros?

—Liz y yo dejamos de ir a trabajar el día que salió la noticia. No creo que hayamos estado expuestos. Estamos bien, pero el caso es que nos hemos quedado cortos de provisiones. ¿No te sobrará algo de comida para darnos?

—¡Y una mierda! —espetó Linda detrás de Jamie.

Jamie le pidió que se tranquilizara e invitó a su vecino a entrar. Jeff vaciló cuando vio que ella tampoco llevaba mascarilla, y se quedó junto a la puerta abierta mientras Jamie y Linda iban a la cocina para discutir en privado.

—No pensarás darle nuestra comida, ¿no? —le preguntó ella, furiosa.

—Pues claro. Unas cuantas latas, un paquete de espaguetis. Hay que ser civilizados. Si perdemos eso, lo perdemos todo.

—Si nos morimos de hambre, sí que lo perderemos todo.

Jamie quería decirle que aquella era su puñetera casa y que podía hacer lo que le diera la gana, pero no quiso meter más cizaña.

—Aún falta mucho para eso —respondió con calma—. Si no quieres desprenderte de tus provisiones, le daré algunas de las mías.

Linda subió al primer piso echando humo mientras él llenaba una pequeña bolsa con algo de comida.

En la puerta, Jeff le dijo que le estaba muy agradecido y repitió que lamentaba mucho lo de Emma.

—Como doctor, ¿qué nos aconsejas que hagamos?

—La clave es el aislamiento. Procurad no moveros de casa.

—¿Y qué pasará cuando nos quedemos sin comida?

—Confiemos en que el Gobierno y el Ejército, o lo que quede de ellos, empiecen cuanto antes a distribuir alimentos.

—¿Y si no pueden hacerlo?

—No sé qué decirte, Jeff. Ya lo veremos cuando llegue el momento.

En mejores circunstancias, el laboratorio de Mandy era el lugar más feliz de su universo. Los jefes de laboratorio suelen ser unos autócratas en potencia, pero sus técnicos y posgraduados la consideraban una jefa maravillosa. Nunca perdía los estribos y hacía que todos se sintieran parte integral del equipo. Su éxito era también el de ellos. A juzgar por los metros cuadrados, no era un espacio muy grande. Cuando estaban todos trabajando, parecía la cocina de un restaurante, con gente que iba de acá para allá sin llegar a chocar en una estudiada coreografía. Sin embargo, ahora que estaba sola, parecía casi una caverna.

Acercó un taburete a su cabina de bioseguridad y se dispuso a iniciar lo que sería un experimento de varios días a fin de explorar el efecto de la combinación de diversos antivirales sobre la viabilidad del virus del SAF. Ya había demostrado que, por separado, los medicamentos habituales no conseguían acabar con el virus. Los nuevos experimentos serían tediosos y, al trabajar sola, requerirían mucho tiempo. Empezó a preparar laboriosamente soluciones amortiguadoras, placas de medios de cultivo y diluciones de agentes antivirales para llenar docenas de microplacas de noventa y seis pocillos. No sabía si los medicamentos serían terapéuticos, pero, para ella, el trabajo sin duda lo era. Mientras estaba enfrascada en la labor, pasaban preciosos fragmentos de tiempo en los que no pensaba en Derek ni en toda aquella película de terror que la rodeaba.

Ya estaba bien avanzada la tarde cuando sonó el móvil de Derek y la devolvió a la realidad. No reconoció el número.

—Soy Stanley.

—Perdone, ¿quién?

—¿Stanley Rosenberg? ¿Tu vecino? Tú me diste este número. No te molesta que te llame, ¿verdad?

Mandy se disculpó y le dijo que se le había ido el santo al cielo con tanto trabajo.

—Sé que estás muy ocupada con tareas de gran importancia, pero quería saber a qué hora volverás a casa esta noche.

—No estoy segura de que vuelva. ¿Estás bien?

—Sí, estoy bien. Y aún no he caído enfermo; de lo contrario no estaría haciéndote esta llamada. Pero qué tonterías digo... Quizá es que solo necesito un poco de compañía.

Mandy se lo debía, y lo último que quería era que la culpa la abrumara aún más.

—¿Sabes, Stanley? Tal vez no sea mala idea que vuelva a casa esta noche.

—Estupendo. Tengo un pollo que se va a estropear si no lo cocino pronto.

Cuando fue a visitar a su vecino, Mandy no encendió las luces del patio: no quería ver la tumba de Derek. Las dos casas habían sido construidas más o menos en la misma época, pero la de Rosenberg nunca había sido remodelada. Parecía una cápsula del tiempo de los años cincuenta, con sus encimeras de formica, sus suelos de estrechos listones y sus persianas bajadas un tanto amarillentas. Pero no fue eso lo que primero captó la atención de Mandy: las paredes del comedor y de la sala de estar estaban cubiertas con cuadros al óleo.

—¿Los has pintado tú?

—Pareces sorprendida —dijo él.

Desde luego, lo estaba. No era ninguna experta, pero las breves y certeras pinceladas, y el audaz enfoque de sus colores pastel, la dejaron sin aliento. Eran paisajes y naturalezas muertas, con motivos europeos, caribeños y mexicanos.

—Eres un impresionista —exclamó Mandy.

—Y tú una joven muy culta. Pues sí, he sido catalogado como neoimpresionista. Es un trabajo excelente si quieres asegurarte de no ganar mucho dinero, al menos últimamente. Ya nadie está interesado en este tipo de arte.

—A menos que se trate de un Monet o un Degas.

—Sí, claro… Ellos eran colegas míos.

—Tú no eres tan viejo.

—No tanto, no. Ven. Vamos a ver si se deja comer ese pollo *alla cacciatora.*

Durante la cena, Rosenberg no paró de servir vino, buen vino. Tenía una conversación muy agradable y Mandy apreció su manera de mantener un ambiente distendido en esos tiempos oscuros. Evitó cualquier mención a Derek, a su esposa (que ella supuso que estaría en el piso de arriba) o a la enfermedad. A la hora del postre, le encargó que montara la nata mientras él fundía el chocolate para preparar los helados en su vieja cocina eléctrica. Una serie de hondos suspiros alertaron a Mandy de que el anciano se disponía a abordar temas más serios. De pronto, las luces parpadearon unos segundos y luego se estabilizaron.

—Una caída de tensión —dijo él—. Debe de fallar el sistema.

—Dios quiera que no nos quedemos sin suministro.

Rosenberg asintió con solemnidad y, de repente, dijo:

—Mi esposa se llama Camila.

—Es un nombre muy bonito.

—Es mexicana. De joven yo solía ir a México a pintar y a pescar marlines. Y acabé pescándola a ella, si me perdonas que utilice una comparación tan vulgar. Camila y yo hemos disfrutado de un largo matrimonio y de muy buenos momentos. Supongo que a raíz del derrame no le quedaba ya mucho tiempo en este mundo, pero ahora, con la infección...

—Lo siento mucho, Stanley.

—No busco compasión, y menos de alguien que está pasando por una situación mucho peor que la mía. Tengo la sensación de que ahora mismo tú y yo estamos unidos en la adversidad. Y, en virtud de este nuevo vínculo que hemos establecido, me gustaría pedirte ayuda.

—Haré cuanto esté en mi mano.

Los ojos húmedos de Stanley tenían el color del mar de una de sus pinturas de México. Clavando esos ojos en los de Mandy, cogió por el tallo la guinda al marrasquino de su copa de helado y se la metió en la boca.

—Quiero que me ayudes a matarla.

17

¿Qué diablos vamos a hacer?

Blair Edison no paraba de dar vueltas arriba y abajo por la sala de estar, siguiendo el intrincado diseño nudoso de la alfombra y repitiendo la pregunta una y otra vez.

Su hijo Joe aún podía pensar con cierta claridad.

—Tenemos que ponerlos a salvo al máximo. Y luego yo volveré a Clarkson a buscar un médico.

—Has dicho que el hospital estaba cerrado.

—Pues haré que lo abran.

Brittany, la hija de ocho años, se encontraba con ellos abajo. Joe le había puesto un DVD de Disney y la niña estaba tumbada bocabajo sobre una manta mullida, con la cabeza apoyada en las manos. El joven fue a la cocina y volvió con un par de paños. Edison le preguntó para qué eran. Joe se anudó uno alrededor de la cara, le lanzó el otro a su padre y le pidió que le siguiera al piso de arriba.

—Quédate ahí, Brittany —le ordenó a la pequeña.

La niña los miró de reojo y les dijo que estaban muy graciosos.

—¿Cuál es el plan? —preguntó Edison cuando llegaron al rellano.

—Creo que deberíamos encerrarlos a todos juntos, para que no vayan dando tumbos por ahí y se hagan daño. Tu cuarto es el único que se cierra con llave, y también tiene lavabo.

El padre se mostró de acuerdo, y empezaron a conducir al resto de la familia hasta el dormitorio principal. Delia ya estaba allí, de pie en un rincón y murmurando «No puedo, no puedo» como un disco rayado. Seth, el hijo de catorce años, se había quedado exhausto tras el ajetreo de la noche y ahora se mostraba muy dócil. Se dejó llevar de la mano y lo metieron en la cama de sus padres. Delia lo miró con gesto inexpresivo y prosiguió con su letanía. Benjamin, el hijo de doce años, estaba muy alterado, confuso y nervioso. Cuando vio a su padre y a su hermano con los paños de cocina anudados a la nuca, se puso aún más histérico. No quería entrar en el dormitorio, y tuvieron que agarrarlo por las muñecas y los tobillos y llevarlo con el culo arrastrando por el suelo. Una vez dentro del cuarto, el muchacho fue directo al lavabo y se escondió detrás de la cortina de baño.

El hermano mayor, Brian, era demasiado grande y robusto para forzarlo a entrar.

—¡Bah, a la mierda, pero si ya me ha echado el aliento por toda la cara! —dijo Joe, y se quitó la mascarilla para intentar razonar con él.

Brian relajó los puños al ver el rostro de su hermano.

—Ey, tío, queremos que pases esta noche en el cuarto de mamá y papá. ¿Lo harás?

—Brian... Brian...

—Eso es, hermanito. Tú eres Brian y yo soy Joe. Todo va bien, tío. Deja que te llevemos con los demás, ¿vale?

Brian puso cara de máxima concentración.

—Joe... —dijo al fin.

—Eso mismo, lo has clavado. Yo soy Joe. Y el que está detrás de ese trapo ridículo es papá.

Joe cogió a su hermano de la mano y lo llevó hasta el dormitorio. Cuando Brian vio a los otros, se alteró mucho y empezó a gritar cosas sin sentido.

—Enciende la tele —sugirió su padre.

Joe obedeció y fue cambiando de cadena hasta que dio con

una en la que no ponía «Canal no disponible». En la pantalla apareció un programa de pesca, y la visión de una lubina retorciéndose al final de un sedal pareció calmar a Brian como por ensalmo.

Cerraron la puerta por fuera con una vieja llave de latón y mantuvieron una breve discusión sobre cómo alimentarlos.

—Espera hasta que vuelva —ordenó Joe—. No se van a morir de hambre por estar unas cuantas horas sin comer.

Amanecía cuando Joe llegó al hospital. Las puertas de urgencias seguían cerradas, pero esta vez, por más que las aporreó, no acudió nadie. Rodeó el edificio para comprobar todas las entradas, hasta que al final volvió a urgencias. Mientras atisbaba a través de los cristales, empañándolos con su aliento, se abrió una puerta lateral y una enfermera con uniforme y mascarilla salió corriendo en dirección al aparcamiento.

—¡Eh! —la llamó—. No puedo entrar.

—El hospital no admite nuevos pacientes.

—¿Y qué pasa con los ingresados?

—Todavía queda una parte del personal para cuidar de ellos.

Joe pensó rápido y mintió.

—Mi mujer está dentro. Tenía que salir hoy.

—Tendrá que esperar a que ella le llame más tarde.

—Me llamó anoche. Ya le han dado el alta. Si me deja entrar, iré a buscarla. Acabamos de tener un hijo y estoy que me va a dar algo.

Ella meneó la cabeza, dudando, hasta que al final se decidió.

—De acuerdo, pero para entrar tiene que llevar mascarilla.

La enfermera sacó una sin usar de su bolso, la depositó sobre la hierba y retrocedió hasta que él la recogió y se la puso. Luego Joe la siguió hasta la puerta lateral y ella le dejó entrar utilizando su tarjeta magnética.

Deambuló por los pasillos desiertos y silenciosos de urgencias hasta que encontró un directorio. Las habitaciones de los pacientes estaban en la primera planta. El ascensor lo dejó en un vestíbulo situado entre dos pabellones. Lanzó una moneda mental al aire y escogió el azul. Apenas una cuarta parte de las camas seguían ocupadas: el hospital había dado el alta al mayor número posible de ingresados. Joe se detuvo ante la puerta abierta de una habitación. En su interior, un hombre bajito y de piel oscura con un estetoscopio estaba inclinado sobre un paciente muy mayor.

—Perdone, ¿es usted médico?

El hombre se irguió y dijo:

—Sí. ¿Puedo ayudarle?

—Sí. ¿Podemos hablar?

En la placa identificativa de su bata se leía: «Dr. Sanjay Pai». También llevaba mascarilla.

Una vez en el pasillo, Joe le dijo que su familia necesitaba ayuda.

—Cuatro tienen la enfermedad.

—¿Dónde están? —preguntó el médico.

—En casa, en Dillingham.

—Probablemente estén mejor allí que en ningún sitio. Aunque los ingresáramos aquí, no podríamos hacer nada por ellos. Como ya sabrá, el Departamento de Salud Pública ha cerrado el hospital.

—Sí, pero necesitamos medicinas o algo. Están bastante mal.

—Por lo que yo sé, no existe ningún medicamento contra este síndrome. Si las autoridades sanitarias estatales o el CDC nos dan alguna recomendación sobre un posible tratamiento, tenga por seguro que lo implementaremos.

Joe sentía crecer su rabia y su frustración.

—Aun así, usted es médico. Yo no lo soy y mi padre tampoco. Quiero que les eche un vistazo y vea lo que puede hacer.

—¿Quiere que vaya a Dillingham?

—Sí, señor.

—Eso es imposible. No hay más que discutir.

El doctor observó cómo de la nada, como por arte de magia, aparecía una gran pistola de acero cromado en la mano de Joe.

—Sí que es posible. Quiero que llene una bolsa con medicinas y venga conmigo. Y no monte ningún numerito.

A medio camino de Dillingham, el doctor se atrevió por fin a hablar a través de la mascarilla.

—Por la información de que disponemos, se trata de una infección vírica causada por un tipo de virus para el que no existe tratamiento. Los medicamentos que llevamos no servirán de nada.

Joe mantenía los ojos fijos en la carretera, y la pistola encajada entre los muslos.

—Bueno, pues tendrá que intentarlo.

Su padre esperaba en el porche.

—He traído a un médico.

Edison vio la pistola en la mano de su hijo, pero no hizo ningún comentario al respecto.

Joe lo miró con expresión desconcertada. Los hombros caídos, el mohín de su boca... Algo iba terriblemente mal.

—¿Qué ha pasado? —le preguntó.

—Ha ocurrido algo horrible.

Edison ordenó a Brittany que se quedara en la sala de estar. Al llegar arriba, la víctima del horrible incidente yacía inmóvil sobre la alfombra del pasillo.

—¡Por Dios santo! —gritó Joe, corriendo al lado de Brian—. ¡Doctor, tiene que ayudarlo!

El doctor Pai se arrodilló junto a Brian. Se puso unos guantes y, tras apartarle delicadamente el pelo apelmazado por la sangre, le palpó el cráneo. Le examinó con una linterna de bolsillo. Le auscultó el pecho.

Dadas las circunstancias, no parecía inclinado a mostrar compasión y se limitó a decir:

—Este hombre está muerto.

—¿Qué diablos ha pasado, papá?

A Edison le temblaba todo el cuerpo.

—Estaba abajo cuando oí gritar a Delia. Subí corriendo y encontré...

—¿Qué? —lo presionó Joe.

—¡Joder! ¡Encontré a tu hermano encima de ella en la cama!

—¿Qué quieres decir con… «encima de ella»?

—La estaba violando, ¿vale? ¡Tu hermano estaba violando a tu madre!

Joe se llevó una mano a la frente y empezó a respirar con dificultad.

—No podía apartarlo de encima de ella, la agarraba demasiado fuerte. No podía hacer que parara, y ella gritaba…. Oh, Dios, cómo gritaba. Y entonces Seth y Benjie también se pusieron a gritar, y yo no sabía qué hacer. Solo quería que parara. Cogí tu bate de béisbol que guardo debajo de la cama. Le golpeé en el hombro, pero tampoco eso lo detuvo. Así que volví a golpearle y luego lo saqué a rastras.

—De hecho, ese último golpe fue lo que le detuvo —confirmó el doctor—. Tiene el cráneo destrozado. Y ahora déjenme ver a los que siguen vivos para que pueda marcharme.

Dentro del dormitorio, Delia y los otros dos chicos estaban en su propio mundo, sin interactuar entre ellos.

—Hola, soy el doctor Pai —dijo el médico al entrar.

Joe se quedó en el umbral, llorando. Su mirada oscilaba entre su hermano muerto en el pasillo y su madre en la cama, completamente desaliñada y con el camisón subido hasta casi la cintura. Junto a ella había una mancha roja resplandeciente del tamaño de una bandeja para tartas.

—¿No podías bajarle el camisón? —le preguntó a su padre.

—No me ha dejado acercarme.

Benjamin, aterrado ante la nueva presencia enmascarada, se metió corriendo en el lavabo, su refugio. Seth se mecía en el suelo abrazándose las rodillas, encajado en el estrecho espacio entre la cómoda y una esquina. El médico se acercó a Delia y le preguntó si podían hablar un momento. Su respuesta fue un gemido estridente.

—Señora Edison, ¿sabe decirme dónde está?

—No lo sabe —saltó Edison, enfadado.

—Papá —intervino Joe—, ¿quieres dejar que el médico haga su trabajo?

—¿Dónde está? —repitió el doctor Pai. No hubo respuesta, y entonces señaló a Edison y preguntó—: Ese hombre, ¿quién es? —Lo intentó con un bolígrafo—. ¿Qué es esto? —De repente, dio una palmada y ella se sobresaltó—. Bueno, al menos puede oírme. —Se quitó el estetoscopio del cuello y le preguntó si podía auscultarla. Cuando dio un paso hacia la cama, ella empezó a gritar—. Creo que no voy a poder examinarla. ¿Ha tenido fiebre o tos?

—Un poco, quizá —respondió Edison.

—Lo intentaré con el chico —dijo, girándose hacia Seth.

Este tampoco supo responder a las preguntas elementales que le hizo, pero le permitió que le auscultara el pecho.

—Tiene neumonía.

—¿Es parte de la enfermedad? —preguntó Edison.

—Por lo que tengo entendido, sí. Son los primeros pacientes que he visto con el síndrome.

—¿Y eso? Pensaba que estaban por todas partes.

—Soy médico de hospital. Solo trato a pacientes ingresados, y cerramos el hospital cuando recibimos los primeros informes del CDC.

Joe, que seguía terriblemente afectado por la muerte de su hermano, consiguió decir a través de las secreciones que congestionaban su garganta y su nariz:

—¿Y cómo es que nosotros no lo hemos pillado?

—No tengo ni idea. Tal vez usted, su padre y su hermana tengan cierta inmunidad natural frente al virus. O quizá se infecten pronto. Es una enfermedad nueva y todavía no hay respuestas. ¿Quiere que también examine al chico que está en el baño?

—Sí, examínelo. Y luego deles a todos los antibióticos que ha traído.

—Como le he dicho antes, no servirán de nada, pero estaré encantado de darles todas las pastillas que haga falta si con eso consigo que no me dispare. No va a dispararme, ¿verdad?

—No, no voy a dispararle. Cuando haya terminado aquí, puede coger mi camioneta para volver al hospital. Y deje las llaves en la visera.

El doctor entró en el cuarto de baño. Oyeron cómo le hacía a Benjamin las mismas preguntas que a los otros, y cómo luego le decía:

—Déjame que te examine la boca, jovencito.

El doctor Pai salió del lavabo e inspeccionó la colcha manchada.

—¿Qué ocurre? —preguntó Edison.

—El chico de ahí dentro tiene sangre en la boca, pero no presenta ninguna herida. —Señaló hacia la cama—. ¿Ven esta mancha de aquí, la que ha dejado la sangre de su hijo muerto?

Joe y Edison miraron la colcha.

—Creo que el chico ha estado lamiendo la sangre. ¿Le han dado de comer a él o a los otros recientemente?

Con gesto inexpresivo, Edison respondió que no.

—Pues tal vez deberían hacerlo. Creo que el chaval tiene hambre.

18

Mandy se sentía como si la estuvieran conduciendo a su propia ejecución. Solo una semana antes, si alguien le hubiera pedido ayuda para poner fin a la vida de una persona, habría mirado a su alrededor para localizar la cámara oculta, convencida de que alguien le estaba gastando una broma de mal gusto. Pero ahora la petición de Rosenberg no parecía tan fuera de lugar. El virus que ella misma había creado había convertido el suelo bajo sus pies en arenas movedizas y tenía la sensación de que se estaba hundiendo.

Desde que la persona que cuidaba de Camila había dejado de ir, Rosenberg había tenido que encargarse solo de atender todas las necesidades biológicas de una mujer en estado vegetativo, paralizada y casi incapacitada para comunicarse incluso antes de que la afectara el virus. Nadie vendría a ayudarlo. Ya no. Y la idea de que, si él también enfermaba, su mujer sufriera una espantosa muerte por hambre y deshidratación, le resultaba insoportable.

Cuando traspasó el umbral del dormitorio en penumbra, Mandy vio a lo que se enfrentaba Rosenberg a diario. En la habitación flotaba un olor fuerte y nauseabundo, a pesar de todos los esfuerzos del anciano por mantener aseada a su esposa. Se preguntó si Rosenberg tendría las luces amortiguadas para verla solo entre sombras. Bajo la fina manta que la cubría, el contorno retorcido de la mujer daba testimonio de las terribles contracciones musculares que había sufrido a raíz del derrame cerebral. Su rostro también se veía desencajado. Una de sus mejillas estaba tan hundida como el fondo de una taza de café. Tenía los ojos cerrados, con los párpados pegados por las secreciones. Resultaba imposible saber qué aspecto tenía antes del derrame, pero por las fotografías enmarcadas y los cuadros del salón, debía de haber sido una mujer hermosa y llena de encanto.

Aquello no era un asesinato, se dijo Mandy. Era un acto de misericordia.

—Voy a usar una almohada —dijo Rosenberg—. Obviamente, le he estado dando muchas vueltas. Si tuviera analgésicos, los utilizaría. Tú no tendrás pastillas, ¿no?

—Me temo que no.

—Oh, bueno. No soportaría hacerlo de otra manera. Con una almohada, al menos no tendré que verle la cara.

—¿Por qué me necesitas para hacer esto, Stanley? —preguntó ella con un hilo de voz.

—Está bien, te lo contaré. La idea de hacerlo solo me parece una barbarie. Hacerlo en presencia de otra persona, una buena persona…, creo que marca cierta diferencia. Contar con un testigo hace que me resulte un acto más racional, más meditado. ¿Tiene algún sentido?

—Supongo que sí. ¿Quieres que me quede aquí y ya está?

—Sí, ahí está bien. Y después te necesitaré para que me ayudes a bajarla por las escaleras. ¿Te importa si antes digo una oración?

—Creía que dijiste que no rezabas.

—Dije que normalmente no rezaba. Y esta no es una situación normal.

Stanley entrelazó las manos a la altura de la cintura, bajó la cabeza y, de pie ante la cama, recitó en hebreo:

—*El malei rachamim, shochayn bam'romim, ham-tzay m'nucha n'chona al kanfay Hash'china, b'ma-alot k'doshim ut-horim k'zo-har haraki-a mazhirim, et nishmat Camila, she-*

halcha l-olamah. —Y, girándose hacia Mandy, tradujo—: Quiere decir: «Oh, Dios lleno de compasión, que mora en las alturas, otorga merecido reposo en las alas de la Presencia Divina, en las excelsas esferas de los santos y puros que brillan con el resplandor del firmamento, al alma de Camila, que ha pasado a su mundo». El tiempo verbal es erróneo, porque aún no nos ha dejado. Pero, por lo que yo sé, no hay ninguna oración para lo que me dispongo a hacer. Y tampoco es que pueda consultarlo ahora con un rabino.

Terminó la oración por el alma de los difuntos y cogió una almohada que estaba sobre una silla.

—¿Estás preparada?

Mandy no estaba segura de si la pregunta iba dirigida a ella o a su esposa, pero contestó que sí.

—Camila, sabes que te adoro. Hemos disfrutado de una vida maravillosa juntos... Qué diablos, lo hemos pasado de fábula. Siento mucho tener que llegar a esto, pero espero que me perdones y confío en estar haciendo lo correcto. Te amo.

Y, acto seguido, pegó la almohada contra su rostro demacrado.

La pobre mujer ofreció menos resistencia de la que Mandy habría esperado. Solo forcejeó débilmente con el brazo y la pierna que no tenía paralizados, y esos miembros estaban ya atrofiados. Rosenberg apretaba con todas sus fuerzas, hasta que sus brazos empezaron a temblar por el esfuerzo. Tenía los ojos cerrados, pero Mandy sabía que podía oír los débiles y primarios intentos de la mujer por seguir con vida. Mantuvo la presión durante un minuto entero hasta que el cuerpo de la anciana dejó de moverse. Solo entonces alzó la vista hacia Mandy.

—Creo que ya está, Stanley.

Rosenberg se dejó caer en la silla con el arma homicida en su regazo.

Tenía los ojos secos y habló sin aparente emoción:

—¿Podrías comprobarlo?

—No soy de esa clase de médicos.

—Más que yo sí. No quiero enterrarla viva.

Mandy tomó la lánguida muñeca de la anciana para comprobar el pulso y, al no encontrarlo, probó palpándole el cuello.

—Creo que ya se ha ido.

—¿Lo crees o lo sabes?

—Creo que lo sé.

A Rosenberg se le escapó una risa leve, que alivió la tensión por un momento. Aunque Camila pesaba apenas cuarenta kilos, tuvieron que lidiar una batalla épica para bajarla por las escaleras sin perder la dignidad. Rosenberg la sostenía por los brazos y Mandy por las piernas, y tras salir de la casa depositaron el cuerpo sobre la hierba del patio trasero, donde el anciano ya había cavado una tumba similar a la que había abierto para Derek. Cuando acabó de rellenar la fosa y aplanó el suave montículo de tierra fresca con sus manos, las manos de un artista, rompió a llorar. Mandy contempló con gesto respetuoso su desgarrador esfuerzo. Luego se arrodilló junto a él y le acarició la espalda a través de la camisa, empapada en sudor.

—Gracias.

—Casi no he hecho nada, Stanley.

—Has hecho mucho, créeme.

—¿Y ahora qué?

Rosenberg se enjugó los ojos con un pañuelo.

—No tengo ni idea.

Jamie había tomado la firme decisión de volver ese día al laboratorio, pero antes de marcharse se pasó una hora dando clases a Emma. Aunque varias semanas al año ejercía una labor didáctica con los estudiantes y el personal médico en sus rondas hospitalarias, nunca se había considerado un profesor. El tipo de enseñanza que impartía a Emma era, imaginaba, similar al que los educadores especiales llevaban a cabo con los pacientes que habían sufrido un derrame o un traumatismo cerebral, o con los niños que presentaban serias discapacidades de aprendizaje. Linda no parecía tener la paciencia necesaria para hacerlo, así que él se encargaba también de la reeducación de Kyra.

Estaba buscando objetos para enseñarles a nombrarlos cuando, en el armario de Emma, encontró un tubo sin abrir de pelotas de tenis.

Quitó la tapa sellada al vacío y sacó una pelota, nueva y fragante.

—¿Qué es esto? —le preguntó a Emma.

Ella la cogió con la mano, la olisqueó y pasó la lengua para probar su sabor.

Le repitió la pregunta a Kyra. Después de olerla, la cara de la chica pareció iluminarse.

Jamie sabía que el centro olfatorio del cerebro se encontraba en el sistema límbico, independiente de los tractos de memoria bloqueados por el virus.

—Recuerdas cómo huele una pelota de tenis, ¿verdad, Kyra? Esto es una pelota. Di: «Pelota. Pelota».

—Pelota —dijo Kyra.

—¡Muy bien! ¡Buena chica! Esto es una pelota.

Sacó otra pelota del tubo y se la entregó a Emma, quien no mostró la menor curiosidad y la soltó. La pelota rebotó en el suelo y, antes de que volviera a caer, una mano salió disparada y la cazó al vuelo.

Ahora Kyra tenía una pelota en cada mano y, un tanto sorprendida por lo que acababa de hacer, se echó a reír.

—¡Kyra ha cogido la pelota! —exclamó Jamie—. ¡Uau! Lánzasela a Emma. Así.

Jamie sacó una tercera pelota y la tiró suavemente sobre la cama, donde aterrizó cerca de las piernas de Emma.

—Pelota —repitió Kyra e, imitando a Jamie, con un movimiento de abajo hacia arriba, le lanzó a su amiga la pelota que tenía en la mano derecha.

En esta ocasión, Emma ahuecó las manos, las juntó y la cogió. Ahora ella también se echó a reír, y le devolvió la pelota a su amiga, tirándola más fuerte. La bola se dirigió hacia el lado izquierdo de Kyra. De pronto, el instinto deportista de esta debió de activarse, porque en una fracción de segundo dejó caer la que sostenía y agarró la otra. A las dos les dio un ataque de risa tan escandaloso que Linda subió corriendo las escaleras pensando que había pasado algo malo.

—¡Mira! —le dijo Jamie—. Kyra, ¿qué es esto?

—Pelota.

Jamie simuló un lanzamiento y dijo:

—Tírasela a Emma.

Kyra lanzó la pelota y Emma la cogió al vuelo. Al ver aquello, Linda rompió a llorar. Las chicas se pusieron serias de golpe. Kyra también empezó a gimotear.

—No, cariño —le dijo Linda—. Mamá no está triste, está feliz.

De camino al laboratorio, Jamie se fijó en que la basura se acumulaba en las calles. Montones de basura. Los cubos alineados sobre las aceras rebosaban, a la espera de ser vaciados por unos servicios de recogida que quizá nunca pasarían. Había bolsas de basura por todas partes: en los bordillos, en los callejones entre las casas y los bloques de apartamentos, en los caminos de entrada..., y muchas de ellas estaban desgarradas por animales o tal vez por personas. Apenas se veían transeúntes y el tráfico era muy escaso. La mayoría de las casas tenían las persianas bajadas y las cortinas echadas. Jamie se preguntó qué estaría ocurriendo en su interior.

A esas alturas, los más fuertes y agresivos que no habían sucumbido a la enfermedad habían vaciado tiendas y supermercados. Eso lo sabía por las noticias. ¿Estarían pasando hambre dentro de esa casita blanca con coloridos maceteros en las ventanas? ¿Y en esas dos casas adosadas con siete coches apiñados en el camino de entrada? ¿Habrían unido sus fuerzas los clanes familiares para hacer frente a la situación? ¿Cuántas personas despojadas de memoria tendrían a quien aún cuidara de ellas? ¿Cuántas estarían solas y muriéndose de hambre?

No llovía, pero tuvo que poner en marcha los limpiaparabrisas. El aire estaba cargado de finas partículas que cubrían de un gris ceniciento los coches y el césped de los jardines. Se veían penachos de humo que se alzaban a lo lejos desde los cuatro puntos cardinales. Había incendios por todas partes, y no parecía que nadie fuera a apagarlos.

Su laboratorio, ubicado en la zona de los antiguos astilleros de Charlestown, pertenecía al Instituto de Enfermedades Neurodegenerativas del Hospital General de Massachusetts. En circunstancias normales, el trayecto de tres kilómetros entre el laboratorio y el hospital podía llevar una eternidad, pero ese día, con las carreteras vacías, Jamie cruzó a toda velocidad el puente de Charlestown.

El aparcamiento del Instituto estaba prácticamente desierto. Accedió al edificio con su tarjeta magnética y recorrió los pasillos vacíos hasta llegar a la sala en cuyo rótulo se leía: DR. J. ABBOTT, BIOLOGÍA COGNITIVA MOLECULAR. Para él no era algo inusual encontrarse solo en el laboratorio un domingo o bien entrada la noche, pero ese día notaba una vibración distinta en el ambiente, casi espectral, porque ¿quién sabía cuándo volverían sus colegas, si es que volvían? Tenía a su cargo a tres técnicos de investigación, dos posgraduados y un encargado de laboratorio, y ninguno de los tres había respondido a sus llamadas. No conseguía quitarse de la cabeza la idea de que esa gente tan dinámica y brillante pudiera encontrarse en una situación desesperada, desposeídos de sus facultades mentales.

Tenía mucho que hacer, así que se puso manos a la obra. Había planeado una línea de trabajo basada en una serie de estudios de unión y desplazamiento. Primero descongeló una línea de células neuronales salpicada de receptores de circuitos de memoria que se fijaban de forma natural a la molécula CREB-1. Después utilizó su secuenciador de péptidos Biotage para crear la proteína mutante tipo CREB que el virus del SAF estaba generando, a partir de la secuencia de datos que Mandy le había enviado. Una vez obtenida la proteína, podría exponer su línea de células a la CREB mutante y dejar que se uniera a los receptores. El tercer paso, el más crucial, consistiría en inundar las células neuronales fijadas a la CREB mutante con todas las variantes de CREB que tenía almacenadas en su banco molecular. Algunas de estas variantes ya habían pasado por el proceso de secuenciación de péptidos. Otras aún no habían sido desarrolladas plenamente, a la espera de un permiso gubernamental para finalizar el trabajo.

El objetivo de la investigación era averiguar si alguna de las CREB normales presentaba una mayor capacidad de unión a los receptores que la CREB mutante. En teoría, esas moléculas más fuertes podrían desplazar a las mutantes fijadas a los receptores y abrir así los circuitos de recuperación de la memoria. En teoría...

A media tarde se dio cuenta de que tenía un hambre canina, lo cual significaba que tenía que asaltar las máquinas expendedoras. Saqueó la mesa del encargado de laboratorio en busca de monedas y se dio un festín de chocolatinas. Cuando fue capaz de volver a pensar con claridad, llamó a casa para preguntar cómo estaban las chicas.

—Siguen jugando a lanzarse la pelota —dijo Linda—. Solo paran para comer.

Le pareció que la madre de Kyra arrastraba un poco las palabras, y dudó sobre si preguntarle si había bebido. Estaba a punto de decirle algo como «¿Sabes? Confiaba en que al menos podrías mantenerte sobria», cuando ella soltó un taco.

—¿Qué ocurre? —le preguntó.

—Otra caída de tensión.

—¿Muy larga?

—Ya está. Ya ha pasado. Habrá durado unos siete segundos. ¿Y ahí, en el centro?

—No sabría decirte. Todas las bombillas son led. Si se hubiese producido un apagón total, el generador se habría puesto en marcha. A saber lo que estará pasando con la red eléctrica.

Cuando colgó, cayó en la cuenta de que había olvidado sacar el tema de la bebida.

Más tarde, mientras esperaba a que el temporizador de uno de sus experimentos llegase a cero, llamó a Mandy.

—¿Dónde estás? —le preguntó.

—En el laboratorio.

—Yo también.

Enseguida se dio cuenta de que estaba muy alterada. Le preguntó qué le pasaba.

—Hoy he ayudado a matar a alguien.

No le costó convencerla para que se lo explicara; estaba ansiosa por desahogarse.

—Santo Dios, Mandy... —dijo él al fin—. Estos últimos días has tenido que presenciar cosas horribles. Ojalá pudiera...

Ella no lo dejó acabar.

—Lo sé, lo sé. Pero tú también estás pasando por una situación terrible. No somos solo nosotros. Está ocurriendo en todas partes.

Mandy cambió de tema y le contó que, por el momento, ninguna de sus combinaciones antivirales había conseguido acabar con el virus. Le hizo algunas sugerencias para sus experimentos. Mientras él tomaba notas, las luces del techo se apagaron y se volvieron a encender, y los paneles del equipamiento del laboratorio parpadearon.

—El generador acaba de activarse —indicó Jamie.

—¿Has perdido algo?

Le pidió que esperase mientras comprobaba el secuenciador de péptidos.

—Creo que no. El generador de aquí se pone en marcha muy rápido cuando cae el voltaje.

—Aquí también tenemos uno muy potente —dijo ella.

Las luces parpadearon de nuevo.

—Acaba de volver el suministro general. En fin, Mandy, creo

que deberíamos hablar de posibles contingencias. Si por alguna razón se produce un apagón masivo, las torres de comunicación dejarán de funcionar y no podremos contactar por móvil.

—Lo sé —admitió ella con voz queda.

—Si consigo dar con una CREB que desplace a la mutante, la única manera de activarla será insertándola en uno de tus vectores adenovirales. Eso implica que tendremos que reunirnos en tu laboratorio. Yo tendré la mitad de la cura, y tú la otra mitad.

—Todos mis vectores están congelados. No debería haber problema.

Había unos mil quinientos kilómetros de Boston a Indianápolis, un trayecto relativamente sencillo cuando todo iba bien. Ahora bien, si no había electricidad, la cosa podría complicarse mucho. Jamie mencionó que no sabía dónde estaba el laboratorio y le pidió que le enviara la ubicación.

Mandy se la envió.

—Vendrás con Emma, ¿no?

—Por supuesto. Me traeré a Emma. Si hay un apagón, ¿cuánto tiempo dura vuestro generador?

—Tiene dos modos de funcionamiento. El estándar suministra electricidad a todo el edificio: luces, climatización, equipo de laboratorio, etcétera. Creo que cuenta con combustible suficiente para unos dos días. El otro modo es solo para las máquinas críticas como neveras, congeladores e incubadoras. Este dura unas dos semanas.

—Escúchame bien, Mandy. Hazte con toda el agua y las provisiones que puedas. Si las cosas se ponen feas y colapsa la red eléctrica, refúgiate en el laboratorio y cierra muy bien todas las puertas y accesos. Sabré dónde estás e iré a buscarte. ¿Me prometes una cosa?

Jamie apenas pudo oír su respuesta.

—¿Qué?

—Prométeme que, si eso ocurre, harás lo que haga falta para sobrevivir.

19

Número de centrales eléctricas operativas en Estados Unidos: 6.997

Generación de electricidad por tipo de combustible:

Carbón: 39 %

Gas natural: 28 %

Nuclear: 20 %

Solar/Eólica: 7 %

Hidroeléctrica: 6 %

Central Eléctrica de Gas Natural Criterion, Groton, Massachusetts

Capacidad generadora: 360 megavatios

Clientes: 80.000

La central Criterion de Groton entró en servicio en el año 2001. Se construyó para poder operar con muchos menos empleados de los que requerían las viejas centrales eléctricas de carbón. A diferencia de estas, allí el trabajo era más limpio y automatizado, y el personal estaba más cualificado y mejor remunerado. Solo se necesitaban veintisiete personas para cubrir los tres turnos.

Tony Greco había ocupado el cargo de subdirector general desde que se abrió la central. Su jefe era Skip Bodkin, y como la diferencia de edad entre ellos era de solo tres años, Greco suponía que nunca llegaría a ser director general. Sin embargo, los últimos días había asumido un ascenso *de facto*. Bodkin había desaparecido, aunque su paradero no era ningún misterio: eran muchos los que se habían refugiado en sus casas.

Greco era soltero. Cuando empezó a escasear el personal, no solo había ascendido de cargo, sino que básicamente se había mudado a la central y se había instalado en una de las salas de guardia. A las diez de la mañana, mientras supervisaba el panel de control central, oyó que alguien llamaba por el intercomunicador. Se trataba de Ike Kelleher, uno de los especialistas de ciclo combinado, responsable del mantenimiento de la turbina.

—¿No hay nadie más? —preguntó desde el umbral, mirando con recelo la sala de control vacía.

Greco puso una mueca.

—Acabas de aumentar la plantilla en un cien por cien.

Kelleher se ajustó la mascarilla y le preguntó a Greco si pensaba ponerse la suya.

—Solo hace falta que la lleve uno, y tú ya la llevas. ¿Qué tal por casa?

—Mi mujer y el bebé están bien, pero ella no consigue contactar con su madre y su hermana. Se está volviendo loca. Quiere ir en coche hasta Worcester para ver cómo están, pero no se lo pienso permitir.

—Ya, no creo que sea buena idea.

Kelleher preguntó sobre el nivel de los indicadores.

—Hasta ahora hemos tenido suerte —añadió Greco, después de hacerle un resumen—, pero no sé durante cuánto tiempo seremos capaces de garantizar el suministro estando solos tú y yo. Quiero decir, los algoritmos predictivos de mantenimiento muestran un buen comportamiento, pero sabes tan bien como yo que, de tanto en tanto, alguien tendrá que girar una llave o cambiar un sensor. Y además está el maldito gasoducto.

—Anoche tuvimos tres caídas de tensión y un corte de treinta segundos en Leominster —informó Kelleher—. Supuse que sería el gasoducto.

—Así es. Cuando desciende la presión en el gasoducto, los ordenadores apagan las turbinas. Imposible hacer nada. Cuando nosotros caemos, la red del este entra en modo equilibrado durante un rato. Un rato corto: caída de tensión. Un rato largo: la nada.

—¿Qué dicen en la sede central?

—¿Qué sede central? Nadie responde a mis llamadas.

—No voy a engañarte —repuso Kelleher—, estoy muerto de miedo. Si nosotros tenemos estos problemas de falta de personal, entonces todos los operadores del país, no solo los de gas, sino también los de carbón, energía nuclear..., todos, estarán teniendo los mismos problemas.

—Tal como yo lo veo —dijo Greco—, las centrales de carbón serán las primeras en caer. Son las que necesitan más personal y la mayoría de las plantas solo disponen de combustible para cuatro o cinco días. Nosotros seremos los siguientes. La industria del gas depende de la alimentación de unos cinco mil kilómetros de gasoductos nacionales con gas de lutita o con buques metaneros de GNL. Y se necesita mucha carnaza para alimentar a esa bestia. La última de las tres grandes en caer será la nuclear. Esas centrales están automatizadas a más no poder, pero disponen de sus propios mecanismos de regulación. Con el personal humano fuera de la ecuación, se activará el sistema de apagado en frío para proteger el núcleo del reactor.

Mientras Greco hablaba, Kelleher estaba un poco apartado, sirviéndose un café. Volvió a la mesa de control, se sentó junto a su jefe y se bajó la mascarilla para tomar un sorbo, pero tosió.

—Joder, Ike, no estarás poniéndote enfermo, ¿no?

—No estoy enfermo —replicó Kelleher—. Ni se te ocurra pensar algo así.

Después de una larga jornada de trabajo en el laboratorio, Jamie conducía de vuelta a casa en la oscuridad. Circulaba a toda velocidad por una desierta Storrow Drive cuando, cerca de la rampa de salida de Kenmore, alguien tiró una enorme rueda sobre su coche, desde el paso elevado de Bowker. Logró esquivarla por poco, y por el espejo retrovisor vio a dos hombres corriendo para recuperarla. Imaginó que estaban lanzando neumáticos a los vehículos para obligarlos a parar y robar las provisiones que llevaran. Jamie todavía estaba alterado por el incidente cuando llegó a Brookline, y se alteró aún más cuando entró en casa y vio a Linda dormida en el sofá, con una botella de vodka medio vacía en la mesita de centro.

La mujer se despertó de golpe y parpadeó un tanto avergonzada.

—Jo, qué tarde es —dijo—. Solo pensaba cerrar los ojos unos minutos. Ahora iba a preparar la cena.

—No quiero que cocines para mí —replicó Jamie enfadado—. Solo quiero que cuides de Emma cuando yo no esté.

—Emma está bien. —Linda se desperezó—. No llevo mucho tiempo aquí abajo.

—Subo a ver cómo están y luego ya hablaremos.

Las chicas también estaban dormidas, acurrucadas una junto a la otra. Jamie se fue a su dormitorio, cerró la puerta y se sentó en la cama. Estaba furioso. Lo odiaba todo sobre su nueva existencia: la enfermedad de Emma, lo que le había ocurrido a Mandy, que unos cabrones hubiesen arrojado una rueda contra su parabrisas, la relación que había establecido con Linda...

Cuando volvió a bajar, Linda ya había guardado la botella de vodka y había puesto agua a hervir.

—Si vamos a seguir con este apaño entre tú y yo —dijo Jamie—, tendrás que hablarme de tu problema con la bebida.

Linda quiso ganar un poco de tiempo recogiéndose algunos mechones sueltos.

—Yo no tengo ningún problema. No soy abstemia, pero tampoco una alcohólica, si es lo que estás insinuando.

—Me importa un carajo cómo quieras llamarlo. Lo que sí

me importa, y mucho, es que te comportes como una irresponsable con dos chicas tan vulnerables en la casa.

Ella reaccionó con agresividad.

—¡No te atrevas a sermonearme como si fueras un puto cura! —le gritó—. Si quieres que me marche, lo dices y ya está, pero, si no fuera por mí, en casa solo tendrías comida para un par de días. Y si no fuera por mí, estos últimos días tampoco habrías podido ir al laboratorio para hacer las chorradas que sea que estés haciendo.

—¡Maldita sea, Linda! Me alegra que las chicas se tengan la una a la otra y, francamente, solo por eso me merece la pena sacrificar la intimidad de mi casa. Tú y yo no somos compañeros, ni siquiera amigos, pero necesito confiar en ti, ¿vale?

—¡Soy agente de policía! —soltó, también a gritos—. La gente confía en mí. ¿Te queda claro? Si de verdad eres tan jodidamente puritano, no me tomaré ninguna copa durante el día. ¿Te haría feliz eso?

—Lo único que me haría feliz es que Emma recordara quién es.

Poco después, Jamie subió la cena al cuarto de las chicas y trató de enseñarles a comer espaguetis con el tenedor. Después intentó que aprendieran algunas palabras nuevas: cuchara, tenedor, cuchillo y tazón. Ninguna de las dos se mostraba muy receptiva, y la clase acabó de repente cuando Emma señaló con gesto decidido y dijo: «Jugar pelota». Kyra cogió una de las pelotas de tenis y dio comienzo a otra interminable serie de lanzamientos.

Linda estaba sentada en la sala de estar, con los brazos y las piernas firmemente cruzados.

—Ya he fregado los platos.

—¿Hacemos las paces?

—Hacemos las paces. —Al rato, Linda añadió—: Acaban de dar un avance informativo en la tele. Ese pelele que tenemos ahora de presidente va a dirigirse a la nación a las nueve.

Oliver Perkins, que hacía apenas una semana era el presidente de la Cámara de Representantes, apareció en el Despacho Oval, sentado muy rígido detrás del escritorio Resolute, que parecía venirle demasiado grande. Echó un vistazo a las notas que tenía delante y levantó la vista, aparentemente sorprendido por la presencia de la cámara.

«Compatriotas americanos, yo no tenía previsto convertirme en presidente de Estados Unidos. Yo no quería esto. Nadie lo quería. Pero así están las cosas. Según nuestra Constitución, he tenido que asumir el cargo tras la incapacitación del presidente y el vicepresidente, y durante los últimos días he estado trabajando incansablemente con el Congreso y con unos departamentos gubernamentales diezmados por la enfermedad para intentar hacer frente a esta crisis sin precedentes. Muchos de nuestros compatriotas han caído enfermos. Y el país entero tiene miedo. Hasta hace solo dos días estaba convencido de que el personal de la Agencia Federal de Gestión de Emergencias, en colaboración con el Ejército, estaba trabajando a marchas forzadas para movilizar el suministro a gran escala de alimentos, agua, combustible y medicinas a los centros locales y regionales de distribución. No obstante, debo ser honesto con vosotros: la masiva expansión de la epidemia ha provocado numerosas bajas entre el personal de emergencias, lo cual no ha hecho más que paralizar nuestros esfuerzos de gestión, control y distribución.

»Esta noche urjo a todos los miembros físicamente aptos de los servicios de emergencias para situaciones de desastre a que distribuyan entre la gente necesitada los suministros esenciales almacenados en nuestras reservas federales y estatales. También debo manifestaros mi extrema preocupación por el sistema de producción energética y por la estabilidad de nuestra red eléctrica. La producción de energía es una empresa humana ingente, y sin el personal adecuado resultará cada vez más difícil suministrar carbón y gas natural a las centrales eléctricas, así como conseguir que funcionen con normalidad las plantas solares, hidroeléctricas y nucleares. Por eso os pido que hagáis el mayor acopio posible de velas, pilas, gasolina para generadores y leña, a fin de soportar los meses de frío que se avecinan en gran parte del país. También pido a todos los médicos, enfermeras y demás personal técnico sanitario físicamente capacitado que toméis todas las precauciones posibles y volváis a vuestras clínicas y hospitales para proporcionar los servicios que solo vosotros podéis ofrecer.»

—Eso va por ti —dijo Linda con un resoplido.

«Y también hago un llamamiento a todo el personal de los servicios de emergencias, agentes de las fuerzas del orden y de los cuerpos de bomberos para que volváis a vuestros cuarteles y comisarías.»

—Y eso por ti —replicó Jamie.

«Además —prosiguió el nuevo presidente—, también debo informaros de que, hasta hace solo unos días, científicos de los Institutos Nacionales de Salud y del Centro para el Control de Enfermedades trabajaban para encontrar una cura para el virus. Lamentablemente, la enfermedad también ha causado estragos entre la comunidad científica y sus familias. Por esta razón, hago un llamamiento directo a todos los investigadores independientes que cuenten con experiencia en cualquier campo relevante de la medicina y sigan teniendo acceso a sus laboratorios. Por favor, llamad a este número del Departamento de Salud y Servicios Humanos que aparece en la parte inferior de vuestras pantallas y dejad un mensaje especificando la naturaleza de vuestro trabajo y vuestra información de contacto.»

—Eso va por mí —dijo Jamie, anotando el número.

El presidente levantó la vista de sus notas y miró directamente a la cámara con unos ojos que solo podían describirse como de una profunda tristeza.

«Para finalizar, dejadme que os diga esto: no podemos esperar ayuda de otros países. Me han confirmado que todo el planeta se encuentra en la misma situación desesperada que nosotros. Así que debemos confiar en nuestro espíritu indomable y…»

De repente, las luces se atenuaron durante unos segundos y luego se apagaron por completo.

Tony Greco se había pasado todo el día solo en la central Criterion.

Ike Kelleher no se había presentado por la mañana y Greco tampoco había podido localizarlo. Al mediodía, se estaba calentando un plato en el microondas cuando de pronto empezó a encontrarse mal. Debía de ser un poco de cefalea tensional, se dijo, y se tomó un par de aspirinas. También se convenció de que los ataques de tos después de comer eran producto de un simple resfriado de pecho. A última hora de la tarde, empezó a tener problemas para recordar los protocolos de control del descenso de presión en el gasoducto que suministraba el gas a las turbinas y las cámaras de combustión, algo que tenía totalmente por la mano. Tuvo que recurrir a unas listas de comprobación que no había consultado en años. Más o menos a la hora en que el nuevo presidente se dirigía a la nación, ya había perdido la capacidad para entender esas listas.

Cuando la presión en el gasoducto alcanzó niveles críticos, las alarmas empezaron a retumbar en sus oídos y unas luces incomprensibles parpadearon frenéticamente en los paneles de control. Greco permaneció allí sentado, llorando, atenazado por el miedo y la confusión, mientras un algoritmo de apagado de emergencia paralizaba las turbinas y detenía la producción de electricidad. Se activó un generador diésel, gracias al cual las alarmas siguieron aullando y las luces de los paneles destellando, pero Greco no pudo hacer más que, tambaleando, dirigirse a la sala de guardia, sentarse en la cama y taparse los oídos con las manos.

Jamie y Linda subieron con unas linternas al cuarto de las chicas y esperaron allí a que se restableciera el suministro eléctrico. Pero esta vez no lo hizo. Al cabo de media hora, Linda sacó las velas. No pensaban dejar ninguna encendida en el cuarto sin vigilancia, aunque ni Emma ni Kyra mostraban miedo a la oscuridad. Jamie intentó enseñarles a usar una linterna —un clic para encenderla, otro clic para apagarla—, pero el concepto resultaba demasiado abstracto.

Una vez abajo, trató de llamar a Mandy, primero al fijo y luego al móvil, pero no obtuvo respuesta.

—¿Crees que se habrá ido la luz en todas partes? —preguntó Linda.

Jamie se aventuró a salir con el perro para echar un vistazo. Toda la calle estaba a oscuras.

—Debe de haberse caído todo el sistema —dijo al volver—. Sin luz, sin electrodomésticos, sin internet, sin servicios de telefonía, sin alarmas antirrobo cuando se agoten las baterías... Se puede liar una buena.

—Esperemos que no dure mucho.

—Sí, esperemos. Pero esta también podría ser la nueva normalidad.

Jamie se dejó caer en el sofá. Dejó escapar un suspiro profundo que sonó más como un gruñido.

—¿Sabes cuáles son esas «chorradas», como tú misma has dicho, que he estado haciendo en el laboratorio estos últimos días?

—Estaba muy enfadada. No quería decir eso.

—Bueno, da igual lo que quisieras decir... El caso es que puede que haya dado con la mitad de una cura para el virus.

—¿Y la otra mitad?

—Está en Indianápolis.

—Tu amiga Mandy...

—Sí. Voy a marcharme a Indianápolis con Emma, a ser posible mañana, como muy tarde.

Linda encendió otro par de velas. Permanecieron sentados en silencio, cada uno en un extremo de la sala.

—Quiero ir contigo —dijo Linda al cabo de un rato—. Puedo ser una ayuda. ¿Me dejarás que vaya contigo?

Cruzar el país al volante y cuidar de Emma al mismo tiempo le asustaba más de lo que se atrevía a admitir. ¿Habría preferido viajar con alguien que no fuera Linda? Sí. ¿Era la única opción que tenía? También.

—Sí. Kyra y tú podéis venir.

—Ahora mismo me tomaría un trago. ¿Te parecería mal si me tomo una copa?

—No si me pones otra a mí.

20

L es has dado de comer? —preguntó Edison.
        Joe respondió que sí, pero añadió que no había resulta-
do fácil. Había llevado una bandeja con comida para su madre
y sus dos hermanos, pero Seth, el mayor y más fuerte, se la
había zampado casi toda. La única manera de conseguir que
cada uno recibiera su parte había sido entregándola por turnos
y en habitaciones separadas.

—¿Y ahora están tranquilos?

—Bastante.

Edison sacó dos cervezas de la nevera y le pasó una a su hijo.

—Aquí tenemos un follón de la hostia. Lo sabes, ¿no?

—Pues claro que lo sé. Tenemos que llevar la granja sin la
ayuda de Brian, tenemos que llevar la casa sin la ayuda de
mamá, tenemos a la mitad de la familia enferma ahí arriba y
también tenemos a la pequeña Brittany, que gracias a Dios está
bien, pero necesita que alguien cuide de ella.

Edison engulló de un trago la mitad de su cerveza.

—Y encima no sabemos si nosotros también lo vamos a
pillar. Si eso ocurre, estamos perdidos. Quiero decir, fíjate en
ellos. Se comportan como críos pequeños.

—A lo mejor podemos enseñarles a valerse por sí mismos
—dijo Joe.

—¿Acaso ves que puedan aprender algo? Joder, si ni siquiera saben quiénes son.

—Vale la pena intentarlo, ¿no crees?

—¿Y quién va a enseñarles? No seré yo. Tengo que ocuparme de cuidar del ganado si queremos sobrevivir. Y tampoco vas a ser tú. Si has de encargarte de todo, estarás hasta arriba de trabajo, y además me acuerdo muy bien de tus años en la escuela. Si no valías para estudiar, no digamos ya para enseñar.

Era una crítica hiriente y Edison lo sabía, pero no le importaba en lo más mínimo herir la sensibilidad de su hijo. De sus dos vástagos mayores, Brian había sido el cerebrito, el que podría haber ido a la universidad si hubiese querido.

—Ya, supongo que necesitaremos algo de ayuda por aquí —respondió Joe con resentimiento.

—Seguramente, pero lo primero que hay que hacer es enterrar a tu hermano.

—Sabes que no tenías por qué haberle matado, ¿verdad?

—¿Y qué crees que debería haber hecho? ¿Cerrar la puerta y volver cuando hubiera acabado de tirarse a tu madre?

Joe apuró la cerveza y dijo que iba a buscar la retroexcavadora para abrir una tumba detrás del cobertizo de secado. Cuando acabó, llevaron a Brittany a la cocina para que la pequeña no viera cómo arrastraban el cadáver ensangrentado de Brian por las escaleras y lo cargaban en la camioneta. Después, a fin de proteger a Delia, instalaron un cerrojo por fuera de la puerta del cuarto de Seth y Benjamin y los encerraron dentro. Edison sospechaba que los dos eran lo bastante mayores para intentar hacer lo que había hecho su hermano. Una vez enterrado Brian y tras las torpes palabras del padre ante la tumba de su hijo, regresaron a la casa y bebieron un montón de cerveza para embotarse. Luego se quedaron amodorrados en la sala de estar con Brittany hasta bien entrada la tarde.

Cuando se despertaron, el reloj digital del microondas de la cocina parpadeaba.

—Debe de haberse ido la luz un rato —dijo Joe.

Edison preparó unos sándwiches de mermelada y mantequilla de cacahuete, y Joe se los subió a los confinados.

—¿Han comido? —le preguntó su padre cuando bajó.

—Como si no hubiera un mañana.

Se oía el murmullo de la televisión en la sala de estar.

—En la tele dicen que la cosa va de mal en peor en todas partes. ¿Te acuerdas de esos programas de preparacionistas que tanto os gustaban a Brian y a ti?

—Sí, solíamos verlos.

—¿Y cómo es que no hicisteis nada al respecto?

—Vete a la mierda, papá. Fuiste tú el que nos dijo que acumular comida y municiones era una pérdida de tiempo y dinero.

—¿Yo dije eso? No me acuerdo.

—Hay que joderse… —exclamó Joe, sacudiendo la cabeza como un poseso.

—Bueno, puede que lo dijera, puede que no. No vamos a perder el tiempo echándonos las culpas unos a otros. Hay que arreglar la situación ahora que aún estamos a tiempo. Contamos solo con ocho cabezas de ganado, que es un montón de carne para nosotros seis, pero si nos quedamos sin electricidad no podremos conservarla después de matar las reses. Y solo tenemos provisiones y comida enlatada para una semana o dos. Así que hemos de ir al pueblo.

—También andamos cortos de municiones —señaló Joe.

—Entonces tendremos que conseguir más.

—No habrá ninguna tienda abierta.

—No me vengas con tonterías. No estoy hablando precisamente de comprar.

En el trayecto hasta el pueblo, sentaron a Brittany en el asiento trasero de la camioneta de Edison, donde la pequeña se entretuvo con sus rotuladores y un cuaderno de colorear. Edison superó con creces el límite de velocidad, ya que imaginaba que la policía local no se habría molestado en montar controles. El final del verano había sido más frío que en los últimos años y las hojas empezaban a colorearse antes de lo habitual. En otoño Dillingham mostraba su mejor cara. El intenso cromatismo del follaje cautivaba las miradas, que dejaban de fijarse en la pintura desconchada de las casas y en las vallas medio caídas.

Conforme te acercabas al centro —el distrito financiero, por así decirlo—, las parcelas residenciales disminuían de tamaño y las casas (la mayoría de madera, las mejores de ladrillo) se apiñaban. En la calle principal no se veía ninguna de las habituales franquicias nacionales: no había suficiente dinero en Dillingham para atraerlas. Había un banco local, un bazar que vendía cerveza y licores, dos gasolineras, un colmado, una barbería y salón de manicura que regentaba un matrimonio, un restaurante que cerraba después del almuerzo y una pequeña funeraria que, por lo general, andaba escasa de clientela. Para todo lo demás, incluidas las escuelas, la gente tenía que ir a Clarkson. Las cuatro iglesias que había en el pueblo parecían excesivas para sus setecientos habitantes, pero todas conseguían mantenerse a flote ofreciendo distintas aproximaciones al protestantismo.

Edison aminoró la marcha para echar un vistazo a la iglesia de la Alegría Celestial, que hasta el mes de mayo anterior había sido su lugar de culto. Era un edificio bajo de ladrillo, con un tejado muy gastado que pedía a gritos una remodelación y un letrero que anunciaba el tema del próximo sermón dominical del pastor Snider. Se alzaba al lado del Community Trust Bank y enfrente del restaurante Fairview, un curioso nombre que nadie entendía, ya que no había vistas que contemplar, aparte del banco, la iglesia y una gasolinera. Era miércoles por la tarde y Edison esperaba ver algo de movimiento por el pueblo, pero las calles estaban desiertas.

—¿Cuál es el plan? —preguntó Joe.

—Primero la comisaría —respondió Edison, mirando como a media manzana calle abajo—. Parece que el coche del jefe de policía está aparcado delante. Dejaré la camioneta enfrente del colmado, para mantener a Brittany alejada de la acción. Por si las moscas...

Se detuvo delante de la tienda, que tenía las luces apagadas.

Joe se volvió hacia su hermanita.

—Ey, pequeña. Papá y yo vamos a hacer un par de recados y volvemos enseguida. Vamos a cerrar bien las puertas para que no te escapes por ahí, ¿vale?

—Yo también quiero ir a la tienda —replicó la niña.

—No vamos todavía. Cuando vayamos, te recogeré y te llevaremos con nosotros.

—¿Estás listo? —preguntó Edison.

Joe sacó su rifle de cerrojo Remington de la funda que estaba a los pies de Brittany.

—Ahora sí.

La comisaría de Dillingham era un pequeño edificio de ladrillo construido en los años treinta que nunca había sido reformado. Constaba de una planta abierta con el mostrador de recepción rodeado de archivadores metálicos, el despacho del jefe de policía y dos celdas en la parte posterior. Edison entró el primero, con su pistola semiautomática sujeta por el cinturón. Joe lo siguió, con el Remington colgando del hombro.

—¿Hola? —gritó Edison hacia la sala vacía—. ¿Hay alguien?

Se oyó un sonido débil e impreciso procedente del despacho. Joe se acercó al cristal esmerilado y llamó:

—Jefe Martin, ¿está ahí?

—Vamos, Joe, abre la puerta —le urgió su padre.

Joe obedeció, y al momento dio un paso atrás levantando el rifle.

—¡Hostia puta!

Había sangre por todas partes.

La mayor parte procedía de la herida abierta en el cuello del jefe Martin, aunque su mano izquierda también era un guiñapo sanguinolento. Los huesos de la muñeca y los dedos, totalmente descarnados, estaban desperdigados por el suelo. El agente Kelso, un tipo corpulento y barrigudo, estaba acurrucado en un rincón, con toda la boca y la amplia pechera de su camisa azul empapadas de sangre.

Edison sacó la pistola y se acercó a su hijo.

—Pero ¿qué cojones has hecho aquí dentro, Ernie? —le preguntó al agente.

Este gruñó y miró alrededor del despacho como si buscara algún sitio por donde salir huyendo.

—Se lo está comiendo, papá —dijo Joe.

—Eso ya lo veo —replicó Edison—. Mírale los ojos. Está claro que se ha infectado.

—¿Cuánto tiempo crees que llevan aquí dentro?

—El suficiente para que a Ernie le entrara hambre. El tipo ya comía como un cerdo cuando estaba normal. Seguramente el jefe también estaría infectado. De lo contrario habría ofrecido más resistencia.

—¡Eh, Kelso, cabrón enfermizo! —le gritó Joe—. ¿Sabes quién soy? ¿Te acuerdas de que siempre me andabas jodiendo?

—No se acuerda de una mierda —dijo Edison.

—¿Y qué hacemos ahora?

Edison disparó una vez. Alcanzó a Kelso justo encima de un ojo.

—Así nos ahorramos el trabajo. —Cogió las llaves del bolsillo del jefe Martin y se las lanzó a su hijo—. Vacía el armario de las armas. Este pueblo ahora es nuestro.

Cumplieron su promesa y fueron a buscar a Brittany antes de ir a la tienda. La puerta del colmado estaba abierta y Joe entró primero para echar un vistazo. Salió al cabo de un minuto, tras rebuscar por todas partes.

—¿Nada? —preguntó su padre.

—Para comer, nada. Tampoco hay pilas ni baterías. Pero he encontrado esto. Joe levantó una pala de madera con una goma larga de la que colgaba una pelotita roja.

Brittany se mostró encantada con el regalo y trató de golpear la bola con la pala.

—Ve a jugar a la camioneta —le ordenó su padre—. Volveremos en unos minutos.

—¡Ey, Joe!

Joe miró alrededor, confuso, intentando averiguar de dónde procedía la voz que lo llamaba.

—¡Aquí arriba!

Encima del colmado había un pequeño apartamento. El edificio era propiedad del alcalde y le arrendaba el espacio comercial a su primo, que era quien regentaba la tienda. El piso de un solo cuarto lo alquilaba por separado. Era el más barato de todo Dillingham, un auténtico cuchitril, pero era lo único que Mickey Ferguson podía permitirse. El chico estaba asomado a una de las ventanas y agitaba el brazo a su viejo colega de instituto. Mickey se había criado en el pueblo, pero ya no tenía a nadie. Su padre había abandonado a su madre cuando él iba todavía a primaria, y cuando se graduó del instituto, ella se mudó a Pittsburgh para vivir con un hombre al que había conocido por internet.

Mickey se había quedado en Dillingham. Subsistía a base de trabajillos y de trapicheos con marihuana. De vez en cuando le pedía a Joe que hablara con su padre para que le consiguiera algún empleo en la granja, pero a Edison el chico le caía mal desde el día en que, con trece años, ahogó a un gato callejero en el estanque. Entonces, Edison le comentó a su hijo que la única razón para matar un animal era para comérselo.

—He oído un disparo —gritó Mickey—. ¿Tú lo has oído?

—El jefe Martin está muerto —dijo Joe—. Y Kelso también.

—Pues yo que me alegro. Oye, ¿cómo es que no llevas mascarilla? En la tele dicen que todo el mundo tiene que llevarla.

—Ya hemos estado más que expuestos. Toda mi familia lo ha pillado menos mi padre, mi hermanita y yo. Puede que lo cojamos, puede que no.

—Yo igual. Últimamente trabajaba fregando platos en el Fairview, ya sabes, y la dueña, su hijo y su mujer se pusieron enfermos. Pero yo no. Me despierto cada día esperando tener un pudin de chocolate por cerebro, pero como puedes ver, aún no se me ha ido la olla. Esos tres del Fairview están que dan pena. Anteayer les puse unos tazones de cereales, pero, si te digo la verdad, no quiero volver allí.

—Bien que haces —dijo Joe.

—Ey, señor Edison —saludó Mickey moviendo la mano.

Edison apenas lo miró.

—¿Tienes algo de comida ahí arriba, Mickey?

—Montones. He dejado la tienda pelada.

Padre e hijo hablaron un momento en voz baja. Edison propuso que se llevaran la comida a punta de pistola, pero Joe se opuso.

—Sé que no te cae muy bien. No es ninguna lumbrera, pero tú mismo lo dijiste: necesitamos ayuda en la granja. Y yo sabré mantenerlo a raya.

Edison aceptó con un gruñido y Joe selló el trato. Le dijo a su amigo que, si cargaban toda su comida en la camioneta, podía irse con ellos. Mickey estaba eufórico; puede que fuera el día más feliz de toda su vida.

El alcalde Mellon vivía a una manzana de allí, enfrente de la funeraria, que también era de su propiedad. Ser edil de un pueblo pequeño no suponía gran cosa, pero el alcalde de Dillingham le sacó el máximo partido. El apellido Mellon era como la realeza del oeste de Pennsylvania. Los Mellon eran los herederos de una célebre dinastía decimonónica de banqueros y filántropos de Pittsburgh, algo que el alcalde había sabido capitalizar con astucia, a pesar de que su familia procedía de Indiana y no compartía ni un solo átomo del ADN con ellos. Cuando la gente acudía al Community Trust Bank y le preguntaba si era uno de los Mellon de Pittsburgh, él siempre respondía con una amplia sonrisa que ni lo confirmaba ni lo negaba.

No era un hombre acaudalado según los patrones convencionales, pero para los estándares de Dillingham era más rico que Creso. Amasó su fortuna ejecutando préstamos dudosos avalados mediante propiedades, que luego le compraba al banco a precios tirados como bienes adjudicados. Después vendía las propiedades por su valor real en el mercado inmobiliario o las arrendaba. Algunos se habían quejado de sus prácticas, pero Mellon tenía en el bolsillo tanto al jefe de policía como a los supervisores municipales. También era el diácono y principal benefactor de la iglesia de la Alegría Celestial, así que tenía todas las bases cubiertas en el pueblo. Edison lo había venerado desde que era apenas un chaval. Por eso aún le escocía más haber sido expulsado de su templo solo unos meses atrás, en mayo.

El motivo de la disputa había sido un bebé.

Randy Scott (el primo del alcalde que regentaba el colmado) y su esposa llevaban años intentando tener descendencia, y al ver que no podían engendrar por medios naturales, habían decidido adoptar una niña guatemalteca. Edison nunca había prestado la menor atención a la vida privada de Scott y su esposa, hasta que un domingo llevaron a la criatura a la iglesia para que el pastor Snider la rebautizara, ya que suponían que había nacido en el seno del catolicismo. La familia Edison estaba sentada en su lugar de siempre, en la tercera hilera de bancos, cuando Blair echó un vistazo hacia la pila bautismal y vio que la piel de la niña era tan oscura como la de una avellana.

—En nombre de Dios, ¿qué está pasando aquí? —exclamó levantándose.

—Bueno, Blair —dijo el pastor Snider—, como puedes ver, estamos bautizando a esta niña.

Sin hacer caso de los tirones de manga que le daba su mujer, Edison prosiguió:

—Pero mirad a vuestro alrededor. Esta es una iglesia de blancos. Y esta niña no es blanca.

Durante unos segundos, el único sonido que se oyó en el interior del templo fue el de la madre de la criatura rompiendo a llorar. Entonces el alcalde se puso en pie en la primera fila, se volvió hacia Edison y le dijo que se sentara y se callara.

Edison replicó que no iba a sentarse ni a callarse.

El pastor Snider intentó calmar los ánimos diciendo que nadie creía que aquella fuera una iglesia de blancos, de negros o de morenos, sino simplemente una iglesia de Dios.

—No pienso rendir culto en una iglesia que acoge a inmigrantes y gente de color.

Snider le contestó que una bebé adoptada difícilmente podía considerarse una inmigrante, y que el término «gente de color» podía resultar ofensivo. Sin embargo, el alcalde no estaba de humor para enzarzarse en debates lingüísticos cuando su parentela estaba siendo denigrada, de modo que le pidió a Edison que abandonara la iglesia.

—Mira, Wally —repuso Edison—, ya sé que en este pueblo tienes una voz tan grande como tu culo, pero aun así no es la única. Hay otras voces aquí.

Fue entonces cuando Ed Villa, el propietario del consultorio de urgencias de Clarkson, se puso en pie y dijo:

—Escúchame, Blair. Como presbítero de esta iglesia, me gustaría pedir a nuestros feligreses que voten aquí y ahora: los que estén a favor de permitir que esta criatura sea bautizada esta mañana y se convierta en un miembro más de nuestra iglesia, que levanten la mano.

Edison contempló furioso el mar de brazos alzados y luego clavó la mirada en su mujer y en sus hijos, todos con las cabezas gachas y las manos en el regazo salvo Brittany, que dijo con voz candorosa:

—A mí me gusta la bebé.

Villa le dijo a Edison que los feligreses habían votado como lo habría hecho el propio Jesucristo, y le pidió que abandonara la iglesia. Edison respondió lanzando una andanada de juramentos e improperios que provocaron que Monica Snider, la mujer del pastor, le gritara que los blasfemos y los intolerantes no eran bienvenidos en la casa del Señor. Edison le hizo una peineta y arrastró a su mujer y a sus hijos fuera de la iglesia para nunca más volver.

A partir del lunes siguiente, su negocio cárnico empezó a caer en picado.

Ahora Edison subió los escalones del porche de la residencia del alcalde y dio unas palmaditas a una de las recias columnas griegas. Joe se quedó abajo en el jardín, con el Remington colgando del hombro. Mickey estaba a su lado, con las manos hundidas en los bolsillos de sus amplios vaqueros. Edison llamó cuatro veces al timbre hasta oír que alguien descorría los cerrojos de la reluciente puerta negra.

Una máscara para pintar a pistola cubría la boca y la nariz de Wally Mellon.

—No llevas mascarilla, Blair. Largo de aquí.

—Tú ya llevas una, así que no tienes por qué asustarte, Wally.

Desde algún lugar de la casa, se oyó gritar a Craig, el hijo de Mellon:

—¿Qué coño están haciendo aquí los Edison?

Joe vio a Craig asomarse por una de las ventanas del primer piso y le dedicó una torva sonrisa y una peineta.

—Mira, Blair, mi esposa y yo estamos en una situación desesperada. Mis dos hijas y uno de mis chicos, Ryan, se han infectado. Y la mujer de Craig también. Ahora mismo no tengo tiempo para tus tonterías.

—Joder, Wally, eso es de muy mal vecino, y más si eres el alcalde de este pueblo. ¿Y si te digo que casi toda mi familia también se ha infectado y que mi hijo mayor, Brian, ha muerto? ¿Eso no despierta un poco tu compasión cristiana? ¿O solo te importa tu familia?

—¿Has venido a sermonearme sobre mi buena fe cristiana?

—No, señor alcalde. He venido para esto.

La bala del Colt 45 impactó justo en el centro de la prominente barriga de Mellon. El corazón del alcalde empezó a bombear sangre hacia el abdomen a través del agujero en la aorta. Su cuerpo no tardó mucho en yacer inmóvil sobre el felpudo de la entrada.

Sin apenas inmutarse, Joe levantó el rifle a la altura del hombro y echó a andar hacia la casa, pero Mickey se quedó clavado en el sitio.

—¡Por Dios santo, señor Edison! —gritó—, ¿por qué le ha disparado?

Edison mantenía la posición, apuntando hacia el interior de la casa por si a Craig Mellon se le ocurría aparecer.

—Lo que está pasando aquí está pasando en todo el país —respondió a Mickey sin apartar la vista—. Las cosas están cambiando, muchacho. Esta es ahora la puta realidad.

21

L a luz aún no había vuelto.
    Había algo primitivo, incluso siniestro, en la oscuridad
tan solo iluminada por el fuego, pero cuando llegó la mañana
y las velas se enfriaron en medio de un charco de cera, el apagón ya no resultaba tan inquietante.

Jamie fue el primero en despertarse. Solventó la falta de
electricidad encendiendo la barbacoa de propano, calentando
agua para la cafetera de filtro y preparando tostadas sobre las
llamas. Puso mala cara al ver la botella de ginebra vacía en el
cubo de la basura, pero cuando Linda se levantó parecía bastante animada. Encontró a Jamie en la cocina, haciendo listas.

—¿Cómo has conseguido preparar el café? —preguntó después de probar varios interruptores de la luz.

—Es de primero de boy scouts. Barbacoa de gas.

—Impresionante. ¿Son para papá Noel?

—¿Qué quieres decir?

—Las listas que estás haciendo. ¿Comprobando que no te
dejas nada?

—Más o menos. La primera es la de la comida y el equipamiento general para el viaje. Otra es la de mis pertenencias.
Luego está la de las pertenencias de Emma. Y la última es la de
las cosas que necesitaré de mi laboratorio.

—Pues más vale que haga yo también mi lista. Pero será
después del café.

Jamie tenía un monovolumen de tamaño mediano y Linda un sedán, así que decidieron que llevarían el vehículo de él. Mientras las chicas dormían, Jamie empezó a prepararlo todo en el salón, amontonando en varias pilas las cosas que necesitarían para el viaje. Nunca había sido un apasionado de la acampada, pero cuando Carolyn aún vivía, los había arrastrado en muchas ocasiones a recorrer los bosques y espacios naturales de Nueva Inglaterra. Todo el equipamiento —sacos de dormir, tiendas, herramientas para abrir zanjas y clavar piquetas, hornillos, etcétera— estaba en el sótano, olvidado desde mucho antes de que ella muriera.

Linda, que se había asignado el aprovisionamiento de comida, observó divertida los montones de material de acampada.

—¿De verdad necesitaremos todo esto? ¿Cuánto hay hasta Indianápolis, unos mil quinientos kilómetros? Podemos hacerlo de un tirón, turnándonos para conducir.

—Creo que debemos estar preparados para cualquier eventualidad.

—Estás hecho un auténtico boy scout.

—La verdad es que no. Me gustan los buenos hoteles.

—¿Piensas llevar mucha ropa?

—No mucha, pero necesitaremos prendas de abrigo. A saber cuánto tiempo estaremos en Indianápolis...

—Si es así, tendremos que pasar por mi casa.

—Ya me lo imaginaba. Bueno, vamos a despertar a las chicas y a darles el desayuno.

Cuando Emma era pequeña, la perspectiva de una excursión en coche la volvía loca. De adolescente, había que tirar de ella para obligarla a hacer un trayecto que durara más de una hora. Ahora, mientras engullía la tostada y los cereales fríos y Jamie le contaba que harían un viaje en coche, Emma lo miró con cara de no entender nada.

—Prepararé tu equipaje —le dijo.

Al cabo de un momento, Emma observaba en silencio cómo

su padre metía sus cosas en una maleta. La Emma adolescente de antes no lo habría dejado acercarse a su ropa y habría estado días obsesionada con el vestuario que tenía que llevarse. La Emma enferma no mostraba el menor interés. Jamie eligió ropa cómoda: vaqueros, camisetas, jerséis, zapatillas deportivas, un par de botas, un montón de mudas de ropa interior y calcetines. El iPhone de Emma estaba encima de la cama; no lo había tocado desde que cayó enferma. Jamie lo cogió y vio que aún le quedaba de batería. Había perdido la cuenta de la cantidad de veces que, en los últimos años, había tenido que decirle a su hija que saliera de Instagram o de lo que fuera y dejara el maldito móvil por un rato. En cambio, ahora mismo daría cualquier cosa por volver a verla con la cabeza gacha y tecleando sin parar en la pantalla. En un gesto excesivamente optimista, metió el móvil y un cargador en la maleta y cerró la cremallera. Después sonrió a su hija y cogió una toalla para limpiarle la leche que se había derramado por encima al acabarse a lametazos los cereales.

—Te quiero, Emma.

A la luz de las velas, Jamie había intentado enseñarle el concepto de amor hasta que la muchacha había caído rendida de sueño. Una y otra vez, él le decía: «Te quiero, Emma», la abrazaba y le daba un beso. Luego ponía los brazos de la muchacha en torno a su cuello y le pedía que dijera: «Te quiero, papi», pero Emma no consiguió dar el paso. Kyra había observado todo el proceso con cierto recelo, y más tarde Jamie le dijo a Linda que tal vez a ella le gustaría intentarlo con su hija. Linda asintió en la oscuridad y se sirvió otro trago.

Jamie se inclinó para recoger la maleta.

—Te quiero, papi.

Cuando giró la cabeza, vio a Emma sentada en la cama con los brazos extendidos. Se arrodilló a su lado y la abrazó.

—Te quiero, Emma.

—Te quiero, papi —repitió ella.

—Te pondrás bien, cariño. Papi cuidará de ti.

Cuando llegó el momento de cargar el coche, Jamie se negó a llevar las dos grandes bolsas que Linda había llenado con botellas de alcohol.

—Estas de coña, ¿no? —dijo él.

—¿Vamos a discutirlo otra vez?

—Pues creo que deberíamos.

Ella le sorprendió preguntándole cuánto dinero pensaba llevar para el viaje. Él le dijo que debía de tener unos trescientos dólares en efectivo, más las tarjetas de crédito.

—Pongamos que no vuelve la electricidad. Las tarjetas no servirán de nada. Pongamos también que a la gente a la que queramos comprarle algo no le interese para nada tu dinero, porque considere los billetes papel mojado. ¿Sabes qué es lo único que nos queda? El trueque. Conseguir lo que necesitemos dándole a la gente lo que quiere. ¿Y sabes qué quiere la mayoría de la gente? Alcohol. Así que nos lo llevamos.

Lo cierto era que tenía mucha lógica.

—De acuerdo —dijo Jamie—. Siempre que no te lo bebas todo, me parece bien.

Cada vez que hacía un viaje para cargar el coche, Jamie miraba hacia la casa de su vecino para detectar cualquier señal de actividad. No había visto a Jeff Murphy desde la noche en que le dio la comida, y ahora que se iban, sentía cierto cargo de conciencia por marcharse sin comprobar cómo estaba.

Linda salió cuando Jamie llamaba a la puerta.

—Seguramente se habrán ido —le dijo.

—Uno de los coches está aparcado delante y el otro en el garaje.

Ella le soltó que, como le diera más comida, se cabrearía mucho. Él la despachó con un «No te preocupes», y rodeó la casa para echar un vistazo.

La puerta de atrás también estaba cerrada. Ahuecó las manos para mirar a través de la ventana de la cocina y llamó a Murphy. Se fijó en que el pestillo no estaba echado, así que levantó el cristal, preparándose para oír que saltaba una alarma antirrobo dotada de batería eléctrica. La alarma no sonó. Jamie volvió a llamar a Murphy y, movido por un impulso, se coló en el interior.

La casa de Murphy había sido diseñada por el mismo constructor que la suya, así que tenían más o menos la misma distribución. Junto a la cocina había una pequeña habitación que Jamie usaba como biblioteca. Ellos la usaban como estudio. La puerta estaba entreabierta.

—¿Hola?

La empujó suavemente, pero algo la frenó.

Empujó más fuerte.

Las palabras escaparon de la boca de Jamie como un susurro apenas audible:

—Oh, Dios...

No tuvo ni la más mínima duda de que la esposa de Murphy estaba muerta. Tenía el abdomen totalmente abierto, con los intestinos y el hígado desparramados. Murphy estaba junto a ella sobre la alfombra, cubierto por completo de sangre, aunque no toda era de su mujer. Tenía profundas marcas de mordiscos en los brazos y jadeaba en busca de aire.

Linda vio que Jamie salía corriendo por la puerta de delante, se sentaba en las escaleras y se quedaba mirando al vacío.

Sin decir palabra, pasó junto a él y entró en la casa.

Jamie oyó un disparo, luego otro. Linda salió y se sentó a su lado.

—Uno ha sido para ella, por si acaso aún vivía.

—Estaba muerta.

—Bueno, yo no soy médico.

—Es espantoso —murmuró él—. Quizá debería haber...

Ella lo cortó en seco.

—No te tortures. Mira alrededor. ¿Qué crees que pasa tras esas puertas cerradas? Todo se está yendo a la mierda y tú no puedes salvarlos a todos. Si de verdad quieres hacer algo bueno, pongámonos en marcha cuanto antes.

La zona de carga del monovolumen iba hasta los topes y

las chicas estaban instaladas en los asientos traseros con los cinturones abrochados. Jamie dio una última vuelta por la casa, preguntándose si volvería alguna vez. La presencia de Carolyn se había diluido con los años, pero todavía impregnaba sus paredes. En el coche no había espacio para los álbumes de fotos. Jamie cogió una fotografía con un marco de latón que estaba en la sala de estar. En ella aparecían dos jóvenes padres felices y su pequeña abriendo los regalos bajo el árbol de Navidad.

De vuelta en el coche, Linda le preguntó cuánta gasolina tenían. Él respondió que medio depósito y ella dijo que no sería suficiente, y que sin electricidad los surtidores no servirían de nada. Le pidió que bajara al sótano a por un bidón de gasolina vacío y una manguera de jardín. Jamie observó cómo cortaba un trozo de manguera con una navaja automática.

—Pensaba que eran ilegales —dijo él.

—No para las fuerzas del orden, aunque ya no estoy segura de que haya algo que sea ilegal.

Jamie se quedó impresionado ante la destreza con que extraía la gasolina de su sedán para llenar la lata. Cuando el depósito del monovolumen estuvo lleno, emprendieron la marcha.

La primera parada fue en casa de Linda. Ella entró a toda prisa y salió poco después con dos bolsas de ropa y un par de abrigos de invierno. Jamie le advirtió que había una cara en una de las ventanas de la planta baja.

El sol brillaba con fuerza y Linda se llevó una mano a la frente para protegerse del resplandor.

—Es mi casero. Lo ha pillado seguro, tiene toda la pinta. Que se joda. Una parada más, ¿vale?

La comisaría de Brookline estaba en el Complejo de Seguridad Pública situado en Washington Street. Linda le dijo a Jamie que parara en el aparcamiento de servicio, que estaba lleno de coches patrulla abandonados. Habían destrozado algunas de las ventanas de la parte de atrás del edificio, y Jamie procuró evitar los cristales desperdigados por el asfalto. En una situación normal, Linda habría usado su tarjeta magnética para entrar, pero, como no había electricidad, recurrió a la llave de repuesto. A medida que pasaban los minutos, Jamie no hacía más que esperar nervioso.

—Yo hambre —dijo de pronto Kyra.

—Yo tengo hambre —la corrigió.

Después de que las dos lo enunciaran correctamente, las recompensó con unas galletas Oreo, la mejor y única herramienta de enseñanza de su incipiente carrera docente.

—Mmm... —dijo él, dándose palmaditas en la barriga.

Las dos chicas lo imitaron y se echaron a reír.

Aquellas muestras de sentido del humor le daban esperanzas.

«Emma, sé que sigues ahí dentro», pensó.

La puerta de servicio se abrió de golpe, pero no fue Linda quien apareció. Dos jóvenes con bandanas y mochilas a la espalda salieron cagando leches. Sus miradas se cruzaron con la de Jamie, quien tuvo la impresión de que habrían ido a por él de no ser porque Linda los perseguía blandiendo su pistola y gritándoles que más les valía seguir corriendo.

Jamie bajó la ventanilla y ella le dijo casi sin resuello:

—Cuando los saqueadores entran en la puñetera comisaría —dijo Linda casi sin resuello—, es señal de que las cosas están fuera de control. Aún no he acabado ahí dentro. Toma la pistola hasta que vuelva.

Linda captó el mensaje de su expresión pasmada.

—Nunca has disparado un arma, ¿verdad?

—Nunca.

—Ya te explicaré los detalles más tarde, pero con este tipo de pistola solo tienes que apuntar a quien quieras matar, apretar el gatillo y seguir disparando hasta que haya muerto.

Jamie trató de apaciguar su ansiedad.

—Te devolveré el favor enseñándote a interpretar un escáner cerebral.

—Ni de lejos es tan útil —respondió ella. Y Jamie no tuvo claro si Linda había sido realista o simplemente bruta.

Cuando regresó, llevaba un pesado macuto negro. Jamie dudaba de que cupiera en el abarrotado compartimento trasero, así que bajó para ver cómo se las arreglarían para meterlo en el coche. Le preguntó qué había dentro.

Linda le dijo que quería poner la bolsa en la cabina a los pies de las chicas, y le respondió abriendo la cremallera. Estaba lleno de cajas de municiones, dos pistolas Glock, idénticas a las que Jamie había estado agarrando en su mano humedecida, y dos fusiles de asalto AR-15 con mira telescópica y cargadores de repuesto.

—¿De verdad necesitamos todo esto?

—Ojalá no.

La última parada fue en el laboratorio de Charlestown. Linda insistió en quedarse en el coche para vigilarlo y Jamie se llevó a Emma y a Kyra con él. Les pidió que esperaran en su despacho mientras hacía lo que tenía que hacer, y les lanzó una pelota de tenis para que tuvieran con qué entretenerse.

El edificio funcionaba gracias a un generador de emergencia y todo el equipamiento de investigación continuaba operativo. Los últimos días, Jamie había conseguido identificar dos variantes normales de CREB que eran capaces de desplazar la CREB mutante del virus del SAF de los circuitos de memoria. Por desgracia, ninguna de esas dos variantes había pasado por el proceso de secuenciación de péptidos, así que tendrían que hacerlo en el laboratorio de Mandy con las muestras que él llevara. Sin embargo, Jamie no podía garantizar su conservación durante el trayecto en coche. La única solución era liofilizarlas. Jamie calentó los tubos con las muestras agitándolos en agua y, una vez descongelados, los introdujo al vacío en el liofilizador. Una hora más tarde, tenía dos tubos con péptidos en polvo criodesecados, que envolvió en plástico de burbujas y se guardó en el bolsillo. Echó un último vistazo al interior del congelador regulado a menos setenta grados centígrados, y el corazón se le encogió. Cuando se agotara el combustible del generador, se echarían a perder todas las muestras obtenidas después de una década de investigaciones.

Fue a buscar a las chicas y apagó las luces del laboratorio, preguntándose si estaría cerrando para siempre ese capítulo de su vida.

Cuando menos, la bola de cristal de su futuro se veía muy borrosa.

22

Su amistad se remontaba a los tiempos de la escuela, un par de bichos raros que al principio se habían aliado para protegerse mutuamente contra los abusones, pero que habían seguido siendo amigos después del instituto porque tampoco tenían a nadie más. Uno era blanco, el otro negro. Uno era gordo, el otro flaco. Uno era charlatán y gallito, el otro lacónico y terriblemente reservado.

Boris era el blanco gordo y arrogante. Shaun era el negro flacucho y tímido. Iban siempre juntos a todas partes. Compartían una casucha cochambrosa de dos cuartos en la zona este de Indianápolis, y cometían pequeñas fechorías para poder pagar el alquiler y comprar algo de hierba. La gente los apodaba despectivamente los BoShaun o los Siameses. Ellos preferían el primer mote.

Cuando estalló la epidemia se refugiaron en el interior del apartamento, y no se aventuraron a salir hasta que se comieron el último copo de cereales y se bebieron la última gota de leche que quedaba en la casa. De todas maneras, Boris tenía auténtica fobia a los gérmenes, lo cual resultaba muy sorprendente dada la cantidad de hongos y mugre que se acumulaba en el lavabo y la cocina, y Shaun habría sido el tipo más feliz del mundo si no hubiera tenido que salir nunca más de casa. Con la televisión, su Xbox y un servicio de pizza a domicilio tenía más que suficiente. Cuando por fin se decidieron a salir y se montaron en las bicis que habían robado una noche en el campus de la Universidad de Indiana-Universidad Purdue, situada en el centro de la ciudad, Boris envolvió la cara de ambos con tantas capas de tela que Shaun casi se desmaya.

—Joder, vaya mierda —se quejó—. No puedo respirar, tío.

—¿Quieres que el cerebro se te ponga como un queso suizo? —lo reprendió Boris.

—No especialmente.

—Entonces mantén cubierto tu aparato respiratorio.

Boris tenía un curioso dominio del lenguaje.

Para él, la manera más segura de cometer pillajes estaba más que clara: necesitaban mejores aparatos, así que el dúo se convirtió en la primera avanzadilla de saqueadores de la tienda de excedentes del ejército Speedway. Cuando el ladrillo que lanzó Boris impactó contra el gran escaparate y se disparó la alarma, Shaun se puso muy nervioso y corrió a esconderse al otro lado de la calle. Pero cuando cayó en la cuenta de que la policía no iba a presentarse, fue a buscar a su amigo al interior de la tienda para ver lo que estaba haciendo.

Boris apareció desde detrás de una vitrina, con su rollizo rostro enfundado en algo grotesco.

—Joder, tío —dijo Shaun—. No me pegues estos sustos.

La máscara de goma color verde moco le cubría toda la cara, con unas grandes lentes ovales sobre los ojos y un disco de filtro con rosca a la altura del morro. Parecía el insecto de Kafka.

La careta amortiguó la profunda voz de Boris.

—Es de Israel. En la etiqueta pone que es NBQ. Eso significa que protege contra riesgos nucleares, biológicos y químicos.

—¿Y de qué tipo es el virus del queso suizo?

—Te daré una pista: no es nuclear ni químico. Toma, ponte esta.

Shaun desgarró la bolsa de plástico. Se ajustó las correas de la máscara y le preguntó a su amigo cómo le quedaba.

—Si nos invade una raza de bichos alienígenas gigantes, por fin podrás tirarte a alguien.

Pero Shaun ya se había alejado en dirección a otra vitrina en la que se exponían cuchillos, bayonetas y machetes. Estaba cerrada, así que agarró un pico de un estante cercano. Como tenía los ojos protegidos, cortesía de los israelíes, destrozó el cristal con impunidad y se guardó en los bolsillos un par de cuchillos de supervivencia del cuerpo de marines. Luego cogió un machete de unos sesenta centímetros del ejército colombiano y lo blandió ante su amigo para que lo admirara.

—¡Ualaaa! —exclamó Boris—. Dame otro para mí.

La alarma había atraído a una pequeña multitud de vecinos del barrio, y unos cuantos jóvenes entraron a través del escaparate hecho añicos; ninguno llevaba cubiertas la boca ni la nariz.

—Menos mal que tenemos estas máscaras antigás tan guapas, ¿eh, tío? —le dijo Boris a su amigo—. Un par de compras más y nos largamos de aquí.

Pillaron un par de chalecos antipuñaladas del ejército croata en color verde camuflaje —talla mediana para Shaun, XXXL para Boris—, unos prismáticos y un dispositivo de visión nocturna carísimo que se agenciaron de otra vitrina destrozada.

—Eh, Shaun, paga a la señorita —dijo Boris al salir.

—¿Qué señorita, tío?

Una vez en la acera, Boris alzó su machete y lanzó unos gritos de guerra a través de su careta con ojos de insecto. Pareció encantado al ver que los corrillos de gente retrocedían.

—Joder, tío —le dijo a Shaun—. Somos bárbaros. Somos invencibles. ¡Somos los reyes!

Cuando colapsó la red eléctrica en Indianápolis, Mandy estaba en su casa haciendo los preparativos por si tenía que trasladarse al laboratorio. Se habían producido varias caídas de tensión breves, pero, conforme pasaban los minutos, más tenía la impresión de que ese apagón sería diferente. A la luz de una lámpara que funcionaba con pilas, empaquetó bolsas de comida, material de primeros auxilios, el contenido de su botiquín, prendas de ropa básica y todo lo que se le ocurrió que podría resultarle de utilidad. Ya había pasado más de una hora a oscuras cuando decidió que era el momento de marcharse, pero antes cogió la lámpara y fue a llamar a la puerta de su vecino.

—Y se hizo la luz... —dijo Rosenberg al abrir.

Mandy entró. En la mesa del comedor había velas encendidas y un plato con comida medio vacío.

—No quiero interrumpir.

—Tonterías. Si quieres te preparo algo. La cocina funciona con gas y puedo encender el fuego con una cerilla.

—Ya he comido, gracias. Solo he venido a decirte que me marcho.

—¡Ah! ¿Y adónde vas?

—A mi laboratorio, en el centro. Allí tienen un generador.

—No creo que este apagón dure mucho, ¿no?

—Tengo un mal presentimiento.

—Bueno, nada más lejos de mi intención que poner en duda la intuición de una dama, pero confío de veras en que te equivoques. No puedo ni imaginarme cómo nos las arreglaríamos sin todos nuestros lujos modernos. ¿Volverás cuando se restablezca el suministro?

—Quizá, no lo sé.

—Espero que sí. Soy consciente de que nos conocemos desde hace muy poco, pero disfruto mucho de tu compañía.

—Yo también disfruto de la tuya. Tal vez te gustaría venir conmigo, Stanley. Detesto la idea de que te quedes aquí solo y a oscuras.

—No estaré solo. Estaré con Camila. Me preocupa más el hecho de que tú estés sola.

Ella le aseguró que no sería durante mucho tiempo, y le contó que un colega suyo vendría desde Boston para trabajar con ella en una cura.

—Esa es una tarea muy importante, más importante que todo lo demás. Y yo no haría más que interferir. No, me quedaré aquí.

Mandy comprobó su móvil, pero no funcionaba. Le anotó su número por si se restablecía el servicio, y añadió la dirección del laboratorio.

—Ya sé dónde es. El médico de Camila estaba en el edificio de al lado.

—Bueno, será mejor que me vaya.

Rosenberg le preguntó si no se olvidaba de algo. Ella se quedó desconcertada durante un momento. Entonces el anciano tendió los brazos para abrazarla.

Mandy llegó a un aparcamiento tan desierto y a oscuras que intimidaba. Durante el trayecto se había fijado en que los generadores del hospital adyacente seguían funcionando, ya que los letreros y rótulos estaban encendidos. Tuvo que hacer varios viajes un tanto farragosos para llevar todas sus cosas al laboratorio, aunque era un alivio que en su edificio también estuviera activada la iluminación de emergencia. Aun así, una de las primeras cosas que hizo fue bajar a la sala de generadores y seguir las instrucciones para restringir el suministro eléctrico al circuito que alimentaba las neveras y congeladores. Luego se dedicó a organizar el laboratorio para que hiciera también de vivienda. Estaba acostumbrada a dormir en el sofá del despacho cuando tenía que interpretar la secuencia de un gen en plena noche, pero aquello era diferente. Organizó una de las mesas del laboratorio en varias secciones: una para la comida, otra para el material sanitario y otra para los libros que había traído consigo: unas cuantas novelas que quería leer desde hacía mucho tiempo. Convirtió el sofá en una acogedora cama con sábanas, un edredón y su almohada favorita, y se construyó un pequeño guardarropa colocando sus prendas sobre varias sillas. Por último, dejó los productos de aseo en el servicio de señoras que estaba al otro lado del pasillo.

Cuando se despertó a la mañana siguiente, supo que aún no había vuelto la luz. La caldera seguía apagada y hacía un frío espantoso en el laboratorio: el termómetro, que funcionaba con pilas, marcaba poco más de diez grados. Desde las ventanas de la tercera planta vio a algunas personas cruzando el campus; no tenía ni idea de lo que hacían ni de adónde se dirigían, pero avanzaban con paso decidido. Entonces vio algo que la asustó. Dos hombres se encaminaron hacia uno de los edificios administrativos situados al otro lado del recinto hospitalario y trataron de abrir una puerta a patadas. No lo consiguieron y al final se marcharon, pero aquello despertó en Mandy cierta sensación de paranoia.

Pensó en Jamie, no en Derek, y eso hizo que se sintiera fatal. Miró la pantalla de su móvil para comprobar si por algún casual las torres de comunicación volvían a funcionar, pero el temido mensaje de fuera de servicio acabó con la más mínima esperanza. Estaba incomunicada. Lo único que podía hacer era esperar allí y rezar para que Jamie consiguiera llegar hasta ella.

Hizo algunos cálculos mentales. Suponiendo que el suministro en la Costa Este hubiera colapsado al mismo tiempo que en el Medio Oeste, Jamie se habría puesto en camino esa misma mañana. Tal vez necesitaría un día más para preparar todo lo necesario para el viaje. Unos mil seiscientos kilómetros a unos cien kilómetros por hora supondrían unas dieciséis horas de trayecto. Pongamos que fueran el doble debido a las imprevisibles condiciones de la carretera o por cualquier problema que pudiera surgir durante el camino. Eso significaba que, como muy pronto, llegaría dentro de dos días y medio.

Mandy tenía mucho que hacer para estar en situación de trabajar con las moléculas CREB de Jamie. Por sus últimas conversaciones, sabía que él aún no había obtenido la secuencia de las dos candidatas. Tendrían que secuenciar los péptidos y después utilizar un sintetizador de ADN para crear un gen capaz de producir las CREB, usando las máquinas enchufadas al circuito eléctrico de refrigeración. Ese gen podría ser insertado en su adenovirus, de modo que establecería las bases para una terapia génica que podría ser testada en pacientes. Si Jamie se mostraba de acuerdo, tenían a la primera paciente idónea para el ensayo: Emma. La cuestión era que disponía de dos días y medio para proceder a la descongelación de su virus a fin de manipularlo biológicamente con enzimas y plásmidos, con el objeto de poder insertarlo en un gen extraño en el preciso lugar donde se necesitaba.

Trabajó durante todo el día hasta muy tarde, sustentada solo por un par de sándwiches de queso. Por lo general era una criatura de hábitos nocturnos, pero la tensión de los últimos días había socavado su capacidad de aguante. A las ocho y media se acurrucó en el sofá y apagó la lámpara portátil.

Mientras esperaba a que la venciera el sueño, se preguntó si no estaría soñando. Una luz se movía por todo el despacho, surcando las paredes y el techo con destellos frenéticos. Cuando cayó en la cuenta de que aún tenía los ojos abiertos, se incorporó en el sofá y vio que el haz luminoso procedía del otro lado de las ventanas. Se acercó sigilosamente y se asomó. En el camino que conducía al aparcamiento, había alguien apuntando con una linterna hacia su edificio, en concreto a la tercera planta. La figura apenas se veía en la oscuridad, pero entonces enfocó la luz hacia su cara.

Era Stanley Rosenberg.

Mandy bajó corriendo los tres pisos y le abrió la puerta.

—¿Me has echado de menos? —preguntó él.

—No sabes cuánto.

—No había timbre y tampoco podía llamarte. Así que he improvisado.

—Anda, pasa.

—Tengo las bolsas en el coche.

—¿Has venido para quedarte? —preguntó ella, esperanzada.

—Si me aceptas… Creo que estamos hechos el uno para el otro, siempre que estés dispuesta a pasar por alto los cuarenta años de diferencia.

Después de trasladar todas sus pertenencias a la tercera planta, Rosenberg dispuso su vieja colchoneta de acampada junto a una de las paredes del laboratorio principal. Mandy le ofreció una taza de té. El único lujo eléctrico que se permitía era el microondas; estaba enchufado a una de las tomas de corriente del congelador. Sentados en taburetes frente a la mesa, los dos vecinos charlaron y rieron durante un rato, iluminados por la potente luz de la lámpara de pilas de Rosenberg.

Abajo, en el aparcamiento, cuatro ojos saltones de insecto miraban hacia arriba a través de sus máscaras antigás verdes.

—¿Crees que ahí tendrán electricidad? —preguntó Boris apoyando todo su peso en el manillar de la bicicleta.

—Algo tendrán —dijo Shaun.

—Ve a comprobar si la puerta está cerrada.

—¿Por qué yo?

—¿Porque estás más cerca?

—¿Cuánto, un metro o así?

—¿Quieres que lo haga yo? —dijo Boris, exasperado.

—No, ya voy yo.

Cuando Shaun volvió, le confirmó a su colega que, en efecto, la puerta estaba cerrada.

—Añadamos este sitio a nuestra lista de lugares vigilados —dijo Boris—. Mañana por la noche veremos si todavía tienen luz.

—No sabía que tuviéramos una lista de lugares vigilados.

—Pues ahora la tenemos.

23

¡Papá!

Craig Mellon bajó corriendo las escaleras y vio el cuerpo sin vida de su padre tendido en la entrada.

Al ver que Edison apuntaba a Craig con la pistola, Joe gritó:

—¡No le dispares, papá!

—Bah, tú mismo —masculló Edison, y se apartó para dejar que su hijo resolviera la situación.

Craig clavó una rodilla en el suelo junto a su padre.

—¿¡Por qué le has disparado!? —gritó a Edison—. No iba armado. ¿Qué te ha hecho él para que le mataras?

Joe, que tenía el rifle preparado, le espetó:

—¿Estás de coña, Craig? Tú estabas en la iglesia el día que tu viejo nos echó. Sabes jodidamente bien que fue él quien le dijo a la gente que no comprara nuestra carne.

—Pero yo os compré vuestra maldita carne la semana pasada. ¿O no lo hice?

—Por eso él está muerto y tú no —le aclaró Joe.

Gretchen, la madre de Craig, bajó las escaleras chillando como una posesa.

—Le han matado, mamá. Le han disparado a sangre fría.

—¡Te mataré, Blair Edison! —gritó la mujer—. ¡Juro que te mataré!

Y se abalanzó contra Edison con los puños alzados. Joe le dijo a Craig que haría bien en contener a su madre.

—No lo hagas, mamá —le pidió agarrándola—. Van armados.

Gretchen se derrumbó, destrozada por el dolor y la rabia.

Craig se enfrentó a los Edison.

—¿Y ahora qué?

—Queremos vuestra comida y vuestras provisiones —dijo Edison—. Os vamos a dejar sin nada.

—¿Y cómo quieres que sobrevivamos? Tenemos a gente enferma.

—Me importa una mierda. Trae a toda tu familia aquí. Joe, sube con él.

Cuando bajaron, los acompañaban cuatro almas perdidas. Gretchen gritó que quería que cubrieran el cuerpo de su marido para que sus hijos no lo vieran.

—No van a saber quién carajo es —replicó Edison, pero le dejó que cogiera una manta del sofá para taparlo.

La más pequeña se llamaba Cassie. Parecía muy asustada y se escondía detrás de los otros. Edison calculó que debía de ser de la edad de Brittany, unos siete u ocho años, pero se mostró mucho más interesado en la hija mayor, una linda morena de ojos salvajes y danzarines.

—¿Cómo se llama y cuántos años tiene?

—Se llama Alyssa y tendrá unos dieciocho años —dijo Joe—. Solía venir a los partidos de fútbol americano.

Joe también conocía al mellizo de Alyssa, Ryan, un muchacho corpulento que jugaba de alero en el equipo de baloncesto del instituto. En primavera había ido con él y otros chavales a cazar pavos silvestres. El tipo era un tirador de primera.

—Eh, Ryan, ¿te acuerdas de mí?

El chico parpadeó con expresión de asombro.

—¿Esa es tu mujer? —le preguntó Edison a Craig, señalando a una joven rubia.

Craig asintió.

—¿Y por qué está llorando?

Trish tendría veintitantos años. Su melena lisa le llegaba hasta la mitad de la espalda.

—No lo sé. Lleva así desde que cayó enferma. Supongo que está asustada.

—Una chica muy guapa —dijo Edison.

Craig lo miró furioso.

—No te atrevas siquiera a mencionarla.

Edison sonrió, lo apuntó con la pistola y le ordenó que empezara a empaquetar la comida. Entonces se acordó de otra cosa y le preguntó qué armas tenían en la casa.

—Rifles de caza.

Edison llamó a Mickey, que se había quedado merodeando junto a la puerta, hecho un manojo de nervios.

—Haz algo útil, muchacho. Recoge todas las armas y municiones, y después no les quites el ojo a la señora alcaldesa y a los enfermitos.

Craig y Joe metieron toda la comida en cajas y las cargaron en la camioneta. Joe echó un vistazo a su hermana Brittany, que seguía jugando con la pala y la pelotita en el asiento trasero. Cuando casi habían acabado, Edison inspeccionó las escasas provisiones que quedaban en la despensa. En ese momento, Craig cogió un cuchillo de la cocina y se abalanzó contra él.

Edison oyó el ruido de los pasos a su espalda y se giró, pero el joven ya estaba demasiado cerca y no pudo alzar la pistola lo suficiente, por lo que el disparo impactó contra el suelo. La hoja del cuchillo se habría clavado en su pecho si Edison no hubiera levantado el brazo izquierdo para bloquear la embestida.

Entonces se oyó otra detonación, más fuerte que la del Colt.

Al oír el primer disparo, Joe había girado sobre sus talones y había descargado su Remington contra la espalda de Craig. La bala le atravesó el corazón y el esternón, pasó rozando el hombro de Edison y acabó alojándose en la nudosa carpintería de pino.

Mickey no pudo detener a Gretchen, que salió corriendo

hacia la despensa y trató desesperadamente de tomar el cuerpo de Craig entre sus brazos.

—¡Habéis matado a mi marido! ¡Habéis matado a mi hijo!

—Ha intentado acuchillarme —repuso Edison—. Ha sido en defensa propia. No pensaba matarle.

Edison recogió el cuchillo del suelo y se llevó a Joe aparte.

—Tenemos que tomar una decisión.

—Ya, claro. ¿Y cuál?

—Tal como yo lo veo, o los dejamos, o los matamos, o nos los llevamos.

—Si nos los llevamos, tendremos más bocas que alimentar —dijo Joe.

—Esa es la cuestión.

Joe barajó las hipótesis.

—No tiene sentido cargarnos a los enfermos. No pueden testificar contra nosotros. Solo puede hacerlo la señora Mellon.

—En eso tienes razón.

—Además, nosotros ya tenemos a nuestros propios enfermos. ¿Qué ganamos llevándonos también a estos?

—Bueno, por ejemplo, está esa niña, Cassie, que podría ser una buena compañera de juegos para Brittany. Parece inofensiva. A lo mejor Brittany puede enseñarle algunos juegos.

—Vale, me parece bien.

—Y luego está la alcaldesa. Todavía está en sus cabales. Con mamá enferma, necesitaremos a alguien que cocine y cuide de la casa.

—Hemos matado a su marido y a su hijo. Estará sedienta de venganza.

—Le dejaremos muy clarito que, si intenta algo, colgaremos a sus hijos delante de ella y los descuartizaremos como si fueran piezas de ganado.

—¿Y los otros?

—A ver si podemos convertir a ese tipo grandote, Ryan, en una bestia de carga o algo así.

—¿Y las chicas, Alyssa y Trish? ¿De qué nos van a servir?

Edison esbozó una mueca maliciosa.

—Nunca creí que te diría algo así, pero, chaval, estás pensando con la cabeza en vez de con la polla.

La cara de Joe cambió en un instante, de pensativa a canalla.

—Mierda. No había pensado en eso.

Edison sonrió.

—Si la vida te da limones, haz una puta limonada. ¿No crees?

Regresaron a la granja en convoy. Mickey conducía la camioneta del alcalde y Joe el monovolumen de Gretchen. Edison llevaba a la alcaldesa en su camioneta con las manos atadas. Quería asegurarse de que la mujer se comportaba. Lo primero que hizo cuando llegaron fue sentarla en el porche, llevarle un vaso de agua y desatarle las manos.

—Apenas hemos cruzado palabra en el pasado, pero ¿te importa si te llamo Gretchen?

Ella le clavó una mirada llena de odio.

—Pues entonces te llamaré Gretchen. No sé si te has dado cuenta, Gretchen, de que el mundo ha cambiado. Ya había cambiado incluso antes de que hoy perdieras a tu hijo y a tu marido. Ahora mismo no sé si esta enfermedad se pasará y la gente volverá a recuperar el juicio, pero, aunque eso ocurra, hemos entrado en una nueva era. Al menos, así es como yo lo veo. Antes de que estallara la epidemia, imagino que tú hacías lo mismo que hacía mi pobre Delia, que está ahí arriba: cuidar de tu familia. Y ahora que nos ha caído encima esta enfermedad, Gretchen, tú seguirás cuidando de tu familia, pero también de la mía, en especial de mi Delia. Viviréis todos en esta casa. Estaremos más apretados, pero nos las apañaremos. Cocinarás para todos nosotros, limpiarás y harás la colada. Tan simple como eso. Dime si entiendes lo que te estoy diciendo.

Ella se negó a responder.

—Sé que estás enfadada, y con razón. Sé que quieres volarme los sesos, y con razón. Pero este es el trato, Gretchen. Voy a gobernar esta casa con mano de hierro, una mano de proporciones bíblicas. Impartiré justicia de forma fulminante e implacable. Al más mínimo intento de hacernos daño a mí o a mi familia, aunque solo sea escupir en mi sopa, mi castigo recaerá no sobre ti, sino sobre los tuyos. Lo único que sé hacer mejor que la mayoría es despiezar carne. Una sola provocación, una sola amenaza, y tendrás que ver cómo descuartizo a tus hijos. Y ahora vayamos arriba para que conozcas al clan Edison. Y no olvides nunca que todos ellos son Edison, aunque no tengan la menor idea de quiénes son.

Esa noche, mientras cenaban, se fue la luz.

Edison había picado un poco de carne fresca. Gretchen estaba arriba atendiendo las necesidades de los Edison y los Mellon infectados, así que él se encargó de preparar la cena, y cocinó el único plato que confiaba en poder servir: macarrones con chile.

Antes había organizado la distribución de los enfermos, ya que no conseguía ahuyentar de su mente la imagen de su hijo mayor montando a su madre. Los hombres y los chicos estarían en un dormitorio con colchones esparcidos por el suelo, y las mujeres y las chicas en otro, excepto Cassie Mellon, que Edison entregó a Brittany como si fuera un cachorro o un gatito.

—Esta es Cassie —le dijo a su hija—. Tiene tu edad, y tal vez puedas enseñarle algunos juegos.

—¿Puedo quedármela? —preguntó la niña.

—Claro, es para ti. Trátala con mimo y cuidado y se convertirá en tu amiga. ¿Vale?

Brittany fue corriendo al baño, volvió con un cepillo y se puso a peinar los largos tirabuzones de Cassie. La pequeña de los Mellon parecía encantada. Sonrió y de su boca escapó un placentero «Mmm...».

Joe preguntó a su padre si no le preocupaba que jugara con una niña infectada.

—Si no lo ha pillado ya, no creo que lo pille. Lo mismo que nosotros. Así es como yo lo veo.

Edison estaba sirviendo el chile cuando se fue la luz. A lo lejos oyeron cómo se ponía en marcha el generador de emergencia, instalado junto al cobertizo de secado de la carne.

—Se veía venir —dijo Edison.

Joe y Mickey estaban con él. Gretchen se había subido su plato para cenar con los enfermos. Brittany trataba de enseñar a Cassie a vestir a Ken para que el muñeco acudiera a su cita con Barbie. La oscuridad provocó un ataque de nervios a Brittany, y Joe colocó junto a ellas una lámpara de pilas para tranquilizarla.

—¿Un apagón corto o largo? —preguntó Mickey.

—El tiempo lo dirá —respondió Edison—, pero creo que a partir de ahora será más o menos así.

—Como en tiempos de los pioneros —dijo Mickey—. No tenían electricidad, pero se las apañaban bien.

—Ellos estaban acostumbrados —comentó Joe—. Nosotros no.

—Tal como yo lo veo —dijo Edison, sacándose trocitos de carne de entre los dientes con un palillo—, nosotros tenemos una ventaja respecto a la mayoría: siempre hemos vivido pegados a la tierra. Cultivamos nuestras verduras, cazamos, matamos nuestras reses. La gente que vive en los pueblos y las ciudades no sabe cómo sobrevivir. A ellos sí que les va a llegar la mierda al cuello.

—Tiene toda la razón, señor Edison. —Mickey se comportaba como un auténtico lameculos.

—Nuestro problema es diferente —prosiguió Edison—. Estamos acogiendo a más gente en la granja, y cuantos más seamos, más bocas tendremos que alimentar.

Gretchen bajó la escalera a oscuras con mucho cuidado. Llevaba una bandeja con platos sucios que metió en el fregadero, evitando en todo momento establecer contacto visual con los hombres sentados a la mesa de la cocina.

—¿Ya han comido todos? —le preguntó Edison.

Ella no respondió. Él le advirtió que, por su bien, más le valía mostrar un poco de educación.

—Han comido todos —espetó al fin—. Intentaban quitarse la comida unos a otros, así que he tenido que sacarlos uno a uno al pasillo para darles su parte.

—Bueno, pues tendrás que enseñarles modales a la hora de comer.

Gretchen preguntó si Cassie había cenado. Cuando Joe le dijo que había tomado chile, ella se quejó: su niña nunca comía eso; era demasiado especiado.

—Pues por lo visto no se acuerda de que no le gusta —repuso él—. Lo ha devorado.

—Déjame preguntarte algo, Gretchen —intervino Edison—. Tú conoces bien a toda la gente del pueblo. ¿Quién tiene más provisiones almacenadas?

Los ojos de la mujer refulgieron con fiereza a la luz de la lámpara de queroseno.

—No pienso ayudarte a robarles a unos buenos cristianos.

—Eso está muy bien, Gretchen. Pues entonces te diré lo que vamos a hacer: pondré a tu familia la mitad de la ración de comida... O mejor, nada. O quizá les meta una bala en la puta cabeza y así acabamos con el problema.

La boca de la mujer temblaba como la de quien está a punto de echarse a llorar.

—El pastor Snider y su mujer almacenaron bastante comida el día que llegaron las primeras noticias del virus.

—Eso es verdad —confirmó Mickey—. Yo vivo encima de la tienda y vi cómo llenaban la trasera de su camioneta hasta arriba.

—Pues ahí es donde iremos mañana —dijo Edison.

—También deberíamos tener en cuenta a Ed Villa —sugirió Joe.

—¿Qué pasa con él?

—Es un auténtico preparacionista desde hace años. Su hijo Billy iba un curso por encima de mí y siempre se chuleaba de que, cuando llegara el apocalipsis zombi, ellos estarían más que preparados. Dicen que en su finca tienen provisiones para un año o más.

—No me acordaba de que esa gente almacenaba comida —comentó Edison—. ¿Por qué no me lo habías dicho antes?

—Porque no lo había pensado hasta que lo has preguntado.

—Bueno, entonces supongo que también sabrás que Villa vive allí con toda su parentela y que tienen más armas que la Guardia Nacional. Siempre se estaba jactando de su gran arsenal cuando venía a comprarnos carne. Por supuesto… eso era antes de que nos boicoteara. Su almacén de provisiones sería un botín muy valioso, pero, tal como están las cosas, no creo que podamos hacernos con él. Tienen más hombres y están mejor armados.

En ese momento oyeron gritar a Brittany en la sala de estar.

—¡La muñeca es mía!

Cassie tiraba de las piernas de la Barbie.

—¡Muñeca mía! —contestó, también a gritos. Eran las primeras palabras que salían de su boca desde que se infectó.

Gretchen corrió hacia su hija y la abrazó. Edison echó la silla hacia atrás y se acercó con paso tranquilo con la lámpara de queroseno en la mano.

—Vaya, vaya, esto es pero que muy interesante —le dijo a la mujer—. Por lo visto, pueden volver a aprender cosas. Eso se lo ha copiado a mi Brittany. Me parece que vas a tener que añadir otra tarea a tu lista de responsabilidades: enseñar a mis chicos y a mi Delia a volver a hablar.

Un poco más tarde, estaban todos acostados. Edison roncaba a pierna suelta en el sofá de la sala. Brittany y Cassie estaban acurrucadas en edredones en el suelo. Mickey dormía fuera en una tienda, envuelto en un saco de dormir. Joe se había acostado en el sofá cama del despacho de su padre, situado en la parte de atrás de la casa, pero a medianoche empezó a sentirse inquieto y subió sigilosamente las escaleras.

Enfocó su pequeña linterna hacia el interior del cuarto de las mujeres. Alyssa era la que estaba más cerca de la puerta, tapada con una manta fina. Gretchen dormía profundamente en un colchón al lado de Delia. La mujer de Craig, Trish, estaba acostada cerca del lavabo. Pero era Alyssa la que le interesaba. Le tocó suavemente el hombro desnudo y, cuando ella abrió los ojos y la boca al mismo tiempo, le tapó la cara con la mano para asegurarse de que no gritaba. Iba preparado. La silenció con un trapo en la boca y un buen trozo de cinta de embalar. La joven pesaba más de lo que había esperado, pero Joe era fuerte y la bajó por las escaleras sin demasiado problema.

Su padre estaba de pie en el pasillo. A la luz de la lámpara de queroseno, se la veía aterrada.

—Ya me imaginaba yo que no andarías haciendo nada bueno —soltó Edison.

—No quería despertarte.

—¿Adónde piensas llevarla?

—A tu despacho. ¿Vas a impedírmelo?

—No, para nada. Fue idea mía, ¿recuerdas? Pero aquí no. No quiero que estas cosas ocurran dentro de casa. No con tu madre y tu hermana aquí. Llévatela al granero.

—¿Crees que pillaré el virus por... ya sabes?

—¿Es que tengo pinta de médico?

Joe se quedó paralizado, indeciso.

—Qué diablos —dijo su padre—. Si no lo has pillado ya, no creo que lo vayas a pillar ahora por mojar un poco el churro.

A Joe le gustó la respuesta.

—¿Quieres probar un poco? —le preguntó con una sonrisilla.

—Estoy muy cansado. Ve tú. Ha sido un día largo y te has ganado un poco de diversión. Toda tuya.

24

En casi todos los coches que Jamie adelantaba o que le adelantaban, los pasajeros iban amontonados en el reducido espacio interior, apretujados entre sus pertenencias. En tiempos normales, los conductores no mostraban demasiado interés por lo que ocurría en otros vehículos, pero aquellos no eran tiempos normales. En esos momentos en que los coches avanzaban en paralelo, conductores y pasajeros se quedaban mirando entre ellos como si se reflejaran en un espejo. ¿Qué hacía aquella otra gente en la carretera? ¿Lo mismo que ellos? ¿Huían de algún sitio? ¿Iban a encontrarse con sus seres queridos? ¿Pensaban que las cosas estarían mejor en otra parte? ¿Creían que allá donde se dirigían habría suministro eléctrico? ¿Seguridad?

El tráfico en la autopista de Massachusetts era muy escaso, y en ocasiones recorrían kilómetros y kilómetros sin encontrarse con ningún vehículo. No había señal en el sistema de navegación, así que tuvieron que recurrir a una vieja guía de carreteras. Jamie hizo el primer turno de conducción. Linda iba sentada a su lado, literalmente de guardia con un fusil de asalto AR-15 que había insistido en llevar cargado entre sus piernas.

—¿Es necesario? —le había preguntado él.

—¿Qué tal si tú haces de médico y yo de poli?

Kyra y Emma iban pegadas la una a la otra, entre el equipaje que ocupaba el asiento trasero. Romulus dormía en una almohada sobre sus regazos. A ninguna de las dos parecía importarle ir tan apretujadas. Antes eran buenas amigas, las mejores; ahora lo eran incluso más. Dormían acurrucaditas. Se cepillaban los dientes juntas. Si a una le daban para vestirse una camiseta rosa, la otra señalaba una camiseta rosa para ponérsela ella.

Jamie veía en cada momento una oportunidad de aprendizaje. Emma aprendía palabras nuevas todos los días; el lenguaje se convertiría en su vía de entrada para recuperar la conciencia de quién era y de cómo era el mundo. Linda no compartía su sensación de urgencia, pero él no iba a consentir que Kyra se quedara atrás. Jamie no conocía a la Kyra de antes tan bien como a su hija. Cuando iba a su casa a pasar la noche, Emma solía arrastrarla a su cuarto antes de que él pudiera intercambiar con ella poco más que un saludo de rigor. A veces se la encontraba en la cocina cuando Emma la enviaba a buscar algo de picar. En esas ocasiones Kyra hacía gala de una cortesía envarada, sin mostrar el menor interés por él. Su típica conversación solía ser:

JAMIE: ¿Qué tal la noche, Kyra?

KYRA: Bien, doctor Abbott.

JAMIE: ¿Qué hacéis?

KYRA: No mucho, la verdad.

JAMIE: ¿Tenéis muchos deberes?

KYRA: Ya sabe, como siempre. Emma me ha pedido que suba el hummus y unos palitos de zanahoria. ¿Puedo cogerlos?

JAMIE: Adelante, sírvete tú misma.

La Kyra que no podía evitar escuchar a través de la puerta del cuarto de Emma era una persona muy distinta: una adolescente vocinglera y vulgar, que transmitía unas vibraciones de chica mala muy parecidas a las de su hija.

Ahora, sentadas en el asiento trasero, las dos acariciaban tranquilamente al perro. Jamie ajustó el espejo retrovisor para verlas mejor. La enfermedad había suavizado sus facciones y se las veía más jóvenes. El hecho de no llevar todo aquel maquillaje también ayudaba. Parecían unas criaturas dulces y encantadoras, dos ángeles inocentes que habían perdido sus alas al caer desde las alturas.

Un coche los adelantó a toda velocidad. La conductora llevaba una mascarilla; los pasajeros, la cara descubierta. ¿Sería ella la única que no estaba enferma? Parecía conducir con mucha determinación. ¿Acaso tendría algún plan? En el parachoques trasero llevaba una pegatina de «Obama, presidente».

—Veo un coche rojo —les dijo Jamie a las chicas.

Últimamente les había estado enseñando los colores.

—Veo un coche rojo —repitió Emma.

—¿Ves un coche rojo, Kyra?

—Veo un coche rojo —contestó ella.

Más adelante apareció un gran cartel de señalización sobre la autopista.

—Veo una señal verde —dijo Jamie.

Linda alzó la vista.

—¿Saben lo que es una señal?

—No es una palabra que hayamos practicado, pero saben lo que es el color verde.

Emma soltó un chillido y señaló.

—¡Verde!

—Muy bien. Una señal verde. Di: «Señal verde».

Las dos repitieron las palabras.

Al cabo de un kilómetro, vieron un letrero de salida.

—¿Qué es eso? —preguntó Jamie, aminorando un poco la marcha y apuntando con el dedo.

—Señal verde —contestó Kyra.

—¡Mi señal verde! —exclamó Emma con un mohín.

—Las dos lo habéis dicho bien —dijo él—. Sois unas chicas muy listas.

Al parecer, a Linda le molestaba la estupidez de la conversación. Encendió la radio y trató de sintonizar una emisora en el dial, pero solo había estática y más estática.

—¿Tienes algún CD? —le preguntó a Jamie.

—Tengo una lista de música en mi móvil inservible. ¿Qué quieres escuchar?

—¿Qué tienes?

—Los clásicos.

—No me gusta la música clásica.

Él se echó a reír.

—No esos clásicos. Los clásicos.

Jamie fue pasando temas en el reproductor y luego le dio al play. La música de «Born in the USA» sonó a todo volumen en el interior del coche.

—Hostia puta, eres un fanático de Springsteen.

—¡Hostia puta, eres un fan Spring! —gritó Emma por encima de la música.

Las dos chicas se movieron entusiasmadas al ritmo de la música. Romulus levantó la cabeza un momento y continuó dormitando. El coche devoraba kilómetros rumbo al oeste.

Llevaban solo un par de horas de viaje cuando el cielo se encapotó y empezó a llover. Romulus comenzó a removerse inquieto, y Jamie le comentó a Linda que deberían ir pensando en hacer una parada. Springsteen había dado paso a Eric Clapton, y ella bajó el volumen lo suficiente para hacerle saber que, en su opinión, los perros eran un grano en el culo. Él podría haberle dicho que ella no era más que una invitada en el coche y Romulus era familia, pero obvió su comentario con humor y le pidió que buscara la próxima salida en el mapa.

—Señal verde —exclamó Kyra, antes de que le diera tiempo a abrir la guía.

En efecto, un poco más adelante había un letrero con la indicación: SALIDA 5 CHICOPEE – 3 KILÓMETROS.

—Cuando paremos cogeré algo de comida de atrás —dijo Linda.

La lluvia arreció y disminuyó la visibilidad. Jamie aminoró la marcha y encendió las luces cortas.

—¡Mierda!

Poco después de tomar la salida, vieron que un poco más adelante se había producido una colisión en cadena. Había varios coches atravesados en los dos carriles y también en el arcén. Jamie redujo la velocidad al máximo y encendió los intermitentes por si venía alguien por detrás. Detuvo el coche en el arcén y Linda le preguntó qué estaba haciendo.

—Quiero comprobar si hay algún herido.

—No es problema nuestro.

Él no le hizo caso y se bajó. Al acercarse, vio que todos los coches habían ardido por completo: estaban totalmente carbonizados. Los interiores se habían fundido y, si había restos humanos, era imposible distinguirlos. Ya no salía humo de las carrocerías y el metal se notaba frío al contacto. Allí se había producido una tremenda conflagración, pero no era reciente.

—No ha sido hoy —dijo de vuelta al coche.

Linda había estado consultando el mapa. Una barrera central bloqueaba la mediana cubierta de hierba durante varios kilómetros hacia el este.

—Podemos cruzar por Chicopee y coger la próxima rampa para reincorporarnos a la autopista.

—Pues eso es lo que haremos. —Se tomó unos momentos para impartir otra lección—. La carretera está bloqueada —les dijo a las chicas, chocando los dedos de una mano contra la palma de la otra.

—La carretera está bloqueada —repitió Emma con bastante dulzura.

La rampa de salida se encontraba junto a un centro comercial y un hotel.

Jamie lo vio al mismo tiempo que Linda.

Justo antes de que la rampa se bifurcara, a un lado de la carretera, estaba el coche rojo con la pegatina de Obama que les había adelantado poco antes. Tenía todas las puertas y el maletero abiertos. Cerca de una de las ruedas traseras había un cuerpo tendido sobre la hierba.

Todo ocurrió muy deprisa.

Jamie oyó a Linda gritar que se agacharan, y luego sintió la ráfaga de aire cuando la ventanilla del copiloto se deslizó hacia abajo.

Vio aparecer dos hombres con pistolas de detrás del coche rojo.

Oyó las detonaciones ensordecedoras del fusil de Linda, los chillidos de las chicas y el tintineo metálico de los casquillos rebotando contra el interior del parabrisas.

Los asaltantes se pusieron a cubierto, pero cuando el coche de Jamie pasó junto a ellos, oyó disparos de pistola y vio cómo la luna trasera estallaba en añicos.

—¡No pares! —gritó Linda—. ¡Gira a la izquierda y sigue!

—¿Ellas están bien? —bramó Jamie.

Linda se giró hacia el asiento trasero y palpó con sus manos el cuerpo de las chicas.

—No les han dado. Ni siquiera al maldito perro.

Jamie apretó el acelerador, pero al cabo de un kilómetro o así se encendió la luz que indicaba que quedaba poca gasolina.

—Tengo que parar. Algo va mal.

—Gira aquí a la derecha —dijo Linda—, hacia el cementerio. Tenemos que salir de la carretera por si nos han seguido.

Metió el coche en un bosquecillo junto al cementerio de Saint Stanislaus, y él y Linda bajaron para inspeccionar los daños. Había un par de orificios de bala en la puerta trasera y en el parachoques. Ella se arrastró bajo el chasis y vio que salía gasolina del depósito por un agujero.

—El coche ha muerto —anunció.

—Mejor el coche que...

Jamie prefirió no acabar la frase.

—Hay varias casas por aquí cerca —comentó Linda—. Quédate aquí con ellas mientras trato de conseguir otro vehículo. —Se ajustó la correa del fusil y sacó su pistola reglamentaria—. Toma esto y métete en el coche. Ya sabes cómo usarla.

Tan solo apunta y aprieta el gatillo. Si oigo un disparo, vendré corriendo.

Cuando se montó en el coche, las chicas ya habían dejado de llorar, pero Romulus gimoteaba. A Jamie le dio pena. Abrió la puerta y dejó que saliera a mear sin soltar la correa. Luego tiró de ella para que volviera a entrar y el perro se subió al regazo de Emma.

—Kyra, di: «Buen chico, buen perro».

—Buen chico, buen perro —repitió ella.

—Emma, dale la pelota a Rommy.

Emma buscó la bola y la encontró encajada en el asiento entre las dos. Romulus la agarró y la sujetó con las patas y la boca.

—Emma y Kyra, estáis aprendiendo muy deprisa.

Solo entonces cayó en la cuenta de lo que acababa de ocurrir, y se echó a temblar. ¡Habían estado a punto de morir a manos de unos salteadores de caminos! ¿Bloquear una carretera para asaltar a los viajeros? Era como remontarse a la época medieval. ¡Con qué rapidez se caía en el caos! ¡Con qué facilidad se rasgaba el tejido del orden social! ¿Las cosas volverían a ser como antes algún día?

A su mente acudieron los versos de una nana que solía cantarle a Emma cuando tenía dos años: «Ni todos los caballos ni todos los hombres del rey pudieron a Humpty recomponer».

Esperó durante veinte interminables minutos. Cuando un gran monovolumen negro se acercó muy despacio por el camino del cementerio, agarró con más fuerza la rugosa culata de la pistola. El coche se detuvo a su altura y, entre la bruma de la pertinaz lluvia, vio salir a Linda.

Jamie se acercó a ella.

—¿De dónde lo has sacado?

—De una de esas casas.

—¿Las llaves estaban puestas?

—He tenido que forzar la cerradura.

—¿No había nadie?

—No.

Linda tenía un puntito carmesí en una mejilla. Cuando Jamie se lo comentó, ella se lo frotó con el dorso de la mano, dejando una mancha borrosa de color rojizo. Jamie estaba convencido de que era sangre.

—¿Estás segura de que no había nadie?

—Ni un alma.

Él se la quedó mirando. A ella no le hizo gracia su escrutinio.

—¿Qué? —le espetó—. ¿Tienes algún problema con cómo hago las cosas?

Él lo dejó correr. Quizá le estaba consintiendo demasiadas cosas, pero ella no le dio tiempo para reflexionar.

—¡Deprisa, Jamie! Cambiemos nuestras cosas de coche y larguémonos antes de que aparezcan los malos. No queda mucha gasolina en el depósito, pero ya nos preocuparemos de eso cuando estemos en la carretera.

Después de cargar el Chevy Suburban, reemprendieron la marcha. Ahora tenían más espacio para las piernas y para el equipaje; en contrapartida, el nuevo vehículo consumía mucho más. Tenían que cruzar el río Connecticut hasta Holyoke para volver a tomar la autopista en dirección oeste, pero antes necesitaban llenar el depósito. Linda seguía las indicaciones del mapa y se mantenía atenta por si veía coches a los que extraer la gasolina. Explicó que los mejores eran los más antiguos, ya que tenían tapones que se enroscaban en vez de llave. Pese a sus recelos y sospechas, Jamie debía admitir que era una mujer con muchos recursos.

Pasaban junto al instituto Holyoke cuando Linda le pidió que parara. Un viejo Ford con parches de abolladuras parecía un buen candidato, siempre y cuando tuviera gasolina. La tenía, y unos minutos más tarde el depósito del Suburban estaba ya a tres cuartos de su capacidad.

—Emma, Kyra, ¿tenéis que hacer pipí? —preguntó Jamie.

—No, papi —contestó Emma.

—No, papi Jamie —contestó Kyra, que aún no tenía muy clara cuál era la relación entre ambos.

—Pues yo sí —repuso Linda.

—Yo también —dijo él, dejando su puerta ligeramente abierta.

Habían aparcado cerca de un bosque. Linda y Jamie se adentraron un poco y se ocultaron tras unos árboles. Llovía a cántaros.

En cuanto desaparecieron de vista, Romulus decidió salir a dar una vuelta. Se abrió paso entre los dos asientos delanteros y se escabulló por la rendija de la puerta del conductor, con la correa serpenteando tras él. Emma chilló asustada, saltó a la parte de delante y abrió la puerta de par en par. Kyra la siguió.

Jamie y Linda se habían alejado del coche apenas un minuto.

—¿Dónde diablos están? —gritó Linda al descubrir el asiento trasero vacío.

La lluvia caía incesante, casi no se veía nada. No había ni rastro de las chicas. Ahuecaron las manos y gritaron hacia el entorno brumoso que los rodeaba:

—¡Emma!

—¡Kyra!

25

Los BoShaun se estaban quedando sin comida. Hacía tiempo que los supermercados y las tiendas de barrio habían sido vaciados, y la noche anterior solo habían podido cenar una caja de Choco Krispies con agua en vez de leche. Por la mañana se despertaron en su gélido apartamento, refunfuñando y ansiando comerse unas tostadas con mermelada o tal vez unas galletas de chocolate. Las cañerías tenían cada vez menos presión y apenas salía agua al tirar de la cadena.

—¿Por qué el agua hace el tonto? —preguntó Shaun.

—No lo sé —dijo Boris—. Pero si la cortan, vamos a pasar mucha sed.

—De todos modos, prefiero la naranjada.

—¿Tú ves naranjada por alguna parte, Shaun? Porque yo no.

Shaun se quedó pensativo un rato.

—Tenemos que hacer algo.

—Ajá.

Decidieron que la solución se encontraba en el interior de las casas, ¿y qué mejor sitio para empezar que las casas que daban a su patio de atrás? Nadie en el barrio tenía mucho dinero. Todos vivían a base de cheques o cobraban pensiones de discapacidad o de la Seguridad Social. Aun así, todas las casas tenían una cocina, y cada cocina era un objetivo potencial. De modo que, cuando el sol empezaba a dar un calorcito agradable, se cepillaron los dientes, se vistieron, se pusieron las máscaras antigás israelíes y agarraron los largos machetes colombianos.

Conocían a su vecino de la puerta de al lado, el señor Álvarez. Siempre había sido muy amable con ellos, así que pasaron directamente a la siguiente. No tenían ni idea de quién vivía en aquella casita blanca con revestimiento lateral de aluminio. Shaun iba a llamar al timbre, pero su amigo le recordó que no había electricidad y entonces aporreó la puerta. No hubo respuesta. Boris probó con el pomo. Al final abrió de una patada.

La vieron al instante: la pequeña carcasa sanguinolenta.

—¡Hostia puta! —La máscara ahogó el grito de Boris.

Shaun dio un paso hacia atrás para ver mejor.

—¡Los muy cabrones se han comido al gato!

De repente, algo hizo que dieran un respingo y casi tropezaran entre ellos, presas del terror.

Un viejo apareció por el pasillo y lanzó un grito espeluznante. Tenía la camiseta impregnada de una sustancia rojiza y amarillenta.

Boris fue el primero en reaccionar. Blandió su machete y advirtió al hombre que no se acercara más. El viejo clavó los ojos en el arma, retrocedió y salió corriendo. Boris lo persiguió hasta la sala de estar, donde cerró la puerta y le gritó que mejor que no se moviera de allí.

La cocina estaba en la parte de atrás. Allí encontraron algunas rebanadas de pan, montones de latas de comida y leche agriada en la nevera ya caliente. Pero también había un pack de doce latas de Coca-Cola Light. Shaun cogió una y la abrió.

—No está fría, pero está buena —dijo con la máscara levantada—. ¿Por qué se ha comido a su gato si tenía toda esta comida?

—Ha pillado el virus. El hijo de puta ni siquiera se acuerda de cómo se prepara un sándwich de atún. ¿Has traído las bolsas?

—Pensaba que las traías tú.

—Joder, tío —soltó Boris.

Rebuscó debajo del fregadero, encontró algunas bolsas de

basura y le pidió a Shaun que las llenara mientras él echaba un vistazo por la casa.

No encontró gran cosa de valor. Cuando volvió a la cocina, cogió una de las bolsas llenas y se dispuso a marcharse.

—¿Y qué pasa con el abuelo? —preguntó Shaun.

—¿Qué pasa con él?

—¿Vamos a dejar que se muera de hambre ahí dentro?

—Se lo merece por haberse comido a su gato.

—Pero si a ti ni siquiera te gustan los gatos —le recordó Shaun.

—No me gustan, pero tampoco me los como. Venga, saquemos al viejo de la casa y que se busque la vida por ahí como un animal.

A Shaun no le pareció mala idea, así que abrieron la puerta de la sala y hostigaron al viejo hasta que lo echaron de la casa y desapareció por un callejón.

Llevaron las bolsas a su cuchitril y luego fueron en busca de su siguiente objetivo. Lo encontraron en una de las pocas viviendas de dos plantas que había en la manzana. Estaba situada al otro lado de la calle y una pareja joven acababa de mudarse allí. Una vez que los BoShaun pasaron con sus bicicletas por delante de la casa, el tipo les había dirigido una mirada llena de desprecio. Estaban reformando la vivienda, y un contenedor de obras medio lleno ocupaba gran parte del camino de entrada. Boris tuvo que patear varias veces la puerta hasta abrirla. El interior era un auténtico caos de latas de pintura, escaleras, paños tirados por el suelo y muebles tapados con sábanas.

—¡Hola! ¿Hay alguien?

Shaun ya estaba inspeccionando la planta baja.

—Nadie.

Boris examinó el equipo de música cubierto con una lámina de plástico transparente. En un mundo con electricidad, ya habría desenchufado todos los aparatos y habría salido corriendo con ellos por la puerta.

—¿Cómo va por la cocina? —le preguntó a Shaun.

—Hay cervezas con nombres extranjeros que no sé ni pronunciar. Unos cuantos cereales asquerosos. Montones de arroz integral y otras mierdas de las que nunca he oído hablar. ¿Qué coño le pasa a esta gente?

Shaun siempre sabía sacarle unas risas a su amigo.

—Bueno, cógelos de todas formas. Siempre estamos a tiempo de tirarlos. Voy a echar un vistazo arriba.

La primera planta también estaba hecha un desastre. Boris se abrió paso por el pasillo entre cachivaches y material de reformas hasta llegar al dormitorio principal. Volvió a preguntar si había alguien y abrió la puerta.

Se abalanzaron sobre él antes de que pudiera reaccionar y lo derribaron al suelo. La mujer era más violenta que el marido y le hincó los dientes con saña en la muñeca. Boris no lograba quitársela de encima y tampoco podía levantar el machete.

—¡Ayúdame! —gritó desesperado—. ¡Por Dios, Shaun, ayúdame!

El hombre empezó a darle patadas en la barriga, aunque, por suerte para Boris, iba descalzo.

Shaun subió corriendo las escaleras, agitando el machete a un lado y a otro y gritando como un poseso. No quería ver sangre, así que deliberadamente empezó a golpear a la pareja con el canto romo del arma. El hombre y la mujer chillaron asustados, se precipitaron escaleras abajo y salieron huyendo por la puerta abierta de la casa.

Boris se levantó muy alterado, aterrorizado ante la visión de su muñeca sangrante.

—¡Me ha desgarrado la piel! ¡Necesito la inyección del tétano! ¡Necesito iodo! ¡Voy a perder la puta mano!

Shaun jadeaba con fuerza. Se levantó la máscara para coger aire.

—¿Y qué tal un «Gracias, Shaun»?

Boris encontró una pomada antiséptica en el botiquín y se lavó la herida bajo el chorrito de agua que salía del grifo. Shaun lo ayudó a vendársela.

—¿Te lo puedes creer? —dijo Boris—. Esos retrasados debían de llevar varios días aquí encerrados. Ni siquiera sabían cómo salir del cuarto.

Después de recuperar fuerzas con un par de cervezas extranjeras, se apresuraron a hacer acopio de provisiones.

Su siguiente objetivo fue una casita pintada de azul con una pequeña valla enrejada. De vez en cuando habían visto a una niña jugando en el patio delantero mientras su madre descargaba la compra de un viejo coche desvencijado, pero no sabían nada más. La puerta era maciza y Boris ya estaba bastante machacado, así que Shaun rompió el cristal de una ventana, se coló en el interior y abrió desde dentro para que pasara su maltrecho amigo.

La mujer afroamericana a la que habían visto en anteriores ocasiones estaba acurrucada en un rincón de la sala, completamente tapada con una manta, y solo se le veían los zapatos: unos zapatos color rojo rubí, como los de *El mago de Oz*.

—¿Hola? —dijo Shaun, blandiendo el machete por si las moscas—. ¿Señora? ¿Se encuentra bien?

—Está jodida, creo. Señora, ¿está jodida? —dijo Boris alzando la voz. La mujer dio un respingo—. Tiene la cabeza más hueca que una pelota de ping-pong —concluyó—. Pero al menos no es violenta. —La señaló con el machete, agarrándolo con la mano sana—. Quédese ahí. Si se mueve, se lo clavo.

Shaun dijo que iba a buscar a la niña. Volvió al cabo de un rato. Venía solo, aunque no traía las manos vacías.

—No la he encontrado, pero he encontrado esto. —Sostenía en alto una botella de Jack Daniel's.

—Dame un trago —dijo Boris—. La muñeca me duele un huevo. Empieza tú a recoger la comida. Yo me quedaré aquí vigilando a la tarada.

Shaun se llevó la botella consigo y fue dando sorbitos mientras inspeccionaba la cocina. Los armarios estaban bien surtidos de cosas ricas, del tipo que le gustaban a él. Dentro de la nevera caliente había un pollo asado. Le arrancó un muslo y le dio un mordisco. Aún sabía bien. Cerca del fregadero había un tarro de mantequilla de cacahuete y otro de mermelada de fresa. Sobre la encimera había una cuchara con restos de las dos. Cuando era pequeño él también solía comérselas juntas, hundiendo la cuchara en los dos botes.

Echó un vistazo al pequeño vestíbulo que daba al patio trasero, abrió el escobero y luego miró en el armario grande que había debajo del fregadero.

De vuelta a la sala, Shaun tomó un buen trago de bourbon.

—No hay nada en la cocina —le mintió a Boris.

Boris se apartó de la aterrada mujer.

—Bueno, hay muchos más sitios donde buscar. Larguémonos de aquí.

Fueron de casa en casa hasta que acabaron exhaustos, y en el caso de Shaun, borracho. A un cuerpo flacucho, el alcohol le subía más deprisa que a uno gordo. Si llamaban a una puerta y alguien les gritaba que se marcharan, se daban media vuelta. Cuando accedían al interior forzando la entrada, se mantenían a distancia de los enfermos pasivos o asustados, ahuyentaban a los agresivos golpeándolos con el canto romo de sus machetes y luego saqueaban la vivienda. Hicieron un montón de viajes para transportar el botín a su casa, hasta que Boris dijo que su muñeca dolorida necesitaba un descanso. Con tanto bourbon, Shaun estaba demasiado acelerado para parar. Dejó a Boris tumbado en el sofá y le dijo que volvería enseguida. Cogió un mazo que había encontrado en uno de los garajes y salió. Hacía una tarde otoñal espléndida. Las hojas amarillentas caían mecidas por la brisa y se posaban sobre la hierba sin cortar. Blandiendo su poderoso mazo, Shaun fue puerta por puerta destrozándolas y gritando: «¡Sois libres, pajarillos, largaos volando de aquí!». Al caer la noche, las calles del barrio estaban llenas de hordas errantes de hombres, mujeres y niños hambrientos y confusos.

Tras hacer inventario de sus provisiones, Mandy y Rosenberg decidieron explorar el edificio del laboratorio para ver si podían mejorar su situación. Tenían comida suficiente como para una semana, pero los grifos anunciaban un inminente corte de suministro y estaba claro que necesitarían agua. Tras romper una ventana de la oficina de seguridad, Mandy se hizo con una tarjeta de pase universal y ambos fueron de sala en sala cogiendo todo lo que encontraban de comer y beber. Casi todo era comida basura, la clase de tentempiés que te ayudan a pasar una noche de investigación, pero en uno de los laboratorios tuvieron la gran suerte de dar con un alijo de ramen para microondas.

También hicieron un gran hallazgo en el sótano. Junto a la sala de generadores encontraron el cuarto donde se almacenaba el material para las máquinas expendedoras. Había suficiente agua embotellada para satisfacer sus necesidades durante al menos un par de semanas. Salvo que decidieran darse un baño, bromeó Rosenberg.

Subirlo todo hasta la tercera planta no resultó tarea fácil, pero una vez que guardaron cuidadosamente todas las provisiones, pudieron descansar y comer algo.

—¿Y ahora qué quieres hacer? —preguntó Rosenberg.

—No lo sé —respondió Mandy alzando los brazos—. ¿Alguna idea?

—Ve y continúa con tus investigaciones. Yo ya buscaré algo con que entretenerme.

—El caso es que no tengo nada más que investigar.

Mandy había terminado su trabajo preparatorio. Sus vectores de adenovirus estaban de vuelta en el refrigerador a menos setenta grados, a la espera de que llegaran las CREB de Jamie.

—Tonto de mí... —repuso Rosenberg—. Pensaba que el mundo necesitaba que lo salvaran.

—Ya he hecho cuanto estaba en mi mano antes de que llegue mi amigo.

—Estás preocupada por él, te lo noto.

—Es imposible saber cómo está la situación ahí fuera. Quiero decir, en la carretera.

—Bueno, te diré lo que pienso: vendrá escopeteado con un cohete en el nalgatorio.

Ella se rio ante su elección de palabras. Rosenberg era de la vieja escuela.

—¿En el nalgatorio?

—Ya sabes, en la popa, en el trasero.

—Ya sé lo que significa, Stanley.

—Claro que sí. Una chica lista como tú sabe casi de todo. Lo que quiero decir es que está el doble de motivado. O mejor, el triple. Tiene la motivación de ayudar a su hija, la motivación de ayudar al mundo… y la motivación de verte a ti.

—¿A mí?

—Sí, a ti.

Mandy miró por la ventana hacia la luz suave y dorada del atardecer.

—¿Y tú cómo sabes eso?

—¿Tengo razón?

—Sí.

—Mira, soy consciente de que Derek acaba de morir, y no es mi intención faltar a su memoria, pero por la manera en que pronuncias su nombre y dices «mi amigo», creo que es más que un amigo.

Mandy se lo quedó mirando.

—Eres un hombre sabio, Stanley Rosenberg.

—Tienes razón solo en parte: soy un viejo sabio. En fin, ¿quieres jugar a las cartas? He traído una baraja y estoy bastante seguro de que están las cincuenta y dos.

Puso una vieja bolsa de brocado sobre la mesa y rebuscó en su interior. Mandy vio un pequeño estuche con una forma sospechosa.

—¿Eso es lo que creo?

El estuche era de cuero antiguo, seco y agrietado. Rosenberg abrió la cremallera. Tal como ella sospechaba, se trataba de un revólver.

—Era de mi padre. Lo llevó en la Gran Guerra. Estuvo en Francia y me contó que tuvo que utilizarlo mucho. Es un Colt M1917, de los que llevaba la infantería.

—¿Está cargado?

Sacó el tambor. Cuatro de sus seis cámaras estaban llenas.

—Desde que regresó a casa, nunca más volvió a disparar con él. Y yo tampoco. Esas balas tendrán más de cien años, así que solo Dios sabe si todavía sirven.

—Espero que no tengamos que averiguarlo —dijo Mandy.

Rosenberg cerró la cremallera del estuche.

—Pues ya somos dos.

26

El pastor Snider vivía prácticamente en las afueras de Dillingham, en la última casa del pueblo antes de que la zona residencial diera paso a las suaves ondulaciones de las tierras de pastos. Se trataba de una mansión de estilo victoriano con gabletes, florituras ornamentales y amplios porches con mobiliario de mimbre. El autobús de doce metros de largo convertido en caravana familiar estaba aparcado en el camino de entrada. Hacía años que no se utilizaba, pero Snider lo mantenía con los neumáticos bien inflados y la batería cargada. Le había dado un buen uso cuando su prole era más joven, y su mujer y él pensaban recuperarlo cuando se jubilara. Cumplía con sus funciones pastorales en la iglesia de la Alegría Celestial por un dólar al año, y siempre hacía ostentación de aceptar el flamante billete en una solemne ceremonia anual ante sus feligreses.

En su vida diaria ejercía como agente inmobiliario en Dillingham y Clarkson, pero la mayoría de sus ingresos procedían del alquiler de varios apartamentos de su propiedad, sobre todo en la zona más deprimida de Clarkson. Para infundirse valor, llevaba siempre una pequeña pistola calibre 380 en la funda de un cinturón, pero en la cartuchera del cargador de repuesto guardaba ejemplares en miniatura del Nuevo Testamento y de la Constitución. «Protegen más que las balas», solía decir.

Cuando estalló la epidemia, el pastor se refugió en su casa

con su esposa Monica, sus cinco hijos y su hija. Durante sus primeros años de matrimonio, Snider había mantenido a Monica ocupadísima cumpliendo con sus deberes maritales: la mujer había dado a luz a un bebé por año durante seis años seguidos. La más pequeña era la hija, que tenía quince años. Los chicos de dieciséis, diecisiete y dieciocho seguían viviendo en la casa; el tercero acababa de graduarse del instituto y estudiaba para obtener la licencia de agente inmobiliario a fin de incorporarse al negocio familiar. Los dos hijos mayores, que todavía estaban solteros y vivían en Clarkson, habían vuelto a la casa familiar para hacer frente a la epidemia juntos. El primogénito bebía mucho y no duraba nada en los trabajos. El segundo estaba pensando en alistarse en el Ejército.

Edison y Joe llegaron a la casa de Snider en la camioneta del primero. Les seguía Mickey, que conducía la de Joe. Los tres iban armados. Mickey ya se había cansado de llevar la mascarilla. Se figuraba que a esas alturas ya estaría a salvo. Además, había encontrado un porro en el cenicero de la camioneta y todas sus preocupaciones se habían esfumado.

—¿Cuál es el plan? —preguntó Mickey, y una nube de humo de marihuana escapó por la ventanilla.

—Entrar ahí e intentar que no nos maten —dijo Edison.

—¿Estás colocado? —le preguntó Joe.

—Un poco.

Joe escupió en el suelo.

—La próxima vez que quieras fumarte mi hierba, me preguntas antes.

Edison subió los escalones del porche, apoyó el cañón de su Colt contra la cerradura y apretó el gatillo. Un pequeño empujón y estuvo dentro.

Monica Snider fue la primera en aparecer. Se detuvo en mitad de la escalera y gritó a los intrusos:

—¿Qué estáis haciendo en mi casa?

—¿Dónde está tu marido? —preguntó Edison.

—Déjanos en paz, Blair. No tienes ningún derecho.

—Tengo los derechos que yo diga que tengo.

—Llamaré a la policía. Veremos qué dice el jefe Martin.

—Créeme: no va a venir nadie. ¿Dónde está tu marido? ¿Y dónde están los otros?

Si la mujer estaba asustada, no lo mostró.

—¿A qué viene esto? Jim está enfermo y mis hijos también. Solo Dios sabe por qué yo no lo he cogido.

—¿Dónde están? —preguntó Joe.

—Jim y los chicos están en mi habitación. He tenido que tirarles la comida dentro. No es un lugar seguro para mí.

—¿Y eso por qué? —preguntó Edison.

Ya conocía la respuesta, pero quería que ella lo dijera. Aquel día en la iglesia le tachó de intolerante y blasfemo, y no le había sentado nada bien que una mujer lo llamara eso en público.

—Me han atacado —respondió—. No saben quién soy. Han perdido por completo el juicio, que Dios los asista.

Edison se regodeó.

—Atacado... ¿cómo?

Ella lo fulminó con la mirada.

—¿Con sus pollitas? —se mofó Joe.

—Mirad esa carita piadosa —dijo Edison—. Está claro que eso es lo que ha pasado.

—¡Cuando llegue tu hora, Blair Edison —gritó ella—, el Señor te arrojará de cabeza al infierno y arderás eternamente por todas tus maldades!

—Bueno, Monica, ya me dirás cómo están las cosas por allí. Me imagino que aquello estará muy abarrotado, pero ¿sabes cómo podré encontrarte? Tú serás la que le esté comiendo el rabo a Satán.

La mirada de odio de la mujer no duró mucho: un leve gesto de sorpresa la reemplazó cuando la bala le perforó la frente.

Mickey parpadeó, estupefacto.

—Señor Edison, está hecho usted un auténtico cabronazo.

—¿Ah, sí? Pues se ve que sí.

Edison le ordenó que fuera a la cocina a por algo de comida.

—¿Para qué?

—Ya lo verás.

—Y tú, Joe, busca las llaves del autobús. A ver si arranca.

Reprimiendo su gula, Mickey regresó con una caja de galletas saladas Ritz y una bolsa de ganchitos de queso. Esperaron en el recibidor a que Joe volviera y, cuando lo hizo, dijo que el autobús había arrancado sin problema.

Edison cogió la caja de galletas y subió las escaleras pasando por encima del cuerpo de Monica.

Se plantó ante la puerta del dormitorio principal, con Joe y Mickey detrás. Respiró hondo varias veces para prepararse y abrió de golpe.

El pastor Snider y sus cinco hijos estaban de pie, visiblemente sobresaltados tras oír el disparo. El cuarto estaba hecho un desastre y olía a letrina atascada. Edison arrojó unas cuantas galletas dentro y todos se abalanzaron sobre ellas como perros hambrientos. Eso les dio espacio suficiente para entrar en la habitación y adoptar posiciones defensivas.

Cuando se acabaron las galletas, Edison disparó al techo. Los seis amnésicos se apretujaron contra las paredes y los rincones, mirándolo con expresión aterrada y confusa.

—Tal vez podáis entenderme, aunque no lo creo —comenzó Edison—. Pero lo diré de todas formas: a partir de ahora, soy vuestro padre. También el tuyo, pastor Snider, cabrón hijo de puta. Cuidaré de vosotros como lo hace un padre. Os daré comida y alojamiento. Seré justo, pero también implacable. Y vosotros me obedeceréis como un hijo obedece a su padre. De lo contrario, lo pagaréis caro.

Acto seguido, abrió la bolsa de ganchitos y lanzó uno al aire. El hijo mayor lo cazó al vuelo.

—Muy bien. Ahora me seguiréis y, una vez que estéis dentro del autobús, os daré toda la bolsa. ¿Entendido?

Los Snider siguieron el señuelo de los ganchitos escaleras

abajo, sin mostrar el menor interés por la esposa y madre muerta, y salieron de la casa. Cuando Edison arrojó la bolsa al interior del autobús, los seis se lanzaron como locos a por ella y Joe cerró la puerta.

—Y así es como se hacen las cosas —dijo Edison, muy ufano—. Como conducir ganado, pero más sencillo.

Volvieron a la casa e hicieron acopio de toda la comida y bebida que encontraron. Cuando las camionetas estuvieron cargadas y se disponían a marcharse, Joe preguntó si no olvidaban algo.

—¿No os acordáis de que Snider tiene una hija?

Poco después, él y Mickey descubrieron a Jo Ellen Snider, la hija de quince años, escondida debajo de la cama de una de las habitaciones de arriba.

Joe la sacó arrastrándola por los tobillos y la tiró sobre el colchón, mientras la chica intentaba golpearle y morderle.

—¿Quién se la va a quedar? —preguntó Mickey.

—Yo no la quiero. Tiene granos y está muy gorda.

—¿Puedo quedármela? —dijo Mickey con una sonrisilla maliciosa.

—Por mí estupendo, tío. Yo conduciré el autobús. Llévatela en mi camioneta. Y puedes volver por el camino más largo, no sé si me pillas...

—¿No crees que me meteré en problemas? Es muy joven...

—No te preocupes, amigo. Ya no existen cosas como la corrupción de menores.

Tal como lo veía Edison, no había tiempo que perder. El mundo estaba cambiando muy deprisa. La gran mayoría había sucumbido al virus, pero había otros que no. Supuso que en todas partes se estarían formando alianzas entre los no infectados. ¿Qué posibilidades había de que él fuera el único que pensaba estratégicamente a largo plazo? Pennsylvania era un estado muy grande. El Medio Oeste era una región muy grande. Estados Unidos era un país muy grande. En su opinión, él tenía las destrezas y aptitudes que importaban en ese momento. Sin electricidad, los electricistas se habrían quedado sin trabajo. Los banqueros y los abogados también. Y los políticos. Él tenía las destrezas que un hombre necesitaba para sobrevivir y prosperar. Sabía cazar y pescar, despiezar una carcasa, cultivar la tierra. Sabía organizar a la gente.

Y su interpretación de la Biblia era mejor que la de todos esos predicadores blandengues que conocía. Sí, sentía afinidad hacia un Dios misericordioso, pero también comulgaba con la idea de un Dios vengativo. Siempre había tenido sus propias teorías acerca de cómo habría que gobernar el país. Estaba harto de tanta diversidad e inclusión y aceptación de todos esos desviados y seres inferiores. Ahora tenía la oportunidad de hacer algo al respecto, de empezar la reconstrucción de una sociedad mejor y moralmente más justa. En medio del caos y la muerte, nunca se había sentido más vivo.

Su epifanía se produjo cuando oyó a la pequeña Cassie pronunciar sus primeras palabras: «Muñeca mía».

Podían aprender. Se les podía enseñar.

Pero Edison no estaba interesado en enseñarles a ser como habían sido. Quería enseñarles a ser como él quería que fueran.

Sin embargo, no podía hacerlo solo. Siempre había pensado que Brian sería quien heredara la granja, pero todo eso se fue al traste el día que se infectó. Enfermo o no, Brian había sido su hijo. Si pudiera volver atrás, no le habría destrozado el cráneo, pero verle de aquel modo, violando a su propia madre, había sido superior a sus fuerzas. Ahora el peso recaía sobre los hombros de Joe. Edison conocía sus defectos: era un muchacho demasiado temperamental; más parecido a él que Brian. «Tengo un heredero y varios de repuesto», solía decir Edison con orgullo. Ahora su heredero era el primero de esos repuestos.

Edison llamó a los chicos nuevos su milicia, y al granero, su campo de adiestramiento. Nunca había estado en el Ejército, pero había visto suficientes películas sobre el tema para saber cómo funcionaba la cosa. Juntabas a los reclutas, los sargentos instructores los machacaban y quebrantaban su voluntad, y luego los recomponían convirtiéndolos en una fuerza de combate cohesionada. Solo que aquellos siete reclutas ya habían sido machacados. No sabían nada, no se acordaban de nada.

—Cabezas huecas, como una página en blanco —murmuró para sí mismo, frotándose las manos en la fría mañana.

El granero era el cobertizo más grande de la granja. Dentro de unos meses los reclutas se helarían allí dentro, pero ya se preocuparían de eso más adelante. De momento, era habitable.

El trabajo de Mickey de esa mañana consistía en ir suministrando la comida y en plantarse ante la puerta con un rastrillo para asegurarse de que nadie salía del granero. «Puedes magullarlos un poco —le había dicho Edison—, pero no los dejes fuera de combate.» De joven, Edison había tenido unos cuantos perros de presa. Su régimen de adiestramiento se había basado en órdenes simples y comida, mucha comida, y así fue como empezó.

—¡Muy bien, chicos, arriba esos culos! —gritó, golpeando un par de cacerolas entre sí.

El pastor Snider, sus cinco hijos y el grandullón de Ryan Mellon, que habían dormido sobre la paja, se levantaron a toda prisa y se taparon los oídos para protegerlos del estruendo. Cuando el ruido cesó, el menor de los Snider se bajó la bragueta y se puso a mear. Al verlo, los otros milicianos lo imitaron.

A Mickey y a Joe les dio un ataque de risa, pero Edison se quedó pensativo.

—Nadie les ha enseñado a hacer eso. Saben hacerlo y ya está. Habría que tenerlo en cuenta.

—Mire eso, señor Edison —dijo Mickey—. Hasta saben guardársela.

—Me alegro por ti —repuso Edison—. Si no, habrías tenido que hacerlo tú.

Edison se subió a una bala de heno, proclamando su autoridad.

—Chicos, yo soy vuestro padre. Decid: «Padre».

Nadie dijo ni pío.

—Mickey, dame esa bolsa de pan. —Edison abrió la bolsa y sostuvo en alto una rebanada—. Decid: «Padre. Pa... dre».

—Pa... dre —repitió uno de los Snider.

Edison le lanzó el pan, pero Ryan Mellon lo cazó al vuelo y se lo metió en la boca. Edison se sacó un trozo de cuerda de tender del bolsillo, saltó de la bala de heno y azotó varias veces a Ryan gritando: «¡No! ¡Chico malo!». El muchacho salió huyendo asustado, pero Joe lo agarró y lo arrastró hasta su sitio. Entonces, con mucha ceremonia, Edison puso otra rebanada en la mano del chico que había dicho correctamente la palabra.

—¡Buen chico! A los chicos buenos se les da comida. —Luego hizo restallar la cuerda en el aire—. A los chicos malos se les pega.

Se subió de nuevo a la bala, se golpeó en el pecho con un dedo y dijo:

—Yo soy vuestro padre. ¿Quién soy yo?

Todos miraban fijamente el pan. Uno de ellos dijo: «Padre», y recibió una rebanada y un «Buen chico».

—¿Quién soy yo? —repitió Edison.

—Pa... dre —dijo Ryan, y se encogió cuando vio que Edison volvía a bajar y se acercaba a él.

—Toma, aquí tienes tu pan. Ahora eres un buen chico. Buen chico.

Ryan engulló el pan y dijo:

—Padre. Buen. Chico.

Joe se inclinó hacia Mickey.

—Vaya, esos chicos ya son más listos que tú.

El muchacho se apoyó en el mango del rastrillo y torció el gesto.

—¿Por qué no te vas a la mierda?

En muy poco tiempo, todos aprendieron a llamar a Edison

«Padre». Todos menos el pastor Snider, que abría la boca expectante cada vez que veía pasar el pan.

—El pastor es un poco lentito —dijo Edison—. Los otros lo están dejando por los suelos.

Se detuvo a pensar cuál sería su próxima lección.

—¿No vas a enseñarles cómo se llaman? —preguntó Joe.

—No. Ahora forman parte de un grupo. Ahora son solo mis chicos. —De repente esbozó una sonrisa pérfida—. Ya sé qué es lo próximo que voy a enseñarles. Joe, ata al pastor a esa viga de modo que no se resbale hasta el suelo.

Joe lo arrastró y lo amarró de pie a la viga. Parecía un hombre a punto de ser quemado en la hoguera.

—Joe —dijo Edison—, ven aquí a mi lado. Y tú, Mickey, trae otra bolsa de pan. —Cuando su hijo estuvo junto a él, le dijo en voz alta—: ¡Hombre bueno! —Entonces le dio un efusivo abrazo y lo besó en la mejilla—. ¡Hombre bueno! —volvió a exclamar, y señaló al mayor de los Snider.

—Di: «¡Hombre bueno!».

El chico lo repitió y cazó al vuelo la rebanada que le lanzaron.

—Conozco bien a ese tipo —soltó Joe—. Jacob tiene mucha fama.

—¿Fama de qué?

—De ser un cabrón hijo de puta. De andar siempre metido en broncas y peleas. No está muy bien de la cabeza. Su padre le daba unas palizas tremendas. Cuando se le escapaba la risa en la iglesia o decía algo fuera de tono, al volver a casa el pastor le pegaba con la correa hasta sangrar. ¿No lo sabías?

—No presto atención a esas cosas —repuso Edison, pero su interés por Jacob aumentó—. Dilo otra vez: «Hombre bueno».

—Hombre bueno —repitió el joven.

—¡Muy bien! —lo felicitó Edison, y le entregó otra rebanada de pan—. Y ahora haz esto —le pidió, y volvió a abrazar a Joe.

Jacob, confuso, miró a Joe. Edison se le acercó muy despacio, lo tomó de la mano con delicadeza y lo llevó junto a su hijo.

—Este es un hombre bueno. Rodéalo con tus brazos, así, y di: «Hombre bueno».

—Hombre bueno —dijo Jacob, estrechando a Joe con fuerza entre sus brazos.

—Por lo que más quieras, papá, no le pidas que me bese.

Edison se mostró muy satisfecho y recompensó a Jacob con dos rebanadas de pan. Al cabo de nada, todos llamaban a Joe «Hombre bueno» y lo abrazaban.

—Y ahora la segunda parte —anunció Edison, y se plantó delante del pastor Snider—. Este es un hombre malo. Esto es lo que le hacemos a un hombre malo.

Y propinó un fuerte puñetazo en el estómago del pastor, que soltó un aullido de dolor y se echó a llorar.

—Nosotros pegamos al hombre malo. —Luego señaló a Jacob y, mientras sostenía en alto una rebanada de pan, le dijo—: Ven aquí, chico. Él es un hombre malo. ¿Qué le haces al hombre malo?

Jacob parecía muy confuso, pero cuando Edison le cerró la mano en un puño y le hizo moverlo en el aire imitando un golpe de gancho, el joven se acercó a su padre y le asestó un tremendo puñetazo en el vientre que lo dejó jadeando y tosiendo.

—¡Muy bien, buen chico! —lo aplaudió Edison—. ¿Qué es él? —preguntó señalando al pastor.

—Hombre malo —dijo Jacob, agarrando su rebanada.

La bolsa de pan no tardó en acabarse: los milicianos pasaron uno tras otro por delante del pastor y lo dejaron medio inconsciente. Edison pidió a Mickey que les diera una jarra de agua para ayudarlos a tragar y arrojó la que sobró a la cara de Snider para reanimarlo.

—Joe, ve a buscar tu Remington.

—¿Para qué, papá?

—Tú haz lo que te digo, ¿estamos? Tengo una corazonada.

Edison agarró el rifle. Le quitó el cargador de cinco balas, lo vació y expulsó la que quedaba en la recámara. Le preguntó a Joe cuál de los milicianos cazaba.

—Supongo que todos.

—¿Y todos saben usar un rifle con cerrojo?

—Seguramente. ¿Por qué?

—Si saben sacársela para mear sin que nadie les haya enseñado, puede que también sepan manejar un rifle. Hagamos la prueba.

El pan ya se había acabado, pero a Mickey le quedaba aún una bolsa de nachos. En cuanto la abrió, volvió a captar la atención de los muchachos.

—Padre tiene un rifle —dijo Edison, sosteniéndolo en alto—. ¿Quién de vosotros lo quiere? —Se lo apoyó en el hombro y añadió—: ¿Quién quiere dispararlo? ¡Bang! —Le pidió a Mickey la bolsa de nachos—. Venga, vamos. Padre le dará esto al chico que coja el rifle.

Ryan dio un paso al frente.

—¿Tú lo quieres? Di: «Rifle».

—Rifle.

—Buen chico. Toma.

Le dio unos cuantos nachos y, después de que los hubiera devorado, le entregó el rifle. Ryan se quedó mirando el cargador que Edison había dejado sobre la bala de heno, y cuando este le preguntó si lo quería, el otro tendió la mano.

Lo que ocurrió a continuación fue algo realmente asombroso.

Ryan introdujo con cuidado el cargador, lo encajó con la palma de la mano y, con un rápido movimiento, echó el cerrojo hacia atrás y hacia delante para cargar el arma.

—Hostia puta —exclamó Joe.

Edison esbozó una amplia sonrisa que casi le desencajó la mandíbula. Metió la mano en la bolsa e intercambió un puñado de nachos por el rifle. Los otros milicianos lo miraron con envidia.

Tras felicitar efusivamente a Ryan, volvió a pasarle el arma.

—Dispara al hombre malo —le ordenó.

Ryan se apoyó el rifle en el hombro. Apuntó con precisión instintiva, apretó el gatillo y disparó en seco.

—¡Sí! —gritó Edison—. ¡Buen chico! ¡Has disparado al hombre malo!

Todos, del primero al último, fueron capaces de manejar el arma sin necesidad de instrucciones. Se habían pasado incontables horas cazando en los bosques, adiestrados por sus padres. Y cuando Edison se lo ordenó, todos apuntaron a Snider y apretaron el gatillo. A cambio recibieron su puñado de nachos y felicitaciones.

—Dame una bala —le ordenó a Joe.

—Estás de coña, ¿no?

—Hablo muy en serio.

Edison echó el cerrojo hacia atrás, metió el proyectil en la recámara y corrió el cerrojo hacia delante.

—Padre quiere que un chico bueno dispare al hombre malo.

—¿Va a darle un rifle cargado a uno de ellos, señor Edison? —intervino Mickey.

Edison desenfundó su pistola.

—Con todas las precauciones, claro. —Luego preguntó—: ¿Qué chico bueno quiere el rifle?

Jacob Snider farfulló algo ininteligible.

—¿Intentas decir «yo», muchacho? —Edison le dio el Remington—. Muy bien, adelante. Padre quiere que dispares al hombre malo.

Cuando el joven apuntó con el rifle, Edison alzó también su pistola. Por si acaso.

Jacob sonrió. Su padre le devolvió una sonrisa bobalicona.

El disparo le atravesó el pecho y acabó con su vida.

El estruendo resonaba en los oídos de Edison cuando gritó:

—¡Ese es mi chico, menudo cabronazo!

27

Jamie echó a correr hacia el bosque, pero Linda le gritó que se detuviera.

—¡Toma esto! —dijo, agitando su pistola reglamentaria en el aire y llegando a su lado.

Fue entonces cuando Jamie cayó en la cuenta de que debía cerrar el coche. Pulsó el botón del control remoto y se oyó un doble pitido.

Linda se enjugó las gotas de lluvia de los ojos.

—Yo buscaré en esa dirección. Si las encuentras, dispara al aire, ¿de acuerdo? Yo haré lo mismo.

El macizo boscoso que se extendía detrás del instituto Holyoke no era muy grande, pero Jamie no tenía manera de saberlo. La lluvia, la niebla y las ramas bajas lo golpeaban en la cara mientras corría a través de la maleza. En su mente se imaginaba un inmenso bosque en el que Emma podría perderse para siempre. En su frenética carrera resbalaba con las hojas caídas y tropezaba con las raíces que sobresalían de la tierra, sin parar de gritar sus nombres.

Entonces oyó algo.

¿Perros?

Cambió de táctica y empezó a llamar a Romulus.

De repente, el bosque se acabó y Jamie se encontró con un conjunto de edificios de ladrillo y hormigón blanco, con un letrero en el que ponía: ESCUELA DE ENSEÑANZA MEDIA PECK.

Un poco más lejos se veían los campos de deportes y las pistas de tenis.

Los ladridos se oían cada vez más cerca.

Rodeó uno de los edificios y se detuvo, parpadeando bajo la lluvia.

—¡Emma!

Su hija y Kyra estaban atrapadas en medio de un escalofriante círculo formado por cinco perros que ladraban enseñando sus fauces. Lo único que los mantenía a raya era el pequeño Romulus, que los ahuyentaba con sus gañidos y gruñidos cada vez que intentaban acercarse a ellas.

Las piernas de Jamie flaquearon de puro terror. El perro más grande se percató de su presencia y lanzó una andanada de furiosos ladridos en su dirección. Estaba a unos cinco metros y la visibilidad era escasa, pero Jamie vislumbró sus formidables dientes, que sobresalían del labio superior retraído. Entonces disparó al cielo oscuro y de pronto todo quedó en silencio.

Pero solo un segundo o dos.

La detonación hizo que el perro alfa se pusiera como loco.

Se abalanzó hacia Emma, pero Romulus se interpuso en su camino e interceptó el ataque. El resto de la jauría comenzó a ladrar aún más frenéticamente, como si fueran espectadores de un combate y jalearan a los contendientes.

Jamie les gritó a las chicas que corrieran, pero estaban petrificadas como estatuas. Salió disparado hacia ellas agitando los brazos y vociferando, mientras Romulus y la bestia rodaban por el suelo convertidos en un furioso torbellino de pelo y carne.

Mientras corría, Jamie creyó oír la palabra «Dispara», pero en medio de la algarabía de ladridos y gruñidos no podía estar seguro.

En ese momento sonó un disparo a su espalda, y uno de los perros se desplomó. Otra detonación, y el segundo animal también cayó. Los otros cuatro salieron huyendo hacia las pistas de tenis, y entonces lo único que se oyó fue la lluvia incesante y el llanto de las chicas.

Jamie reanudó su carrera, pero se giró al oír los gritos coléricos de Linda, que se acercaba corriendo a toda velocidad y blandiendo el AR-15 con ambas manos.

—¿Por qué cojones no has disparado? ¡Podrían haberlas destrozado! ¿Qué coño pasa contigo?

—No quería darles a ellas —murmuró—. Ni a mi perro.

Cuando por fin llegó junto a Emma y Kyra, las abrazó y dejó que lloraran sobre su hombro.

—¡Rommy! —chilló Emma señalándolo.

Jamie se acercó al perro y se arrodilló en medio de un charco de sangre para desenredar los cuerpos enmarañados de los animales muertos. Uno de los disparos de Linda había atravesado a ambos.

—¡Oh, Rommy! —dijo Jamie cogiéndolo entre sus brazos—. Has sido un perrito muy valiente...

La única que no lloraba era Linda, que siguió escupiendo veneno cuando llegó a su lado.

—¡No puedes ser tan nenaza! ¡Si quieres que sobrevivan, si quieres sobrevivir a la mierda que nos ha tocado vivir, tienes que apretar el puto gatillo!

—¡Que te jodan! Mi perro ha muerto.

—Y tu hija está viva.

De vuelta hacia el coche, Jamie encontró una pequeña hondonada en el suelo húmedo al pie de un árbol caído. Depositó al perro en su interior y lo cubrió con ramas. Emma lo imitó, y luego también Kyra.

—Decidle adiós a Rommy —dijo Jamie entre lágrimas.

Habían adoptado al perro poco tiempo después de que Carolyn muriera. Rommy y Emma habían crecido juntos. Había mucho por lo que llorar.

—Adiós, Rommy —dijo Kyra.

Y de forma instintiva, sin que nadie se lo hubiera enseñado, Emma dijo:

—Te quiero, Rommy.

Jamie fue el primero en salir del bosque. Tuvo un momento de confusión, luego de incredulidad.

¿Se habían equivocado de camino?

El Suburban había desaparecido.

—¡¡Dónde está el maldito coche!? —gritó Linda.

El rectángulo donde había estado aparcado se veía húmedo, pero no tan encharcado como el asfalto de alrededor. Había un puñado de cristales rotos en el suelo, a la altura donde había estado la ventanilla del conductor.

—Tú tenías las llaves, ¿no?

Jamie las agitó delante de su cara.

—Y cerraste el coche, ¿verdad?

—Sí, claro. —Dio una patada a los añicos de cristal—. Aunque no ha servido de nada.

—Debía de haber un segundo juego de llaves dentro. ¡Joder, no encontré las otras putas llaves!

Durante un buen rato no dijeron nada. Jamie hacía inventario mental del desastre e imaginaba que ella también. Habían perdido la comida y la bebida, la ropa y el material de acampada, las armas y las municiones. Hasta se habían quedado sin los puñeteros paraguas.

—¿Has perdido también lo tuyo? —preguntó ella al fin—. ¿La cura?

Jamie se palpó el bolsillo. Allí seguían los tubos de plástico sellados con las moléculas CREB liofilizadas.

—Es lo único que no se han llevado. ¿Y ahora qué?

—Cuando estás con la mierda hasta el cuello, tienes que buscar un puto salvavidas. —Miró al cielo, maldijo la lluvia y dio unos pasos en dirección a la carretera principal. Enfrente se veían varios negocios y lo que parecía un hospital. En el lado donde se encontraban ellos estaba el instituto y una zona residencial—. ¡Seguidme! —les gritó.

Avanzaron por una calle flanqueada por casas modestas pero bien conservadas, la mayoría dúplex con jardín, donde empezaba a crecer la maleza. Las chicas caminaban temblorosas, todavía traumatizadas por la tragedia que acababan de sufrir. Jamie se sentía impotente, incapaz de ayudarlas tanto física como emocionalmente.

Dejó que Linda tomara la iniciativa. Se la veía en su salsa: inspeccionaba las casas, revisaba los coches aparcados en las entradas, se asomaba a las ventanas de los garajes… Un Volvo familiar captó su atención. Estaba estacionado delante de una casa con el porche protegido por una mosquitera. Le indicó a Jamie que se cobijara con las chicas debajo de un arce, cuyas hojas amarillentas casi se confundían con las tablillas de madera de la fachada. Linda pulsó el timbre y, al caer en la cuenta de que no iba, llamó a la puerta con los nudillos. Jamie creyó ver movimiento tras una ventana del primer piso. Linda no tardó mucho en probar a abrir el pomo, luego tanteó el panel de la puerta. Aunque no era una mujer corpulenta, parecía tener un talento natural para ese tipo de trabajos, ya que de un certero empujón con el hombro en el lugar apropiado consiguió abrirla. La madera se astilló y la puerta se deslizó hacia dentro con suavidad. Linda se bajó el fusil del hombro y apuntó hacia el interior.

Al cabo de un momento desapareció.

Jamie miró a un lado y a otro de la calle para comprobar si alguien los había visto.

El labio inferior de Emma seguía temblando.

—Quiero a Rommy.

Él la besó en la frente.

—Yo también quiero a Rommy.

Para no ser menos, Kyra también declaró su amor por el perro. Entonces se oyeron dos disparos.

Jamie tenía la Glock de Linda metida por la cintura del pantalón, pero no sabía qué hacer con ella. No iba a dejar solas a las chicas para entrar corriendo en la casa. Sacó la pistola y gritó:

—¿Linda? ¿Estás bien? —Esperó y volvió a llamarla.

Al cabo de un minuto que se le hizo eterno, Linda apareció en la puerta.

—Estoy bien. Todo despejado. Tráete a las chicas. Y guárdate la pistola.

—¿Por qué has disparado?

Ella no contestó. Cerró la puerta tras ellos y sentó a las chicas en el salón, un espacio bastante alegre a pesar del tiempo plomizo y la falta de iluminación. Había un piano vertical, varios atriles, un estuche de violín sobre una mesa, cuadros de Degas en las paredes y una abundante y colorida profusión de flores de tela. Encima del piano había varias fotos enmarcadas. En la mayoría se veía a dos hombres de unos treinta o cuarenta años. En una aparecían el día de su boda, vestidos con trajes blancos a juego.

—Espérate aquí con ellas.

—Mira, Linda...

—No —lo interrumpió la inspectora—, espera aquí.

Volvió cargada con varias toallas a rayas que había sacado de un armario de la planta baja y se apresuró a secar a las muchachas.

Luego hizo una señal a Jamie para que la acompañara a la cocina. Él la siguió, invadido por un terrible presentimiento.

En el suelo había tanta sangre que parecía un matadero. Los dos hombres de las fotografías habían sido liquidados de un tiro en la cabeza. Un par de cuchillos de cocina yacían en medio del suelo encharcado.

—Ya viste que nadie respondió —explicó Linda atropelladamente—. Entré y grité: «¡Policía! ¿Hay alguien?». Cuando aparecí en la cocina, ese de ahí se abalanzó contra mí con un cuchillo. Lo esquivé y disparé. Luego el otro también me atacó y volví a disparar.

Jamie había contenido el aliento desde el preciso instante en que había entrado en la cocina. Ávido de aire, dejó que volviera a entrar por su nariz y le llenara de nuevo los pulmones. No creía a Linda, pero sabía que no habría ninguna investigación. No habría ningún técnico en la escena del crimen ni ningún forense. Nadie sabría nunca si había huellas de Linda en los cuchillos. ¿Habría preguntado uno de ellos: «¿Quién diablos eres?»? ¿Habría dicho el otro: «¡Fuera de nuestra casa!»? ¿Los habría ejecutado solo porque le había gustado su coche? ¿También habría conseguido así el Suburban?

Jamie no dijo nada y salió de la cocina, lo cual desquició por completo a Linda.

—¡¿Qué pasa!? —gritó, siguiéndolo hecha una furia—. ¿No me crees o qué? ¡Dime lo que piensas a la puta cara!

Jamie no pensaba decir lo que ella quería oír, y tampoco pensaba decir lo que él quería decir. No pensaba decirle que la creía, porque sabía que estaba mintiendo. Y tampoco pensaba decirle que era una asesina despiadada y que la quería fuera de su vida. Tenía que permanecer centrado. Tenía que llegar a Indianápolis y mantener a Emma a salvo. Linda Milbane era el instrumento perfecto para enfrentarse a la nueva realidad del mundo. Era implacable, con una capacidad innata para la supervivencia.

Y además tenía razón: él era incapaz de apretar el gatillo. Pero ella sí. Si tenía que encontrar una cura para toda aquella locura, la necesitaría a su lado.

—Linda, lo único que quiero es que nos volvamos a poner en marcha —dijo con voz cansada.

Vaciaron la casa de comida. Cogieron almohadas y mantas, linternas, pilas, abrigos e impermeables. A los dueños les gustaba el vino, así que Linda arrambló con una docena de botellas. Cargaron el Volvo y pronto estuvieron de nuevo en la autopista, rumbo al sur, hacia Connecticut.

Habían dejado a Romulus en el bosque.

Habían dejado al matrimonio de músicos en el suelo de la cocina.

Jamie condujo en silencio, luchando contra las ganas de llorar.

De la noche a la mañana, la gente se había convertido en depredador o en presa.

Y Jamie no quería ser ni una cosa ni la otra.

28

A Tyrone Burbank todo el mundo lo conocía por su apodo callejero: K9, como los perros policía, o K para abreviar. Hacía ya unos cuantos años que no tenía a sus pitbull, pero el nombre se le había quedado porque esas cosas pasan, y porque hasta él tenía algo de perro de presa: poderoso, fornido y achaparrado, feroz cuando se enfurecía, dispuesto a usar literalmente los dientes en una pelea. Las únicas que seguían llamándole Tyrone eran su madre y su abuela, pero eso era antes de que enfermaran. Ahora ya no sabían quién era él; ni siquiera sabían quiénes eran ellas. Tyrone las mantenía protegidas en la casa que tenía su madre en la zona este de Indianápolis, donde vivían con la hermana pequeña de K, que no se había infectado. La adolescente cuidaba de las dos mujeres, sumidas en un estado de total confusión y mudez, y él se pasaba un par de veces al día para echarles un vistazo a las tres.

K tenía a su madre y a su abuela en una misma habitación. Cuando entró, corrieron a refugiarse cada una en un rincón.

—Hola, mamá. Hola, abuela. Soy yo, Tyrone.

Las dos fijaron la vista en sus manos vacías en vez de mirarlo a la cara. Él sabía muy bien qué significaba eso.

—¿Cuándo les diste de comer por última vez? —le gritó a su hermana.

—Hace unas horas, creo.

—¿Lo crees o lo sabes?

—Lo sé.

—¿Y qué les diste?

—Una lata de raviolis Chez Boyardee a cada una.

K se fijó en que su abuela tenía sangre en el dobladillo del camisón y se le acercó muy despacio.

—Abuela, no voy a hacerte daño. Tienes un poco de sangre. ¿Cómo ha sido eso? Oh, mira. Tienes un corte en la rodilla. Deja que te lo cure.

Humedeció una bolita de algodón en el lavamanos del baño y cogió gasas y una tirita. Hablándole con dulzura y delicadeza, consiguió tomarla de la mano y llevarla hasta la cama, donde le limpió el corte y se lo vendó. Su madre observaba con recelo desde su rincón.

—¿Lo ves, mamá? La abuela se ha cortado, pero no ha sido nada. Tyrone se lo ha curado. Iré a por un poco más de comida, porque está claro que todavía tenéis hambre.

De vuelta en la sala de estar, le preguntó a su hermana cómo se había cortado la abuela.

—No lo sé.

—Tú eres quien las vigila.

—Te he dicho que no lo sé.

—Llevan la ropa muy sucia. Tienes que cambiársela, ¿me oyes?

—Eso es porque comen como animales, K.

—No las llames animales, joder. Siguen siendo tu madre y tu abuela. Voy a salir a buscar provisiones. ¿Necesitas algo?

—Bueno..., leche, por ejemplo. Para los cereales.

—Ya no queda leche en buen estado en ninguna parte.

—Hay una que no se estropea. La uperizada.

—Nunca he oído hablar de ella.

—Pues existe.

—La buscaré. Volveré tarde, por la noche. ¿Dónde tienes la pipa?

Ella le enseñó la pistola de nueve milímetros que él le había dado para protegerse.

—Si alguien intenta entrar...

—Ya lo sé, K. Le meto una bala.

El virus había hecho estragos entre los miembros de su banda, los Naptown Killerz. Ya solo podía contar con seis y los tenía viviendo con él en su casa, a unas manzanas de distancia: cuantos más fueran, suponía, más seguros estarían. Pero no quería que ninguno de los chicos se acercara a su hermana, así que se repartía entre ambas casas para tratar de minimizar los riesgos y mantenerlos a todos sanos y salvos. Antes de que estallara la epidemia, los NK se bastaban y sobraban para defenderse de las otras bandas de la zona este. Se dedicaban al trapicheo de metanfetamina, pastillas, heroína y todo tipo de drogas, y controlaban buena parte del barrio.

Encontró a los miembros de su pandilla haraganeando, fumando hierba, bebiendo licor de malta caliente y hablando de chorradas.

—¿Qué pasa? —preguntó K bajándose la bandana.

Su lugarteniente, Easy, se rascó la cabeza a través del pañuelo rojo.

—Nada. ¿Has visto algo ahí fuera?

—El barrio está desierto. Nadie sale de casa.

Easy le ofreció su porro.

—¿Una calada?

K rechazó su ofrecimiento y fue a la cocina a hacer inventario. Habían arrasado con la comida como langostas.

—Los armarios están vacíos —dijo cuando volvió a la sala—. Hora de salir de caza.

Todos se levantaron de golpe y enfundaron las semiautomáticas en las pistoleras. Unos días antes se habían agenciado una caja grande de mascarillas tipo copa en una farmacia saqueada y cada miembro de la banda había customizado la suya dibujándole labios, colmillos, fosas nasales o la firma de los NK. Completaron su nuevo atuendo levantándose la capucha de sus sudaderas. K prefería una bandana: le hacía sentirse como el forajido que era.

Los NK se movían de casa en casa de forma lenta, delibe-rada, con aire vacilón. Cuando se fue la electricidad, cuando las casas empezaron a arder y nadie acudía a apagar los incen-dios, K les dijo que ahora estaban en el escalafón más alto del reino animal, que eran los leones de la jungla. La policía ha-bía quedado fuera de juego. Seguro que habría otras bandas en la zona este, pero imaginaba que la epidemia también las habría diezmado. Ninguna sería más fuerte y poderosa que los NK. «Ahora somos la ley —les dijo a sus hombres—. Si queréis algo, lo cogéis. Si queréis una zorra, os la tiráis. Y si que-réis cargaros a alguien, siempre que yo dé el visto bueno, os lo cargáis.»

Ya habían saqueado la mayor parte de las casas más prós-peras del barrio, así que habían tenido que ampliar su radio de acción llenando sacos de lavandería con comida y bebida que se cargaban a los hombros como si fueran estrafalarios Papás Noel. Trabajaban muy rápido cuando las casas estaban vacías. Las habitadas les llevaban más tiempo. Según como estaban de humor, apartaban a los infectados por la fuerza o los encerra-ban en un cuarto, pero si alguno mostraba la más mínima agre-sividad, lo despachaban en el acto. K no quería que malgasta-ran munición a menos que fuera una situación desesperada, así que solían utilizar mazos o cuchillos. También les había di-cho que no se tiraran a las chicas enfermas, ya que igual no era seguro, pero que adelante con las sanas, por lo que a veces se demoraban más de la cuenta en sus incursiones.

Ese día, su Escalade y su Range Rover estaban cargados hasta los topes. Podrían haberse dado por satisfechos y volver a casa, pero K estaba empeñado en encontrar la esquiva leche uperizada.

—Gira por aquí —le ordenó a Easy—. Aún no hemos ex-plorado esta manzana.

Los BoShaun vieron pasar por delante de su casa los dos cochazos a un inquietante paso de tortuga y se agacharon por debajo de la ventana.

—Los NK, tío —dijo Boris—. Ese es el coche de K9. Si entran aquí, nos dejarán sin nada y nos joderán vivos.

El barrio era territorio de los NK. Los BoShaun nunca habían representado una amenaza para la banda, pero sus miembros les habían hostigado y provocado más veces de las que les gustaba recordar.

—¿Nos escondemos? —gimoteó Shaun.

—¿Dónde? ¿Debajo de la cama? Irán armados hasta los dientes.

—Pues estamos jodidos.

—Mira, tío, si vemos que van a entrar, nuestra única oportunidad es salir pitando por atrás y dejar que se lo lleven todo. Vale más pasar hambre que acabar muertos.

—¿Y si cubren también la parte de atrás?

—Pues acabaremos muertos seguro.

K detuvo su Range Rover delante de una casa de la acera de enfrente, a unas tres puertas de los BoShaun. Agachado tras la ventana de la sala, Boris observó cómo la comitiva bajaba de los coches. Uno de los tipos se quedó custodiando el botín, mientras K y tres de sus compinches se acercaban a la puerta delantera y otro rodeaba la casa para controlar la parte de atrás.

Boris le iba contando a su amigo lo que veía.

—Tal vez deberíamos largarnos ahora —dijo Shaun.

El miedo acrecentó la indecisión de Boris.

—No lo sé, tío. Podrían vernos. A lo mejor no vienen aquí.

Al cabo de unos minutos, oyeron gritos y un disparo. Los NK salieron de la casa e irrumpieron en la siguiente. Los Bo-Shaun sabían que de aquella no sacarían gran cosa, porque ya la habían vaciado ellos. Su angustia aumentaba conforme veían a la banda acercarse a su casa.

A K se le veía cada vez más frustrado.

No conseguía dar con la leche que buscaba y estaba claro que alguien ya había limpiado su territorio.

—Una más y lo dejamos —le dijo a Easy, cuya capucha estaba manchada de sangre, de un hombre al que había golpeado con su mazo—. ¿Qué tal esa de ahí?

Boris vio que apuntaba directamente a su casa. Se agachó aún más, fundiéndose en una masa de puro terror.

—¿Qué? ¿Qué pasa? —preguntó Shaun encogiéndose de miedo.

—Que vienen, tío. Vienen para acá.

—¡Larguémonos ya!

—No puedo moverme, tío. No puedo —dijo Boris, y empezó a vomitar.

Los NK ya estaban cruzando la calle en dirección a la casa cuando el chico que vigilaba los coches vio algo y se puso a gritar para alertar a K.

—¡Joder, tío, joder! ¡Detrás de vosotros!

Estaban doblando la esquina de la calle, debían de ser unos treinta. Habían estado vagando sin ganas y sin rumbo, pero arrancaron a correr desesperadamente hacia los NK en cuanto los vieron. Había hombres y mujeres, y unos cuantos niños. Algunos chillaban. Unos alaridos angustiosos.

K no podía saber que estaban hambrientos. Tampoco podía saber que estaban asustados y confundidos, pero supo al instante que aquella gente era peligrosa. Se movían como guiados por un feroz instinto de supervivencia, y además eran un montón.

—¡Mierda! —masculló Easy—. ¡Retrasados!

Shaun oyó los gritos y se asomó a la ventana. Reconoció enseguida a la horda que se abatía sobre los NK: era la gente que él había liberado.

—Mis pajarillos —musitó.

K empezó a disparar mientras él y sus secuaces echaban a correr hacia los vehículos. Algunos cayeron. Otros se dispersaron. Otros siguieron avanzando. K y sus hombres llegaron a los coches y se montaron a toda prisa, pero el más joven de los NK, un chico de diecisiete años que estaba flaco como un palillo, fue atrapado por uno de aquellos depredadores, un tipo

corpulento que lo sacó a rastras del Escalade mientras él gritaba y pataleaba. El grandullón desapareció con él detrás de una
valla. Al oír sus escalofriantes gritos, K supo que aquel chaval
no acabaría bien.

—¿Intentamos salvarlo? —preguntó Easy.

K negó con la cabeza.

—Ya no podemos hacer nada por él.

Shaun vio cómo los coches arrancaban a toda velocidad y
cómo la horda salía corriendo tras ellos hasta que se perdieron
de vista. Luego cogió unas servilletas de papel de la cocina para
limpiar el estropicio que había hecho Boris y le dejó que se levantara él mismo e intentara recuperar un poco de dignidad.

No había cortinas ni persianas en el laboratorio, así que a
Mandy no le hacía mucha gracia que la lámpara portátil se
utilizara para cosas que no fueran absolutamente imprescindi-
bles. Sin embargo, Rosenberg le había pedido si podía dejarla
encendida un rato más para seguir pintando en su cuaderno
antes de acostarse. Podría haberle sugerido que se fuera al pasillo, o incluso a los servicios, pero se le veía tan feliz allí sentado, en uno de los taburetes, tarareando algo de Beethoven,
que no le dijo nada.

Deseaba tener trabajo para mantenerse ocupada. Para ella,
trabajar era su vía de escape. Eso solía sacar de quicio a Derek;
él siempre había insistido en que la casa fuera un espacio al
margen del trabajo y en que Mandy se buscara todo tipo de
actividades de ocio. La presionó para que se apuntara a clases
de cocina, a una liguilla de voleibol mixto, incluso a bailes de
salón..., un auténtico desastre. Lo cierto era que ella se había
escudado en el trabajo para mantener sus vidas lo más separadas posible. Trataba de no darle muchas vueltas, pero el caso
es que nunca lo había amado. Estaba convencida. Lo había
conocido de rebote tras su relación fallida con Jamie, y para
ella había sido un refugio seguro. Sin embargo, una vez que se

acomodaron y se estancaron en su matrimonio, Mandy no había encontrado el valor para ponerle fin. Eso habría acabado con su marido. Literalmente. Derek era una persona negativa hasta la médula, y ante el más mínimo problema se sumía en unas depresiones severas contra las que de nada servía la medicación. Dejarlo habría precipitado una tragedia con la que habría tenido que vivir el resto de sus días. Ahora que ya no estaba, Mandy no sentía dolor. Tampoco alivio. Solo culpabilidad.

Pasó un dedo por el lomo de los libros que había traído consigo y se detuvo en un maltrecho ejemplar de una de sus novelas favoritas de juventud. Francie Nolan, la heroína de *Un árbol crece en Brooklyn*, siempre había sido uno de sus referentes, un ejemplo a seguir de lo que una mujer fuerte podía soportar y de las adversidades que era capaz de superar. Hasta ese momento, la vida de Mandy había sido bastante fácil, nada que ver con la de la protagonista de la novela, pero tenía la sensación de que, si quería salir adelante, necesitaría una buena dosis de la tenacidad de Francie.

Encendió su minilinterna de lectura, se tumbó en el sofá y leyó hasta que el libro se le resbaló de las manos y cayó sobre su pecho.

Cuando ya había oscurecido y estuvo seguro de que los NK no volverían a aparecer por su calle, Shaun se puso la máscara de insecto, se metió el machete por dentro del cinturón y agarró una linterna.

—¿Dónde vas? —le preguntó Boris.

—Solo voy a dar una vuelta.

—¿Por qué?

—Me apetece.

—Shaun...

—¿Sí?

—Mi comportamiento de hoy ha sido patético.

—No te preocupes, tío.

—Creo que es porque la muñeca todavía me duele. Me tiene totalmente fuera de juego.

—Seguro que es eso. ¿Quieres que te cambie la venda?

—No. Quizá luego.

Shaun actuó con determinación. Cruzó la calle y fue directo a la casa azul con la valla enrejada donde había visto la cuchara con restos de mantequilla de cacahuete y mermelada. La casa donde estaba la madre infectada. La casa donde no había encontrado a la niña. La casa donde había dejado toda la comida.

Con cautela, entró por la puerta entornada sin recordar si la habían dejado así al marcharse. Encendió la linterna y la enfocó hacia el interior de la antesala.

—¿Hay alguien? —llamó—. Soy Shaun, vivo ahí enfrente. No voy a hacerte daño.

Buscó por toda la casa. No había ni rastro de la madre, pero observó que en la cocina se habían producido algunos cambios desde la última vez que estuvo allí. Había unas galletas saladas sobre la encimera que antes no estaban, y el pollo de la nevera ahora estaba sobre la mesa, aunque solo quedaban los huesos. También había un tarro de mantequilla de cacahuete junto a otro vacío de mermelada. Entonces creyó oír un leve ruido y se sentó en una silla de la cocina.

—¿Sabes cómo me gusta comérmelas a mí? Primero hundo la cuchara en la mantequilla de cacahuete, luego en la mermelada, y me la meto directamente en la boca. Cuando hacía eso de pequeño, mi madre se enfadaba mucho y me gritaba. Ahora ya soy mayor, pero todavía me acuerdo de lo furiosa que se ponía.

Volvió a oír el ruidito, se quitó la máscara verde y enfocó con la linterna.

—¿Tu mamá también se enfada cuando hundes la cuchara en la mantequilla y la mermelada?

La puerta del armario de las escobas se abrió con un crujido y una niñita con trenzas, tejanos y camiseta asomó la cabeza.

—¿Cómo te llamas? —le preguntó él.

—Keisha.

—Qué nombre más chulo. ¿Cuántos años tienes?

—Casi ocho.

—¿Ah, sí? Pues yo te ponía unos ocho y medio. —Por lo visto, el comentario le hizo mucha gracia a la pequeña—. Yo soy Shaun. ¿Dónde está tu mamá?

—Se fue.

—¿A la calle?

—Ajá.

—¿Y no ha vuelto?

—No.

—Bueno, aunque ya seas una niña mayor y todo eso, no deberías estar sola. Si quieres, puedes venirte conmigo y con mi amigo Boris. ¿Te gustaría? Tenemos montones de mermelada.

—Vale.

—Pero tienes que saber una cosa, Keisha. Boris es muy llorón. Si lo llamas gordo, aunque la verdad es que está muy gordo, se echará a llorar.

—No lo llamaré gordo.

—Pues entonces vais a ser muy buenos amigos.

29

La hacienda de Ed Villa se encontraba a unos ocho kilómetros de la granja de los Edison. Su padre y su abuelo se habían dedicado al cultivo de trigo, soja y tabaco, y el primero había querido que su hijo estudiara agricultura en la universidad, pero Villa había ido a la estatal de Pennsylvania y había orientado su carrera hacia temas empresariales. Nunca había tenido la menor intención de mancharse las manos con la tierra. Cuando su padre cayó fulminado en medio de un campo de soja un año antes de cumplir los cincuenta, Villa vendió parte de sus tierras de cultivo y empezó a comprar empresas locales. Tenía cabeza para los números y los negocios, y había labrado una fortuna —para los estándares de Dillingham y Clarkson—, sobre todo gracias a una serie de consultorios de urgencias —médicos en cubículos— en la parte occidental del estado.

El hombre era generoso a su manera, y cada vez que uno de sus hijos se casaba, le construía una casa en sus tierras, de forma que la finca se había convertido en una especie de pueblo pequeño.

Villa abominaba del sistema de gobierno y abogaba por la autosuficiencia. En las reuniones de la iglesia siempre peroraba sobre la necesidad de protegerse a uno mismo y a los suyos si el mundo se iba al garete.

—Cuando las cosas se ponen feas, tienes que arreglártelas

por ti mismo —decía—. El Gobierno no va ayudarte. Lo único que hacen los gobiernos es chuparte la sangre.

Edison se acordaba de que, en una cena comunitaria, le había preguntado a Villa:

—Dime, Ed, ¿a qué vienen todos esos preparativos para la supervivencia? ¿Qué tipo de desastres crees que van a ocurrir?

—Bueno, no soy adivino —había respondido—, pero pueden producirse colapsos financieros de todo tipo, erupciones solares que inutilicen los dispositivos electrónicos, enfermedades extrañas, invasiones extranjeras, asteroides... Al final ocurrirá uno u otro.

A Edison le fastidiaba que ese imbécil hubiera tenido razón.

La noche antes del asalto, Edison se reunió con Joe y Mickey.

—¿Qué posibilidades hay de que Ed y su gente se hayan infectado? —les preguntó.

—Yo diría que pocas —respondió Joe—. En cuanto tuvo noticias del virus, debió de cerrar el lugar a cal y canto para que no entrara ni saliera nadie. He pasado el tiempo suficiente con el capullo de Billy para saber lo que le ronda a su padre por la cabeza.

—Estoy de acuerdo —dijo Mickey, dando un trago a su cerveza—. Yo a veces iba por ahí con Davy Villa, y así es como piensa su viejo. Seguro que allá arriba en la colina están más sanos que una manzana.

—Pues, si están sanos, serán muy peligrosos —comentó Joe.

—Bueno, no pasa nada —repuso Edison—. Tenemos un caballo de Troya.

La educación clásica de Mickey dejaba mucho que desear, así que no tenía ni idea de lo que estaba hablando Edison.

—Ya sabes, tío —le explicó Joe—, nuestro caballo mide unos doce metros de largo y consume más de cincuenta litros cada cien kilómetros.

—¿Eh? —soltó Mickey.

—Chaval, tú eres un poco cortito, ¿no? —le dijo Edison—. Estoy hablando del autobús del pastor Snider.

Edison subió las escaleras iluminándose con la lámpara de queroseno. Tenía a Gretchen Mellon encerrada en el dormitorio principal para evitar que se escapara e intentara hacer cualquier jugarreta o algo peor. Cuando entró en el cuarto, la mujer estaba sentada en uno de los colchones del suelo con una pequeña lámpara de pilas a su lado. Tenía a Cassie en el regazo y, al verlo entrar, dejó de cepillar el pelo de la pequeña y le dirigió una mirada llena de odio. Edison ya no dejaba que Brittany durmiera con Cassie ni siquiera cuando él estaba en la habitación porque, en cuestión de segundos, podía pasar cualquier cosa: a Cassie podía entrarle hambre en mitad de la noche, o enfadarse por algo, y tal vez él no se despertara a tiempo para detenerla. Brittany cogió un buen berrinche cuando Edison se llevó a Cassie para que durmiera con su madre, pero él le dijo que era hora de guardar los juguetes.

—¿Cassie es mi juguete?

—Claro, es como una de tus muñecas, solo que está viva.

Delia Edison ocupaba el lugar de honor en el dormitorio: la cama de matrimonio.

Ninguna de las mujeres se había acostado todavía.

—¿Qué quieres? —le preguntó Gretchen.

—No te me pongas borde, ¿vale? Solo he venido a comprobar cómo está todo.

—Aún no me has dejado ver a Alyssa ni a Ryan. ¿Eso por qué?

Mientras hablaban, Joe estaba con Alyssa Mellon en el autobús del pastor Snider y Edison imaginaba que pasaría buena parte de la noche con ella. Ryan estaba encerrado en el granero con los chicos Snider. Les habían dado bien de comer, así que seguramente seguirían todos de una pieza.

—Están bien. No te preocupes por ellos.

—¿Podré verlos mañana?

—Eso depende.

—¿De qué?

—De si has hecho progresos con tus clases. Muéstrame qué han aprendido.

Gretchen se levantó, subiéndose el cuello del largo camisón casi hasta la barbilla.

—Pregúntale a tu mujer cómo se llama.

Edison sostuvo la lámpara en alto para que su esposa le viera la cara.

—Cariño, ¿cómo te llamas?

—Delia.

—Dilo todo, Delia —la animó Gretchen.

Ella la miró sin comprender.

—Di: «Me... Me...».

El rostro de Delia se iluminó.

—Me llamo Delia.

—¡Bien! —exclamó Edison, y se inclinó hacia su mujer para darle un beso.

Ella se echó hacia atrás.

—¿Por qué ha hecho eso?

—Puedo enseñarle cómo se llama, pero no que recuerde quién eres tú para ella. Eso no puedo enseñárselo.

—¿Y los chicos también saben su nombre?

—Sí. Ve a su cuarto a comprobarlo.

—Es un buen comienzo —dijo él—. A partir de mañana, quiero que les enseñes que yo soy su padre, que son unos Edison y que viven en una granja. Y enséñales más palabras. Quiero poder hablar con ellos y que ellos me respondan. Ponte las pilas, Gretchen, y te dejaré ver a tus otros hijos.

Edison bajó a la cocina y cogió una bolsa de galletitas con trocitos de chocolate. Luego se encaminó a su despacho y metió la llave en el candado que había atornillado al marco de la puerta. Trish Mellon estaba tumbada en el sofá cama, desnuda, tal como él la había dejado. Edison puso la lámpara sobre la mesa, que proyectó un agradable resplandor amarillento sobre las suaves carnes de la joven veinteañera. Trish no sabía quién era. No sabía que había estado casada con alguien llamado Craig ni que ahora estaba muerto. Ni siquiera sabía qué significaba estar muerto. Tan solo sabía que tenía hambre y que en esa bolsa había unas cosas deliciosas llamadas galletas. Y también sabía cómo conseguirlas, porque Edison se lo había enseñado.

Blair Edison abrió la bolsa y se bajó la braqueta.

Amaneció una mañana fresca, de sol intenso y cegador. Edison se levantó temprano para dar de comer al ganado, y después a los chicos en el granero. Le sorprendió descubrir que tanto animales como humanos se comportaban de un modo muy parecido. Todos reaccionaban al ver y oír la comida; todos respondían ante una voz tranquilizadora. Comprobó el generador del cobertizo de secado de carne. El depósito estaba a tres octavos de su capacidad, así que necesitaría más gasóleo. Si conseguía suficiente, podría pensar en suministrar electricidad a la casa principal, pero ya se ocuparía de eso más adelante. La carne que había colgado estaba ya bastante curada. Las frías temperaturas otoñales la conservarían de forma natural y podrían comérsela antes de que le diera tiempo a pudrirse, de modo que decidió apagar el generador. De vuelta a la casa, pasó junto a la tienda de Mickey y lo llamó. Cuando la cremallera se abrió, Edison echó un vistazo al interior y vio a Jo Ellen Snider durmiendo en un saco.

—Prepárate —le ordenó a un soñoliento Mickey—. Dale de comer y llévala a la casa. Puedes encerrarla en la bodega del sótano.

—Sí, señor Edison —contestó el muchacho—. Eso está hecho.

Su siguiente parada fue el autobús. Aporreó la puerta hasta que por fin apareció Joe, sin camiseta y con un pantalón de chándal caído por debajo de la cintura.

—Todo lo bueno se acaba —dijo Edison—. Dale de comer a esa como se llame y enciérrala en mi despacho con su cuñada.

—Se llama Alyssa.

—¿Aún no te has cansado de ella?

—Todavía le quedan unos cuantos viajes —replicó Joe con una sonrisilla.

—Muy bien. Yo prepararé el autobús. Tú ve a comprobar que tu madre y los chicos están bien. Y que Gretchen Mellon no se entere por nada del mundo de que te estás tirando a su hija. Necesitamos que cuide bien de los nuestros.

Edison detuvo el autobús del pastor Snider ante las verjas de hierro que bloqueaban el acceso a la finca de Ed Villa. En uno de los postes laterales había una cámara y un altavoz, orientados hacia el lado del conductor. El vehículo estaba encarado hacia el este y el bajo sol matinal se reflejaba en el parabrisas, impidiendo ver el interior. Edison había contado con eso.

Joe estaba acuclillado junto al asiento del conductor.

—¿Crees que la cámara funcionará con el generador?

—Pronto lo averiguaremos —dijo Edison.

Unos segundos después obtuvieron la respuesta.

El altavoz crepitó.

—¿Es usted, pastor Snider?

—Bingo —susurró Edison—. Rápido, hagamos el cambio.

Habían colgado al pastor Snider en el cobertizo de secado con las demás carcasas. Totalmente desangrado, ya no era más que una pieza blanquecina de carne. Su cuerpo estaba totalmente agujereado tras las prácticas de tiro, pero la cabeza aún se conservaba bastante bien. Sentado en el asiento del conductor tipo butaca, tenía pinta de estar vivito y coleando.

Edison bajó la ventanilla tintada hasta la mitad.

—Sí, soy yo, Ed. ¿Me dejas entrar?

Se imaginó a Villa allá arriba en su cocina o donde fuera,

con los ojos entornados mirando el pequeño monitor y con su cara convertida en un signo de interrogación.

—¿En qué puedo ayudarlo, pastor?

Edison trató de suavizar la voz, cuyo deje era más nasal que el de Snider.

—Ed, tengo a toda mi familia aquí conmigo. Ninguno de nosotros está enfermo. Hemos tenido mucho cuidado. ¿Vosotros estáis bien?

—Estamos todos bien. También hemos sido muy cuidadosos.

—Muy bien hecho. Escucha, Ed, nos vamos del pueblo para estar con mi hermana.

—¿La de Ohio? —preguntó Villa.

—La misma. Pero antes quería hablar contigo sobre un asunto de suma importancia para la iglesia.

Edison sabía que Villa se tomaba muy en serio su papel de presbítero.

—Pues no sé, pastor. Nos hemos aislado por completo aquí arriba.

—Solo serán unos minutos. Y te aseguro que ninguno de nosotros está enfermo.

Edison y Joe intercambiaban miradas a medida que los segundos pasaban. Entonces se oyó un zumbido y las verjas se abrieron.

La casa de estilo colonial de Ed Villa se alzaba en lo alto de una colina. De un blanco resplandeciente, con las puertas y los postigos de un verde intenso, era sin duda la hacienda más hermosa que Edison había visto en su vida. En uno de los prados de abajo, Joe divisó otras dos casas más pequeñas con idéntico patrón cromático. Incluso habían pintado los graneros y cobertizos con los mismos colores. Aquí y allá había aparcadas camionetas último modelo, y a lo lejos se veía un gran tractor con segadora International Harvester.

Edison dejó escapar un silbido.

—Ese cabrón tiene más dinero que Dios —comentó Joe.

Edison enfiló el amplio camino de entrada circular y estacionó el autobús de forma que el costado derecho del vehículo quedara encarado con la puerta principal de la casa.

—Comienza el espectáculo —dijo Joe, incorporándose y girándose hacia la parte de atrás del autobús.

Los cuatro chicos Snider y Ryan Mellon estaban sentados tranquilamente mirando por las ventanillas tintadas. Menos uno, todos estaban provistos de rifles. Mickey se encontraba al fondo, controlando la retaguardia.

Edison también se levantó y, esbozando una afable sonrisa, fue señalando a sus milicianos.

—Vosotros, todos vosotros, sois buenos chicos. Padre os quiere. Ahí fuera hay hombres malos. Y padre quiere que matéis a los hombres malos. —Alzó su rifle y exclamó—: ¡Bang! Matad a los hombres malos. —Posó una mano en el hombro del Snider más joven, el muchacho de dieciséis años que no iba armado—. Hijo, quiero que vayas hasta la puerta y hagas esto —le pidió, golpeando con los nudillos en un lateral del vehículo.

Acto seguido, le ordenó que bajara del autobús y alineó a los demás para que estuvieran preparados para entrar en acción. El chico llegó junto a la puerta principal, pero, una vez plantado delante, se quedó paralizado como un soldado de plomo.

—Llama, pequeño cabrón —susurró Edison.

No tuvo que hacerlo.

Villa debía de tener también una cámara allí, porque enseguida abrió la puerta, cubierto con una mascarilla.

—Hola, Evan, ¿dónde está tu padre?

En ese momento, Mickey y Joe ordenaron a los muchachos que bajaran del autobús, incitándolos a matar a los hombres malos.

Jacob Snider fue el primero en disparar, seguido al momento por los otros. Villa cayó abatido, pero las balas también alcanzaron al joven Evan, que estaba en la línea de fuego. Edison, Joe y Mickey salieron en tromba del autobús armados con escopetas y condujeron a sus milicianos al interior. Allí encontraron al resto de los Villa, que se habían reunido en la cocina de la casa principal para disfrutar de un desayuno en familia.

Hombres, mujeres y niños cayeron fulminados bajo una lluvia de plomo. Solo dos de los hijos mayores lograron desenfundar sus armas, pero fueron abatidos antes de que pudieran siquiera apuntar. La pequeña milicia manejaba el cerrojo de sus rifles con gestos automáticos y certeros. Edison y Joe se encargaron de asestar los tiros de gracia, y cuando todo acabó y Joe declaró que todos los Villa habían sido eliminados, Edison se acercó a Evan Snider, que jadeaba desesperadamente en busca de aire. Se arrodilló junto al muchacho y le dio un beso en la mejilla.

—Eres un buen chico. Padre te quiere.

Luego le descerrajó un tiro en la sien.

La cocina olía a beicon, huevos y pólvora. El desayuno se amontonaba en bandejas, todavía sin servir en los platos.

Edison ordenó a Mickey que apartara a los muertos de la mesa.

—¿Por qué han tenido que matar también a los niños? —preguntó, tratando de no mirar los pequeños cuerpos ensangrentados.

—Supongo que para ellos todos eran hombres malos —dijo Edison—. Habríamos necesitado mucho más tiempo para enseñarles a distinguirlos.

Los milicianos se acercaron a la mesa, donde los huevos, el beicon y las gachas se mezclaban con la sangre y las vísceras. Salivaban como perros hambrientos.

Edison se interpuso entre sus muchachos y la comida para dirigirse a ellos.

—¡Sois todos unos buenos chicos! ¡Habéis matado a los hombres malos y padre os quiere! ¿Y sabéis quién más os ama? ¡Jesucristo! Él está en el cielo y también os ama. Voy a enseñaros quién es Jesucristo para que podáis honrarlo. Pero, ahora mismo, padre sabe muy bien qué queréis. ¡Adelante, a comer! ¡Devorad toda esta comida! ¡Os la habéis ganado!

30

No volvieron a hablar hasta que la mitad de Connecticut se reflejó en el espejo retrovisor. Jamie trataba de abstraerse con el tintineo metálico del llavero del Volvo que colgaba en su campo de visión, pero el sonido le recordaba a la pareja de músicos que yacía muerta en el suelo de su cocina. En la bandeja de la guantera central, varios CD de música clásica se deslizaban de un lado a otro.

Linda rompió por fin el hielo.

—¿Quieres que conduzca?

—No.

—No es que sea mi estilo —dijo ella revolviendo entre los CD—, pero si quieres pongo uno.

—No los toques —repuso él furioso—. No te atrevas a tocarlos.

—Lo que tú digas, Jamie. A ver, ¿cuál es tu puto problema?

—Puto problema —repitió Emma alegremente en el asiento de atrás.

Si no estuviera tan enfadado, eso le habría hecho reír.

—Mi problema eres tú. Tú eres el problema.

—¿Yo? Te equivocas, amigo. El problema es el caos en que se ha convertido el mundo. Y yo soy la solución.

—¿La solución al caos y la violencia es más violencia?

—Ha sido en defensa propia, Jamie. ¿Cuántas veces tengo que decírtelo? Ya viste los cuchillos.

—No creo que esos hombres pudieran hacerle daño ni a una mosca. Dime una cosa, Linda. El Suburban... ¿También disparaste a su dueño?

—Que te jodan. La casa estaba vacía. Las llaves estaban por ahí.

Jamie clavó la mirada en la solitaria autopista que se extendía ante él y apretó el acelerador para mantener la velocidad en un largo trecho de subida. La luz diurna era apagada y plomiza. La pálida cinta de asfalto parecía una rampa de despegue hacia el cielo.

—Bueno, señor arrogante sabelotodo, ¿así es como va a ser a partir de ahora? ¿Soy culpable hasta que se demuestre mi inocencia? ¿Esa es tu versión de la verdad, de la justicia y del estilo de vida americano? Acabo de decir que el problema es el mundo. Pues me equivocaba: el problema eres tú. Tú eres el puto problema.

—¿Te importaría explicarte?

—Pues sí, te lo voy a contar. La primera noche que estuve en tu casa oí lo que dijiste. Lo que le dijiste a Mandy.

—¿Y qué dije?

—Algo de que tu virus había provocado todo esto y que, si no fuera por eso, Emma estaría bien.

Jamie apretó el volante con tanta fuerza que sus nudillos se pusieron blancos.

—Escúchame bien, Linda, aquí hay mucho que aclarar. En primer lugar, yo no dije eso. Fue Mandy, y yo le contesté que se equivocaba. Y en segundo lugar, la única manera de que oyeras eso fue espiando una de mis llamadas.

—Eh, eh... No me vengas ahora con la ética de los huéspedes de una casa. Déjame que te pregunte algo: ¿qué papel desempeñaste tú en toda esta la mierda en la que estamos metidos?

Jamie podría haberle dicho que no era asunto suyo, pero quizá se sentía culpable y quería desahogarse. Intentó explicárselo todo. Le habló sobre el ensayo de terapia génica, sobre su papel y el de Mandy en el proyecto. Le habló de Steadman y de los mecanismos de control que él le había exigido aplicar. Le contó cómo Steadman había mostrado una absoluta negligencia y se había saltado todos los protocolos de seguridad. Linda escuchaba impasible. No interrumpió su monólogo hasta que una de las chicas pidió comida. Ella les pasó algo de picar y luego murmuró un «Continúa».

Cuando Jamie hubo acabado, Linda tomó la palabra.

—Mira, yo solo soy una poli. No he entendido todo lo que has contado, pero si dices que no fuiste tú, que fue el otro tío, por mí estupendo. Estoy acostumbrada a oír eso de que no fui yo, fue el otro, así que prefiero dejarlo correr. No voy a juzgarte, y espero que tú tengas la misma deferencia conmigo.

Jamie no se había dado cuenta de que Linda había cogido una botella de coñac de casa de los músicos —supuso que procedía de allí—, ya que apareció como por arte de magia de debajo de su asiento. Antes de que él pudiera objetar nada, Linda desenroscó el tapón y le dio un buen trago para, a continuación, devolverla al escondrijo, que ahora había dejado de ser secreto.

Ella se le adelantó.

—Es solo un traguito para aliviar la tensión de este día de mierda. Ahora voy a echarme una siestecita. Cuando me despierte, te relevo al volante en cuanto tú me digas.

Debían de quedar unas quince o dieciséis horas de trayecto hasta Indianápolis. Con todos los problemas surgidos durante el camino, habrían perdido unas cinco horas, así que llegarían como muy pronto al amanecer del día siguiente. Jamie quería llamar a Mandy o mandarle un mensaje para avisarla de su demora, pero sabía que era imposible. El primer mensaje de texto se envió en 1992. La primera llamada de móvil se efectuó en 1973. La primera transmisión de corriente eléctrica se realizó en 1889. En la cabeza de un alfiler cabían miles de partículas de adenovirus, y esas motas microscópicas estaban haciendo que el mundo retrocediera cientos de años.

Mientras conducía, pensaba en cómo librarse de su asociación con la mortífera reina de la priva. A Emma le hacía mucho bien tener una amiga, pero esa no era razón suficiente para que Linda siguiera con ellos. ¿Era una superviviente nata? Sin la menor duda. ¿Quería Jamie una sociópata a su lado? Para nada. Ni siquiera estaba seguro de por qué, en un principio, ella había querido aliarse con él. ¿Por qué él? ¿Acaso no tenía parientes o amigos?

Linda empezó a roncar. Jamie puso a prueba la profundidad de su sueño susurrándoles preguntas a Emma y a Kyra.

¿Tenían hambre?

Ambas respondieron que sí, y él les pasó una bolsa en la que aún quedaban unas cuantas patatas fritas.

¿Tenían sueño?

No recordaba si les había enseñado esa palabra. Por lo visto, no, porque ponían cara de no saber de qué hablaba. Volvió a preguntárselo y señaló a Linda, dejando caer la cabeza a un lado e imitando el sonido de los ronquidos.

Encontraron aquello tan divertido y rieron con tantas ganas que Jamie creyó que despertarían a Linda. Volvió a hacerles la pregunta.

—Yo no sueño —dijo Emma.

—No. Di: «Yo no tengo sueño».

Emma lo expresó correctamente, y Kyra también.

Jamie decidió que era el momento de intentarlo con un concepto abstracto.

—¿Sois felices?

Se hizo el silencio hasta que Emma recordó algo que su padre le había enseñado hacía un par de días.

—Yo... no... entien...

—Entiendo.

Ella repitió la palabra.

—¿No entiendes lo que quiere decir «feliz»?

Jamie la vio negar con la cabeza por el espejo retrovisor.

—¿Qué feliz?

—¿Qué es feliz? —la corrigió él—. Feliz es cuando te ríes. Ja, ja, ja.

Kyra repitió mecánicamente su pésima imitación de una risa y, al oírla, Emma rio a carcajadas. Entonces se quedó muy callada.

—No feliz —dijo al fin.

—¿Por qué no eres feliz?

—Rommy —contestó, y se echó a llorar.

—Oh, cariño, estás triste.

—Yo estás triste.

—Pobrecito Rommy —dijo Jamie—. Pobre perro.

Emma sorbió por la nariz.

—Yo quiero a Rommy.

El sol asomó al fin entre las nubes y el resplandor despertó a Linda.

—¿Dónde estamos?

—Acabamos de cruzar el Hudson —dijo Jamie—. Estamos llegando a New Jersey.

—¿Mucho movimiento en la carretera?

—Casi nada.

Linda se giró hacia el asiento trasero. Las chicas dormían, Kyra apoyada en el hombro de Emma.

—¿Cómo estamos de gasolina?

—Habrá que llenar el depósito un par de veces para llegar a Indianápolis. Este trasto consume bastante.

Evitaron abordar cualquier tema espinoso. Hablaron de las chicas, de la comida, de parar para ir al baño. Ella se ofreció a sustituirle al volante y esta vez él aceptó. Puso el intermitente y se detuvo en un área de descanso, situada en una larga recta desde la que se divisaba cualquier vehículo que viniera en ambos sentidos desde varios kilómetros de distancia.

De vuelta en la autopista, Jamie se sentía demasiado alterado para dormir, así que al final cedió y puso en el reproductor el CD de la *Segunda sinfonía* de Mahler. Al momento se arrepintió: le vino a la mente una imagen de los dos músicos sentados ahí mismo, en aquellos asientos, charlando o simplemente escuchando la música con gesto placentero. La quitó y ajustó el asiento a fin de tener más espacio para las piernas, procurando que el fusil de Linda no le rozara en el muslo.

La pregunta de ella pareció que buscaba aplacar su ira.

—¿Has pensado alguna vez en volver a casarte? —preguntó Linda.

Jamie suspiró. ¿Qué otra cosa podía hacer, ignorarla durante el resto del camino?

—La verdad es que no.

—¿Por qué?

¿Por qué? Porque su matrimonio había sido complicado. Porque a casi todas las mujeres con las que había estado les había asustado la idea de hacerse cargo de Emma. Porque su mujer ideal siempre había sido Mandy y ninguna de las demás había estado a su altura. Porque cuando Mandy había reaparecido en su vida como por arte de magia, ella no se había mostrado dispuesta a dejar a su marido.

—Nunca se me ha presentado la oportunidad —se limitó a responder.

Linda pasó de inmediato a hablar de su caso, delatando así su verdadera intención. Él la caló al momento: buscaba compasión.

—Mi matrimonio fue tan espantoso que de ningún modo pienso volver a cometer el mismo error.

—¿Y eso?

—Bruce era un cabrón.

—¿Y por qué te casaste con él?

—Bueno, para empezar era muy guapo y se convirtió en mi billete para largarme de New Hampshire. Yo tenía treinta y tres años y vivía en un pueblecito cerca de la frontera canadiense. Trabajaba de agente forestal y un invierno lo paré por exceso de velocidad cuando conducía una moto de nieve. Era el típico capullo de Massachusetts, arrogante y chulo, pero sabía venderse bien y consiguió que le diera mi número. Y al poco tiempo estaba casada con él y viviendo en Brookline. Era agente de seguros y vendía montones de pólizas suplementarias entre los miembros del cuerpo policial. Y así fue como acabé ingresando en el Departamento de Brookline. Cuando tuvimos a Kyra, perdió todo el interés por mí. Volvió a casarse, con una jovencita, y por lo que sé vive en algún lugar perdido de Maine, escaqueándose de pagar la pensión alimenticia como un auténtico hijo de puta. Pero al final yo reí la última: él vivía en el culo del mundo y yo en Brookline. Espero que el virus haya llegado allá arriba.

—Seguro que sí.

—Criar sola a una hija no ha sido fácil, pero qué te voy a contar a ti...

—Ya.

—Cuando Kyra era pequeña, las cosas no iban tan mal, aparte de los problemas logísticos con mis turnos demenciales. Los problemas de verdad llegaron con la adolescencia. Una puta pesadilla. Se convirtió en una borde integral. Daba la impresión de que vivía para atormentarme. Seguro que Emma es mucho mejor. Cuando venía a casa, siempre se mostraba muy educada.

—Yo podría decirte lo mismo de Kyra. Así es como se comportan: muy educadas con los padres de sus amigas y unos verdaderos incordios con los suyos.

—Te diré algo que seguramente me hará quedar como una bruja.

«Eso no será muy difícil», pensó Jamie.

Linda chasqueó la lengua mientras escogía las palabras.

—Me gusta más mi hija ahora que está enferma. Ya no es una capulla respondona. Ahora es encantadora.

Jamie detestaba tener que darle la razón, pero él había pensado más o menos lo mismo. Era más fácil querer a Emma sin todo su bagaje adolescente. Para él, la chica dulce y sencilla que iba sentada en el asiento trasero era la verdadera esencia de su hija. Deseaba con todas sus fuerzas enseñarle cosas sobre el mundo y sobre sí misma, pero no quería que reaprendiera a ser desagradable, cruel, insensata, irresponsable. Mientras no hubiese una cura, la convertiría en la persona que él quería que fuera. Tal vez ahora podría hacerlo mucho mejor como padre.

—Muy en el fondo —le dijo a Linda—, siempre han sido unas niñas adorables.

31

A Mandy no es que le apeteciera mucho, pero no podía negarse. Tampoco es que tuviera mucho más que hacer. Así que al final consintió en posar para Rosenberg, quien la hizo sentarse en un taburete colocado junto a una de las ventanas del laboratorio, la que, según él, estaba mejor iluminada por el suave fulgor vespertino.

El anciano había viajado bastante ligero de equipaje: para un artista, eso significaba renunciar al farragoso cargamento de óleos y pinceles, espátulas y disolventes, lienzos y caballetes, y sustituirlo por un simple juego de acuarelas y papel.

—Cuando me dispongo a retratar a alguien, siempre le hago la misma pregunta: ¿tú cómo te ves?

Mandy puso cara de perplejidad.

—Pensaba que ese era el trabajo del artista.

—Bueno, sí, y te pintaré tal como yo te veo, pero también quiero tener en cuenta tus propias percepciones.

Mandy se quedó pensativa un rato.

—Muy bien. Pues soy una persona seria, aunque creo que de eso ya te has dado cuenta. Me gustaría ser más frívola, pero no lo soy. Ante todo, soy una científica. Supongo que podrías poner equipamiento de laboratorio en el cuadro para reflejar eso. —El labio inferior le tembló antes de anunciar lo que estaba a punto de decir—. Fui una esposa. No la mejor de la historia, pero una esposa al fin y al cabo. Y creo que eso es todo. Esa soy yo.

—¿Puedo ser sincero contigo?

—Hemos enterrado juntos a nuestros cónyuges, Stanley. Creo que podemos ser sinceros el uno con el otro.

—Pienso que te infravaloras. Tú eres mucho más que eso. Yo veo a una joven apasionada que percibe y comprende los misterios de la vida de un modo asombroso. Veo a una amiga. Y créeme, soy demasiado mayor como para andar tirándote los tejos, pero también veo a una mujer sensual, capaz de amar, con una maravillosa y desconcertante mezcla de fuerza y fragilidad.

Mandy soltó una risilla.

—¿Te has olvidado las gafas en casa?

—Veo perfectamente, querida. Y ahora quédate muy quieta mientras te dibujo.

—Llevo un jersey gris. No me gustaría ser inmortalizada con esto puesto.

—Tengo imaginación de sobra para pintarte con otra vestimenta.

Al cabo de una hora o así, Mandy empezó a removerse en el taburete y él dejó que se relajara. Durante todo ese rato había estado pensando en Jamie, en cuánto faltaría para que llegara. Se preguntó cómo sería su reencuentro ahora que Derek ya no estaba. No pensaba lanzarse a sus brazos. Estaba de duelo y tenía que respetar la memoria de su marido. Se imaginó que Jamie lo entendería y la dejaría tranquila durante un tiempo. Ya arreglarían su situación más adelante. Formaba parte del proceso.

—¿Quieres un café? —preguntó ella.

—Eso siempre —respondió Rosenberg dejando el pincel.

Utilizar el microondas para calentar agua era un placer culpable. Mandy no sabía cuánta electricidad consumía, pero un minuto de más o de menos no representaría un descenso significativo en el depósito del generador de gasóleo. Mientras el café goteaba a través del filtro de papel y caía en un matraz, le preguntó a Rosenberg si podía echarle un vistazo al retrato.

—No soy uno de esos artistas estirados que no permite que

nadie vea su obra sin acabar, pero la verdad es que aún no hay mucho que ver.

Lo que Mandy vio fue color. Mucho color.

El contorno de su cabeza y de su torso apenas era un boceto a lápiz, pero a su alrededor se extendían suaves pero vibrantes manchas de tonalidades amarillo limón, rosa intenso, verde esmeralda, y un cielo perfectamente azul. La ventana de detrás de ella no aparecía en el cuadro. El fondo se perfilaba como una especie de paraíso tropical; al menos le dio esa impresión.

—¡Uau! No es lo que me esperaba.

—¿Creías que te iba a pintar plantada ante un feo edificio de hospital? Soy un artista, no un fotógrafo. Tomémonos ese café y volvamos al trabajo mientras aún haya luz.

—¿Quién diablos es esa? —preguntó Boris, poniéndose a toda prisa la máscara.

Shaun sonrió un tanto avergonzado.

—Se llama Keisha. Vive en la casita azul de ahí enfrente.

—¿Por qué está en nuestra casa, tío, y por qué no llevas puesta la máscara?

La pequeña se echó a reír al ver los ojos saltones de insecto.

—Estás muy gracioso.

—No hace falta llevar la máscara —explicó Shaun—. Ha estado muchos días con su madre y no se ha infectado.

—No pienso poner en peligro mi precioso cerebro, tío. Te lo preguntaré otra vez: ¿por qué está aquí?

—Su madre se ha largado, aunque tampoco es que le sirviera ya de mucho. Se quedará con nosotros.

—¿Quién lo dice?

—El dueño de la mitad de esta casa.

—¿Te crees que esto es una guardería? ¿Qué quieres que hagamos con una cría?

Keisha miraba alrededor, tratando de ver algo en la sala en penumbra. Luego volvió a centrar su atención en Boris.

—No está tan gordo. ¿Conocéis al cartero? Él sí que está gordo.

—Eh, tú, te dije que no lo llamaras gordo.

—No lo he hecho. He dicho que hay gente aún más gorda.

Boris se puso a la defensiva.

—Lo que pasa es que tengo los huesos muy grandes.

—Sí, y el culo también —repuso Shaun, incapaz de resistirse. Preguntó a Keisha si tenía hambre.

—¿Tienes mantequilla de cacahuete?

—Te prepararé un sándwich de mermelada y mantequilla de cacahuete.

—Y otro para mí —saltó Boris—. Para mis huesos. ¿Y dónde va a dormir?

—Quitaré las porquerías del sofá. Total, ya no puedo jugar con la Xbox.

—¿Por qué? —preguntó Keisha.

—Porque no hay luz, chica. Tengo que encontrar algo para jugar que no vaya con electricidad.

—Yo tengo en casa el Candyland y el Serpientes y Escaleras.

—¿Juegos de mesa antiguos? Me encanta todo ese rollo. Después de comer iremos a buscarlos.

Shaun no lo había dicho por complacer a la niña. Esos juegos le interesaban de verdad. Ya dentro de la casa de Keisha, encendió la linterna y no paró de lanzar exclamaciones de asombro cada vez que la niña apilaba uno de sus juegos favoritos: aparte de los que había mencionado, tenía un tablero de damas chinas, el Sorry! y el Twister. Cuando acabaron, Shaun pensó que podían aprovechar el viaje y llevarse la comida que quedaba en la casa antes de que lo hicieran otros carroñeros. De modo que, mientras Keisha sostenía las bolsas de basura abiertas, él iba metiendo cosas sin parar de hacer comentarios.

—Esto me gusta… Esto le gusta a Boris pero a mí no… Este

es mi sabor favorito de gelatina... ¿Cómo es que esta leche no está en la nevera?

—Mamá dice que no hace falta.

Cargados con las bolsas, se disponían a cruzar la calle cuando Shaun vio que las luces de unos faros se acercaban tras doblar la esquina. Pidió a Keisha que corriera tras él hasta unos arbustos y allí se agacharon. Dos coches pasaron por delante. Shaun los reconoció al momento: un Range Rover y un Escalade. Los coches de los NK.

—¿De qué nos escondemos? —preguntó la niña.

—De los chicos malos.

—¿Y nosotros somos los buenos?

—Pues claro, pequeñaja.

Boris estaba de los nervios. Llevaba tres cuartos de hora sentado en el sillón con la máscara puesta, y se sentía acalorado y aburrido. No paraba de cruzar y descruzar las piernas, haciendo chirriar los muelles al desplazar el peso de su cuerpo. De vez en cuando soltaba un gruñido, pero los otros dos venga a girar cartas y a mover fichas por el tablero del Candyland sin hacerle ni caso. Al final Shaun captó el mensaje y le preguntó si quería jugar.

—Eso es para bebés —refunfuñó con la boca chica, aunque se levantó rápidamente y se sentó con ellos en el suelo.

—Boris es un bebé grande y gordo —saltó Keisha.

—Se supone que no volverías a llamarme gordo —replicó él, escogiendo la ficha del hombre de jengibre verde.

Al cabo de dos partidas, la niña se quedó dormida y Shaun la llevó en brazos hasta el sofá. Boris se quitó por fin la máscara y ambos estuvieron bebiendo bourbon un rato, hasta que Shaun se acordó de que había olvidado mencionar que había visto pasar los coches de los NK.

—Si acaban de pasar por el barrio, ya no volverán esta noche —dijo Boris.

—Ya. ¿Y...?

—Pues que tendríamos que hacer nuestra ronda. Deberíamos echar un vistazo a ese sitio que tenía las luces encendidas.

—¿Junto al hospital?

—Sí, junto al hospital. Si hay electricidad, podemos instalarnos allí arriba. Jugar a la Xbox, poner vídeos, llevar nuestro microondas y preparar comida caliente.

—¿Y qué hacemos con ella?

—La dejaremos durmiendo. Aquí estará bien.

Entonces oyeron una vocecilla:

—De eso nada.

—Pequeña, ¿estás despierta? —dijo Shaun.

—Yo quiero ir.

Shaun le explicó que fuera estaba muy oscuro y que además pensaban ir en sus bicicletas. Keisha repuso que no le importaba la oscuridad y que tenía su propia bici en la casa. La niña le insistió a Shaun, este le insistió a Boris, y cuando este por fin cedió, Shaun anudó un pañuelo en torno a la boca y la nariz de Keisha, la ayudó a ponerse la chaqueta y los tres exploradores enmascarados salieron a la noche.

Rosenberg tenía muchísima más paciencia que Mandy para hacer frente a las exigencias del proceso artístico. A medida que caía la noche, ella hacía pausas cada vez más largas para leer o para improvisar un poco de cena mientras él continuaba pintando.

—¿Cuánto tiempo piensas seguir trabajando?

—¿Hasta que esté terminado?

—No deberíamos tener la luz encendida.

—Por aquí cerca no vive nadie —repuso él—. Nadie nos verá.

—Mejor ir sobre seguro que lamentarnos después. ¿No podrías acabarlo por la mañana?

—Podría, pero me gustaría hacerlo esta noche. Si fuera una

pintura al óleo, no me importaría esperar lo que hiciera falta. En cambio, no me gusta dejar las acuarelas a medias. Prefiero terminarlas en una sola sesión, para que no me dé tiempo a pensar demasiado la obra.

—¿Y cuánto te falta?

—Si vuelves a poner el trasero en el taburete, podría acabar en media hora. Eso sí, si me prometes que te estarás quieta.

Los tres estaban de pie junto a sus bicicletas, mirando hacia las ventanas iluminadas de la tercera planta del edificio de investigación médica.

—Son las mismas ventanas del otro día —dijo Boris.

—¿Creéis que tendrán tele? —preguntó Keisha.

—Puede —respondió Shaun—. ¿Qué hacemos ahora?

—Demos una vuelta para comprobar todas las entradas —respondió Boris—. Tal vez alguna no esté cerrada.

Escondieron las bicis y rodearon el edificio verificando todas las puertas. Keisha disfrutaba tanto de la aventura que pidió que le dejaran intentar abrirlas a ella. Sin embargo, el edificio estaba cerrado a cal y canto. Tras completar el circuito, los BoShaun estaban discutiendo qué hacer a continuación cuando oyeron acercarse unos coches. Dos vehículos se detuvieron en el aparcamiento.

—Joder, tío —dijo Shaun—. Son K y sus hombres otra vez. Esta noche están en todas partes.

Le dijeron a Keisha que guardara silencio y se parapetaron detrás de un muro bajo. Dos pares de ojos de insecto asomaron por encima del murete para ver cómo los NK bajaban de los coches.

—¿Has visto eso? —dijo Easy, señalando hacia las ventanas iluminadas de la tercera planta.

—Sí —contestó K.

—Tienen electricidad, tío.

—Puede ser. O tal vez solo tienen lámparas de pilas como

nosotros. Solo hay una manera de averiguarlo. Ve a comprobar las puertas.

Easy delegó la orden a un inferior en el escalafón, y el joven NK regresó enseguida tras verificar que estaban cerradas.

—Id a buscar el martillo —ordenó K.

Otro de los muchachos corrió hasta el Escalade y volvió con un enorme mazo. K se lo pasó a su lugarteniente.

—Toma, Easy. ¡Destrózalas!

Easy se echó el mazo al hombro y se plantó ante la doble puerta acristalada.

Un único golpe bastó para hacer añicos uno de los grandes paneles.

Arriba, Rosenberg se estaba enderezando frente a su improvisado caballete. Notaba los músculos del cuello y de los hombros tensos y agarrotados.

—Muy bien, Mandy. Esto ya está listo. ¿Quieres echarle un vistazo?

Justo en ese momento, ella percibió un ruido, un sonido distante, agudo y musical.

—¿Has oído eso?

Rosenberg se encogió de hombros.

—¿Oír qué? Soy un viejo con el oído de un viejo.

—Creo que alguien ha entrado en el edificio.

32

Edison pensaba que no había comparación.

El complejo de la familia Villa era superior a su granja en casi todos los aspectos. La espaciosa casa principal tenía seis dormitorios y un mobiliario de lujo. Era, con diferencia, la mejor casa que Edison había visto en su vida. Y lo mejor de todo era que contaba con un refugio de supervivencia en el sótano, lleno de estanterías cargadas de bidones de plástico con semillas, judías secas, cereales, lentejas, guisantes, platos preparados y envasados al vacío, agua, café, leche en polvo y condensada, manteca de cacahuete, aceite para cocinar, azúcar, miel, mermeladas y jaleas, queso, mantequilla en polvo y fruta seca y enlatada. Había comida suficiente para que treinta personas vivieran un año, calculó Edison a ojo. Además, el edificio disponía de generador eléctrico, un Generac enorme con tanque de propano de mil quinientos litros enterrado en la parte de atrás.

Las casas más pequeñas tampoco estaban nada mal. Cada una contaba con tres dormitorios, una despensa llena y un generador más pequeño. También había numerosos graneros y otras construcciones, como por ejemplo una cuadra con capacidad para cuatro caballos de silla y heno en abundancia.

La guinda del pastel fue lo último que encontraron. Se volvieron medio locos de tanto buscar, porque sabían que estaba ahí, en alguna parte. Fue Mickey quien lo descubrió, para sorpresa de Edison, porque pensaba que el muchacho era más tonto que un zapato.

Los milicianos ya se habían vuelto a subir al autobús mientras que Edison y Joe estaban en la cocina sorteando cadáveres cuando oyeron los gritos apagados de Mickey, procedentes del sótano.

—¡Eh! ¡La he encontrado! ¡La he encontrado!

Bajaron estrepitosamente por la escalera y vieron que Mickey señalaba una puerta de acero descomunal, escondida detrás de una estantería de comida basculante.

—¡Es una caja fuerte! —anunció Mickey—. Tienen que estar ahí dentro.

Joe inspeccionó la cerradura.

—Buen trabajo, Mick. Tenemos que encontrar la combinación. A lo mejor la tienen escrita en alguna parte por aquí abajo.

—Fíjate bien, muchacho —repuso Edison.

—Maldita sea —soltó Joe—, también tiene una de esas cosas para la huella digital. Seguro que se abre con la de Ed.

—Está claro que uno de los dedos mágicos será el suyo, pero los de sus hijos igual también valen —señaló Edison—. Estas cajas fuertes pueden tener más de un usuario.

—¿Tenemos que cargar al gordo de Ed Villa hasta aquí? —preguntó Mickey.

—Y yo que pensaba que te estabas volviendo listo —contestó Edison.

Joe parecía haber captado por dónde iba su padre.

—¿Quién se ocupa? —preguntó.

—Mejor lo haces tú —respondió Edison—. Él no tiene experiencia.

Joe hizo una parada en el banco de carpintería del otro lado del sótano en busca de las herramientas adecuadas y regresó al cabo de unos minutos con dos manos sanguinolentas. Le tendió una a Mickey.

—Venga, choca esos cinco. —Su amigo lo mandó a la mierda.

Edison eligió la mano derecha de Villa, tomó el dedo índice

y presionó el lector. La puerta de la caja fuerte se abrió con un satisfactorio chasquido sordo.

—La suerte del principiante —dijo Edison mientras tiraba de la puerta.

Era más que una caja fuerte: era una sala entera, cuyas luces, alimentadas por baterías, se encendieron de forma automática para revelar un nada desdeñable arsenal de pistolas, fusiles de asalto, rifles de francotirador militares y hasta una ametralladora ligera con su trípode. A todo eso se sumaban unos armarios desde el suelo hasta el techo llenos de munición de diverso calibre.

—Esto es el paraíso —dijo Joe mientras levantaba un AK-47 de culata de madera con nudos—. Vamos a tardar un montonazo en sacar fuera toda esta mierda.

—A tomar por culo. Nos trasladaremos nosotros —replicó Edison—. Esta finca tiene todo lo que queremos y más. Lo único que nos falta son las vacas, y podemos cargarlas en camionetas y traerlas sin problemas. Ojalá tu madre estuviera en condiciones de apreciar este sitio. Le encantaría si estuviera en su sano juicio.

Al anochecer, los cadáveres de los Villa ardían en una enorme hoguera, y los Edison y su gente estaban instalados en su lugar.

Edison no le había contado a Gretchen Mellon que su hijo, Ryan, había estado en peligro aquel día. Y menos aún que Joe había reclamado a su hija, Alyssa. Antes del traslado desde la granja de los Edison hasta la finca de los Villa, le dejó ver a los gemelos, pero solo porque ella amenazó con ponerse en huelga.

—¿Es sangre eso que tiene en la camisa? —preguntó tras abrazar a un impasible Ryan.

—Anda, pues no lo sé —respondió Edison—. A lo mejor uno de los Snider se ha hecho un corte.

Alyssa también se mostró reservada. Ninguno de los dos hijos la miró a los ojos. Cuando Gretchen los abrazó, dejaron los brazos inertes a los costados. Edison se devanó los sesos para decir algo bueno.

—Los hemos alimentado bien, Gretchen. Eso se nota a simple vista, ¿no? Reconocerás que os estoy tratando a todos la mar de bien.

—¿Qué me dices de Trish?

En esos momentos su nuera estaba encerrada con llave en el nuevo dormitorio de Edison.

—Está bien. ¿Quieres que la traiga, también?

—No hace falta —contestó Gretchen envarada—. No sé qué vio mi hijo en ella.

Edison sabía perfectamente lo que Craig Mellon había visto en esa mujer, pero mantuvo la boca cerrada.

—¿Dónde están los Villa? —preguntó Gretchen.

—Los hemos ahuyentado.

—Hay manchas de sangre en el suelo de la cocina.

—Es posible que les hayamos dado un motivo o dos para salir corriendo.

Edison se quedó el dormitorio principal de la planta baja de la casa grande. A Delia Edison le asignaron un dormitorio para ella sola en el piso de arriba. Brittany también recibió una habitación propia. Gretchen y Cassie compartían otra. Gretchen quería que Ryan y Alyssa se quedaran también en la casa principal, pero Edison le explicó que cuidarían de ellos en otra parte y que, si se portaba bien, podría verlos de vez en cuando.

Joe y Mickey se instalaron en una de las casas pequeñas de la finca, y el segundo metió a la chica de los Snider en su cuarto. Joe se quedó a Alyssa Mellon para él solito en el dormitorio más grande.

La milicia de Edison se había visto reducida a unos efectivos lamentables: solo le quedaban cuatro soldados. Encerró a Ryan y a los Snider varones en el granero de los Villa. Si sentían curiosidad por la suerte de Evan Snider, cuyo cuerpo ardía en un prado junto a los Villa, no la demostraron.

Edison no quería usar el generador para nada que no fuera esencial, de manera que, después de cenar, apagó las luces y encendió un fuego de leña en el salón. Sentó a Delia en una silla frente al hogar y vio cómo observaba las llamas.

—Bueno, querida, no hemos hablado mucho desde que empezó toda esta mierda.

Ella parecía más interesada en el fuego que en él.

—¿Te ha enseñado Gretchen que soy tu marido? Bueno, pues lo soy. Y voy a cuidar de ti y, cuando hayas aprendido suficientes palabras, charlaremos largo y tendido. Ahora esta es tu casa. Siempre has querido vivir en un sitio bonito y este es de lo mejorcito que hay. Espero que, con el tiempo, llegues a apreciarlo, como espero que aprecies que tu marido se está convirtiendo en una persona importante en estos lares. Por fin estoy dejando huella. Ya lo entenderás.

Hizo bajar a Gretchen para que acostase a Delia. Estaba reventado, pero llamó a Joe y a Mickey, que estaban en la cocina, y después de llenarles los vasos con una de las botellas de whisky bueno de Villa, declaró que la jornada había sido un rotundo éxito.

—Si queremos conservar lo que hemos conseguido y aspirar a más, necesitaremos una cosa —añadió—. Yo soy el general de este ejército; Joe, tú eres el coronel, y Mickey, no sé qué cojones eres tú, pero vamos a necesitar mucha más carne de cañón. ¿Sabes lo que es eso, Mickey?

—No, señor E.

—Quiere decir soldados que sean prescindibles. ¿Esa palabra la conoces, hijo?

Mickey sonrió.

—Creo que significa que tienen muchos boletos para acabar muy jodidos, pero que a nosotros nos la suda.

—Amigo, esa es la definición que sale en el diccionario. Así que escuchad: dormid lo mucho o lo poco que queráis esta noche, ya me entendéis, pero a partir de mañana empezamos una campaña de reclutamiento.

Edison le sacaba buen partido al autobús del pastor Snider. Circulaba con él muy despacio por la calle principal de Dillingham con un megáfono que había encontrado en la comisaría. Lo sacaba por la ventana abierta y voceaba:

—Vecinos, los que no estéis enfermos, os habla Blair Edison. Por si no lo sabíais, el jefe Martin ha muerto. Su ayudante Kelso también. El alcalde está muerto. El pastor Snider está muerto. Ahora este pueblo es mío. Voy a ir casa por casa. No cuestionéis mi autoridad. No me amenacéis con armas. Si lo hacéis, acabaréis mal.

Mickey y Joe lo seguían en un autocar amarillo, el que antes se usaba para transportar a los estudiantes de Dillingham al instituto regional, que estaba en Clarkson. Edison lo había confiscado tras encontrarse las llaves colgadas de un clavo en la estación de servicio donde estaba aparcado.

Calculó a ojo que había unas ciento treinta viviendas en la ciudad. Quería registrarlas todas sin dilación para asegurarse de que no se le escapaba ningún foco de resistencia que después pudiera causarle problemas.

Tenía una idea aproximada de cómo quería que avanzase su operación y la perfeccionó en las primeras casas. Se presentaba en la puerta con Joe y los milicianos. A Mickey no le iba la violencia, de manera que su trabajo consistía en proteger los autobuses frente a cualquier ataque desde la retaguardia.

Daba igual si les abrían y les invitaban a pasar o si tenían que echar la puerta abajo. El resultado final venía a ser el mismo. La gente que andaban buscando eran hombres de físico apto e infectados: su carne de cañón. Las mujeres atractivas infectadas también entraban en el menú. Joe quería que las llamaran su «harén», pero Edison lo consideraba un término extranjero y de mal gusto. «Concubina» era una palabra mucho mejor. Era bíblica y, por lo tanto, sana. La última categoría de interés eran las mujeres sin infectar que pudieran ayudar a

Gretchen a cocinar y a limpiar su nueva finca en la cima de la colina.

Todos los demás constituían o bien una amenaza para él o bien una boca inútil que alimentar. Era a esos a los que tachaba de hombres malos. Jacob Snider era su segador por antonomasia. El chico lo impresionó por su rapidez de acción y su falta de escrúpulos.

—Ese muchacho era un pedazo de cabrón antes de que se le borrara el cerebro y lo sigue siendo ahora —dijo Joe.

Edison estaba de acuerdo.

—Cada uno es como es, supongo.

A los seleccionados los subían a los autobuses: los hombres en uno y las mujeres en el otro; sabía, por experiencia propia, lo agresivos que se ponían algunos con el sexo opuesto. Cuando los vehículos estaban llenos, transportaban su cargamento humano de vuelta al Campamento Edison (como había empezado a llamarlo), los encerraban con algo de comida para que estuvieran calladitos y retomaban su búsqueda casa por casa.

Aquella noche, Edison fue al granero más grande para hacer inventario tras la jornada.

Las filas de su milicia se habían engrosado hasta alcanzar los cuarenta efectivos: desde adolescentes hasta hombres de mediana edad, todos ellos más o menos conocidos. Edison y Joe sabían cuáles cazaban y cuáles no. Los cazadores recibían fusiles porque conservaban el recuerdo de cómo manejar armas de fuego. A los otros les deban palancas, mangos de hacha o martillos; supondría demasiado esfuerzo enseñarles a disparar.

Usando un cubo con trozos de manzana como refuerzo positivo y un leño a modo de refuerzo negativo, pusieron a trabajar a sus nuevos reclutas en lo que vino a ser un campamento de instrucción exprés hasta que se hizo de madrugada. Les enseñaron que Edison era su padre y lo que se suponía que debían hacer a los hombres malos. Aprendieron de recompensas y aprendieron de castigos.

—Vosotros todavía no lo entendéis, muchachos —les dijo Edison—, pero llegaréis a entenderlo. El Señor ha purificado vuestras mentes con un propósito. Ha lavado toda vuestra inmundicia. Ha limpiado todas vuestras impurezas. Yo seré su instrumento para llenar vuestras cabezas de rectitud. Yo seré quien os muestre el camino. Todos vosotros habéis renacido.

Mientras la milicia entrenaba, Gretchen formó un corro con sus nuevas dos ayudantes. Las conocía a ambas del pueblo, aunque eran feligresas de iglesias diferentes. Una se llamaba Mary Lou y guardaba un silencio desolado porque había presenciado el asesinato de su marido sano y el rapto de sus dos hijos infectados. La otra, Ruth, permanecía impasible; había usado una plancha para descalabrar a su marido infectado cuando la había agredido, de manera que, cuando Joe Edison había ejecutado al hombre comatoso esa mañana, había sido más o menos un golpe de gracia.

Brittany jugaba con Cassie en la alfombra. Cuando la hija de Edison le quitó un juguete a Cassie por las malas, arrancándoselo de las manos, Gretchen la riñó.

—¡Déjala, Brittany! Tú ya tienes todos los demás juguetes.

—¿Qué quiere Edison de nosotras? —preguntó Ruth.

—Tareas domésticas, más que nada —respondió Gretchen.

—Es lo que hacemos, de todas formas.

—A mí me ha puesto a dar clase a sus hijos enfermos y también a su mujer, Delia. Por supuesto, además intento enseñar a mi Cassie.

—¿Qué les enseñas?

—A hablar, sobre todo. Avanzamos despacio.

—¿No se habrá propasado contigo? —Ruth la miró por encima de las gafas.

—Gracias a Dios, no.

La muda, Mary Lou, dijo algo por fin.

—¿Por qué se ha llevado a mis niños? —preguntó entre sollozos.

—A los míos también me los quitó —contestó Gretchen—.

Mis gemelos. Me deja verlos de vez en cuando si está satisfecho con cómo llevo las cosas. Así me mantiene a raya, el muy cabrón.

—¿Qué quiere de nuestros hijos? —añadió la llorona.

—Para serte franca, no lo sé —respondió Gretchen—, pero me tiene en un sinvivir. Lo único que puedo hacer, lo único que podemos hacer cualquiera de nosotras, es rezar y esperar nuestra oportunidad. Ese hombre mató a mi marido y a mi hijo mayor. Quiero que pague, pero ahora mismo tiene la sartén por el mango.

Cuando Joe y Mickey acabaron con la instrucción militar por esa noche, sacaron una botella de ron del mueble bar de Villa e hicieron una visita al granero donde estaban encerradas las últimas concubinas. Las cinco mujeres parecían perdidas. Alguna lloraba. La mayoría intentaron esconderse cuando los hombres abrieron la puerta.

Joe sabía de antemano con bastante claridad lo que quería. Tenía a Alyssa Mellon encerrada en su casa y por el momento se conformaba con quedarse como estaba. Ninguna de las nuevas era más guapa. Mickey, en cambio, pensó largo y tendido y al final se decidió a cambiar a la pequeña Jo Ellen Snider por una atractiva mujer mayor, la esposa de un vendedor de seguros local con la que fantaseaba al verla entrar y salir de la tienda.

—No sé una mierda de epidemias —le dijo Mickey a Joe cuando se decidió—, pero esta que nos ha tocado vivir es lo mejor que me ha pasado nunca.

La mañana siguiente, después del desayuno, Edison decidió movilizar a su nueva y mejorada milicia. En el pueblo todavía quedaban muchas casas sin saquear, todo un campo de pruebas para sus muchachos en el mundo real. Encargó a Mickey que se quedara atrás vigilando al mujerío.

Se montaron en los autobuses y partieron del Campamento

Edison rumbo al centro del pueblo. Al embocar la calle principal, Edison frenó en seco. Joe, que lo seguía con el autocar escolar, tuvo que pisar el freno hasta el fondo para no embestirlo por detrás. Los milicianos salieron despedidos hacia delante y unos cuantos gritaron de la sorpresa.

—¿Pero qué narices? —soltó Edison.

Había corrido la voz. De ventana a ventana, de puerta a puerta.

Varios hombres sanos de Dillingham a los que todavía no habían visitado los segadores de Edison habían decidido hacer causa común y defenderse. Una docena de ellos había dejado unos cuantos coches atravesados en la calzada y había tomado posiciones detrás, a la espera del momento oportuno.

Se encontraban a unos treinta metros de distancia, lo bastante cerca para que Edison viera la potencia de fuego que manejaban: pistolas, más que nada, y unos cuantos fusiles. Conocía a esos hombres: todos, salvo un par, se habían quitado la mascarilla a esas alturas. Algunos le habían comprado carne. Uno iba a su iglesia. Por lo que sabía de ellos, ninguno suponía una gran amenaza, aunque la supervivencia era una buena motivación. Sacó el megáfono por la ventanilla.

—No es necesario llegar a esto —anunció—. No podéis ganar. Volved a vuestras casas. No os equivoquéis, vamos a pasar.

—¡Lárgate de aquí, Blair, y no vuelvas! —le respondió a gritos uno de los hombres.

Edison bajó el megáfono y se volvió hacia los milicianos apiñados en el autobús. Muchos eran hombres hechos y derechos, pero él los veía a todos como sus muchachos.

—Papá os quiere, chicos. Ahí fuera tenemos unos hombres malos. ¿Qué hacemos con los hombres malos?

Algunos recordaban la lección nocturna; otros la habían olvidado.

—¡Matarlos!

—Así me gusta. Preparaos.

Edison llevaba uno de los *walkie-talkies* de los Villa y se puso en contacto con Joe.

—Sácalos —le ordenó—. Tienen pistolas, más que nada, o sea que, a este alcance, si nos dan será por churro. Cuidado con el fuego de los fusiles.

Los ocupantes de la barricada, asomados por encima de los coches, observaron mientras los milicianos bajaban en tropel de los autobuses, armados con escopetas de caza y fusiles AR-15. Un tipo perdió los nervios y puso pies en polvorosa, pero el resto aguantó.

Edison hizo formar en fila a sus soldados a ambos lados del primer autobús y le encargó a Joe que los dispersara.

Ninguno de los defensores de la barricada abrió fuego. Dos cultivaban soja, otro era fontanero, uno trabajaba de gestor, otro conducía un Uber y sobre todo llevaba a habitantes de Clarkson al aeropuerto de Pittsburgh. No eran guerreros. Jamás habían disparado a nadie.

Edison ya era un consumado asesino y no vaciló.

—¡Papá os quiere, chicos! Esos son hombres malos. ¡Papá quiere que matéis a los hombres malos! ¡Fuego!

Jacob Snider fue, como de costumbre, el primero en disparar. Los otros lo imitaron y tres ocupantes de las barricadas cayeron heridos.

Respondieron con disparos dispersos y en su mayor parte inofensivos, pero uno de los muchachos de Edison recibió un tiro en la espinilla y se puso a gritar como un poseso.

Sus alaridos encendieron a Edison. Se había quedado uno de los fusiles de asalto más caros de los Villa, un SCAR-Heavy belga.

—¡Seguid a papá! ¡Matad a los hombres malos! —vociferó mientras disparaba calle abajo un torrente de balas perforantes que atravesaron metal y carne.

Sus milicianos lo siguieron, disparando a discreción, y los escasos supervivientes de la barricada echaron a correr. Por lo visto, uno de los reclutas nuevos era un consumado tirador, porque usó la mira de su fusil para abatirlos a todos, el último a una distancia de cien metros.

Edison fue hasta Joe y le dio un abrazo, y luego pasó hombre por hombre besando mejillas y repartiendo palmaditas en la espalda y chocolatinas. Jacob se llevó dos.

—¡Sois todos unos buenos chicos, los mejores! ¡Los hombres malos están muertos! Papá os quiere mucho. ¡Jesús os quiere mucho! —Se dirigió a Joe—: Limpiaremos cualquier foco de resistencia que quede y después montaremos nuestro propio control de carretera. Ahora tenemos que proteger lo que es nuestro. Esto es solo el principio. Venga, mételos a todos en los autobuses.

Joe volvió para informarle de que la milicia estaba embarcada.

—¿Ahora qué, papá?

—Ahora tenemos que apoderarnos de Clarkson y seguir creciendo. No podemos ser los únicos que hayan descubierto cómo prosperar en el nuevo orden. Tenemos que ser los más rápidos y los mejores. Quiero cien muchachos, luego mil y luego diez mil a nuestras órdenes. Ha llegado nuestro momento, hijo. Criábamos buen ganado y ofrecíamos a nuestros clientes un producto de primera categoría, pero esta es nuestra auténtica misión. Lo que estamos viviendo es nuestro destino. El Señor nos ha elegido.

—¿Para qué, papá?

—Todas esas medidas cobardes que toman políticos acomplejados han pasado a la historia. El Señor nos ha elegido para hacer que América sea realmente la más grande, de una vez por todas.

A instancias de su padre, Joe dejó a su miliciano donde estaba, con la pierna destrozada. Había aguantado un rato callado, pero volvió a gemir en voz alta. Edison no sabía cómo se llamaba, pero creía recordar que trabajaba en el Home Depot de Clarkson. Lo había visto por la sección de ferretería. Le dio una palmadita en la cabeza y un trozo de chocolatina, y acto seguido se colocó detrás de él y le pegó un tiro en la nuca.

33

Dormían todos menos Jamie. El indicador de combustible empezaba a ponerle nervioso. Al pasar por Wilkes-Barre, en Pennsylvania, circulando por la I-80, la aguja descendió por debajo de un cuarto de depósito. Necesitaba un plan, pero no tenía ganas de despertar a Linda todavía. Intentaba fingir que ni siquiera estaba allí.

Eran poco más de las nueve de la noche. Si todo hubiera salido bien, se encontrarían a apenas cinco horas de Indianápolis, pero sus contratiempos habían desbaratado el horario. Tal y como estaban las cosas, contando con algún desvío para repostar y una pausa o dos para ir al baño, no llegarían hasta bastante después del amanecer. Mandy debía de estar preocupada a esas alturas, aunque no frenética.

Estaba nublado y no se veía la luna. Le daba la sensación de que era la carretera más oscura y solitaria por la que había circulado nunca. Una o dos veces por hora, a lo sumo, veía unos faros que se le acercaban desde el oeste o se le echaban encima desde detrás para adelantarlo a toda velocidad, en ocasiones treinta o cuarenta kilómetros por hora más deprisa que él, que no iba despacio. La gente actuaba como si no quisiera estar al volante tras la puesta de sol, igual que él.

Circulaba por una recta larga cuando tuvo la impresión de que quizá empezaba a afectarle el cansancio. Parpadeó unas cuantas veces y, al constatar que la imagen no desaparecía, se frotó los ojos con el canto de la mano. La tenue luz amarilla que había visto moverse seguía allí. Estaba a poca altura, a ras de carretera, y por lo menos a un kilómetro de distancia. Al acercarse, le pareció que adoptaba una característica definitoria: se desplazaba unos palmos en una dirección y luego en la otra, trazando un arco intencionado. Tenía que ser alguien moviendo una linterna. Levantó el pie del acelerador y el cambio de velocidad despertó a Linda con la misma eficacia que si le hubiera dado unos golpecitos en la frente.

—¿Qué pasa? —preguntó embotada.

—Hay algo ahí delante. Creo que puede ser alguien pidiendo ayuda.

Linda enderezó el respaldo del asiento y forzó la vista para escudriñar la noche.

—Creo que nos hace señas —dijo Jamie.

Linda alzó el fusil.

—Bueno, tú sigue recto. Acelera.

Jamie sabía que Linda tenía razón. Ya se habían aprovechado de ellos una vez ese mismo día, pero ¿qué clase de mundo acabarían teniendo si la gente dejaba de ayudar al prójimo?

Hizo lo contrario.

—¿Qué coño haces, Jamie? No irás a parar, ¿verdad?

—Solo quiero ir lo bastante despacio para ver qué pasa.

Alumbró con las luces largas a quien hacía señales cuando estaba a unos doscientos metros, y la imagen cobró nitidez. Había un hombre de pie en el arcén moviendo de un lado a otro una linterna con gestos cada vez más apremiantes. Se veía la parte trasera de un coche medio hundida entre los árboles e inclinada hacia abajo, lo que sugería que había caído por un terraplén. El hombre llevaba una gabardina larga de color camel, como una Burberry. Cuanto más se acercaba, más le daba la impresión a Jamie de que se trataba de un tipo normal y corriente en apuros.

—Lo siento, Linda, voy a parar.

—¡No! No es solo decisión tuya.

—¿Qué vas a hacer, pegarme un tiro?

Frenó hasta detenerse a un par de coches de distancia del accidente.

—Te lo juro, Jamie, pienso disparar a ese hijo de puta como algo me mosquee lo más mínimo.

Kyra despertó y dijo que tenía que hacer pis. Emma se apuntó. Las chicas estaban sincronizadas.

Jamie se volvió hacia el asiento de atrás y levantó la palma de la mano. Ellas entendían el significado de ese gesto, pero lo dijo de todas formas.

—Esperad. Ahora no.

Cuando se apeó del coche, Linda lo imitó, con el fusil apuntando hacia abajo pero listo.

El hombre no pareció reparar en ella.

—¡Ayuda, por favor! —le gritó a Jamie—. ¡Tengo que llevarla a que la vea un médico!

—¿A quién?

—A mi mujer. Está en el coche.

—¿Qué ha pasado?

—Hemos chocado contra un ciervo que cruzaba la carretera. Ni lo he visto venir. Por favor, mi mujer necesita un médico.

—Yo soy médico.

Jamie estaba convencido de que no era una trampa. Había visto suficientes personas en estado de shock para saber que aquel tipo no actuaba. Tenía el pelo corto y canoso y un bigote fino, y llevaba una camisa blanca de vestir. Tenía toda la pinta de ser un alto ejecutivo.

—No pasa nada, Linda —dijo Jamie—. Voy a echar un vistazo.

Entonces el hombre la vio.

—¿Por qué lleva un arma?

—No se preocupe —lo tranquilizó Jamie—. Es para protegernos. Nuestras hijas van en el coche.

—No llevan mascarilla —añadió el hombre—. Se supone que tenemos que llevarla. Me he dejado la mía en el coche.

—Somos inmunes —explicó Jamie—, pero nuestras niñas están enfermas.

El hombre alumbró el terraplén con la linterna. El morro del turismo estaba hundido por el lado del copiloto y había un animal pardo enorme incrustado en el parabrisas, con los cuartos traseros hacia fuera. Jamie le cogió la linterna y entró por la puerta del conductor. Había sangre por todas partes; de animal, cabía suponer. Resultaba difícil distinguir dónde terminaba el ciervo y empezaba la mujer. El impacto los había convertido en una quimera. Ayudado por la inclemente luz led blanca, intentó averiguar dónde estaba la cabeza de la mujer. Para encontrarla tuvo que identificar primero unos mechones de cabello humano, algo más claros que el pelaje del ciervo, y tantear hacia arriba a partir de allí con la mano libre. Así localizó la mandíbula y el cuello y, una vez orientado, buscó la carótida para tomarle el pulso. Quería asegurarse antes de decir nada, pero ya lo sabía. Estaba muerta, probablemente desde el momento del impacto, a causa de un traumatismo craneal y una posible fractura cervical.

Retiró la mano ensangrentada y se la limpió en el asiento del coche.

—Lo lamento.

El hombre se desplomó en el suelo de forma tan brusca que, por un momento, Jamie temió que Linda le hubiese disparado. Pero se había desmoronado debido a la pena. Jamie lo incorporó y le apoyó la espalda en el neumático delantero. Él aullaba, invocando a Dios y el nombre de su esposa. Se llamaba Jane.

—¿Está muerta? —gritó Linda desde el arcén.

—Me temo que sí —respondió Jamie.

—Pues saco a las niñas para que hagan pis y luego nos largamos, ¿vale?

—No pueden irse —protestó el hombre alzando la voz—. Tienen que ayudarme a sacarla de aquí.

Jamie utilizó todo su tacto de médico para explicarle que

aquello había sido un trágico accidente del que no debía culparse.

—Si le sirve de consuelo —añadió—, estoy seguro de que murió en el acto. Pero ese ciervo debe de pesar más de cien kilos y está encajado en su sitio. Haría falta una camioneta con un buen cabrestante para sacarlo. No tenemos más remedio que dejar a Jane donde está.

—¡No! ¡No podemos! ¿Cómo voy a dejarla?

—Lo siento, pero tiene que ser realista. ¿Cómo se llama?

—William. Bill.

—¿Adónde se dirigían, Bill?

—A Chicago.

—¿Qué hay en Chicago?

—Nuestra hija y nuestros nietos.

—Escucha, Bill. Nosotros vamos a Indianápolis. Te acompañaremos hasta allí. La oferta seguirá en pie escasos minutos y luego tendremos que irnos.

Linda asomó la cabeza.

—Las niñas están listas. ¿Cuánta gasolina tiene?

Jamie le repitió la pregunta al hombre.

—El depósito está casi lleno —respondió Bill con voz monótona y aturdida.

—¿Acababan de ponerse en ruta?

—No, venimos de Nueva York, pero no encontramos gasolina en todo el camino. He tenido que salir de la autopista hace una hora. He llamado a una puerta porque había visto luz. Me daba miedo, pero ¿qué iba a hacer? Llevaba la mascarilla puesta. Un tipo me ha dicho que me vendería la gasolina de su coche porque él no pensaba ir a ninguna parte. Quería todo el dinero que llevaba encima, casi mil dólares, y además mi reloj y mi cámara. ¿Qué iba a hacer?

—Has hecho lo que tenías que hacer —dijo Jamie—. La extraeremos con una manguera.

Tenían un bidón de veinte litros y un trozo de manguera que habían sacado del jardín de la casa de los músicos. Linda hizo tres viajes con el bidón hasta llenar el Volvo y dejarlo con unos litros de reserva.

El hombre había permanecido todo ese rato sentado en la hierba, contemplando sus zapatos de vestir.

—¿Qué quieres hacer, Bill? —preguntó Jamie.

—Deja que me despida y voy con vosotros.

Jamie esperó en el arcén mientras Bill se sentaba unos instantes en el asiento del conductor y recogía una maleta del maletero.

—La mascarilla —le recordó Jamie—. Te sentarás al lado de las niñas.

Bill se la puso y Jamie le tendió la mano para ayudarlo a remontar el terraplén.

Saltaba a la vista que a Linda no le corría la caridad cristiana por las venas, precisamente. Le ponía de mal humor compartir el coche con un desconocido y se negó a mostrarle la menor compasión. Bill se sentó detrás de Linda, lo que obligó a Kyra a deslizarse hasta el centro. Su presencia parecía asustar a las niñas, que se cogieron de la mano. La última vez que lo habían hecho había sido ante la muerte de Romulus.

Cuando llevaban varios kilómetros, Jamie le preguntó si vivían en Nueva York.

—Parte del año. Tenemos un piso de empresa, pero somos de Chicago.

—¿A qué te dedicas?

—Soy director general de una empresa comercializadora de productos básicos.

—Ni siquiera sé qué es eso —repuso Jamie.

—No importa. No creo que exista a estas alturas. No creo que exista ya nada parecido.

—Tal vez sí. Las cosas podrían volver a ser como antes.

—Jane no volverá.

Jamie esperó un minuto antes de proseguir.

—De manera que os quedasteis atrapados en Nueva York.

—No pudimos conseguir un billete de avión. Al principio

estaba todo reservado, y luego lo cancelaron todo. Intenté fletar un vuelo chárter, pero fue imposible aunque ofreciera un dineral. Después perdimos el contacto con nuestra hija. Los teléfonos dejaron de funcionar hace unos días. Oímos en las noticias que había apagones en el Medio Oeste. Cuando se fue la luz en Nueva York anteayer, decidimos ir por carretera. Uno de mis empleados de la ciudad me prestó su coche, y aquí estamos... Quiero decir, aquí estoy.

Jamie le dijo que, cuando llegasen a Indianápolis, a lo mejor podrían dejarle el Volvo.

—Estoy seguro de que mi amiga tiene coche.

—Es muy amable por vuestra parte —dijo Bill—. No sé cómo voy a pagároslo.

—No queremos dinero.

—¿De dónde venís?

—De Boston.

—¿Puedo preguntaros por qué vais a Indianápolis?

—Tengo una colega allí, una investigadora como yo. Tenemos la esperanza de trabajar en una cura.

—Dios, ¿en serio? Sería asombroso. Rezaré para que os salga bien.

—Se agradece.

Hacía un rato, Jamie le había presentado a Linda como una amiga. Aunque la inspectora no había pronunciado ni una palabra, el hombre se sentía obligado a trabar conversación con ella. Le preguntó si también era de Boston.

Linda le espetó una respuesta seca y antipática, de modo que Bill la dejó en paz.

—A vuestras niñas se las ve la mar de sanas —comentó—. Cuesta creer que estén enfermas.

Probablemente se debiera al cansancio, pero Jamie tuvo una ocurrencia estúpida: todo está en su cabeza. Sin embargo, tuvo la sensatez de guardársela para él.

—Es la naturaleza del síndrome —prefirió contestar.

El hombre se volvió hacia Kyra.

—Hola, me llamo Bill.

Jamie había entrenado a las chicas en el «me llamo».

—Me llamo Kyra —respondió esta—. Te quiero.

Linda se enfadó y la tomó con ella.

—¡Para! ¡No lo quieres! ¡Ni siquiera lo conoces!

Kyra rompió a llorar, y nadie dijo ni mu durante varios kilómetros.

Eran las dos de la madrugada cuando Jamie leyó en una señal que estaban a ciento veinte kilómetros de Ohio. Bill se había dormido con la cabeza apoyada en el hombro de Kyra, pero a la chica no parecía molestarle. Linda le había dicho que la avisara cuando quisiera cambiar de conductor. Él había reconocido que en breve le convendría echar una cabezada.

El reflejo de las luces largas en el retrovisor lo deslumbró.

No había reparado en el coche hasta entonces y, de repente, lo tenía a menos de un kilómetro de distancia. Debía de circular a ciento ochenta. Jamie se pasó al carril derecho para dejar que lo adelantara con espacio de sobra, pero el otro vehículo también cambió de carril.

Soltó una palabrota en voz baja.

—¿Qué coño hace ese? —preguntó Linda tras echar un vistazo atrás.

—No lo sé, pero no puedo dejarlo atrás.

Linda quitó el seguro y bajó la ventanilla. El aire que entró a chorro despertó a Bill. La luz de los faros oscilantes del otro vehículo inundó el coche.

—Me está haciendo luces —dijo Jamie.

—Acelera —ordenó Linda.

El coche perseguidor tuvo que frenar para no embestirlos.

Jamie dio gas al Volvo para intentar aumentar la separación, pero el otro vehículo se pasó al carril izquierdo de un volantazo. Por el retrovisor lateral vio a una pareja de jóvenes que sacaban medio cuerpo por las ventanillas blandiendo pistolas.

—¡Van armados! —avisó Jamie.

—¡Dios mío! —exclamó Bill.

Linda pidió con calma a Jamie que bajase la ventanilla y pegara la espalda al asiento.

El coche se puso a su altura y los jóvenes gritaron algo que Jamie no consiguió entender.

Linda apuntó con el fusil. Cuando uno de los chicos lo vio, le gritó algo al conductor, que pisó el freno, cosa que permitió a Jamie ampliar la distancia.

Le asombraba lo tranquila que se mostraba siempre Linda en momentos de crisis. Sin embargo, pensándolo bien, cuando disponía de tiempo suficiente para hacerlo, él también se comportaba con sangre fría y mesura durante las crisis médicas. Todo era cuestión de adiestramiento.

—Ahora que puedes, quiero que te pases al carril izquierdo y te quedes en él. Si vuelven, los quiero a nuestra derecha.

—¿Qué quieren? —preguntó Bill.

—No lo sé, pero le han tocado los cojones al coche equivocado —respondió Linda.

Jamie cambió de carril justo cuando sus perseguidores volvían a ganar velocidad.

—Aquí vienen —dijo apretando los dientes.

Justo a tiempo, consiguió desplazar el coche a la izquierda. El otro vehículo se vio obligado a pasarse al carril derecho y se puso a la altura del Volvo.

Linda vio que el conductor cruzaba el brazo por encima de su pecho con algo en la mano y que el pasajero de atrás de su lado apuntaba con una pistola por la ventanilla.

—¡Agachaos! —chilló abriendo fuego.

Dentro de los confines del Volvo, los disparos del fusil resultaron ensordecedores.

Los casquillos metálicos expulsados rebotaron contra el parabrisas y golpearon a Jamie en el pecho. Aunque le pitaban los oídos, creyó oír un sonido estridente de cristales rotos. Oyó chillar a las niñas y un estruendoso chirrido de neumático sobre asfalto. Luego, por el retrovisor, vio que el coche de sus atacantes se salía de la carretera. Hubo un fogonazo amarillo en la oscuridad.

Pisó el freno y redujo la velocidad.

—¿Todo el mundo está bien? —gritó.

—¡Dios mío! —exclamó Linda, y le ordenó que parase.

Cuando el coche se detuvo en el arcén, Linda y Jamie salieron a toda prisa y abrieron las dos puertas traseras.

Bill cubría a Kyra y a Emma con su cuerpo. En la espalda de su gabardina marrón había una mancha roja del tamaño de un plato de postre. Linda lo apartó con un movimiento brusco y lo tendió en el suelo.

—¿Emma, estás bien? —gritó Jamie.

La niña lloraba mientras su padre la revisaba de arriba abajo con las manos para ver si había sangre.

Linda hacía lo mismo con su hija.

—Jamie, ven a este lado. ¡Corre! —le chilló.

Jamie cerró la puerta de Emma y rodeó el coche rápidamente sorteando el cuerpo inerte de Bill. Kyra tenía clavado un trozo de ventanilla en la parte superior del brazo derecho, del que salía un chorro de sangre. Aunque el vidrio era de seguridad y tenía las esquinas redondeadas, la fuerza del impacto lo había hundido en el músculo.

Le tocaba a él mantener la calma.

—Dame el cinturón de su gabardina —dijo Jamie.

Linda se agachó para cogerlo y se lo pasó. Jamie lo ató alrededor del brazo de Kyra mientras le aseguraba que se pondría bien. La chica no entendía lo que le decía, pero su tono parecía tranquilizarla.

Las manos de las niñas se encontraron y se agarraron con fuerza.

Jamie desvió su atención hacia Bill, al que dio la vuelta para tomarle el pulso y subirle la camisa. No había orificio de salida.

—Ha muerto —dijo Jamie—. Él se ha llevado el balazo. Ha salvado a Kyra, quizá a las dos.

Linda no estaba por la labor de cantar sus alabanzas.

—¿Qué pasa con el cristal? ¿Vas a sacárselo?

—Está muy metido, Linda. Prefiero dejarlo donde está. Ya no sangra tanto.

—¿Qué hacemos?

—Hay que llevarla a un hospital. El torniquete va bien un rato, pero hay que revisar la herida. Podría haber un vaso sanguíneo desgarrado. Necesita puntos de sutura.

Dejaron a Bill a un lado de la calzada y se alejaron a toda velocidad.

Jamie buscaba sin parar la siguiente salida, y cuando, unos diez kilómetros más adelante, divisó la señal, le dio la impresión de que alguien velaba por ellos.

SALIDA 70 – DILLINGHAM/CLARKSON –
HOSPITAL REGIONAL DE CLARKSON

34

Mandy apagó la linterna y se sumieron en la oscuridad. El piloto rojo del congelador era la única fuente de luz.

—A mi despacho —le dijo a Rosenberg—. Ahora.

—Voy. —Rosenberg rodeó a tientas su camastro y se dio un golpe en el dedo gordo del pie por el camino.

Cerraron la puerta a su espalda y se sentaron en el sofá de Mandy, que aguzó el oído para comprobar si oía algo.

—¿Estás segura de que has oído cristales rotos? —preguntó Stanley.

—Bastante segura.

—Eso no significa que haya entrado alguien.

—Tal vez, pero podría ser.

—¿Tienes miedo?

—¿No lo notas?

—Tengo demasiado miedo para notarlo.

Desde su escondite tras un murete, los BoShaun vieron cómo los chavales de la banda NK, armados con linternas, atravesaban la puerta de cristal rota del centro de investigación.

—Mira —dijo Shaun—. Se ha apagado la luz ahí arriba.

—Alguien debe de haber oído cómo se cargaban la puerta.

—¿Entramos? —preguntó Shaun.

—¡Ni de coña! ¿Para qué?

—¿Para ver lo que pasa?

—No pienso entrar ahí. Si entramos, acabaremos muertos.

—Entonces hay que esperar aquí a ver qué pasa.

—Eso vale —dijo Boris—. Siempre y cuando tu novia se esté calladita.

Keisha se ofendió.

—No soy su novia ni la de nadie.

Shaun le explicó que Boris le tomaba el pelo, pero el comentario la irritó de todas formas, así que se sentó, se apoyó en la pared y cruzó los brazos sobre el pecho para demostrar su enfado.

K, Easy y los demás NK deslizaron los haces de sus linternas arriba y abajo por los pasillos que se abrían desde el vestíbulo.

—¿Qué coño es este sitio, tío? —preguntó uno de los jóvenes.

—¿No sabes leer o qué? —le espetó Easy iluminando el rótulo—. Laboratorios de Virología y Biología Molecular.

—Vale, genio —dijo el primero—, ¿y eso qué significa?

—¿Te crees que lo sé o que me importa una mierda? —replicó Easy.

—¿Qué buscamos? —saltó otro.

—Corriente, para empezar —respondió K—. Si hay corriente, podemos cocinar y vivir en general como personas, en vez de como animales. Y a lo mejor tienen reservas de comida por aquí. Quizá medicamentos que podamos utilizar o intercambiar. Subamos al piso donde había luz y luego ya veremos.

K y sus cinco compañeros encontraron la escalera y empezaron a subir.

Había treinta laboratorios, varios almacenes, una sala de máquinas expendedoras y un cuarto con fotocopiadoras en el pasillo de la tercera planta. Por el momento, a K solo le interesaban las habitaciones que daban al aparcamiento, porque en una de ellas había visto la luz; para ser más concretos, las tres o cuatro ventanas a partir de la esquina noroeste del edificio. Susurró a Easy que fuese probando las puertas a medida que avanzaban, y poco a poco recorrieron el pasillo negro.

—¿Oyes algo ahora? —preguntó Rosenberg en voz baja.

—Nada —respondió Mandy.

Easy probó una puerta, luego otra y una tercera, sin suerte. Estaba a punto de quejarse cuando K dio media vuelta y empuñó la pistola que llevaba en la cintura al oír un golpe seco seguido de un tintineo. Uno de sus chicos había visto las máquinas expendedoras y había metido dos dólares. El golpe seco lo había producido una chocolatina Mars al golpear la bandeja, y el tintineo, un par de monedas de veinticinco centavos de cambio.

—¿Qué coño haces, tío? —preguntó K, algo más fuerte de lo que pretendía.

—Tengo hambre.

Mandy oyó las voces.

—¡Vienen! —susurró.

—He oído noticias mejores —replicó Rosenberg.

—¿Has cerrado con llave la puerta del laboratorio?

—No, ¿y tú?

—Mierda. Espera aquí.

Mandy abrió la puerta del despacho. A medio camino del laboratorio, el haz de luz de la linterna de Easy le iluminó la cara.

—¡Oye, K! ¡Aquí hay una zorra!

Mandy se quedó paralizada y levantó las manos en señal de rendición.

K se apiñó en el pasillo con el resto de su banda, todos apuntándola con armas y linternas.

—¿Quién coño eres? —preguntó imperioso.

Mandy estaba tan aterrorizada que le costaba mantenerse en pie y notó cómo su última comida trepaba hacia la boca. Se sentía como una artista de circo iluminada por una multitud de focos cegadores. En las sombras proyectadas por las linternas distinguía pistolas.

—Soy la doctora Alexander.

—¿Qué haces aquí?

Le costaba articular palabras.

—Este es mi laboratorio.

—¿Tienes electricidad?

—No.

—He visto una luz.

—Una lámpara portátil. De pilas.

—Entonces ¿por qué estás aquí y no en tu casa?

—Trabajo.

—¿Estás sola?

—Sí.

K paseó la luz de la linterna por la habitación, haciendo una pausa al alumbrar el camastro, la comida que había sobre los bancos y el microondas.

—¿Para qué quieres el microondas si no hay corriente?

—Lo usaba antes del apagón.

K iluminó la puerta de su despacho.

—¿Qué hay ahí dentro?

—Mi despacho.

K le encargó a Easy que echara un vistazo.

—No hay nada de valor —dijo Mandy atropelladamente—. Solo libros y papeles.

Easy giró el picaporte y abrió la puerta de par en par.

Nadie se llevó mayor sorpresa que el propio Rosenberg al oír el cañonazo que emitió su revólver de la Primera Guerra Mundial.

Easy retrocedió a trompicones, dijo algo que sonó como un «Pero...» y cayó desplomado.

Cuando K empezó a disparar, Mandy se tiró al suelo y se tapó la cabeza, como si sus delgadas manos fueran a protegerla de las balas.

Rosenberg no logró apretar el gatillo una segunda vez. Aunque K disparó a ciegas, dos proyectiles encontraron carne. Uno dolió, el otro hizo algo más.

Mandy oyó que Rosenberg profería un gruñido y rodeó a gatas el cuerpo de Easy.

K entró en el despacho, recogió del suelo el pesado revólver y lo miró maravillado unos segundos antes de agacharse sobre Easy.

—¡Joder, tío! —gritó un miembro de su banda—. ¡Han disparado a Easy! ¡No se mueve!

—Easy, aguanta, tío —exclamó K—. No te mueras, joder.

La sangre de Easy llegó a las deportivas de K.

—¡Ayúdale! —ordenó K a Mandy—. ¡Eres doctora, ayúdale!

Mandy ahora estaba junto a Rosenberg.

—No soy esa clase de doctora.

—¡Pues que te den por culo! —chilló K—. Venga, Easy, tú intenta respirar.

Volvían a estar a oscuras en el despacho. Mandy buscó a tientas la cabeza de Rosenberg. Sus dedos toparon con la boca, que se estaba moviendo.

—Ay, Stanley...

Él gruñó algo a modo de respuesta y Mandy notó que le tocaba la mano.

De repente, un chorro de luz cayó sobre Rosenberg.

K tenía la linterna en una mano y la pistola en la otra.

—¡Y que te den por culo a ti también! —soltó con un gemido, a la vez que le pegaba un tiro en la cara a Rosenberg.

Mandy chilló un «¡No!». Después suplicó que no la mataran a ella. Oyó unas voces masculinas que incitaban a K, sedientas de sangre.

K se plantó encima de ella con la pistola.

—Dime por qué coño no debería liquidarte, pedazo de zorra.

—¡Estoy trabajando en una cura! —gritó Mandy.

K bajó el brazo.

—¿Una cura para qué?

—Para el virus. Para la epidemia.

—¿Puedes curar a mi madre?

Mandy lo miró desde abajo, intentando poner en funcionamiento su trastornado cerebro.

—Creo que sí. Creo que puedo curarla.

K la levantó tirándole del pelo, lo que le hizo gritar de dolor.

—Coge lo que necesites. Vienes con nosotros.

—Necesito encender la luz.

Encendió la lámpara y procuró no mirar a Rosenberg. No sabía cuánto le quedaba de vida a ella, pero no quería tener esa imagen de él en la cabeza en sus últimas horas. Llevó la lámpara al laboratorio y empezó a improvisar.

Desde su observatorio detrás del muro, los BoShaun vieron encenderse de nuevo la luz de la ventana. Al oír los disparos, discutieron si debían salir corriendo. Boris perdió la disputa.

—Mira, tío —dijo Boris—, lo más probable es que los NK estén limpiando este sitio. ¿Podemos irnos ya?

—Espera —insistió Shaun—. Tenemos que ver en qué acaba esto. A lo mejor le han pegado un tiro a K. No sabemos si se lo han pegado o no. Estaremos muchísimo más seguros en nuestro garito si nos hemos librado de él. Tenemos que saberlo, ¿vale?

Keisha se puso del lado de su amigo.

—Tenemos que saberlo, está claro.

—Dos contra uno, hermano —dijo Shaun.

Boris se agachó detrás del murete mascullando.

Mandy llenó una jeringuilla con una ampolla de suero estéril y le puso el tapón.

—¿Eso es la cura? —preguntó K.

Ella asintió débilmente.

—Todavía no la hemos probado.

—Pero ¿crees que funcionará?

—Sí, eso espero.

—¿Con eso basta? ¿Hay suficiente para dos?

Mandy dijo que sí.

K se despidió de Easy y trató de decidir qué hacer con la pistola de Rosenberg. Solo quedaban tres balas en el tambor y no se parecían a ninguna que hubiese visto nunca.

—¿Me lo puedo quedar? —preguntó el chico más joven, que solo tenía dieciséis años.

—Es hiperviejo, tío. Es un puto bazuca —dijo K—. ¿Te ves capaz de manejarlo?

—Pues claro.

Se guardó la vieja pistola en uno de los bolsillos. Con el peso, el pantalón de chándal se le bajó hasta el culo.

K empujó a Mandy hacia la puerta con tanta fuerza que estuvo a punto de hacerla caer.

—Vámonos de aquí.

Los BoShaun vieron acercarse las luces de las linternas antes de que los NK llegaran a la entrada. Cuando atravesaron el cristal roto, quedó claro que el grupo que salía era distinto del que había entrado. Había un NK menos y una mujer a la que obligaban a avanzar a punta de pistola.

Keisha también observaba, de puntillas para ver por encima de la pared.

—¿Qué hacen con esa señora? —preguntó entre susurros.

—No lo sé, pero nada bueno —respondió Shaun.

—Tenéis que hacer algo —dijo la chica.

—Ni hablar —terció Boris.

—Que sí. Van a hacerle daño —insistió Keisha.

—Tienen pistolas —señaló Shaun.

—Vosotros tenéis espadas —replicó ella—. Sois como los príncipes de los cuentos de hadas.

A Shaun le gustó la palabra.

—Príncipes —repitió.

Boris intentó distinguir los ojos de Shaun a través de la máscara verde.

—Ni se te ocurra. No somos putos héroes.

Pero Shaun ya le estaba diciendo a Keisha que se quedara donde estaba y que volviera a casa en bicicleta ella sola si era necesario. Dicho esto, empezó a caminar agazapado hacia los coches de los NK.

—Mierda, mierda, mierda —exclamó Boris, y lo siguió.

Alcanzó a Shaun cuando estaba pegado al lateral del Range Rover de K.

—Tenemos unos quince segundos para largarnos de aquí cagando leches —susurró.

—Tenemos que plantar cara —repuso Shaun—. K9 va a venir más veces a nuestro barrio, tío. Es cuestión de matar o morir.

—Me cago en todo —soltó Boris aferrando la empuñadura de su machete.

Los NK llegaron al cabo de un momento.

Los BoShaun perdieron por completo el sentido del tiempo: lo que vino a continuación pudo haber durado unos segundos o varios minutos.

El primer NK que los vio gritó de puro espanto al ver aquellos monstruos con ojos verdes de insecto y largos machetes.

Los BoShaun se levantaron y empezaron a lanzar cuchilladas como locos, a la vez que proferían desgarradores alaridos de miedo y hostilidad.

Los otros dispararon al tuntún.

El machete de Boris se topó con un brazo delgado y lo cortó de cuajo.

A Shaun se le quedó clavada la hoja en la cara de alguien y tuvo que desprenderla tirando con las dos manos.

Boris rajó un cuello y quedó salpicado de sangre.

Hubo gritos y alaridos, y el golpeteo de deportivas sobre asfalto, alejándose a la carrera.

Los BoShaun jadearon para coger aire y Boris tuvo que quitarse la máscara para vomitar otra vez.

Shaun recogió una linterna que se le había caído a alguien y echó un vistazo. Había un par de cuerpos y un brazo que no pertenecía a ninguno de los dos. Keisha corría hacia ellos.

—¡Habéis estado como príncipes guerreros! —exclamó—. Les habéis dado una lección. Han huido.

—No mires, pequeñaja —le dijo Shaun, tapando los cadáveres con el cuerpo.

—He visto cosas peores por la tele —replicó ella—. ¡Eh, mirad, la señora!

Mandy estaba tendida en el suelo boca abajo, medio escondida bajo el Range Rover.

—¿Está bien, señora? —preguntó Keisha, tirando de un bolsillo de atrás.

Mandy salió de debajo del vehículo y miró a la pequeña.

—¿Cómo se llama? —le preguntó Keisha.

—Mandy.

—Yo soy Keisha. ¿Quiere conocer a los príncipes que la han salvado?

Mandy encontró fuerzas para ponerse en pie y vio que los BoShaun se acercaban desde el otro lado del coche. Boris se había vuelto a poner la máscara.

—Trabajo aquí. Ellos...

—Lo hemos visto —la cortó Shaun. Se presentó y luego presentó a Boris.

—No necesitáis máscaras conmigo —informó Mandy—. Soy inmune. No puedo contagiarme del virus.

—Creo que yo también lo soy —dijo Keisha levantando el trapo que le tapaba la cara—. ¿Quiere venir a casa con nosotros?

—Vivimos cerca —añadió Shaun—. Puede venir, ¿verdad, Boris?

Boris parecía aturdido.

—No sé, supongo. Pero vamos ya. Tengo sed.

—¿Viene, señora? —preguntó Keisha.

Mandy estaba perdida; perpleja.

—No tengo otro sitio adonde ir.

—¿Sabe montar en bici? —preguntó Shaun.

—Sí.

—Coja la mía y yo les seguiré corriendo. Boris no corre mucho.

—No le llame gordo —advirtió Keisha a Mandy.

—Esperad —dijo Shaun. Se agachó para coger algo que había junto al cadáver del chico que se había cargado de un hachazo. Era una pistola vieja y pesada.

—Eso es de Stanley —señaló Mandy—. Está en el laboratorio.

—¿Necesita ayuda? —preguntó Shaun.

Estaba demasiado entumecida para llorar.

—No, no la necesita.

Mientras se alejaban pedaleando y corriendo, K los observaba desde detrás de un pilar de hormigón de la biblioteca médica. No podía saber que uno de sus fugitivos muchachos estaba a punto de morir desangrado porque le habían cortado un brazo ni que el otro estaría muerto la mañana siguiente, víctima de infectados hambrientos. Sin embargo, a través de su furia, intuía que estaba solo.

Los BoShaun, Mandy y Keisha no iban a batir ningún récord de velocidad. K tuvo tiempo de llegar a su coche y seguirlos despacio, con los faros apagados, hasta la casa de los BoShaun.

35

E dison llegó de vuelta a casa sacando pecho. La escaramuza de la mañana había sido su acción militar de mayor envergadura hasta la fecha. Tenía plena confianza en que su milicia no haría sino crecer y mejorar. Enseñaría a sus muchachos como era debido. Les enseñaría a pelear, a quién amar y a quién odiar. Les proporcionaría las palabras suficientes para entender su lugar en el escalafón del universo: primero Dios, luego Edison, luego los parientes de Edison, luego la milicia y luego el resto: todas esas almas infelices que pululaban por el mundo, enfermas y sanas, que no debían lealtad a Edison.

Su alegría fue efímera. Cuando los milicianos estuvieron en su alojamiento y bajo el cuidado de Joe y Mickey, que recogerían sus armas y les darían de comer, Edison entró en su nueva casa y llamó a Brittany.

—¡Hola, preciosa, papá está en casa!

Al ver que no acudía corriendo, se puso a buscarla. Cuando llegó al rellano del primer piso, vio salir a Gretchen de su habitación, desencajada.

—Blair, tranquilo, te pido que te controles.

—¿Qué ha pasado? —preguntó él, presa del pánico.

—Ha habido un accidente.

—¿Brittany? —gritó Edison—. ¿Se trata de Brittany?

Entró en la habitación tras Gretchen, donde Brittany asomaba por debajo de las mantas, con la cabeza en la almohada.

La pequeña Cassie estaba en el suelo, con la mirada perdida.

—Dios mío, ¿está muerta? —preguntó Edison.

—Se ha hecho daño.

—¿Daño dónde? ¿Cómo?

—Ha resbalado y se ha caído por las escaleras. Se ha dado un golpe en la cabeza y no despierta.

—No es posible. No, no, no es posible —dijo señalándola con un dedo amenazador—. Siempre va con cuidado en las escaleras. Siempre se agarra muy fuerte. Será mejor que me cuentes qué cojones ha pasado, Gretchen.

Cassie rompió a llorar.

—¿¡Por qué llora!? —gritó Edison.

—Por culpa de tus gritos.

—No es por eso. ¿Sabes lo que creo? Creo que esta pequeña mierdosa la ha empujado por la escalera. ¿¡Es eso lo que ha pasado!? —bramó—. ¿Es eso lo que ha pasado, joder?

Gretchen se interpuso entre Cassie y él.

—Ha sido un accidente, Blair. Cosas que pasan. No era su intención hacerle daño. Eran dos niñas pequeñas jugando, nada más.

—¡No son dos niñas jugando! —gritó él—. Es mi pequeña, que es normal y perfecta, y la retrasada de tu hija. La mataré, te lo juro.

Gretchen lo sorprendió por su nivel de ferocidad.

—¡Aléjate de ella! —chilló, con la cara pegada a la de Edison—. ¡Cuida de tu hija y deja a la mía en paz! ¡Ha sido un accidente!

Gretchen vigiló sus manos por si captaba malas intenciones, pero Edison las mantenía a los costados.

—Sácala de aquí —dijo—. No quiero verle la cara. No quiero verla cerca de mi Brittany. —Mientras Gretchen recogía a Cassie y salía corriendo, Blair se sentó en la cama y habló con la niña inconsciente—. ¿Me oyes, cariño? Papá está aquí. Papá te quiere. Dios cuida de ti. Te pondrás bien.

Salió de la habitación en busca de Joe. Cuando lo encontró,

le contó lo que había pasado y le ordenó que fuera hasta el hospital de Clarkson como alma que lleva el diablo.

—Encuentra un médico y tráelo aquí.

—¿Qué clase de médico?

—Uno que le arregle la cabeza, yo que sé. Encuentra uno y punto, y rápido.

Era media tarde cuando Edison oyó el chirrido de la camioneta de Joe al frenar delante de la casa. Miró por la ventana del dormitorio y se enfadó de inmediato.

Joe subió corriendo la escalera y entró con cara de derrotado.

—No he podido encontrar ningún médico de ninguna clase.

—¿Has ido al hospital?

—Pues claro que he ido al maldito hospital. He tenido que forzar la entrada. Te juro que he buscado en todas y cada una de las habitaciones, y eso que es un sitio grande de cojones. Ahí no queda ni un médico. Deben de haberse puesto todos enfermos o se habrán largado sin más, incluido el extranjero ese que traje la otra vez.

—¿Y las enfermeras?

—Tampoco había.

—¿Estaba vacío del todo?

—Había algún que otro paciente, creo. Lo digo porque llevaban batas de paciente, pero todos tenían jodida la cabeza o alguna otra cosa. Un puto retrasado ha intentado pegarme un mordisco en la pierna. Aquello es un desastre: apesta que te cagas, hay cadáveres... Estarán todos muertos dentro de poco. —Joe miró a Brittany. Al verla tan inmóvil, tuvo un escalofrío, y preguntó si había mostrado alguna mejoría.

—Sigue inconsciente.

—¿Qué vamos a hacer?

—Tenemos que rezar, hijo. Tenemos que pedirle ayuda a Dios en este momento de necesidad.

—¿Todavía quieres que monte el control de carretera en el pueblo?

—Hay que montarlo. No podemos dejar que la tragedia nos empuje a la inacción. Está claro que vamos a necesitar más hombres que no estén jodidos de la cabeza, hombres en los que podamos confiar, pero de momento haremos esto en tres turnos. Tú te ocupas esta noche, luego Mickey y luego yo. Nos llevaremos una docena o así de nuestros muchachos en cada turno. Recuerda, este es nuestro pueblo y vamos a conservarlo.

La carretera estrecha y sinuosa estaba tan oscura que a Jamie le daba la impresión de que conducía por un túnel. No tenía ni idea de lo que había a ambos lados de la calzada ni de lo que le esperaba más allá del alcance de sus luces largas.

Kyra gimoteaba del dolor que le causaban la herida y el prieto torniquete.

—No, no, no —repetía mientras tanto Emma, presa de una especie de tic nervioso.

—¿Qué dice el mapa? —preguntó Jamie.

Los músicos habían dejado un atlas encuadernado en espiral del este de Estados Unidos en el asiento de atrás. Linda lo leía a la luz de la linterna.

—Si seguimos por esta carretera, atravesaremos Dillingham y llegaremos a Clarkson, que es donde está el hospital. Creo que estamos a unos doce kilómetros.

Los faros alumbraron una señal.

BIENVENIDOS A DILLINGHAM, POBLACIÓN:
729 PERSONAS

—Vale, enseguida llegamos —dijo Jamie.

Al cabo de apenas un kilómetro, le pareció ver algo delante.

—¿Eso no es una luz?

La carretera trazó otra curva y Linda dijo que no veía nada. Al volver a girar en la dirección opuesta, ambos lo distinguieron. Tres luces o más que parecían flotar justo delante.

—¿Qué es eso? —preguntó Jamie.

Linda respondió quitando el seguro al fusil con un chasquido, a la vez que bajaba la Glock del salpicadero a su regazo.

—Solo me quedan seis balas en el fusil —anunció— y diez en la Glock.

—Nadie dice que eso vaya a ser un problema.

—Tampoco que no lo vaya a ser.

Cuando se acercaron, quedó claro que las luces no levitaban. Eran linternas colgadas de las ventanillas de un autobús escolar amarillo, aparcado en perpendicular a la carretera. Jamie frenó hasta casi detenerse.

—¿Hay alguna otra manera de llegar al hospital? ¿Reculamos? —preguntó Jamie.

—No veo ninguna.

—¿Qué piensas?

Linda miró a Kyra antes de responder.

—La primera opción es intentar que nos dejen pasar por las buenas.

—¿Y la segunda?

—Disparamos a esos cabrones.

A Jamie no le entusiasmaba la segunda opción.

—Déjame hablar a mí.

Cuando Jamie estuvo lo bastante cerca para formarse una idea cabal de la situación, quiso replantearse muy en serio su decisión. Una fila de jóvenes con los fusiles alzados ocupaba el centro de la calzada por delante del autobús.

—Tenemos que retroceder —dijo Jamie.

Uno de los hombres le ordenaba por señas que avanzara poco a poco.

—Estamos demasiado cerca —señaló Linda—. Tienen fusiles de asalto. Si abren fuego contra nosotros, estamos muertos.

Como muestra de buena voluntad, Jamie bajó los faros y circuló muy despacio. El cabecilla del grupo le ordenó con un gesto que parase. Jamie se detuvo a unos diez metros, bajó la ventanilla y se asomó.

—Hola. Pretendíamos llegar a Clarkson.

—¿Qué se les ha perdido allí? —preguntó Joe.

—Tenemos a una niña herida. Intentamos llevarla al hospital.

—El hospital está cerrado. Ya no quedan médicos ni enfermeras.

—Yo soy médico —dijo Jamie—. Si consigo material, puedo ocuparme de ella yo mismo.

—¿Es médico?

—Sí.

—¿Llevan algún arma ahí dentro?

—No se lo digas —susurró Linda.

—¿Por qué quiere saberlo? —preguntó Jamie.

—Quien está en posición de hacer las preguntas soy yo. Si valora su vida, será mejor que responda con sinceridad, porque lo descubriré de un modo u otro.

Jamie tomó una decisión.

—Tenemos un fusil y una pistola.

—Bueno, eso está mejor. Tiren las armas fuera de su vehículo y entonces podremos hablar.

Linda insultó a Jamie y vaciló.

—Tienes que hacerlo —masculló Jamie.

Ella contempló los rostros inexpresivos de los jóvenes, con sus pesados fusiles y sus cargadores curvos. Renegó otra vez, abrió la puerta y dejó las armas en el asfalto.

Joe le dijo al miliciano que tenía más cerca que las recogiese, pero él no entendió la orden.

—Recoge las armas —repitió más despacio.

—¿Hombres malos? —fue la respuesta del joven.

—No, no son hombres malos. Me cago en todo, ya cojo yo las armas.

Mientras Joe se acercaba con cautela, con el fusil apuntando al parabrisas, Jamie se volvió hacia Linda.

—Dios mío, míralos. Creo que todos menos este tío están infectados.

Joe recogió las armas del suelo y retrocedió corriendo hasta situarse delante del Volvo.

—Vale, echaré un vistazo más a fondo. Si me habéis mentido y veo más armas ahí dentro, mis muchachos os acribillarán.

Joe llevaba una linterna táctica en el riel de su fusil, que utilizó para explorar el interior del vehículo. Se detuvo un rato en el asiento de atrás, y las niñas se taparon los ojos.

—¿Quiénes son? —preguntó Joe.

—Nuestras hijas.

—¿Estáis casados?

—No. Nuestras hijas son muy amigas —explicó Jamie.

—¿Eres capaz de hablar? —preguntó Joe a Linda.

—Soy capaz de muchas cosas.

—Seguro que sí. ¿Es ahí donde está herida? ¿En el brazo?

—Alguien nos ha disparado en la autopista —respondió Jamie—. Tiene un trozo de cristal clavado en el músculo.

—¿Adónde ibais?

—A Indianápolis.

—¿Por qué?

—Tengo una amiga allí.

—Viajáis con poco equipaje.

—Nos robaron el coche.

—O sea que vosotros se lo robasteis a algún otro.

—Algo así.

—Eso me gusta. Demuestra iniciativa. ¿Cómo te llamas?

—Jamie Abbott.

—Pues veréis, doctor Jamie Abbott y Señorita Sabelotodo. Podemos ayudaros, porque parecéis buena gente. Nuestra hacienda no queda muy lejos. Allí tenemos algo de material médico. Dejad el coche aquí y subíos al autobús.

Joe los sentó en la parte delantera del autobús y, antes de

ocupar el asiento del conductor, les dejó bien claro a los milicianos que no eran hombres malos.

—Tienen la enfermedad —le explicó a Jamie.

—Ya me he dado cuenta.

—No conocen muchas palabras, pero les hemos enseñado a responder de cierta manera cuando hay hombres malos. Vuestras chicas... Ellas también tienen la enfermedad.

—Así es.

—Yo también me he dado cuenta.

Cuando llegaron a la verja de hierro del complejo, Joe habló por *walkie-talkie* con la casa y Edison les abrió.

Jamie oyó la conversación.

—¿Por qué vuelves tan pronto?

—Ha llegado un coche.

—¿Y?

—Y tengo un médico aquí mismo.

Edison esperaba en la entrada de la casa grande. Jamie, Linda y las niñas se apearon y Joe se alejó con el autobús en dirección al granero de la milicia. A Jamie le pareció que el hombre encorvado con camisa a cuadros que le tendió una mano rolliza era tan tosco como el papel de lija de grano grueso. Tenía pinta de bracero.

—Blair Edison. Esta es mi casa.

Jamie, receloso, se presentó a sí mismo y al resto. Edison apenas miró a nadie que no fuera Jamie.

—Me cuentan que es médico.

—Es cierto.

—¿Qué les trae por Dillingham?

Le contó lo que ya le había explicado al conductor del autobús, que era como llamaba a Joe.

—El conductor es mi hijo —aclaró Edison—. Veo que no llevan mascarilla. ¿No les preocupa contagiarse?

—Las niñas llevan enfermas una temporada. Somos inmunes.

—Yo también —dijo Edison—. Tipos con suerte, supongo.

—Mire —replicó Jamie—. Su hijo me ha dicho que tienen material médico. Necesito tratar el brazo herido de esta chica. Lleva mucho tiempo con el torniquete puesto.

—Entren. Les enseñaré lo que tenemos.

Edison los llevó a una cocina bien iluminada. Les preguntó si querían algo de beber y abrió la puerta de la nevera, por la que salió un chorro de aire fresco.

—Tienen electricidad —observó Linda.

—Hay un generador. Solo tenemos enchufados unos pocos electrodomésticos. Sírvanse. Subiré del sótano el material médico.

Edison mantenía abierta la puerta de la caja fuerte porque no quería usar los dedos putrefactos de Ed Villa. El muy cabrón era un tío organizado, eso había que reconocerlo. En un estante con la etiqueta de MEDICINA, encontró varios recipientes de plástico que subió a la cocina, donde las chicas bebían Coca-Cola de lata. Joe había vuelto a la casa con Mickey, ambos con una pistola en el cinto. Miraban boquiabiertos a las niñas desde el umbral de la cocina. Jamie notó que a Linda no le hacían ni pizca de gracia, ni a él tampoco, pero lo único que podía hacer la inspectora era clavarles su más severa mirada policial.

—¿Le sirve alguno de estos? —preguntó Edison a Jamie.

Uno de los recipientes era un pequeño maletín para emergencias, una sustancial mejora, comparado con el clásico botiquín de primeros auxilios.

—Este es perfecto —contestó Jamie—. La mayoría de la gente no tiene algo así en casa.

—Disponemos de un búnker bien equipado.

—Si tiene una luz potente, me gustaría ir empezando. No soy cirujano, pero confío en poder curarla.

—¿Qué clase de médico es?

—Soy neurólogo.

Edison arqueó las cejas.

—Eso es un médico del cerebro, ¿no?

—Exacto.

—Entonces hay otra cosa, doctor. Le voy a hacer atender a mi hijita antes de empezar con ese brazo.

Linda empezó a hablar, pero Jamie la cortó.

—Con mucho gusto me ocuparé de ella después de practicar esta intervención. Como he dicho, lleva demasiado tiempo con el torniquete.

Edison adoptó un tono amenazador.

—No, señor. Atenderá primero a mi hija.

—Y una mierda —le espetó Linda en voz alta.

Edison sacó la pistola.

—¿Quiénes se creen que son? Son invitados en mi pueblo, y en mi casa. No me levante la voz, joder.

Jamie intentó calmar los ánimos.

—¿Qué le pasa a su hija?

—Se ha caído por la escalera esta mañana y se ha dado un golpe en la cabeza. No se despierta.

—Vale, echemos un vistazo.

—¡Jamie! —exclamó Linda, pero él le dijo que enseguida volvía.

Siguió a Edison a la planta de arriba y reparó en que las puertas de todos los dormitorios estaban cerradas por fuera con un candado. Edison abrió uno.

—Está ahí dentro.

En la cocina, Linda no apartaba la vista de los dos jóvenes.

—¿Cuántos años tienen? —preguntó Joe.

Linda se mostraba reacia a entablar conversación con ellos.

—Quince —escupió tras una larga pausa.

—Parecen mayores —dijo Joe.

—¿De dónde son? —preguntó Mickey.

—De Boston.

—Las chicas de ciudad parecen mayores que las de campo —señaló Mickey.

Joe y él salieron al pasillo, donde Linda los oyó reír como colegiales.

Arriba, Jamie le echaba un primer vistazo a Brittany. Había una mujer sentada en una silla junto a la cama, que lo observó con una mezcla de sorpresa y algo más. ¿Era miedo?

—Soy el doctor Abbott. ¿Es usted la madre de la chica?

Edison no le dio margen para responder.

—Gretchen es la cuidadora y no es muy buena, porque esto ha pasado cuando mi hija estaba bajo su cuidado.

Jamie acercó una lámpara a la cama para examinar mejor a la niña. Retiró las mantas y le hizo un reconocimiento neurológico. Al terminar, enderezó la espalda.

—¿Cuántas horas hace que ha pasado esto? —preguntó, de pie junto a la cama.

Gretchen bajó la cabeza.

—Unas doce —contestó mirando al suelo.

—¿Ha habido algún cambio en su estado en estas doce horas?

La mujer respondió que la chica estaba igual que justo después de la caída. Jamie se puso cara a cara con Edison.

—Me temo que sufre un problema serio. Tiene un hematoma subdural en el lado izquierdo del cerebro.

—¿Qué es eso?

—Es un coágulo de sangre que presiona el cerebro. Presenta una fractura craneal no deprimida que ha causado un derrame en un vaso sanguíneo. Creo que la hemorragia no ha ido a más, pero su cerebro está sometido a una presión que es la que causa su coma.

—¿Qué tiene que hacer?

Jamie se frotó los ojos mientras pensaba.

—Esto debería solucionarlo un neurocirujano en un hospital.

—No tenemos ningún cirujano. Le tenemos a usted.

—No estoy cualificado.

—Bueno, doctor, pues será mejor que se cualifique la hostia de rápido, porque va a ayudar a mi niña o las suyas sufrirán las consecuencias. Dígame qué más necesita para la intervención que no esté en el maletín.

Jamie estaba acorralado. Edison rabiaba y la tal Gretchen a todas luces estaba asustada. La niña corría el riesgo de morir.

—Vale, le diré lo que necesito. Consígame un taladro inalámbrico con una broca de acero inoxidable de medio centímetro que tendrá que esterilizar en agua hirviendo. Gretchen, necesitaré que le afeites el lado izquierdo de la cabeza. Entretanto, me ocuparé del brazo de Kyra.

Edison levantó la cabeza.

—Me parece un buen plan, doctor, pero es necesario que entienda una cosa: las reglas de antes ya no valen. Si mi niña muere, la suya también.

36

La niña no había visto nunca llorar a su hermano. Ni una sola vez.

—¿Qué tienes, Tyrone? ¿Qué ha pasado?

K llenó de whisky un vaso de zumo y se bebió hasta la última gota antes de contestar.

—Es Easy. Ha muerto.

—¿Easy está muerto?

—Sí, tía. Le han pegado un tiro.

—¿Quién ha sido?

—Un viejo. ¿Te lo puedes creer? Con la de peña contra la que nos hemos peleado y va un puto abuelo y lo revienta. Me jode mucho. Easy era mi mejor colega. Lo conocía desde que éramos críos.

Easy era el esbirro de K, un delincuente y un sádico, pero para la niña era otro hermano mayor.

—Era un chico muy majo, ya te digo —comentó—. A mamá también le caía bien.

—¿Cómo está?

—Acostada. Antes las he lavado bien, a ella y a la abuela. Sale muy poca agua del grifo, así que no he podido llenar la bañera. Las he limpiado con una toallita.

K se secó los ojos y la nariz con el faldón de la camiseta.

—Cuando mamá se ponga buena, le contaré lo bien que has cuidado de ella.

—¿Crees que se pondrá buena? ¿Sí?

—En el sitio donde estábamos, donde han matado a Easy, ya sabes, cerca del hospital, había una señora que decía que tenía una cura para la enfermedad. La traía para acá, pero nos han atacado.

—¿Quién os ha atacado?

—Unos capullos que llevaban unas máscaras verdes ridículas. Un blanco gordo y un negro tirillas. Nos estaban esperando con machetes. Han matado a dos de mi banda. El resto se ha pirado.

Cuando empezó a lloriquear otra vez, la niña apartó la vista, avergonzada. Al parecer no sabía cómo reaccionar ante aquella versión de su hermano, un tipo duro que era su baluarte.

—Estoy solísimo —sollozó él—. No queda ni uno de mis chicos.

—No estás solo, Tyrone. Me tienes a mí, a mamá y a la abuela.

—No es lo mismo.

La niña le preguntó si quería comer algo.

—No tengo nada de hambre —contestó K.

—¿Qué ha pasado con la señora?

—¿La señora de la cura? Los hijos de puta de los machetes se la han llevado. Sé dónde está. Mañana la traeré aquí mismo después de llenarles de plomo la sesera al gordo y al esmirriado.

Keisha se autoasignó la tarea de hacer de guía turística de Mandy.

—Aquí es donde duerme Boris. Aquí duerme Shaun. Aquí duermo yo. ¿Dónde va a dormir Mandy? —le preguntó a Shaun.

—Yo dormiré en el suelo a tu lado —le contestó él—. Que se quede mi cama.

—No quiero quedarme tu cama —señaló Mandy.

Keisha le dijo que era buena idea porque las señoritas necesitan intimidad y porque, en todo caso, ella quería estar en la misma habitación que Shaun.

Mandy cedió, pero estuvo a punto de echarse atrás cuando echó un vistazo al infecto dormitorio de Shaun. Keisha acudió en su rescate.

—No esperarás que una señorita elegante duerma en esa cama. ¿Tienes sábanas limpias?

—Te llevaste la última para el sofá.

—Habrá que ir a mi casa. Mi madre tiene un cajón lleno de sábanas limpias.

—¿Dónde está tu madre? —preguntó Mandy.

—Se puso enferma y se fue.

Tras una visita rápida al otro lado de la calle, Shaun y Keisha volvieron con sábanas, almohadas y una manta. Boris estaba utilizando el hilo de agua que salía de la ducha para limpiarse las salpicaduras de sangre. Encontraron a Mandy en el suelo del salón, sentada con las rodillas contra el pecho, llorando en voz baja.

—¿Qué pasa? —le preguntó Keisha.

—Estoy triste por mi amigo, Stanley.

—¿Qué le ha pasado?

—Ha muerto protegiéndome.

—Entonces seguro que está en el cielo.

—Eso espero. Era un hombre encantador.

Mandy y Keisha hicieron la cama mientras Shaun ordenaba el batiburrillo de ropa sucia y trastos variados, que tiró de cualquier manera dentro del armario.

—¿Cuánto hace que vivís aquí? —le preguntó Mandy.

—Hará ya unos cuatro años.

—¿Te mudaste aquí con Boris?

—No, él estaba antes. Tenía un compañero de piso, un auténtico cabronazo, con perdón. Boris y yo somos amigos desde hace mucho, desde primaria. Yo vivía con mi madre, pero murió, ya sabe.

—Lo siento.

—Sí, fue una mierda. Le dio cáncer. Yo no podía pagar el alquiler de su piso y tuve que dejarlo. Boris prefería vivir conmigo, así que le dio la patada al cabronazo y vivo aquí desde entonces.

—Parecéis buenos amigos.

—Sí, somos muy colegas. Nos gustan las mismas cosas.

—¿Trabajáis? Más bien debería preguntar si trabajabais, porque no tengo claro que hoy en día trabaje nadie.

—Hacíamos esto y lo otro.

Keisha esbozó una sonrisa maliciosa.

—Mi mamá decía que los BoShaun eran camellos.

Shaun sonrió.

—Vendíamos un poco de maría de vez en cuando.

—¿BoShaun? —preguntó Mandy.

—Hay gente que nos llama así, porque vamos siempre juntos —explicó Shaun.

Mandy le dijo que le parecía muy tierno.

—A mí no me importa —admitió Shaun—, pero a Boris le pone de los nervios.

El susodicho entró, vestido con ropa limpia y con el pelo mojado.

—¿Qué me pone de los nervios?

—BoShaun.

Boris se mosqueó.

—¿Por qué has tenido que contarle eso?

—Estábamos charlando, nada más.

—Le gente lo dice como si fuéramos la misma persona —se quejó Boris—, pero no es verdad. Tenemos diferencias.

—¿Como cuál? —preguntó Keisha.

Boris tuvo que pensárselo.

—A él le gustan los batidos de chocolate y a mí no. Le echa mayonesa a las patatas fritas y para mí eso es una memez. Cree que el Increíble Hulk le daría una paliza a Iron Man, y eso es todavía más ridículo.

—Discutimos un montón sobre superhéroes —añadió Shaun.

—Bueno, yo creo que los dos sois los verdaderos superhéroes —dijo Mandy—. Me habéis salvado.

Shaun se emocionó.

—Venga, tío, no me jodas —le soltó Boris.

—Yo nunca le había hecho daño a nadie, y mucho menos matado —explicó Shaun.

Mandy vio que Boris carraspeaba.

—Era matar o morir, tío —dijo, tratando de poner voz de machote—. No podíamos llamar a la policía. Estábamos solos. —Cambió enseguida de tema—. ¿Tú estabas viviendo en ese edificio?

Mandy asintió.

—Con mi vecino, Stanley, desde hace unos días. Esperaba a que llegase un colega de Boston, un amigo mío.

—¿Y qué hacéis ahí? —preguntó Boris.

—Investigación médica. Mi amigo y yo estamos trabajando en una cura para el virus.

—No jodas —saltó Shaun.

—Es importante que nos reunamos. A estas alturas ya tendría que haber llegado. Por eso estoy preocupada. Si llega, no sabrá dónde estoy. Debería volver.

—No puedes quedarte allí ni en broma —replicó Shaun—. La puerta de entrada se ha ido a tomar por culo. Por ahí van a colarse toda clase de tarados. K9 a lo mejor vuelve buscando venganza y tal.

—Se ha escapado —observó Boris.

—¿Quién es K9? —preguntó Mandy.

—Es el mandamás de la NK, el jefe —dijo Shaun—. Un pez gordo.

—Perdona, ¿qué es eso de la NK?

—Naptown Killerz —explicó Boris—. Por aquí hay muchas bandas.

—Si no puedo quedarme allí, por lo menos tengo que dejar un mensaje en el laboratorio para mi amigo. Debería ir esta noche.

—Ni de coña —repuso Boris—. De noche no hay que salir. Está lleno de descerebrados, de pandilleros y de chalados de los de toda la vida. Te llevaremos por la mañana. Es nuestra mejor oferta.

—Sí, mi colega tiene razón —intervino Shaun.

Mandy se desplomó sobre las sábanas limpias.

—Ojalá tuviese una amiga con la que me llevase tan bien como vosotros dos.

—¿Por qué no tienes una? —preguntó Keisha, encaramándose a la cama de un salto.

—No sé. Siempre he estado muy ocupada con el trabajo, y el tiempo libre lo pasaba con mi marido.

—¿Dónde está? —preguntó la niña.

—También murió. Hace solo unos días. Cayó enfermo y tuvo un accidente.

—¿Quieres un abrazo? —preguntó Keisha.

—Me encantaría.

37

La cura de la herida de Kyra fue más o menos todo lo bien que Jamie podía esperar. El maletín quirúrgico contenía cuanto necesitaba, incluidas unas ampollas de lidocaína para aplicar anestesia local. El trozo de cristal estaba clavado en el bíceps a poco más de un centímetro de profundidad, cerca de un par de arterias y venas, pero al extraerlo no se produjo hemorragia.

Linda miraba por encima del hombro de Jamie, a la vez que sostenía la linterna.

—No creo que haya daños vasculares —le dijo él—. De lo contrario, dudo que hubiese podido hacer algo. Con esto ya he llevado al límite mis habilidades quirúrgicas.

—No se lo digas a Edison —advirtió Linda—. Ahora te toca el cerebro de su hija.

—No me lo recuerdes.

Irrigó la herida con suero fisiológico y la cerró con unos puntos de sutura, mientras Linda cumplía el doble cometido de iluminar y sujetar a Kyra. Sentada en una silla cercana, Emma observaba nerviosa el mal rato que estaba pasando su amiga.

—Coses mucho mejor que yo —comentó Linda.

—Entonces debes de ser penosa.

Edison estaba en el pasillo, esperando a Jamie.

—¿Está listo? —preguntó.

—Ha ido bien.

—Más vale que lo de mi hija también vaya bien.

Jamie sabía que aquel hombre no tenía la menor idea de los desafíos a los que se enfrentaban, pero intentó hacérselo comprender.

—Quiero que entienda que el problema de Brittany es mucho más grave que el de Kyra. La intervención que voy a practicar la realizan neurocirujanos en hospitales con la ayuda de sofisticados estudios de imagen cerebral. Aquí no tenemos nada de todo eso.

—No me interesan las excusas.

La niña tenía media cabeza afeitada. Jamie le preguntó a Gretchen si soportaba ver sangre. Cuando ella le dijo que creía que sí, la reclutó como ayudante. Ambos se pusieron la mascarilla. Jamie estaba tan nervioso como el primer día, cuando era un residente recién graduado y lo lanzaron a las trincheras del servicio de emergencias de una zona urbana deprimida. Sin embargo, en aquel entonces contaba con toda clase de mecanismos de seguridad. Lo único que le proporcionaba cierto consuelo era saber que los cirujanos del siglo XIX a veces obtenían buenos resultados usando barrenas para practicar craneotomías en casos de hematoma subdural.

Antes de esterilizar el bisturí, palpó para localizar la arteria temporal superficial y la marcó con un rotulador. Esperaba que la niña tuviese una anatomía estándar. En ese caso, conocía la posición de la arteria temporal media, más profunda, que quería evitar a toda costa. Usó el rotulador para señalar el punto que le interesaba con una X, justo por encima de su oreja y un poco más adelante. Mientras preparaba el campo operatorio con antiséptico Betadine y gasas estériles, Gretchen le comentó que no solo la vida de la niña estaba en juego. Creía que Edison la mataría también a ella si Brittany fallecía.

—Gracias por la información —dijo Jamie—. Necesitaba más presión... —Estaba a punto de añadir «tanto como un agujero en la cabeza», pero decidió callarse.

Edison y su hijo entraron y tomaron posiciones con la espalda apoyada en la pared, ceño fruncido, brazos cruzados sobre el pecho y pistolas pegadas a la cadera. Jamie había dispuesto todo su instrumental en una mesita de noche. Había vaciado una bolsita de solución salina y la había enganchado a un tubo estéril, y tenía el conjunto a mano sobre una tela limpia. Agarró con decisión el inaudito instrumento quirúrgico —un taladro inalámbrico Ryobi para bricolaje— y usó unos fórceps para sacar la broca del cazo en el que la habían hervido. En cuanto la tuvo enroscada y bien sujeta, apretó el gatillo, primero un poco y luego hasta el fondo, para familiarizarse con las distintas velocidades.

—Vale, Gretchen —dijo—. No creo que note nada, pero estate preparada para sujetarla bien fuerte si se mueve. No acerques las manos a las gasas estériles.

—Espere un momento, doctor —lo interrumpió Edison—. Antes quiero rezar una oración.

—Adelante —dijo Jamie—. Que sea de las buenas.

Edison bajó la cabeza.

—Señor, protege a esta niñita, Brittany Edison, y ayúdala a superar este trance. Es una buena niña que tiene toda la vida por delante y no merece morir. Guía las manos de este médico y ayúdale a ayudar a mi pequeña. Amén.

Joe se sumó con otro «Amén» y Gretchen farfulló uno más.

Acto seguido, Jamie situó la punta de la broca sobre la X y apretó el gatillo.

Era la parte más fina del cráneo y la niña era joven, de manera que Jamie notó cómo el taladro se abría paso casi de inmediato al perforar el hueso. Soltó el gatillo y se recolocó. Brittany no movió un músculo. Jamie le dijo a Gretchen que podía reducir la presión sobre los hombros de la niña.

La siguiente pulsación del gatillo decidiría el destino de la niña y quizá también el suyo.

Apretó con suavidad, y cuando la broca giraba a tal vez un cuarto de la velocidad máxima, empujó con delicadeza, atento al momento en que el acero perforaba la duramadre, la membrana fibrosa que envolvía el cerebro.

Fue casi imperceptible, pero lo notó y relajó de inmediato el dedo del gatillo. Un líquido marrón empezó a desbordarse alrededor de la broca y, cuando la retiró del orificio, brotó un minúsculo chorro que le salpicó la mascarilla.

Jamie cayó en la cuenta de que estaba conteniendo la respiración. Cuando soltó el aire, sonó como una ráfaga de viento.

—¡¡Qué pasa!? —gritó Edison.

—Silencio, por favor. No pasa nada.

—¿Eso es sangre? —preguntó Joe.

—Es sangre de antes, de la hemorragia que se ha producido sobre su cerebro. No es fresca, y eso es buena señal, muy buena.

Dejó a un lado el taladro y se puso unos guantes estériles para recoger el tubo enganchado a la bolsa vacía. Metió el extremo libre por el orificio que había practicado en el cráneo hasta que la sangre parduzca fluyó por él y empezó a acumularse en la bolsa. Empujó y tiró del tubo con movimientos sutiles varias veces hasta que el flujo de sangre que caía en la bolsa se convirtió en un reguerillo constante.

Le pidió a Gretchen que lo relevara. Jamie quitó el dedo que presionaba el tubo en el punto donde le cruzaba la barbilla y ella puso el suyo, mientras él lo cosía a su cuero cabelludo. Cuando vio que estaba bien sujeto, cubrió la zona con gasas y le vendó la cabeza.

Se quitó los guantes y se desplomó en una silla. Había vencido al cansancio a base de subidones de adrenalina, pero la batalla había terminado y la fatiga había ganado. Estaba mareado; los músculos le flaqueaban.

Edison corrió hacia la cama.

—¿Por qué sigue sin moverse ni hablar?

—Era un hematoma muy grande —dijo Jamie—. Creo que ha ido bien, pero no lo sabremos hasta al cabo de un tiempo.

—¿Cuánto tiempo?

—Será cuestión de horas, o incluso días, no de minutos. Pero debo advertirle que el cerebro sufría mucha presión. No puedo descartar que haya secuelas. No queda más remedio que esperar y observar.

Edison se calmó lo suficiente para mostrarles un mínimo de hospitalidad. Después de ordenarles a las dos ayudantes de Gretchen en la cocina, Mary Lou y Ruth, que preparasen una cena tardía, se sentó a la mesa y ofició de anfitrión para Jamie, Linda y sus dos hijas. Jamie habría preferido dormir, pero tenía hambre y curiosidad. Las dos ayudantes que salían de vez en cuando de la cocina parecían más agotadas, si cabe, que el grupo de Jamie. Es más, parecían aterrorizadas, y Mary Lou era incapaz de ocultar su aflicción, pues no paraba de secarse las lágrimas y de vez en cuando se le escapa un sollozo entrecortado. En un momento dado, Edison se enfadó y le ordenó que volviera a la cocina, mascullando que estaba harto de sus numeritos. Entretanto, Joe Edison irradiaba unas vibraciones malsanas: recostado con suficiencia contra el respaldo de la silla, lanzaba miradas lascivas a Emma y a Kyra, que se abalanzaron sobre la comida en cuanto les pusieron los boles delante.

—Tienen buen apetito —comentó con una sonrisilla.

Edison, sentado a la cabecera con la espalda recta y aires de patriarca, bendijo la mesa, a pesar de que Emma y Kyra ya tenían la boca llena.

—¿Tienen algo de beber por aquí? —preguntó Linda.

—Estamos bien surtidos —respondió Edison—. ¿Qué le apetece?

—Vodka, si es posible, pero me va bien cualquier cosa.

—Joe, saca una botella para la señora.

El filete estaba delicioso, como comentó Jamie por cortesía.

—La mejor carne de Pennsylvania —dijo Edison—. El ganado es mío.

—¿Lo cría aquí? —preguntó Jamie.

—Tengo otra granja aquí cerca.

—Bueno, tiene usted una propiedad magnífica. Debe de ser un buen negocio.

—No nos quejamos.

Las chicas agarraron los trozos de carne con las manos y empezaron a pegarles bocados. Linda se levantó para cortársela.

—Contaremos los cuchillos de carne después de la cena —avisó Joe.

Linda lo miró con cara de pocos amigos.

—No te olvides del que tendrás clavado en las costillas.

—¡Epa! —exclamó Joe con una risotada—. Eres toda una fiera.

Una vez más, Jamie quiso ejercer de pacificador y desplazar la conversación hacia un terreno neutral.

—Edison es un apellido ilustre.

Su anfitrión habló con la boca llena de carne.

—No venimos de los Edison de las bombillas, sino de los Edison del estiércol.

—¿Se ha contagiado alguien de su familia? —preguntó Jamie.

—Mi mujer Dalia, que está arriba, y mis dos hijos adolescentes. El mayor, Brian, también pilló la enfermedad, pero ha fallecido.

—Lo siento.

Edison mandó a Joe al piso de arriba a por Gretchen, para preguntarle si Brittany había despertado. La mujer arrastraba los pies, como si apenas pudiera mantenerse despierta.

—¿Cómo está? —preguntó Edison.

—Tranquila.

—¿Sigue entrando sangre en la bolsa? —preguntó Jamie.

—Creo que sí.

—Subiré dentro de un momento —dijo Jamie.

—Gretchen ha estado enseñando a Dalia y a mis hijos a hablar otra vez. Cuéntales cómo les va.

—Hacen progresos —contestó en un tono obediente de forma mecánica.

—¿Qué saben decir ya? —preguntó Edison.

—Los niños cuentan hasta diez.

—Eso es útil. ¿Y mi mujer?

—Le he enseñado a decir «Alabado sea Jesucristo» mientras señala al cielo.

—Eso también es útil. ¿Entiende quién es Jesucristo?

—No lo creo, Blair.

Gretchen se excusó, y Edison preguntó si Jamie estaba reeducando a su hija.

A modo de demostración, Jamie la señaló y le preguntó su nombre.

—Me llamo Emma.

—¿Quién es tu mejor amiga?

—Kyra —respondió la niña, inclinándose para darle un beso.

—¿A quién quieres?

—Quiero a papá. Quiero a Kyra.

—¿Estás contenta?

La niña arrugó la frente.

—No.

—¿Estás triste?

—Sí.

—¿Por qué?

—Rommy ha muerto.

—¿Quién es Rommy? —preguntó Joe.

Jamie le dijo que un perro. Joe quiso saber qué le había pasado.

Linda iba por el segundo vaso de vodka.

—Le pegué un tiro —soltó sin más explicaciones.

Edison soltó una risilla.

—Le pegaste un tiro al perro de la niña. Bueno, bueno, seguro que esa anécdota merece la pena. Cuéntame cómo te ganas la vida, señorita Bocazas.

—Soy detective de policía.

—¡Hay que joderse! —exclamó Edison—. Joe, tenemos aquí a la policía y no nos habíamos ni enterado.

—No irá a arrestarnos, ¿verdad? —preguntó Joe.

—Están fuera de mi jurisdicción —contestó Linda con rostro inexpresivo. Y añadió—: A ver, venga, ¿aquí qué pasa?

—¿A qué te refieres? —preguntó Edison.

—Me refiero a cómo te has convertido en el rey del mambo. ¿Cómo has reclutado a tu pequeña tropa de psicópatas? ¿Y qué haces en esta casa? Ni siquiera es tuya.

—Anda que no. —Edison tiró la servilleta sobre la mesa.

—Entonces ¿por qué en todas las fotos del salón sale otra gente?

Edison se levantó, pero luego cambió de rumbo y volvió a sentarse. Su cara también cambió de rumbo y pasó de la cólera a la sonrisa.

—Conque eres detective, ¿eh? Pues escúchame, y escúchame bien. A mi modo de ver, el mundo se ha vuelto mucho más sencillo desde el virus. Están los débiles y los fuertes. ¿Sabes cuáles salen ganando? ¿Tú qué eres? ¿Débil o fuerte?

—No tienes ni puta idea de lo fuerte que soy.

—Ni puta idea —repitió Kyra con una risilla.

A Joe también le entró la risa.

—Me gusta esta chica.

—Pues a ella y a su madre no les gustas tú —replicó Linda.

Edison prescindió de su hijo y se dirigió a Jamie:

—¿Da fe de eso, doctor? ¿Es fuerte?

A Jamie le interesaba muy poco la conversación.

—Es una fuerza de la naturaleza. Creo que voy a subir a ver cómo está Brittany.

—Hágalo. Arriba tenemos un par de dormitorios libres para ustedes dos y sus niñas. Doctor, Gretchen me despertará para que vaya a buscarle si hay algún cambio en el estado de Brittany. Por su propia seguridad, les encerraré con llave durante la noche.

—Más bien por vuestra propia seguridad —resopló Linda.

—Nos gustaría ponernos en ruta por la mañana —intervino Jamie.

—Bueno, eso ya lo veremos.

Joe y Edison se quedaron a solas.

—Las quiero, papá —dijo Joe—. De una en una o, mejor aún, las dos a la vez. Hacen que las otras chicas parezcan comida de perros.

—De momento déjalas en paz. Hay que tener contento al médico hasta que cure a tu hermana. Y escucha, quiero que esta noche te quedes en la casa grande. La señorita detective probablemente está demasiado borracha para causar ningún daño, pero tenemos que vigilarla, aunque esté encerrada. Es toda una hembra.

—Te gusta, ¿eh?

—Digámoslo así: la miro y es como si me viera en un espejo.

38

Por la mañana, Shaun encontró otra bicicleta en el garaje de un vecino y los cuatro fueron pedaleando hacia el laboratorio. La combinación del sol radiante con la exuberancia del follaje daba un aspecto casi alegre al lado este del vecindario de los BoShaun, pero Mandy no tardó en avistar borrones apocalípticos. Una casa había ardido y de los restos calcinados todavía se alzaba una columna de humo. Más allá, unos perros se daban un banquete con algo que tal vez llevara ropa. Un rostro demacrado observaba desde una ventana. A lo lejos sonaban gritos que parecían humanos. En un tramo de acera se veía una mancha alargada, como si hubiesen arrastrado por ella un cuerpo sanguinolento.

Los BoShaun insistieron en llevar puestas las máscaras de gas y Mandy no intentó disuadirlos. Era del todo plausible que esa cautela extrema les hubiese salvado de contagiarse del virus, aunque era igual de posible que fueran inmunes sin más. Mandy sospechaba que las máscaras tenían un significado más profundo: eran talismanes que convertían a aquellos jóvenes en algo parecido a los superhéroes que idolatraban, y eso les proporcionaba cierto poder, como los machetes que llevaban colgados a la espalda. Keisha y ella pedaleaban a cara descubierta, disfrutando del viento en la piel.

A la luz del sol, el horror de la escaramuza en el aparcamiento del laboratorio quedaba a la vista. Un brazo cercenado parecía flotar en una sopa de sangre coagulada. El Escalade estaba cubierto de salpicaduras. Faltaba el Range Rover, algo que inquietó a los BoShaun cuando notaron su ausencia desde lejos.

—Aún no quiero que mires, pequeñaja —le dijo Shaun a Keisha.

Atravesaron la puerta rota. Mandy abrió la marcha para subir hasta su laboratorio. Era demasiado pedir que Jamie la estuviera esperando ante su puerta. Aun así, se llevó un chasco al comprobar que no estaba. Recorrió el pasillo arriba y abajo en busca de cualquier indicio de que hubiera pasado por allí.

No podía entrar en su despacho. No podía mirar a Rosenberg. Quería rendirle homenaje con un entierro y unas palabras, pero el esfuerzo de cargar con él a lo largo de varios tramos de escaleras y encontrar una pala y una parcela de tierra resultaban demasiado. Les pidió a los BoShaun si podían entrar, reunir algo de ropa y meterla en una bolsa de basura. Mientras ellos estaban en el despacho, Mandy echó un vistazo a su congelador, que emitía un placentero zumbido.

—¿Qué es este sitio? —preguntó Keisha.

—Es donde hago... donde hacía mis investigaciones.

—¿Eso qué es?

—La investigación es ciencia. Descubrir cómo funcionan las cosas, encontrar cura para las enfermedades...

—¿Para que la gente se ponga bien?

—Con suerte, sí.

—¿Puedes hacer que mi mamá se ponga bien?

—Voy a intentarlo.

Escribió una nota para Jamie y la clavó en el tablón de corcho que había enfrente de su laboratorio. Después cerró la puerta con llave para proteger su preciado congelador frente a posibles saqueos. Lo que hizo a continuación no le resultó nada fácil. Le había estado dando vueltas durante los últimos días. No había manera de saber cuánto le quedaba al generador. Unos años antes, un encargado de mantenimiento le había comentado durante cuánto tiempo podía mantenerse el suministro eléctrico del circuito de congeladores y neveras, pero no tenía más que un recuerdo vago de la conversación. Le había dicho a Jamie dos semanas, pero ¿de verdad era eso lo que había oído? ¿No podría haber sido alrededor de dos semanas? ¿O más o menos dos semanas? ¿O entre una y dos semanas? Lo único que se le ocurría para que el combustible del depósito durara más era ir laboratorio por laboratorio y desconectar de forma manual todos los congeladores y las neveras del circuito. Conocía en persona a la mayoría de los investigadores del edificio. Los especímenes que guardaban en frío representaban años y, en algunos casos, décadas de trabajo, que se perdería para siempre una vez descongelados. Cada vez que pulsara un interruptor sería como clavarle un puñal al pasado de un colega. Usó su llave maestra para abrir el laboratorio contiguo al suyo. Mientras los BoShaun montaban guardia en el pasillo, la doctora entró con Keisha para apagar el primer aparato. Una hora más tarde, el congelador de Mandy era el único encendido del edificio.

Tras unas horas de sueño intranquilo, K anunció que salía.

—¿Adónde vas? —preguntó su hermana.

—Tengo unos asuntos pendientes.

Se asomó al cuarto de su madre y su abuela. Dormían.

—Todavía necesitamos leche que no se estropee.

—Niña, no me vengas con tu leche, que tengo muchas cosas en la cabeza.

La casa de los BoShaun quedaba cerca. Cuando los había seguido hasta casa la noche anterior, había atado cabos. Recordaba bien a aquellos chavales tan raros. Cada vez que él y sus muchachos los veían desde sus todoterrenos trucados, se echaban unas buenas risas, bajaban la ventanilla para llamarles maricones y a lo mejor les cerraban el paso para ver cómo se la pegaban con sus bicicletas contra el bordillo de la acera. Le costaba asimilar que aquellos patéticos fracasados se hubieran convertido en los maníacos armados de machetes que los habían pillado por sorpresa a él y a sus muchachos.

Se acercó a la casa por detrás y sorteó la valla. Al llegar a la puerta trasera, sacó la pistola y echó un vistazo al interior. En la cocina no había nadie. Se agachó y fue pasando de una ventana a otra. La casa tenía pinta de vacía.

Rompió un panel de la puerta de atrás, entró y revisó habitación por habitación para asegurarse de que estaba solo. Le asombró la cocina, llena a rebosar de comida y bebida, y empezó a abrir armarios. Tendría que volver más tarde a robarlo todo. En un estante, un tetrabrik le llamó la atención. Lo cogió y sonrió.

Leche pasteurizada.

Se la guardó en el bolsillo de la sudadera.

—Voy a ser un puto héroe.

—¿Quién tiene hambre? —preguntó Boris lanzando su máscara al sofá.

—¡Yo! —respondió Keisha, que entró tras él.

Shaun también se apuntó, y Mandy, deseosa de aportar su granito de arena, anunció que ella prepararía la comida.

Se produjo un momento de confusión cuando Mandy salió muy despacio de la cocina, sin parpadear y rígida.

Shaun empezó a decir algo, pero se calló al ver a K, que encañonaba a la doctora por la espalda con una pistola. Keisha rompió a llorar.

—Mierda —se limitó a decir Boris.

—Sí, mierda. Es un buen resumen —dijo K, cuyo tono de voz aumentaba a medida que hablaba—. ¿Qué, qué os creíais? ¿Que podías cargaros a mis muchachos con vuestros machetes y adiós muy buenas? ¿Tenéis la cabeza hueca o qué? Las cosas han cambiado, eso lo reconozco, pero las leyes de la naturaleza siguen en pie. Todavía hay gravedad y esas mierdas. ¡Todavía hay que responder ante K9!

Mandy cogió a Keisha de la mano.

—¿Puede irse la niña al dormitorio, por favor?

—Los cojones. Todo el mundo se queda donde yo lo vea, y ya estáis tirando esos putos machetes detrás del sofá. Vamos. —K movió su pistola en dirección a Mandy—. Anoche te me escapaste, ¿eh? Se supone que tenías que darle una medicina a mi madre. Ibas a curarla, ¿recuerdas? ¿Qué, dónde está mi cura?

Mandy escudó a Keisha con el cuerpo y miró de frente el cañón del arma.

—No la hay. Todavía. Estoy trabajando en ella.

—Ya lo sabía yo —dijo K con un susurro que sonó más escalofriante que sus gritos—. Otra zorra mentirosa. Pues bien, ha llegado la hora de la revancha. Nadie escapa de la hora de la revancha.

—¡No, espera! —gritó Mandy levantando una mano—. Un amigo mío de Boston está de camino, otro científico. Él tiene media cura. Yo la otra media. Tu madre puede recibir la primera dosis. Te lo prometo.

K tensó el dedo sobre el gatillo.

—Eres una zo...

Boris llevaba un rato cruzando miradas de reojo con Shaun. Los dos habían pasado tanto tiempo juntos que no necesitaban palabras.

Boris hizo un movimiento exagerado con el brazo, como si sacara una pistola del bolsillo, a la vez que daba un paso adelante y soltaba un grito ronco.

K apuntó y apretó el gatillo, pero se quedó descolocado al oír un disparo ensordecedor en otra parte, procedente del viejo revólver que Shaun había guardado bajo un cojín del sofá antes de salir.

Mientras caía hacia atrás, K roció de balas la habitación. Cuando se quedó tendido en el suelo, medio apoyado contra el sillón favorito de Boris, contempló la sangre que empapaba el centro de su sudadera gris y la vieja pistola que Shaun sostenía con la mano temblorosa.

—Puto bazuca.

Keisha salió corriendo de la habitación sin parar de chillar.

Mandy observaba con gesto ausente la sangre que brotaba de su propia mano izquierda.

Shaun dejó caer el revólver de Rosenberg, apoyó la cabeza ensangrentada de Boris en su regazo y sintió que exhalaba su último aliento.

Y mientras K yacía moribundo a un metro de distancia, riachuelos rosas de sangre y leche pasteurizada fluían desde su cuerpo hasta el suelo.

39

Edison se levantó temprano para ir a ver cómo estaba Brittany. No era capaz de distinguir si estaba dormida o inconsciente. Al ver que no podía despertarla, zarandeó a Gretchen, que estaba aovillada bajo una manta en el colchón del suelo.

—No se despierta —le dijo.

La mujer rodó para mirarlo.

—No ha habido ningún cambio.

—¿Por qué no me has despertado para que fuera a por el médico?

—¿Porque no ha habido ningún cambio?

—Estoy más que harto de tu puta actitud, ¿entendido? Voy a buscarlo ahora mismo. Y límpiale la cama. Creo que se ha meado.

Jamie examinó a la chica, inspeccionó la bolsa de drenaje y dio su opinión a Edison.

—Hay algunas señales positivas —dijo—. Soy moderadamente optimista.

—¿Qué señales? Sigue inconsciente.

—Ayer su pupila izquierda medía unos seis milímetros y reaccionaba poco a la luz, comparada con los tres milímetros de la derecha. Ahora las dos presentan más o menos el mismo diámetro. Ayer, los reflejos tendinosos profundos de la derecha eran exagerados por culpa del traumatismo en el lado izquierdo del cerebro. Hoy son casi normales. Además, a lo largo de la noche se ha acumulado algo más de fluido en la bolsa, lo que significa que el sistema de drenaje está expedito.

—En cristiano, por el amor de Dios.

—Significa que la intervención de ayer funcionó. Está mejorando.

—¿Cuándo despertará?

—No sé qué decir. Cuanto antes suceda, mejor. Puede que hoy, puede que mañana o más tarde, pero debo recordarle una vez más que podría tener secuelas. Es demasiado pronto para saberlo.

—Entonces no es demasiado pronto para decirle esto: no se irán hoy, ¿de acuerdo? Mi niña todavía está inconsciente. Cuando despierte y haga su pirueta de bailarina para mí, podrán seguir su camino. Y le daré otro incentivo para que la cure. Me llevo a su Emma y a su amiga. Se alojarán con el resto de las niñas enfermas en otra casa del complejo. Y usted y Gretchen se intercambiarán los dormitorios. Lo quiero aquí con Brittany las veinticuatro horas.

Jamie notó que le hervía la sangre; se sentía como si estuviera ardiendo. Nunca había conocido esa clase de cólera ni hasta qué punto era capaz de convertir a un hombre en una candela romana. Edison le sacaba por lo menos quince años y era panzudo, aunque duro como la corteza de un árbol. ¿Podría derrotarle en una pelea justa? Era una de esas hipótesis que probablemente jamás ocurrirían, porque Edison ya tenía la mano en la culata de la pistola que llevaba en el cinto.

—No se atreva a tocar a mi hija —dijo Jamie—. Le juro que le mataré si lo hace.

Edison desenvainó el arma y le enseñó unos dientes torcidos.

—Es muy, pero que muy mala idea amenazarme en mi propia casa. Esto es lo que hay, doctor. No voy a hacerle daño a usted porque le necesito para que cure a mi hija. No voy a hacerle daño a su Emma porque lo pagaría con mi Brittany. Pero que le quede claro que a esa otra niña, Kyra, sí le haré daño; le haré la hostia de daño si vuelve a amenazarnos a mí o a mi gente. ¿Me entiende? ¿Sí o no?

Se llevaron a Emma sin que Jamie tuviera ocasión de hablar con ella. El caso de Kyra resultó más complicado porque Linda estaba en la misma habitación. Jamie la oyó gritar como una posesa mientras Joe y Mickey se llevaban a la niña a punta de pistola.

Gretchen estaba recogiendo sus cosas para mudarse de la habitación de Brittany. Al ver a Jamie sentado en el borde de la cama de la niña, apretándose las sienes, se apiadó de él.

—Siento que hayan aterrizado en este fregado.

—Yo también. ¿Qué me dice de usted? ¿Qué relación tiene con los Edison?

—¿Relación? Ninguna. Mi marido era el alcalde de este pueblo. No nos tratábamos con ellos. Y su amiga, la policía, tenía razón. Esta finca no es de ellos. Pertenece a Ed Villa, que era miembro del consejo de la iglesia de Blair. Edison los atacó a él y a su familia, los mató a todos, creo, y se quedó su casa, que le da mil vueltas a la granja de Blair.

—Entonces ¿cómo ha acabado con ellos?

El largo suspiro de Gretchen fue uno de los sonidos más lastimeros que había oído Jamie en su vida.

—Cuando empezó todo esto, Blair y Joe Edison fueron a nuestra casa y mataron a tiros a mi marido. También asesinaron a mi hijo mayor, Craig. Al resto nos tomaron de rehenes. Solo he visto a mis gemelos, Alyssa y Ryan, una vez, y no he visto a la esposa de Craig, Trish, desde el día en que nos secuestraron.

—¿Estaban enfermos?

—Mi marido y Craig, no. Es como si hubiesen querido librarse de todos los hombres sanos que pudieran estar en condiciones de plantarles cara. El resto de mi familia, en fin, todos pillaron el virus. No sé si es mejor o peor para ellos. Por un lado, los pobres deben de estar muy confundidos en cuanto a lo que les está pasando, pero también es cierto que no son conscientes de lo que significa perder la libertad.

—¿La ha mantenido con vida para que cuide de su familia?

—Suena a esclavitud, y lo es. Es esclavitud moderna. Me amenazó con lo mismo que a usted. Hago lo que quiere por el bien de mis hijos.

—Esto es una pesadilla.

Gretchen metió su camisón en una bolsita que había encontrado en uno de los armarios de Villa y la cerró con cremallera.

—Es lo que me digo a mí misma todos los días. No sé si acaba de entenderlo, doctor Abbott, pero si esa niña muere, Edison le verá tan solo como una amenaza, tal y como veía a mi marido y a mi hijo.

—¿Y si se recupera? ¿Cree que nos dejará marchar?

Gretchen se puso de pie con la bolsa en la mano.

—¿Usted qué cree?

Fue hasta la puerta y probó el picaporte. Estaba cerrada con llave. Chilló para que Blair que fuera a abrirles.

Jamie tenía muchas preguntas más, pero había una que le quería sonsacar antes de que se fuera.

—¿Qué hace con las niñas enfermas?

—Eso no lo sé. Me atormenta pensarlo.

Oyeron los rotundos pasos de Edison subiendo por la escalera.

—Tenemos que ayudarnos mutuamente, Gretchen —dijo Jamie.

Ella lo miró con enigmática tristeza antes de que le abrieran la puerta y se marchase.

Jamie pasó todo aquel día y la noche entera encerrado con Brittany. Lo único que tenía que hacer era vigilarla y angustiarse, y se entregó a fondo a las dos tareas. Se convenció a sí mismo de que tal vez el coma remitía un poco, pero los progresos eran lentos hasta la desesperación. Él y Linda habían reaccionado de manera muy distinta al secuestro de sus hijas. Él sufría y rabiaba en silencio. Linda se mostraba más expresiva, mucho más. Se pasó el día y buena parte de la noche gritando y maldiciendo desde su habitación cerrada con llave. En un momento dado, Jamie le pidió que se calmase, que no tenía sentido desgañitarse, pero ella no hizo sino desviar sus iras contra él e insultarlo por ser demasiado pasivo.

Cuando no lo consumía el pensar en Emma, se preocupaba por Mandy. Habían pasado dos días desde su partida de Boston y su incapacidad para ponerse en contacto con ella lo volvía loco. Muerto Derek, Mandy estaba sola. Quería protegerla, pero no tenía ni idea de cuánto tiempo pensaba retenerlos Edison. Palpó los tubos de péptidos de CREB liofilizados, que no habían salido en ningún momento de su bolsillo, y añadió el estado del congelador de Mandy a la lista de cosas por las que agobiarse.

Edison asomaba la cabeza cada pocas horas para expresar su ira y decepción por que Brittany no hubiera despertado. Los sutiles detalles de su mejoría caían en oídos sordos. Gretchen le llevó una de sus comidas y le dijo que no sabía nada del paradero ni del estado de Emma o de Kyra. El resto de las comidas se las llevó Mary Lou, la llorona silenciosa. Jamie intentó entablar conversación con ella, pero no resultó fácil.

—Se supone que no tengo que hablar con usted —dijo la mujer por fin, cuando la presionó.

—Hábleme de su situación —insistió Jamie—. A lo mejor puedo ayudarla.

—Nadie puede ayudar. Estamos perdidos, todos.

A media mañana, Jamie echó un vistazo a través de las ventanas atornilladas del dormitorio al oír el portazo de un coche. Era Joe Edison, que llegaba a la casa grande procedente de alguna parte. Silbaba y sonreía, y eso sumió a Jamie en una barrena mental que le duró el resto del día.

Edison acabó por rendirse y abrió la puerta de Linda después de cenar.

—¿Qué hace falta para que te calles?

—Que me devuelvas a mi hija, para empezar —contestó ella.

—Aquí tú no pones las reglas. Sé que eso puede resultar difícil para una policía como tú, porque sé que a gente como tú siempre le gusta mandar, pero tendrás que acostumbrarte.

Linda estaba ronca de tanto gritar.

—Tengo una propuesta para ti.

—Te escucho —dijo Edison, con los brazos en jarras.

—Aquí no. Estoy cansada de estas cuatro paredes. Tomemos una copa.

Edison la llevó al salón. Los marcos con fotos de la familia Villa estaban vacíos.

—Los habéis borrado —comentó ella.

—Es una manera de decirlo.

Edison le preparó una copa y se disculpó por la falta de hielo: la máquina de hacer cubitos consumía demasiada energía. Linda apuró su bebida de un trago y tendió el vaso para que se lo rellenara.

—Cuesta odiarte —dijo Edison.

—Pues no me odies.

Esta vez le llenó el vaso hasta arriba.

—¿Qué propones?

—Deberíamos trabajar juntos —respondió Linda tras echar un trago—. O, si te ves sentado en tu trono de rey, debería trabajar para ti.

—¿Haciendo qué?

—Lo que coño sea que te traes entre manos, Blair. ¿Dominar la ciudad? ¿Dominar el mundo? Yo no tengo a nadie, ni un alma, excepto Kyra. Jamie Abbott no es nadie para mí. Acabo de conocerlo. Indianápolis me la suda. Iba allí con él porque

Emma es la mejor amiga de Kyra y se la ve contenta cuando están juntas, sobre todo ahora. Lo que es por mí, podemos quedarnos con los putos paletos de Pennsylvania.

Edison soltó una risotada.

—Dillingham no está tan mal. Desde que tomé el control yo, ha mejorado mucho, diría. Antes estaba lleno de capullos que no paraban de hablar. Ahora solo queda uno: yo. Eres policía, o sea que algún talento tendrás que sea más práctico que despotricar sin parar.

—Fui patrullera durante ocho años y luego fui la primera oficial mujer del grupo de operaciones especiales de mi departamento. Ocupé ese puesto durante una temporada y después me hice instructora de tiro allí mismo, antes de sacarme la placa de detective de homicidios. Soy francotiradora cualificada. Puedo meterte una bala en el ojo a doscientos metros de distancia. Tú tienes tu pequeño ejército de tarados, pero, por lo que he visto, vas muy corto de oficiales sobre el terreno. ¿A quién tienes aparte de ti y de tu hijo?

—Bueno, está el imbécil del amigo de mi hijo, Mickey, pero no soporta ver sangre.

—Me das la razón —dijo Linda—. Supongo que quieres engrosar tu pequeño ejército.

—Supones bien.

—El virus convierte a los jóvenes que te interesan en los soldados perfectos. ¿Te lo habías planteado?

—Pues claro. Soy un puto paleto de Pennsylvania, pero no soy tonto.

—Vale. Pues entonces sabrás que es todo cuestión de adiestramiento. Cuando sometes a alguien a instrucción militar, la misión principal consiste en descomponer psicológica y físicamente a esa persona para luego recomponerla en forma de soldado que acate órdenes y corra hacia los disparos. Con el virus, esa primera parte te la dan hecha. Sus cerebros están vacíos. Lo único que has de hacer es entrenarlos para que sean máquinas de matar.

—¿Qué cojones te crees que he estado haciendo?

—Eso está muy bien, pero yo puedo hacerlo mejor y necesitas a alguien aparte de ti para llevar esto a buen puerto.

—O sea, que unirte a la milicia de Edison te suena mejor que viajar a Indianápolis.

—Sí.

—¿Y él para qué quiere ir a Indianápolis, por cierto?

—Tiene una amiga allí. Cree que pueden encontrar una cura para la enfermedad.

Edison hizo un mohín.

—¿Ah, sí?

—¿Quieres saber algo más? Fue él quien causó la enfermedad de buen principio. Un experimento suyo salió mal y originó el virus. Es él quien ha puesto enferma a tu familia.

El mohín de Edison desapareció.

—¡No me jodas! Tengo a un famoso en casa.

—No estás enfadado, ¿verdad?

—No, señora.

—No quieres una cura, ¿verdad?

—Joder, Linda. ¿Puedo llamarte Linda? Eres muy avispada. ¡Ni de coña! No quiero ninguna cura. Me gusta lo que ha pasado, me gusta mucho. Todos esos pedazos de arcilla listos para ser reconvertidos en la clase de hombres y mujeres que quería nuestro Señor, en vez de la escoria que son la mayoría de nuestros supuestos conciudadanos. Es una oportunidad que nos ha caído del cielo. ¿Te crees que yo soy el único? Ni en broma, es imposible. Imagino que habrá hombres como yo que han llegado a la misma conclusión a lo largo y ancho del país. Reconstruiremos Estados Unidos a partir de sus pecaminosas cenizas, como tendría que haber sido de buen principio. Quiero ser uno de los King Kongs de esta empresa.

—Entonces deja que te ayude.

—¿Qué pides? ¿Qué quieres a cambio?

—Quiero que me devuelvas a mi hija.

—¿Eso es todo?

—Para empezar. Ya se me ocurrirán más cosas.

—¿Cómo sé que puedo fiarme de ti como para ponerte un fusil en las manos?

—No lo sé, Blair, dímelo tú.

Edison dio unos cuantos sorbos a su copa mientras recapacitaba, y a continuación cogió el *walkie-talkie* que llevaba colgado del cinturón.

—Oye, Joe, ¿estás ahí?

—Sí, ¿qué pasa? —sonó por el altavoz.

—Coge al muchacho más patético que tengamos y súbelo a la casa.

—¿A qué viene esto?

—Haz lo que te digo y punto, por los clavos de Cristo.

Edison cogió una linterna y le dijo a Linda que buscara un abrigo de su talla en el armario. Esperaron fuera. Al cabo de un rato, Joe salió de su camioneta y sacó de un tirón a un joven larguirucho.

Edison observó al chico.

—Buena elección. Dispara de puta pena, ¿no?

—Dudo que haya cogido un arma de fuego en su vida —respondió Joe.

—Tráelo para acá.

Se adentraron en un campo que había detrás de la casa hasta que Edison les indicó que pararan.

—Déjalo ahí, Joe.

El joven parpadeó con cara de bobo cuando la linterna lo deslumbró.

—Amo a Jesús —dijo.

—¿Quién le ha enseñado eso? —preguntó Edison.

—Ha sido Mickey. Pensó que te parecería bien.

—Tiene razón. Dile a Mickey que, para ser un imbécil, ha hecho un buen trabajo. Linda, coge mi pistola y pégale un tiro.

—¿Qué coño dices, papá? —saltó Joe.

—Cállate, Joe. Lo único que tienes que hacer es tenerla encañonada en todo momento.

Blair entregó a Linda su pistola.

—¿Hay una en la recámara? —preguntó ella.

—Sí, por supuesto.

—¿Y este tío cómo se llama?

—No sé cómo se llaman.

—¡Oye, Jesusito! —gritó Linda. El joven la miró y ella disparó, pillando por sorpresa a Edison y a Joe. El muchacho cayó hacia atrás con un agujero en la frente de un rojo encendido.

—¡Hostia puta! —exclamó Joe—. Lo ha hecho.

Linda hizo el gesto de devolver la pistola, pero Edison le dijo que se la quedase.

—Has superado el primer examen. Ahora veremos si te gradúas.

Se acercó a Joe y susurró algo que ella no pudo oír.

Edison y Linda se quedaron en el campo oscuro, junto al cadáver, durante unos minutos, hasta que Joe volvió. De vez en cuando, Edison dirigía el haz de la linterna a la cara de la inspectora, interesado, al parecer, en si mostraba alguna emoción, pero ella permanecía con el rostro impasible y la mandíbula apretada.

Joe se acercaba con alguien, tirándole de la manga. Cuando estuvieron lo bastante cerca, Linda vio que se trataba de Mary Lou, la que siempre lloraba. En ese momento también sollozaba.

—No, no, déjame, por favor —decía.

—Te has cargado a un retrasado —comentó Edison—. Esta mujer no lo es.

—¿Te crees que hay diferencia? —preguntó Linda.

—¿Tú no?

Linda disparó otra vez a bocajarro.

—No hay diferencia —dijo—. ¿Me llevo el trabajo? ¿Recupero a mi hija?

Edison asintió.

—Joe, trae a Kyra —ordenó—. Se quedará con su madre. A partir de ahora, Linda tiene el mismo rango que tú. Desde este momento es una coronel de mi ejército.

Más tarde, cuando Linda se llevó a Kyra al piso de arriba, Edison y Joe compartieron una copa antes de irse a dormir.

—¿De verdad te fías de ella? —preguntó el hijo.

—Es una asesina sin escrúpulos. Los cojones, me fío de ella. Por eso le he quitado la pistola y la he encerrado con llave otra vez. Quizá llegue a confiar en ella. Es muy posible. Ya veremos. Quiero hacer una incursión en Clarkson pronto, reunir más hombres y suministros, y así veremos cómo responde en combate.

—Lo que tú digas.

—Por cierto, ni palabra sobre Kyra y tú. Supongo que has hecho lo que haría cualquier hombre con sangre en las venas.

Joe sonrió.

—Supones bien. Aunque ha sido un poco chungo. No paraba de decir «Quiero a Rommy» sin parar.

Edison soltó una risilla.

—La muchacha prefiere a un perro antes que a ti.

40

En su sueño, Derek estaba enfadado por algo que ella le había hecho. La naturaleza de su fechoría no estaba clara, pero debía de haber sido algo espantoso porque él se estaba cobrando una venganza despiadada. Le había metido la mano izquierda en un torno de carpintero y lo iba apretando, vuelta a vuelta. El dolor era insoportable y el sonido de huesecillos aplastados la mareaba.

Se oyó llamando a gritos a Jamie.

«¿Dónde estás?»

«¿Por qué no estás aquí?»

«¿Por qué no me salvas?»

La voz que le respondió era fina y aguda.

—¡Mandy, despierta! ¡Despierta!

Abrió los ojos. Esperaba que fuera de noche y estuviera oscuro, pero era de día y Keisha tenía una mano sobre su rodilla por encima de la manta.

—Oh.

—Estabas gritando en sueños —dijo la niña.

—¿De verdad?

Mandy intentó incorporarse y cometió el error de apoyar el peso en su mano izquierda vendada. Soltó un sonoro gemido.

Shaun entró en el dormitorio arrastrando los pies.

—No tienes muy buen aspecto.

—No me encuentro muy bien. ¿Cuánto tiempo he dormido?

—Unas horas.

—Ayúdame a levantarme. No quiero volver a pasarme el día en la cama.

Mandy no entendía por qué notaba mojado el vendaje si no había sangre. En el baño, tiró un cubo de agua en el váter después de usarlo y se miró en el espejo. Estaba colorada y tenía la frente perlada de sudor. El armarito era un caos de cepillos de dientes viejos, moho y un cepillo lleno de pelos y caspa de Boris que casi le provocó una arcada.

—¿Tenéis termómetro? —dijo a través de la puerta.

—Qué va —respondió Shaun—. Lo pondré en la lista.

Al retirarse el vendaje, reparó en las ronchas rojas que se extendían por su antebrazo izquierdo hasta casi alcanzar el codo. Le daba pavor el momento de tirar de la gasa que tocaba la herida, pero se desprendió con facilidad y enseguida vio por qué. El punto por el que había entrado la bala, la base carnosa del pulgar, supuraba un pus espeso de color amarillo verdoso. Todavía no podía mover el dedo; le daba miedo que el proyectil hubiese tocado un nervio.

—Joder, joder, joder. ¿Tenéis alcohol?

—¡Tenemos bourbon y cerveza! —respondió Shaun a gritos.

—Me refiero al de farmacia.

—Lo pondré en la lista.

—De momento me conformaré con el bourbon.

Cuando Shaun entró y vio la herida, fue incapaz de ocultar su espanto y soltó un grito.

—Ostras, tío, qué mala pinta.

—¿Hay algún antibiótico en la casa?

—¿Penicilina o algo así?

—Sí.

—Lo pondré en la lista. ¿Puedo irme?

Cuando estuvo sola, se roció la herida con bourbon y aulló de dolor.

Shaun cogió a Keisha de la mano y la sacó al patio para que no tuviese que escuchar el sufrimiento de Mandy.

Un discreto montículo de tierra desnuda marcaba la sepultura de Boris. Shaun todavía tenía ampollas y agujetas de tanto cavar.

—No es feo —comentó Keisha.

—No sé. Tampoco es bonito. Le falta algo.

—Falta una lápida —dijo ella.

—Bueno, podría traer una roca, supongo, pero no puedo grabar su nombre en ella.

—¿Y una cruz de madera?

—Creo que era judío.

—Oh.

—Ya se me ocurrirá algo. No creo que esperase acabar en el patio de atrás.

—Aquí no se está mal —repuso Keisha.

Hacía fresco, pero Shaun solo llevaba puesta una camiseta. Levantó el faldón para secar sus ojos llorosos.

—Sí, creo que tienes razón, pequeñaja. Tenía un montón de hermanos y hermanas. Nunca tuvo una habitación para él solo, pero creció y consiguió su propia casa. —Usó la pala para allanar un poco más la tierra—. Tenemos que salir a buscar cosas para Mandy. ¿Te apuntas?

Mandy volvió a vendarse la mano usando la otra, la buena, y escribió el nombre de varios antibióticos y analgésicos.

Shaun cogió el machete y la máscara y partió con Keisha, cada uno en su bicicleta. Quedaban dos balas en el revólver de Rosenberg, pero Shaun lo dejó en casa. No quería dispararlo nunca más.

Pasaron por delante del descampado hasta el que Shaun había arrastrado sin miramientos el cadáver de K, que luego había cubierto con bolsas de apestosa basura, rasgadas y revueltas por los perros. Escogió casas en las que no hubieran mirado ya, en una calle paralela a la suya. Llamaba a la puerta para asegurarse de que dentro no había gente y, si nadie respondía, rompía una ventana. Si había infectados, o alguna estampa macabra, dejaba a Keisha esperando fuera. Algunos de los enfermos estaban demasiado débiles para suponer un problema. Si se mostraban agresivos, blandía el machete y los obligaba a recular hasta una habitación donde encerrarlos; si estaban demasiado nerviosos o había demasiados, salía pitando. Las casas vacías eran las mejores. En esas entraba con Keisha para que lo ayudase a buscar. Primero saqueaban los botiquines y después las cocinas, hasta que llenaron dos bolsas de plástico grandes y decidieron que era hora de volver a casa.

Por el camino, Shaun avistó algo y le dijo a Keisha que esperase en la acera. Puso el caballete de su bici y avanzó con paso sigiloso hasta el pasaje entre dos casas, donde había un par de cubos de basura municipales. Fueron los zapatos rojo rubí los que le llamaron la atención. Al acercarse, vio que uno de los cubos se movía un poco. Alzó el machete y cargó hacia delante.

—¡Fuera de aquí, hostia! ¡Fuera! —gritó a pleno pulmón.

Dos hombres asustados, uno viejo y otro joven, se pusieron en pie de un salto y salieron corriendo hasta desaparecer tras una de las casas.

Los pies, con sus zapatos rojos, eran la única parte de la madre de Keisha que todavía estaba intacta. El resto del cuerpo estaba devorado y en descomposición. Volvió la cabeza y tuvo unas arcadas bajo la máscara. No había nada que hacer ni que decir.

—¿A quién le gritabas? —preguntó Keisha cuando Shaun volvió a su bici.

—Unos retrasados, nada más.

Mandy volvía a estar dormida, con las mejillas sonrosadas. Shaun le dijo a Keisha que la dejara descansar un rato más y luego le enseñara todos los frascos de pastillas y los antisépticos que habían encontrado.

En la enorme bolsa con el botín, había algo que Shaun quería llevar al patio.

Era algo que había encontrado en el jarrón de una casa durante el saqueo, un ramillete de coloridas flores de plástico con sus bonitos tallos con espinas y unas hojas verdes brillantes. Las colocó sobre la tumba de Boris y se sentaron los dos en las raídas sillas de playa de nailon que conformaban su mobiliario de jardín, con los ojos entrecerrados bajo el intenso sol del mediodía.

—Durarán todo el invierno —señaló Keisha—. Las flores de verdad no durarían.

—Eso mismo he pensado yo —dijo Shaun. Tras un rato en silencio, añadió—: ¿Sabes qué? Formamos un buen equipo.

Keisha asintió convencida.

—Ajá, es verdad.

—¿Sabes cómo creo que nos llamará la gente?

—¿Cómo?

—KeShaun.

La sonrisa de la niña fue tan radiante como el sol.

—Me encanta.

41

A los cinco días de la trepanación, Brittany abrió los ojos y gimió.

Jamie estaba sentado en una silla, recociéndose en un sopor de inactividad, cuando la oyó. Se incorporó de golpe y se sentó a su lado para llevar a cabo un reconocimiento.

—Brittany, ¿me oyes?

La niña asintió una vez.

—Me llamo Jamie. Soy tu médico. Has estado enferma, pero te estás curando.

Ella volvió a asentir. Jamie le tocó el lado bueno.

—¿Puedes levantar este brazo?

Lo alzó un poco sin problemas.

—Ahora la pierna.

Otro movimiento normal.

A Jamie no le habría sorprendido una parálisis completa del lado derecho. Sin embargo, la niña logró mover unos centímetros tanto el brazo como la pierna.

Eso es genial. Muy muy bien, guapa. Ahora voy a darte un golpecito de nada aquí y luego te pasaré una luz por los ojos, ¿vale?

Cuando terminó, le dijo que su padre iba a subir a verla y luego llamó a Edison a gritos desde la puerta.

Gretchen le respondió a voces desde la cocina que Edison no estaba. Jamie se asomó a la ventana y vio que regresaba a la casa desde otro edificio. Golpeó el cristal con los nudillos y le hizo señas. Edison arrancó a correr y al cabo de nada estaba abriendo la cerradura. Entró con cara de pánico.

—¿Qué pasa? ¿Ha ocurrido algo?

—Son buenas noticias, Blair. Se ha despertado.

La niña movió los labios.

—Repite, cariño. Papá no te ha oído. —Acercó la oreja a su hija—. ¿Que dónde está mamá? ¿No te acuerdas, cariño? Mamá está enferma. Vendrá a verte cuando se ponga buena. Bueno, doctor, ¿qué opina?

—Opino que esto es un gran avance. Anteayer le quité el tubo cuando dejó de drenar y tenía la esperanza de que llegara este día. Y aquí estamos. Tiene el lado derecho debilitado, pero el hecho de que haya movimiento voluntario es un notición a estas alturas.

—He estado rezando —dijo Edison—. He estado rezando con mucha convicción y parece que el Señor me ha escuchado. Llamaré a Joe para que suba a ver a su hermana.

—Antes de irse, hablemos de mi situación. He cumplido mi parte. Ahora le toca a usted. Tráigame a Emma, deme mi coche y deje que me vaya a Indianápolis.

Edison se levantó de la cama y empezó a mover el dedo de un lado a otro.

—Ha cumplido parte de su parte, doctor. ¿No recuerda lo que le dije? Le dije que podría irse cuando mi hija se levantara y me hiciera una de sus piruetas de bailarina. ¿Puede hacer piruetas? Si es así, enséñemelo, adelante.

Jamie intentó no perder los estribos por el bien de la niña.

—Mire, Blair, esa no es una exigencia razonable. La única alimentación que ha recibido estos días es el agua azucarada de sus bolsas de suero. Estará débil como una gatita. Ahora que está consciente, podemos empezar a darle comida; eso la ayudará a recuperarse. Aun así, a lo mejor tarda semanas en ser capaz de caminar otra vez, y no digamos bailar. Y es posible que tenga algún problema con cierto grado de debilidad en el lado derecho. Es imposible pronosticar su evolución a largo plazo. Tiene que dejarnos partir de inmediato.

—Y tú tienes que callarte y joderte —replicó Edison en un susurro, para luego añadir en tono normal—: Piruetas, doctor. Quiero ver a mi pequeña dar vueltas como una peonza.

Jamie siguió siendo un prisionero, con escaso contacto con el resto de los habitantes de la casa. Comía siempre en el dormitorio y su única compañía era la paciente en proceso de recuperación. Brittany era una niña muy dulce, pero, debido a quién era su padre, resultaba difícil cogerle cariño. Edison pasaba por la habitación varias veces al día para hacer visitas relámpago. Se mostraba jovial y superficial con la niña y luego le preguntaba a Jamie qué opinaba de sus progresos. Jamie siempre le daba la misma respuesta: «Avanza todo lo bien que cabría esperar», pero iba a ser una travesía larga. Después hacía campaña a favor del regreso de Emma.

—Su Emma está bien, doctor. Sana como una manzana —respondía Edison, o cualquier expresión trivial por el estilo.

Y cuando Jamie exigía que los pusieran en libertad, Edison se enfadaba y le recordaba que sus servicios todavía eran necesarios.

Gretchen era una fuente de información más fiable. Tenía la oportunidad de cruzar unas palabras con ella cuando le llevaba las bandejas de comida. Fue a ella a quien le preguntó por los disparos que había oído unas noches atrás. Gretchen le contestó, con un tono siniestro, que no tenía ni idea de lo que había pasado, y añadió que desde entonces no había vuelto a ver a su pinche de cocina y compañera de cautiverio Mary Lou. Gretchen tenía prohibido salir de la casa principal y se pasaba el día cocinando, limpiando los dormitorios de arriba y enseñando a la mujer y a los hijos de Edison a hablar. Cuando no trabajaba a destajo, dedicaba su tiempo a preocuparse por su familia.

—¿Sabes dónde los tienen?

—En algún lugar de la finca. He oído que Ed Villa tenía varias casas aquí arriba.

—¿Sabes si mi Emma está con ellos?

—Ni idea. Lo siento.

—Podemos ayudarnos el uno al otro —dijo Jamie, retomando una cantinela anterior—. Podemos unir esfuerzos para sacar de aquí a nuestros hijos.

—Tengo miedo —replicó ella—. No quiero que los maten.

Un par de días más tarde, le preguntó a Gretchen si había visto a Linda. Después de su primera noche en cautiverio, la inspectora había dejado de gritar, y su silencio resultaba ensordecedor.

—Todavía pasa la mayor parte del tiempo en su cuarto, pero cuando no está allí, se la ve muy amiguita de Edison.

—¿Amiguita en qué sentido?

—La hace bajar para comer con ella. Siempre andan cuchicheando.

—¿Qué crees que pasa?

—No me sorprendería que se hubiese unido a ellos. No me fío.

—¿Ha recuperado a su hija?

—Sí.

Jamie no daba crédito a lo que oía.

—¿En serio?

—Hace un par de días.

—¿Por qué no me lo habías contado?

—Pensaba que lo había hecho. Tengo muchas cosas en la cabeza.

—¿Puedes llevarle un mensaje?

—¿Qué mensaje?

—Que quiero hablar con ella.

Habían pasado tres días desde el despertar de Brittany, cuando Jamie oyó el chasquido del candado de su puerta al abrirse. Era de noche, muy tarde para los horarios habituales de Edison y Gretchen.

Linda traía dos vasos y una botella de whisky bajo el brazo.

—¿Tienes sed?

Se sentó con pesadez y echó un vistazo a la niña dormida.

—He oído que está mejorando.

—Has oído bien —respondió Jamie con frialdad—. ¿Qué está pasando, Linda? ¿Te acuestas con el enemigo?

—Literalmente, no.

—¿Y figuradamente?

—Él cree que sí.

—¿Pero es verdad?

Sirvió un whisky y se lo tendió.

—Cree que estoy de su lado. Por eso ha liberado a Kyra.

—¿Estás intentando sacar a Emma también?

—Pues claro.

—¿Y?

—Aún no confía en ti.

—Veo que en ti sí que confía. Tienes la llave de mi habitación y la del mueble bar.

—He trabajado duro para ganarme esa confianza. Es la clase de tío al que han pisoteado durante toda su vida. Es un tipejo superinseguro. No es ningún genio, pero es avispado y ha visto una oportunidad para acumular poder. Es volátil y violento. ¿Sabes esos documentales de la tele sobre los matones de tres al cuarto que llegaron a ser altos cargos nazis? Blair es de esos.

Jamie dio un sorbo a su whisky mientras la escuchaba. Le exigió un dominio de sí mismo enorme no decirle que podría estar describiéndose a sí misma.

—Vale —dijo—, ¿y qué te propones?

—Voy a ayudarlo. Hasta cierto punto.

—¿Ayudarlo cómo?

—Desea un gran ejército de hombres infectados a los que pueda adiestrar para que hagan lo que quiera.

—¿Y qué quiere?

—¡No lo sé, Jamie, joder! Está pirado. Habla de pureza religiosa y étnica, de que las mujeres han de estar en su sitio... La típica mierda que largan siempre esos capullos neonazis nacionalistas blancos.

—Y como mujer, ¿qué sientes?

—Venga, hombre. Ya te he dicho que está pirado. Eso es lo que siento.

—¿De dónde saca ese ejército suyo?

—Ha reunido a todos los hombres de Dillingham que ha podido. En la lista le sigue Clarkson, que es diez veces más grande. Quiere actuar deprisa, antes de que mueran de hambre demasiados infectados. Mañana piensa hacer una incursión. Quiere que yo participe.

—¿Y qué significa, participar?

—El plan consiste en llegar en coche a la ciudad y entrar a saco en unas cuantas casas de la periferia. Tantear el terreno e intentar conseguir una docena o, a lo mejor, dos docenas de nuevos reclutas. Edison ha descubierto que los hombres que han sido cazadores saben disparar sin necesidad de adiestramiento.

—Memoria procedimental —murmuró Jamie.

—Lo llames como lo llames, la cuestión es que saben hacerlo. Así que Edison busca escopetas de caza en las casas.

Jamie dejó el vaso y se inclinó hacia delante con expresión de cólera.

—Vale, entra en las casas a punta de pistola. ¿Qué hace con quienes no son varones infectados?

Linda no se anduvo por las ramas.

—Te contaré lo que les pasa porque yo le pregunté lo mismo. Se lleva a las mujeres que le interesan y dispara a los hombres que no le interesan.

—Vamos, que es un asesino.

—Pues sí, y no hay nadie para arrestarlo.

—Ese antes era tu trabajo.

—Antes.

—Entonces, cuéntame, ¿qué hace con las mujeres?

—Las que son como Gretchen, normales... Las busca para el servicio doméstico.

—Esclavas de cocina —escupió Jamie.

Linda no le hizo caso.

—Por lo que he visto, solo le interesan las enfermas guapas.

Jamie hundió la cara en las manos y luego alzó la vista.

—Esclavas sexuales —susurró—. ¿Es eso lo que está pasando con Emma? ¿Es lo que le pasó a Kyra? ¿Le has preguntado?

—Pues claro que le he preguntado, joder. Dice que no.

—¿Lo crees?

Alzó la mano vacía.

—¡No lo sé, pero es obvio que por eso le sigo el juego! Quería tener a Kyra donde pudiera verla. —Debió de captar la mirada de odio de Jamie, porque añadió—: Y también a Emma, por supuesto.

—Entonces ¿qué quieres de mí? ¿Qué quiere Edison de mí? Me tiene aquí encerrado cuidando de ella. ¿Qué más puedo hacer?

—Por eso estoy aquí.

—¿Te manda él? Le pedí a Gretchen que te dijera que quería verte.

—Sí, Jamie, Gretchen me lo dijo, y sí, me manda él. Me manda para sondearte acerca de la posibilidad de que te unas a él. Está dispuesto a permitir que Emma viva contigo si cuenta con tu lealtad.

—Ni siquiera sé qué significa eso.

—Significa que quiere fiarse de ti como empieza a fiarse de mí. La cuestión es si tú estás dispuesto a seguirle el juego y hacer lo que quiere.

—Ya te lo he preguntado antes: ¿qué quiere?

—Un médico. Para su milicia.

—¿Quiere que me quede aquí? ¿De forma permanente?

—Bueno, no ha dicho «permanente», pero desde luego no quiere que te vayas, por el momento.

—¿Cómo eres capaz de pedírmelo siquiera? ¡Tengo la mitad de la cura en el bolsillo! El reloj no se para. No sé cuánto tiempo nos queda para llegar a Indianápolis antes de que el generador de Mandy nos deje tirados. Según ella, tiene combustible para dos semanas, y hoy es el noveno día desde que se fue la luz. Tengo que recuperar a Emma y salir de aquí a toda hostia. Tú y Kyra podéis venir o quedaros, me la suda. Pero si quieres que Kyra se cure, tienes que ayudarme.

—No veo qué puedo hacer yo. Una sola persona.

—Consigues una pistola, se la pones en la cabeza y aprietas el gatillo.

—Joe siempre lo acompaña.

—Eres muy decidida. Esta clase de movidas son tu especialidad.

Linda se puso en pie y cogió la botella.

—Vale, Jamie, pero no le daré un no por respuesta. No quiero descartar la posibilidad de un sí. De lo contrario, cuando esta niña esté bien, es muy posible que te mate. Que pases una buena noche.

Las mañanas empezaban a ser frías de verdad, y la hierba amanecía espolvoreada de escarcha. Linda intentaba mantener el calor bebiendo café de un vaso de papel. Se encontraba en el granero de la milicia, observando cómo Joe y Mickey cargaban soldados de aspecto soñoliento en los autobuses. Edison bajó por el camino que llevaba a la casa, con su fusil favorito al hombro.

—¿Lista? —le preguntó.

—¿Vas a darme un arma, Blair?

—Cuando lleguemos allí. Pero hay truco: Mickey no viene. Si Joe y yo no regresamos, Mickey le pegará un tiro a Kyra. Por si te tienta el fuego amigo cuando estemos ahí fuera.

—Y yo que me creía parte del equipo Edison.

—Y lo eres, cielo. Lo que pasa es que estás en el filial. Pórtate bien hoy y hablaremos de una promoción.

El cielo estaba veteado de nubes y el sol iba apareciendo y desapareciendo de camino a Clarkson. Entraron en la ciudad por la carretera estatal principal desde Dillingham. Edison viajaba en el primer autobús, el del pastor Snider, seguido por Joe, que iba en el autocar escolar. Blair iba observando las casas de las afueras de la ciudad y se detuvo delante de una bella vivienda gris de dos plantas.

—Empezaremos por aquí —le dijo a Linda.

—¿Sabes quién vive aquí? —preguntó ella.

—No conozco a nadie de la zona. La gente de Clarkson no viene a comprar mi carne ni a rezar en mi iglesia. Para el caso, podrían ser de Marte.

Joe reunió a los milicianos a un lado de la calzada y repartió los fusiles. Edison le dio uno a Linda, un AR-15.

—Me falta algo, Blair —dijo ella.

Edison le lanzó un cargador entero.

—Quería ver si te dabas cuenta —explicó con una sonrisa—. Tengo preparado un pequeño espectáculo para ti. Hemos estado trabajando con los muchachos durante su instrucción.

Edison volvió a su autobús y salió con una banderita estadounidense enganchada a una antena de coche rota. La sostuvo en alto con la mano izquierda mientras pegaba la derecha al pecho.

—Vale, muchachos, juro lealtad a la bandera de los Estados Unidos de América.

Los milicianos repitieron la frase, unos mejor que otros. Edison los contempló con aire radiante.

—Y a la República a la que representa.

La siguiente repetición dejó bastante que desear.

—Y a la República a la que representa.

—Una nación, bajo Dios, indivisible, con libertad y justicia para todos.

Al oír la desastrosa repetición de esa última frase, Edison le dijo a Joe que todavía les quedaba mucho trabajo por delante, pero agradeció el esfuerzo.

—Bien, muchachos —añadió—. Papá os quiere. Ya lo sabéis. ¿A quién queréis vosotros?

—Queremos a papá.

—¿Y a quién más queréis?

—Queremos a Jesús.

—¿Y qué hacéis con los hombres malos?

—Matamos a los hombres malos.

—Muy bien, pues vamos a buscar hombres malos.

Linda tuvo la oportunidad de presenciar el sistema de Edison. Enviaba a un grupo de milicianos, encabezados por Jacob Snider, hacia una casa para atraer los disparos si había alguien dentro con ganas de defenderse. Después Joe llamaba a la puerta. Dependiendo de quién abriese, o le pegaba un tiro o lo empujaba hacia dentro para después llamar a los milicianos, que entraban a la carrera. Si no respondía nadie, Joe echaba la puerta abajo y llamaba a los muchachos. Edison cubría la retaguardia, acompañado por Linda.

En la primera casa encontraron a una familia con dos niños y una niña enfermos, todos menores de diez años, encerrados bajo llave, y una ama de casa sin infectar pero debilitada por el hambre, que intentaba sacar adelante a su familia con unas menguantes reservas de comida. Estaba demasiado endeble para ofrecer resistencia. Edison se hizo cargo de la situación en un santiamén: murmuró a su hijo que no le gustaba la pinta que tenían y les hizo formar una fila en el salón, delante del televisor de pantalla plana apagado. Linda le agarró la manga de la chaqueta.

—Son niños, Blair.

—No me interesan. Van a morirse de hambre, ¿no lo ves?

—¿Esta es la idea que tienes tú de un acto humanitario?

—Es la idea que tengo de la clase de liderazgo que necesitamos en estos tiempos que nos ha tocado vivir. Sal fuera si no tienes arrestos para aguantarlo.

Linda se quedó y observó cómo Edison señalaba a los cinco patéticos familiares, cuatro tontos y una atontada, y le decía a Jacob que eran hombres malos.

—Adelante, dispara.

Cuando Jacob acabó, en la habitación cargada de humo de pólvora y salpicada de sangre, Blair elogió a sus muchachos y les dejó comerse las sobras de la cocina.

Linda salió y se sentó en los escalones de la entrada. Se había preparado para la jornada vaciando un frasco de pepinillos para llenarlo de licor, y tomó un par de tragos mientras esperaba el momento de embarcar en el autobús y viajar hasta la siguiente parada.

A medida que avanzaba la mañana, el recuento de cadáveres aumentaba y los autobuses se llenaban de nuevos candidatos. A los hombres infectados y en forma los metieron en el autocar escolar, mientras que a un puñado de mujeres atractivas infectadas y a un par de sanas que a juicio de Edison servirían para la cocina las cargaron en el vehículo de Snider.

—Una más y lo dejamos por hoy —le dijo Edison a Joe.

La última casa ocupaba un solar grande y llano enmarcado entre dos imponentes arces, espléndidos con sus tonalidades otoñales. Cuando la milicia se acercaba al porche, una ventana delantera se abrió un resquicio y un hombre calvo armado con una pistola se asomó y disparó al aire.

—¡Marchaos de aquí! —gritó—. Dispararé a matar si es necesario.

Edison retrocedió hasta situarse detrás del autobús y les indicó por señas a Joe y Linda que lo siguieran. Una fila de milicianos se quedó ahí plantada, agarrando los fusiles y moviendo los pies para mantenerlos calientes, pendientes de las órdenes de su padre. Edison le dijo a Joe que sacase su megáfono del vehículo. Lo usó para dirigirse al inquilino de la casa.

—Escuche, amigo. Vamos a entrar por las buenas o por las malas, así que suelte el arma y ábranos la puerta.

—¡Váyanse al infierno! —gritó el hombre—. No tienen derecho a entrar aquí.

—Los derechos ya no valen para nada —replicó Edison con

el megáfono—, pero le propongo una cosa: dígame quién hay dentro y me plantearé si sigo mi camino.

—Están mi mujer, mi suegra y mi suegro —respondió el hombre—. Todos se han contagiado. No sé por qué yo no.

—Vámonos, papá —dijo Joe—. Aquí no hay nada.

—No me hace ninguna gracia retirarme, pero puede que tengas razón —reconoció Edison con un encogimiento de hombros.

Cuando rodeó el autobús para llamar a sus muchachos, el hombre de la ventana volvió a disparar, en esta ocasión directamente contra Edison. La bala pasó silbando muy cerca de su oreja y lo obligó a lanzarse a la dura calzada.

Linda fue rápida. Salió de detrás del autobús, apuntó a través de la mira del arma y apretó el gatillo. Una voluta de niebla roja surgió del cráneo calvo, y el hombre cayó hacia el interior de la habitación.

Edison se sacudió el polvo.

—¡Caramba! Vaya un disparo. Linda, ¿por qué no entras y rematas la faena?

—¿Por qué? —preguntó ella.

—Tú hazlo, y así nos vamos a comer ya.

Linda cumplió la orden. Edison oyó tres disparos en el interior de la casa, y al verla salir la recibió con un lento aplauso.

—Enhorabuena —dijo a voces—. Ya eres oficialmente de los nuestros. Hoy te ha llegado la convocatoria del primer equipo.

42

Edison no cejaba en su empeño de conseguir que Linda le sacara una respuesta a Jamie, y no paraba de insistirle para que hablara con él.

La noche de la incursión en Clarkson, ella volvió a visitarlo en su habitación, con otra botella de alcohol en la mano.

—Quiere saber si has cambiado de opinión —le dijo—. Esta mañana ha hecho una pequeña incursión en Clarkson y tiene planeada otra mayor para pasado mañana.

—¿Has matado a alguien hoy?

La pregunta pareció ofenderla.

—No, Jamie, no he matado a nadie. —Linda cambió de tercio—. Hoy casi le pegan un tiro, y le pone nervioso no tener un médico en el equipo.

—No soy cirujano.

—Ya lo sabe, pero le taladraste la cabeza a esa niña y salió bien. Eso lo impresionó. ¿Cómo está?

—Míralo tú misma.

Linda fue a la cama de Brittany y la vio abrazada a su oso de peluche con el brazo bueno.

—¿Cómo se llama la osita? —le preguntó.

—No es una osa, es un oso —dijo la niña.

—Vale, ¿cómo se llama?

—Jamie.

—¿Siempre se ha llamado así?

—Antes no tenía nombre.

Linda se dirigió a Jamie.

—Yo diría que está bastante bien.

—Le falta mucho para superar su examen de la pirueta —respondió él.

—¿Qué es una pirueta? —gritó Brittany.

Jamie le dijo que era como bailar.

—Puedo bailar.

—Ya sé que puedes. Lo que pasa es que tu padre quiere que bailes y des vueltas muy deprisa. —Jamie se volvió hacia Linda—. Dile que no.

Linda regresó a la noche siguiente, pero esa vez no iba sola. Las rodillas de Jamie flaquearon cuando vio quién había detrás de ella.

—Hola, Kyra.

La niña dio unos botes entusiasmada y lo abrazó.

—Te quiero, Jamie —exclamó.

—Y yo a ti, cielo.

—También quiero a Emma —dijo la niña.

—¿Quién es? —preguntó Brittany.

Jamie intentó secarse los ojos antes de responderle.

—Es una niña mayor que se llama Kyra y quiere jugar contigo. Antes me gustaría echarle un vistazo al brazo.

Jamie examinó la herida.

—Tiene buen aspecto. ¿Quién le ha quitado los puntos?

—Yo —respondió Linda—. No soy capaz de perforar un cráneo, pero a eso llego.

—Vamos, Kyra, juega con Brittany —la animó Jamie.

Linda se sirvió un trago de su inseparable botella.

—Quiere una respuesta, Jamie. Mañana por la tarde, Emma podría estar aquí contigo. Hoy me ha dejado verla.

Jamie la miró fijamente y tragó saliva.

—¿De verdad?

—De verdad.

—¿Cómo la has visto?

—Tenía buen aspecto. Está sana. Me ha dicho: «¿Dónde está papá?».

—¿Te ha dicho eso?

—Sí.

Esa fue la gota que colmó el vaso. Jamie estaba al borde de ceder ante Edison. Habían pasado doce días desde que Mandy se había quedado sin luz. Jamie necesitaba hacer algo o pronto todo estaría perdido. Ver a Kyra y oír hablar de Emma fue la puntilla.

—¿Dónde está mi hija?

—Tiene a todas las niñas en una de las casas de más abajo, detrás del granero grande.

—Ponme una copa. Y dile que sí.

Edison lo puso en libertad en persona a la mañana siguiente y dejó a Gretchen en su puesto para cuidar de Brittany. Linda, Joe y Mickey ya estaban desayunando en la cocina.

—¿Listo para la acción, doctor? —preguntó Joe sorbiendo sus gachas.

Jamie estaba más interesado en los botiquines que había sobre la encimera que en contestarle. Abrió cada una de las cajitas para familiarizarse con el contenido.

—¿Quiere saber el plan? —dijo Edison mientras le ofrecía un café.

—No.

—Su actitud es un poco una mierda, Linda —señaló Edison.

—Tu actitud es poco una mierda, Jamie —repitió ella.

Jamie no apartó la vista de la caja llena de hilos de sutura y pinzas.

—Está bien, te contaré el plan de todas formas —dijo Edison, rebosante de energía porque, a todas luces, estaba disfrutando de la jornada—. Lo que tenemos pensado es llegar hasta el centro mismo de Clarkson: el corazón de la bestia. Es la capital del condado, de modo que hay una oficina del sheriff que a lo mejor no han saqueado del todo. Podría haber un montón de armas y munición esperando. Entraremos en varias de esas casas viejas y elegantes del centro, donde viven los ricos. Después haremos una visita al hospital. Allí nos vendrás de perlas con el tema del material, los medicamentos y demás. Cuando entremos, montaremos dos columnas. Los muchachos más veteranos entrarán primero, porque tienen experiencia. Los nuevos que sacamos de Clarkson anteayer... En fin, esos solo han recibido una instrucción superficial.

—Ya te digo, si es superficial —soltó Joe con una risotada.

—Pongámoslo así —añadió Edison—: esos tipos irán armados con palas y mangos de pico. Sin algo más de instrucción, se volarían la polla con el fusil. ¿Tú tienes claro tu papel en este ejercicio, doctor?

—Si os disparan, intento cortar la hemorragia.

—Bingo.

—Y cuando volvamos, me dais a Emma —repuso Jamie.

—Si hoy te comportas, es toda tuya.

Joe se levantó para dejar su tazón en el fregadero.

—La echaré de menos —murmuró.

Con tanto recluta nuevo, los autobuses iban abarrotados, de modo que Edison le dijo a Mickey que le siguiera en uno de los vehículos de Ed Villa y que metiera dentro al máximo número de milicianos. A Joe le dijo refunfuñando que, si seguían ampliando sus filas y capacidad, acabarían necesitando más vehículos de transporte y tendrían que enseñar a conducir a algunos de los infectados. Jamie y Linda viajaban con Edison en el autobús del pastor Snider y Joe los seguía en el autocar escolar.

—¿Nervioso? —preguntó Edison a voces por encima del hombro.

Jamie no respondió. El nerviosismo no era su emoción dominante, sino la furia que le provocaba verse forzado a ejercer su profesión con perversión, verse prisionero de ese hombre y pensar en las atrocidades a las que podrían haber sometido a Emma.

En lugar de contestar, se volvió hacia los jóvenes que iban sentados detrás de él. Sus rostros, inescrutables, no dejaban entrever nada de lo que les pasaba por la cabeza. ¿Quién era el joven rubio grandullón de las manazas con los nudillos rojos? ¿Cómo era su vida unas semanas antes de que el mundo se fuera al garete? ¿Y el melenudo delgado que llevaba una chaqueta a cuadros a la que le sobraban un par de tallas? ¿Y el gordo de la barba desaliñada y las mejillas coloradas? ¿Quiénes eran? ¿Volverían a encontrarse a sí mismos alguna vez? ¿Estaban condenados a recordar solo esa versión de su vida como soldados de una causa que no era la suya?

—¿A qué distancia está Clarkson? —le preguntó Jamie a Linda.

—Llegaremos pronto.

—¿Habrá problemas?

—Nosotros somos los problemas. Ellos son ovejas; nosotros, lobos.

Jamie sacudió la cabeza al oírlo.

—¿Qué? —preguntó Linda.

—Esto es demencial, Linda. Os cebáis en personas inocentes. ¿Es que no lo veis?

—Oh, lo veo perfectamente. ¿Sabes por qué? Porque sé cómo sobrevivir. ¿Y tú?

El día había amanecido brumoso, pero para cuando el pequeño convoy embocó la calle principal, la niebla se había despejado y había salido el sol. A Jamie, el centro de la ciudad le pareció bonito y próspero, aunque hacía tiempo que no cortaban el césped y las aceras estaban llenas de basura que el viento hacía revolotear. Los edificios comerciales y municipales, de principios del siglo XX, estaban construidos con ladrillo rojo o piedra caliza amarilla. Eran casas señoriales de amplio porche, con marcos y alféizares blancos en las ventanas. Parecía un sitio estupendo para vivir.

Edison pisó el freno y detuvo el autobús delante de la oficina del sheriff, un edificio más nuevo, de hormigón, con apariencia de búnker. A un lado tenía un banco y, al otro, una pizzería. En la acera de enfrente se alzaba el edificio más alto de la ciudad, los juzgados del condado, un edificio de ladrillo con molduras decorativas de piedra caliza para separar las plantas, un tejado a dos aguas y, de remate, una torre alta con reloj.

—Vale —dijo Edison—, esta es nuestra primera parada. Abajo todo el mundo. —Dio instrucciones a Joe por el *walkie-talkie* para que desembarcaran.

Joe y Mickey aparcaron detrás e hicieron salir a voces a sus milicianos.

Pronto, más de cincuenta hombres y niños armados de fusiles, palas y mangos de pico ocupaban el centro de la calle principal, formando nubecillas de vaho con el aliento.

Edison dio las órdenes.

—Joe, quédate aquí con la mitad de estos muchachos y dale al médico tu *walkie-talkie*. Doctor, tú te quedas junto al autobús. Si te necesito, te llamaré por radio. Linda, tú vienes conmigo.

—¿Qué hago yo, señor E? —preguntó Mickey.

—Tú ponte donde no molestes, chico. ¿Puedes hacerlo?

—Creo que...

Nadie pareció oír el disparo que alcanzó a Mickey en la cabeza y lo derribó como un árbol. Pero lo que vino a continuación fue ensordecedor.

La descarga cerrada de fusilería y pistolas cayó desde los pisos superiores y la torre del reloj de los juzgados, desde la azotea de la oficina del sheriff y desde el banco. Los hombres aptos y no perturbados de Clarkson, puestos sobre aviso tras la incursión anterior de Edison, los estaban esperando.

Antes de que Jamie se lanzara bajo el autocar escolar, oyó gritar a Edison:

—¡Es una puta emboscada!

Los milicianos se quedaron donde estaban. Se les veía especialmente perdidos, como si esperaran unas órdenes de papá que nunca llegarían. Uno de los reclutas más nuevos, un chico que llevaba al hombro una pala de mango largo y que parecía fascinado por los fogonazos que emitían las armas de los atacantes desde las alturas, señaló hacia la torre del reloj y se llevó un balazo en el pecho. Jacob Snider fue uno de los pocos que reaccionó con agresividad. Edison habría estado orgulloso si hubiera visto lo que hizo antes de que lo acribillaran y abatieran. El chico había emitido un alarido monosilábico inconexo y había arrancado a correr como una furia hacia la oficina del sheriff, con el fusil en alto, dispuesto a matar hombres malos.

Jamie estaba boca abajo sobre el asfalto cuando notó que alguien se apretaba contra él.

—¡Deja sitio, cojones! —gritó Joe.

—¿¡Qué está pasando!? —preguntó Jamie, también a gritos.

—Deben de haber imaginado que volveríamos. Esos cabrones saben lo que hacen.

Desde su incómodo escondrijo, Jamie vio desplomarse a los muchachos de Edison entre gritos, gemidos y estertores agónicos. Una confluencia de arroyos de sangre desaguaba por una alcantarilla situada bajo el autocar.

—¡Joe! ¡Joe! ¿Dónde estás?

La voz de Edison sonaba cerca.

—¿Papá? ¿Dónde estás?

—¡En el todoterreno del sheriff! ¡Debajo! ¡Tienes que cubrirme!

Joe soltó una retahíla de maldiciones y reptó hacia fuera. Jamie se quedó solo.

Al cabo de unos segundos, oyó que lo llamaban. Era una voz ronca de mujer.

—Ayúdame. Detrás del autobús.

Jamie giró la cabeza y vio a Linda sentada en el suelo, entre el autobús escolar y la camioneta de Mickey. Se arrastró hacia atrás y estuvo a punto de quedarse enganchado en el eje de transmisión. Cuando llegó junto a Linda, vio que se agarraba la barriga. De entre sus dedos entrelazados caían regueros de sangre.

—Ayúdame —dijo con la voz cascada.

Jamie le levantó la sudadera. La herida de bala estaba cerca del ombligo. Oyó hacerse añicos una de las ventanillas del autocar escolar.

—Lo siento, Linda, no puedo.

—¿No puedes o no quieres?

—Las dos cosas.

Ella lo miró con los ojos desorbitados.

—No me arrepiento de lo que hice. Soy una superviviente.

—Eras una superviviente. Ahora ya no.

Tenía el fusil cruzado sobre las piernas. Jamie lo cogió y reptó hacia la puerta del conductor de la camioneta de Mickey.

—¿Adónde vas? —preguntó Linda.

—A recoger a Emma. Y a largarnos de aquí cagando leches.

—Cuida de Kyra. Por lo que más quieras, dime que lo harás.

—Lo haré.

Las llaves estaban en el contacto. Jamie se metió en la camioneta y arrancó el motor tratando de no asomar la cabeza por encima del salpicadero. Puso la marcha atrás y pisó a fondo. Sin el apoyo del radiador de la camioneta, Linda cayó hacia atrás, con las manos aún sobre la herida.

Jamie condujo a ciegas, marcha atrás y a toda velocidad unos cincuenta metros largos. El francotirador de la torre del reloj era quien lo tenía más a tiro y atravesó el parabrisas con tres disparos. Jamie logró cambiar de marcha con un golpe de palanca y dobló a la izquierda para tomar una travesía.

Llegó a Dillingham orientándose a través de una telaraña de resquebrajaduras en el parabrisas. Edison había dejado cerrada la verja del complejo y Jamie la atravesó con el coche. Pasó por delante de la mansión principal y buscó la casa más pequeña que Linda le había descrito.

Edison sangraba. Lo habían alcanzado en el hombro y presionaba la herida con una gasa mientras Joe ponía el autobús del pastor Snider al límite, forzando la máquina como no lo habían hecho nunca. No era un vehículo aerodinámico y se zarandeaba a lo bestia en cada curva. En una recta, avistaron la camioneta de Jamie, a más de un kilómetro por delante.

—¡Atrapa a ese hijo de puta! —bramó Edison.

—Dalo por muerto —contestó Joe.

—Los hemos perdido. Hemos perdido a todos mis muchachos.

—Conseguiremos más.

Edison lanzó un grito cuando, sin pensar, intentó levantar el brazo herido para señalar la verja.

—La ha echado abajo —dijo—. Déjame en la casa. Le diré a Gretchen que me vende el hombro. Lo más probable es que el doctor haya ido a por su hija.

Joe esperó a que su padre bajase y luego descendió a toda velocidad por la colina.

Había dos casas cerca del granero grande. Jamie no sabía en cuál estaba Emma. Aparcó la camioneta entre las dos y corrió hasta la más cercana al granero. No era la que buscaba; era la que ocupaban Joe y Mickey. Cuando salió corriendo por la puerta, vio el autobús aparcado junto a la otra casa y a Joe entrando en ella.

No pensó, se limitó a actuar.

Tenía el fusil de Linda, así que, mientras corría, disparó al aire para probarlo.

En la segunda casa había un recibidor con un salón a un lado, un comedor al otro y una cocina enfrente. Jamie tardó apenas unos segundos en constatar que no había nadie en la planta baja. Subió la escalera como una exhalación. La puerta de uno de los dormitorios estaba abierta. Entró.

Había dos muchachas de pie junto a la puerta que le tapaban el resto de la habitación. Supo al instante que estaban infectadas.

—¡Fuera! —les chilló.

Ellas no le entendieron, pero el grito bastó para que huyeran despavoridas.

Joe estaba de pie ante la puerta del baño con un brazo alrededor del cuello de Emma y una pistola pegada a su sien.

—Soy papá, Emma —dijo Jamie—. No tengas miedo.

Gretchen sentó a Edison a la mesa de la cocina y le cortó la camisa con unas tijeras. Sangraba por un orificio situado justo encima de su axila derecha.

—¿Tengo la bala dentro? —preguntó.

—Creo que ha salido por el otro lado —respondió Gretchen.

—Bien, pues limpia bien la herida y véndala. Duele que te cagas.

—Voy un momento arriba a por lo que necesito.

Cuando Gretchen volvió, a Edison le sorprendió ver que iba acompañada de sus hijos, Seth y Benjamin, y de su esposa Delia. Estaban todos tiesos como palos, con las manos a la espalda en ademán de paciente atención.

—¿Qué hacen estos aquí?

—Querían verte.

Edison esbozó una débil sonrisa y les dijo que les quería.

Gretchen se hizo a un lado.

—Este es el hombre malo —dijo—. ¿Qué se hace con el hombre malo?

Entonces Edison vio los cuchillos que llevaban en la mano.

—¿Qué coño...? —exclamó.

Edison buscó la pistola que había dejado sobre la mesa, pero había desaparecido. Gretchen la había tapado con su camisa ensangrentada y se la había llevado.

Seth, el niño de catorce años, atacó el primero: clavó su cuchillo en el lado derecho del torso de Edison. Benjamin era fuerte para sus doce años, y le atravesó el esternón de lado a lado. Edison se puso en pie, horrorizado, y trató de encontrar una respuesta en el rostro inexpresivo de sus hijos. Quedó en manos de su esposa, Delia, rematar la faena. Una estocada en la garganta con el cuchillo de mondar le pintó el vestido de sangre arterial.

—Suelta el puto fusil —ordenó Joe—. Le pegaré un tiro.

Jamie miró a Emma a los ojos. Estaba aterrorizada.

—No pasa nada, pequeña. Papá te quiere.

—Diez segundos y está muerta —insistió Joe, apretándole el cuello entre el antebrazo y el abultado bíceps—. Será una pena. Ha sido el mejor culito que he tenido en mis manos.

James oyó una voz en su cabeza. Era la voz de Linda que le reñía por no disparar a la jauría de perros famélicos que rodeaba a las niñas.

«Si quieres que sobrevivan, si quieres sobrevivir a esta mierda que nos ha tocado vivir, tienes que apretar el puto gatillo.»

Apretó el gatillo y los sesos de Joe salpicaron la pared.

Jamie encontró a Gretchen en la cocina de la casa grande, dando de comer latas de chili y frijoles a la mujer y a los hijos de Edison, que yacía muerto en el suelo ensangrentado.

—Lo has matado —dijo Jamie. Su tono no denotaba que fuera a lanzar una acusación; se trataba más bien de un cumplido.

—No he sido yo —aclaró ella—. Lo han hecho ellos. Les he estado enseñando. Aprenden rápido.

Emma no estaba interesada en el cadáver; tenía la vista fija en la comida.

—Creo que tiene hambre —señaló Gretchen—. Ven aquí, cariño. Siéntate.

Jamie le contó a Gretchen que Joe y Mickey estaban muertos. Ella cerró los ojos y dio gracias a Dios.

—En una de las casas que están cerca del granero hay varias jóvenes, todas a salvo. Seguro que tu hija y tu nuera se encuentran entre ellas.

—¿Y mi hijo, Ryan? ¿Lo has visto?

—Lo de Clarkson ha sido una masacre. Los de la ciudad se han defendido. No sé qué habrá sido de Ryan.

A Gretchen no le quedaban lágrimas. Repartió rebanadas del pan que había horneado para mojar en las sobras del chili.

Jamie subió a la primera planta. El médico que llevaba dentro le obligó a hacerle un último reconocimiento a Brittany. Comprobó la fuerza de su brazo y de su pierna y le dijo que estaba mejorando mucho.

—Ya no te veré más —añadió.

—¿Por qué?

—Tengo que ir a ver a una amiga.

—Te echaré de menos —repuso la niña.

Jamie llevó a Kyra a la planta baja. En cuanto la vio, Emma se levantó de un salto para abrazarla. Las dos niñas se achucharon un buen rato.

—Nos vamos ya —le dijo Jamie a Gretchen—. ¿Qué vas a hacer tú?

—Este es mi pueblo. No pienso irme a ninguna parte.

Jamie encontró las llaves del coche y llenó el Volvo de bidones de gasolina gracias a las reservas de Ed Villa.

Con Emma y Kyra sentadas muy juntas en el asiento de atrás y el fusil de Linda a mano en el asiento del copiloto, Jamie salió de Dillingham a toda velocidad. Llevaba las manos aferradas al volante y no las relajó hasta que, en la A-80, vio una señal que ponía: INDIANÁPOLIS – 640 KILÓMETROS. Para entonces, las tenía tan agarrotadas y engarfiadas que tuvo que estirar los dedos uno por uno.

43

El trayecto le llevó algo menos de seis horas; no hizo una sola parada.

Cuando llegaron, Emma y Kyra dormían profundamente bajo la manta con la que las había tapado al principio del viaje.

Sus posesiones materiales empezaban y acababan con esa manta y la ropa que llevaban puesta, junto con una linterna, el fusil, un par de cajas de munición y, por supuesto, los tubos de CREB liofilizadas, que no habían salido en ningún momento del bolsillo de Jamie.

Había perdido hacía tiempo las indicaciones que Mandy le había dado, pero sabía que el laboratorio se encontraba en el campus biomédico, y recordaba el nombre del centro de investigación. En cuanto dejó la I-70 para tomar la salida del centro, empezó a ver carteles del hospital. Llegó a su destino sin apenas tener que buscar.

Todavía quedaban un par de horas de sol y, aunque la temperatura era bastante agradable, al bajar del coche y echar un vistazo sintió un escalofrío.

La entrada del edificio del laboratorio estaba destrozada.

—Emma, Kyra, despertad.

Las niñas abrieron los ojos, bostezaron y salieron corriendo para hacer pis entre la hierba alta.

Con el AR-15 en brazos, les dijo a las niñas que lo siguieran. Las puertas estaban cerradas con llave, de modo que se colaron por un cristal agujereado. Había un panel informativo, donde localizó a Mandy: DOCTORA AMANDA ALEXANDER – 403.

Usó la linterna para orientarse por la escalera. Mientras subían, le dio a Emma una pequeña lección para distraerse y mitigar su propio nerviosismo.

La tercera planta estaba oscura como boca de lobo porque en el pasillo no había luz natural. Jamie alumbraba con la linterna a medida que avanzaba, hasta que encontró la sala 403. La puerta estaba cerrada.

—¡Mandy! —gritó una y otra vez aporreándola.

Emma y Kyra no tardaron en unírsele con un animado coro de «Mandys» que les pareció divertidísimo.

En el aire flotaba un fuerte hedor a descomposición que inquietó todavía más a Jamie. Se convenció de que lo más probable era que la peste procediera de las ratas de laboratorio que habían abandonado a su suerte en la sala de animales.

Decidió que probaría todas las puertas de la planta, y del edificio entero, pero al darse la vuelta vio que el círculo luminoso de su linterna lo enmarcaba.

Era su nombre, en grandes letras mayúsculas, en un papel doblado y clavado a un tablón de corcho. Lo cogió y lo desdobló. Contenía un mapa dibujado a mano con el mensaje más ilusionante que hubiera leído nunca:

Aquí es donde estoy. Ven a buscarme. Te quiere, Mandy.

Cinco minutos más tarde, el Volvo tomaba el camino de entrada de la humilde casita a la que llevaba el mapa de Mandy.

Jamie hizo salir a las niñas, contuvo la respiración y llamó a la puerta.

Los visillos de las ventanas delanteras se separaron.

—No abras —dijo una voz masculina, pero la puerta se abrió de todas formas.

—Soy Keisha —le dijo una niña alzando la vista—. ¿Cómo te llamas?

—Me llamo Jamie.

La niña entró en la casa corriendo y gritando.

—¡Mandy! ¡Mandy! ¡Ha venido! ¡Jamie ha venido!

Apareció un joven delgado que llevaba una sudadera con capucha.

—Me llamo Shaun —dijo—. No pensaba que fueras a aparecer.

—¿Dónde está Mandy? —preguntó Jamie.

—Ven, tío, por aquí.

Con Emma y Kyra pisándole los talones, Jamie siguió a Shaun hasta un dormitorio en el que, bajo la luz menguante del día otoñal, la vio reclinada sobre tres almohadas.

Mandy se volvió hacia él, demacrada, demasiado débil para articular una sonrisa. Formó su nombre con la boca, pero no emitió el menor sonido.

—Está muy enferma —le informó Keisha.

Jamie encontró un trozo libre de colchón en el que sentarse. Mandy llevaba una mano vendada. Jamie le cogió la que estaba destapada y la notó fría y pegajosa. En la habitación olía a putrefacción.

Al ver que Mandy intentaba hablar otra vez, Jamie acercó la oreja a su boca.

—Has venido —la oyó decir.

—Siento haber tardado tanto.

—¿Una larga historia? —susurró Mandy.

—Sí, es una larga historia.

Shaun andaba por allí cerca. Jamie le preguntó qué le había pasado.

—Le pegaron un tiro en la mano, tío. Se le ha infectado. Le he traído un montón de antibióticos distintos, pero no ha servido de nada.

—¿Pastillas?

—Sí, pastillas. Creo que necesitaba mierda más potente. Lleva así cuatro o cinco días.

—Deja que te examine —le dijo Jamie.

Shaun sostuvo una lámpara mientras Jamie le retiraba el vendaje de la mano. La herida tenía un aspecto nauseabundo, gangrenoso.

Mandy tenía el pulso rápido y débil. Cuando Jamie pegó el oído a su pecho, percibió un sonoro murmullo procedente de la válvula aórtica, y fluido en los pulmones cuando exhaló.

El diagnóstico era tan doloroso como obvio: sufría endocarditis. La infección de la mano se había extendido al torrente sanguíneo y le había colonizado la válvula cardíaca. La válvula estaba muy dañada y le estaba fallando el corazón.

Mandy miró por encima del hombro de Jamie mientras la examinaba.

—¿Es ella? —susurró.

Jamie hizo un esfuerzo por mantener la compostura. Tendió el brazo a Emma y su hija dio un paso al frente.

—Dilo, cariño —la animó.

La niña miró a Mandy y sonrió, mientras repetía la lección.

—Hola, Mandy, me llamo Emma. Quiero ser tu amiga.

Mandy tenía los ojos secos como el desierto, pero de algún modo se formó una lágrima.

—Hola, Emma.

—Lo hemos estado practicando —dijo Jamie—. Lo ha clavado. Esta es Kyra, la mejor amiga de Emma. También está enferma.

Kyra sonrió.

—Me llamo Kyra.

—No te aburrirás —dijo Mandy. Entonces Jamie vio cómo le cambiaba la cara, como si acabase de recordar algo importante—. ¿Cuántos días?

—¿Perdona? —preguntó Jamie.

—Desde que se fue la luz. ¿Cuántos días?

—Es el decimotercero.

Mandy le dijo que quería incorporarse más. Shaun fue a buscar unos cojines del sofá para encajárselos tras la espalda.

—El generador debería aguantar, pero date prisa —lo apremió Mandy—. ¿Tienes las CREB?

Él le enseñó los tubos.

—Tengo sed.

Keisha le llevó un vaso de agua con una pajita flexible. Mandy recuperó un poco la voz, pero hablar la dejaba sin aliento.

—Las llaves de mi laboratorio están ahí encima. Me temo que hay dos cadáveres en mi despacho.

—¿Quiénes son? —preguntó Jamie.

—Mi amigo, Stanley. Era pintor. Y el hombre al que disparó, que nos estaba atacando. Las muestras de adenovirus están congeladas. —Hablaba jadeando—. Llevan etiqueta. No podré ocuparme de la biología molecular. Lo siento.

—Yo no conozco las técnicas —señaló él.

—Mis cuadernos de laboratorio. Todo está ahí. Mete las muestras en hielo. Encuentra un virólogo. Ve al NIH. Ellos tendrán electricidad.

—Iremos juntos. Me colaré en el hospital y sacaré antibióticos intravenosos. Te curaremos y luego nos vamos.

—Ve tú. —Parpadeó deprisa—. Jamie, te quie…

Los párpados se le cerraron poco a poco y un largo aliento sibilante escapó entre sus labios secos.

Jamie no necesitaba buscarle el pulso. Ya no necesitaba ser médico. Se limitó a darle un beso y se volvió hacia los demás.

Keisha lloraba a moco tendido.

—No quiero que se vaya —dijo.

Shaun se secaba la cara con la manga.

Jamie estaba demasiado aturdido para llorar. Ya habría tiempo para eso más tarde. Los abrazó a los dos. Jamás llegó a enterarse de que se llamaban KeShaun.

—Gracias por cuidar de ella —dijo—. Ojalá tuviera tiempo para escuchar cómo la conocisteis. Dejad que os ayude a… ya sabes…

—Vete tranquilo, tío —replicó Shaun—. Mandy nos ha

hablado de tu cura. Eso es lo que tienes que hacer. No te preocupes por ella. La enterraré en el patio de atrás, al lado de mi amigo Boris. Así podremos visitarla cuando queramos. Por ahora solo tenemos flores de plástico, pero, cuando llegue la primavera, cogeremos flores de verdad para ponerlas encima.

—De las bonitas —dijo Keisha agarrando a Shaun de la mano.

Cuando Jamie abrió la puerta del laboratorio de Mandy, el hedor lo golpeó de lleno. Las niñas tuvieron que taparse la cara. Las dejó al lado de la puerta y usó la linterna para localizar el congelador.

Algo iba mal.

Debería brillar una lucecita en la base del aparato.

Cuando tiró del asa, debería haberle golpeado una vaharada de aire gélido.

Debería haber visto estantes de tubos de ensayo y ampollas congelados.

Debería haber sentido algo más que desesperación.

La temperatura en el interior del congelador era la misma que en el resto de la sala. Lo más probable era que el generador hubiese dejado de funcionar días atrás. Todas las muestras de adenovirus estaban descongeladas.

—Oh, Dios —suspiró—. Niñas, quedaos aquí.

Jamie entró en la oficina pegando la nariz y la boca a una manga. Pasó por encima del cuerpo de un joven y por encima del cuerpo del amigo de Mandy, Stanley. Los cuadernos de laboratorio de la doctora Alexander estaban cuidadosamente apilados en una estantería. Cogió el equivalente a cinco años de trabajo, lo metió en la mochila vacía de Mandy, que colgaba del perchero, y se la colgó al hombro.

Cuando estaba a punto de irse, vio algo y enfocó el haz de luz.

Era una pintura de acuarela sobre un caballete improvisado, el retrato más bello que había visto en su vida: Mandy, con el rostro lozano y sonriente, sentada en un jardín de flores dolorosamente hermoso.

—¡Mandy! —dijo Emma entusiasmada.

—Sí, es ella.

Jamie enrolló el cuadro y se lo guardó en la chaqueta.

—Vamos, chicas. Daremos otro paseíto en coche.

No preguntaron por qué. No preguntaron dónde. Jamie ansiaba que llegara el día en que hicieran esas preguntas.

Ellas no entenderían nada si les dijera que se dirigían a un sitio llamado NIH. No entenderían que Mandy había muerto intentando salvar su mitad de la cura. No entenderían que el dolor que él sentía jamás desaparecería.

Sin embargo, Jamie sabía una cosa: las dos notaban que con él estaban a salvo y que las protegería con todo su ser.

Se metió la linterna bajo el brazo y les tendió las manos moviendo los dedos.

—Dadme la mano —dijo—. Está oscuro.

44

Estaba a cuatrocientos metros, pero el edifico de ladrillo rojo era tan grande que llenaba todo el parabrisas de Jamie. Casi había amanecido y, si su cansada vista no lo engañaba, distinguía luces en unas cuantas ventanas.

Si eso era electricidad, había esperanza.

Su estremecido suspiro de alivio despertó a las niñas.

Emma se movió bajo la manta.

—Tengo pis.

—Enseguida.

—Tengo hambre —dijo Kyra.

—Enseguida —repitió Jamie.

La liberación de la tensión acumulada tuvo el efecto de debilitarlo. Al cabo de un instante, su cuerpo sucumbió al agotamiento. Durante el viaje nocturno a través de cuatro estados, no había bajado la guardia ni por un minuto. Estaba alerta a cualquier contratiempo, aunque no los hubo. Cualquier curva y cualquier intersección en la carretera ocultaba una potencial amenaza. Siempre que se cruzaba con un vehículo, mantenía una mano en el volante y con la otra asía la pistola, preparado para responder a la violencia con más violencia.

Ante él se extendía el campus de los Institutos Nacionales de la Salud, un complejo enorme de diversas instalaciones, una pequeña ciudad. El imponente edificio de ladrillo era el Centro Clínico, al que pacientes desesperados de todo el país acudían para recibir tratamientos experimentales. Jamie había visitado el campus muchas veces. Sabía dónde estaba todo, pero entrar en las instalaciones era su próximo desafío.

La verja del acceso principal estaba cerrada y un par de Humvees del ejército bloqueaban la calzada al otro lado. Custodiaban la puerta tres soldados con uniforme de camuflaje del desierto y mascarilla, con las armas en la mano. Jamie se les acercó poco a poco y entre la neblina de la mañana distinguió las tiendas de campaña y los coches aparcados en el césped a lo largo de Cedar Lane, a ambos lados del camino. Un puñado de figuras fantasmagóricas, envueltas bajo un manto brumoso, repararon en su coche y se dirigieron a la entrada.

Uno de los soldados levantó la mano y, al ver que Jamie seguía avanzando, alzó el fusil. Jamie frenó, dejó el Volvo al ralentí y bajó la ventanilla.

—Estas instalaciones son una zona restringida —dijo el joven sargento con voz ronca, antes de que Jamie pudiera decir nada—. Dé la vuelta y márchese.

—Necesito entrar. Soy el doctor Jamie Abbott. Soy un investigador médico de Boston. He estado trabajando en una cura para la epidemia.

—No dejamos entrar a nadie, señor. Son órdenes estrictas.

—Traigo unas muestras biológicas de importancia crucial.

—No se entra. Punto.

Jamie perdió los estribos; sus gritos volcánicos despertaron a las niñas.

—¿Es que no entiende lo que le estoy diciendo? ¡Llevo la puta cura dentro de este coche! ¡Llame a alguien que me autorice a entrar o asuma la responsabilidad de tirar este país por el retrete!

Al oír la bronca, los otros guardias levantaron sus armas, pero el soldado que la había recibido les indicó que tenía la situación bajo control. Hasta que vio la pistola en el salpicadero y el fusil apoyado en el asiento del copiloto.

—¡Armas! —gritó.

Los otros dos centinelas, soldados rasos, acudieron corriendo y abrieron la puerta del copiloto. A punta de pistola, ordenaron a Jamie que bajara del coche y se tumbara boca abajo en el pavimento. Él obedeció y pidió disculpas por gritar, pero la situación se le había ido de las manos, y las niñas estaban chillando. Confiscaron su pistola y su fusil AR-15.

—Dígales que se callen —ordenó el sargento mientras le ataba las manos a la espalda con una brida.

—Emma, Kyra, no pasa nada. No me han hecho daño, estoy bien.

Se abrieron puertas de tiendas de campaña y de coches y acudió más gente a la verja. Uno de los soldados perdió los nervios.

—¡Eh, capullos, os he dicho que no os acercarais aquí, hostia! Si alguien da un paso más, le pego un tiro.

Los madrugadores dejaron de avanzar.

—¿Lleva algún arma más en el coche? —le preguntó el sargento a Jamie.

—Hay un cuchillo en la guantera central. Eso es todo.

—¿Qué me dice de ellas? ¿Llevan algo?

—Las niñas están infectadas. Son inofensivas.

El sargento le registró los bolsillos y encontró su cartera, con la tarjeta del Hospital General de Massachusetts y los tubos de plástico con el polvito.

—¿Qué es esto? —preguntó, agachándose y poniendo los viales ante su cara.

En esta ocasión, Jamie se controló.

—Es la cura sobre la que le chillaba —respondió con calma—. De verdad, tiene que llamar a alguien.

El puesto de mando del Ejército se encontraba en la oficina de ingresos, en la planta baja del Centro Clínico. No había calefacción, de manera que todo el mundo llevaba puesto el abrigo para protegerse del frío otoñal. Un teniente bien afeitado y con el pelo rapado escuchó la historia de Jamie en un silencio inquietante. Costaba dilucidar su estado de ánimo, porque Jamie no logró convencerlo de que la mascarilla era innecesaria. A juzgar por sus ojos, a Jamie le pareció que le interesaban más Emma y Kyra, que estaban sentadas a su lado dando cuenta de un plato de galletas y sendas latas de refrescos.

Cuando Jamie terminó, el teniente Walker le expuso su opinión con tono cansino.

—Verá, doctor Abbott, no hay manera de verificar ninguna parte de su historia más allá de su nombre y su tarjeta del hospital. En los viejos tiempos, ya saben, hace un mes, me hubiese bastado con hacer un par de llamadas o mirar en Google para saber si era usted sincero. Ahora ¿qué se supone que debo hacer? —Jamie no estaba seguro de que la pregunta fuese retórica, pero antes de que ofreciese una sugerencia útil, Walker señaló los tubos de plástico de encima de la mesa—. ¿Dice que esos polvos son una cura?

—Media cura. Mi esperanza es que la otra mitad esté aquí.

El soldado buscó inspiración entre los paneles acústicos de color beis del falso techo.

—No creo que suponga usted una amenaza para mi misión, doctor Abbott. No le juzgo por llevar armas en el coche. Hay muchos peligros ahí fuera.

—¿Cuál es su misión? —preguntó Jamie.

—Nos han encomendado proteger estas instalaciones. Aquí hay reservas de medicamentos y vacunas esenciales. En el campus quedan unos pocos científicos no infectados; lo que ellos hacen escapa a mi competencia. Mi trabajo es asegurar que el combustible llega a los generadores clave para que esos científicos puedan hacer su trabajo y mantener refrigeradas las reservas. También me ocupo de negar la entrada a los ciudadanos que quieren lo que nosotros tenemos: electricidad y comida. Estoy seguro de que ha visto a los bárbaros en las puertas. Se están poniendo cada vez más agresivos. Hay un elemento armado que ha realizado una serie de incursiones, para poner a prueba nuestro perímetro. Hemos rechazado esas incursiones. Por el momento. Si cree que tiene una oportunidad de curar la plaga, supongo que me la jugaré y le daré acceso a las instalaciones. ¿Adónde necesita ir?

—Creo que la mejor opción sería el Centro de Investigación de Vacunas.

Walker contempló su mapa del complejo.

—Eso es el edificio 40. Bienvenido al NIH, doctor. Le asignaré un acompañante, al menos durante un tiempo. Confiar pero verificar, ese es mi lema.

El acompañante era un cabo afroamericano llamado Deakins que enseguida hizo buenas migas con las niñas porque les dedicó una simpática sonrisa y les hizo un truco de magia con una moneda de dólar de plata. Después de pedirles que subieran a su Humvee, le preguntó a Jamie de dónde era.

—De Boston, pero ahora mismo venimos de Indianápolis.

—Supongo que será una larga historia —dijo Deakins.

—Sí que lo es.

—Bueno, yo soy de Jacksonville —explicó el soldado—. No soporto ni pensar lo que estará pasando.

—¿Tiene familia allí?

Deakins arrancó.

—Padres, hermanos, exmujer y dos hijos. La última vez que hablé con ellos fue el día antes de que se fuera la luz en Florida. Ya hace semanas, y créame si le digo que la preocupación no va a menos. Sé que mi madre pilló la enfermedad, y también mis dos hermanas. Pero ahora… Joder, no tengo ni idea de lo que pasa. Tiene suerte de llevar con usted a sus hijas. Eso es una bendición.

Jamie no lo sacó de su error acerca de Kyra. Suponía que, a esas alturas, ya era como una hija suya.

—¿Le importa que le pregunte una cosa, cabo?

—Dispare.

—¿Qué le impide coger este Humvee y…?

Deakins terminó la frase por él.

—¿... y tirar por la I-95 para reunirme con mi gente? Lo que me lo impide es mi juramento. Soy un soldado. No abandono mi puesto, ni por mi familia ni por mis amigos ni por nadie. Hemos tenido desertores. A montones. La mayoría se van de rositas, pero ¿y los que no? Yo se lo digo. El teniente Walker tiene un pelotón de fusilamiento que funciona como una máquina bien engrasada.

Jamie le preguntó si hablaba en serio. Él contestó que sí, y el doctor le creyó.

El edificio 40 era una estructura ultramoderna de hormigón y cristal, con un atrio discoidal que tenía el mismo aspecto que si un platillo volante se hubiera posado en el techo. Deakins paró el vehículo y preguntó a Jamie a quién buscaba.

—A cualquiera que pueda ayudarme a crear una vacuna.

Deakins llevaba un portapapeles.

—Vamos a ver. Edificio 40. ¿Quién hay aquí? —Jamie vio muchos nombres tachados—. ¿Sabe qué? —dijo Deakins—. En todo este edificio gigantesco solo tenemos un tipo. El resto se ha largado. A ver si localizamos al doctor Jonas Bigelow.

45

Encontraron a Jonas Bigelow en una sala de descanso. Había un cartel en la puerta: NO ENTRAR SIN MASCARILLA. Deakins llevaba una puesta, de modo que entreabrió la puerta e iluminó el interior con la linterna. Las persianas estaban echadas y un bulto empezó a moverse en la cama estrecha.

—Buenos días por la mañana —dijo Deakins.

El haz de luz enfocó unas docenas de botellas de vino volcadas en el suelo. La pequeña habitación olía a humanidad.

—¿Qué? —dijo el bulto.

—Doctor Bigelow —saludó Deakins a pleno pulmón—. Soy el cabo Deakins, del Ejército de Tierra de los Estados Unidos. Tiene visita, señor.

Apareció una cabeza canosa, y una mano tapó la luz.

—¿Cómo que una visita?

A través de la puerta entreabierta, Jamie notó el acento británico. Deakins le dio una palmadita en el hombro.

—¿Por qué no se presenta usted mismo?

Jamie se asomó a la habitación.

—Doctor Bigelow, soy el doctor Jamie Abbott, del Hospital General de Massachusetts.

Bigelow se incorporó y sacó de la cama sus piernas escuálidas. Era un cincuentón raquítico y desgarbado, despeinado y con una barba canosa de varios días.

—¿Viene de Boston?

—Directamente no, pero sí.

—¿Por qué ha venido?

—Tengo una posible cura. Necesito algo de ayuda.

—No me diga. Denme un minuto, hagan el favor.

Cuando salió, tenía el aspecto y aroma de un hombre que llevara un tiempo durmiendo de cualquier manera en las calles. Una expresión de miedo cruzó su rostro cuando vio que Jamie y las niñas no llevaban mascarilla. Sacó rápidamente una que llevaba arrugada en el bolsillo y se la puso a toda prisa.

—Tienen que ponerse mascarilla los tres —les riñó, mientras corría pasillo abajo y sacaba unas cuantas de un laboratorio.

Las niñas habían encontrado una pelota antiestrés en una de las habitaciones en las que habían mirado antes y se la estaban pasando de un lado a otro del pasillo, entre risas. Jamie les ayudó a ponerse la mascarilla y se puso otra él.

—¿Quiénes son? —preguntó Bigelow.

—Mis hijas.

—Parecen... pequeñas.

—Actúan como si fueran pequeñas, quiere decir. Están infectadas.

Bigelow no dijo que lo sentía por él.

—Ya me lo parecía —contestó.

Jamie no veía claro si aquel hombre había tenido alguna vez unas habilidades sociales razonables o si las había perdido durante el aislamiento.

—Tengo inmunidad natural —dijo Jamie—. He estado con ellas continuamente. Estuve expuesto a docenas de pacientes.

—Antes de que el CDC bajara la persiana, decían que alrededor de un veinte por ciento de la población tiene inmunidad natural.

—Esos datos procedían de mí.

Bigelow enarcó sus pobladas cejas.

—¿De verdad? —No hizo más preguntas—. Yo he sido escrupulosamente cauto. No soy inmune.

—¿Cómo lo sabe?

—Porque he desarrollado una prueba de anticuerpos para el virus. Mi título de anticuerpos en sangre es cero. ¿Un café? Dispongo de un suministro ilimitado.

Bigelow los llevó a todos hasta un laboratorio al final del pasillo, donde encendió un quemador Bunsen con un encendedor de chispa y puso a hervir un vaso de precipitados. El cabo Deakins pidió disculpas por no querer café, le dijo a Jamie que pasaría más tarde a ver cómo estaba y, excusándose, se retiró. Bigelow preguntó si las niñas podían quedarse en el pasillo, y así él se quitaría la mascarilla para tomarse el café.

Mientras trasteaba con los posos y el filtro, Bigelow se mostraba ansioso por hablar de sus propios problemas. La explicación de Jamie sobre la cura tendría que esperar. Bigelow era un británico doctorado en Oxford que había acudido al NIH como estudiante de posdoctorado y ya no se había ido. Era, en sus propias palabras, el actual —y muy probablemente último— jefe del Departamento de la Vacuna para el ébola. En los primeros compases de la epidemia había puesto manos a la obra a todos los miembros del instituto, que se habían volcado en cuerpo y alma en el nuevo virus, pero el desgaste empezó a pasar factura a los pocos días, a medida que los integrantes del equipo caían enfermos o los empleados se marchaban para cuidar de sus familias.

—Soy el último mohicano —dijo—. Los dos compañeros que me quedaban hicieron las maletas hace más de una semana. Yo no. Yo me quedo aquí hasta el mismísimo final. No tengo familia, ya ves. Ni siquiera un gato. En cualquier caso, aquí estoy más seguro que en mi piso, y con diferencia, creo yo. Además, encontré la llave de las bodegas de vino de los peces gordos, el que reservan para los cócteles con congresistas y dignatarios extranjeros. Así que tengo algo con lo que entretener las noches. Y el trabajo me ha proporcionado una sensación de propósito que también vale lo suyo, ¿no cree?

—¿En qué ha estado trabajando?

—Bueno, da la casualidad de que ha llegado usted en un momento decisivo. Me he dedicado al desarrollo de vacunas a la vieja usanza. Louis Pasteur hubiese reconocido a la perfección las técnicas, porque son las suyas. He estado transmitiendo una cepa clínica del virus a través de varios conejos sucesivos, que por cierto comen mejor que nosotros, los *Homo sapiens*, y ahora tengo una versión del virus lo bastante atenuada, o debilitada. Así precisamente creó Pasteur su vacuna contra la rabia. Ahora estoy preparado para probarla con un voluntario.

—¿Y quién será ese voluntario? —preguntó Jamie.

—Pues yo, por supuesto. Me la inyectaré en el músculo del muslo y me sacaré sangre para ver si es lo bastante potente para producir unos títulos de anticuerpos decentes, pero lo bastante débil para que no me produzca demencia. Ahora ya tengo a alguien para sacarme sangre sin necesidad de ir a buscarlo a la otra punta del campus. Todavía hay científicos dispersos aquí y allá, pero no me gusta arriesgarme a salir. ¿Sabe sacar sangre?

—Soy médico.

—Excelente. ¿De qué especialidad?

—Neurólogo.

—Doblemente excelente. Podrá documentar mi estado mental posinoculación.

—¿Cuándo tenía previsto inyectarse?

—Ahora mismo.

Había llegado el momento de que Jamie metiera baza en la conversación.

—Mire, le ayudaré con mucho gusto, pero antes me gustaría que me ayudara usted… por si acaso, más que nada.

—Por si acaso la vacuna me jode el cerebro.

—Algo así.

—De acuerdo, doctor Abbott. Me ha escuchado usted con mucha educación mientras parloteaba. Hábleme de su supuesta cura.

Jamie le expuso los hechos, empezando por su propio papel en el desastroso estudio de Baltimore. Le dio a Bigelow un curso intensivo acelerado sobre la biología de la memoria, sobre cómo las moléculas CREB anormales bloqueaban la recuperación de recuerdos a largo plazo y cómo las variantes de CREB liofilizadas que traía debían injertarse en las cepas de adenovirus adecuadas.

Bigelow, entretanto, había rellenado su taza y le escuchaba dando sorbos y asintiendo con la cabeza. Al final, intervino.

—¿Y usted cree que este virus terapéutico liberaría su carga y desplazaría las moléculas anormales que ocupan esos circuitos de memoria?

—Así es.

—¿Y los recuerdos podrían volver de golpe?

—Exacto.

—Es muy elegante… si funciona. ¿Cómo se administraría su nuevo virus?

—Unas gotitas en la nariz. El virus empieza a dividirse y se ocupa del resto. Y eso es lo más bonito: en principio será tan contagioso como el virus de la fiebre amarilla. Debería extenderse por la población ya contagiada a través de las mismas toses y estornudos que la infectaron la primera vez.

Bigelow se rascó la nariz por debajo de la mascarilla.

—Umm. Es un método mucho mejor que el mío de ir pinchando de uno en uno, de cara a tratar una gran masa de población. Además, mi método prevendría que se infectaran los vulnerables, pero quizá no sirviera para tratar a los ya contagiados. Sin embargo, también es cierto que no hay garantías de que su enfoque funcione, mientras que el mío se ha ensayado y contrastado. Umm. ¿Qué hacer? —Recapacitó durante unos instantes—. ¡Vale! Primero lo ayudaré yo a usted. ¿Qué necesita de mí?

—La cepa actual de adenovirus, un laboratorio de biología molecular en condiciones y electricidad.

—Las dos últimas cosas las tengo. La primera, no lo sé. Yo

no me ocupo de los adenovirus, pero rebuscaré en los congeladores del instituto. Entretanto, hay salas de descanso libres con camas y servicios, además de una cocina con provisiones suficientes. Parece cansado.

—Apenas me mantengo derecho.

46

Cuando despertó, Jamie experimentó por un momento la clase de desorientación que debía de sentir un paciente recién salido de un coma. La oscuridad era total. No sabía dónde estaba ni qué hora era. Buscó a tientas una linterna y, mediante la luz, su cerebro fue llenando los huecos. La puerta estaba abierta; la había dejado así para oír a las niñas si lo llamaban desde el otro lado del pasillo. Se levantó y subió el estor de la ventana. El cielo presentaba un color gris terroso. ¿Estaba oscureciendo o clareando? El reloj decía que eran las seis, pero eso tampoco resultaba de gran ayuda.

Se puso los zapatos, pasó a ver a las niñas, que dormían acurrucadas muy juntas, e hizo unas abluciones rápidas en los aseos. Después salió al pasillo y se dirigió hacia el haz de luz que salía de un laboratorio. Bigelow, sentado en un banco, garabateaba en un cuaderno. El científico estaba de buen humor.

—¡Oh, aquí está! Regresado de entre los muertos. ¿Un café?

—Me encantaría. Es por la tarde, ¿no? —preguntó Jamie.

—Incorrecto.

—Dios, ¿he dormido hasta ahora?

—Y sus hijas también.

El café del vaso de precipitados estaba requemado, pero tuvo un efecto medicinal, porque Jamie se despejó un poco.

—El cabo Deakins pasó ayer por la noche —dijo Bigelow—. Quería que te lo dijera. Al parecer, hubo un tiroteo delante mismo del campus. Lo protagonizaron dos de los civiles que están acampados en el perímetro. La cosa se está poniendo fea ahí fuera.

—¿Que se está poniendo fea? Créeme, ya está fea desde hace un tiempo —replicó Jamie, y luego cayó en la cuenta de que ninguno de los dos llevaba protección—. Será mejor que vaya a por mi mascarilla.

Bigelow alzó la vista y esbozó una alegre sonrisa.

—No hace falta. Anoche me inoculé. A estas alturas, lo que busco es verme expuesto. Cuando despierten, me gustaría que tus hijas respirasen en mi cara.

Jamie se enfadó en el acto.

—Pensaba que habías accedido a ayudarme antes de inyectarte la vacuna.

—Tienes razón, pero verás: me he pasado la mayor parte del día buscando tus adenovirus y lamento decir que he fracasado. He mirado en todos los congeladores encendidos de este edificio y estaba a punto de emprender una exploración más ambiciosa por el resto de los institutos del campus cuando he topado con un inventario actual de las muestras de virus en el disco duro de uno de mis colegas, que trabajaba con patógenos respiratorios. El inventario cubre el NIH al completo, y me temo que tu cepa no está en Bethesda. Esa es la mala noticia. Podría haber una buena.

—¿Cuál?

Bigelow agitó una hoja de papel.

—Lo he anotado para ti. Tu cepa anda cerca. Al parecer, figura en el inventario del Centro de Mando Médico del Ejército de los Estados Unidos en Fort Detrick, Maryland. Para ser exactos, está en el congelador 178 del Instituto de Enfermedades Infecciosas, en el subsótano nivel 6.

—¿Sabes si tienen electricidad?

—Nosotros nos quedaremos sin combustible; ellos no. Su

depósito de material biológico y vacunas está congelado en lo que viene a ser un búnker para el día del juicio final, alimentado por una pila nuclear.

—¿A qué distancia está?

—A ochenta kilómetros, cien como mucho.

—Entonces me voy para allá.

—Me parece estupendo, pero cuando hayas cumplido tu parte del trato. —Se señaló la cabeza con un dedo—. Tienes un paciente, ¿recuerdas?

—No puedo quedarme aquí para siempre.

—Debería tener títulos de anticuerpos protectores dentro de una semana más o menos. Si para entonces todavía pienso con claridad, tu trabajo habrá terminado. Ahora ten la bondad de efectuar un examen aproximado de mi estado mental que nos sirva de base, aunque no te diré cómo hacer tu trabajo, para que podamos documentar mi evolución en el tiempo. Cuando el mundo despierte de esta pesadilla, tendré que publicar el experimento. Podría valerme un Premio Nobel, si Suecia sobrevive.

Como disponía de tiempo libre y de la posibilidad de relajarse con seguridad, Jamie llevaba a las niñas a dar largos paseos por el campus, protegido y desierto en su mayor parte. De vez en cuando se cruzaban con una patrulla militar que les hacía esperar mientras hablaban por radio con el teniente Walker para confirmar los permisos de Jamie. Y, alguna que otra vez, un empleado del NIH salía al exterior tras verlos desde una ventana o se cruzaba con ellos dando un paseo. Todos querían que Jamie les contara lo que estaba pasando «ahí fuera».

—Era una señora simpática —comentó Jamie con las niñas tras despedirse de una mujer con acento ruso que fumaba sin parar.

Llevaban tres días en el centro. Jamie se había estado preparando para tener una charla con las niñas, y la ocasión parecía propicia: estaban descansadas y estaba seguro de que se sentían a salvo. Iban de la mano.

—Emma y Kyra, ¿estáis bien?

Respondieron alzando el pulgar como les había enseñado.

—Eso está bien. Kyra, quiero hablar de tu madre.

Ella lo miró inexpresiva.

—Tu mamá.

—Mamá —repitió ella.

—Estarás pensando: «¿Dónde está mi mamá?».

La niña apretó los labios.

—Mamá ya no está aquí —respondió.

A veces, a Jamie le sorprendía ver con cuánta velocidad mejoraba su lenguaje. Esa fue una de aquellas veces.

—Es verdad. Ya no está aquí. Tengo que decirte algo, Kyra. No volverá a buscarte.

—¿Como Rommy? —preguntó Emma.

—Sí, como Rommy. ¿Eso te pone triste, Kyra?

—No estoy triste.

Jamie no se escandalizó. El recuerdo que Kyra tenía de Linda abarcaba apenas unas semanas, durante las cuales, además, no había sido exactamente una madre modelo.

—Echo de menos a Rommy —dijo Emma.

—Yo también echo de menos a Rommy —añadió Kyra.

El perro había dejado una impresión mejor.

—Yo soy el papá de Emma. Emma es mi hija —explicó Jamie—. Yo quiero a Emma. Y Kyra también es mi hija. También quiero a Kyra.

—Quiero a papá —dijo Emma.

—Yo también quiero a papá —dijo Kyra.

De modo que era oficial: Kyra formaba parte de la familia. No hacía falta papeleo, visto el estado actual del mundo.

Caminaron un rato en silencio. Jamie se armó de valor para comentar el siguiente tema que lo angustiaba.

—Escapamos de los hombres malos —dijo por fin—. El señor Edison era malo. Su hijo Joe era malo.

—No me gusta Joe —saltó Emma.

—A mí también no me gusta Joe —añadió Kyra.

En una situación normal, Jamie hubiese aprovechado la ocasión para corregir la gramática, pero había problemas más importantes que abordar.

—¿Joe os hizo daño, chicas?

—Joe me hizo daño —contestó Kyra.

—Joe me hizo daño también —coincidió Emma.

Jamie les señaló la entrepierna.

—¿Os tocó ahí abajo?

—¡Sí! —respondieron las dos en voz muy alta.

—¿Os hizo daño ahí abajo?

—¡Sí!

Jamie intentó tragarse el nudo que se le había formado en la garganta.

—Papá mató a Joe porque hizo daño a mis niñas. Joe no volverá a haceros daño.

Abrió los brazos y las envolvió con ellos cuando se le acercaron.

Jamie preparó té para todos y dejó a las niñas en la pequeña sala de recreo para ir a buscar a Bigelow. Lo encontró en su dormitorio. Esperaba que se mostrara locuaz como de costumbre, pero lo vio muy serio y taciturno.

Se tuteaban desde hacía un par de días y, tras unos instantes incómodos, Jamie preguntó:

—Venga, Jonas, ¿qué pasa?

—Creo que es posible que tenga un problema.

—Te escucho.

—Me olvido de cosas.

Jamie se puso en modo médico, ocultando su aprensión tras un escudo de sobra practicado. Se sentó en el borde de la cama.

—Cuéntame.

—Esta mañana no recordaba el nombre de mi exmujer.

—No sabía que estabas casado. ¿Cómo se llama?

Bigelow arrugó la frente hasta desenterrar el nombre a la fuerza.

—Janice.

—Vale, bien. ¿Cuántos años estuvisteis casados?

Otra larga pausa, aunque insuficiente para sonsacar las fechas.

—Lo siento, no puedo.

—Vale, ¿te has fijado en si te ha fallado la memoria en algún otro momento del día?

—He tardado una eternidad en encontrar mi cuaderno del laboratorio.

—¿Dónde estaba?

—En el cajón donde lo guardo siempre, creo. He tenido que mirar en todos los armarios del laboratorio porque no tenía ni idea.

—Hagamos una cosa, repasemos nuestro repertorio estándar del test de memoria.

—¿Esto ya lo hemos hecho antes?

Habían hecho aquellas pruebas dos veces al día durante los últimos tres días.

—Sí, Jonas —respondió Jamie con delicadeza.

Le sometió al test de evaluación cognitiva de Montreal, en el que había obtenido, hasta el momento, unos resultados perfectos de treinta sobre treinta. Ese día obtuvo solo veinte sobre treinta, con fallos en las tareas de memoria a corto plazo, al recordar oraciones complejas y al restar algún que otro número. Era la puntuación de un paciente de alzhéimer de gravedad entre leve y moderada.

—¿Qué tal me ha ido? —preguntó Bigelow esperanzado.

—¿Cómo crees que te ha ido? —preguntó Jamie.

—No muy bien.

Jamie mintió con diplomacia.

—Unos cuantos errores más de lo normal, pero creo que

estás cansado. ¿Por qué no te saltas nuestra reunión con el teniente Walker y descansas? Pasaré a verte otra vez esta tarde.

—¿Teníamos programada una reunión?

Walker llegó puntual al instituto de las vacunas y subió directamente a la tercera planta. Jamie lo esperaba junto a la escalera. El teniente se apretó la máscara sobre la nariz con cuidado para asegurar el cierre y se ahorró el apretón de manos.

—¿Dónde está Bigelow?

Jamie señaló hacia uno de los laboratorios.

—No vendrá. Hablemos aquí.

—Eso suena ominoso —dijo Walker siguiéndolo.

Walker estaba al corriente de que Bigelow había probado una vacuna. Jamie le habló de los recientes cambios en su estado mental. Costaba interpretar la expresión de un hombre enmascarado, pero sus ojos entrecerrados le delataban.

—Entonces ¿la tiene?

—No sabría decirle.

—No me maree. Dígame la verdad. ¿Qué probabilidades hay?

—No puedo darle una cuota como si fuera una apuesta, teniente, pero existe la posibilidad de que el virus que se ha inoculado no estuviera lo bastante debilitado. Quizá se encuentre en las primeras etapas de la enfermedad.

—Entonces, hablando en plata, lo más probable es que esté jodido.

—El tiempo dirá, pero sí, es posible. —Walker sabía lo de Fort Detrick—. En ese caso, urge que vaya a Detrick. ¿Ha podido contactar con ellos?

—Lo he intentado, pero nada. Transmití por radio su petición de hablar con alguien de allí, pero cayó en un agujero negro en expansión con centro en el Pentágono y ya nunca salió de allí.

—Entonces, mire, dentro de un par de días, dependiendo de

cómo le vaya a Bigelow, partiré hacia Maryland. Me gustaría viajar con una escolta militar si puede permitírsela y llevar una carta de presentación para quienquiera que esté al mando de las instalaciones.

—No estoy seguro de poder desprenderme de hombres —repuso Walker—. Se ha producido un aumento de la violencia en nuestro perímetro. Un grupo de civiles hizo una intentona anoche en la puerta norte y hubo que contenerlos. Escribiré una carta, pero quizá mi apoyo tenga que quedar en eso.

El *walkie-talkie* de Walker cobró vida. El cabo Deakins estaba en el vestíbulo y necesitaba hablar con él.

Deakins entró resoplando y jadeando.

—¿Qué sucede, cabo? —preguntó Walker.

—Señor, hay un civil presente —respondió Deakins mirando a Jamie.

—Adelante, cabo, no pasa nada.

—Acaba de llegar un mensaje del Pentágono. Los destacamentos del ejército y el servicio secreto que protegen la Casa Blanca no dan abasto para contener a la multitud. A primera hora de esta mañana ha habido una incursión. Han abierto brecha en la valla y los disparos han matado a una docena de civiles. Hemos recibido órdenes de retirarnos de Bethesda de inmediato y reforzar la Casa Blanca.

—Me cago en la puta —soltó Walker—. Dígales a los hombres que se preparen, cabo. Partimos dentro de una hora. Y envíe gente a todos los edificios para avisar al personal restante de que se quedan solos.

Deakins salió al trote y Walker se levantó del taburete.

—Lo siento, doctor. Ya le ha oído.

—Nos iremos con ustedes —dijo Jamie—. Necesito hablar con el presidente para que me dé acceso a Fort Detrick.

—No tengo autoridad para transportar civiles —objetó Walker—, y mucho menos autorización para meter civiles en la burbuja de la Casa Blanca.

—Entonces más le vale conseguir esa autoridad, o jugársela

y hacerlo por su cuenta. Debería preguntarse si de verdad quiere pasar a la historia como el hombre que impidió que el mundo obtuviese una cura.

Walker parecía a punto de perder los estribos, pero al final bajó un poco los hombros.

—Vale. Solo usted y sus hijas. Nadie más. Delante de mi despacho. En una hora.

Jamie se aseguró de que las niñas comieran algo y fue a darle la noticia a Bigelow. No estaba seguro de lo que haría si le suplicaba marcharse con ellos, pero supuso que intentaría convencer a Walker.

Llamó con suavidad a la puerta de Bigelow, luego más fuerte.

No estaba cerrada con pestillo, de modo que entró.

La nota que tenía en el pecho resultaba parcialmente ilegible debido a las salpicaduras de sangre. Había una navaja suiza en el suelo.

La parte visible de la nota decía:

No soporto la idea de perder mis facultades. Mi cerebro siempre ha sido el mejor de mis órganos. Mi vacuna es un fracaso. Espero que la tuya sea un éxito.

47

E l convoy de vehículos militares se abrió paso entre la muchedumbre y entró en los terrenos de la Casa Blanca por la puerta noroeste, detrás del edificio de la Oficina Ejecutiva Eisenhower. La oficial al mando de lo que quedaba del tercer regimiento de infantería del Ejército de Estados Unidos en la base conjunta de Myer-Henderson Hall en Arlington, Virginia, recibió al teniente Walker cuando este salió de su Humvee en el jardín Sur, cuyo césped estaba cubierto de rodadas.

El saludo de la coronel Amelia Willey se convirtió en un dedo señalador cuando vio apearse a Jamie y las niñas. En cumplimiento de las órdenes previas de Walker, los tres llevaban mascarilla, al igual que todos los soldados del jardín.

—¿Qué coño hace trayendo a civiles a un recinto seguro, teniente?

—Este hombre afirma que tiene una cura. Estas son sus hijas.

—¿Es del NIH? —preguntó Willey a Jamie.

—No, de Boston —respondió Jamie—. Estaba en el NIH buscando unos materiales biológicos esenciales. Resulta que lo que necesito está en Fort Detrick. ¿Pueden proporcionarme una escolta?

La coronel señaló con una mano al gentío vociferante que había al otro lado de la valla.

—Mi misión consiste en mantener a los lobos alejados de las gallinas. Tendrá que hablar con alguien de dentro.

Por lo visto, la idea que tenía la coronel de hablar con alguien de dentro consistía en llevar a Jamie derecho al Ala Oeste, donde puso al corriente a los dos agentes del servicio secreto que montaban guardia ante el Despacho Oval.

Uno de los agentes lo miró con cara de pocos amigos por encima de su mascarilla y entró en el despacho. Apenas un minuto después, volvió y le ordenó al otro agente que los cachease, y las chicas se echaron a reír ante lo que tomaron por una sesión de cosquillas.

—El presidente los recibirá ahora —gruñó el agente con más autoridad.

Las circunstancias habían despojado a Jamie de cualquier sentido de vanidad que, en otras condiciones, hubiese asociado con una visita al Despacho Oval.

Oliver Perkins, presidente de Estados Unidos desde hacía nada más y nada menos que un mes, no se encontraba detrás del enorme escritorio Resolute. El presidente, delgado y de hombros estrechos, estaba sentado en un sillón sin zapatos y, en una muestra de lasitud, no se había molestado en calzarse para la ocasión. Tampoco se había molestado en ponerse mascarilla. Había pasado toda su vida política como congresista de la rural Illinois y, tras hacer carrera engatusando a propios y extraños hasta alcanzar el puesto de presidente de la Cámara de Representantes, jamás había esperado ni deseado verse en la posición que ocupaba en esos momentos.

Más allá de votar y de leer el periódico, Jamie no era un animal político. Su paternidad en solitario y el trabajo habían consumido todo su tiempo. Sabía quién era Perkins, por supuesto, pero no tenía ni idea de quién era la mujer que estaba sentada delante de él. Se preguntó si sería la primera dama. Era distinguida y tenía sesenta y tantos años, una franja de edad apropiada para ser la esposa de Perkins. Ella tampoco llevaba mascarilla. Tenía una novela en el regazo, que cerró de golpe después de marcar el punto con un trozo de papel.

—Doctor Abbott, bienvenido a Washington —saludó Perkins—. No me han contado gran cosa, pero imagino que está embarcado en una especie de misión.

—Gracias, señor presidente. Es un honor.

—¿Y quiénes son estas señoritas?

—Mis hijas, Emma y Kyra. Bueno, verá, las dos están infectadas.

—Encantado de conocerlos, a todos ustedes —añadió Perkins—. Por qué no se quitan la mascarilla para que veamos qué aspecto tienen. Las precauciones parecen absurdas a estas alturas. La vicepresidenta y yo hemos estado en contacto con muchas personas que han enfermado y, aun así, no hemos sucumbido. Imagino que no vamos a contagiarnos.

—Yo también soy inmune —aseguró Jamie quitándose la mascarilla—, al igual que más o menos una quinta parte de la población.

Perkins les presentó a la mujer como Gloria Morningside, anterior secretaria de Agricultura. Cuando la cara de las niñas quedó a la vista, la vicepresidenta comentó lo guapas que eran y que se notaba el parecido con su padre. Jamie optó por no sacarla de su engaño, aunque estaba seguro de que Kyra no se le parecía en nada.

—¿Puedo preguntar por su madre? —dijo Morningside.

—Mi esposa falleció hace años.

—Lo siento. ¿Tenéis hambre, guapas? —preguntó la vicepresidenta—. ¿Me entienden?

—¿Galletas? —dijo Emma.

—Ya veo que sí —comentó riendo—. Pues resulta que sí tenemos galletas.

Había una caja de Oreo en un aparador, así que, al cabo de un momento, las niñas las estaban devorando alegremente.

Perkins sirvió a Jamie un café y le pidió que se sentara con ellos en los sofás enfrentados del centro del augusto despacho.

—¿De dónde es, doctor Abbott? —preguntó el presidente.

—De Boston. Trabajo, o trabajaba, en el Hospital General de Massachusetts.

—¿Es médico?

—Sí, señor. Neurólogo.

—Mi padre era médico de cabecera en un pueblecito de Illinois del que no habrá oído hablar nunca.

—Mi tío asistía en partos —añadió Morningside con aire soñador.

—Entiendo que cree tener posibilidades de encontrar una cura —dijo Perkins—. Pónganos al día.

Jamie habló durante media hora o más. La única interrupción se produjo cuando el mayor de los dos hombres del servicio secreto entró, hizo un comentario reprobatorio al ver que los visitantes no llevaban mascarilla y entregó a Perkins una nota.

—Prosiga, doctor Abbott —dijo Perkins cuando se fue—. Si el agente Mitchell alguna vez tuvo sentido del humor, ahora ha desaparecido por completo.

Cuando Jamie terminó, el presidente le hizo una pregunta.

—¿De verdad cree que su sistema puede funcionar?

—Creo que hay una posibilidad. A mi modo de ver, sería criminal no intentarlo.

Perkins asintió solemne.

—Le diré lo que pienso. Usted y sus hijas han pasado un calvario al servicio de la humanidad. No hay otro modo de describir su aventura. Es un ejemplo de nobleza y servicio. Lo mismo digo de su colega de Indianápolis, la doctora Alexander, que en paz descanse. ¿Estás de acuerdo, Gloria?

—Totalmente —respondió Morningside.

Perkins se levantó del sofá apoyando las manos.

—Le ayudaremos, por supuesto. Obtendrá una escolta militar hasta Detrick y una carta de mi puño y letra para el comandante de la base. Partirá a primera hora de la mañana. Hasta entonces, les invito a cenar. Esta es una casa grande. Usted y sus encantadoras hijas pueden escoger dónde dormir esta noche.

—Supongo que no puedo elegir el dormitorio Lincoln —dijo Jamie, medio en broma.

Perkins dio una fuerte palmada y sonrió.

—El dormitorio Lincoln, dicho y hecho.

Milagrosamente, la Casa Blanca parecía disponer de abundante agua caliente. Jamie se puso en remojo en la bañera del dormitorio Lincoln hasta que se le quedaron las yemas de los dedos como pasas. Después fue a ver a las niñas, que estaban instaladas al otro lado del pasillo en la segunda planta de la residencia, en el dormitorio de la Reina. Habían disfrutado de sus respectivos baños calientes y estaban repantigadas bajo el dosel de una cama enorme, en una sala que parecía una bombonera rosa. Al volver a su cuarto, Jamie estudió la copia del discurso de Gettysburg que había sobre la mesa y, acto seguido, él también se desplomó en el descomunal lecho de palisandro. Bajo la adusta mirada de Abe Lincoln en óleo sobre lienzo, se durmió hasta que lo despertó para cenar el único miembro del servicio que quedaba en el edificio.

Habían servido la cena en la planta baja de la residencia, en el Salón Azul. Una mesa en el centro del óvalo estaba puesta para cinco comensales e iluminada por las bombillas atenuadas de la gigantesca lámpara de araña. Perkins alabó a la cocinera, una mujer fornida que hacía las veces de camarera.

—Amy ha preparado este banquete sin ayuda —dijo—. Está sola en la cocina, ¿no es así, Amy?

—Sí, señor, así es.

—Cuéntale al doctor Abbott a cuántos presidentes has servido.

—A cinco. Bueno, seis contándole a usted.

—Yo soy el del asterisco al lado del nombre —señaló Perkins con una risilla.

—Si tú tienes un asterisco, ¿qué tengo yo? —preguntó Morningside, que se bebía el vino a tragos.

Perkins no le hizo caso y siguió hablando.

—Amy nos inspira a todos con su servicio.

La mujer se encogió de hombros.

—No tengo ningún otro sitio adonde ir ni gente que me espere. Bien, ¿quién quiere más pollo?

—La Casa Blanca está bajo mínimos de personal —comentó Perkins al cabo de un rato—. Solo nos queda un puñado de asesores leales y unos cuantos muchachos del servicio secreto. Para ser franco, tampoco hay mucho que hacer. Tenemos electricidad de sobra gracias a nuestros generadores de reserva. Sin embargo, aparte de los militares desplegados aquí y de algunas unidades del Pentágono con las que se puede contactar por radio, no hay nadie con quien comunicarse y nos llega muy poca información de fuera de Washington. Por eso la crónica de su travesía por el país ha sido tan esclarecedora. A decir verdad, el presidente Lincoln tenía muchísima más información que yo sobre el estado del país durante la Guerra Civil.

»Este es un gobierno federal solo sobre el papel. Un Congreso menguado ha suspendido las sesiones hasta nuevo aviso, no hay un poder judicial operativo y el ejecutivo lo tiene usted delante. Al principio de la epidemia, cuando el presidente y el vicepresidente quedaron incapacitados y se me tomó juramento de acuerdo con la Vigesimoquinta Enmienda, pensé que el trabajo conllevaría una dificultad inmensa, pero no tenía ni idea de que básicamente carecería de sentido.

—No carece de sentido, Oliver —repuso Morningside.

Perkins sonrió y señaló al otro lado de la mesa.

—Esta mujer es mi fuerza. Mi esposa estaba en Illinois con nuestros hijos y nietos cuando cayeron las líneas de comunicación y perdí el contacto. El marido de Gloria... En fin...

—Ya no está —fue lo único que añadió ella.

—Gloria es la única miembro del gabinete en paradero conocido que no se contagió. La nombré vicepresidenta y así tenemos un plan de sucesión si yo caigo. A falta de ratificación del Congreso, técnicamente no es válido, pero bueno, qué le voy a hacer. No la cambiaría por nadie para estar en la brecha. Entramos a la vez en el Congreso, ¿sabe?

Morningside se levantó para coger otra botella de vino del aparador. Al ponerse en pie se tambaleó un poco. La cocinera entró en acción de inmediato y le dijo que ya se la llevaba ella.

—Los dos veníamos de distritos agrícolas —dijo Morningside—, los dos éramos jóvenes abogados y los dos éramos como ciervos ante los faros de un coche en todo lo referente a Washington. Creo que yo le hacía tilín.

—Bueno, quizá un poco —reconoció Perkins.

—Quizá un montón —replicó ella.

Jamie sonrió mientras escuchaba su jocosa conversación. Él era el público de aquel pequeño entremés doméstico que se representaba en un ornamentado teatro azul de la casa más ilustre de Estados Unidos. Se preguntó a quién tendría que contárselo algún día.

Oyeron un disparo aislado, atenuado por el grueso cristal y las cortinas echadas.

—Vaya, vaya —dijo Morningside—. Eso ha sonado cerca.

—El sonido de los disparos se ha vuelto cotidiano —señaló Perkins.

Morningside estiró el brazo, encontró la muñeca de Jamie y lo pilló totalmente desprevenido:

—Dígame que su vacuna funcionará.

Él le contestó lo que quería oír.

—Creo que sí.

La vicepresidenta se dispuso a añadir algo, pero la interrumpió una ráfaga cercana de disparos con fusil automático.

Los dos agentes del servicio secreto a los que Jamie había visto ante el Despacho Oval entraron y comprobaron que las cortinas no dejaran pasar la más mínima luz.

—¿Nuestro o suyo? —preguntó Perkins.

—Suyo —contestó el agente mayor, que a continuación respondió a una transmisión que le llegaba por el auricular—. Entendido.

»Los centinelas del jardín Norte creen que alguien ha disparado contra las ventanas de la tercera planta. El oficial al

423

mando solicita permiso para responder con unos disparos de advertencia.

—¡Que apunten alto! —exclamó Perkins—. No quiero derramamiento de sangre.

Sonó una ráfaga de ametralladora ligera desde la azotea de la Casa Blanca y volvió la paz.

—Pobres infelices —comentó Perkins—. Llegan aquí desde todos los rincones porque esta casa es un faro de esperanza. No tienen electricidad y dentro ven luz. No tienen comida e imaginan que aquí la hay de sobra.

—Deberíamos alimentarlos en la medida de nuestras posibilidades —dijo Morningside.

—Esto ya lo hemos hablado *ad nauseam*, Gloria —replicó Perkins, quien trataba de mantener a raya su genio—. Tenemos que usar nuestras reservas para abastecer a las tropas. Ahora que han llegado refuerzos de Bethesda, aún tenemos más bocas que alimentar. Es nuestro deber defender el poder ejecutivo. —La cólera se impuso y Perkins dio un puñetazo en la mesa—. ¡No pienso dejar que una turba armada invada esta casa!

Las niñas soltaron los huesos de pollo que estaban royendo y, al notar la sacudida, miraron a Jamie en busca de orientación.

—Mira, las has asustado —dijo Morningside.

—¿Queréis comer algo más, niñas? —preguntó Perkins, desentendiéndose de la vicepresidenta con un gesto desdeñoso de la mano.

—Yo quiero galletas —contestó Kyra.

—¡Yo también! —añadió Emma.

—Amy —dijo Perkins—, echa mano de mi reserva privada para estas dos jóvenes votantes.

En el sueño de Jamie, Mandy estaba sentada en un prado lleno de flores, con el mismo aspecto que tenía en el cuadro de Rosenberg. Ella se volvía hacia él, que intuía que iba a contarle algo de suma importancia, quizá algo sobre la cura en la que habían trabajado. Pero lo único que salió de su boca fue un ruido fuerte, como si alguien aporreara una puerta.

La luz se encendió y Jamie vio que el más joven de los agentes del servicio secreto estaba en el dormitorio. Cuando despertó, oyó un tiroteo sostenido en los terrenos.

—Póngase en marcha —ordenó el agente con una mezcla de calma y urgencia—. Evacuamos. Se ha producido un ataque coordinado desde todos los lados. Hay grupos de civiles entrando en tropel por las puertas. Llevan armamento pesado. El ejército no podrá defender la línea.

Jamie se vistió deprisa y corriendo, agarró la única bolsa que llevaba para los tres, más la mochila con los cuadernos de Mandy, y corrió al dormitorio de las niñas. Mientras ellas se vestían, metió sus pijamas dentro del retrato enrollado de Mandy con el que había soñado.

El presidente y la vicepresidenta esperaban cerca del Salón Azul, junto a las puertas del pórtico sur.

Jamie hizo avanzar a las niñas por el pasillo y llamó a Perkins para preguntarle adónde iban. El presidente parecía asustado.

—Nosotros cinco y nuestra escolta del servicio secreto subiremos al Marine One —contestó—. El resto del personal evacuará por carretera con el ejército, que asegura que puede abrirse paso por la fuerza. No quiero marcharme, pero me dicen que no tenemos elección. Por lo visto, la casa del pueblo está a punto de ser invadida por el maldito pueblo. Nos reuniremos todos en Fort Detrick. Me temo que tendremos que sostenerle la mano mientras intenta curar esta desgracia.

Cuando el enorme helicóptero verde despegó y se elevó hacia la noche a gran velocidad, Jamie sostuvo la mano de Emma y de Kyra y estiró el cinturón de seguridad para atisbar por un instante, a la luz de la luna, un río de gente que se abalanzaba hacia el majestuoso edificio blanco.

48

El Marine One, un Sikorsky Sea King, era enorme para ser un helicóptero, pero la cabina de pasajeros provocaba claustrofobia. El presidente y la vicepresidenta estaban sentados frente a frente en amplios asientos de capitán, mientras que Jamie, las niñas y los dos agentes del servicio secreto ocupaban los bancos que había al otro lado del estrecho pasillo. Los dos pilotos militares habían dejado abierta la puerta de la cabina de mando. El resplandor del tablero de instrumentos era la única fuente de luz, ya que una cabina iluminada podía convertirse en un objetivo para cualquiera que intentase hacer puntería desde el suelo.

—¿Tiempo de vuelo? —preguntó el presidente a los pilotos.

—Quince minutos hasta Detrick, señor —gritó el copiloto.

Jamie estaba sentado entre las niñas, sin soltarles la mano. Emma había viajado en helicóptero de pequeña cuando lo acompañó a un congreso de medicina en Las Vegas. Habían hecho un recorrido aéreo por el Gran Cañón que le había encantado de cabo a rabo. Sin embargo, esos recuerdos estaban escondidos tras los circuitos de memoria bloqueados y ahora volar le daba miedo. La niña le apretó la mano hasta cortarle la circulación.

—No pasa nada, pequeña. Pronto llegaremos.

Morningside sonrió a Jamie.

—Son un encanto de niñas. Es usted afortunado de tenerlas. Yo también tengo dos niñas. Son mayores, claro... —Su voz se debilitó hasta tal punto que Jamie no oyó el resto de la frase.

El helicóptero se zarandeó al atravesar una zona de turbulencias y Emma empezó a gimotear, acompañada enseguida por Kyra. Jamie, pendiente como estaba de sus necesidades, no vio venir la tragedia aérea.

—¿Qué haces, Grant? —dijo el agente del servicio secreto más joven.

Jamie lo oyó y alzó la vista.

—Dame tu arma —respondió el mayor, Mitchell.

Jamie miró y se encontró con que Mitchell apuntaba a su compañero con la pistola.

—¡Suelte esa arma! —gritó el presidente—. ¿Qué hace?

—No voy a decírtelo otra vez, Bobby.

—No pienso darte mi arma. Baja la tuya —replicó el joven.

El otro agente cambió de objetivo y apuntó a Perkins.

—La pistola, o lo mato.

Morningside llamó a los pilotos.

—¡Socorro! ¡Socorro!

Cuando los pilotos se volvieron hacia la cabina, Mitchell les advirtió que no se movieran de su asiento.

—Sé que no vais armados, chicos. No hagáis el capullo.

Jamie soltó la mano de las niñas y les dijo que no pasaba nada. Escudriñó el rostro del agente más joven para intentar prever su próximo movimiento. Llegó enseguida: sacó su pistola enfundada con dos dedos y la entregó.

—Ha sido la decisión correcta —dijo Mitchell—. Ahora quédate quieto. No te quites el cinturón o tendré que liquidarte.

—¿Cuáles son sus intenciones? —preguntó el presidente.

Mitchell dio su respuesta a los pilotos.

—¡Cambiad el rumbo a Chattanooga! —gritó.

—¡Imposible! —respondió el piloto a voces—. Tenemos órdenes de volar a Detrick.

—¿Órdenes de quién? ¿Esta nulidad a la que no ha elegido nadie?

—Soy el presidente de Estados Unidos —masculló Perkins.

—Ya no hay Gobierno —dijo Mitchell con su habitual templanza—. Se ha ido todo a la mierda. Solo hay personas, y esta en concreto se va a Tennessee a buscar a su familia. Si quiere seguir llamándose presidente, adelante, dese el gusto.

Perkins señaló a Jamie.

—Este hombre es médico. Tiene una cura y necesita las instalaciones de Detrick para desarrollarla.

—Si quieren volver a Maryland después de dejarme en Chattanooga, no se lo impediré. —Pareció buscar su punto más débil y se decidió por Morningside. La apuntó con la pistola—. Dele a la tripulación de vuelo la orden de cambiar de rumbo o le saltaré la tapa de los sesos.

Morningside cerró los ojos aterrorizada.

—Por favor, no me haga daño. Ni siquiera sé qué hago aquí. Hace dos semanas era la secretaria de Agricultura. ¡Agricultura! Esto no me puede estar pasando.

—¡Caballeros, vamos a Chattanooga! —gritó Perkins a los pilotos—. ¿Tenemos combustible suficiente para volver luego a Detrick?

El copiloto puso en pantalla unos mapas de los estados del sudeste y respondió:

—Con los depósitos auxiliares podremos llegar por los pelos.

—De acuerdo, pues adelante —ordenó Perkins—. ¿Cuánto calculan que tardaremos?

—Tres horas de ida y tres de vuelta.

El secuestrador mantuvo encañonado al que percibía como la mayor amenaza: su colega. Lo único que Jamie podía hacer era volver a agarrar la mano a las niñas, que estaban aterradas.

—Juraste servir y proteger, Grant —dijo el agente más joven—. Ese juramento no tiene fecha de caducidad.

—¿Por qué no cierras la puta boca? El país entero ha caducado. Mi responsabilidad es hacia mi familia. Tú tendrías que mover el culo a Hartford para reunirte con la tuya.

Perkins tenía aspecto de estar hecho polvo y profundamente triste.

—Agente Mitchell, ¿puedo tutearle?

El agente no lo quiso mirar a los ojos. Asintió.

—De acuerdo, Grant, no pienses ni por un segundo que no he apreciado tu extraordinario servicio estas últimas semanas. Sé la presión a la que te has visto sometido. Todos llevamos tiempo muertos de preocupación por nuestra familia. Yo tengo hijos y nietos en Illinois con los que he perdido el contacto.

—No va a hacerme cambiar de opinión.

—Tampoco lo intento. Tú eres el que tiene la pistola, hijo. El único que puede cambiar de opinión eres tú.

—Vamos a Chattanooga.

—Sí, ya lo has dicho. Verás, no puedo denunciarte ante el jefe del servicio secreto. No sabemos nada de él. No puedo acusarte de un delito porque no hay poder judicial operativo. Lo único que puedo hacer es apelar a tu conciencia. Hijo, vas a tener que vivir con la certeza de que has puesto en riesgo el desarrollo de una cura.

—No soy su hijo. Y si sigue hablando, lo amordazaré, señor.

El Marine One surcó los cielos oscuros sobre un paisaje negro e indistinguible. El miedo de las niñas dio paso al aburrimiento.

—Quiero jugar —se quejó Emma.

—No tenemos ningún juego —dijo Jamie.

—¿Saben jugar al tres en raya? —preguntó Morningside.

—Tendría que enseñarles —respondió Jamie.

—Puedo intentarlo.

Perkins, con ganas de ayudar, sacó una libreta decorada con el sello presidencial y un par de bolígrafos, y Morningside empezó la clase. Como sucedía con muchas de sus tareas recién aprendidas, eran lentas en adquirir la habilidad, pero, superado cierto punto de inflexión, todo iba rodado. En cuanto les enseñaron unas cuantas veces cómo formar líneas con las X y las O, lo comprendieron de golpe. Emma aprendió antes que Kyra cómo bloquear a su oponente. Sin embargo, una vez que las dos entendieron el funcionamiento básico, se engancharon. Jamie tuvo que apartarse para que pudieran sentarse juntas con la libreta en medio.

La vicepresidenta y el presidente las miraban como abuelos orgullosos, y Jamie reparó en que al secuestrador también se le suavizaban las facciones al observarlas.

—¿Tiene hijos? —Jamie no esperaba que le respondiera, pero lo hizo.

—Un niño y una niña.

—¿De qué edad?

—Doce y trece.

—¿Viven en Chattanooga?

—Con su madre. Estamos divorciados. Con este trabajo, ni me molesté en intentar obtener la custodia. No me la concederían.

—¿Cuándo fue su último contacto?

—El día en que cayó la red eléctrica del este. Una semana más tarde, conseguí que un conocido mío del Pentágono mandase un mensaje por radio a un conocido suyo en la Base de las Fuerzas Aéreas de Arnold para que se pasase por Chattanooga para ver cómo estaban. Los localizó. Estaban encerrados con suministros. No había ninguno enfermo. Mi mensaje fue que aguantasen hasta que llegara yo. Ahora llegaré.

Al cabo de un rato, las niñas se cansaron y se adormilaron. El sueño se contagió. Perkins y Morningside empezaron a bostezar y también se durmieron. Los dos agentes eran disciplinados y se mantuvieron ocupados mirándose con mala cara. Jamie luchó con denuedo contra el sueño; la situación era demasiado tensa. Emma tenía la cabeza sobre su regazo, y le acarició el pelo.

El informe del copiloto no despertó a nadie.

—Acabamos de sobrevolar Asheville, Carolina del Norte. Deberíamos llegar a Chattanooga en media hora. ¿Dónde tomamos tierra?

—¿Sale el Instituto de Chattanooga en su mapa? —preguntó Mitchell.

—En nuestro mapa sale todo.

—Bien. Aterrizad en uno de los campos de deporte. Mi casa está cerca.

—De acuerdo, nos mantendremos a dos mil quinientos metros hasta que pasemos las Montañas Humeantes.

—Venga, Grant —dijo el agente más joven en voz baja—, no me aguanto más. Deja que vaya al baño.

—Ya le has oído. Media hora.

—Hazme caso, tío. No quiero mearme en los pantalones. Deja que conserve un poco de mi puta dignidad.

Mitchell suspiró y le dijo que lo acompañaba a la parte de atrás.

—Nada de movimientos bruscos, y deja la puerta abierta.

Jamie los vio avanzar hacia la cola.

Oyó que el joven gritaba algo a un volumen increíble a modo de distracción.

Vio que intentaba coger la pistola de Mitchell.

Oyó el disparo errante que atravesó el techo mientras los dos hombres forcejeaban.

Vio que Mitchell liberaba la pistola y disparaba tres veces en el pecho al otro agente.

Vio que el helicóptero se ladeaba hacia la derecha y que el piloto y el copiloto se gritaban el uno al otro.

—¡Avería en el rotor de cola!

—¡Descendemos! Autorrotación cuando dé la orden. ¡Ya!

—¡Hélice descontrolada!

El motor principal ya no impulsaba el rotor. El helicóptero empezó a girar como una peonza en un descenso de emergencia controlado.

Las niñas chillaron.

—¿Qué pasa? —gritó Perkins.

Morningside rezaba en voz alta.

—¡Baja el morro! ¡Mantén la velocidad de planeo!

—¿Dónde está la montaña? ¿¡Dónde está la condenada montaña!?

—Vamos bien. La elevación del valle es de dos mil quinientos.

—¡Pasajeros, apriétense los cinturones! ¡Prepárense para el impacto en un minuto!

A Jamie se le revolvía el estómago con tanto giro. Se estiró para ponerles el cinturón a Emma y a Kyra. Les dijo que las quería, para que lo oyeran antes de estrellarse. Morningside dejó de rezar, por lo menos en voz alta, y se hizo el silencio en la cabina, salvo por el zumbido del rotor principal, que giraba libre en la oscuridad.

De repente, saltó una sirena ensordecedora en la cabina y una voz automática anunció: «Terreno. Terreno. Terreno».

El sonido del impacto fue espantoso: crujido de metal, cristales rotos, chillidos que helaban la sangre.

Todo estaba de lado. El cinturón le impidió salir despedido hacia delante.

Algo le salpicó la cara y se le metió en la boca. Sabía como a cobre, como a sangre.

Entonces sintió el peor dolor que hubiera sufrido en su vida, y en ese momento, por suerte para él, quedó inconsciente.

49

Las voces sonaban muy lejanas, debía de ser un efecto de la conmoción cerebral. Un hombre entraba reptando en la cabina a través de un gran agujero de bordes irregulares en el fuselaje, abierto por una gruesa rama de pino. Un haz de linterna irrumpió en la oscuridad.

—¿Qué ves?

—Dame un segundo, ¿vale?

—¿Hay supervivientes?

—¿No te acabo de pedir un segundo?

—Es un helicóptero del Gobierno.

—¿Cómo lo sabes?

—Porque sé leer.

—Vale, estoy dentro.

—Huele a combustible.

—Yo también lo huelo.

Ya había un hombre dentro, agazapado sobre el armario de la cabina. El fuselaje estaba volcado sobre el costado de babor.

—¡Dios bendito!

—¿Qué?

—Los dos pilotos están muertos.

—¿Seguro?

—Es difícil estar vivo cuando la cabeza no está en su sitio.

—Dios, eso no quiero verlo. ¿Hay alguien más?

—Sí. Espera.

—¿Están vivos?

—¡Joder, Dennis, dame un segundo!

Jamie vio una camisa roja y logró hablar.

—Ayude a mis hijas.

—Señor, espere, voy hacia usted. ¡Dennis, aquí hay uno vivo!

El rescatador se abrió paso desde la cabina de mando para dirigirse a la parte de atrás, y cuando se detuvo ante el cuerpo sin vida de Oliver Perkins, que estaba atado a su silla de capitán, Kyra empezó a llorar. Jamie giró la cabeza tanto como pudo y vio a las dos niñas en una postura parecida a la suya, inclinadas hacia delante, colgando de los cinturones. Emma no se movía. Kyra se sujetaba el brazo izquierdo con la mano derecha y berreaba a moco tendido. Jamie intentó desabrocharse el cinturón, pero, con el cuerpo doblado como lo tenía, era incapaz de llegar a la hebilla.

—Espere, señor —dijo el rescatador—. Deje que le ayude.

El hombre usó la fuerza de su antebrazo para echar atrás el torso de Jamie y alcanzar la hebilla. Jamie cayó en sus brazos y emitió un grito breve cuando cargó el peso en el tobillo izquierdo. Se colocó en el espacio que quedaba entre Perkins y las piernas de Morningside. Con el presidente no había nada que hacer, era obvio: tenía el cuello doblado en un ángulo imposible. En el caso de Morningside no lo veía tan claro.

—Me parece que ha tenido mucha suerte —dijo el hombre.

—No se preocupe por mí. Ayude a las niñas.

El hombre se acercó a Emma y gritó por encima de su hombro.

—Dennis, entra aquí si no estás demasiado gordo para pasar. Necesito ayuda para sacar a los supervivientes. Hay gasolina por todas partes.

—Voy.

—¿Qué hace Kev?

—Nada.

—Dile que corra a buscar a Connie y le diga que hay heridos. —Echó un vistazo a Emma—. Todavía respira. Le quitaré el cinturón.

Jamie se acercó a la pata coja.

—Le estabilizaré el cuello por si hay fractura —dijo—. Usted aguante el peso.

—Habla como un técnico de emergencias o algo por el estilo.

—Soy médico. —Kyra lo miraba con los ojos desorbitados—. Cariño, enseguida te sacamos a ti.

Los dos oyeron un gemido grave por debajo de los aullidos de Kyra. Morningside estaba desplomada contra una de las ventanas, con mala cara.

—Acabo de mandar a buscar a una amiga que también es médico. Vais a tener bastante trabajo, si esto no explota con nosotros dentro.

Tendieron a Emma en el suelo. Jamie, frenético, le quitó la linterna de la mano al rescatador y la usó para examinarle las pupilas. Eran simétricas y se contrajeron ante la luz. El segundo hombre ya había entrado y les alumbraba la cara con su linterna. Era un tipo corpulento, con la frente empapada de sudor a pesar del frío.

—Este es mi vecino, Dennis Cole —dijo el hombre de la camisa roja—. Yo me llamo Pete Dyk. Vivimos aquí cerca.

—¿Está bien? —preguntó Cole.

—No tiene hemorragia cerebral —dijo Jamie.

—Eso es bueno. ¿Por qué está inconsciente?

—Conmoción.

Emma empezó a moverse y parpadeó rápido hasta abrir los ojos.

—¿Papá?

—Estoy aquí, cariño. Nos hemos estrellado, pero estás bien. ¿Te duele algo?

—No. —Miró a su alrededor—. ¿Por qué llora Kyra?

—Ahora voy a echarle un vistazo.

—¿Puede caminar?

—Sí.

—Sáquenla de aquí —le dijo Jamie a Dyk—. Aléjenla del helicóptero.

Dyk delegó la tarea en su amigo. Cole rodeó a Emma por la cintura con su enorme brazo y la ayudó a mantener el equilibrio mientras salían por el agujero.

Dyk vio dos formas oscuras cerca de la cola y le preguntó a Jamie si había más pasajeros.

—Dos agentes del servicio secreto.

—¡Joder! ¿Pero quién sois?

—Ese hombre era el presidente de Estados Unidos. Esta mujer es la vicepresidenta.

—Manda cojones. ¿Y qué hacen aquí? ¿Qué ha pasado?

—Luego se lo cuento, ¿vale?

Jamie pidió a Dyk que fuera a ver cómo estaban los agentes mientras él se ocupaba de Kyra y Morningside.

—Uno le pegó un tiro al otro —añadió.

—Esa historia tengo que oírla.

Como le resultaba más fácil estar de rodillas que derecho, se dejó caer a los pies de Kyra y le preguntó qué le dolía.

—¡Brazo duele!

La palpó y le provocó un aullido de dolor al tocar cerca del codo.

—Está roto, cariño. Enseguida te curaré, ¿vale?

Dyk compartió su veredicto.

—Están muertos los dos.

—Saque a la niña. Kyra, ve con este hombre simpático.

La siguiente fue Morningside. Estaba seminconsciente, con el pulso débil. Jamie la examinó palpándole todo el cuerpo. Ella tragó aire e hizo una mueca cuando le apretó el abdomen.

—Señora Morningside, ¿me entiende?

Un débil asentimiento de cabeza.

—Vamos a sacarla de aquí. Aguante.

Dyk y Cole volvieron al interior al cabo de un rato e informaron a Jamie de que las niñas estaban a salvo, lejos del lugar del accidente.

—Ahora ella —dijo Jamie—. Vayan con el máximo cuidado. Sufre traumatismo abdominal.

Jamie fue a la pata coja hacia la parte delantera y vio los desperfectos causados en la cabina de mando por un fragmento de rotor que había atravesado metal, carne y hueso. Había un armarito con la puerta abierta del que había caído un paraguas con el sello presidencial. Jamie lo recogió para usarlo de bastón y salió agachado por el agujero del fuselaje.

Los supervivientes y sus rescatadores estaban reunidos en un claro a una distancia segura del accidente. Al cabo de diez o quince minutos, Jamie oyó que un niño llamaba a gritos a su padre. Cole dirigió la luz de la linterna hacia la voz.

—¡Estamos aquí, Kev!

La mujer que llegó al cabo de poco tomó las riendas de inmediato.

—Vale, ¿qué pasa aquí?

—Bueno, Connie... —empezó Dyk, pero Jamie enderezó la espalda y lo interrumpió.

—Esta mujer es la que está más grave. Sufre una contusión con probable hemorragia intrabdominal. La niña tiene una fractura en el codo; el cúbito, creo. Y esta ha sufrido una conmoción. Hay cinco fallecidos a bordo del helicóptero.

—¿Es médico o algo así? —preguntó la mujer con acento de Carolina.

—Neurólogo. ¿Usted?

—Cirujana.

—Muy práctico.

—Puede ser —dijo ella—. ¿No se olvida de algo?

—No lo creo.

—Veo que se apoya en ese paraguas.

—Ah, sí. Un tobillo roto.

—Vale, examinaré primero ese abdomen. ¿Quién es la mujer?

Jamie recapacitó unos instantes.

—Creo que ahora es la presidenta.

—¿De qué? —preguntó Connie.

—De Estados Unidos.

—No me diga.

Cole y Dyk enfocaron a Morningside con las linternas y Jamie observó a la cirujana bajo la luz. Tenía treinta y muchos o cuarenta y pocos años, el pelo moreno y la piel aceitunada, tersa sobre unos pómulos marcados. Su aspecto era rollo *Top Gun*, con sus vaqueros ajustados y la chaqueta de cuero de aviadora, y examinó a su paciente con la eficacia de una especialista en triaje. No era demasiado delicada en sus maneras y Morningside chilló de dolor.

—Tiene una laceración en el bazo —anunció levantándose de un salto—. Tengo que operar pero ya.

—¿Hay algún hospital cerca? —preguntó Jamie.

Connie soltó un bufido al oír la pregunta.

—Tendremos que conformarnos con mi mesa del comedor. Bajemos a las camionetas. ¿Cómo se llama?

—Jamie Abbott.

—Connie Alexiadis. ¿De verdad es la presidenta?

—Uno de los fallecidos del helicóptero era el presidente. Ella era la sucesora, de modo que sí.

—Entonces mejor nos ponemos en marcha.

La casa de Connie estaba a poco más de un kilómetro y medio del lugar del aterrizaje forzoso. Jamie se enteraría más tarde de que estaban en el oeste de Carolina del Norte, en un estrecho valle de las Montañas Humeantes. El aire nocturno de finales de octubre rondaba temperaturas de congelación a causa de la altitud. Jamie se ofreció voluntario para viajar en la parte de atrás de una de las camionetas para cuidar de Morningside, a la que había que transportar con las piernas más altas que la cabeza. Usó la única manta que había para mantenerla caliente. Para cuando tomaron el camino de entrada de casa de Connie, a Jamie le castañeteaban los dientes.

Connie bajó de la camioneta y empezó a dar órdenes.

—Pete y Dennis, meted a la señora en la casa. Despejad la mesa del comedor. Kevin, tú lleva adentro a las niñas y acomódalas en el salón con algunas mantas del cuarto de invitados. Dale a la del brazo roto una almohada para que lo apoye. Y dales agua. —Bajó la puerta de carga y tendió la mano a Jamie—. Vamos.

Él todavía conservaba el paraguas presidencial, de modo que, una vez que estuvo abajo, le indicó que podía soltarle.

—Ve a lo tuyo. Yo me apañaré.

Connie se agachó para colocarse bajo uno de sus hombros y sostenerlo.

—Tardarías una eternidad en subir la escalera, y te necesito en el quirófano.

Tenía razón. Había que remontar media docena de escalones para llegar al porche cubierto y eso le habría costado mucho tiempo y dolor. Una vez dentro, echó un vistazo rápido a su alrededor. En el salón había una chimenea encendida y las niñas ya estaban instaladas en un mullido sofá de cuero. Era una casa antigua, una pieza de museo. La habitación estaba llena de muebles de estilo rústico, con mucha madera vista.

Connie dejó a Jamie en una otomana y llamó a voces a alguien llamado Dylan. Un adolescente se acercó por el pasillo con paso vacilante y entró en el salón.

—Este es mi hijo. Tiene la enfermedad.

Era un chico apuesto, alto y fuerte, con las mismas facciones morenas que su madre.

—Las niñas también la tienen —explicó Jamie.

—Lo sé.

Dylan se quedó mirando a las niñas. Kyra estaba demasiado consumida por el dolor y la confusión para fijarse demasiado en él, pero Emma no le quitaba la vista de encima, hasta que vio el golden retriever.

—¡Perro! —exclamó, soltando la mano de Kyra para lanzarse a la alfombra.

—Se llama Arthur. Es mi perro —dijo Dylan con la cadencia titubeante de quien usa el lenguaje desde hace poco.

—Quiero a Arthur —anunció Emma antes de que el perro empezara a lamerle la cara.

Connie captó la expresión preocupada de Jamie.

—No hace falta que se preocupe demasiado. Hemos trabajado en su autocontrol.

—¿Ah, sí?

—Sí. Solo se baja la cremallera para mear.

—¿Ha pasado alguna adolescente por aquí?

Connie negó con la cabeza.

—La verdad es que no. Como digo, no hace falta que se preocupe... demasiado.

Oyeron el sonoro gemido de Morningside cuando los hombres la auparon a la mesa del comedor.

—¿Quiere una cerveza? —preguntó Connie.

—Es broma, ¿no? —respondió Jamie señalando la habitación contigua.

—No. Su parte no requiere que esté al cien por cien.

Jamie prefirió tomar un agua, aunque Connie estaba en lo cierto: su parte consistió en sentarse en una silla para descargar el peso del tobillo y apretar la bolsa del respirador en cuanto Connie noqueó a Morningside con una inyección de midazolam y le insertó un tubo respirador por la garganta. Connie tenía un gran arcón de plástico en el que guardaba instrumental y fármacos suficientes para surtir un pequeño quirófano. Después de disponer en la mesa un arsenal de utensilios esterilizados y bañar con yodo el abdomen distendido de Morningside, practicó una incisión y se puso a trabajar.

—¿No necesita un par de manos extra? —preguntó Jamie.

—Cuando estaba en el Ejército, las enfermeras de quirófano decían que tenía tres. Me las apañaré.

Tenía razón. Era casi imposible seguir el movimiento de sus manos cuando dejó a la vista el bazo perforado y lo seccionó, a la vez que accionaba con el pie una bomba para absorber la sangre que se filtraba en el abdomen. Cuando extirpó el bazo seccionado, ordenó a gritos a Pete que le trajera una sartén de la cocina y le dijo que se lo diera a Arthur en el porche.

—No quiero sangre en mis alfombras —dijo.

—¿Sobrevivirá? —preguntó Dyk.

—No le vendría mal una transfusión, pero, aun a falta de eso, tiene posibilidades.

—¿Habías pensado alguna vez que salvarías a la presidenta? —preguntó a su vecina.

—No, la verdad es que no.

Dyk llamó a Arthur para que saliera de la casa.

—¿Cómo lo llevas, Jamie? —preguntó Connie.

—Estoy bien.

—No estás bien. Si haces una mueca más, se te agrietará la cara. Voy a coserle la barriga y luego te daré algo de alcohol, un puñado de analgésicos, y echaremos un vistazo a ese tobillo.

—Ocúpate primero del brazo de Kyra.

—Kyra es un nombre bonito. ¿Lo escogiste tú o fue cosa de tu mujer?

—Ni lo uno ni lo otro. No es mía. Bueno, supongo que ahora sí. Su madre...

—Me hago cargo. ¿Y la otra?

—Emma es mía. Le falta su madre desde que era pequeña. Lo mismo que Dylan y yo. Su padre, me refiero.

Se calló hasta que terminó de suturar las capas abdominales y la piel y vendó la herida.

—Deja la bolsa. Veamos si respira sola.

Jamie dejó de apretar y el pecho de Morningside empezó a subir y bajar.

—Otro milagro de la ciencia moderna —observó Connie, mientras se quitaba los guantes y la mascarilla.

—Yo diría que esto ha sido cien por cien habilidad, cero por ciento de milagro —comentó Jamie con un gruñido de dolor.

Connie le guiñó un ojo.

—Mira, a lo mejor tienes razón y todo.

50

A la mañana siguiente, había una gruesa capa de escarcha sobre la hierba.

Fue lo segundo que apreció Jamie desde la ventana de su dormitorio. Lo primero fue el lago. De alguna manera, en la oscuridad se le había pasado por alto, pero en ese momento su placidez le ayudó a ahuyentar los pensamientos lúgubres.

Las niñas dormían aovilladas en la otra cama. Kyra tenía el brazo enyesado. Connie había examinado cómo evolucionaba la herida del otro brazo y le había dicho a Jamie que, a primera vista, la extracción quirúrgica del fragmento de cristal había sido un éxito. Él también llevaba enyesada la pierna izquierda, de manera que procuró no hacer demasiado ruido sobre los tablones de madera desnuda. Hacía frío en la habitación. Antes de salir al pasillo, cubrió a las niñas con su manta para que estuvieran un poco más calientes. El olor del desayuno lo atrajo al piso inferior.

Connie cocinaba en un hornillo de propano. Abajo hacía algo menos de frío, pero aun así llevaba un abrigo. El perro observaba la sartén.

—Hay un lago —dijo Jamie a modo de saludo.

—El lago Junaluska —respondió ella—. Bonito, ¿eh?

—Sí, y tanto.

—¿Te duele mucho?

—Sí, mucho —contestó él.

La oyó reír por primera vez. Era una risa ronca.

—¿Cómo está? —preguntó Jamie señalando hacia el salón, donde Morningside yacía en el sofá.

—Ha superado la noche. No tiene fiebre, la herida tiene buen aspecto, la tensión es correcta. La mantendré con el intravenoso hasta que pueda beber. Es posible que sobreviva.

—Eso es bueno. Si necesitas una consulta neurológica, mis tarifas son competitivas.

Otra risa.

—Tengo beicon y huevos en polvo, café y más analgésicos.

—Las cuatro cosas suenan estupendas.

—Siéntate. ¿Tus niñas duermen?

—Sí.

—El mío también. Creo que tu Emma le ha hecho tilín.

—¿Cómo lo sabes?

Connie le sirvió un poco de comida en un plato.

—Cuando lo acosté, me dijo: «Me gusta».

—Eso no deja lugar a dudas.

—¿Recuerdas lo que te dije sobre el autocontrol? Olvídalo. O tenemos los ojos bien abiertos o tu hija acabará en estado de buena esperanza.

Le llegó el turno de reír a él.

—Hacía mucho tiempo que no oía esa expresión.

—Estamos en las montañas de Carolina del Norte. Aquí la gente habla así.

—No quiero que se quede embarazada —dijo Jamie—. Ya tenemos bastantes quebraderos de cabeza.

—Bueno, pues tendremos que poner en práctica una defensa preventiva mientras estén aquí.

—No será mucho tiempo, en principio. Necesito llegar a Maryland. No habrá un coche libre, ¿verdad?

—Ya pensaremos algo —contestó Connie—. Aunque no te veo conduciendo con ese pedazo de escayola que te he puesto.

—¿Cuánto tiempo ha de pasar para quitarla?

—Lo ideal son seis semanas, pero, al cabo de dos, puedo

ponerte una más pequeña que te permita darle al acelerador.

Jamie engulló su comida en silencio.

—Bueno, he sido educada —dijo ella por fin.

—Sí, es cierto —coincidió él.

—Tienes que contarme qué cojones pasa aquí. Tengo un neurólogo en la cocina, sus hijas en el cuarto de invitados, una mujer que según tú es la flamante presidenta de Estados Unidos en el salón y un helicóptero en el monte con dos pilotos muertos, dos agentes del servicio secreto muertos y un expresidente muerto. ¿Qué hacíais a bordo? ¿Por qué os estrellasteis? El Marine One no se cae del cielo porque sí.

Connie fue rellenando su taza de café mientras hablaba. No había otra manera de contar bien la historia si no era desde el principio, y proporcionarle múltiples detalles a esa mujer fue en cierto modo terapéutico. Confesó su papel en la génesis del desastre y le comentó sus ideas para la cura. Como prefacio de su relato de supervivencia en carretera, le explicó que probablemente no fuera más dramático que tantos otros. Mientras Jamie hablaba, Connie se dedicaba a mirar por la ventana.

Cuando acabó, soltó un bufido.

—Si no te hubiésemos sacado del puto Marine One anoche y te hubieras presentado sin más en mi puerta con esa historia, te habría tomado por loco de remate.

Connie se levantó al oír una voz débil procedente del salón y evitó mirar a Jamie a los ojos cuando le dijo que se quedara quieto mientras ella iba a ver qué le pasaba a Morningside.

Cuando volvió, sin dejar de evitar su mirada, habló con voz mecánica.

—Está bien. Le he dado un poco más de morfina. La he llamado señora presidenta.

—¿Qué ha dicho ella?

—Ha dicho: «¿Lo soy?». A lo que le he respondido que me temía que sí.

—Oye, ¿pasa algo? —preguntó Jamie.

—Acabo de decirte que está bien.

—Digo entre nosotros dos. Pareces molesta.

Un coche hizo crujir la gravilla del camino de entrada. Connie miró por la ventana y se dirigió a la puerta sin responderle. Pete Dyk salió del vehículo junto con Dennis Cole y su hijo de trece años, Kevin. Connie les abrió la puerta y preparó otra cafetera.

—¿Estás bien, entonces? —le preguntó Dyk a Jamie.

—Gracias a Connie, sí.

—Es la mejor cirujana de la parte oeste del estado.

—¿Solo eso? —preguntó Connie.

—Vale, de todo el estado —añadió Dyk con una sonrisa.

—¿Solo eso? —insistió Connie.

—Vale, de todo el país. ¿Qué sabré yo, de todas formas?

—De todo el país me parece bien —dijo Connie.

—¿Cómo le va a la señora del sofá? —preguntó Cole.

—Soy moderadamente optimista —respondió Connie.

—Me alegra oír eso —admitió Cole—. Teníamos pensado subir al lugar del accidente para enterrar a la gente antes de que el terreno se endurezca demasiado.

—Un gesto muy cristiano —soltó Connie.

—Vamos a buscar cosas —añadió el hijo de Cole—. Seguro que hay un montón de trastos superguais ahí arriba. Ya sabes, bolis y posavasos con el sello presidencial.

—Será difícil vender por eBay sin internet —dijo Dyk.

—¡Yo quiero quedarme lo que encuentre! —exclamó el niño.

—Dentro hay al menos dos armas de fuego —señaló Jamie.

—Un hombre del servicio secreto disparó al otro. Me lo ha contado él —aclaró Connie.

Jamie no tuvo más remedio que repetir partes de la historia mientras los hombres se tomaban el café.

Cuando partieron rumbo al helicóptero, Jamie les pidió que buscasen las bolsas que contenían sus efectos personales.

—No has respondido a mi pregunta —dijo a Connie cuando se quedaron a solas—. ¿Estás cabreada por algo?

La cirujana por fin lo miró a los ojos.

—¡Pues claro que lo estoy! Eres en parte responsable de la mierda que vivimos, ¿es que no lo ves?

—Ya te lo he dicho. No tenía ni idea de que el investigador principal se había saltado los protocolos de seguridad.

—Es algo más básico. No se os había perdido nada para andar jugando con virus y genes de esa manera. Jodisteis a la madre naturaleza y ella nos ha jodido a todos en venganza.

Jamie pensó en contratacar con todo el bien que «andar jugando con la biología y la genética» había hecho en el mundo, pero decidió quedarse callado. Aunque la culpa debería recaer sobre Steadman, cada vez que miraba a Emma sentía unos remordimientos de la hostia. Subió cojeando la escalera, sintiendo los ojos oscuros de Connie como dos disparos láser.

Se despertó tras echar una cabezada al oír la conversación de Emma y Kyra en la cama. Kyra decía que le dolía le brazo y Emma que tenía hambre. Consultó asombrado su reloj. Había dormido unas cuantas horas más. Le dio un analgésico a Kyra, la ayudó a ponerse el vestido y lavarse los dientes y luego bajó con ellas como si fueran una comitiva de heridos de guerra.

Dylan esperaba en el vestíbulo. Su madre le había prohibido subir.

—¡Hola, Emma! —prácticamente gritó.

—¡Hola, Dylan! —respondió ella, radiante.

—¿Quieres comer comida? —preguntó él.

—Quiero mucha comida —respondió Emma.

—Yo no quiero comida —rezongó Kyra—. Me duele el brazo.

Connie estaba en la cocina con sus vecinos preparando el almuerzo, mientras que Kevin estaba sentado en la alfombra trenzada, organizando su botín presidencial.

—Venga, chicos —dijo Connie—. A sentarse.

Le hicieron caso y hasta Kyra, que había renunciado a la comida, se puso las botas.

—¿Cómo os ha ido? —preguntó Jamie a los hombres.

—Hemos cavado tres agujeros —respondió Dyk—. No tan profundos como nos hubiese gustado, pero suficiente. Hemos metido a los pilotos en uno, al presidente y al bueno del servicio secreto en otro y al capullo que causó el accidente, solo en el tercero.

—Hemos dejado un montón de piedras sobre el del presidente —explicó Cole—, por si alguien quiere trasladarlo a Arlington algún día. Y tenemos las pistolas. Pete se ha llevado una; la otra se la hemos dado a Connie. Son buenas, como era de esperar, viendo de quiénes eran.

—Yo tengo armas de fuego para dar y regalar —dijo Dyk—. No necesito más. —Fue un momento al vestíbulo de la cocina—. Hemos encontrado sus bolsas. Había una con ropa que estaba abierta. A lo mejor hemos perdido algo. La mochila de los libros estaba entera. ¿Las quiere?

Jamie se puso el petate sobre el regazo y vio enseguida la acuarela enrollada.

—¿Qué es eso? —preguntó Kevin.

—Un retrato de una conocida.

Kevin le pidió permiso para verlo.

—Déjalo tranquilo —le espetó Connie.

Jamie aseguró que no pasaba nada y lo desenrolló.

—Es guapa —comentó Kevin.

—¿Quién es? —preguntó Cole.

—Una buena amiga. No sobrevivió.

Connie apartó la vista y dijo que tenía que comprobar el vendaje de Morningside.

—Lo acompaño en el sentimiento —dijo Cole—. Parece que todos hemos perdido a gente, y esto no ha hecho más que empezar, por lo que puedo ver.

—¿Cuánto hace que conocéis a Connie?

—Uy, años —respondió Dyk—. Desde que se mudó al lago. Dylan, aquí presente, era pequeño.

Dylan se animó al oír su nombre.

—Era pequeño —repitió.

—Desde luego que sí —confirmó Dyk alzando la mano hasta la altura de la mesa—. Así de alto serías.

—Era pequeño —insistió Dylan con una risilla, y Emma y Kyra se le unieron.

—Son como críos —observó Cole—. Sin una sola preocupación en el mundo, lo que no es malo, supongo.

Dyk se levantó, se sacó una pipa del bolsillo y dijo que salía a fumar.

—Lo ha pasado mal —susurró Cole—. Su mujer se ahogó en el lago intentando salvar a su hija. La niña había pillado la enfermedad al principio; arrancó a caminar desde su embarcadero y se fue flotando.

—Lo siento —dijo Jamie—. ¿Tú qué tal?

—Kevin y yo hemos tenido más suerte que la mayoría. Estamos sanos los dos. Su madre me dejó por otro tío cuando él tenía once meses, si te lo puedes creer. Nos ha ido bien. Tengo mi propia empresa de aire acondicionado y calefacción. Ahora mi idea de calefacción es cortar leña.

—¿Y Connie? ¿Ha perdido a alguien?

—Ella diría que ha perdido a una parte de Dylan, y tú sabes mejor que yo lo que quiere decir con eso, pero su marido murió hace unos diez años durante su segundo período de servicio en Afganistán. Un explosivo improvisado al borde de la carretera. Tenían pensado darse el relevo. Él volvería a ocuparse de Dylan y Connie se marcharía para hacer su segundo período como cirujana, pero no tuvieron ocasión. Ella encontró trabajo en el Mission Hospital de Asheville, que está a solo media hora de aquí, y el resto es historia. Venga, Kevin, recoge tus cosas. Vamos a casa.

—Quiero jugar con Kevin —dijo Dylan de repente.

—Son muy amigos —señaló Cole—. Por lo menos lo eran hasta que llegó tu Emma.

—No puedo jugar —dijo Kevin—. Tengo que irme.

—Yo puedo jugar —terció Emma.

—Vamos fuera —dijo Dylan mientras corría a por su chaqueta.

—Yo también quiero ir, papá —rogó ella.

Jamie le dijo que se pusiera el abrigo y se mantuviera alejada del agua.

—El agua es mala —aclaró Dylan, recitando lo que su madre le había enseñado.

Kyra rompió a llorar.

—Yo no puedo jugar. Me duele el brazo. Me duele el otro brazo. Ahora me duele este brazo.

Jamie le dijo que podía salir a mirar y se conformó con eso.

—¿Adónde ha ido todo el mundo? —preguntó Connie al ver la cocina casi vacía.

—Tenían compromisos ineludibles —respondió Jamie.

A ella no le hizo gracia y miró por la ventana para tener localizado a Dylan. Jamie sentía la necesidad de rebajar la tensión.

—Mira, Connie, veo que mi presencia aquí te causa dolor, y lo acepto. Si me consigues un coche y me limas un poco la escayola, dentro de un día o dos podré conducir y me marcharé; cuanto antes, mejor.

Ella llenó la tetera con una garrafa de agua del lago y encendió el fogón.

—No vas a conducir hasta Maryland con un tobillo roto hace cuatro días. Serías un blanco perfecto para los depredadores del camino, estando tan hecho polvo. Lo siento si estoy mosqueada. No suelo enfadarme, pero si hubieses visto cómo era Dylan antes de ponerse enfermo. Era el niño más inteligente del mundo; una auténtica estrella. Y ahora míralo. Ha hecho una regresión; es como un niño pequeño.

—Un niño simpático —dijo Jamie.

—Tú hija también. Es un encanto.

—Nadie hubiese tachado a Emma de ser un encanto hace un par de meses —explicó Jamie—. Era una especie de arpía insolente y protestona, por lo menos conmigo.

Connie se desplomó en una silla.

—Para serte franca, la confianza de Dylan empezaba a degenerar en arrogancia. Se estaba volviendo un poco borde, y había empezado a beber con sus amigos los fines de semana. Su padre era bebedor, de modo que eso me tenía preocupada.

Jamie vaciló. Connie era una desconocida, pero decidió sincerarse con ella.

—Te diré algo, e imagino que me partirá un rayo por decirlo, pero Emma me cae mejor desde que enfermó que durante estos últimos años.

La tetera silbó y Connie soltó una carcajada ronca.

—Más te vale ir con cuidado. Se avecina una tormenta y aquí los rayos dan miedo.

51

Los cuerpos maltrechos empezaron a sanar.
    Después de casi dos semanas en la casa de Connie junto al lago, Jamie casi no sentía dolor y estaba preparado para llevar una escayola más pequeña y ligera. Kyra había dejado de quejarse del brazo y dedicaba toda su atención a enfurruñarse para demostrar sus celos por el enamoramiento mutuo de Emma y Dylan. Gloria Morningside, por su parte, comía con normalidad y daba breves paseos cogida del brazo de Connie, bajo el aire gélido de la montaña.

    Mucho antes de la epidemia, Connie ya era preparacionista. La gente de aquella parte del estado tenía una acusada veta autárquica y, a instancias de sus vecinos Cole y Dyk, la cirujana había hecho acopio de comida y leña en previsión de cualquier posible desastre. Tenía el sótano lleno a rebosar de víveres, que le permitían ofrecer a sus invitados unas opíparas comidas. También contaba con un pequeño generador, pero lo usaba con moderación para alimentar un par de lámparas cuando estaba oscuro.

    Esa noche hacía un tiempo de perros. El viento aullaba y levantaba unas olas enormes que golpeaban el embarcadero. Al anochecer, Jamie había ido con Connie a llenar una garrafa de cinco litros de agua y ella había examinado el muelle con expresión pesarosa. Aunque reconocía que era la menor de sus preocupaciones, se quejó de que, sin electricidad para encender la máquina de las burbujas, el hielo invernal se llevaría el embarcadero por delante.

—Qué tonta —dijo riéndose de sí misma.

Después de cenar, Jamie fregó los platos y luego se sentó con Connie y Morningside a la mesa de la cocina para rematar la botella de vino. Emma, Kyra y Dylan estaban tirados por el suelo del salón construyendo un castillo de Lego. Connie anunció que tenía noticias.

—Esta mañana temprano, antes de que os despertarais, han pasado por aquí Pete y Dennis. Tienen un todoterreno que funciona, con la batería nuevecita. Lo han limpiado y han llenado el depósito. Mañana lo traerán.

—¿Cuándo puedes ocuparte de mi escayola? —preguntó Jamie.

—Por la mañana.

—Pues bien, ya que estamos, podríamos partir justo después.

Connie miraba la botella de vino en vez de a él.

—Ya que estáis —dijo.

La suya nunca había desembocado en una guerra abierta, pero Jamie sabía que, bajo la superficie, la rabia que le tenía por su participación en la epidemia aún bullía.

—Lo que has hecho por nosotros, Connie, no merece otro calificativo que extraordinario. Te estaremos agradecidos eternamente.

—No puedo estar más de acuerdo —añadió Morningside alzando la copa—. Será difícil para los niños, ¿verdad?

—Las mías le han cogido cariño a Dylan, desde luego —señaló Jamie—. Sobre todo Emma.

—¿Qué les diréis? —preguntó Morningside.

—Yo le diré que os habéis ido de excursión y que pronto volverá a veros —contestó Connie.

Morningside chasqueó la lengua.

—¿No está mal mentirle? Bebe los vientos por ella.

—La olvidará —dijo Connie.

—Conservarán todos sus recuerdos nuevos —apuntó Jamie.

—Deja de hacerte el puto científico a todas horas —replicó Connie—. Para lo que nos ha servido tu dichosa ciencia...

Jamie asintió y pidió disculpas, aunque no estaba seguro de por qué.

El viento les trajo un sonido lejano. Lo oyeron todos, pero no parecía importante y nadie se levantó para mirar por la ventana.

—¿Tú qué harás, Gloria? —preguntó Connie, cambiando de tema.

Morningside se estaba recuperando físicamente, pero se mostraba apática y Connie y Jamie la habían oído llorar alguna mañana bajo las mantas. Durante sus paseos, Connie le había explicado que la depresión posoperatoria era algo habitual, aunque las dos sabían que no era solo eso.

—Me iré con Jamie, por supuesto, pero estoy indecisa —respondió—. Parte de mí quiere estar en Iowa. Todos mis hermanos y sobrinos viven en la zona de Davenport. Sabe Dios qué habrá sido de ellos, pero yo no. Por otro lado, como única representante del resto del ejecutivo, tengo la responsabilidad de reconstruir nuestro gobierno, y lo haré mejor desde Fort Detrick. —Dejó escapar un suspiro lastimero—. No lo sé, la verdad. Vosotros sois muy amables y me llamáis señora presidenta, pero en realidad no soy más que la pobre, vieja y muy cansada Gloria Morningside.

Cuando se acabaron la botella, Connie les gritó a los niños que recogieran el salón para que Gloria pudiera acostarse. Mientras ellos protestaban, alguien aporreó la puerta. El perro empezó a ladrar como un desesperado.

—Esto no es buena señal —musitó Connie.

Kevin Cole tenía una mano pegada a un lado del cuello y se estremecía de forma descontrolada. La sangre le empapaba la camisa y bajaba por los vaqueros.

—¡Dios mío, Kevin! —exclamó Connie metiéndolo en casa—. ¿Qué ha pasado?

—Han venido unos hombres. Han disparado a papá.

Connie le tiró a Jamie un trapo de cocina.

—Túmbalo en el sofá y mantén la presión sobre la herida. Iré a por mi equipo.

—¡Niños, arriba, ya! —dijo Jamie mientras tendía al chico y apretaba el trapo sobre la sangre acumulada.

—¿Dylan también? —preguntó Emma con no poca emoción.

—Sí. Dylan también.

—¿Qué puedo hacer yo? —preguntó Morningside.

—Quédese con los niños —respondió Jamie.

Connie volvió con su instrumental quirúrgico y quitó la pantalla de la lámpara para tener más luz.

—¿Has venido corriendo hasta aquí? —le preguntó al niño, que no dejaba de temblar.

—Sí. Creo que han matado a mi papá.

—Vale, subiremos a echar un vistazo en cuanto te hayamos cortado la hemorragia. Es superficial —dijo Connie—. Voy a insensibilizarte un poco la zona, Kev, y luego te pondré unos puntos. ¿Qué querían esos hombres?

—No nos lo han dicho. Papá los ha mandado a la mierda y ha sacado la pistola. Ellos han empezado a disparar. Yo tenía la escopeta. He disparado desde la puerta de atrás y ahí es cuando me han dado. Primero he ido corriendo a casa de Pete. Estaba muerto, creo. Había sangre por todas partes.

—¿Te han seguido? —preguntó Jamie.

—No creo.

El perro se puso a ladrar otra vez.

—Me parece que se equivoca —le susurró Connie a Jamie, con la calma imperturbable de una cirujana traumatológica—. Tengo la pistola en el dormitorio, debajo de la almohada.

Jamie no logró salir de la habitación.

La puerta de entrada se abrió de par en par y un hombre bajo y fornido, vestido con una larga gabardina negra, entró en el salón apuntando con un fusil semiautomático. Tenía unas patillas tupidas que salían de un gorro de punto de los Carolina Panthers y bajaban hasta juntarse con el bigote, bajo una nariz gruesa y torcida. Detrás entró otro individuo, más viejo y gordo, que sudaba mucho. Luego llegó un tercero, joven y delgado, que entró por la puerta de la cocina.

—¿Muerde? —preguntó el primero encañonando al perro.

—No, no muerde —dijo Connie.

El recién llegado soltó un torrente de palabras.

—Entonces no le dispararé. Me gustan los perros. Me gustan más que las personas, en general. ¿Quién más hay aquí?

Jamie visualizó una escena de Dillingham. Se le erizó la piel de pura rabia y miró al hombre con cara de pocos amigos.

—Ya veo cómo me miras —saltó este—. Voy a volarte la puta tapa de los sesos. ¿Quién más hay en la casa?

—Arriba hay una mujer y tres niños —respondió Connie.

—¿Alguno está enfermo?

—Los niños.

—¿Qué edad tienen?

—Son adolescentes.

—Estupendo. Rocky, bájalos. —Rocky era el mayor de los tres.

—Os contagiaréis —advirtió Jamie antes de que diera un paso.

—Oye, patapalo —dijo el de la gabardina, burlándose de la escayola de Jamie—, si todavía no me he puesto enfermo, no me voy a poner ahora. Venga, bájalos a todos.

Rocky subió por la escalera.

—Apártate del crío —le ordenó el hombre a Connie.

Ella continuó presionando el cuello de Kevin.

—Intento contener la hemorragia.

—He dicho que te apartes.

Connie lo insultó y se mantuvo firme. El hombre dio un paso al frente y tiró de ella con brusquedad. Cuando Jamie trató de intervenir, el más joven le puso una pistola en la cabeza y le dijo que se estuviera quietecito.

—Calmaos todos —ordenó el de la gabardina—. Solo quiero hablar con él.

Cuando el hombre se situó bajo la luz de la bombilla desnuda, Jamie estaba lo bastante cerca para apreciar que sus pupilas apenas se movían. «Va colocado de anfetaminas», pensó.

—¿Cómo te llamas, chaval? —preguntó el hombre.

—Kevin.

—¿Por qué me has disparado con esa escopeta, Kevin?

—Porque tú has matado a mi padre —replicó el chico con rabia.

—Porque él también me ha disparado. Ninguno de los dos me ha dado. ¿Sabéis por qué?

—¿Por qué?

—Porque soy invencible. Pero, aun así, no soporto que me disparen. Fui policía no hace mucho, y cuando un delincuente me amenazaba siquiera con un arma, tenía más que justificado emplear medios letales. ¿Sabes cómo me llamo?

—No.

—Antes era el agente Streeter, pero ahora, para ti, soy el señor Streeter. ¿Quieres saber por qué te cuento todo esto?

—No.

—Porque debes saber el nombre del hombre que te mató.

Streeter disparó a bocajarro a la cabeza del chico y giró sobre sus talones con sorprendente agilidad para apuntar con el fusil a Connie, que gritaba y maldecía.

Dejó de chillar cuando oyó hablar a Dylan al pie de las escaleras.

—¿Por qué Kevin tiene sangre en la cabeza? —preguntó el chico.

—Se ha hecho daño, cariño —explicó—. No le mires.

—Chicas, venid conmigo —dijo Jamie.

—No, chicas, quedaos con el viejo Rocky Raccoon —ordenó Streeter—. Es un hombre muy amable.

Morningside tenía abrazadas a Emma y a Kyra. Con voz clara y despojada de miedo, se dirigió a Streeter.

—¿Qué quiere de nosotros?

—Bueno, a usted seguro que no, señora. He venido a por los enfermos. Él solo quiere a los enfermos.

—¿Por qué? —preguntó Jamie.

—No es asunto tuyo, en pocas palabras. Rocky, lleva a los tres críos al coche. Roger Dodger y yo nos ocuparemos de la limpieza del pasillo dos.

—¿Papá? —dijo Emma.

Jamie se obligó a sonreír por si era el último recuerdo que su hija tendría de él.

—Ve con ese hombre, cariño. Papá te quiere.

—Te quiero, papá.

—¿Yo también voy? —preguntó Kyra.

—Sí, ve con Emma.

—Te quiero, papá.

—Yo también, cariño.

—Voy a vomitar con tanta cursilería —saltó Streeter—. ¡Sácalos de aquí!

—Mamá te quiere —gritó Connie a la espalda de Dylan.

Cuando la habitación se despejó, Streeter y su cómplice alzaron las armas cual pelotón de fusilamiento.

—No os conviene hacer esto —advirtió Jamie.

—¿Por qué coño no? —preguntó Streeter.

—No sé para qué os los lleváis, pero ¿tenéis médicos allí adonde vais?

—No, ¿por qué?

Señaló a Connie.

—Porque los dos somos médicos y ella es cirujana.

—¿En serio?

—En serio. Has dicho que «él» quiere a los enfermos. ¿Cómo se llama, el que está al mando?

—Holland es el jefe. ¿Qué pasa con él?

—¿No crees que harás muchos puntos delante de Holland si le llevas a dos médicos?

—Es posible.

—¿Cuántos sois en vuestro grupo?

—Diez normales y unos cincuenta enfermos.

—Pueden surgir muchos problemas con sesenta personas en un espacio reducido.

—¿Qué pasa con la vieja? —preguntó Streeter—. ¿Qué tiene ella a su favor? ¿Vas a decirme que es Florence Nightingale?

—No es enfermera —respondió Jamie—. Es la presidenta de Estados Unidos.

52

Solo llevaban veinte minutos en la carretera cuando, al tomar una salida, Connie le susurró a Jamie que sabía adónde iban.

La calzada estaba llena de baches y hacía viento. Iban dando botes de un lado a otro en la parte de atrás del minibús de Streeter, que llevaba estampado a cada lado «Departamento Penitenciario del Condado de Haywood».

—Este camino lleva al lago Splendor —dijo Connie.

—¿Qué hay allí?

—Poca cosa. Un puñado de pequeños campamentos de pesca. Y...

—¿Y qué?

—Un campamento de verano. Dylan iba de pequeño.

Arthur estaba sentado entre Emma y Kyra en uno de los asientos, con la lengua colgando mientras las dos le acariciaban la panza. Morningside viajaba sola en otro banco, contemplando la noche.

Llegaron a una puerta rematada con alambre de púas y cerrada con cadena y candado. A cada lado de la puerta, Jamie vio una alambrada que se perdía en la oscuridad. Dos de los hombres de Streeter montaban guardia en la entrada. Quitaron el candado, abrieron la puerta y volvieron a cerrarla cuando Rocky pasó con el minibús. A un centenar de metros, el oscuro camino iba a parar al lago. El reflejo de la luna bailaba en las aguas agitadas. Rocky aparcó delante de una casa en cuyas ventanas brillaba una luz procedente de una chimenea y unas velas.

—Esperad aquí mientras hablo con él —le dijo Streeter a sus hombres.

Al cabo de un rato, un tipo de mediana edad bastante bajo, con entradas y el pelo peinado hacia atrás, subió de un brinco al minibús. Tenía los labios carnosos y femeninos y la barbilla pequeña, lo que confería a su rostro una apariencia puntiaguda. Iba vestido como un contable o un abogado que no acabase de pillarle el truco a la ropa informal de los viernes, con unos pantalones gris marengo con la cintura muy alta y un cinturón fino, y una camisa de vestir blanca con el cuello abierto. Cuando se acercó por el pasillo, Jamie vio que sus ojillos se posaban en cada uno de los ocupantes del autobús, examinando la remesa.

—¿Es cierto? —preguntó con entusiasmo—. ¿De verdad viaja Gloria Morningside en este autobús?

—¿Ha oído hablar de mí? —dijo la aludida, algo asombrada.

—Por supuesto que sí —respondió Holland acercándosele—. Cuando Oliver Perkins dio su último discurso presidencial antes del apagón, usted estaba con él en el estrado. El señor Streeter me comenta que ahora es usted la presidenta. ¿Qué ha sucedido, en nombre de Dios?

—Viajábamos con parte de esta buena gente cuando el Marine One se estrelló cerca del lago Junaluska. Oliver no sobrevivió. Yo sufrí heridas graves, pero la doctora Alexiadis me salvó. Si soy presidenta o no, está abierto a conjeturas, ya que no hay nadie en situación de tomarme el juramento del cargo.

—Bueno, es un honor darles la bienvenida a mi campamento. Soy Jack Holland. Mi mujer, Melissa, y yo somos muy aficionados a la historia, de manera que será un placer inconmensurable hablar con usted de la sucesión presidencial y de nuestra actual crisis constitucional. Melissa está preparándole el alojamiento en este preciso instante.

Jamie y Connie cruzaron una mirada. Parecían a punto de competir entre ellos por ser el primero en manifestar indignación, pero Morningside se les adelantó.

—Permita que le diga una cosa, señor Holland. No sé a qué se dedican aquí, pero este hombre, el señor Streeter, es un asesino sin escrúpulos. Ha disparado a un joven sin provocación previa.

Holland se volvió hacia Streeter.

—Chuck, ¿eso es cierto?

—El muy cabrón me ha atacado con un cuchillo.

—Ya lo ve —dijo Holland—. Defensa propia.

—Eso es mentira —protestó Jamie—. El chico iba desarmado, y estaba herido cuando este hombre le ha disparado. Defensa propia, una mierda.

—¿Y usted quién es? —preguntó Holland.

—Jamie Abbott.

—Un médico, me cuentan.

—Sí.

—¿Qué clase de médico?

—Neurólogo.

—Mi querida esposa está sufriendo unas jaquecas tremendas. ¿Puede ayudar con eso?

—A lo mejor.

—¿Y usted es cirujana, doctora Alexiadis?

—Correcto.

—Uno de nuestros reclutas tiene un absceso muy doloroso en las posaderas. Imagino que usted podrá tratar eso, ¿no?

—Imagina bien —respondió ella, aunque no tardó en añadir—: Lo que le han contado Jamie y Gloria es la pura verdad.

—Suele pensarse en la verdad como en algo absoluto —dijo Holland—. Sin embargo, conforme a nuestro sistema jurisprudencial, en circunstancias como estas en las que es la palabra de uno contra la de otro, corresponde al poder judicial establecer la veracidad. El señor Streeter era, hasta hace bien poco, un representante de la ley, de modo que es lo más parecido a una autoridad jurídica que tenemos por estos lares en estos tiempos de zozobra. Así pues, si él dice que ha sido en defensa propia, entonces, *ipso facto*, ha sido defensa propia. Además, es hermano de mi mujer, y como no lo trate bien, se me cae el pelo.

Jamie sintió que le hervía la sangre.

—Entonces, lo que nos está diciendo es que usted es una basura por ponerse del lado de esta otra basura.

Streeter gruñó y se acercó por el pasillo con todo el aspecto de ir a darle una paliza, pero Holland lo mantuvo a raya.

—Tranquilo, Chuck. Estoy seguro de que ha sido una noche difícil para nuestros invitados. Dejemos que se tranquilicen. ¿Estos jóvenes de aspecto encantador son nuestros nuevos reclutas?

—¿Qué coño quiere decir con eso de «reclutas»? —preguntó Connie.

—Todo a su tiempo. Vamos a instalar a todo el mundo para pasar la noche y por la mañana hablaremos largo y tendido. Los jóvenes se irán con el señor Streeter. La señora Holland les esperará fuera para mostrarles a ustedes tres a su cabaña. Me temo que tendrán que compartirla, por el momento. Andamos un poco justos de espacio, pero estamos trabajando en ello.

—No dejaremos que nos quiten a nuestros hijos —saltó Jamie.

—Ni de coña —coincidió Connie.

—Vaya pico tiene la tía —comentó Streeter.

—Creo que seremos nosotros quienes nos ocupemos de la logística de mi propiedad —dijo Holland con tono vacilante.

—Si quiere que tratemos las jaquecas de su mujer —protestó Jamie con la mandíbula apretada—, si quiere que drenemos sus abscesos, si quiere que prestemos servicios médicos a las sesenta personas que, según dicen, viven en este sitio, nuestros hijos se quedan con nosotros.

—Oye, capullo, aquí no mandas tú —le advirtió Streeter, pero Holland levantó la mano.

—Chuck, no pasa nada. Reclutas se encuentran a patadas. Los médicos son como los diamantes. Y la presidenta de nuestra antaño gloriosa nación... En fin, eso es una rareza única, como encontrar el diamante Hope. Las cosas como son: para nosotros ha sido una noche muy buena. Señora presidenta, hoy será usted nuestra invitada, mía y de Melissa, y los médicos compartirán una cabaña con sus hijos. Hala, arreglado.

—¿Arthur dormirá con nosotros? —intervino Emma. Por lo visto, se había esforzado mucho por seguir la conversación.

—¿Se me ha pasado por alto un alma? —preguntó Holland. Connie señaló al perro.

—Ese es Arthur.

—El señor Streeter llevará a Arthur a la cabaña. Será muy popular aquí.

Melissa Holland tenía el mismo acento plano de Carolina del Norte que su marido y vestía con el mismo estilo conservador. En su caso, combinaba una blusa blanca abrochada hasta el cuello con una falda gris oscuro hasta media pantorrilla y unos zapatos cómodos. A Jamie le pareció que tenía más o menos la misma edad que Jack Holland, cuarenta y muchos años. No era una mujer atractiva: tenía los ojos saltones, tiroideos, con una nariz que parecía la proa de un barco. Aun así, por el atento lenguaje corporal de Holland, saltaba a la vista que besaba el suelo que ella pisaba.

Jamie, Connie, sus hijos y Gloria Morningside se sentaron en el salón de los Holland mientras Streeter y sus hombres preparaban una cabaña. La casa tenía un aire acogedor. Había una librería que ocupaba una pared entera y, sobre la chimenea, un retrato al óleo de los Holland posando delante de un señorial edificio de ladrillo, rodeados de arriates de primaverales azaleas. Sobre la mesa baja estaban las gafas de leer de ambos. Aquello no era como Dillingham, donde Edison se había adueñado de una casa ajena. Aquello parecía la residencia de los Holland.

Mientras tomaban té y galletas de jengibre, Holland dedicó

toda su atención a Morningside, porque estaba claro que no cabía en sí de contento por tener a la presidenta en su salón.

Cuando Morningside, con frialdad, puso objeciones a que la llamase señora presidenta, los labios carnosos de Holland esbozaron una sonrisa.

—Bueno, como sabrá —dijo él—, el Artículo II, Sección 1 de la Constitución establece que, en caso de destitución del presidente, o de su fallecimiento, dimisión o incapacidad para desempeñar los poderes y deberes de su cargo, este recae en el vicepresidente. Ahora bien, los padres de la carta magna sembraron aquí la semilla de la ambigüedad, al no dejar claro si el vicepresidente se limitaba a asumir las responsabilidades del cargo o si se convertía en presidente. Esa ambigüedad persistió hasta la Vigesimoquinta Enmienda de la Constitución, que se ratificó en... ¿Cuándo fue?

—En 1967, querido —respondió la señora Holland.

—Gracias, sí, en 1967. La enmienda dejaba meridianamente claro que, en caso de destitución, muerte o dimisión del presidente, el vicepresidente se convierte, en efecto, en presidente. De manera que yo diría lo siguiente, señora presidenta: fue usted nombrada formalmente vicepresidenta por un Congreso funcional, aunque fuera en sus últimos estertores, y que, por tanto, a la muerte del presidente Perkins, se convirtió de forma automática en presidenta.

Morningside escuchaba con expresión perpleja.

—¿Cómo es que se sabe la Constitución de memoria? —preguntó en ese momento.

—Mi mujer y yo somos profesores de historia —anunció Holland con orgullo—. Enseñamos historia estadounidense durante casi veinte años en una escuela universitaria de Asheville. No es una gran universidad, pero como escuela es muy buena —añadió a la defensiva.

—Jack era el director del departamento —dijo la señora Holland—. Yo trabajaba para él.

—Y domésticamente yo trabajo, y lo digo en presente, para

Melissa —puntualizó él—. Ella lleva la batuta en nuestras moradas, tanto en la de Ashenville, que ven en ese cuadro al óleo, como en esta de aquí.

—Pero esto es un campamento de verano —dijo Connie, y pasó los dedos por la mata de pelo de su hijo—. Dylan vino un año. ¿Tienen algo que ver con el campamento?

—Somos los propietarios. ¿En qué año fue campista?

Connie se lo dijo.

—No creo que coincidiéramos, doctora.

Connie se encogió de hombros.

—Lo más probable es que yo estuviera ocupada en el hospital. Dejé a mi hijo y vine a recogerlo; no me apunté a ninguno de los extras.

—¿Recuerdas haber venido aquí de campamento? —le preguntó al chico la señora Holland.

—No —respondió Dylan mirándola con rostro inexpresivo.

—Ya sabe que no lo puede recordar —señaló Connie enfadada—. Tiene la enfermedad.

La señora Holland esbozó una sonrisa fugaz y falsa.

—Solo preguntaba.

—Creo que nos hemos desviado del asunto —dijo Holland—. El tema era la sucesión presidencial.

—Me impresionan sus conocimientos —continuó Morningside—, pero no he jurado el cargo y, sin un magistrado del Tribunal Supremo que tome el juramento, no creo que mi nombramiento sea oficial.

Holland tenía preparada una réplica.

—La Constitución no se pronuncia acerca de quién debe tomar el juramento. Sí, la tradición manda que se ocupe el presidente del Tribunal Supremo, pero no se especifica en ninguna ley o reglamento. Si no me falla la memoria, a Calvin Coolidge le tomó juramento su padre en la residencia familiar cuando les llegó la noticia de la muerte del presidente Harding.

Streeter volvió para comunicar a los Holland que las cabañas ya estaban preparadas. Se sirvió cuatro dedos de bourbon y se sentó en el sillón de lectura que Holland tenía en la esquina. Al llegar al campamento, a Jamie le había dado la impresión de que a Streeter se le estaba pasando el subidón. Ahora parecía otra vez colocado: tenía los ojos muy abiertos y las pupilas dilatadas.

—Se hace tarde —comentó Holland—, pero propongo que resolvamos esto aquí y ahora. No tardaremos mucho. Melissa, trae la cámara, por favor. La Polaroid. Yo sacaré la Constitución.

Holland sabía exactamente dónde mirar en su muralla de libros; cogió uno y lo hojeó hasta clavar el dedo en una página.

—Señora Morningside, ¿puede ponerse en pie?

Ella se incorporó ayudándose con las manos y gruñó al notar que la herida aún le dolía.

—No sé por qué les sigo el juego. Ese hombre es un asesino despiadado al que ustedes emplean sin el menor reparo.

—Tenga visión de conjunto —la instó Holland—. Aquí lo importante no es un hombre o un incidente desafortunado, sino los Estados Unidos de América. Y ahora, doctora... Lo siento, me cuesta recordar su apellido, de modo que la llamaré doctora Connie. ¿Le importa sostener la Biblia de nuestra familia?

Connie no se movió.

—Por favor —insistió Holland.

Connie se levantó a regañadientes y cogió el desgastado libro.

—Señora Morningside —dijo Holland—, ponga la mano derecha sobre la Biblia, por favor. —Consultó la Constitución—. Repita conmigo, por favor: «Juro solemnemente que ejerceré con lealtad el cargo de presidenta de Estados Unidos y que haré cuanto esté en mi mano por mantener, proteger y defender la Constitución de Estados Unidos».

La señora Holland sacó una instantánea mientras Morningside repetía el juramento. Holland la felicitó y la declaró presidenta.

Morningside dejó caer la mano de la Biblia, con los labios temblorosos, y se desplomó en una silla.

—¿Se encuentra bien? —preguntó Jamie.

Ella tragó saliva y se secó los ojos con una servilleta.

—Estoy bien. No me siento presidenta, pero estoy bien.

—Creo que es hora de acostarse —anunció Holland, frotándose las manos con satisfacción.

—Aún no nos ha dicho a qué juegan aquí—observó Jamie.

—¿A qué jugamos? Esto no es ningún juego. Se trata de la supervivencia y de la renovación de nuestro país. Se encuentran ustedes en la zona cero. Esperen a mañana. Mañana, todo quedará claro.

La señora Holland se llevó a Morningside a un dormitorio de invitados mientras Streeter les ladraba a los demás que lo siguieran hasta su cabaña. Rocky y Roger cubrían la retaguardia con los fusiles al hombro, cargados. Había suficiente luna para formarse una idea de la distribución del campamento. Frente a la casa de Holland había un patio central con un mástil de bandera como eje. En la dirección contraria a la que avanzaban, Jamie entrevió lo que parecían pistas de tenis y canchas de baloncesto. El serpenteante camino que se adentraba en el bosque pasaba por delante de varias edificaciones alargadas, semejantes a barracones, todas ellas a oscuras.

Jamie y Connie dejaron unos pasos de distancia entre ellos y Streeter.

—Creo que va colocado otra vez —susurró él.

—Ya me he fijado.

Streeter se detuvo delante de una cabaña más pequeña. A través de las ventanas se veía titilar unas velas en el interior. Camino abajo, Jamie vio por lo menos una caseta más.

—Esto es para vosotros —dijo Streeter—. Tres dormitorios. Ya os organizaréis.

Dentro, iluminadas por un par de lámparas que funcionaban con pilas y desperdigadas por el suelo, vieron las posesiones que les habían permitido llevarse de casa de Connie, junto con los grandes arcones de plástico que contenían el instrumental médico. Los dormitorios eran minúsculos y la estancia principal, pequeña y rudimentaria. Había una cocina americana al fondo con un fregadero que no funcionaba, una mesa de roble con seis sillas, un sillón que perdía relleno y varios pufs para sentarse delante de la chimenea apagada. En vez de tirar de la cadena del váter había que usar una garrafa de agua. Había un montón de leña, unas cuantas ramitas y cerillas.

—¿Dónde está mi cama? —preguntó Kyra—. Tengo sueño.

—Enseguida nos organizamos —respondió Jamie.

—Yo quiero quedarme con Emma —dijo Dylan.

—Ni lo sueñes —le espetó Connie—. Las chicas dormirán juntas.

—Ni se os ocurra escapar —advirtió Streeter—. El campamento está rodeado de alambre de espino y mis chicos montan guardia durante toda la noche. Además, estamos en medio de la nada. En estos bosques hay osos y coyotes, y están muertos de hambre.

Jamie se agachó para volver a meter en las bolsas los objetos que Streeter había desparramado en el suelo. Los apuntes de laboratorio seguían ahí. Se dirigió hacia el petate, pero Streeter le arrebató el retrato enrollado de Mandy.

—Muy bonita —comentó Streeter—. ¿Esposa? ¿Novia?

Antes de que Jamie pudiera reaccionar, Streeter acercó un mechero al cuadro y, cuando prendió, se encendió un puro con las llamas.

—¡Hijo de la gran puta! —explotó Jamie.

Cuando Roger se bajó el fusil del hombro, Connie sujetó a Jamie de la manga para contenerlo.

—Jamie, no.

Emma y Kyra se echaron a llorar.

Jamie se sacudió la cólera y le dijo a Connie que, por el bien de las niñas, se controlaría.

—Pero tú... —añadió apuntando a Streeter con el dedo índice—. Sé muy bien lo que eres. He visto gente como tú en la carretera. ¿Quieres saber lo que les pasa a los cabrones malvados como tú?

Streeter le tiró el humo del puro a la cara.

—¿Qué? ¿Qué les pasa?

—Que mueren.

Streeter dio una calada a su cigarro.

—Deberías controlarte, doctor. Se te marca esa vena del cuello; te vas a poner enfermo. ¿Quién cuidará de tus preciosas hijas si el que muere eres tú?

Streeter y sus hombres se alejaron por el sendero en dirección a su cabaña y de paso comprobaron los barracones.

—Chicos, chicas, chicos, chicas —le dijo en tono de broma a Rocky—. Asegúrate de que están bien encerrados. Ya sabes lo que piensan Jack y Melissa de la confraternización.

Holland esperaba delante de la cabaña de Streeter, protegido del frío por una gruesa chaqueta y un gorro de lana persa.

—¿Tienes un minuto, Chuck?

—Claro, Jack.

—Demos un paseo.

El viento había amainado y las olas lamían la orilla con suavidad. Streeter se agachó para recoger unos guijarros e hizo saltar unos cuantos por la superficie del lago.

—¿De qué querías hablar?

—¿Es verdad lo que dicen?

Streeter lo sometió a una catarata de palabrería.

—Ha sido en defensa propia. Cuando hemos entrado en su casa, él, y supongo que su padre, nos han disparado, y hemos respondido al fuego. Hemos abatido al viejo, pero el chaval ha salido corriendo por la parte de atrás y ha ido hasta donde estaban los otros. Cuando hemos llegado, el crío sangraba; supongo que le hemos herido en su casa. En cualquier caso, tenía un cuchillo y se me ha echado encima. Entonces es cuando le he disparado.

—¿Por qué han dicho que iba desarmado?

—Porque son unos cabrones muy listos. Acaban de llegar y ya están intentando sembrar cizaña.

—En tus batidas de reclutamiento —dijo Holland—, no matas a gente inocente, ¿verdad, Chuck? Sería una violación de los cimientos morales de nuestra empresa.

—Nada más lejos de mi intención que joder tus cimientos morales, Jack.

—Preferiría que no dijeras palabrotas.

Streeter le guiñó el ojo.

—Lo intentaré.

—Te veo nervioso. No estarás consumiendo otra vez, ¿verdad?

—No, no consumo. —Pronunció la última palabra con tono sarcástico—. Solo me tomo alguna pastillita de nada cuando salgo de batida, para mantenerme despierto.

—Tú dices «pastillita de nada» y yo oigo «anfetaminas». ¿Son las drogas que llevabas cuando llegaste al campamento, o has encontrado nuevas fuentes?

—Fui franco contigo. Te dije que saqueé a fondo el depósito de pruebas de la comisaría antes de largarme por patas. Ya casi no me quedan, por si te interesa. Pero oye, si no confías en mí, me piro por la mañana y me llevo conmigo a Rocky, Roger y los demás.

Holland alzó sus manos enguantadas.

—Vale, Chuck, te creo. —Rebajó el tono de voz—. Has sido una gran ayuda para Melissa y para mí. No hubiésemos llegado tan lejos sin ti. No te lo agradezco suficiente.

Streeter sonrió.

—No hay problema, Jack. Voy a acostarme. Ha sido un día que te cagas.

—Y tanto que sí —dijo Holland—. La presidenta de Estados Unidos. ¿Te lo puedes creer?

La cabaña de Streeter estaba a oscuras. Rocky y Roger se habían metido en sus respectivas habitaciones y oía sus ronquidos a través de la puerta. Encendió una lámpara de pilas en su cuarto, el que había ocupado el director deportivo del campamento otros veranos. Se arrodilló, no para rezar como imaginó que estaría haciendo Holland, sino para meter el brazo debajo de la cama, sacar un pequeño baúl, abrir el candado y hacer inventario de la cantidad de narcóticos que había liberado del Departamento de Policía de Asheville durante sus últimos días como sede policial. Iba hasta arriba de metanfetamina, así que buscó algo para contrarrestar un poco el efecto y poder dormir. Encontró una bolsa llena de OxyContins, sacó dos pastillas y las regó con un trago de bourbon.

—Justo lo que recetó el médico —dijo desplomándose sobre el colchón. Al cerrar los ojos, reprodujo en su cabeza el momento en que Jamie Abbott lo había amenazado, y murmuró—: Oye, cabrón, ya estás muerto. Lo único que pasa es que no lo sabes.

53

A la mañana siguiente, Streeter despertó temprano a Jamie y a los demás y les dijo que los esperaban en la cabaña de Holland para desayunar. El reparto de habitaciones había resultado complejo. Para separar a Dylan de Emma, el chico había tenido que quedarse un dormitorio para él solo, lo que había obligado a Jamie y a Connie a compartir el tercero, donde había una sola cama estrecha. Se lo tomaron con humor («No dormirás en pelotas, ¿verdad?», «Genial, yo tampoco»), pero durmieron intencionadamente de lado, con las espaldas rozándose.

Por la mañana hacía un sol cegador y un frío que rondaba los cero grados. Los chicos temblaron y protestaron desde el momento en que abrieron los ojos. El fuego que habían encendido en el salón común la noche anterior se había apagado y Jamie vio su aliento en el espejo. Tomó nota mental: si se quedaban allí, él o Connie tendrían que levantarse en mitad de la noche para alimentar la chimenea.

Bajo la luz matutina, la distribución de los terrenos quedó a la vista. Había varios barracones más, camino arriba. Más tarde se enterarían de que, en verano, su cabaña la usaban la enfermera del campamento y otros miembros del personal. Cuando salieron del bosque, se taparon los ojos para evitar el reflejo del sol en el lago. Fue entonces cuando oyeron unas voces contando al unísono.

—Cinco, seis, siete, ocho...

Cuando el patio central apareció ante sus ojos, distinguieron varias docenas de hombres y mujeres, entre adolescentes y adultos de mediana edad, dando saltos separando las piernas alrededor del mástil, donde una gran bandera estadounidense ondeaba mecida por la brisa.

—... once, doce, trece, catorce...

Dirigía la calistenia un joven que llevaba una sudadera del Campamento Splendor. Arthur, que había salido corriendo detrás de una ardilla, reapareció y se acercó a los gimnastas dando brincos. Al ver al perro, el joven hincó una rodilla para acariciarlo mientras los demás señalaban y reían.

—¡Seguid! —gritó el joven a sus pupilos, antes de acercarse a Jamie y compañía al trote—. ¡Hola! Soy Jeremy. —Era un joven apuesto que, a juzgar por su apariencia, tendría entre diecinueve y veinte años. Para el gusto de Jamie, era demasiado jovial, teniendo en cuenta que saludaba a unas personas que la noche anterior habían sido secuestradas violentamente—. Me emocioné tanto cuando me hablaron de vosotros que casi no he podido dormir. ¡Bienvenidos al Campamento ML!

—En tu camiseta pone Splendor —refunfuñó Jamie—. ¿Qué es ML?

—Campamento Splendor era el nombre anterior. El tío Jack lo ha cambiado. Ya os lo contará, estoy seguro.

—¿El tío Jack? —se extrañó Connie. Señaló a Streeter con gesto asqueado—. ¿Significa eso que eres hijo de este?

—¡Qué va! —exclamó Jeremy sin perder la sonrisa—. Mi padre era hermano de la tía Melissa. Chuck es el otro hermano de Melissa. Mis padres enfermaron y murieron los dos.

—Lo siento —dijo Connie, por acto reflejo.

—Fue bastante duro, pero ya lo he superado.

Mientras les hablaba, Jeremy miraba embelesado a Kyra con total descaro, a lo que ella respondió sonriendo y saludando con la mano.

A Jamie no se le pasó por alto.

—Se llama Kyra.

—¿Es tu hija?

—Emma, que es ella, es mi hija biológica. Kyra es, en pocas palabras, mi hija adoptiva.

—El tío Jack me dijo que oficialmente no serían reclutas nuestras —explicó Jeremy—, pero este sitio es pequeño. En cualquier caso, encantado de conoceros y espero verte por aquí, Kyra.

—Me gustas, Jeremy —dijo Kyra.

—Calma, Kyra —intervino Jamie—. Ni siquiera lo conoces.

—Bueno, tú también me gustas a mí —respondió Jeremy con una sonrisa de oreja a oreja—. ¡Tengo que volver al trabajo! —Se alejó al trote.

Streeter los guio hacia la casa de Holland.

Morningside estaba en el salón, leyendo uno de los libros de su anfitrión. Cruzó unos prudentes «¿Cómo habéis dormido?» con Jamie y Connie antes de que Holland los llamara desde el comedor. El desayuno era sencillo: un tazón de gachas, unas pasas y café instantáneo. Streeter se marchó sin decir adónde iba y los dejó a solas con los Holland. Sin pedir permiso, Connie echó unas cucharadas de gachas en un tazón aparte y lo llevó fuera para Arthur, que acudió corriendo a su llamada y las devoró a grandes lametones. Cuando la señora Holland recogió los tazones, volvió con un bizcocho que Connie reconoció como suyo. Streeter le había limpiado la despensa y lo había cargado todo en el minibús la noche anterior, junto con otros víveres de las casas de Dennis Cole y Pete Dyk.

La señora Holland debió de reparar en su cara de asombro e irritación.

—¿Este bizcocho era suyo? —le dijo a Connie—. Espero que no le importe.

—Lo hice yo. ¿Por qué iba a importarme comérmelo?

Jamie vio una oportunidad para dar algo que pensar a Holland.

—¿Cómo vais de víveres? Son muchas bocas que alimentar y el invierno está a la vuelta de la esquina.

—Es un desafío —reconoció Holland—, pero creo que estaremos a la altura. Es una de las muchas responsabilidades del señor Streeter, quizá la más importante. Anda siempre en busca de provisiones, como ayer por la noche, cuando llegó a su casa. Si de camino encuentra posibles reclutas, él decide si cumplen nuestros criterios.

—¿Y si no, los mata? —preguntó Jamie.

Holland parecía horrorizado.

—¡No! Lo que sucedió anoche con ese joven fue algo fuera de lo normal. Creo a Chuck cuando dice que lo hizo en defensa propia.

—Le mintió —aseguró Morningside—. Estaba a punto de ejecutarnos también a nosotros cuando le dijimos que ellos eran médicos y yo era..., bueno, quien soy.

—Creo que debieron de malinterpretar sus intenciones, señora presidenta —repuso Holland.

—Quiero que deje de llamarme así —protestó ella—. Llámeme Gloria o no me llame nada.

Holland se mostró contrariado.

—Como desee. Gloria. En cualquier caso, cambiemos de tema. Supongo que querrán saber más de nuestro campamento. Los jóvenes pueden salir a jugar con el perro si les apetece.

Jamie habló por Connie al responder que los chicos se quedaban con ellos.

—Bueno, ¿por dónde empiezo? —dijo Holland. Resultaba difícil distinguir si se trataba de un recurso retórico o de auténtica incertidumbre. Echó un vistazo a su mujer, que tenía la cabeza gacha y se frotaba una sien.

Jamie vio otra ocasión de buscarle las cosquillas desviando la conversación.

—Su sobrino ha dicho que llaman a esto Campamento ML. ¿A qué se debe?

—Son las siglas de «Mentes Limpias».

—Muy pegadizo —comentó Connie.

—¿Le parece? —preguntó Holland.

—En realidad, no —respondió Connie.

Holland suspiró.

—Sé que están enfadados. Lo entiendo, pero espero que nos vean con otros ojos cuando oigan lo que pretendemos lograr. Cuando empezó la epidemia, estábamos en Ashenville. Había empezado el nuevo semestre; estábamos muy metidos en nuestra rutina del año académico. Al principio, no nos preocupamos demasiado, porque los canales de noticias tienden a exagerar las amenazas y, dadas nuestras inclinaciones libertarias, desconfiamos por naturaleza de los mensajes gubernamentales. Nos confinamos a la espera de que uno de los dos o ambos cayéramos enfermos, porque muchos de nuestros estudiantes y colegas se habían contagiado. No obstante, por algún motivo, permanecimos sanos. Por supuesto, la situación tomó enseguida un mal cariz, de modo que, cuando cayó la red eléctrica sin dar muestras de volver, nos preguntamos si no sería mejor hacer algo drástico.

Su esposa se reincorporó a la conversación.

—Jack se refiere a suicidarnos.

Holland estiró el brazo para darle una palmadita en la mano.

—Bueno, no tenemos hijos y no nos veíamos como expertos en supervivencia, de modo que tampoco era una idea descabellada. Sin embargo, sucedió algo que nos hizo cambiar de opinión. Empezamos a quedarnos sin comida y reuní el valor suficiente para ir a casa de nuestro vecino más cercano. Háblales de la señora Phillips, querida.

—Es… o, debería decir, era una mujer muy agradable que sufría una discapacidad: un enfisema —explicó la señora Holland—. Vivía con su hija, Valerie, que tiene cuarenta y tantos años pero no está casada. No conocíamos muy bien a Valerie, pero teníamos entendido que había llevado una vida difícil. —Bajó la voz hasta reducirla a un susurro chismoso—. Hubo un aborto, por lo que sabemos, y algún problema con las drogas.

—Lo que me encontré aquel día fue perturbador —intervino Holland—. La señora Phillips estaba al borde de la muerte porque se había quedado sin reservas de oxígeno. Valerie tenía la enfermedad y se encontraba en un estado deplorable. Ninguna de las dos había probado bocado desde hacía tiempo, a pesar de que había una buena cantidad de comida en la cocina. La señora Phillips me dijo con su último aliento que mi esposa y yo podíamos quedarnos la comida si prometíamos cuidar de su hija. Soy un hombre de palabra, de manera que acogimos a Valerie.

—Valerie era un alma perdida —prosiguió la señora Holland—, pero muy agradable a su manera. Así que, al cabo de un día o dos, se nos ocurrió.

—¿Qué se les ocurrió? —preguntó Morningside.

—Somos profesores —respondió Holland—. Educadores. Descubrimos que Valerie era una *tabula rasa*, con una mente limpia y predispuesta a recibir información y conocimientos. La variedad correcta de información, no la basura y las sandeces con las que nos bombardeaban los medios y a las que sucumbían los jóvenes en el pasado. Fue entonces cuando se nos encendió la bombilla.

—Las redes sociales —dijo su mujer sacudiendo la cabeza con pesar—. Qué destructivas.

—Cierto —coincidió Holland—. La clase de información que nosotros queríamos impartir eran enseñanzas morales puras que han superado la prueba del tiempo a lo largo de más de dos milenios de pensamiento occidental.

—Pensamiento occidental —repitió Jamie con una sonrisita—. Eso, en clave, significa pensamiento cristiano, ¿no?

—Bueno, bueno, deme el beneficio de la duda —protestó Holland—. Usted quiere encasillarnos: los típicos fundamentalismos cristianos de derechas. ¿Somos cristianos? Sí, somos cristianos practicantes y devotos. ¿Creemos en Dios? Sí, creemos; con fervor. ¿Creemos que Jesucristo murió por nuestros pecados? Sí. Sufrió y murió por nuestros pecados. Pero esa no es la cuestión. La cuestión es que existe un corpus de filosofía moral basado en las enseñanzas judeocristianas que en nuestra opinión podríamos utilizar como nuevo plan de estudios, un nuevo software para reprogramar esas mentes limpias. Podríamos enseñar las nociones del bien y el mal, lo correcto y lo incorrecto, el pecado y la salvación.

—Uno de mis yernos es budista —observó Morningside—. ¿Qué tiene de malo su filosofía moral?

—Probablemente nada —respondió Holland—, pero no estamos cualificados para enseñar esa filosofía. Quizá haya gente en Asia que, como nosotros, se sienta motivada para ayudar a los enfermos de su región y reprogramarlos para que se conviertan en la mejor versión de sí mismos. Bien por ellos. Nosotros solo podemos hacer lo que está en nuestra mano. Así pues, volcamos nuestra energía en educar a Valerie basándonos en las sencillas y elegantes lecciones del Evangelio y de la Constitución, nuestro par de pilares fundacionales. Los resultados son prometedores. Valerie se está convirtiendo en una versión nueva, limpia y maravillosa de sí misma, libre de las cadenas de una vida de degradación y hábitos pecaminosos. Ya la conocerán, y podrán juzgar por ustedes mismos.

—Entonces pensamos —prosiguió su mujer—: si podemos enseñar a una persona, podemos enseñar a dos. Si a dos, a un centenar. Si a un centenar, a un millar. Podemos formar a profesores que viajen a los cuatro confines del país y que, como Johnny Appleseed con los manzanos, extiendan nuestro plan de estudios de Mentes Limpias a…, bueno, millones de supervivientes. Sí, ¿por qué no? Millones.

—Y llegado el momento —dijo Holland—, Dios mediante, habremos construido desde cero una sociedad nueva y moral, una sociedad americana acorde con la que tenían en mente nuestros padres fundadores y que nunca se materializó, malograda por las influencias externas, malsanas y corruptoras.

La señora Holland cogió el relevo.

—Y lo hermoso de nuestro plan es que, sin internet, televisión, películas ni revistas que infecten los cerebros de porquería, nuestras enseñanzas no tendrán que vencer a las seducciones del pecado. La serpiente no tendrá ocasión de emponzoñar a Eva.

Holland se inclinó hacia Morningside, claramente encantado de poder vender su gran proyecto a una invitada ilustre.

—No obstante, el problema de nuestra visión es que mi esposa y yo somos buenos con la cabeza, pero no con las manos. No sabíamos cómo organizarnos para hacer todo lo necesario para encontrar reclutas y mantenerlos sanos y alimentados. Ahí fue donde entró el hermano de Melissa. Chuck Streeter es un hombre imperfecto, pero es un hombre de acción. Poseía las habilidades de supervivencia que precisábamos y, al igual que nosotros, era inmune al virus. No tardó en aceptar nuestra propuesta.

»Es más, tenía una red de compañeros no infectados que también eran hombres de acción. El sobrino de Melissa, Jeremy, vivía con Chuck desde que sus padres murieron al principio de la epidemia. Teníamos nuestro campamento en el lago Splendor, que era perfecto para lo que nos proponíamos. Disponíamos de agua potable ilimitada, un bosque lleno de leña y edificaciones ya existentes que serían adecuadas para las primeras etapas de la empresa. A lo largo de las últimas semanas, el señor Streeter ha hecho batidas por los alrededores y ha encontrado cuatro docenas de reclutas y comida suficiente para alimentarnos. Ahora que llega el invierno, nos tomaremos un descanso. Trabajaremos en la educación de los campistas que ya tenemos y, en primavera, nos expandiremos y buscaremos nuevos reclutas.

—Pues ya lo ven —concluyó la señora Holland dándose unas palmaditas en el regazo—. Nuestra pequeña utopía, el campamento Mentes Limpias.

Connie profirió una de sus carcajadas cáusticas.

—Vuestra versión de la utopía. ¿Y cómo será? ¿Blanca como la leche? ¿No cristianos abstenerse? ¿Les enseñaréis a vuestros reclutas el paso de la oca y el saludo nazi?

—Esta película yo ya la he visto —añadió Jamie antes de que Holland acertara a responder—. Acabo de estar en el oeste de Pennsylvania, donde caímos en manos de un paleto de derechas sediento de poder que quería convertir a los infectados en un ejército cristiano para aplastar a los no creyentes. Se imaginaba que habría gente intentando hacer lo mismo por todo el país, y veo que no se equivocaba.

—Esos no serían los Estados Unidos que conozco y amo —comentó Morningside en un tono lúgubre.

Holland se puso en pie para caminar de un lado a otro de la sala.

—No, no, somos muy diferentes —insistió—. Nosotros no somos unos chiflados de ultraderechas, somos conservadores normales. Y políticamente no creo que nos diferenciemos mucho de usted, Gloria. Deseamos una sociedad justa y con igualdad de oportunidades. No somos extremistas religiosos, somos cristianos normales que desean una sociedad basada en las mejores ideas y prácticas judeocristianas y estadounidenses. No se trata de enfrentar a la izquierda contra la derecha o a una religión contra otra: se trata de hacer lo correcto.

—Seguro que lo tienen todo racionalizado —dijo Jamie—, que se creen que el fin justifica los medios. Que está bien emplear a abusones, matones y asesinos como Streeter, siempre que sea útil para alcanzar su versión de la utopía. Y por cierto, Streeter es adicto a la metanfetamina, aunque probablemente eso también lo sepan.

—No es así —protestó Holland—. Con el tiempo verán lo que pretendemos hacer. Son personas inteligentes y al final lo entenderán.

—Lo que está diciendo es que, hasta que estemos cegados por la misma luz que usted, somos sus prisioneros, con alambrada y matones armados incluidos —saltó Connie—. Al fin y al cabo, de eso se trata, ¿no?

Holland se volvió a sentar y sonrió con aire cansino.

—Yo prefiero verlo como una simbiosis. Ustedes nos proporcionan atención médica y nosotros les damos alimento, cobijo y protección. Y ya he decidido que pueden quedarse a sus hijos con ustedes, si eso es lo que quieren.

—Yo espero que cambien de opinión al respecto —señaló la señora Holland—. Disfrutarían de la compañía del resto de los adolescentes. Nos encantaría incluirlos en nuestras lecciones.

—Ni hablar —dijo Jamie.

Connie intervino, pero su versión incluía blasfemias ante las que los Holland se mostraron muy incómodos.

—¿Y de mí qué es lo que quieren? —preguntó Morningside.

—Conversación estimulante, nada más —aseguró Holland—, y la emoción de saber que alojamos a la presidenta.

Jamie estaba esperando el momento adecuado para revelar su particular misión. Se la soltó a bocajarro.

—Escuchen los dos, necesito contarles algo muy importante. Antes de que secuestrasen el helicóptero, nos dirigíamos a Fort Detrick, en Maryland. Yo era investigador científico en Boston y había desarrollado una cura, una potencial cura. Creo que funcionará. Creo que puedo invertir el proceso y permitir que la gente recupere la memoria. En Detrick hay unos laboratorios del Gobierno que cuentan con los materiales que necesito para elaborar una vacuna. Tengo que llegar allí. No puedo quedarme atrapado en Carolina del Norte jugando a médicos de campamento. Por la mañana haré un reconocimiento médico a su gente y trataré a cuantos pueda. Después es preciso que nos dejen partir. Necesitamos llegar a Maryland para prevenir un desastre mayor aún.

—Pero sin duda comprenderá que eso es lo último que deseamos que suceda —dijo Holland, echando la silla hacia atrás—. Por darle un cariz bíblico a la situación, podría aducirse que esta plaga es obra de un Dios descontento, un Dios que desea purificar a la población de sus males, tal y como purificó a la población el diluvio de Noé. Podría aducirse asimismo que mi esposa y yo hemos sido escogidos para ser los instrumentos de una renovación espiritual y cultural.

La señora Holland emitió un súbito grito ahogado y se llevó la mano a una sien.

Su marido adelantó el labio inferior en señal de que la compadecía y le puso una mano en el hombro.

—No, creo que necesitaré que se queden con nosotros en el futuro inmediato. Y por cierto, Jamie, este sería un buen momento para examinar a la señora Holland. Como verá, sufre uno de sus accesos.

Jamie se quedó a solas con la señora Holland. Se planteó negarle sus servicios, pero ¿qué conseguiría realmente con eso? Así pues, se sentó delante de ella y, con muy pocas ganas, elaboró un historial médico. Las jaquecas no eran nuevas: se remontaban a varios meses antes de la epidemia. Sin embargo, en los últimos días habían empeorado. Jamie no precisaba equipo especial para llevar a cabo un reconocimiento exhaustivo. Presentaba una sutil debilidad en una de las manos y una ligera exageración de los reflejos osteotendinosos. «Tiene un tumor cerebral», pensó.

—¿Es fumadora?

—No.

—¿Fumó en alguna época?

—Nunca.

—¿Le importaría que Connie le hiciese una exploración de mama?

—No, adelante.

Jamie llamó a Connie, que estaba en el salón. Le dijo lo que necesitaba y se quedó con los niños hasta que hubo terminado.

—Tiene una masa dura en el pecho derecho, de unos dos por dos centímetros —le susurró Connie al volver.

Jamie pasó al salón para informarle.

—Creo que tiene un tumor cerebral, señora Holland. Creo que se le ha extendido al pecho.

A ella se le demudaron las facciones.

—Me temía que dijera eso. ¿Cuánto tiempo me queda?

—No lo sé. Sin una resonancia magnética, sin un diagnóstico y un tratamiento adecuados, resulta imposible saberlo.

—No quiero quimio, aunque tampoco esté disponible hoy en día.

Jamie respondió con un gruñido.

—¿Sufriré?

—Quién sabe.

—¿Se lo dirá a Jack?

—Si usted quiere, sí.

—Por favor. Jack será un alma perdida. Me alegro de que tenga este campamento. Le proporcionará un propósito. Lo ayudaré mientras pueda. Me siento tan agradecida de que Connie y usted estén aquí. Es un gran consuelo. Les ruego que se consideren nuestros invitados, no nuestros prisioneros.

—Aunque lo seamos.

—Aunque lo sean. Solo espero que algún día ustedes, que son buenas personas, vean el valor de lo que estamos haciendo y decidan unirse a nosotros.

—Las posibilidades de que eso suceda sí que puedo dárselas, señora Holland —dijo Jamie.

—¿Y cuáles son?

—Cero.

54

Habían caído cuatro copos algún día, pero la primera nevada de verdad cayó un mes después de su llegada. Fue el mismo día en que Melissa Holland sufrió sus primeras convulsiones. Corría el mes de diciembre y en las montañas hacía un frío gélido. Mantenerse calientes era la prioridad de todos. Las cabañas y los barracones carecían de un sistema de aislamiento; si Holland hubiese tenido que empezar otra vez de cero, quizá se habría repensado lo de usar un campamento de verano en invierno. La casa del matrimonio y las demás cabañas contaban con unas chimeneas rústicas, pero los barracones no.

Fue el momento de la entrada estelar de Rocky, el amigo de Streeter. Rocky era un hombre sencillo del sur, de los que mascan tabaco. Había trabajado en la construcción hasta que ganó demasiado peso y le fallaron las rodillas. Streeter lo conocía desde hacía tiempo. Cuando era un joven policía, le habían llamado a investigar un robo de herramientas en una obra de Asheville en la que Rocky trabajaba de carpintero. Streeter acababa de comprar su primera vivienda y se llevó la tarjeta de Rocky porque necesitaba armarios en la cocina. Durante la reforma, se hicieron amigos porque compartían la afición a la caza y, con el paso de los años, mataron a escopetazos a muchas aves y con el arco a muchos ciervos. Cuando la epidemia se agudizó y Holland le pidió a Streeter que lo ayudara a preparar el campamento, este recurrió a Rocky para que lo acondicionara de cara a las cuatro estaciones. Rocky sabía qué hacer. Fueron con un camión hasta la sede de una empresa de suministros para la construcción y se llevaron todas sus estufas de leña. Ahora cada barracón tenía dos.

Acababan de comer, y Jamie y Connie estaban dando un paseo con el perro y los chicos. A Jamie le gustaba recorrer la alambrada en busca de debilidades. De vez en cuando veía algún pino o una rama grande recién caídos, y albergaba la esperanza de encontrar una sección de alambrada derribada antes que Streeter.

Los chicos no tenían recuerdos del invierno. Para ellos era su primera nevada, y andaban como locos de alegría pateando el manto blanco. Connie les enseñó a hacer ángeles de nieve y en eso estaban cuando llegó Roger corriendo y resbalando. Era un joven con la nariz torcida a raíz de un altercado, que había conocido a Streeter en un bar de Ashenville jugando al billar. Era funcionario de prisiones y usaba una jerga de tipo duro, la misma que Streeter, de manera que se entendieron a la primera. El expolicía fue a buscarlo el mismo día en que Holland le dijo que necesitaban gente en forma para ayudar con su proyecto del Campamento Splendor. Entre Roger y él localizaron a otros cuatro jóvenes no infectados, que de buena gana se mudaron a un campamento en mitad del bosque para hacer piña y defenderse de las incógnitas que la epidemia no paraba de generar.

Roger había salido corriendo a buscarlos sin abrigarse. Los faldones de su camisa a medio abotonar ondeaban al viento y dejaban a la vista su vientre enjuto. Resbalaba sin parar; sus deportivas no se agarraban al suelo.

—¡Jamie! ¡Jamie! ¡Tienes que venir! —gritó nada más verlos.

—¿Qué pasa? —respondió Jamie, también a voces.

—Es la señora H. Le pasa algo. El señor H quiere que vayas.

—¿Qué ha pasado?

—No lo sé. Streeter solo me ha pedido a gritos que viniera a buscarte.

Jamie le dijo a Connie que se quedara con los jóvenes y se

marchó pisando la nieve con paso firme. Roger arrancó a correr hacia la casa de Holland. Al cabo de un momento se paró y miró por encima del hombro.

—¿No puedes ir más deprisa?

Jamie todavía llevaba el pie enyesado y envuelto en una bolsa de plástico para mantenerlo seco. Correr no era una opción.

—No, no puedo.

—¿Te llevo a caballito?

Jamie pesaba unos veinte kilos más; no creyó que el ofrecimiento mereciera respuesta.

Jack Holland esperaba en el salón, inquieto y angustiado. Morningside estaba con él, con las manos sobre un libro cerrado, a un mundo de distancia de las tribulaciones de Holland.

—Gracias a Dios —le dijo este a Jamie—. ¿Dónde estaba?

—Paseando el perro. ¿Qué sucede?

—No lo sé. Está arriba.

Entró Streeter, sudoroso y cabreado.

—He dado la vuelta al mundo buscándote —se quejó a Jamie—. Se supone que tienes que estar localizable en todo momento.

—Yo le he encontrado —señaló Roger.

Jamie no hizo caso a Streeter y subió cojeando al piso de arriba.

Melissa Holland estaba en su dormitorio, en el suelo. Estaba consciente pero confundida, paseando la mirada por el techo mientras repetía como un patético metrónomo:

—Ah, ah, ah, ah...

Jamie se arrodilló, le cogió la mano y le tomó el pulso en la muñeca. La alfombra que tenía debajo estaba mojada a causa de la incontinencia y su reconocimiento corroboró lo que ya sabía: la señora Holland había sufrido su primera crisis epiléptica.

Habría más.

Streeter entró y miró a su hermana.

—Ayúdame a subirla a la cama —dijo Jamie.

—¿Qué le pasa?

—Es una crisis. Causada por el tumor.

—Eso no es bueno, ¿verdad?

—No, no lo es.

Jamie llamó a Holland para que subiera y le expuso la situación. Los ataques se repetirían. La enfermedad avanzaría.

—¿No podría darle usted algo? —preguntó él.

—En circunstancias normales, estaría tomando esteroides para reducir la hinchazón alrededor del tumor y fármacos anticonvulsivos.

—¿Podemos conseguirle algo de eso?

—No sé si ya habrán desvalijado todas las farmacias. Pregúntale a tu cuñado.

—¿Qué se supone que significa eso? —saltó Streeter.

—Tú te manejas bien en las farmacias, ¿no? —dijo Jamie.

—Que te den por culo —le espetó Streeter.

—Calma, Chuck —intervino Holland—. Si Jamie escribe el nombre de los medicamentos que necesita, ¿podrías ir a buscarlos fuera del campamento?

Streeter no dejó escapar la oportunidad de salir del recinto. Jamie hizo una lista y el expolicía partió.

Cuando estuvieron a solas, Holland preguntó a Jamie si estaba seguro de que los fármacos la ayudarían.

—Con las crisis sí, pero no con el cáncer.

—¿Sentirá dolor? Más adelante, quiero decir.

—Por culpa de los ataques no, pero si el cáncer se extiende a los huesos, sufrirá. Estoy seguro de que Streeter tiene un alijo de narcóticos bien surtido, si se da el caso. Por la noche se queda frito como un yonqui.

—Me estoy cansando de que andéis siempre a la greña —dijo Holland—. ¿Me harías el favor de no buscarle las cosquillas?

—El día que nos dejéis marchar —replicó Jamie—. Hasta entonces, todo el mundo, y no lo digo solo por nosotros, vivirá atemorizado por culpa de ese hombre.

—¿A qué te refieres?

—Por el amor de Dios, Jack. Abre los ojos. ¿No has visto cómo se comportan algunas de las jóvenes cuando anda cerca?

—¿Tus chicas?

—Las mías no. Yo no las dejo a solas con él ni por un segundo.

—Entonces ¿qué quieres decir?

—Digo que tú no patrullas por el campamento de noche. Él sí. Si te crees que no tiene favoritas con las que hace lo que se le antoja, es que estás ciego. Hemos visto a las mujeres en nuestros paseos. Connie, Gloria y yo pensamos que tu nueva sociedad moral ya está podrida hasta el tuétano.

—Eso no puede ser cierto. Lo sabría.

—Vale, Jack. Lo que tú digas. Volveré dentro de un par de horas para ver cómo está Melissa.

La vida en el campamento se estaba volviendo repetitiva.

Jamie y Connie despertaban todas las mañanas en su lecho platónico, le abrían la puerta a Arthur y encendían los fuegos. Se habían quejado de que la chimenea de piedra era insuficiente y habían exigido que les instalaran una estufa panzuda en la pared de enfrente. Rocky tenía una de sobra y había completado la instalación en un día. No quiso subirse al tejado para aislar el agujero que había abierto para el conducto de evacuación, arguyendo que sus días de encaramarse a los tejados habían pasado, de manera que Jamie, tras recibir las debidas instrucciones, se había ocupado del trabajo trepando por una escalera de mano. Una vez encendidos los fuegos, se ponían manos a la obra con el desayuno, que cocinaban al estilo de la frontera sobre una parrilla en el fuego de leña, mientras el café se calentaba en el fogón. Entones llegaba el momento del primer conflicto del día.

Jamie había insistido en cerrar la puerta del dormitorio de Dylan por fuera con llave todas las noches. Había visto muestras suficientes del enamoramiento entre Emma y él para convencerse de que se enrollarían en cuanto tuvieran la menor oportunidad.

—Vamos a tener que poner un candado en esa puerta —había dicho Jamie.

—No pienso encerrar a mi hijo en su cuarto.

—No tenemos elección, Connie. No hay anticonceptivos. Un embarazo y un parto son impensables en estas condiciones.

—Pon el candado en la puerta de las chicas, si eso es lo que quieres.

—Dylan descubrirá cómo desatornillarlo. Tiene maña con las herramientas.

—Reparó su propio coche —añadió Connie con cierto orgullo.

—Esa clase de memoria está intacta.

—Gracias, doctor Memorión.

—Mira, sé que estás cabreada conmigo, pero si cerrar su puerta con llave no te convence, puedes dormir con él.

—No está bien que una madre comparta cama con su hijo casi adulto.

—¿Lo ves? Tú tampoco confías en él.

—Vete a la mierda, Jamie. A la mierda.

Al final, Connie dio su brazo a torcer y le pidieron un candado a Rocky. Escondían la llave bajo una taza de café, y todas las mañanas, cuando Jamie iba a por ella, Connie se sacaba de la manga alguna pulla nueva.

—Hombre, el guardián del zoo va a abrir la jaula de mi hijo.

Los niños se levantaban, se turnaban para ir al baño y se sentaban alrededor de su única mesita, donde el perro mendigaba las sobras y Emma y Dylan se ponían a tontear.

—Te he echado de menos —decía Emma.

—Yo también te he echado de menos.

—¿Quieres darme la mano? —decía él.

—Sí.

Emma estiraba el brazo por debajo de la mesa.

—De acuerdo.

Habían encontrado un tubo de pelotas de tenis en un armario, y Dylan fue a buscarlas.

—¿Quieres jugar fuera?

—Sí.

—Ahora no, Dylan —dijo Connie.

—¿Podemos jugar después del desayuno? —preguntó Emma.

Jamie dijo que sí.

Kyra ya no estaba celosa de ellos. Tenía la cabeza en otra parte.

—¿Podemos ir a buscar a Jeremy, papá?

Jamie solía llevarla consigo cuando hacía su ronda matutina mientras Connie vigilaba a Dylan y a Emma. Sin la escayola, podía desplazarse sin impedimentos. Kyra tampoco llevaba ya el brazo en cabestrillo y volvía a estar contenta. Mientras Jamie comprobaba el estado de salud de los reclutas de Holland, ella y Jeremy lo acompañaban y tonteaban bajo su atenta mirada. Más tarde, Connie examinaba a los reclutas que Jamie le indicaba, los que tenían problemas más indicados para que los tratase un cirujano: lesiones, dolor abdominal, problemas ginecológicos.

La ronda de Jamie terminaba en casa de Holland, donde veía a sus dos últimos pacientes. Melissa estaba empeorando. Streeter había encontrado una reserva de Dilantin para las convulsiones, pero seguía sufriendo ataques varios días por semana. Tenía un brazo inutilizado y una pierna tan débil que ya no podía caminar sin ayuda. Su existencia se limitaba a ir de la cama al sillón, y la confusión empezaba a hacerse notar.

—Anoche me preguntó acerca de la programación de su curso de Historia colonial —le contó Holland a Jamie un día—. Cree que tiene que dar clase en la facultad.

—Prepárate para más incidentes parecidos —le advirtió Jamie con frialdad.

Holland era su captor, de modo que Jamie le negaba la comprensión que de ordinario concedería al marido de una paciente enferma. Le contaba la verdad sobre su pronóstico, le exponía sus quejas sobre la adicción y las fechorías de Streeter y pasaba el menor tiempo posible en su presencia.

Después de ver a Melissa, visitaba a su otra paciente, Gloria Morningside.

Su apatía se había agudizado hasta convertirse en una depresión con todas las de la ley, y Jamie pasaba tiempo con ella a diario para animarla y tratar de ofrecerle alguna clase de esperanza. Era una batalla difícil.

—Mi marido está muerto —decía ella—, mi familia en Iowa y, bueno, no quiero ni pensar qué habrá sido de ellos. Nosotros somos prisioneros. Estamos aislados. ¿Qué sentido tiene nada?

—Eres la presidenta, Gloria. Tú eres la esperanza. Tú misma le dijiste a Oliver Perkins que su trabajo no carecía de sentido. ¿Lo recuerdas?

—Oliver está muerto. El Gobierno no existe. Él tenía razón. El cargo no tiene sentido.

Compartiendo la comida o tumbados en la cama, de espaldas, Jamie y Connie a menudo discutían sobre su otra manzana de la discordia: la huida. Jamie quería intentarlo; Connie se oponía.

—Tengo que llegar a Maryland —insistía él.

—Esos hombres son unos asesinos. Si nos pillan, alguien recibirá un tiro. No puedo correr ese riesgo.

—No creo que Rocky nos hiciera daño —señalaba Jamie—. A lo mejor Roger tampoco.

—Tienen tanto miedo de Streeter como nosotros. A la hora de la verdad, probablemente nos dispararían. Los otros, seguro. Y Streeter se muere de ganas de tener una excusa.

—Podemos robar un coche —decía Jamie—. Sé dónde guarda las llaves Holland. Esperamos hasta la medianoche. Estoy casi seguro de que los vigilantes nocturnos no aguantan despiertos. Nos llevamos la puerta por delante y nos largamos.

—¿Y qué pasa con Gloria?

—No creo que podamos sacarla de la casa. Tendría que quedarse.

—Muy bonito.

—Hay asuntos más importantes, Connie. La epidemia.

—Olvídalo. No pienso arriesgarme a que mi hijo salga herido o a dejarlo sin madre. La respuesta es no.

—Entonces quédate. Me llevaré a Emma y a Kyra.

—¿Y dejarnos atrás a Dylan y a mí? ¿Sabes qué? Te has convertido en un capullo integral, Jamie.

A pesar de la cólera y la frustración que le inspiraba su negativa, Jamie se preguntaba si tal vez Connie tendría razón.

55

S abes qué me obliga a hacer? —le contó Morningside a Jamie una mañana—. Me va a hacer asistir a una de sus
charlas.

Era un día soleado, el más apacible y templado de las últimas semanas. Era uno de esos días de invierno en los que Holland reunía a sus reclutas alrededor de la bandera para impartir una lección magistral. Cuando bajaban las temperaturas y
soplaba el viento, hacinaba a la mitad de sus reclutas en un
barracón para darles una clase matutina y por la tarde repetía
con la otra mitad.

Jamie accedió a acompañarla. Había asistido a alguna de
las lecciones de Holland y le parecían desagradables ejercicios
de propaganda, pero Morningside estaba cada día más frágil y
pensó que le vendría bien un poco de apoyo. Bajo una flácida
bandera estadounidense, Holland se subió a una caja de madera para que todos lo vieran. Había acomodado a Morningside
en una silla plegable, envuelta en una manta. Los reclutas, de pie,
formaban un semicírculo sobre la nieve pisoteada, mientras
que los hombres de Streeter, con los fusiles al hombro, habían
establecido un laxo perímetro. El expolicía se había agenciado
un expositor de gafas de sol de espejo estilo aviador tras el saqueo de una farmacia y había dado un par a cada uno de sus
hombres; se habían convertido en su uniforme. Streeter hara-
ganeaba en una silla Adirondack e iba dando cabezadas como

si tuviera un muelle en el cuello. Jamie solía reconocer su droga del día, y en esa ocasión sin duda se trataba de algún opiáceo. Los días de opiáceos eran mil veces mejores que los días de anfetaminas: la somnolencia era mejor que la agresividad.

Jamie estaba de pie a un lado, escrutando el rostro de los reclutas. Había llegado a conocerlos a todos durante sus visitas médicas, cuando trataba sus enfermedades internas: gargantas irritadas, infecciones respiratorias, diarreas. Holland mantenía una estricta separación entre los sexos y, por el momento, no se había producido ninguna agresión sexual, aunque Jamie mantenía sus sospechas acerca de Streeter. Como los hombres no dejaban de ser hombres, alguna que otra vez se producía una pelea a puñetazos o un combate de lucha libre a propósito de alguna disputa territorial en los barracones, pero la lesión más grave que Connie había tenido que atender había sido una clavícula rota.

Holland había dado a Streeter órdenes estrictas acerca del tipo de personas que quería para el campamento. Tenían que ser jóvenes, pero no demasiado. La mayoría se encontraban entre los dieciséis y los cuarenta años de edad. Tenían que estar sanos: no quería ocuparse de reclutas heridos o enfermizos. Pese a todos sus defectos, Holland no parecía un racista declarado, y la proporción entre blancos y personas de color reflejaba la diversidad de aquella región de Carolina del Norte.

Holland quizá tuviera una veta igualitaria, aunque Streeter no la compartía. Era evidente que trataba peor a los negros y a los hispanos, pero cuando Jamie le llamó la atención por discriminar a un niño negro y abusar verbalmente de él, Streeter afirmó que él no veía el color de piel.

—Solo veo un hatajo de retrasados.

Holland quizá fuera ciego respecto al color de piel, pero se mostraba despectivo con las teologías que no fueran la cristiana. Según le contó Roger a Jamie un día, en una de sus batidas se toparon con un joven y, cuando lo llevaron al campamento, Streeter le comentó a Holland que, en su opinión, y a juzgar por la parafernalia que habían visto en la casa, probablemente era judío.

—Bueno, no importa, ¿verdad? —se supone que había respondido Holland—. No recordará nada de eso. Ahora es cristiano.

Durante el mes que llevaba en el campamento, Jamie había visto mejorar la competencia lingüística de los reclutas a pasos agigantados. Emma, Kyra y Dylan también hacían progresos, no solo con su adquisición del lenguaje, sino también con una fuente de conocimientos cada vez mayor. La comunicación resultaba más fácil. Para Jamie y Connie, eso significaba que cabía la posibilidad de actuar como médicos y no como veterinarios. Para Holland, significaba que sus lecciones podían ser más sofisticadas.

—Cuando empezamos con ellos —le dijo a Jamie la señora Holland desde su lecho de dolor—, era como enseñar cateque-sis a párvulos. Hacíamos dibujos y empleábamos palabras muy sencillas. Ahora, Jack me cuenta que es como enseñar a alumnos de sexto curso. Espero vivir lo suficiente para verlos a nivel de secundaria. Jack tendrá que llevarlos a la universidad solo, supongo.

Jamie y Connie en general estaban a gusto con los reclutas. Tenían algo en común con sus hijos: una inocencia dulce inherente. Habían olvidado todos los recuerdos acumulados que volvían a la gente suspicaz, temerosa, arrogante o grosera. La parte buena de perder la identidad era que también se perdía el lastre. Lo que quedaba era una especie de sinceridad y asombro infantiles. Blair Edison había llenado la cabeza de sus esbirros con el odio a los «hombres malos» y les había inculcado inclinaciones homicidas. Las enseñanzas y prédicas de los Holland eran de corte más benévolo, reflejo de su visión de una utopía cristiana. Por lo menos sus reclutas se estaban convirtiendo en corderos, en vez de leones.

La favorita de Jamie era Valerie, la vecina de los Holland y su primera recluta. Era una mujer grande y animada, con una sonrisa perpetua y un entusiasmo contagioso. Según contaban los Holland, había sido una persona colérica y amargada, con un largo historial de arrestos por hurtar en comercios y por pagar con cheques sin fondos para costear su adicción. Ahora era un encanto.

—¡Es mi amigo! —exclamaba cuando él entraba en su barracón—. ¡Es el doctor Jamie!

—Buenos días —respondía Jamie jadeando, atrapado en un abrazo de oso.

—Te quiero.

—Yo también te quiero.

—Quiero a Jesús —decía Valerie cuando lo soltaba—, quiero a la doctora Connie, quiero a Jeremy, quiero al señor H, quiero a la señora H y quiero a...

Jamie la paraba antes de que citara a todas sus compañeras de barracón.

Para la lección magistral de aquel día, Holland usó un megáfono como de costumbre, según él para que su mujer pudiera oírlo desde la cama. Jamie sospechaba que se sentía un hombre más grande al amplificar su voz. Los reclutas se apiñaban alrededor de la bandera para calentarse unos a otros y miraban a Holland con rostro expectante.

—Amigos míos —empezó Holland, y el eco de su voz rebotó en la casa y se alejó en dirección al lago—, demos gracias al Señor por este precioso día. Decid: «¡Gracias, Señor!».

—¡Gracias, Señor!

—La señora Holland se siente enferma. La señora Holland está en la cama. Por favor, gritad tan fuere como podáis: «¡La queremos, señora Holland!».

—¡La queremos, señora Holland!

—Muy bien, seguro que eso la hace sentirse mejor. ¿Cómo se llama nuestro campamento?

—¡Campamento Mentes Limpias!

—Eso es. Llegasteis aquí con la mente limpia porque no recordabais nada de vuestra vida. La señora Holland y yo somos vuestros maestros. Lo que os enseñamos provee a vuestra cabeza de datos e ideas nuevas, pero seguiréis teniendo la mente limpia. No tendréis la mente sucia porque lo que os enseñamos trata de la bondad. No os enseñamos cosas sucias. La Biblia dice que hagamos el bien al prójimo, y sobre todo a los hermanos en la fe. Aquí todos somos hermanos en la fe, y esa fe se basa en nuestro amor a Jesucristo, nuestro Señor y Salvador. Así pues, ¿a quién queremos?

—¡Queremos a Jesucristo! —corearon todos.

—Muy bien. Hoy, quiero hablar otra vez sobre Estados Unidos. Os acordáis de Estados Unidos, ¿verdad?

—¡Verdad!

—El campamento Mentes Limpias se encuentra en Estados Unidos. Nosotros nos llamamos estadounidenses. Estados Unidos es muy especial. Hay muchos países en el mundo. El mundo es un sitio muy grande, mucho más que Estados Unidos. Pero... ¿queréis saber una cosa? Estados Unidos es el mejor país del mundo. Levantad la mano si queréis saber por qué es el mejor país del mundo.

Las manos se alzaron.

—Es el mejor país porque tiene los mejores valores. ¿Qué son los valores? Los valores son las cosas en las que creemos, las cosas que tenemos por ciertas e importantes. Voy a enseñaros tres valores estadounidenses. El primer valor es la libertad individual. Decid: «Libertad individual».

Algunos lo dijeron con más fluidez que otros.

—La libertad individual es el poder de hacer lo que queramos, decir lo que queramos y pensar lo que queramos.

«... a partir de lo que Holland plante en vuestro cerebro», pensó Jamie.

—No podemos tener libertad —prosiguió Holland—, a menos que podamos cuidar de nosotros mismos. Eso se llama «independencia».

Su segundo valor era la igualdad de oportunidades para todos, y explicó que, como todo el mundo tenía las mismas posibilidades de éxito en Estados Unidos, había que aprender a competir para triunfar. El tercer valor era lo que él llamaba «el sueño americano», la oportunidad de tener una vida mejor.

—Pero entended una cosa —concluyó—: no podéis conseguir vuestro sueño americano sin trabajar duro. Todos y cada uno de vosotros tendréis que trabajar muy duro. ¿Trabajaréis duro?

—¡Sí, señor H! —gritaron.

—Estados Unidos es un gran país porque tenemos los mejores valores. También tenemos el mejor Gobierno. Ya hemos hablado del Gobierno. ¿Quién recuerda lo que es?

Valerie levantó la mano y la movió para llamar su atención.

—Sí, Valerie.

—¡El Gobierno son nuestros líderes!

—Bien. ¿Yo soy vuestro gobierno?

—¡Sí! —exclamó Valerie.

—No ha sido una pregunta justa. Aquí, en el Campamento Mentes Limpias, soy vuestro líder, pero no vuestro gobierno. El Gobierno lo elige la gente. Vosotros no me elegisteis. El líder del Gobierno estadounidense es el presidente de Estados Unidos. Tenemos la inmensa suerte y el gran honor de tener a la presidenta de Estados Unidos aquí, en nuestro campamento. —Se situó detrás de ella—. Presidenta Morningside, le ruego que pronuncie unas palabras para todos.

Morningside hizo una mueca y se tapó la oreja más cercana al megáfono.

—No quiero —susurró.

—Por favor, señora presidenta —insistió Holland—. Esto es tan especial para ellos...

Le entregó el megáfono y le enseñó qué botón debía pulsar.

El aparato cobró vida una vez más con un graznido.

A Jamie le pareció que el aspecto de Morningside era un tanto extraño. Tenía la boca torcida y daba la impresión de que sus ojos no enfocaban a los asistentes, sino a un halcón que trazara círculos sobre ellos.

—Sí, soy la presidenta de Estados Unidos, la líder de América, como ha dicho el señor Holland. —Su voz retumbaba—. Quiero deciros lo siguiente: no hagáis caso al señor Holland. Nos ha arrebatado la libertad, la mía y la vuestra. Todos nosotros somos sus prisioneros. Somos...

Holland le quitó el megáfono y la asamblea concluyó de forma confusa y abrupta.

Habían enseñado a Emma cómo se llamaba aquello, de modo que, cuando una tarde anunció que tenía la regla, Jamie le dio un tampón. Fue entonces cuando cayó en la cuenta de que Kyra hacía un tiempo que no la tenía.

—¿Cuánto hace? —le preguntó Connie.

—He perdido la cuenta.

Connie se ofreció a examinarla y se llevó a la niña al dormitorio, donde se puso los guantes y le dijo que se quitara los tejanos y la ropa interior.

—Solo voy a tocarte aquí abajo para ver cómo tienes tus partes —explicó mientras se untaba los dedos con lubricante.

—¿Qué son mis partes? —preguntó Kyra.

—Son esto, justo aquí, y dentro de ti. Sube las rodillas.

Kyra se rio mientras Connie introducía los dedos.

—Imagino que no te hago daño —dijo Connie mientras le palpaba el cuello del útero y el resto.

—Hace cosquillas. ¡Esto es lo que hace Jeremy!

—Bueno es saberlo —comentó Connie sacando la mano.

—Está embarazada —informó a Jamie cuando estuvieron a solas.

—¡Me cago en todo, no!

—Me ha dicho que Jeremy le ha tocado sus partes.

—La única vez que estuvieron a solas, y solo durante un ratito, fue hace un par de semanas.

—Lo recuerdo —dijo Connie—. Fue cuando nos llamaron a los dos para examinar a la chica que había resbalado en el hielo y se había dado un golpe en la cabeza; le pedimos a Jeremy que las vigilara.

—¿Cómo es posible que detectes un embarazo de dos semanas con un examen pélvico?

—No puedo. Está de seis semanas como mínimo.

Jamie se desplomó en el sillón.

—Joder. Es de Joe Edison. Necesito una copa. Por lo menos ese cabrón no dejó preñada también a Emma.

—¿Quieres que le cuente a Kyra lo que le espera?

—No veo por qué no —respondió él en un tono lúgubre.

Jamie partió hacia la casa de Holland para ver si, después del incidente en la asamblea, Morningside todavía estaba bien surtida de vino.

Al cabo de una hora, Jamie no había regresado. Connie acostó a Dylan y lo encerró muy a su pesar. Hizo lo mismo con Emma y Kyra, apagó las velas y se metió en la cama.

A oscuras, Kyra tocó a Emma en la mejilla y le dijo:

—Voy a tener un bebé.

—¿Qué es un bebé?

—Connie dice que es un niño pequeño o una niña que crece dentro de ti.

—¿Dónde?

Kyra le puso la mano encima de la barriga.

—Aquí dentro.

—¿Por qué tienes un bebé?

—¿Te acuerdas de cuando Joe nos hacía daño en las partes?

—¿Qué son las partes?

Kyra le puso la mano más abajo.

—Me acuerdo —dijo Emma—. No me gustaba.

—A mí me gustó cuando Jeremy me tocó mis partes —comentó Kyra—. Fue bueno.

—¿Por eso tienes un bebé?

—Creo que sí.

—¿Dylan me tocará mis partes?

—No lo sé. Pregúntaselo a Dylan.

—Vale.

Emma se levantó y abrió la puerta sin hacer ruido. El fuego moribundo de la chimenea y la estufa iluminaban la sala común. Emma llevaba los calcetines gruesos, y se deslizó hasta el armarito donde había visto a su padre esconder la llave bajo una taza.

Dylan se despertó con un sobresalto.

—Soy Emma.

—No es por la mañana —dijo él.

—Lo sé. Quiero meterme en tu cama.

—¡Yo también quiero! —exclamó él.

Emma se metió bajo las mantas.

—Kyra tiene un bebé. Yo quiero un bebé.

Le explicó lo que sabía sobre el proceso de adquirir uno y puso la mano de Dylan entre sus piernas.

—Tienes que ponerla ahí.

—¿Poner qué? —preguntó Dylan.

Emma recordaba todos los detalles de lo que Joe Edison le había hecho y le dio una explicación pormenorizada.

Cuando acabaron, le dio un beso.

—Te quiero, Dylan. ¡Ha estado bien!

—Yo también te quiero, Emma. ¿Ahora tendrás un bebé?

—Eso espero.

56

L legó febrero, y con él un frío inclemente.
     No pasaba una hora de sol sin que se oyera el rugido de las sierras mecánicas talando árboles para hacer leña.

Jamie y Connie siguieron adelante como si fueran una pareja de divorciados obligados a vivir juntos por motivos prácticos. Tenían cosas más importantes que hacer que reñir, como, por ejemplo, intentar mantener caliente a todo el mundo y estirar al máximo posible sus limitadas raciones. Todos estaban perdiendo peso, incluido el golden retriever, aunque Arthur era cada vez más hábil cazando conejos. Se aseguraban de que Kyra, a quien empezaba a notársele barriga, recibiera comida extra, y aparecieron vitaminas prenatales después de una de las excursiones de Streeter para buscar alimentos. Para bien o para mal, los tres adolescentes formaban parte de una unidad familiar en la que Jamie y Connie hacían las veces de padre y madre.

Las rutinas no variaron. Las jornadas transcurrían entre hacer visitas médicas, partir leña con un hacha que tenían que devolver a Rocky cuando terminaban, cocinar y limpiar. De noche educaban a Emma, Kyra y Dylan delante del fuego. Adoptaron el hábito de contar un cuento basado en las experiencias de Jamie o Connie o de leerles un pasaje de algún libro de la biblioteca de Holland, que luego usaban como punto de partida para una lección. Una lectura de *Caperucita Roja*, por ejemplo, precipitó una sucesión de enseñanzas que se prolongó durante varios días. Conocían el color rojo, pero ¿qué sabían del resto de los colores y tonalidades? ¿Qué es una abuela y cómo se estructuran las familias? ¿Qué es una caperuza y cómo se llaman las demás prendas? ¿Qué es un lobo? ¿Por qué quería comerse a la abuela? ¿Por qué comemos nosotros? ¿Qué es la digestión? ¿Qué otros animales viven en el bosque, además del lobo? ¿Qué es un zoo? ¿Qué diferencia hay entre un cuento y una historia real? ¿Qué es un escritor? ¿Por qué lee libros la gente? ¿Cómo se hace el papel? ¿Qué es un invento? ¿Qué es una idea? En el proceso, los niños absorbían información como esponjas, creaban nuevos recuerdos y desarrollaban vocabulario y fluidez lingüística.

Los reclutas de Holland, en cambio, solo aprendían la Biblia y la versión simplificada y aséptica de la historia estadounidense que él les ofrecía. Era como si coincidieran dos escuelas en el mismo barrio: una, sofisticada y progresista; la otra, anclada en un plan de estudios reducido y anquilosado.

Los hombres de Streeter se mantenían ocupados cortando y apilando leña, cazando para conseguir carne fresca, pescando en el hielo del lago y patrullando el campamento a todas horas. En cuanto el lago se heló del todo, a Streeter se le ocurrió que Jamie y los demás podrían fugarse cruzando el hielo hasta el terreno vecino, de modo que los hombres instalaron vallas y alambradas en la orilla. Clavar postes en el suelo congelado era un trabajo arduo y agotador, y Jamie y Connie atendieron a varias personas aquejadas de ampollas sangrantes y dedos congelados.

Por pura necesidad, Holland mandaba a Streeter fuera del campamento en misiones cada vez más frecuentes y lejanas para encontrar conservas, alimentos secos, jabón, vitaminas, desinfectantes, velas, pilas y papel higiénico. Streeter solía llevar consigo a Rocky y a Roger, y a veces se ausentaban durante dos o tres día seguidos. Al volver, el aliento les apestaba a alcohol, y en los sacos donde llevaban los víveres tintineaban las botellas. Holland hacía la vista gorda porque Streeter era el abastecedor. Y porque le tenía miedo.

Jamie intentaba no cruzarse con Streeter, cuyo comportamiento era cada vez más errático. Siempre había machacado verbalmente a los reclutas, pero empezaba a amenazar también a sus propios hombres. Y cada vez que veía a Jamie, simulaba una pistola con la mano y fingía que disparaba. Un centinela muy flaco llamado Jake, que siempre moqueaba, fue a ver a Jamie un día porque tenía tos y dolor en el pecho. El médico le hizo levantarse la chaqueta y la camisa y vio que tenía media espalda llena de cardenales. Le palpó la caja torácica y encontró una costilla rota.

—¿Qué ha pasado? —preguntó Jamie.

—Me caí, creo.

—Te caíste. Crees. No cuela. ¿Quién te ha pegado?

—¿No puede curarme y punto, doctor?

—Fue Streeter, ¿verdad? ¿Por qué te pegó?

Jake miró a su alrededor, nervioso.

—Me olvidé de despejar el camino hasta su letrina con la pala después de la nevada de anteayer.

Sin agua corriente, los váteres se congelaban, y Rocky había construido letrinas por todo el campamento.

Jamie no podía demostrarlo, pero tenía una teoría sobre el comportamiento de Streeter. Durante el último mes, no había percibido indicios de consumo de opiáceos. Sospechaba que se había quedado sin. Lo que sí parecía tener era metanfetamina de sobra, porque de un tiempo a esa parte siempre andaba colocado. Miraba de un lado a otro como una fiera rabiosa, con las pupilas grandes como guisantes, los dientes medio podridos y rascándose sin parar la piel seca.

Un día, después de la ronda, Connie volvió a la cabaña y se llevó a Jamie al dormitorio.

—Acabo de examinar a una cría del barracón cuatro. Chrissie, ¿la conoces?

—¿Así como bajita, con el pelo castaño? —preguntó Jamie.

—Sí, esa. Tenía una especie de dolor que costaba localizar; ya sabes, no dominan el lenguaje tan bien como nuestros hijos. Al final he descubierto qué es. Tiene una pequeña fisura anal.

Jamie se puso hecho una furia.

—¿Ha sido Streeter?

Connie asintió.

—He conseguido que Chrissie lo reconociera. Le tiene un miedo atroz.

—Voy a hablar con Holland —dijo Jamie.

—Para lo que servirá...

Tenía razón. Holland le escuchó, con una mueca de dolor. No paraba de suspirar y hasta gimió, pero al final no se comprometió a hacer nada, ni siquiera a hablar con Streeter del tema.

—¿Qué se supone que vamos a hacer, Jack? —dijo Jamie—. ¿No te basta con la violación anal? ¿Hay que esperar a que mate a alguien?

Holland tenía un libro en el regazo. Lo cerró y lo agarró con tanta fuerza que le temblaron las manos.

—Estamos en pleno invierno. Chuck es el mejor cazador. Trae carne a la mesa. Chuck es el mejor recolector. Sus visitas a los pueblos de los alrededores siempre son productivas. Me ocuparé de él en primavera. Te lo prometo. Todo será más fácil en primavera. Hasta entonces, rezaré para que se controle. Que Dios os bendiga a Connie y a ti por el trabajo que hacéis aquí. El campamento sería un nido de problemas sin vosotros. Y ahora ¿puedes subir a ver cómo está Melissa? Gloria está con ella. Hoy tiene un mal día.

La señora Holland había caído en un estado semivegetativo un mes antes. De vez en cuando abría los ojos y parecía que escrutara la habitación, pero ya no respondía a las instrucciones verbales. Connie tenía entre su instrumental un único tubo nasogástrico que no paraban de limpiar y reutilizar para introducirle agua azucarada en el estómago. Holland había insistido. No quería que se escatimaran esfuerzos para mantenerla viva el máximo tiempo posible. Morningside también sentía la necesidad de prolongar la vida de esa mujer; se había convertido en su enfermera a jornada completa. Le daba de comer, la limpiaba, le daba la vuelta para impedir que se llagara y le dedicaba largos monólogos, sobre todo acerca de su vida antes de dedicarse a la política. La inválida se había convertido en su razón de ser.

—No me caía bien cuando podía hablar —le explicó un día a Jamie—. Detesto sus ideas políticas, detesto su manera de tergiversar la religión y detesto que se convirtiera en nuestra carcelera. Pero ahora que está indefensa, puedo ocuparme de ella. Es una tontería, en realidad, pero me ha dado un propósito.

Jeremy era una cara bienvenida en la cabaña de Jamie y Connie. El joven, con su corte de pelo *mullet*, tenía una sonrisa que animaba hasta los días más deprimentes y un entrañable sentido del humor que usaba sobre todo para reírse de sí mismo. Resultaba increíble que fuera sobrino de Streeter.

—Odio a mi tío —les dijo—. Siempre he tenido miedo cuando estoy con él, incluso de pequeño. Una vez le rompí una ventana jugando al béisbol en su patio y me sacó la pistola reglamentaria. Os lo juro por Dios.

Ante ellos, Jeremy no paraba de disculparse. Les explicó que él también era, básicamente, un prisionero. Si intentaba marcharse o los ayudaba a escapar, temía que, sin la protección de su tía, Streeter lo matase. Los lazos familiares le importaban poco. Insistía en que le traían sin cuidado la religión y la política. Su único trabajo era dirigir las sesiones de gimnasia de los reclutas. Había trabajado de monitor de campamento para los Holland y en el futuro se veía de profesor de Educación física y tal vez de entrenador de fútbol en algún instituto. Tal como estaba el país, se daba con un canto en los dientes por haber encontrado un refugio en el campamento, y su compasión hacia los reclutas parecía sincera.

Desde el momento en que vio a Kyra por primera vez, se enamoró perdidamente. Jamie pronto se sintió cómodo con el chaval. Lo tenía por responsable y respetuoso, y le dejaba quedarse en la cabaña con los chicos cuando él y Connie tenían que formar equipo para ocuparse de alguna emergencia o intervención médica. Jeremy jugaba a juegos de mesa o hacía puzles con Kyra, Emma y Dylan.

Hasta el momento en que Kyra le había contado a Connie que Jeremy le había tocado sus partes, Jamie no tenía ni idea de que habían estado tonteando. Cuando Kyra, contentísima, le dijo a Jeremy que iba a tener un bebé, el chico dio por sentado que él era el padre, y Jamie decidió no desengañarlo. En circunstancias normales no habría tomado esa decisión, pero pensó que era mejor para todos que Kyra creyera —y él fingiese— que Joe Edison ya no tenía nada que ver con su vida.

Una tarde, Jeremy andaba por la cabaña mientras Jamie cocinaba un estofado con los escasos ingredientes disponibles y Connie leía un libro. Kyra, de pronto, se levantó la camisa para enseñarle a Jeremy la barriga.

—¡Mira mi bebé! —exclamó.

—Cada vez más grande —comentó Jeremy.

—Bájate la camisa, Kyra, ahora mismo —dijo Jamie como buen padre.

—¿Qué nombre le pondremos? —preguntó Jeremy.

—Llamadlo bebé —propuso Dylan alzando la vista del puzle.

—Necesita un nombre de verdad —replicó Jeremy—. ¡No podemos llamarlo bebé!

—No sé qué nombre ponerle —se lamentó Kyra con el ceño fruncido.

—Puedes ponerle el nombre que quieras, cielo —dijo Connie—. Es tu bebé.

Kyra adoptó una actitud reflexiva y dijo que lo llamaría Jeremy.

—¿Y si es niña? —preguntó Jeremy sonriente.

—Emma —anunció Kyra, después de cavilar un momento.

Emma se llevó una agradable sorpresa.

—¡Ese es mi nombre! Yo soy Emma.

—Una excelente elección —dijo Connie.

Oyeron un crujido delante de la cabaña, pasos en la nieve, seguido de unos golpes en la puerta. Era Roger, muy agitado. Les contó que la señora Holland se encontraba muy mal.

—El señor Holland quiere que vayan los dos. Su esposa no respira bien.

Echaron mano de su instrumental y le dijeron a Jeremy que vigilara el fuerte.

Se encontraron lo que Jamie se esperaba. El tumor cerebral había ido creciendo poco a poco y le presionaba el bulbo raquídeo. Llegaría un momento, inevitable, en que dejaría de respirar.

A Holland, apartado en un rincón, se le veía pequeño e insignificante. Morningside era quien llevaba la voz cantante en la enfermería improvisada, y fue ella quien les describió el nuevo problema.

—Ha empezado a tener episodios de respiración muy profunda, seguidos de episodios en los que casi deja de respirar.

—Se llama respiración de Cheyne-Stokes —explicó Jamie—. La presión dentro del cráneo empuja el cerebro contra el centro que controla la respiración.

—¿Puedes hacer algo? —preguntó Morningside.

—Me temo que no.

Holland habló con un hilo de voz apenas audible.

—¿No puedes operar, Connie?

—Ya hemos hablado de esto —contestó la doctora—. No serviría de nada.

—Dios mío.

No tuvieron que esperar mucho. Al cabo de cinco minutos, estaba muerta. Morningside alisó las sábanas sobre su cuerpo y salió del cuarto despacio. Jamie la oyó recorrer el pasillo y cerrar la puerta de su dormitorio.

Al volver a la cabaña, Jamie y Connie se llevaron un susto. El salón estaba vacío y el puzle tirado en el suelo sin terminar. Las habitaciones de los dormitorios estaban cerradas. Irrumpieron en el cuarto de las niñas, donde encontraron a Kyra y a Jeremy bajo las mantas.

—¡Jeremy, levanta y sal de aquí cagando leches! —gritó Jamie—. Se supone que tenías que cuidar de ellas, no... En fin, ya sabes qué.

Jeremy se cayó de la cama del susto.

—Lo siento, señor. Una cosa llevó a la otra. Estamos enamorados.

—Ya lo veo. Anda, vete ya.

—¿Puede quedarse Jeremy? —preguntó Kyra haciendo un puchero.

Jamie solo tenía una palabra para ella.

—No.

Con no poco nerviosismo, entreabrieron la puerta del dormitorio de Dylan y se lo encontraron entrelazado con Emma, abrazándose semidesnudos.

—No pierdas los estribos —dijo Connie—. Es algo natural.

—El embarazo también.

Jamie entró en la habitación y carraspeó.

—Hola, papá —saludó Emma—. ¡Dylan y yo nos estamos divirtiendo!

—¡Sí, es verdad! —coincidió Dylan.

—Ya lo veo —dijo Jamie—. ¿Te importaría vestirte y salir al salón?

—Vale —contestó Emma tan campante—. ¿Paramos?

—Sí, mejor paráis. ¿Habéis hecho esto antes? Lo que estáis haciendo ahora, ya me entendéis.

—¿Meter mi pene? —preguntó Dylan.

—Exacto.

—¡Sí, papá! —respondió Emma—. Lo hacemos un montón.

Jamie estaba atónito. Dylan y su hija apenas pasaban tiempo a solas.

—¿Cuándo? —preguntó—. ¿Y cómo? La puerta de Dylan está cerrada con llave por las noches.

—¡Sé dónde guardas la llave! —exclamó Emma alegremente.

Al cabo de unos pocos días, estaban cenando en la cabaña a una hora temprana cuando entró Jeremy de golpe con una súplica urgente.

—Sé que en teoría no puedo entrar aquí, pero mi tío está pegándole una paliza a Darren. Creo que va a matarlo.

Jamie dejó a Connie con los niños y siguió a Jeremy a través del crepúsculo hasta el barracón uno, solo para hombres. Desde fuera oyó gritos y chillidos. Dentro se encontró con una escena caótica. Roger mantenía a raya a los reclutas, llorosos y vociferantes, con el bate de béisbol de aluminio que le gustaba llevar encima, mientras Streeter, con las fosas nasales dilatadas, daba una paliza a uno de los reclutas más mayores, el rechoncho Darren, cuyo rostro estaba deformado y ensangrentado.

—¡Para! —gritó Jamie—. ¡Para ahora mismo!

—¡Vete a la mierda! —replicó Streeter a voces, a la vez que arreaba otro puñetazo a Darren.

Jamie se acercó un poco más.

—¡Déjalo en paz! ¿Qué ha hecho?

—He visto a Darren besando a Marty —respondió Roger—. Tenía la mano metida en sus pantalones.

—¿¡Y por eso vais a matarlo de una paliza!? —gritó Jamie.

—Odio a los maricones incluso más que a ti —le espetó Streeter mientras se preparaba para asestar otro golpe.

Jamie se hartó. Se abalanzó sobre Streeter y lo derribó. El expolicía gruñó, renegó y logró colocársele encima. Jamie notó el sabor salado del sudor que le goteaba de la cara. Luego sintió el primer puñetazo en el costado. Se defendió, pero más tarde, pensando en lo sucedido, dudó que le hubiese alcanzado muchas veces. Streeter iba colocado y le golpeaba sentado a horcajadas sobre su pecho, una máquina de destrucción con la droga por combustible.

Lo último que oyó Jamie fue a Jeremy gritándole a Roger que le diera el bate y a Streeter pidiendo a gritos que parase o le reventaba la cabeza.

Jamie despertó en su cama, con Connie al lado. Tenía una impresión general de lo que había pasado.

—¿Me han noqueado?

—Así es. No creo que tengas nada roto.

Tenía la cabeza a punto de estallar y le dolía el resto del cuerpo.

—¿Cómo lo sabes?

—Porque soy la mejor cirujana del lugar.

—Te pondré cinco estrellas en Yelp.

Connie se rio.

—Tú eres el experto en traumatismos craneales. ¿Qué hacemos en caso de conmoción?

—Un par de comprimidos de Tylenol no vendrían mal. Y una compresa fría.

—Marchando.

Connie volvió con una toallita empapada en nieve y se la puso en la frente.

—Jeremy me ha dicho que le has salvado la vida a Darren.

—Yo era un saco de boxeo más atractivo.

—¿Por qué le pegaba?

—Darren le tiró los trastos a otro tío. Puedes añadir una homofobia galopante a las múltiples cualidades de Streeter.

—Uno no se olvida de que es gay, ¿verdad?

—La orientación sexual no tiene nada que ver con la memoria.

—Gracias, doctor.

—De nada, doctora.

En mitad de la noche, Jamie se despertó con la boca terriblemente seca. Un rayo de luna iluminaba su cama y, bajo esa luz, la vio, de lado, mirándolo.

—¿Estás bien? —preguntó Connie.

—El dolor de cabeza ha mejorado. Solo tengo sed.

Jamie notó su mano en el muslo.

—¿Te molesta?

—No.

Connie lo rozó y él se puso duro, enseguida.

—Hoy has sido muy valiente.

—O muy estúpido.

Connie fue la segunda persona en subírsele a horcajadas ese día, pero la segunda vez fue muy preferible. No le explicó que practicar el sexo justo después de una conmoción probablemente no era la mejor idea del mundo, porque a él le daba lo mismo. Había sido un calvario mantenerse célibe durmiendo junto a una mujer atractiva, y si había hecho falta una paliza para superar el *impasse*, bienvenida fuera. Cuando se besaron, pensó en Mandy. Estaba seguro de que ella habría aprobado que él siguiera con su vida.

—Hay mucho cachondeo en esta cabaña —comentó Connie, tendida a su lado más tarde.

—Últimamente menos. He cambiado de sitio la llave del cuarto de Dylan.

Connie le besó.

—Aguafiestas.

—¿Significa esto que nuestra guerra fría ha terminado?

—Eso parece.

A primera hora de la mañana siguiente, alguien llamó educadamente a la puerta. Connie era la única que estaba levantada, preparando café aguado para preservar sus menguantes reservas. Era Holland, lo que resultaba inusual. Tenía pinta de no haber dormido. Connie y Jamie sabían que no comía mucho desde la muerte de su mujer, y a veces se lo encontraban llorando con la cara apoyada en las manos.

—¿Cómo está Jamie? —preguntó—. Me he enterado de que se peleó con Chuck.

—Está bien, pero Streeter es un puto animal, Jack.

—Lo sé. Hablaré con él. —No sonaba muy convincente.

—Quiero dejarle dormir.

—Sí, es mejor que descanse. ¿Crees que podrías ayudarme con una cosa? En mi casa.

Connie se vistió y lo siguió a través del bosque. Hacía un día nublado, y el lago helado se veía gris e inerte. Pensó que Holland la llevaría al interior de su casa, pero no.

—Allí —dijo señalando un punto.

Gloria Morningside estaba sentada en el suelo con la espalda apoyada en la pared de una letrina. Iba descalza, vestida con ropa ligera y su aspecto era tan gris y gélido como el lago.

—¡Oh, Dios, no! —exclamó Connie.

No había nada que hacer. Solo mirar.

—Ayer me pareció oír que se levantaba —dijo Holland—. No se me ocurrió comprobar cómo estaba. Debería haberlo hecho. No creo que haya podido superar la muerte de Melissa. Se la tomó peor ella que yo. ¿Te imaginas?

—Cuidar de Melissa era lo último que la mantenía con vida —señaló Connie—. Jack, ¿no crees que ya es hora de dejarnos marchar?

—Tal vez. Tal vez lo sea —contestó él con voz ausente—. Dame un poco de margen para pensármelo, ¿de acuerdo?

57

Rocky acertó de lleno. Le dijo a Jamie que iba a caer una nevada de la hostia, y eso fue exactamente lo que pasó. Su pronóstico fue más impresionante si cabe porque no usaba tecnología. Holland tenía un termómetro de mercurio en casa, pero no hacía falta para saber que la temperatura había bajado hasta extremos insoportables. Rocky se había criado en esas montañas; tenía buen olfato para los fenómenos atmosféricos, igual que los ciervos y los osos. Sabía adivinar el tiempo que haría, aunque fuese incapaz de verbalizar cómo lo sabía —ni siquiera un «Cuando el cielo está rojo, marinero abre el ojo»—, pero Jamie había llegado a fiarse de sus predicciones meteorológicas.

Cuando Jamie y Connie se acostaron esa noche, ya habían caído treinta centímetros de nieve. El viento aullaba y nevaba copiosamente. Habían dejado las cortinas del dormitorio descorridas y una luz mortecina anunciaba la mañana. Jamie abrió los ojos, pero la ventana estaba cubierta de escarcha y no distinguía nada, ni siquiera las ramas más cercanas. En la cabaña reinaba un silencio sepulcral. Dejó que su mano se desplazara unos centímetros bajo las mantas hasta rozar con la punta de los dedos los tejanos de Connie; los dos se habían acostado vestidos de la cabeza a los pies a causa del frío. Incluso después de haber empezado a mantener relaciones íntimas, nunca había compartido cama con una mujer que se quedara

tan inmóvil y silenciosa por las noches. De un tiempo a esa
parte, cuando soñaba, se despertaba asustado porque pensaba
que Connie había desaparecido y no se quedaba tranquilo hasta que la tocaba. Retiró la mano; no quería despertarla.

Su respiración se condensó hasta formar su propio sistema
climático y luego se posó en su cara. Tanto el fuego de la estufa panzuda como el de la chimenea estaban casi apagados. No
iban a avivarse solos, de manera que salió de la cama haciendo
el menor ruido posible. A pesar de los calcetines gruesos, notaba el frío de los tablones del suelo, de manera que se puso las
botas.

Las puertas de los demás dormitorios estaban cerradas y la
de Dylan tenía el candado puesto; la llave se encontraba ahora
bajo el cuenco para el afeitado de Jamie. Se agachó, repartió
trozos de leña sin escatimar y los rescoldos calientes los encendieron. Se levantó para responder a la llamada de la naturaleza.

Al abrir la puerta, se llevó un susto. Había una capa de
nieve de fácilmente un metro y medio, y tan compacta que no
cayó nada dentro. Había dejado de nevar, pero el viento soplaba y le roció la cara con la capa superficial de polvo helado.

«¿Cómo se supone que voy a atravesar esto?», pensó.

La pala se encontraba a un metro como mínimo de distancia, apoyada en un lateral de la cabaña. No se veía ni siquiera
el mango.

Una vasija tuvo que hacer las veces de orinal. Cuando terminó, llenó la tetera con agua de la garrafa de plástico y la
puso al fuego. Se había acostumbrado a muchas cosas desde el
inicio de la epidemia, pero el café solo aguado no era una de
ellas.

Cuando el agua rompió a hervir, llevó dos tazas al dormitorio. Apareció una mata de pelo moreno de debajo de las
mantas.

—Qué frío hace —gimió Connie.

—Acabo de encender los fuegos.

Connie cogió un café y sonrió en cuanto tomó el primer sorbo caliente.

—Estamos aislados por la nieve —informó Jamie—. Si tienes que hacer pis, te traeré el orinal.

—No sabía que tuviéramos uno.

—Se parece mucho a nuestro puchero, pero no te preocupes, lo lavaré antes del próximo estofado.

—¿Cuánta nieve hay?

—¿Cuánto mides?

—Estás de broma, ¿no?

Se sobresaltaron al oír que aporreaban la puerta.

—¡Soy Jeremy! ¡Abrid!

Dylan gritó desde su cuarto.

—¿Mamá? ¿Mamá? ¿Qué pasa?

Cuando Jamie abrió la puerta, tenía a Connie pegada a la espalda.

Las raquetas de nieve de Jeremy le impedían hundirse. Su parka abierta ondeaba al viento. Les miró desde encima del montón de nieve como si fuera una especie de criatura gigante y alada, con los ojos desorbitados y la boca abierta.

—¡Tenéis que venir a casa del tío Jack!

—¿Qué pasa? —preguntó Jamie.

—¡Es Streeter! ¡Se ha vuelto loco! ¡Está disparando a la gente! ¡He abierto las puertas de los barracones y he dicho a todo el mundo que salga corriendo!

—No hemos oído ningún disparo —señaló Connie.

—Le ha puesto el silenciador al fusil. Se ha tirado encima de la gente en plan ninja y toda esa mierda.

—¿Dónde está tu tío? —preguntó Jamie.

—No lo sé. ¡Tenéis que venir! Necesitaréis vuestras raquetas. Quitaré un poco de nieve para que podáis salir.

—Yo soy la cirujana —dijo Connie—. Debería ir yo.

Jamie no quiso ni oír hablar del tema.

—Necesito que te quedes con ellos. Ya vendré a buscarte cuando sea seguro.

—Pero...

—Por favor. Te lo pido por favor.

La puerta de Dylan golpeó contra el cerrojo.

—¿Mamá?

—Quédate en tu cuarto —gritó Connie—. Enseguida te abro.

Jamie se ató las raquetas de nieve. Al otro lado de la puerta, oía gruñir a Jeremy, que retiraba la nieve con la pala como un poseso.

Connie lo ayudó a ponerse el abrigo grueso.

Oyeron unas voces apagadas en el otro dormitorio y a continuación el grito agudo de Emma llamando a Dylan.

—¡Estoy aquí, Emma, en mi cuarto! ¡Mi puerta está cerrada! —respondió Dylan a grito pelado, sacudiendo la puerta otra vez.

—Cuida de ellos —dijo Jamie subiéndose la cremallera.

—Lo haré —prometió Connie—, pero tú no te me mueras ahora. Ni te atrevas, Jamie Abbott. Muy a mi pesar, te he cogido cariño.

Con las raquetas puestas se corría muy despacio. Jamie intentó recuperar la ventaja que le llevaba Jeremy. Más adelante, cerca del segundo barracón, vio una mancha roja brillante en la nieve virgen. Jeremy paró allí y le esperó junto al cuerpo de Darren, hundido en la capa de nieve polvo. Jamie se detuvo un momento para ver si había algo que hacer. Le habían disparado en la cabeza a bocajarro... ¿por qué? ¿Por querer darle un beso cariñoso a un hombre? ¿Por hallarse en el camino de la furia?

Arrancaron a caminar de nuevo, uno al lado del otro.

—¿Por qué hace todo esto? —preguntó Jamie.

—Últimamente está muy raro —dijo Jeremy—. Son las anfetas, creo.

—¿Tienes pistola?

—No.

Toparon con un grupo de reclutas que se esforzaban por

avanzar a través de la nieve profunda. Se dirigían hacia la bandera, el punto de reunión que conocían, pero eso significaba acercarse a la casa de Holland, donde estaba Streeter.

—¡No! —les gritó Jeremy—. ¡Hacia el otro lado! ¡Id hacia el otro lado!

La casa de Holland estaba helada. No había sido muy aplicado manteniendo los fuegos encendidos. No había sido muy aplicado en nada desde que murieron las mujeres. La última lección que había impartido a los reclutas había tenido lugar la víspera del fallecimiento de su mujer. El tema fue el deber cristiano.

En esos momentos, Holland, sentado en su gélido salón, apenas levantaba la cabeza mientras Rocky y Streeter se apuntaban mutuamente con sus fusiles.

Rocky estaba entre Holland y Streeter, en la línea de fuego de Streeter para hacer de barrera. Tenía la respiración entrecortada a causa del esfuerzo de correr de un lado a otro detrás de Streeter y apenas podía articular palabra.

—Chuck, por favor, suelta el fusil. No estás bien. Necesitas dormir. Ya has matado bastante.

—Y una mierda, suelta tú el tuyo —replicó Streeter. Tenía la voz ronca de tanto gritar a la gente a la que había acribillado. Se había acabado las metanfetaminas esa mañana, una dosis triple, y la cabeza le iba a mil.

—¿Cómo crees que acabará todo esto? —preguntó Rocky.

—Voy a matar a todos y cada uno de los hijos de puta de este campamento. Al puto Jamie Abbott lo mataré el último porque odio a ese hijoputa sabelotodo y quiero que vea cómo mato a sus hijas delante de él.

—¿Por qué?

—¡Porque se ha ido todo a la mierda! ¡Se ha ido a la mierda y tú lo sabes! ¡Mira esta nieve! ¡No es normal! ¡Es una señal de que todo se ha ido a la mierda!

—Eso no tiene sentido. Lo sabes, ¿verdad?

—Tiene todo el sentido del mundo. Es Jack el que está haciendo que nieve. Intenta acabar con el mundo. Reconócelo, Jack.

Holland alzó la vista al oír eso.

—A lo mejor el mundo debería acabarse. A lo mejor esa es la voluntad de Dios.

—Eso es una puta confesión —gruñó Streeter—. Ahora suelta el arma y aparta de mi camino.

—Le has pegado un tiro a Roger. Él no te había hecho nada. ¿Era uno de esos hijos de puta que dices? Era tu amigo.

Streeter puso cara de estar reflexionando.

—Yo no he disparado a Roger. No creo que le haya disparado.

—Te he visto hacerlo. ¿A mí también quieres pegarme un tiro, Chuck?

—No quiero pegarte un tiro, pero supongo que tendré que hacerlo —dijo Streeter, justo antes de apretar el gatillo.

Si Rocky no hubiese tenido tanta grasa en la barriga, la bala podría haber alcanzado también a Holland. Rocky cayó al suelo de rodillas. Luego se desplomó de lado y emitió unos gruñidos y gorgoteos durante unos breves segundos.

—Acabas de matar a tu mejor amigo —señaló Holland con calma—. Creo que eso es muy triste. Me alegro de que Melissa no haya tenido que presenciar este día.

Cuando Jamie llegó al mástil de la bandera, encontró dos cadáveres más en la nieve. Uno era el de la pobre Valerie; el otro, el de Roger, cuyo fusil se había hundido un palmo en la nieve. Jamie lo recogió y se aseguró de que estaba cargado.

—Quédate aquí —ordenó a Jeremy.

Jeremy sabía que Roger también llevaba una pistola. Dio la vuelta al cuerpo y la encontró.

—No, voy contigo.

—Kyra te necesitará si me pasa algo —dijo Jamie.

Jeremy no pensaba dejarse convencer.

—Te necesitará más a ti.

—Es tu turno, Jack —lo amenazó Streeter.

Holland alzó la vista por un momento.

—¿Me odias? —Siempre académico, parecía sentir verdadera curiosidad por conocer la respuesta.

—Sí, te odio.

—¿Por qué?

—Son tus putos ojos. Me hablan hasta cuando tienes la boca cerrada. Tus ojos me dicen que te crees mejor que yo.

—Es que soy mejor que tú —replicó Holland en un tono monocorde—. Melissa era mejor que tú. Siempre me maravilló que ella y tú tuvierais los mismos padres. Nosotros éramos profesores universitarios. Tú eras grosero e inculto.

—Puede que sí, pero no habrías podido poner en marcha el puto Campamento Culos Limpios sin mí.

—Era una empresa noble que precisaba de una persona innoble como tú. —Su mirada condescendiente se cruzó con los ojos desorbitados de Streeter—. Deberías matarme. Estoy cansado. Estoy preparado para ir con mi Dios.

—De acuerdo, Jack, dalo por hecho.

La casa estaba a treinta metros.

—Da la vuelta y entra por la puerta de la cocina —le dijo Jamie a Jeremy.

Cerca del porche, Jamie intentó quitarse las raquetas, pero, con los nervios, se cayó de lado cuando todavía llevaba una puesta y se hundió en la nieve. Tardó un poco en enderezarse, desatarse la segunda raqueta y llegar a la puerta, que estaba entreabierta. La abrió despacio de par en par.

Streeter estaba bajo el arco que separaba el salón de la cocina, apuntando a Jeremy con su fusil. El chico tenía las manos levantadas. La pistola de Roger se encontraba a los pies de Streeter.

Holland estaba en su sillón favorito, pero su cara había desaparecido.

Rocky yacía desparramado en el suelo a los pies de Holland.

Chirrió un tablón del suelo y Streeter se volvió a medias hacia Jamie.

—Si mueves el cañón de ese fusil un centímetro en mi dirección, le vuelo la cabeza. Después, si tu disparo no me deja seco, te vuelo la cabeza a ti. ¿Lo pillas, hijoputa? Dime si lo pillas.

Jamie le dijo que lo entendía.

—Lo siento, Jamie —dijo Jeremy—. Me habrá visto por la ventana.

—Ahora deja el fusil en el suelo y apártalo con el pie —ordenó Streeter.

Jamie tendría que haber desplazado el cañón de su arma unos treinta grados hacia arriba y otros tantos hacia un lado para apuntar a la masa central de Streeter. Para cuando apretase el gatillo, Jeremy estaría muerto, y quizá él también. La decisión llegó de forma automática. Se sentía como un observador pasivo. El fusil pareció deslizarse solo por el suelo. Justo entonces, salió el sol. A través del ventanal del salón lo vio destellar en la nieve recién caída y refulgir en el lago.

Había imágenes finales mucho peores.

Streeter usó el fusil como una extensión de su brazo para apuntar a Jeremy.

—¿Qué ibas a hacer, chaval? ¿Disparar a alguien de tu propia sangre?

—Te pasa algo malo, tío Chuck.

—Lo único malo que me pasa es que soy demasiado práctico para este mundo de mierda. Soy el único que actúa. Todos los demás lo único que hacen es hablar, hablar y hablar. Yo soy el cabrón que hace las cosas. Estoy cansado de hijos de puta inútiles.

—No sé de qué hablas —dijo Jeremy.

—Mírate a ti, por ejemplo. ¿Te acuerdas de la noche en que viniste llorando a mi casa para contarme que mi hermano y tu madre habían perdido la chaveta con el virus?

—Sí, me acuerdo.

—¿Y te acuerdas de que fui a tu casa a la mañana siguiente? ¿Y que cuando volví te dije que los dos estaban muertos? ¿Porque habían dejado el gas encendido? Monóxido de carbono, te dije.

—Sí.

—Bueno, muertos estaban. Los maté yo. Les ahorré el puto sufrimiento. Tú no querías unos retrasados por padres. Yo me ocupé de solucionarlo. Me ocupé de ti.

—¿Los mataste tú?

—¿Estás sordo, chaval? Te lo acabo de decir.

Al ver la expresión de odio del muchacho, Jamie supo lo que iba a hacer antes de que lo hiciera. Salió disparado como un velocista en la línea de salida y lo embistió.

Streeter apretó el gatillo. El disparo silenciado sonó engañosamente benigno.

Jeremy siguió avanzando, agarró a Streeter con las dos manos y lo tiró al suelo. Si Jamie hubiese recogido el fusil, no habría podido disparar: lo único que podía hacer era abalanzarse sobre los cuerpos enzarzados en la pelea.

Tres hombres forcejearon sobre los tablones del suelo. Jamie notó sabor a sangre; no tenía ni idea de su procedencia. La fuerza de Streeter parecía sobrehumana, y no pudo arrancarle el fusil de las manos, que eran como tornos. Mientras se revolcaban y retorcían, la culata del fusil le golpeó en las costillas, la rótula y, por último, en la mandíbula. El último impacto lo separó de la melé y concedió a Streeter la oportunidad de apartarse de Jeremy con los pies y colocar el fusil en posición de tiro.

Jamie sintió algo duro y frío junto a la mano.

Streeter insultaba a su sobrino. Tenía el dedo en el guardamonte.

Jamie disparó ocho veces antes de que la corredera de la pistola de Roger se bloqueara.

Tiró el arma a un lado y le quitó el fusil a Streeter, al que aún le temblaban las manos espasmódicamente.

Jeremy gemía de dolor.

—Deja que te eche un vistazo —dijo Jamie.

El joven tenía un orificio muy feo en el brazo. Jamie quitó el fino cinturón de cuero al cadáver de Holland y lo usó como torniquete.

—Yo no puedo hacer mucho más —añadió—. Te llevaré con la mejor cirujana que conozco.

58

Pasaron días antes de que Jamie y Connie sintieran que podían respirar otra vez. Después de la carnicería, se mudaron con los chicos a la casa de los Holland, junto con Jeremy. Connie se había mostrado a la altura de su reputación como sobresaliente cirujana traumatológica. Contuvo la hemorragia de Jeremy, le limpió la herida, que tenía orificio de entrada y de salida, y le entablilló el húmero fracturado. A Kyra le hacía mucha gracia que ahora fuese su novio el que llevaba el brazo en cabestrillo. Se quedaron para ellos el dormitorio de los Holland, después de un exorcismo consistente en sacar todos los efectos personales de Jack y Melissa y darle la vuelta al colchón.

De los cuarenta y seis reclutas, diecinueve murieron esa jornada, la mayoría de ellos agazapados en sus barracones y ejecutados a bocajarro. De los heridos, solo dos superaron la primera noche. Había demasiada nieve y el terreno estaba demasiado duro, de manera que tuvieron que arrastrar los cadáveres en un trineo improvisado hasta una esquina del campamento, donde los cremaron con gasolina de la motosierra mezclada con aceite. Incineraron a Streeter, Holland, Roger y Rocky por separado, para no contaminar las cenizas de los inocentes.

Ninguno de los hombres de Streeter se quedó en el campamento. Habían huido de su bacanal homicida apiñados en un camión y habían dejado la verja principal abierta de par en par. Jamie la cerró para que no entrasen los osos, pero no se vio capaz de echar el candado.

Agruparon a los reclutas restantes en dos barracones para ahorrar leña y pasaron largas horas hablando con ellos y abrazándolos sin más, para que superasen la terrible experiencia. Muchos no podían parar de llorar. Unos pocos estaban hechos un ovillo sobre el colchón. Les dejaron decidir con quién querían dormir, sin preocuparse por el género.

—No somos puritanos —dijo Connie—. Si quieren enrollarse, yo digo que les dejemos. Dios sabe que tienen pocos placeres que disfrutar.

—¿Y si los hombres intentan usar la fuerza? —preguntó Jamie.

—Voy a enseñarles a todos que no es no y que, si alguien se salta esa norma, se va al otro lado de la valla para convertirse en comida para osos.

Jamie se rio al oír eso.

—A esa lección me gustaría asistir.

—Esa norma también tendría que aplicarse a nuestra casa —añadió Connie—. No quiero que Dylan siga encerrado. Si él y Emma quieren estar juntos, adelante. Al igual que Kyra y Jeremy.

—Las chicas son responsabilidad mía.

—Sí, es verdad.

Jamie suspiró.

—A veces odio ser padre.

—Sí, tiene sus momentos chungos, pero es la decisión correcta y, en honor a eso, puedes seguir compartiendo mi cama.

Pasó otra semana. Las temperaturas superiores a cero duraron varios días y la nieve empezó a derretirse. Resultaba más fácil hacer cosas tan sencillas como pasear, y Jamie daba paseos muy largos con el perro al otro lado de la valla. Se llevaba el fusil por si los osos mostraban algún interés, y pensó en cazar un ciervo, pero en realidad no le apetecía matar nada más. Las reservas de comida ya no eran un problema crítico en el campamento. Con la mitad de la gente, había de sobra para aguantar varios meses. Esa había sido la contribución de Streeter.

La noche que lo anunció, Connie estaba preparada para oírlo. Supuso que ella lo había visto venir desde hacía tiempo.

Habían hecho el amor y estaban abrazados escuchando el silencio de una casa escondida en lo más profundo de un bosque invernal, cuando lo dijo:

—Tengo que irme.

—Lo sé.

Los tubos de proteínas liofilizadas no habían salido de su bolsillo en ningún momento.

—No quiero.

—Ya lo sé.

—Quiero que vengas conmigo.

Jamie notó que Connie empezaba a separarse, pero desistió y se quedó en sus brazos.

—No puedo.

Jamie sabía por qué, pero aun así lo preguntó.

—No puedo abandonarlos. Sin mí, caerán como moscas. Los Holland les enseñaron su versión de cómo ser un buen estadounidense cristiano, pero no les explicaron una mierda sobre cómo sobrevivir en este mundo. Tengo que enseñarles yo y eso llevará un tiempo. Son unas almas dulces que han sufrido un trauma. Dejarlos sería como firmar su sentencia de muerte.

Jamie la abrazó un poco más fuerte.

—¿Podrás manejarlo todo tú sola?

—Soy cirujana de combate, joder. Puedo manejar casi cualquier cosa. Además, Jeremy es un buen chico. Puede aportar mucho. Entre los dos seremos capaces de ensuciar esas mentes tan limpias.

—Estoy seguro de que serás la mejor desprogramadora del lugar. Cuando vuelva, estarán todos soltando palabrotas como marineros borrachos.

—¿Piensas volver?

La besó.

—¿Qué clase de pregunta es esa?

—Una realista. Es un mundo peligroso. Recuerda, he oído todas tus anécdotas.

—Me he convertido en un superviviente.

—Si consigues llegar a Maryland, el trabajo en Detrick te absorberá. Allí puedes hacer más bien que aquí perdido en los montes de Carolina.

—Pienso volver.

Se quedaron un rato en silencio.

—Tenemos un marrón —dijo Connie.

—Sí.

—¿Qué intenciones tienes?

—No puedo dejarlas, Connie. Tengo que llevarme a Emma y Kyra conmigo.

—Eso va a romper cuatro corazoncitos. Por lo menos deja a Kyra con Jeremy.

—Separar a las niñas las hundiría.

—Ay, Jamie, esto es muy duro. —Connie se estremeció. Jamie notó lágrimas en el hombro.

—No sabía que supieras llorar.

—No lloro. Estoy limpiando mis conductos lagrimales. Lo recomienda el manual.

—Eso dicen.

—Hay algo más que debes saber —añadió Connie—. Emma está embarazada.

Jamie bajó de la cama de un salto.

—¿Estás segura?

—Bastante. Nos lo ha dicho a Kyra y a mí esta mañana cuando volvíamos de los barracones. Me ha soltado: «Yo también voy a tener un bebé». Así que la he examinado. Le he dicho que lo te lo contaría.

—He perdido la cuenta de su regla. ¿Ha tenido alguna falta?

—Sí.

—Joder. Si no querías caldo...

—... toma dos tazas. Supongo que eso no te hará cambiar de opinión.

—No lo creo.

Hacía demasiado frío para quedarse ahí plantado desnudo. Empezó a vestirse y le preguntó a Connie si quería bajar a tomarse unos tragos del bourbon de Streeter.

—Ahora voy —dijo ella.

—No irás a contarme que tú también estás embarazada, ¿verdad?

Connie soltó una risilla.

—Si vuelve internet por arte de magia, te mandaré un mensaje a Maryland si no me viene la próxima regla.

Nada podría haber preparado a Jamie para el día de la partida.

En uno de los todoterrenos del campamento, con el depósito lleno y con calefacción, había cargado la ropa de los tres, los cuadernos de Mandy, algo de comida, un fusil, una pistola y munición de sobra. Emma y Dylan se abrazaban con tanta fuerza que Jamie temió por su respiración. Kyra y Jeremy hacían más o menos lo mismo. Los cuatro lloraban a moco tendido.

—Vas a necesitar una palanca para separarlos —dijo Connie.

—Vamos, chicas —insistió Jamie—, cuanto antes nos vayamos, antes podremos volver.

Con la ayuda de Connie logró arrancar a Emma de Dylan y la metió en el asiento de atrás, donde aplastó la cara contra la ventanilla mientras gritaba:

—¡No quiero irme!

Jeremy, a regañadientes, acompañó hasta el coche a Kyra, que también gritaba.

—¿Tú y yo necesitamos una palanca? —le preguntó Jamie a Connie.

—Sí, una psicológica. —Ella le dedicó una sonrisa desafiante—. ¿Has visto como no lloro?

—Sí, ya lo veo.

—No necesito hacerlo. Mis conductos lacrimales ya están limpios del todo.

Jamie le dio un abrazo y un beso rápidos.

—Volveré.

—No volverás, y lo sabes. Nunca más volveré a verte.

—No digas eso.

—Lo siento, es lo que pienso.

Jamie se metió en el coche y bajó la ventanilla.

—¿Sabes qué? —dijo—. Te equivocas.

Epílogo

C uando la primavera llegó por fin al lago Splendor, se anunció con un gran colorido.

El deshielo dejó a la vista una tierra fértil y oscura en la que creció un mar verde pálido de delicados helechos que ondulaban bajo una brisa cada vez más cálida. El bosque era una paleta de colores. Las yemas rojas de los arces punteaban las montañas. Los rododendros florecían en tonos blancos, rosas y violetas. Los cornejos sacaban flores blancas, mientras que los trilios salpicaban el suelo del bosque con espirales de pétalos blancos con el centro rosa.

El lago también cobró vida. Libres del hielo, las aguas empezaron a moverse, captando los destellos del sol que doraban la superficie. Los peces, tras su largo letargo bajo el hielo, asomaron a la superficie para alimentarse de insectos. Jeremy enseñó a todos a poner el cebo en el anzuelo y a echar el sedal, y los campistas, encantados, se volvieron unos expertos en la pesca de percas de boca pequeña. Connie se negaba a llamarlos reclutas, porque ese nombre era una mentira. Los llamaba campistas cuando le daba por ahí, pero prefería la expresión «damas y caballeros». En una de sus excursiones para buscar comida, Jeremy encontró un alijo de paquetes de semillas en un invernadero, y Connie sembró un gran huerto.

Trataba lo mejor que podía las toses, los resfriados y los cortes infectados, y procuraba que todo el mundo estuviera lo más sano posible. Impartía una clase diaria sobre el tema que más le apeteciera. Podía ser lectura o aritmética. Podía ser el funcionamiento del cuerpo humano. A veces, se limitaba a leerles de una novela. A Dylan siempre le leía por las noches y, cuando se dormía, salía al porche con un té negro, escuchaba a los búhos y se preguntaba si Jamie y las chicas seguirían vivos.

Era una mañana cálida y luminosa en la que todo el mundo andaba ocupado con sus tareas. Connie y varias de sus damas y caballeros quitaban las malas hierbas del huerto. Otros barrían los barracones o preparaban la comida. Jeremy y Dylan escarbaban en busca de gusanos y fabricaban trampas para conejos. Arthur tomaba el sol en la hierba junto a Connie.

Uno de los hombres a los que Streeter había disparado no había llegado a recuperarse del todo. Era el mayor del campamento, de unos cincuenta años, según Connie. Streeter lo había herido en el pulmón derecho y, aunque Connie le había salvado la vida, le había quedado una herida supurante en el pecho que no había manera de sanar. Por su estado enfermizo, estaba excusado de la mayor parte de las tareas. En aquella hermosa mañana, paseaba por el campamento cogiendo flores silvestres. Sabía que siempre se llevaba un beso cuando regalaba un ramillete a Connie.

Acuclillada, Connie oyó cómo la llamaba. Alzó la vista y lo vio corriendo con paso torpe, tosiendo y farfullando. Se levantó y le dijo que no corriera.

—¡Te vas a poner enfermo!

—¡Connie! ¡Connie! —insistía él.

—¿Qué pasa?

—¡Un coche! ¡Viene un coche!

A Connie le entró el pánico.

Durante un tiempo, no había ido a ninguna parte sin un arma de fuego, pero había perdido esa costumbre. Llamó a

Jeremy a gritos y corrió hacia la casa para coger el fusil, pero llegó demasiado tarde.

Un todoterreno negro con las lunas tintadas se acercó por el camino a toda velocidad y se detuvo delante de la casa, cerrándole el paso.

Estaba a punto de gritar a todo el mundo que arrancara a correr, cuando se abrió la puerta del conductor.

—¡Jamie! —gritó Connie, y cayó de rodillas.

Él corrió hasta ella, la levantó del suelo y la besó más apasionadamente de lo que había besado nunca a nadie.

El perro saltó al interior del coche y empezó a lamer a las chicas como un desesperado.

—¡Arthur! —dijo Kyra con una risilla—. ¡Cuidado con el bebé!

—¡Pero mira qué par de bellezas! —exclamó Connie cuando salieron del coche.

A Emma ya se le notaba, y Kyra tenía un barrigón.

Se abalanzaron hacia Connie, y cuando estaban a punto de abrazarse, Jeremy y Dylan llegaron corriendo desde el lago.

Las chicas desviaron su atención. Emma chilló y señaló a Dylan.

—¡Me acuerdo de ti! —gritó—. ¡Te quiero!

—¡Y yo me acuerdo de ti! —respondió Dylan también a voces—. ¡Y te quiero!

Se abrazaron y Dylan preguntó:

—¿Dónde está el bebé?

—Sigue dentro de mi barriga —respondió ella—. ¿Quieres tocarlo?

Jeremy abrazó a Kyra.

—¡Dios mío! ¡Cuánto te he echado de menos! ¿Cómo está mi chica?

—¡Pronto tendré a nuestro bebé! Te quiero, Jeremy.

—Yo también te quiero —contestó él—. Pensaba que no volvería a verte.

—¡Pues aquí estoy! ¡Ahora puedes verme!

Los campistas se reunieron a su alrededor, contemplando felices el espectáculo, mientras Connie pegaba la cara a la de Jamie y le decía:

—Oye, yo a ti también te recuerdo.

Ya en la casa, las dos parejas se pusieron a charlar y hacerse arrumacos, y Arthur tuvo que pelear para que le hicieran caso. Jamie sacó de una bolsa una lata de café molido.

—¡No fastidies! —dijo Connie—. Llevamos semanas sin.

Encendió el fogón y puso en marcha la tetera mientras Jamie se desplomaba en una silla, algo aturdido.

Emma entró y pidió un vaso de agua. Connie lo llenó con la garrafa.

—Aquí tienes, cariño.

La chica se la bebió y miró por la ventana hacia las montañas.

—Esto es bonito. Mira todos esos colores. Es precioso.

—La primavera en las montañas —dijo Connie—. No hay nada más bello.

Jamie se agachó para besar a su hija en la coronilla.

—Eres una buena chica, Emma.

—Voy a volver a besar a Dylan un rato más.

—Adelante. —Cuando se hubo ido, se dirigió a Connie—: Quiero que me cuentes todo lo que ha pasado.

—Ya, bueno, eso tendrá que esperar —dijo ella, recalcando todas las palabras y adoptando una postura de tipa dura, con los brazos en jarras—. Tú primero, qué coño. ¿Llegasteis a Detrick?

—Sí. Tuvimos un par de sustos por el camino, pero llegamos.

—¿Y? ¿La cura? ¡Venga, Jamie, no te hagas de rogar!

—La gente de Detrick era increíble. Había científicos que llevaban tiempo trabajando en sus ideas, completamente a su aire. Allí están al margen de cualquier cadena de mando o control civil o militar. El Pentágono está mudo; nadie sabe por qué. Son buenas personas que hacen todo lo que pueden, nada más.

—¿Y? —insistió ella.

—Y todos y cada uno de ellos vieron la lógica de mi propuesta y todos y cada uno de ellos se volcaron en mi propuesta.

—¿Y?

—Hace dos semanas, la probamos con una docena de personas infectadas que viven en la base.

—Te juro que voy a estrangularte —dijo Connie—. ¿Y?

A Jamie se le hizo un nudo en la garganta, lo que la obligó a esperar unos instantes más.

—¡Funcionó, Connie! Funcionó. Al cabo de una semana, volvió todo. Lo recordaban todo. Recuperaron hasta el último recuerdo que tenían antes de contagiarse. Se convirtieron en las personas que eran antes.

—Dios mío —murmuró Connie emocionada, una y otra vez.

—Para ser una curtida cirujana de combate, desde luego lloras un montón.

—Eres un puto genio —sollozó ella—. Un genio chapado en oro.

—Tuve mucha ayuda en Detrick… y antes de Detrick.

—Mandy —dijo ella.

—Sí, Mandy.

—¿Y ahora qué?

—La gente de Detrick está acelerando la producción de vacunas. Creen que podrán fabricar cientos de miles de dosis dentro de unos pocos meses, y millones para finales de verano. El comandante de la base está trabajando en un plan de logística para emplear las tropas de las que dispone y distribuirlas por todo el país, reclutando voluntarios por el camino, para vacunar a todo aquel que puedan encontrar y después dejar que el nuevo virus se disemine solo hasta alcanzar a quienes no encuentren ellos.

—¿Y las chicas qué? Están igual. Estupendas, pero igual.

—Quise venir aquí en cuanto supe que funcionaba. No quería vacunarlas justo antes de emprender un viaje largo.

—¿Hay suficiente para Dylan, para todos los del campamento?

—Llevo conmigo unos centenares de dosis. —La tetera silbó—. Hablemos con los chicos mientras tomamos el café, ¿vale?

Se reunieron alrededor de la mesa del comedor y Jamie dio un pequeño discurso. Jeremy escuchó y asintió, mientras le contaba a Emma, Kyra y Dylan que había una medicina que les ayudaría a recordar todo lo que habían olvidado desde que enfermaron. Serían la vieja Emma, la vieja Kyra y el viejo Dylan.

—¿Quién era el viejo Dylan? —preguntó Dylan.

—Eras un joven maravilloso —respondió Connie—. Eras inteligente y divertido, y tenías mucho talento. No había nada que no pudieras hacer.

—¿Recordaré todo lo de después de ponerme enferma? —preguntó Kyra.

—Es una muy buena pregunta —dijo Jamie—. Las personas que tomaron la medicina en la base militar todavía recordaban lo que había pasado después de enfermar. Tenían los antiguos recuerdos y también los nuevos.

Se hizo el silencio en la habitación. Los cuatro adolescentes cruzaron unas miradas enigmáticas.

—¿Tú qué crees, Jeremy? —preguntó Connie—. Es emocionante, ¿no?

—Supongo. Si...

—¿Si qué?

—Si después todavía le gusto a Kyra.

Hubo otro silencio. En esta ocasión lo rompió Emma.

—Me gusta la nueva Emma. No quiero a la vieja Emma.

Kyra se sumó de inmediato.

—No quiero a la vieja Kyra.

—No quiero al viejo Dylan —coincidió Dylan.

Le tocó llorar a Jamie. Tardaría un tiempo en saber si estaba feliz o triste.

Se levantó, le pasó un brazo por la espalda a Emma y luego tiró de Kyra con el otro. Connie lloraba y hacía lo mismo con Dylan y Jeremy.

A Jamie le gustaba la nueva Emma. Le gustaba mucho.

—Entonces qué, ¿nos quedamos todos aquí una temporada? —oyó que decía Connie.

Y se oyó a sí mismo responder:

—No me imagino en ninguna otra parte.

«Para viajar lejos no hay mejor nave que un libro».

EMILY DICKINSON

Gracias por tu lectura de este libro.

En **penguinlibros.club** encontrarás las mejores
recomendaciones de lectura.

Únete a nuestra comunidad y viaja con nosotros.

penguinlibros.club

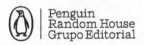

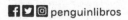 penguinlibros